laGalera

La colla dels deu

JOAQUIM CARBÓ

Il·lustracions:

ISIDRE MONÉS

LLISTA D'HONOR
DEL PREMI DE LA CCEI, 1970

Primera edició:
abril del 1969

Trentena impressió:
maig del 2008

Disseny gràfic de l'interior: clase
Disseny gràfic de la coberta: Cass

Coordinació editorial: David Monserrat
Direcció editorial: Lara Toro

La Galera, SAU Editorial
Josep Pla, 95 – 08019 Barcelona
www.lagalera.cat
lagalera@grec.cat

Imprès a Limpergraf SL
Mogoda, 29-31 Polig. Ind. Can Salvatella
08210 Barberà del Vallès

Dipòsit legal: B-26.929-2008
Imprès a la UE
ISBN 978-84-246-8105-0

Índex

Al meu fill Maurici

Alb

AMB UN PAM DE NAS

—Ei, nois! Mireu qui ve per aquí...

—Fixeu-vos quina pinta d'ensopit!

—Ja cal que s'espavili, si no vol que li treguin la son de les orelles...!

—Què has fet?

—On has estat?

—Jo...

—Jo...

En començar el mes d'octubre, cada any passava igual: mitja hora abans d'obrir-se l'escola ja hi havia tot de grupets pel carrer, davant la porta.

La majoria de nois havien passat una nit inquieta; havien encès més d'un cop el llum de la tauleta per saber si ja era l'hora. Després de saltar del llit i de rentar-se amb una esgarrapada, havien engolit un vas de llet sense queixar-se ni que fos massa freda o massa calenta.

En retrobar-se, venien les grans explicacions. Es miraven, feien quatre crits i, de cop, com una ampolla que es buida, intentaven explicar a batzegades com havien passat les vacances...

En un racó, una mica separats dels altres i sense moure tant de xivarri, hi havia sis o set nois. No els calia explicar-se les aventures perquè les havien viscudes junts ja que durant l'estiu no s'havien separat. Tots ells anaven a començar el tercer curs...

—Renoi, química...!

—Ja era hora de poder entrar al laboratori! Amb les ganes que tinc de fer experiments...

—No et creguis que sigui bufar i fer ampolles. No tot serà agafar un tubet, barrejar-hi un parell de suquets i «Ale hop!», ja tenim una unça d'or...!

—Per a fer or, caldria trobar aquella pedra que buscaven els bruixots de l'Edat Mitjana...

—La pedra..., la pedra filosofal, oi?

—Ens descobrim davant la teva saviesa, oh, bruixot de l'Edat Moderna! Es pot saber d'on treus uns coneixements tan profunds?

—La tele, ja saps que me'n faig uns tips...!

Van riure tots, divertits, perquè el que acabava de parlar, precisament, es distingia perquè no volia saber res amb la televisió, potser perquè la seva germana se n'empassava tots els programes i ell no tenia cap més remei que tancar-se a la cuina si volia llegir o estudiar amb tranquil·litat.

Li deien Pàmpols, i era més aviat sorrut.

Tots tenien un motiu i entre ells no s'anomenaven d'una altra manera. Però en aquests motius no hi havia mala intenció.

Aneu a saber si li deien Pàmpols perquè la seva família venia d'una terra seca on creixia la vinya i el noi, al principi, es passava el dia explicant que al seu poble creixien uns ceps amb uns pàmpols molt grossos, o bé perquè tenia les orelles de mida normal, però en forma de paravent...

Ja hi eren tots. L'últim d'arribar havia estat en Miquei.

Es deia Miquel i li deien Miquei perquè era menut i bellugadís. Quan anaven a pàrvuls, ja feia anys, una de les mestres li deia sovint: «vine aquí, rateta...!», i passat el temps continuava amb el nom del ratolí protagonista d'unes antigues pel·lícules de Walt Disney.

En Miquei tenia uns cabells molt foscos que no calia gairebé pentinar, ja que s'escampaven disciplinadament pel cap. Semblava que portés encara serrell. Era com si li hagués caigut mitja closca de coco prou gran per a tapar-li el front. Malgrat les celles també negres i espesses, tenia pinta de llest i els altres sabien que ho era.

—Hola, Miquei! Parlàvem de la pedra filosofal. No la portes pas, per casualitat?

—Noi! Me l'he deixada a casa...!

Van tornar a riure perquè en Miquei havia picat l'ullet i això era senyal que estava de bon humor, i perquè tots sabien que era incapaç d'oblidar res a casa.

Acabaven d'obrir la porta de l'escola. Van passar tots al pati, en aquell pati tan recorregut: era com un celobert però molt gran, asfaltat i limitat per quatre parets altes —totes quatre eren de l'escola—, en les quals es dibuixaven un grapat de finestres que corresponien a les classes.

N'hi havia alguns que hi entraven per primera vegada i que ho trobaven gris i trist perquè encara no havien tingut temps de fer-hi corredisses. Solitaris, sense trobar una cara coneguda a qui saludar, es van esverar quan s'engegà la cridòria que ja no havia de parar fins que el director entrés al pati per pronunciar el discurset de cada principi de curs.

Tot i ser gairebé les mateixes paraules de cada any, el discurset sonava com una cosa nova per als veterans i tot. Els va parlar del que representava ser alumne d'aquella escola; de la importància que ell donava a la gent que tenia ganes de treballar; de l'interès que tots els professors tenien de fer-los pensar perquè tots plegats volien fer-los uns homes capaços d'interpretar les coses; i de la necessitat que tots s'esforcessin per tal de fer uns bons exàmens al final de curs... Donà la benvinguda als nous, als quals va dir que desitjava una ràpida compenetració amb els costums de l'escola, i encarregà als antics de posar-los al corrent de tot...

Les últimes paraules van quedar ofegades per una gran ovació. Després, cada professor va passar llista i s'emportà els seus alumnes a l'aula corresponent.

Els de tercer curs pujaven l'escala amb el pas una mica cançoner. Eren una vintena de xicots d'una edat que vorejava els tretze anys. Quatre o cinc ja els havien complerts i, als altres, els faltava poc.

En passar llista, tots els noms els havien estat familiars llevat dels dos últims.

L'aspecte d'aquests dos, els nous, era diferent. Mentre que l'un s'assemblava a la majoria per la manera d'anar vestit –un jersei de màniga llarga, pantalons curts de vellut gruixut, les sabates pelades de la punta–, l'altre era un xicot elegant. La roba que portava ni era més nova, ni més neta, ni més ben planxada que la dels altres. Era diferent. Portava una caçadora de pell, amb tanca de cremallera, que deixava sortir per sota un jersei de muntanya, amb el coll cargolat. Els pantalons eren llargs i les sabates feia poc que havien estat enllustrades. Tenia la mirada allunyada, desinteressada de tot el que el rodejava.

Els antics intentaven endevinar, amb un cop d'ull, de quin peu coixejaven els dos nous, i frisaven per posar-s'hi en contacte. No van tenir temps, però, de canviar cap paraula. Un cop entraren a la classe van ocupar els llocs per ordre de llista.

Aquell matí van tenir la visita de tres professors. Els d'Història Universal, Gramàtica i Matemàtiques... El primer, que era l'únic que no coneixien, semblava simpaticot.

No van pas poder treballar de ferm. Era obligat parlar de les vacances i calia apuntar els noms dels llibres sobre els quals haurien de suar de valent tot el curs.

El professor d'Història els imposà una obligació que van trobar divertida i que no se'ls hauria acudit mai...

—La Història Universal és un resum de la política de tots els pobles... No vull que la meva classe estigui formada per papagais que se sàpiguen de memòria tot de dates i res més. Vull que sapigueu identificar les èpoques en què passaven les coses i, sobretot, per què passaven... Les intencions d'aquell rei que va envair un país i per quines raons els seus aliats no hi van intervenir... No n'hi haurà prou amb saber les raons d'altres èpoques, sinó que vull que comprengueu les dels temps que vivim. Sé que això és difícil perquè tot és força complicat i no ho trobareu al llibre que us he dit, però cada dia farem un repàs del diari. Cal que us assabenteu del que passa pel món. Després, aquí, ho comentarem i intentarem comparar-ho amb esdeveniments dels temps passats...

Allò del diari no ho acabaven de veure massa clar...

—Vejam, algú de vosaltres el llegeix, el diari?

Els nois es van mirar entre ells, una mica desorientats. El de costum es ficà de peus a la galleda:

—Sí, se... senyor... Jo el lle... llegeixo...

—Com et dius, tu?

—Ri-ri.

Tots van esclafir de riure. Durant les vacances havien oblidat que allà, a l'escola, el que valia era el nom de debò. El noi que acabava de parlar es deia Ricard Oliver, però quan s'atabalava quequejava una mica. I tots el coneixien pel motiu de Ri-ri...

—Silenci! Què significa aquest nom?

—Ri... Ricard Oliver, se... senyor...

—Bé; així, tu ets un lector de diaris, oi?

—Sí, se... senyor...

—Com et sembla que acabarà la crisi d'Orient? Què passarà amb el petroli?

En Ri-ri no tenia idea de tot allò. Ja es penedia d'haver aixecat la mà. Però era inútil lamentar-se'n. Va fer un esforç:

—No, no hi ente... tenc massa... Pe... però a ca... casa diuen que aquest any no ca... caldrà fer cu... cua per comprar pe... petroli...

No hi havia manera de frenar les rialles. El professor mateix somreia, també...

—En fi, què hi llegeixes, tu, Oliver, al diari?

—Cada di... dilluns, els re... resultats de futbol... de primera i de se... segona di... divisió... El pa... pare fa quinieles, sap?

El professor no va insistir-hi perquè les rialles recomençaven. Els recomanà que llegissin el diari un dia que no fos dilluns i que més endavant ja parlarien de les coses veritablement interessants que hi podien trobar.

Quan van ser fora al pati, després d'aquella classe, van rodejar els dos nous. En Miquei s'avançà. Estava escrit que fos ell qui donés la cara en nom dels vells. Allargà la mà i digué:

—Benvinguts, nois! Em dic Miquel Llompart, però els amics em coneixen pel malnom de Miquei...

Un dels dos nois oferí, també, la seva mà de seguida i amb una veueta un bon xic tímida digué:

—Jo em dic Jordi Mas...

L'altre, però, aquell que tenia l'aspecte més elegant, es mirà en Miquei de cap a peus i, arronsant les espatlles, va dir:

—No cal que t'escarrassis...

En Miquei no comprenia...:

—Què vols dir?

—Que ja tindrem tot el curs per coneixe'ns, per desgràcia.

Hi va haver un cert enrenou entre tota la colla. Allò era una ofensa per a tots plegats.

En Miquei insistí.

—Vols dir que no t'interessa ser amic nostre...?

I l'altre:

–Si vols que et digui la veritat, no en tinc gens de ganes. Els amics me'ls trio jo. I no en parlem més!

Es va girar i se n'anà cap a un altre racó del pati.

En Miquei quedà, sense saber què replicar, amb la mà encara enlaire, oberta i amical, i, com tots els altres, amb un pam de nas.

PARLEM D'EN LLOVET, AQUEST NOI ESTRANY!

Després de la classe de Gramàtica ja era migdia i, per tant, l'hora de plegar.

L'escola es començà a buidar. Els alumnes baixaven l'escala i es precipitaven cap al carrer. Un cop a fora, cadascú marxava pel seu cantó o en grups que es feien més petits cada vegada que arribaven en un encreuament de carrers, on uns se n'anaven amunt, d'altres avall, aquests a la dreta i aquells a l'esquerra.

Un grup més compacte, on hi havia en Ri-ri, en Miquei i en Pàmpols, marxà en silenci fins a una placeta, passada la primera cantonada. Hi havia un jardinet, poca cosa, tot plegat: uns arbrets, una mica d'herba, un tobogan, unes fustes reixades, uns gronxadors i un grapat de bancs des dels quals les mares podien vigilar les corredisses de la mainada.

Amb pas decidit, els vuit nois s'arraconaren al voltant d'un banc solitari i en prengueren possessió. Un parell van asseure's, mentre els altres restaven drets, pensarosos...

—Mai no ens havia passat una cosa com aquesta!

—Tens raó, Nàpia!

Feia anys que li deien Nàpia. I, en canvi, es podia dir que gairebé no en tenia: al lloc del nas hi havia un nassiró arromangat i menut. Se les donava d'intel·lectual...

Van estar uns moments en silenci. Sense dir res, tots esperaven que en Miquei digués alguna cosa. Però semblava tan desconcertat com els altres...

—És un cas com un cabàs...! Amb l'Eriçó també vam tenir dificultats, al principi, però va ser diferent...

Tots, l'Eriçó també, van fer que sí amb el cap.

Només d'entrar a la classe amb els altres, ara havia fet dos anys, que ja l'havien batejat: «Mireu, aquest no té cabells: té pues...! Sembla un eriçó!...» I era veritat. Sempre els portava ben curts i apuntaven amunt sense solució. Era inútil que es pentinés després de mullar-se el cap sota l'aixeta, ja que seguidament s'enfilaven altra vegada.

Va intervenir en Ri-ri:

—I tan diferent! L'Eriçó era tímid, i aquest d'avui és un po... poca... cavergonya...

En Miquei seguí:

—És estrany... Hauria pogut fer veure que ens acceptava com a companys i després riure's de nosaltres... Però ens ha engegat de seguida... És valent, perquè s'exposava a rebre sobre la marxa...

Va fer una pausa i continuà, tot maliciós:

—...i encara en té alguna oportunitat, oi?

Les cares es van alegrar. En Nàpia anava a deixar alguna sentència, quan en Pàmpols exclamà:

—Ei, fixeu-vos! És ell!

Es van girar. En efecte: era ell...! Però el que havia fet que en Pàmpols aixequés la veu era que el noi de qui parlaven acabava de tombar la cantonada muntant una bicicleta amb motoret, de color blau, que, de lluny, semblava nova de trinca. Els passà ben bé pel davant, tibat, i no es dignà dirigir-los ni una mirada.

Tots aguantaren la respiració.

Van tardar uns moments a reaccionar després que els va desaparèixer de la vista. En Ri-ri va ser el primer de reprendre l'alè:

—Heu... heu vist el que jo he vist...?

En Nàpia respongué:

—I tant! Si em punxen, no em treuen sang...

En Pàmpols, amb uns ulls com unes taronges, no se'n sabia avenir:

—Un velomotor! El nostre somni impossible...!

Ja no van parar en uns minuts. Tots s'escridassa-

ven. Quina sort que tenia aquell xicot, tan antipàtic com era! Per a tenir una bicicleta d'aquelles, tots ells haurien estat capaços de qualsevol cosa...!

S'havia fet tard. Cadascú marxà pel seu cantó amb la cua entre cames. En Miquei se n'anà amb els germans Rovira. Es deien Albert i Joaquim, però tots els coneixien pels noms de Cuquis gran i Cuquis petit. En aquest cas, els motius no eren producte de la imaginació dels companys del col·legi. La culpa era de la mare dels nois: quan feien segon grau els acompanyava pel

carrer i si el petit s'allunyava no s'estava de cridar-lo com si haguessin estat sols a casa: «Vine ací, Cuquis!». D'aquesta manera, els altres nois de la classe van aprofitar l'ocasió per a batejar tots dos germans de cop. L'un era el Cuquis gran i l'altre el Cuquis petit... El gran era el més baix de tots dos i un dels més menuts de la colla, més que en Miquei, i el petit, en canvi, era un dels més llargaruts, no tant com en Pàmpols però Déu n'hi do.

Com que vivien molt a prop, van seguir junts el mateix camí una bona estona. Abans de separar-se, en Miquei va buidar el pap del que havia rumiat pel camí:

—Ja sabeu que no m'agrada anar a pinyes... Però aquest de la bicicleta i jo acabarem malament. Si en té més, que sopi dues vegades, però no el podem deixar que ens prengui el pèl...

A primera hora de la tarda les coses no havien canviat. Hi havia un ambient ple d'electricitat. Tots se sentien més aviat ofesos per aquell xicot. I ell, tot i que dissimulava, com que sabia de què anava, esperava d'un moment a l'altre que li busquessin el cos i s'engeguessin les patacades. Quan ja eren dins l'aula, un moment abans que entrés el professor, arribà en Pebret amb les galtes enceses, per fer honor al seu motiu. Venia embalat. Va deixar anar un crit:

—Nois, ja sé on viu...!

Però en adonar-se que el xicot nou, el tal Frederic no sé què més se'l mirava fingint desinterès, va comprendre que anava a ficar-se de peus a la galleda. En Pebret es tornà encara més vermell i corregué cap al seu lloc. Ningú no va tenir temps de preguntar què era el que volia dir perquè en aquell instant entrava ja el professor de francès.

Després del discurset de presentació, l'home va voler saber si estaven gaire rovellats. Així, van passar a fer una mica de lectura amb el llibre de l'any anterior.

Com que cap dels dos nous no el tenia, en Jordi Mas va canviar de lloc amb en Miquei i aquest, amb el seu llibre a la mà, s'assegué al costat del noi del velomotor blau. Cada taula era per a dos alumnes. Van quedar de costat, amb el llibre entre tots dos. El professor digué el número de la pàgina:

—Quatre-vingt-quinze.

En Miquei, potser sense pensar de qui es tractava, intentà ajudar el xicot nou. Com que sabia que allò dels quatre-vingt era un embolic, digué, en veu baixa:

—Noranta-cinc...

L'altre se'l mirà amb un esguard burleta i dibuixà al rostre un somriure de suficiència. En Miquei quedà tot escorregut...

Van començar a llegir els de les primeres taules. L'aigua del mar i l'airet de la muntanya que havien pres durant les vacances havien esborrat el poc accent francès de l'any anterior. Allò era un desastre! En Pebret ho va fer tan malament que tots ensorraren el cap en el llibre, tement els primers crits del curs... En Miquei no se'n sortí gaire millor.

Tocava el torn al noi del velomotor.

Tots van aixecar el cap. Quina sorpresa! El professor estava més admirat que els altres, encara... Allò sí que era francès de França! Amb dues ratlles n'hi va haver prou. Després, el professor l'interrogà en aquella llengua i el noi contestà també amb correcció, però d'una manera indiferent, com si allò no tingués importància, però sabent que en tenia; res, fent el presumit.

Quan arribà l'hora de l'esbarjo, la colla d'en Miquei, vuit xicots, tot plegat, recolliren les bosses que al matí havien deixat en un recambró al costat de l'aula.

En ser al pati van obrir-les i, asseguts per terra, en van treure uns patins. Se'ls van posar ben de pressa i immediatament començaren a evolucionar. En Nàpia va treure la pilota de bàsquet d'una xarxa i la passà al que tenia més a la vora. En vulgueu, llavors, de cabrioles i giragonses! Se situaren a prop d'una de les parets en la qual hi havia clavada una cistella, i es llançaven la pilota. Patinaven molt bé, corrien amb la pilota a les mans, se la passaven a tota velocitat i procuraven entrar-la a la cistella.

Els altres alumnes de la classe s'havien situat a l'altre costat i jugaven a pilota basca en una de les parets, o bé xutaven cap a una porteria dibuixada amb guix en una altra. Obeïen una llei que tots plegats havien acordat en cursos anteriors.

El noi del velomotor va estudiar la situació amb una mirada. De seguida, però, se sentí atret per aquell joc que practicaven els de la colla d'en Miquei. Es repenjà en una de les parets i s'ho mirà de cua d'ull... Els nois corrien sense parar, a tota velocitat, i feien que la pilota anés de l'un a l'altre, enjogassada.

Pels crits i l'enrenou que movien, el joc havia de ser divertit. En Jordi Mas, l'altre xicot nou, va comentar amb en Cuquis gran, quan aquest es cordava la corretja del patí:

—No em pensava que això fos tan divertit... Demà portaré els meus... No sé què tal me'n sortiré...

L'altre el va animar:

—Si saps patinar, rai! La pilota, després, sembla que corri sola!

Al cap d'una estona, tots esbufegaven de valent. Els faltava entrenament. S'aturaren a reposar... En Miquei parlava a en Mas:

—És ferm, aquest joc, ja ho veus... Aniria bé de ser cinc contra cinc... Si vols, pots ser de la colla. Als altres de la classe, no els podem engrescar. N'hi ha uns quants que fan un altre esport, però la majoria són uns panxacontents que no volen moure's...

En Nàpia informà:

—El pare diu que si ara no fan exercici, es faran vells de seguida... Que criaran panxa, saps?

A l'hora de sortir van tornar a agrupar-se a l'entorn d'en Mas...

—Si et fas de la colla, podràs venir a les reunions que fem al local...

—Un local, teniu?

—I tant! L'Eriçó te'n pot fer cinc cèntims, si vols...

—És al terrat de casa, que hi ha un colomar, saps? Com que els pares no el necessiten, ens el deixen... Has de venir, tu... Com has dit que et deies?

—Jordi, Jordi Mas... Però, ara, què feu? Heu d'anar a casa vostra?

—No, home, no! Hi anem quan hi ha feina llarga d'estudiar, quan s'apropen els trimestrals... Ara anirem al local... Tens telèfon, tu?

—Sí, per què?

—Ens truquem quan hi ha algun exercici complicat... T'ajuda molt quan vas de bòlit.

—No sé pas com m'ho faré per venir. No em deixaran...

—Home! Si convé, ja procurarem arreglar-te les coses...

Es van dir adéu. Tots el van mirar com es fonia carrer avall.

Després, de seguida es van abocar sobre en Pebret...

—Parla, Pebret! Explica'ns què anaves a dir a primera hora...

En Miquei s'anticipà:

—M'ha posat al corrent quan érem al pati... No us hem cridat a tots per no aixecar la llebre... Us heu fixat com guipava, aquell manso, quan jugàvem!

En Pebret s'explicà:

—Aquesta tarda, quan venia cap aquí, he vist un velomotor blau davant un bar, a prop de casa. M'ha semblat que era el mateix d'aquest... sí, d'aquest Frederic...

En Ri-ri no es va poder aguantar:

—Frede... deric Llovet!

—Això, sí! Llavors m'he camuflat darrera un quiosc de diaris. No m'havia enganyat: assegut en un tamboret, al bar, hi era ell, aquest Frederic del dimoni: xarrupava un refresc...

En Pàmpols s'exclamà:

—Ja en té la pinta, de disposar de diners...!

—Quan ha sortit, amb prou feines m'he pogut amagar darrera el quiosc...

En Pebret prengué alè i deixà anar la revelació sensacional:

—He vist que fumava...!

Els altres van quedar palplantats.

—Bufa! Si a casa seva el pesquen...

—Vosaltres mateixos! Després, he aguantat la respiració. No tenia importància que ell m'hagués vist perquè el bar és a tocar de casa, però no volia que s'hagués adonat que l'espiava...

UNA TRENCADISSA QUE PORTARÀ CUA

Dos dies més tard, a la tarda, a l'hora de començar la classe, hi havia força expectació. En Miquei no va fer acte de presència. Els de la seva colla sabien per què no hi era. I estaven nerviosos ja que sabien, també, que potser s'havia ficat en un considerable embolic.

Abans de l'arribada del professor, hi va haver algun xiuxiueig i força cops de colze.

El dia abans, gràcies a en Pebret, havien sabut l'adreça d'en Frederic Llovet. L'havia demanada al secretari de l'escola, que era amic seu... Era una casa ben a la vora del bar on en Pebret l'havia localitzat. En Miquei, llavors, n'havia pres nota de cara a començar les investigacions.

Uns moments abans d'entrar a classe, s'havien adonat que en Llovet, aquella tarda precisament, anava carregat amb una bossa d'anar a la platja. Això els intrigà.

En ser a classe, i abans que el professor passés llista, canviaren algunes frases. L'Eriçó posà cara d'enigma i informà:

—Hi ha un misteri... I ben gros!

Els altres van fer-li senyal que callés, perquè en Frederic ho sentia tot. Era difícil que sabés que parlaven d'ell, però valia la pena d'anar amb compte, no fos cas que tot el pla se n'anés en orri...

Al cap d'uns moments, però, un altre dels que estaven ben informats trencava el silenci:

—Es veu que tenen por...

En Llovet s'adonava, naturalment, d'aquell enrenou que es movia al seu voltant, però, com de costum, semblava no fer-ne gens de cas. En Jordi Mas, que seia al seu costat, per despistar, es va atrevir a fer un comentari:

—No sé què els passa! Sí que fan...

Però les paraules quedaren sense acabar perquè l'altre va fer un badall i es tombà sense dignar-se escoltar-lo.

Va entrar el professor, tancà la porta i s'assegué a la seva taula. Quan anomenà en Miquei, l'Eriçó va dir:

—Ha anat al metge, aquesta tarda...

Tots es van estremir una mica. Allò era veritat, però no era tota la veritat...

Mentre el mestre posava un senyal al paper, en Riri no es va poder estar de dir a en Nàpia:

—La portera de ca... casa, que ho sap tot, m'ha dit que...

Havia parlat massa alt perquè el van sentir...

—Qui ha parlat?

En Ri-ri s'aixecà i digué:

—Servi... vidor...

—I què has dit?

—No, no res...

—Et passa cada cosa, a tu! Dius que has parlat, però després resulta que no has dit res...

En Ri-ri estava tan vermell que semblava en Pebret. S'embarbussà:

—Vull dir que no he dit... dit res d'impo... portant...

—Home! D'això n'estic segur... Però vull que ho repeteixis, que ens n'assabentem tots.

En Ri-ri no sabia què dir. Tota la classe estava pendent d'ell. Per aquest motiu, perquè en Llovet l'escoltava, no podia dir la veritat. Es decidí. Amb allò li prendrien el pèl, ja ho sabia, però preferí fer el ridícul abans que revelar el seu secret...

—Deia que la po... portera de casa ha dit a la meva ma... mare que aquest any sí que hi haurà pe... petroli...

La riallada que acollí aquestes paraules se sentí des del despatx del director, a l'altre costat de l'edifici.

L'home va parar d'escriure i després va fer un moviment amb el cap. Però no es va enfadar. «Estan esvalotats, encara...», va pensar.

La classe va transcórrer a batzegades. Una mica ensopida, potser, perquè tots els de la colla estaven un pèl absents. Tenien el cap a tres quarts de quinze. Pensaven què devia fer en Miquei en aquells moments.

El professor va haver de deixar anar un parell de crits. Algun follet maliciós acaparava aquella tarda l'atenció de la major part dels seus alumnes.

Fora al passadís, en acabar la classe, el professor que sortia saludà el de química que hi entrava...:

—No sé què els passa. Sembla que estiguin a la lluna. Avui hi ha mitja classe que no ha sentit res del que hem parlat...

—Ja veig que els hauré de treure la son de les orelles...

Sort que el de química s'ho va fer venir bé perquè fos divertida, la classe: establí una competència preguntant el símbol de qualsevol dels metalls o metal·loides que havien hagut d'aprendre. Els nois es van desvetllar. Arribà l'hora de l'esbarjo de pressa...

Recolliren els patins i davallaren les escales. Mentre en Pàmpols, els dos Cuquis i en Ri-ri, que eren els més romancers, acabaven de cordar-se les corretges, els altres ja corrien amunt i avall i es passaven la pilota a tota marxa.

Els va sorprendre veure que en Llovet treia també uns patins. El noi se'ls lligà amb parsimònia i després es posà a evolucionar pel pati. Els altres, de moment, no en van voler fer cas, per no donar-li importància, però no calia. Bé prou que se'n donava ell, tot sol! Només el contemplaven de cua d'ull quan els passava pel costat.

De seguida tots s'havien confessat interiorment que allò sí que era patinar. Ho feia amb naturalitat: agafava embranzida, es llançava ràpid en una direcció i, de sobte, com una anguila, amb un petit moviment del cos, feia les giragonses més inversemblants.

Com dos dies abans, a la classe de francès, en Llovet adornava la seva actuació: estava convençut que en sabia i ho demostrava. No s'estava de fer el pinxo.

Ja se'l miraven gairebé sense dissimular, fins que el gran dels germans Cuquis agafà la pilota i dibuixà unes línies en ziga-zaga, travessant el pati, passà la pilota pels nassos dels altres, per engrescar-los. Va voler distreure'ls per evitar que en Llovet se sentís afalagat.

De mica en mica, tots entraren en el joc, en adonar-se que feien l'estaquirot. A més, tots en sabien, de patinar. Ho feien prou bé. Però, com en totes les seves coses, en Frederic ho feia d'una altra manera: de cara a la galeria. Ells no ho havien fet mai, ni se'ls havia acudit mai de fer-ho. Eren, només, un grup d'amics que jugaven per divertir-se i per fer exercici, no per presumir... Pensaven que hauria estat una falta de companyonia voler figurar més que un altre. Així, s'ajudaven a l'hora de jugar i a l'hora de treballar o estudiar.

En Llovet era diferent. O potser no. Potser s'esforçava a ser-ho. Però els altres no ho podien saber. Només veien que amb aquell noi a classe els havia sortit un gra al clatell.

Engrescats pel nervi d'en Cuquis gran, van fer veure que es preocupaven només del joc i no de les evolucions d'en Llovet, fins que no van tenir més remei que tocar de peus a terra.

Aquell Frederic Llovet, afalagat per les mirades d'ad-

miració que havia arreplegat, es posà a giravoltar pel mig dels patinadors. Si la seva intenció era fer-los la guitza, se'n sortia de primera.

Els altres no sabien què fer. Els faltava, a més, l'acció directa d'en Miquei... Van dissimular, de moment, com si no passés res, però la cosa no rutllava. Quan es passaven la pilota, aquell borinot feia els possibles per travessar i desfer la jugada.

Si no volia tenir tractes amb ells, que no els fes la llesca, pensaven tots...

En Frederic Llovet els havia declarat la guerra.

Cadascú pel seu compte, tots van pensar que ja havien aguantat prou. Si volia soroll, el tindria...

L'Eriçò, que era de molt bona fe, intentà evitar el desastre. Per uns moments va creure que en Llovet tenia ganes de jugar amb ells. Per això, s'avançà. Tots s'havien aturat. Van quedar una mica desinflats quan el van sentir que deia:

—Tu, d'això... Llovet! Si vols jugar, ho dius, però no facis la papallona per aquí el mig...

A tots els va semblar que havia estat massa tou. En Llovet se'n va riure:

—Faig el que em dóna la gana i jugo on vull, quan vull i amb qui vull. No necessito que em deixeu fer això o allò...

I se'ls girà d'esquena... L'Eriçó encara va insistir:

—Hi ha lloc per a tots... Deixa'ns tranquils!

Era dur de pelar, aquell noi dels vestits elegants, de la bicicleta amb motor, del bon accent francès... Els va saber greu haver parlat tant. Mentre es miraven, desconcertats, en Llovet ja patinava com una fletxa cap a la pilota que era per terra, abandonada. Hi clavà puntada de peu en una direcció que tots, llevat d'ell, sabien que era perillosa. La pilota s'elevà i anà a parar contra la finestra del despatx del director. Se sentí el soroll dels vidres que es trencaven i tots van quedar glaçats.

Tots, llevat de l'autor de la malifeta, el qual reprengué les seves corredisses, com si res.

Quan va sortir el director, s'apoderà de la pilota que ningú més no havia gosat tocar. Va picar de mans i tots s'aproparen, nerviosos, amb el cap cot, sense saber què havien de dir.

–Qui ha estat?

Ningú no contestà. Hi va haver uns segons de silenci. Els de la colla estaven atabalats. Si el culpable no s'avançava, ells, que eren els propietaris de la pilota, serien els més perjudicats.

Calia esperar que en Llovet es declarés culpable, però el noi, de moment, callava com un murri, encara que la processó li anava per dins...

Els altres deu alumnes de la classe no havien vist com havia anat la trencadissa. Hi havia un silenci impressionant. El director sabia que si el culpable no confessava d'entrada, els altres no l'acusarien. Insistí:

–Qui...?

Silenci.

L'home, després, va dir:

—No sou dignes de la confiança que us tenia. El culpable, per la seva falta d'honradesa, i els altres per una companyonia mal entesa. Us quedeu sense esbarjo fins que no s'aclareixi l'incident...

Van tornar cap a l'aula, tots, en silenci. En Llovet, tot i que somreia amb suficiència, estava neguitós. Tenia por. Les coses s'havien complicat més del que hauria volgut.

Tot pujant l'escala, cap a la classe, els que no sabien què havia passat preguntaven qui era el barrut que callava, però l'Eriçó i en Nàpia ja havien tingut temps d'escampar la consigna: «Que ningú no digui res!». Amb això, més que protegir en Llovet, intentaven tenirlo lligat de peus i mans: una paraula d'ells i el noi rebria un càstig... Podien treure partit d'aquella circumstància!

A l'hora de plegar, en Llovet va tenir prou habilitat per fer-se fonedís i, sempre com una anguila, va fugir escales avall. D'aquesta manera ningú no li podia demanar explicacions.

Quan els altres arribaven a la vorera, ell ja havia posat el velomotor en marxa i desapareixia tot deixant un rastre de fum.

EL COLOMAR DE L'ERIÇÓ

En Pàmpols obrí la porta del pis de l'Eriçó. Eren els germans Cuquis.

—Passeu, nois!

Travessaren el passadís i el terrat. En un racó hi havia l'escaleta de cargol que pujava al colomar.

L'Eriçó, en Ri-ri i en Nàpia ja eren a dins. L'Eriçó gambava amunt i avall pel colomar, on havia anat directament en sortir de classe. Estava nerviós. Va dir:

—Això ja passa de taca d'oli!

S'aturà i amb la mà esquerra agafà els quatre projectils que hi havia damunt la tauleta coixa i s'apropà a la diana de suro que ells mateixos havien construït, i hi llançà les fletxes, clavant-les gairebé al mig. En Pàmpols comentà:

—Tu, com més nerviós estàs, més t'hi acostes... En canvi, jo, ara, no n'ensopegaria ni una... Només em tranquil·litzaria si pogués trencar un os a aquell trapella d'en Llovet...!

Les parets del colomar eren de fusta. Tot i que havien tapat les escletxes, quan el vent bufava massa fort, entrava no se sabia com i feia la sensació que et trobaves a l'aire lliure.

Les antenes de televisió que hi havia instal·lades a les baranes dels terrats propers, en ser atacades pel vent, feien uns xiscles que, de nit, posaven la pell de gallina a l'Eriçó si s'havia quedat al colomar a llegir o a estudiar.

El sostre estava protegit amb quitrà i al damunt hi havia un cobert d'uralita.

De les parets, però, no es veia gran cosa. Tot era cobert de dibuixos i retalls de revistes. També hi havia uns prestatges en els quals s'arrengleraven els llibres d'estudi i d'esbarjo de l'Eriçó.

Sobre la tauleta coixa hi havia un telèfon que funcionava. Era un suplement del que els pares del noi tenien al menjador.

En Ri-ri feia massa estona que callava. Va explotar:

—Aquest xicot és un gr... gran sapastre! Ens fa anar

de bòlit! He hagut de mossegar-me la llengua, perquè ja te... tenia el seu nom a punt quan el director ha...

L'Eriçó se'l mirà.

–Mal fet! Llavors si que...

En Pàmpols el tallà. No es podia aguantar:

–Aquesta cançó ja comença a atipar-me! No m'interessa fer amistat amb aquest dropo... El director ha dit que ja no mereixem la seva confiança... El que hem de fer, és estudiar la manera d'estovar-lo de valent, entre tots, o d'un en un, com vulgueu...!

L'Eriçó va aclarir:

–No m'has entès, tu! Vull dir que si el descobrim, no passarem de ser uns vulgars xerrameques, uns espietes... Ara, em penso que el tenim a la nostra mercè... En farem el que voldrem!

En Nàpia es fregava les mans:

–El condemnaren als més refinats turments! Tinc un llibre que diu que a la Xina en sabien tant, d'això. Lligaven un individu en un tronc, l'untaven de mel, i el deixaven que se'l cruspissin les mosques i les formigues...

Tot i que en Nàpia feia broma, el Cuquis petit s'ho prengué a la valenta:

–Estic segur que en Miquei no voldrà que ho fem, això!

No acabà el que volia dir. Per fi algú s'havia atrevit a anomenar en Miquei! Tots estaven nerviosos i patien per ell sense gosar dir-ho. En Ri-ri va gemegar:

–Sí, en Mique... quei...! On deu ser, ara? Ja hauria d'haver arribat, oi?

De sobte, tots es van esbravar. Tenien por del que podia haver-li passat, al seu amic! No era lògic que tardés tant...

Al cap d'una estona es van calmar o ho van fer veure. Van recordar que en Miquei era prou eixerit per sortir-se de qualsevol mal pas, i que després, quan arribés, es riuria del temor de tots ells.

En Pàmpols recordà que en Ri-ri els havia volgut explicar alguna cosa aquella mateixa tarda...

—Quan t'ha pescat el d'història, no sé què anaves a explicar-nos de la teva famosa portera...

L'altre, fent-se l'ofès, contestà:

—No et riguis d'ella, que val mo... molt...! Mira: vaig parlar-li d'en Llovet amb to desme... menjat, com si només sentís una certa cu... curiositat. Ella es va empassar l'ham quan vaig dir-li que era impossible que en sabés alguna co... cosa, del noi... Ahir al migdia em va venir amb una mena de serial. Ho sabia tot! Fa mig any que hi viuen, al ba... barri. El pis va a nom de Maria Ri... Rives, la mare d'en Llovet... És una senyora jove que se... sembla que sempre esti... tigui trista...

En Ri-ri va prendre alè i s'engegà altra vegada:

—No n'hi ha dues com la me... meva, de po... porteres! Va saber que la ma... mare del noi de vegades sembla que hagi plo... plorat. El pa... pare es diu Lluís, però no l'ha vist mai ningú... Sempre és fora!

L'Eriçó va comentar:

—És estrany això d'un pare que no és mai a casa... Pot ser viatjant o mariner, però de tant en tant bé prou que tindria l'ocasió de fer una visita...

—Així, doncs, viuen tots dos sols...? —va fer en Pàmpols.

—Sí —informà en Ri-ri—. Hi ha una mi... minyona, també. I de vegades un tipus malcarat, una mena de parent llunyà...

En Pàmpols feia anar el cap amunt i avall:

—Ja sabeu que jo no volia saber res amb aquestes investigacions. No val la pena molestar-se per aquest tipet. No hi sé veure res de misteriós... És un gamberret, tot plegat! I això que el pare no hi sigui, no té res de particular...

En Nàpia insinuà:

—Imagineu-vos que explora el naixement de l'Amazones... No pot pas tenir temps de passar per casa cada final de setmana, oi?

L'Eriçó no hi estava d'acord:

—Hi ha algun misteri... Mireu, ahir a la tarda, en Ri-ri ens va explicar, a en Miquei i a mi, el que li havia dit la seva portera. Per curiositat, se'm va acudir de telefonar-los preguntant pel senyor Lluís Llovet... Hi ha algun misteri, ja us ho dic! S'enfaden... Prova-ho tu, ara, Pàmpols!

—Com heu sabut el número? Si encara no fa un any que hi viuen, no podeu haver-lo trobat a la guia, oi?

L'Eriçó va somriure i contestà:

—Vam tenir sort... Truco a la Telefònica i, fent el

despistat, pregunto si els Llovet que viuen on són ara són els mateixos que vivien a..., i vaig quedar-me dubtant, fent el pagès... La telefonista que m'informava va dir-me que, per assegurar-se'n, miraria l'adreça anterior... Al cap d'uns segons m'ho va dir tot: el número actual i l'adreça anterior... Ara, d'acord amb en Miquei, en Pebret ha anat a visitar la zona per si en treu alguna cosa... Té, Pàmpols, en aquest paperet hi ha el número... Truca-hi!

Tots callaren mentre el noi marcava les xifres... Silenci... Se sentí, també, un sorollet i una veu. En Pàmpols va tapar-se el nas i imità la veu d'una persona gran. Va dir:

—El senyor Lluís Llovet, per favor...

Una veu va dir alguna cosa amb violència. Van penjar. En Pàmpols es quedà uns segons amb l'auricular a la mà. Els altres l'interrogaren:

—Què t'han dit?

—M'han engegat a fer gàrgares...!

L'Eriçó tornà a parlar:

—Ja ho veus com hi ha un misteri. Si el senyor Llovet és un viatjant o un gran explorador, no hi ha motiu per contestar d'aquesta manera. L'única que no s'enfada és la minyona, que s'ho pren de broma. Un cop et diu que el senyor és a la dutxa, o a la lluna, o de vacances... Sembla que s'hi diverteix molt, ella...

En Pàmpols preguntà de què feia la mare i en Ri-ri informà:

—Treballar, no ho fa... Surt sola, de vegades, o amb

aquella pre... preciositat de fillet que té... Pe... però no treballa. A més, tenen minyona, reco... cordeu-ho! El pare, sigui on si... gui, ha de guanyar diners llargs...

El gran dels Cuquis adoptà un to misteriós:

—El que us diré, no ha de sortir d'aquí...

Va mirar amunt i avall, com per assegurar-se que ningú, llevat dels seus amics, no el sentia. I continuà:

—...el meu pare ha col·laborat a investigar des del banc en què treballa... Aquesta gent no tenen ni cinc cèntims als bancs o a les caixes d'estalvis de la ciutat...

—De què viuen, doncs?

En Nàpia va dir:

—Hauríem de fer amistat amb el carter per fer-li xerrar si reben algun gir...

En aquell moment va sonar el timbre del telèfon. L'agafà en Ri-ri.

—Digui...

Ja no va dir res més. Obrí uns ulls com unes taronges i començà a fer que sí amb el cap. De l'altre costat brollaven unes paraules seguides que no s'aturaven. I, després, un sorollet: havien penjat. Tots miraven en Ri-ri, a l'expectativa...

—Què ha passat? Qui era? Què volia?

—Era en Pebret... Volia saber si érem aquí, perquè diu que ja ho sap tot...

Va fer una pausa...

—Di... diu que no hi pe... pensem més, que ja ha tret l'entre... trellat de tot. Que ens ca... calcem, que hi ha sorpreses i grans...

—Sí, d'acord, però què t'ha explicat?

—No m'ha dit res més...

—No s'hi val! Has estat prou tanoca per no fer-lo xerrar... Què farem? Què farem, ara?

Van decidir esperar-lo. No hi havia més remei.

Els germans Cuquis, com si s'haguessin posat d'acord, van preguntar de cop:

—I en Miquei?

Haurien rigut si no haguessin estat tan preocupats, però ho estaven, i molt. Feia molta estona que en Miquei hauria hagut de ser allí. No se'l podien treure del cap. I més quan pensaven que s'havia imposat una feina que podia ser perillosa.

Hi va haver un silenci que trencà en Nàpia:

no volen que el carter deixi les cartes a la portera... Quan l'home era a punt d'arribar al replà, m'he avançat i li he demanat si hi havia carta per a la mare... Tot era bastant fosc... L'home s'ha pensat que jo era en Frederic i me l'ha donada... Quan ha estat fora, m'he adonat que allò estava molt mal fet. No sabia què fer amb la carta. No era meva... Però no podia desaprofitar l'ocasió. Era una oportunitat per saber el nom del remitent... M'he enfilat fins al replà de dalt i he llegit el sobre. Allà hi havia la solució: hi havia el nom del pare d'en Llovet al remitent. Però al costat hi havia un timbre amb el nom de la presó de la ciutat... Què us sembla?

En Ri-ri deixà anar un xiulet. Tots estaven parats...

—Així, el pare no és ni de viatge ni fa d'explorador. Senzillament, està tancat a la presó...

En Ri-ri no es va poder estar de dir:

—I el seu fill no ta... tardarà gaire a fer-li companyia...!

—Però l'aventura no ha acabat aquí. Aquest ha estat el començament. Fixeu-vos...

Tots tornaven a callar, pendents del que els anunciava...

—...ja en tenia prou, amb la carta. El pare era a la presó. Però, què podia fer jo amb aquell paper? Havia de tornar-la. No m'hi he pensat gens. He trucat a la porta del pis. La minyona no se'n sabia avenir que tornés a ser jo. Li he donat la carta sense cap més comentari i he baixat. En ser al pis de sota, sento la veu d'en Frederic que saluda la portera. Era tard. Ell ja tornava de l'escola... Torno a pujar escales amunt. M'he aturat al replà de dalt... Abans que el noi truqués, la porta de casa seva s'ha obert. He tornat a sentir aquella veu rogallosa que preguntava a en Frederic si no s'havia ensopegat amb un noi que baixava. Ell ha dit que no... Aquell noi era jo! M'he començat a espantar, i més quan l'he sentit que pujava. M'empaitava perquè la minyona devia haver-li dit que aquell pesat d'abans era el que havia portat la carta... Jo ja era gairebé al terrat. Per sort, la porta no era tancada. Això m'ha salvat! He corregut pel terrat... Hi ha una mena de caseta, el pis de la portera. En una finestra hi havia llum i era oberta... M'hi abocat i he saltat a dins sense pensar-m'hi gens...

S'hauria pogut sentir el vol d'una mosca. En Miquei tenia la veu trencada. Tornava a tenir la pell de gallina, perquè, mentre s'explicava, s'adonava dels grans perills que havia corregut.

Els altres tenien el cor en un puny. Semblava mentida que allò hagués passat a un d'ells, i aquella mateixa tarda...!

Però en Miquei ja prosseguia:

—...he procurat no fer soroll. Dins el piset no hi devia haver ningú perquè he ensopegat amb una cadira i no ha passat res. He recorregut l'habitació. Sentia la veu de l'home, que cridava fora al terrat. A través de les cortines d'una finestra l'he pogut veure. No ha sospitat que jo fos allí tan a la vora seu perquè he tingut la precaució d'ajustar la finestra darrera meu... Ja podeu pensar que mai no havia passat tant de canguelis... L'he vist que s'abocava sobre la barana i que mirava avall. L'home no devia entendre per on m'havia fos. Després, ja no l'he vist més. He sentit que es tancava la porta del terrat. He esperat una estona fins que he comprès que ell ja no hi era. Com que hi havia una olla al foc amb aigua que bullia, he pensat que la portera devia estar a punt de pujar... He sortit per la mateixa finestra i m'he trobat fora, amb la porta tancada. Per sort, el terrat comunica amb d'altres de veïns de la mateixa altura. M'he encamellat a la barana i he canviat de terrat i de casa un parell de vegades... En un d'ells, la porta era oberta i he pogut baixar les escales tranquil·lament... No m'ho podia creure que ja era a baix, quan he trepitjat les lloses del carrer! Però, de sobte, m'ha semblat veure aquell home. He engegat a córrer com un esperitat i no he parat fins aquí... Per això he arribat tan desmanegat...

L'ambient havia pujat de to. Els nois no se'n sabien

avenir. Van canviar comentaris emocionats. Reien i es miraven en Miquei, sorpresos. Li tustaven l'esquena... Era tanta la cridòria, que no van sentir que algú trucava el timbre. La mare de l'Eriçó va obrir la porta i, de sobte, en Pebret, tot acalorat, entrà fent el milhomes... Quan va veure que no li feien cas, es va donar importància i cridà:

—He fet una descoberta sensacional!

—Vols dir...?

—Vejam qui és el valent que em diu on s'amaga el pare d'en Llovet?

Com un sol home, tots van contestar:

—A la presó!

En Pebret no va saber quina cara posar. Ensopegà amb una cadira i va caure. Quedà assegut per terra, amb la boca oberta. Per fi, digué:

—I pensar que he agafat un taxi i que m'he gastat trenta pessetes...

Mentre els altres reien, ell es portà les mans a les butxaques i comprovà que havia quedat ben escurat. Va repetir:

—Trenta pessetes! Malaguanyades...!

Van haver de separar-se perquè ja era massa tard. Però no per això van deixar d'estar en contacte. El que en Miquei i després en Pebret havien explicat, els barrinava pel cap.

Com que feia un parell de dies que a les cases no

parlaven de res més, les famílies ja sabien de què anava. El pare d'en Nàpia, que treballava en un laboratori, en sentir allò de la presó, hi va caure de seguida... Explicà al seu fill que es devia tractar d'un tal Lluís Llovet que havia estat el gerent del laboratori de productes farmacèutics més important del país i que l'havien tancat feia mig any per traficar amb productes prohibits... Allò, va dir, havia sorprès tothom, perquè es tractava d'una persona que s'havia fet estimar per agradable i simpàtica.

En Nàpia trucà a l'Eriçó i aquest a en Miquei. Aquests dos s'entretingueren força estona xerrant de l'assumpte. Van decidir que ells no tenien cap culpa que el pare del noi estigués a la presó i encara menys de la trencadissa dels vidres... Tot i que no el volien delatar, havien de forçar-lo que fos ell qui donés la cara per declarar-se culpable.

Un cop l'Eriçó i en Miquei van posar-se d'acord, les decisions es van transmetre de la forma habitual.

L'Eriçó telefonà a en Pàmpols, i aquest a en Pebret i a en Nàpia. Després, en Nàpia ho feia amb el xicot nou, en Jordi Mas. Per l'altra banda, en Miquei telefonava a casa els germans Cuquis i a en Ri-ri.

En deu minuts tots van estar al corrent de l'atac «psicològic», com l'havia batejat en Miquei, que l'endemà començarien contra en Llovet.

UN ACCIDENT TRENCA EL GLAÇ

El dia va transcórrer amb normalitat. Com que estaven castigats, no van sortir al pati ni al matí ni a la tarda. Els de la colla s'ho havien pres amb filosofia: tenien un pla i es preparaven per portar-lo a terme, però la resta de la classe, en canvi, estaven molt excitats. Un dels més ganàpies, a mitja tarda, havia dit a en Miquei:

—Ja ens comença a pujar la mosca al nas! Vosaltres sabeu qui va ser i ho heu de xerrar... Si no ho feu, hi haurà soroll! Ja n'estem tips, de florir-nos aquí dins, sents?

Però en Miquei havia contestat, amb cara d'innocència:

—No sé de què em parles! Jo no hi era, ahir, recorda-ho!

I els havia deixat que remuguessin entre dents que hi havia algú, allà dins, que tenia ganes de rebre de valent.

A l'hora de plegar, en Llovet intentà fer com cada dia per ser el primer de sortir de classe. Però en Jordi Mas, que seia a la mateixa taula, li bloquejà la sortida tot romancejant. En Llovet l'empenyia, nerviós, però ell seguia assegut i posava els llibres i les llibretes, a poc a poc, dins la cartera. Tots anaven sortint primer que ells. I els de la colla, especialment, ho feien a tota màquina, escales avall.

Quan en Llovet va poder sortir, els altres ja eren al carrer. En Pàmpols se li col·locà al costat sense dir res. Al cap d'un parell de metres, en Cuquis petit se li posà a l'altre costat. Van caminar així unes passes. Si en Llovet afluixava la marxa, els altres dos també...

En Llovet hauria pogut posar-se a córrer o canviar de direcció, però no n'hauria tret res perquè aquell parell estaven decidits a empaitar-lo pertot arreu. L'única oportunitat de fugir era arribar de seguida on tenia el velomotor. Les orelles i les galtes li cremaven. Comprenia que els de la colla havien passat a l'atac...

En Pàmpols va començar a burxar-lo:

—El trencavidres té pressa... Mi-te'l, com corre...!

I el Cuquis petit arrodonia:

—No pot parlar perquè és mut, el noi! Ben mut. No ho sap dir, que ell és el famós trencavidres!

En Pàmpols insistia:

—Sí, és mut. Només sap parlar en francès...!

No van tenir temps de dir res més, perquè gairebé van ensopegar amb la resta de la colla. En Nàpia, en Miquei, en Pebret, el Cuquis gran, en Ri-ri i l'Eriçó, s'estaven al voltant del velomotor. Van tancar el cercle de manera que en Llovet no hi tingués accés. El noi se'ls abraonà:

—Fora d'aquí! Això és meu...! Us faré...!

En Pàmpols, que ja era allí mateix, digué, amb fingida sorpresa:

—Oh! Però si no és mut...!

Però el van deixar passar. En Llovet s'enfilà sobre el velomotor i intentà posar-lo en marxa. No se'n sortí a la primera perquè estava nerviós. Els altres se'n reien. En Pàmpols seguia amb l'atac:

—Mireu: no en sap! Si fos una pilota, rai! La clavaria sobre els vidres, i tan tranquil...!

Quan en Llovet aconseguí de fer funcionar la màquina, s'hi assegué de seguida. Els primers metres, els va fer, indecís, acompanyat per les rialles de la colla que el van seguir fins que aconseguí una velocitat més ràpida. El van xiular i esbroncar mentre s'allunyava fent tentines. Per fi es va fondre per la cantonada.

Es van mirar, satisfets. En Jordi Mas, que acabava d'arribar, preguntà:

—Què?

—De primera! L'hem fet posar nerviós... L'atac psicològic no podia fallar...!

En aquell moment, però, van sentir xerricar els frens d'un vehicle i algú que cridava. No veien què passava a l'altre carrer, però hi van córrer tots.

Hi havia un camió aturat i dues dones grans que xisclaven, esverades. En Llovet era per terra, sobre la vorera, i el velomotor jeia un parell de metres enllà.

El xofer del camió s'explicava a crits. Una de les dues dones, la més serena, li donava la raó...

—Anava esverat, aquest marrec! Per poc se'm clava sota les rodes del camió...

I la dona:

—Sí, i per esquivar el camió se'ns ha llançat al damunt nostre, i això que anàvem per la vorera...

En Miquei va notar que se li feia un nus a la gola. Mirà els altres. Tots estaven encongits. Mirà en Llovet, sol, per terra. S'hi va llançar, ràpidament. El noi tenia els ulls tancats i la cara bruta de sang que li rajava del nas.

En Pàmpols se li agenollà al costat i li palpà els braços i les cames. El ferit obria els ulls. Es llepà els llavis i va fer una ganyota. En Pàmpols informà:

–Jo diria que no té res trencat... Et pots aixecar, noi?

Un taxi, amb el «lliure» posat, s'aturà darrera el camió. El taxista preguntà al grup de nois:

–Què passa?

El xofer del camió va veure que en Llovet ja era dret. Com que no havien xocat i no volia embolics, arrencà i va desaparèixer. El taxista anava a fer el mateix, però en Ri-ri el parà. L'home tornà a preguntar:

–S'ha fet mal?

En Ri-ri ja havia obert la porta. En Miquei i en Pàmpols van ajudar el ferit a entrar-hi... En Pàmpols digué:

–No, només la trompada, quan ha caigut...

L'home preguntà:

–Què, on he d'anar?

En Llovet parlà per primer cop:

–No vull anar a casa... No vull que la mamà em vegi així...

En Miquei mirà en Pàmpols fit a fit. Aquest va dir:

–Anem a casa meva –i donà l'adreça al taxista–. La mare li farà un pedaç que semblarà nou de trinca...

A més del ferit i d'en Pàmpols, van pujar en Miquei, en Ri-ri i en Pebret. Els altres els van veure allunyar-se. Van tenir temps, encara, de sentir que el taxista deia:

–Us ho faré baratet, però per l'amor de Déu, poseu-li un mocador al nas, que no em taqui l'entapissat...!

Els que van quedar-se pel carrer es van ocupar del velomotor. Tampoc no havia rebut gaire. S'havia esquinçat la coberta d'un dels pneumàtics, un dels parafangs s'havia abonyegat i el manillar s'havia torçat. Van intentar, sense sortir-se'n, de posar el motor en marxa. Mentre discutien què calia fer, en Jordi Mas va dir que se n'havia d'anar.

Van quedar els dos germans Cuquis, en Nàpia i l'Eriçó. Aquest va dir:

—El pare no en tindria ni per començar!

En Nàpia li va prendre la paraula:

—Som-hi! On és, ara, el teu pare?

—Si anem de pressa, encara el trobarem al taller... Mireu, vosaltres porteu-hi la bicicleta —ja sabeu on és, el taller—, i jo hi vaig a tota velocitat, que no se'ns escapi...

Quan en Llovet va tornar a tenir el cap clar, la situació dins el taxi es va fer difícil.

Els de la colla estaven confusos i avergonyits. Se sentien culpables perquè creien que amb el seu atac «psicològic» havien atabalat el noi i havien provocat l'accident.

En Llovet, per altra banda, no se n'adonava, d'això, i només pensava que es trobava a les mans dels seus enemics i que les passaria magres... Se sentia aixafat i no tenia ganes de lluitar...

Ni els uns ni l'altre no gosaven mirar-se. De sobte, ell preguntà, amb un filet de veu:

—Què em fareu, ara?

I els va mirar, esporuguit. Però els de la colla tenien un posat diferent d'uns moments abans, de quan l'havien empaitat pel carrer. El miraven gairebé amb afecte. Aquell Miquei, menut i eixerit, digué:

—No parlis... Digue'ns, només, com et trobes...

Es preocupaven d'ell. Però allò podia ser per despistar... Tenia por!

—On em porteu? Què em voleu fer?

—La mare d'aquest —i en Miquei assenyalà en Pàmpols—, és infermera... Calla, home, no pateixis...

En Llovet no va voler que l'ajudessin a baixar del taxi, i ho va fer pel seu propi peu. Llavors pensà en el velomotor, però no ho va dir. Si l'havia perdut, ja no s'hi podia fer res. Va rebutjar l'ajuda que els altres li oferien per a pujar l'escala. En Ri-ri mirà en Miquei i li picà l'ullet. Volia indicar, amb allò, que era del morro fort, en Llovet. En Miquei va somriure. S'havia tret un pes de sobre en veure com en Llovet pujava tot sol l'escala...

A casa en Pàmpols els van rebre molt bé. La mare es va desfer en atencions. Era dolça i simpàtica. I en sabia, de curar.

Netejà la cara del ferit amb un cotó sucat amb oxigenada. Parlava molt seguit i així desviava la seva atenció mentre explorava les nafres.

El seu fill li va explicar que en Llovet era un alumne nou que tenia un velomotor —«d'aquells que m'agraden tant, mare!», afegí, sense pensar—, i que s'havia estimbat...

—Veus, veus què t'has estalviat, tu, no tenint-ne cap...! Res, res... No hi ha bicicleta que valgui!

En Pàmpols posà cara resignada i comentà, tristoi:

—Així, tot allò que deies que valia massa diners, era una excusa?

La mare va somriure:

—També és per això, també... Fixa't, són dos motius per no comprar-te'l... Vejam! Què, et fa mal, noi? Com es diu el teu amic?

El seu fill va haver d'aguantar-se el riure. Allò d'«amic», aplicat a en Llovet, feia força gràcia...

—Llovet, Frederic Llovet, senyora —s'anticipà el noi, esforçant-se a ser educat—... per servir-la...

En Ri-ri, darrera en Llovet, començà a fer ganyotes. Els altres no podien aguantar-se. Deia, quequejant expressament:

—Sí, sí se... senyora... Fi... fixi's, és no... nou i com que no ens co... coneix ga... gaire, es pe... pensava que el rap... raptàvem...

Reien, no se'n podien estar. La mare d'en Pàmpols, ara, li posava una tira d'esparadrap al braç tot dient:

—Consti que no me'ls crec. Estic segura que ja sou molt bons amics, perquè fas cara de bon xicot. Ja sé que tot just us heu conegut, però tots sou bones persones... Una mica esbojarrats...

La gresca ja havia començat. Com més coses deia la bona dona que no hauria hagut de dir, més tip de riure es feien. El mateix Llovet, que al començament no s'ho havia pres bé, ara dibuixava ja un somriure. Somreia d'una manera diferent de la que l'havia caracteritzat fins llavors. Era un somriure franc, obert, de bon xicot... La mare d'en Pàmpols seguia ficant-se de peus a la galleda:

—Veus, així m'agrada, que riguis tu, també... Pensa que feies una cara, quan has entrat! Així m'agrada...!

Al cap d'uns moments, després de mirar detingudament els pantalons d'en Llovet, la dona va dir:

—Si t'haguessis fet un bon trau a la cama, t'ho arreglaria amb uns quants punts ben donats, però no em veig amb cor de cosir-te els pantalons...

En Pebret, vermell com de costum, va saltar:

—La meva mare en sap un niu, de cosir!

I tant sí com no, van fer entrar en Llovet al lavabo, posar-se el barnús d'en Pàmpols, i donar els pantalons a en Pebret, el qual va sortir com una fletxa cap a casa seva.

Al cap d'una estona, s'obrí la porta del pis i entrà un home a la saleta. Era el pare d'en Pàmpols, alt i malgirbat com el fill, però amb trenta anys més al damunt. Va saludar els nois i obrí molt els ulls quan va veure que un xicot desconegut portava el barnús del seu fill. La mare explicà què havia passat. L'home, que recordava alguna cosa de la història del noi nou, tan presumit, que feia la guitza a la colla del seu fill, va fer un comentari que els deixà d'una peça:

—Ah! Ja sé qui és... És aquell noiet que us feia la vida impossible! Ha, ha, ha! Ja t'ho deia, jo, que aviat seríeu ben amics...

Sense adonar-se que acabava de vessar-la, l'home continuava:

—Aquest Miquei! Quina imaginació...! Ja m'ho ha explicat tot el noi, ja! Has fet de detectiu i l'has espiat i tot... Quins trapelles! I al final, amics, com si res!

En Pàmpols intentà aturar de seguida aquella intervenció del seu pare:

—Vés a canviar-te de roba, pare, que la mare rondinarà... Vine, que hi ha una sorpresa, per a tu, allà dins...

El pare es resistia a anar-se'n...

—M'agrada que sigueu amics! Jugar a detectius, ha, ha!

En Llovet obria els ulls, tot estranyat. No entenia què volia dir aquell home amb tot allò que l'havien espiat...

I els de la colla no s'hi veien de cap ull. No sabien què era el que el pare d'en Pàmpols sabia del cas, però temien que se'ls despengés fent preguntes sobre el pare d'en Llovet. Seria la catàstrofe! Finalment, en Pàmpols aconseguí emportar-se'l. L'home desaparegué, però la muller restà a la sala. Ella no en sabia res, de tot allò, però s'adonava que el seu marit havia fet una planxa. Hauria volgut arreglar-ho, però van trucar a la porta. Eren els dos germans Cuquis i en Nàpia. Feien una cara tota espantada i caminaven gairebé de puntetes, per no fer soroll. Van canviar de cara quan van veure el ferit —que ells pensaven trobar mig mort— dret i amb el barnús d'en Pàmpols.

En Llovet tenia un aspecte força bo. Una copeta de conyac li havia fet tornar els colors a les galtes. Tenia els llavis un xic inflats i un tallet en una comissura.

En veure'l tan eixerit, no es van poder estar de somriure:

—Noi, no ens pensàvem de trobar-te tan bé! Ho celebrem!

En Llovet no va tenir més remei que donar-los les gràcies. Estava desconcertat per les atencions de què era objecte. I és que no comptava amb la por que tots havien tingut en veure'l per terra, al costat del camió... Sobretot, el preocupava allò que havia dit el pare d'en Pàmpols. Què sabien d'ell, tota aquella colla?

De sobte, recordà que la seva mare devia passar ànsia. Demanà per telefonar. Va parlar amb la seva mare:

—...mamà, ara vindré... Sí, aviat... No, no em passa res, mamà... Sóc a casa... —es va interrompre i mirà al seu voltant—, a casa d'uns amics... Sí, fins ara...

En Nàpia li va dir així que va haver penjat:

—El pare de l'Eriçó enllesteix el velomotor...

El velomotor! Ja l'havia donat per perdut... En Nàpia seguia:

—Quedarà com nou, ja ho veuràs. T'ha arreglat el pneumàtic i la direcció... El parafang també, però no el repintarà. El temps era massa just...

Després d'uns moments de silenci, tornà en Pebret. Portava els pantalons d'en Llovet al braç. Havia anat més de pressa del que podien pensar. Va fer:

—No estava estripat... Hi havia un parell de costures descosides. La mare ha fet uns repunts a màquina, ha entrat un pèl la vora —que era el que s'havia esfilagarsat— i ha quedat com si res...

El noi havia adornat el seu discurs amb tot de gestos, com si ho hagués cosit ell. Se'n van riure. Després, en Nàpia informà:

—En caure, s'ha deslligat el portapaquets i el teu llibre d'història ha anat a parar en un toll d'aigua. No el podràs reconstruir ni amb pinces...

En Pebret va saltar:

—Demà me'l dónes, o me'l deixes aquest mateix vespre, i a casa veurem què s'hi pot fer... Ens pintem sols, nosaltres, per a arreglar els llibres!

En Llovet estava atabalat. No sabia on mirar. No el deixaven dir. Semblava que aquells nois s'havien adonat que estava molt sol. I eren els mateixos que ell havia tractat malament, els mateixos, també, que feia una estona l'havien empaitat pel carrer ridiculitzant-lo... S'adonà del que perdia no essent-ne amic, d'ells. Per un moment imaginà que potser es farien càrrec del seu secret, però estimava el seu pare i no podia permetre que ningú se'n rigués. No volia tenir cap més amic perquè els que havia tingut abans no havien sabut respectar el seu pare i l'havien insultat.

En Miquei feia anar a tota màquina el cervell. Veia que en Llovet era capaç de tenir una altra actitud, que podia portar-se com una persona. Això, i, sobretot, el record de l'accident que el seu atac «psicològic» havia provocat, i del qual se sentia responsable, li deien que calia fer les paus. Si l'altre es decidia a afluixar veles, ells havien de correspondre. Per un instant pensà que en Llovet podia tenir, també, les seves raons per a actuar com havia fet des del començament...

Es tornà a sentir soroll a la porta i sonà la veu de l'Eriçó... També parlava en veu baixa, com si hi hagués algun malalt. El van cridar. Va entrar, sorprès:

—Caram! si fa una estona que semblaves mig difunt...!

Però no feia una estona. Havien passat un parell d'hores entre una cosa i l'altra. Era molt tard. Van començar a acomiadar-se de la família d'en Pàmpols, precisament quan arribava la germana, riolera. La noia es va mig sorprendre de trobar tanta gent, però no en va fer cas. Es llançà cap a l'aparell de televisió i l'engegà. Va dir, esbufegant:

—Si tinc sort, encara veuré el començament...!

En Pàmpols va posar una cara de resignació que els va fer riure. Després, va dir a en Llovet:

—Et presento la meva germana, una víctima de la tècnica...

La noia va fer una petita salutació amb la mà i tornà a girar-se de cara a l'aparell.

Van començar a baixar l'escala. En Miquei s'ho

va fer venir bé per quedar-se sol amb en Llovet...

—És tard. Ja l'acompanyaré jo, un tros...

Van marxar, carrer avall, tots dos sols, mentre els altres, que havien endevinat les seves intencions, els deixaven estar...

En Miquei no sabia com començar. I l'altre no demostrava, tampoc, gens de ganes de parlar. Però va obrir la boca primer:

—No sóc un nen...! Sé anar tot sol a casa...

En Miquei l'agafà per una màniga:

—Has perdut una mica de sang... Vull parlar amb tu...

—Ja et vaig dir el primer dia que...

Es van mirar fit a fit. En aquell moment, tots dos pensaven el mateix: no sabien si es tenien molta tírria o si volien ser grans i bons amics.

Tant a punt estaven d'anar a mastegots com d'abraçar-se.

En Miquei gosà obrir la boca sense saber com acabaria, però estava decidit a ser sincer...:

—No et vam fer cas, llavors. Teníem ganes de fer-te passar per la pedra... T'hem espiat, ja ho has sentit...

En Llovet callava. Volia saber què havien descobert. Deixà dir i en Miquei continuà, estimulat per aquell silenci:

—Ara veig que no està bé el que hem fet. Però has de reconèixer que tu t'ho havies buscat... Semblava que

tenies ganes de rebre! Si no arriba a ser per això d'avui, t'asseguro que hauries llepat de valent...

Va fer una pausa i seguí:

—...però ens intrigaves. En Pàmpols t'hauria sacsejat per les bones. Els altres teníem més paciència. Et volíem castigar d'una manera més científica... Per això vam voler saber qui eres, on vivies, qui era la teva mare, qui era el teu..., sí, el teu pare...

En Llovet l'engrapà:

—Calla! Ja en tinc prou...! No vull saber res de vosaltres...!

En Miquei començava a comprendre:

—No puc callar! Ara ja ho sabem tot... Però em sembla que t'equivoques: no tenim res contra teu per més que el teu pare sigui a la...

I en Llovet:

—Sí, és a la presó...! I què? L'estimo més que abans, perquè sé que és innocent! Ho sé i no em puc estar de dir-ho...

Va callar, però, de seguida, abatut, preguntà:

—Així, ho sabeu...? Tots...?

Ho sabien i l'havien ajudat, pensava... L'havien portat a casa d'un d'ells i no se n'havien avergonyit... Allò no era normal!

No es va poder estar d'explicar-se:

—Vam haver de canviar de casa quan el van tancar. Tothom ens mirava malament, a la mare i a mi... Els nois de l'escola, els meus amics, m'empaitaven i em deien que era un «gangster»... Ens les teníem cada dia... Per això, a l'escola d'ara, quan hi vaig entrar, em vaig proposar que no seria amic de ningú...

En Miquei el deixava dir. Ho veia tot molt clar, ja. Va fer anar el cap d'un cantó a l'altre:

—No devien ser-ho gaire, d'amics, aquells de l'altra escola... Nosaltres, a un amic, sempre procurem ajudar-lo...

I, amb una inspiració sobtada:

—Escolta... Això del teu pare, potser que ens ho expliquis del tot. Nosaltres podríem, potser...

Ja tornava a trobar-se investigant, fent el detectiu. El record de la persecució, escala amunt, fins al terrat, el va fer estremir, però... Va afegir:

—Si vols, ja en parlarem en una altra ocasió...

En Llovet, per un moment, semblà que s'engrescava, però de seguida expressà la seva sorpresa:

—Què podríeu fer, vosaltres...?

I en Miquei, altra vegada optimista:

—No sé... Investigar, coses, saps...?

Ja eren a tocar la casa d'en Llovet. En Miquei, llavors, va dir-li:

—Bé, ja ets a casa...

I l'altre:

—Com ho saps?

Però, de sobte, comprengué que tenia al davant el misteriós visitant d'un parell de dies abans...

—Així, tu, l'altre dia...?

En Miquei somreia, enigmàtic. No contestà la pregunta, però va dir, oferint la mà, com el primer dia del curs:

—Amics...?

En Llovet tampoc no contestà, però allargà la seva, una mica emocionat i força desconcertat.

Després d'encaixar en silenci, va desaparèixer amb el seu velomotor a la mà pel forat de l'escala on en Miquei les havia passades tan negres...

RENOI, QUIN TIBERI!

L'endemà, quan arribà l'hora d'esbarjo i sonà el timbre, no es va bellugar ningú: sabien que no podien anar al pati. Però el professor preguntà:

–Que no heu sentit el timbre?

Tots van aixecar el cap. En Ri-ri es va precipitar:

–Que no se'n re... recorda, que ens les vam ca... carregar?

–Hi ha contraordre... El director m'ha dit que el conserge us guarda la pilota... Ah! I que ell mateix ha comprovat que està ben inflada...

Van recollir les bosses amb els patins. Feien la mar

de xivarri. No sabien de què anava, però estaven contents.

Quan es cordaven les corretges dels patins se'ls apropà en Frederic Llovet, més pàl·lid que de costum per allò de l'accident i, sobretot, per la conversa que havia tingut aquell matí amb el director abans de començar la classe i en la qual ho havia explicat tot: les baralles, la trencadissa, l'accident i l'ajuda que havia rebut dels altres...

Amb la veu una mica trencada, va preguntar:

—Em deixeu jugar?

Tots van aixecar-se i el rodejaren. En Pàmpols va tustar-li l'esquena molt fort tot dient-li:

—M'he quedat amb les ganes de fer-te una cara nova, però em conformo amb uns copets...

En Miquei rigué:

—Que el desmanegaràs...! Ha dit que volia jugar, no que li traguem la pols...!

Van tornar-se a ocupar dels patins. Així que enllestiren es van dirigir, udolant com salvatges, cap a la cistella, passant-se la pilota a tota velocitat i llançant-la de qualsevol manera.

En Jordi Mas, però, era l'únic que no participava d'aquella alegria. Des del primer moment s'havia quedat amb un pam de nas, sense comprendre què passava, què era el que els havia fets canviar d'actitud. En Pebret passà pel seu costat:

—Si fas el badoc, t'entrarà la pilota a la boca... Corre, home!

En Mas el va empaitar, tot intrigat, però ningú no li explicava res... Massa que havien pensat i parlat, aquells dies! Com que ja eren amics, tots, havien de recuperar el temps perdut...

En Mas procurà entrar en l'esvalot de corredisses, però no trobava el seu lloc. No estava engrescat com els altres. Patinava amb lentitud cap al lloc on hi havia la pilota. Va ensopegar, xocà amb en Pàmpols i amb en Pebret, van rodolar tots tres per terra i arrossegaren en Llovet i el Cuquis petit. Els altres, que ho trobaren divertit, s'hi van llançar al damunt. Tots deu van rodo-

cabava el partit. Però l'àrbitre, que havia assenyalat la falta d'en Pebret, va dir que calia llançar les dues faltes. En Pàmpols, doncs, tot i que el partit havia acabat, tenia l'oportunitat d'empatar, encara.

Silenci. Tothom callava.

No hi havia partidaris de l'un o de l'altre equip. Tota l'estona tothom havia intentat saber quin dels dos li era més simpàtic, però no hi havia manera de decidir-se. Per això, en aquell moment, ni aplaudien ni xiulaven. Tothom desitjava que en Pàmpols marqués aquells dos punts i la cosa acabés amb un empat.

En Pàmpols va fer botar la pilota. Se la mirava com si fos la primera vegada que la veia. Tranquil. No el preocupava en absolut la importància de la jugada.

Sonà el xiulet. Va agafar-la amb totes dues mans i la llançà. Va entrar a la cistella sense ni tan sols tocar el ferro. La gent seguia callada. Ara venia la jugada decisiva. L'última.

Tornà a sonar el xiulet i en Pàmpols, tan tranquil com abans, llançà la pilota. Va tocar el ferro de la cistella i es va estar un segon o dos dubtant si entrava o no. Per fi, es decantà i entrà. Havien empatat!

Començaren a sentir-se crits. Tothom estava content. Els companys de classe van saltar a la pista i abraçaven els «Aguilots» i els «Esparvers», i aquests s'abraçaven entre ells.

El partit havia estat un veritable èxit.

Continuà la festa un cop es restablí l'ordre, i hi va haver jocs de mans, carreres de sacs, un concert pel cor d'antics alumnes i alguna cosa més...

Després de rentar-se, els de la colla dels deu van baixar a trobar els pares i germans.

En Llovet, per fi, trobà la seva mare. Allí mateix, en un racó del pati, apartat de tots, molt emocionat, va explicar-li l'aventura que havia viscut aquella mateix tarda.

FINAL

La colla dels deu baixaven les escales del col·legi a tota marxa, barrejats amb tot d'altres companys.

Aquella tarda, quan les vacances de finals del primer trimestre quedaven ja mig oblidades, els nois tenien més pressa que de costum.

En ser al carrer, van córrer cap a la vorera on l'Anguila acostumava a deixar el seu velomotor. El solitari vehicle del vailet tenia companyia: hi havia nou velomotors més, arrenglerats amb ordre. Eren l'obsequi que el pare del noi els havia fet en sortir de la presó per agrair-los d'haver demostrat que era innocent, cosa que s'havia posat en clar després que aquells dos galifardeus havien cantat de ple...

L'home els havia fet l'obsequi al migdia. Era, per tant, la primera tarda que anirien, tots plegats, a xerrar al colomar d'una manera tan motoritzada...

Les coses tornaven a anar bé a la família Llovet. El pare hauria volgut anar a viure altra vegada al pis d'abans, però quedava lluny del barri i el seu fill hauria hagut de deixar l'escola. Allò, és clar, era impossible... Perquè, qui hauria estat el valent de demanar a l'Anguila que se separés dels seus amics...?

Tots deu, un pèl encarcarats per la falta de costum, tomben la cantonada. Aquest llibre, doncs, s'acaba aquí, ara que ja els perdem de vista.

Però com que als de la colla dels deu ja els coneixeu i sabeu com són, què estudien, a què juguen i què els agrada, no us costarà gaire d'imaginar què diran ara quan arribin al colomar, i què faran demà quan siguin a l'escola...

Cada vegada que penseu que els de la colla fan o diuen alguna cosa, serà com si aquest llibre s'allargués una mica i fóssiu vosaltres els qui l'escriviu...

Joaquim Carbó

A part d'una extensa obra per a adults, va participar en el naixement de "Cavall Fort", revista en la qual ha col·laborat des del primer número i on ha publicat uns tres-cents treballs entre contes, articles, entrevistes i guions de còmic. És autor de les vuit novel·les de les aventures de Henry Balua i Pere Vidal, que també han tingut la seva versió en còmic, dibuixades per Josep M. Madorell.

En l'àmbit de la literatura infantil i juvenil, ha obtingut els premis Josep M. Folch i Torres, Guillem Cifre de Colonya, Joaquim Ruyra, Serra d'Or i el de la Generalitat de Catalunya al millor llibre de contes (1981).

Coordinador de l'àmbit del llibre per a nois i noies durant el Congrés de Cultura Catalana (1975/1977).

Membre de la primera junta de l'Associació d'Escriptors en Llengua Catalana (1978/1985).

Escriptor del mes de desembre de 1992.

Obres de Joaquim Carbó publicades a **LaGalera**

La casa sota la sorra
La colla dels deu
I tu, què hi fas aquí?
L'home de Munic
Els gossos salvatges
En Miquel sobre l'asfalt
L'home dels nassos
Corre, Isabel, corre!
La Laieta i el jardimòbil
El llop i el caçador
Som qui som
Homes i camins
El jardí de Flaira-Nas
Les armes de Bagatel·la
Un barret de palla d'Itàlia
L'home que es va aturar davant de casa

Títols de la col·lecció

A partir de 8 anys (sèrie vermella)

1. El zoo d'en Pitus
Sebastià Sorribas
4. El savi rei boig i altres contes
Empar de Lanuza
7. Viatge al país dels lacets
Sebastià Sorribas
9. Anna Bruixa
Madeleine Edmondson
11. Quin patarrabum!
Enric Bayé
13. Vet aquí que set reis una vegada...
Anna Vilar
16. Festival al barri d'en Pitus
Sebastià Sorribas
18. L'aventura sideral del Rei Titó
Enric Larreula
20. No hi ha dret!
Susie Morgestern
22. La cuca japonesa
Jacint Torrents
Francesc Serrat
24. Les aventures d'en Tres i mig
Pere Rosselló Bover
26. De qui és el bosc?
Mercè Canela Garayoa
28. Carles, Emma i Alberic
Margaret Greaves
30. Bon viatge, Pitblanc!
Empar de Lanuza
32. Màquines d'empaquetar fum i altres invents
M. Dolors Alibés
34. Una troballa sorprenent
Jaume Cela
45. Les fantàstiques proeses del doctor Boox
Andrew Davies
51. En Jim Botó i en Lluc el maquinista
Michael Ende
68. Un rètol per a Curtó
Àngels Garriga
69. Tereseta la bruixeta
Josep Gregori
71. En Gip dins el televisor
Gianni Rodari
74. Els set enigmes de l'iris
Mercè Canela Grayoa
76. Contes llargs com un somriure
Gianni Rodari
78. El Boli va de bòlit
Rosa M. Sànchez Lledó
81. El camí de l'aigua
Josep Gòrriz
85. Un romà al segle xx
Alegria Julià
91. Les aventures d'en Cebeta
Gianni Rodari
93. Pastís de Llop
Andrew Matthews
98. En Jim Botó i els Tretze Salvatges
Michael Ende
101. Com el plomissol. Poemes i faules
Joana Raspall
122. Embolic al món del No-Res
Núria Pradas
124. Més música, mestre!
Miquel Desclot
133. Sort del nas
Jaume Cela
134. Escaleta al vent
Joana Raspall
143. La Laieta i el jardimòbil
Joaquim Carbó
154. Oi, Eloi?
Miquel Desclot
166. L'elixir del Sol
Roser Ros i Vilanova
177. Quina família!
Núria Pradas i Andreu
178. La meva germana Aixa
Meri Torras
179. La meua família i altres monstres
Francesc Gisbert i Muñoz
182. Un pastís caigut del cel
Gianni Rodari

A partir de 10 anys (sèrie verda)

2. **Rovelló**
Josep Vallverdú
5. **La colla dels deu**
Joaquim Carbó
8. **En Patancràs Xinxolaina**
Joles Sennell
10. **Utinghami, el rei de la boira**
Mercè Canela Garayoa
12. **El violinista de secà**
Andreu Sotorra
14. **Tot quant veus és el mar**
Gabriel Janer Manila
17. **La revolta dels lactants**
Maite Carranza
19. **Gelsomino al país dels mentiders**
Gianni Rodari
21. **L'Home de Sau**
Jaume Cabré
25. **La cinquena gràcia de Collpelat**
Sebastià Sorribas
27. **Anna**
M. Luïsa Solà
31. **El missatge del cavaller de l'àguila rampant**
Àlvar Valls
33. **El secret del comte**
Daniel Palomeras
36. **L'escarabat verd**
Mercè Canela Garayoa
38. **La història que en Roc Pons no coneixia**
Jaume Cabré
39. **El petit Nicolàs**
Sempé/Goscinny
40. **Els «patis» del petit Nicolàs**
Sempé/Goscinny
41. **En Peret de Barcelona i la Mercè de Collpelat**
Sebastià Sorribas
46. **L'home dels gats**
Josep Vallverdú
48. **I tu, què hi fas aquí?**
Joaquim Carbó
50. **Les vacances del petit Nicolàs**
Sempé/Goscinny
52. **Les ales roges**
Miquel Rayó
53. **El petit Nicolàs i els companys**
Sempé/Goscinny
55. **El llibre dels perquè**
Gianni Rodari
56. **L'home de Munic**
Joaquim Carbó
57. **Les ulleres màgiques**
M. Àngels Gardella
60. **Aterratge a Ostadar**
Pau Joan Hernàndez
61. **El Mar dels Naufragis**
Salvador Comelles
63. **La màgia de Mercúria**
Rosa-Maria Colom
64. **La bruixa que va perdre un secret**
Maria de la Pau Janer
66. **Els gossos salvatges**
Joaquim Carbó
67. **El Saber Perdut**
Anna Vilar
72. **El Germà Gran**
Mercè Company
73. **En Roc drapaire**
Josep Vallverdú
75. **La Vall del Paradís**
Sebastià Sorribas
77. **Les aventures d'en Tonino l'invisible**
Gianni Rodari
79. **Com gat i gos**
Carme Fernàndez Villabol
80. **La primera foto**
Andreu Sotorra
84. **El corsari de l'Illa dels Conills**
Gabriel Janer Manila
86. **El secret de la fulla d'alzina**
Miquel Rayó i Ferrer
90. **En Miquel sobre l'asfalt**
Joaquim Carbó
92. **El raïm del Sol i de la Lluna**
Miquel Rayó i Ferrer
95. **El petit Nicolàs i els problemes d'en Joachim**
Sempé/Goscinny
97. **Encara queden fantasmes**
Othmar Franz Lang
99. **Lladres de cavalls**
Josep Vallverdú
102. **El màgic d'Oz**
L. Frank Bawm
103. **Una carretada de problemes**
Andrew Matthews
104. **Es busca portera**
Xavier Bertran
105. **La guerra dels xiclets**
Jordi Folck
107. **Misteri en el Croscat**
Carme Arrufat
114. **Disfresses**
Josep M. Sala Valldaura
126. **La nit de les dues-centes mil llunes**
Dolors Garcia i Cornellà
132. **Els gronxadors de la mar**
Màriam Serrà
136. **Un consomé de contes**
Jordi Folck
137. **La Marina a Vilafruns**
Sebastià Sorribas
138. **Els vents de la fortuna**
Jaume Cela
140. **Animals!**
Maria Jesús Bolta
142. **L'enigma de la muntanya santa**
Carme Arrufat
152. **Primi quatre estrelles**
Josep Vallverdú
155. **Míster Majeika**
Humphrey Carpentier
156. **Coi de Quico**
Jaume Cela
157. **Els viatgers de l'Alba**
Daniel Palomeras
158. **La flauta màgica**
Miquel Desclot
159. **Uns dies amb Sir William**
Jaume Cela
160. **Degotall de poemes**
Joana Raspall
161. **L'últim dinosaure**
Xavier Bertran
165. **La Paraula de Cent Països**
Marta Mata
167. **Gaudí i el secret de les tres creus**
Carme Arrufat
168. **Aristòtil entre escombraries**
Miquel Desclot
168. **Els casos de l'inspector Formiga**
Joan de Déu Prats

Títols de la col·lecció

A partir de 12 anys (sèrie blava)

3. **Un cavall contra Roma**
Josep Vallverdú
6. **Un any fora de casa**
M. Àngels Bogunyà
15. **Històries horribles... però no tant!**
Christian Poslaniec
23. **El fill de la pluja d'or**
Josep Vallverdú
29. **Tres xacals a la ciutat**
Josep Vallverdú
35. **I un dia serà demà**
Anna Vilar
37. **Bernat i els bandolers**
Josep Vallverdú
42. **Orzowei**
Alberto Manzi
43. **Les aventures de Tom Sawyer**
Mark Twain
44. **Un català a la Manigua**
Oriol Vergés
47. **Els astronautes del «Mussol»**
Sebastià Sorribas
49. **La ciutat sense muralles**
Oriol Vergés
54. **Un tercer trimestre turbulent**
Gene Kemp
58. **Tu i jo, de què ens coneixem?**
Joan Andreu Vallvé
59. **Les presoneres de Tabriz**
Maria Novell
62. **Allò que conta el vent del desert**
Pere Morey
65. **Joanot de Rocacorba**
Teresa Duran
70. **Els inventors de fantasmes**
Josep Vallverdú
82. **L'illa dels Dofins Blaus**
Scott O'Dell
83. **L'únic rebel**
Pierre Pelot
87. **L'alcalde Ferrovell**
Josep Vallverdú
88. **Ulls de gat mesquer**
Joan Barceló i Cullerès
89. **Asperú, joglar embruixat**
Mercè Canela Garayoa
94. **La Ruta Prohibida**
M. Àngels Bogunyà
96. **En Mir, l'«Esquirol»**
Josep Vallverdú
100. **Dídac, Berta i la màquina de lligar boira**
Emili Teixidor
106. **El noi i les ones**
Milo J. Krmpotic
108. **Entre el cel i la terra**
Ponç Pons
109. **Xerra que xerra a Torretorta**
Antoni Garcia Llorca
110. **Ulldevellut**
Josep-Francesc Delgado i Hermínia Mas
113. **Buc**
Antoni Arca
125. **El jugador de frontó**
Aro Sáinz de la Maza
131. **Bono d'Iknusa**
Antoni Arca
135. **L'anticlub**
Àngel Burgas
144. **La mort entra al parc**
Joan Armengué
148. **A carn, a carn!**
Núria Pradas
149. **L'escola secreta de madame Dudu**
Rosa M. Colom
151. **Quin parell!**
Jaume Cela
153. **Set de llops**
Jordi de Manuel i Barrabín
164. **A compàs dels versos**
Joana Raspall
169. **Història d'un cap tallat**
Antoni Garcia Llorca
173. **Terramolsa**
Antoni Garcia Llorca
174. **En Yu i en Kei tornen al Japó**
Ko Tazawa
175. **La història d'en Robert**
Mercè Anguera
176. **Els caçadors del Sol**
Antoni Oliver

lar. Es van masegar de valent. Quan aconseguiren desenganxar-se, van quedar asseguts, l'alè perdut. Reien com boigs. El pobre Jordi Mas, que amb prou feines s'havia pogut incorporar, va rondinar:

—No sé què us passa, però sou com un ramat de cabres...

En Miquei va comprendre que el noi no estava al corrent de la nova situació. Li va dir:

—Et presento en Frederic Llovet, un bon amic!

En Llovet s'arrossegà per terra i li oferí la mà. Encaixaren...

—Em sembla que somio. No ho entenc...!

En Ri-ri va voler fer una gracieta:

—Baixa de la lluna, noi! To... toca de peus a terra!

L'Eriçó, més constructiu, explicà:

—Ahir van passar coses que ja t'explicarem quan no tinguem tantes ganes de riure. Ja som amics amb en Llovet... Et sap greu, o què?

—Però si em va engegar a...

Tots van tornar a riure. Els hauria agradat parlar, canviar impressions, dir que, ja que eren deu, podrien fer partits de debò... Però en Miquei va veure que faltava poc perquè els cridessin altra vegada cap a classe. Va agafar la pilota. De genollons per terra, la posà al bell mig de tota la colla. Va dir, amb solemnitat:

—Nois, poseu una mà, la dreta, sobre la pilota...!

En Llovet també anava a fer-ho...

—Tu, no...

I, després, afegí:

—Prometem sota la nostra paraula d'honor que no direm a ningú el secret del nostre amic Llovet...

Tots ho van prometre.

En Llovet, emocionat, se'ls va mirar:

—Gràcies! I jo prometo que seré digne de la vostra amistat...

Van restar en silenci uns segons, impressionats per aquella cerimònia, fins que en Ri-ri va proferir un udol i agafant la pilota es llançà a patinar frenèticament. Tots s'aixecaren i el van imitar. Es prenien la pilota els uns als altres, es clavaven empentes, s'agafaven pel coll...

Això va durar poc, perquè de seguida els van cridar. S'havia acabat l'esbarjo. Van pujar cap a l'aula esbufegant. Suaven. Estaven molt contents.

A l'hora de plegar van sortir junts. En Llovet comentava per primera vegada les incidències de la classe amb ells. Quan van ser al carrer es van adonar que no havia portat el velomotor. L'Eriçó va preguntar-li:

–Tu, Llovet, que no va anar bé la reparació que va fer ahir el pare...?

Despistava. Semblava com si no en volgués parlar. Com que l'Eriçó insistia, en Llovet va dir que no volia ser diferent de tots els altres.

Van protestar seriosament. Per allò sí que no hi passaven!

–No siguis tanoca, noi! Porta'l i ens hi deixes donar una volta... A dos ralets cada un, encara faràs calés...

–No, Llovet, no ho podem permetre... Hi pot haver algun dia que ens sigui útil a tots...

Però en Llovet era tossut:

–Si algun dia el necessitem, el farem servir, però ara em faria nosa, portar-lo... Teniu un lloc de reunió, oi? Hi arribaria massa d'hora... No el necessito, ara, el velomotor! M'agradarà de xerrar pel carrer amb vosaltres...

Es van encaminar cap al jardinet de cada migdia i van rodejar el banc de costum. El mateix Llovet va tenir interès d'explicar-se amb en Jordi Mas. El noiet estava tot trasbalsat:

—Però si el teu pare és innocent, com és que el tenen tancat i que no el deixen sortir?

El Ri-ri ficà la cullerada:

—Que no vas mai al cine, tu? Que no has vist mai que un innocent vagi a parar a pre... presidi?

En Mas feia que sí, però contestà que es pensava que allò només passava a les pel·lícules... En Miquei comentà:

—És absurd que ara et digui això, Llovet, perquè tu prou que hi hauràs pensat, però, si el teu pare és innocent, bé hi ha d'haver un culpable, algú que ara està tranquil i en llibertat...

El noi feia que sí amb el cap. En Miquei insistia:

—No tens cap sospita? No hi ha algú que...?

No. En Llovet no sospitava de ningú. Tot havia estat tan imprevist, els havia agafats tan de sorpresa... No tenien enemics, ells.

Es feia tard. Abans de separar-se, en Llovet els va dir:

—La mamà us vol conèixer... Aquesta tarda, en plegar, us prepararà un berenar... Voldreu venir?

En Pàmpols va dir:

—Home, mira, digues-li que aniria millor un berenar-sopar...

Tots van riure mentre en Llovet deia:

—D'acord! No passaràs gana... Ahir al vespre, en arribar a casa, es va emocionar quan li vaig explicar què havíeu fet per mi... Avui ja deu haver telefonat a la teva mare, Pàmpols... Fins a la tarda. Adéu-siau...!

En Pebret l'enganxà per la màniga:

—Ei, tu! Espera'm, que som veïns...

En Miquei se n'anà, com sempre, amb els germans Cuquis; l'Eriçó amb en Nàpia i en Pàmpols; en Ri-ri amb en Jordi Mas...

Pel camí, en Ri-ri s'explicava amb en Mas:

—I com t'ho faràs per venir a berenar? No ens pots fallar, avui!

—Ho diré a casa, ja veurem què passa...

En Ri-ri tenia una pensada, però se la va guardar...

En un altre carrer, camí de casa, també, el gran dels Cuquis se les tenia amb en Miquei:

—Mira que arribes a ser-ne, de tossut, Miquei! No em diràs que l'altre dia et va agradar jugar a detectius... Se t'ha ficat a la closca que has de descobrir el culpable, i no pararàs fins que...

I el germà petit afegí:

—...fins que ens passin a tots per l'adreçador!

En Miquei somreia. Era cert el que deien. Tenia una idea. No sabia encara com se'n sortiria, però comptava amb la colla. Entre tots, bé prou que podrien fer alguna cosa per treure l'entrellat d'aquell assumpte...!

Davant de can Pàmpols, aquest parlava amb en Nàpia i l'Eriçó:

–No dineu gaire, avui, nois! Se'm fa la boca aigua quan penso que ens peixaran bé...

Quan en Llovet acabava de dinar, va sonar el timbre del telèfon. Era el Cuquis gran:

–Escolta: en Ri-ri diu que hauríem d'ajudar aquell menut, en Mas. A casa seva no el deixen anar enlloc. Tenim un sistema que no falla: ens presentem en Pàmpols i jo, fem cara de circumstàncies, ell diu a tot: «sí, senyora; és veritat, senyora; vostè té raó, senyora», d'una manera tan entendridora, que no hi ha mare que es resisteixi... Hem de procurar que en Jordi pugui venir a casa teva...! És molt just, ara... Tu podries passar a buscar en Pàmpols amb el velomotor. Tots dos em veniu a buscar a mi, tu baixes i ell i jo anem per feina. Després ens trobarem tots a l'escola. No et preocupis per la màquina, que tant en Pàmpols com jo sabem ferla funcionar... Què et sembla?

En Llovet va trobar el pla de primera. Li pregà que anés de pressa, no fos cas que en Jordi Mas hagués sortit de casa quan ells hi anessin...

En sortir de classe, aquella tarda, tots estaven més

contents que mai. Però en Jordi Mas els guanyava d'un bon tros. La visita dels seus companys havia fet efecte.

—Apa, noi! Que has trencat les cadenes!

—Mireu-lo: és tot un homenet! Ja el deixen anar per les seves!

En Llovet va ser el primer d'anar-se'n, a cavall del seu velomotor. Els va recomanar pressa, perquè la xocolata podria refredar-se.

Pel camí, en Pàmpols va arrencar en Pebret d'una font pública on s'havia aturat a beure aigua. Li deia:

—Què fas, desgraciat? És un crim beure aigua quan ens espera un tec sensacional... L'aigua fa granotes! No t'omplis l'estómac, no siguis ximple!

I l'Eriçó:

—Deixa'l que s'atipi, que així en quedarà més per als altres...

En ser al jardinet, en Miquei s'enfilà dalt un banc i pronuncià un petit discurs:

—Queda prohibit de llepar els plats, d'escurar les tasses amb el nas i de ficar-se els melindros que sobrin a la butxaca... He dit!

Després, en passar per un carrer que tenia la vorera ampla, van posar-se a fer veure que patinaven i que es passaven una pilota imaginària. Van repetir algunes de les cabrioles que feien al pati de l'escola. Algú se'ls mirava sense entendre què feien. La gent sentien que ells deien: «meva!», «teva!», «passa-la!», però els gestos eren incomprensibles sense saber que es referien a una pilota que no existia.

En Pàmpols va fer acció de llançar la pilota cap a un aparador i es portà les mans al cap. S'exclamà:

—El vidre, el vidre!

I els altres van imitar el soroll d'una trencadissa. Immediatament van posar cara de bons xicots i van fer veure que arreglaven l'aparador: van simular que treien trossos de vidre trencats i que en col·locaven un de nou amb tot de precaucions... La mestressa de la botiga, que s'ho mirava des de dins, no pogué estar-se de sortir i preguntà:

—Es pot saber què feu?

En Ri-ri va voler donar la cara i s'embolicà:

—Hem arre...reglat el vidre que havíem tre... trencat...

La bona dona va pensar que li prenien el pèl i cridà:

—Què dius, mocós?

—Vo...vostè pe...perdonarà, pe... però fèiem bro... broma i...

La dona no podia més:

—Que et penses que sóc totxa, o què?

En Miquei va decidir que havia d'intervenir:

—Ens ha de perdonar, senyora... Anàvem per aquí, fent veure que jugàvem a pilota, i hem fet veure que sense voler trencàvem un dels seus vidres... Llavors, també hem fet veure que en posàvem un de nou, però, en realitat...

La dona no comprenia res. Estava excitada:

—Jo no veig cap pilota, aquí...!

—No, no senyora —va intervenir en Pàmpols—, jo he fet veure que trencava aquest vidre i...

—Pobre de tu si el trenques, ganàpia! Atreveix-te a fer-ho...!

Havia sortit més gent de la botiga. També s'havia aturat algú que anava pel carrer. Hi havia un cert rebombori. Els nois es posaven nerviosos perquè s'adonaven que no els entenien i, com que volien explicar-se de cop, embolicaven encara més la troca.

En Miquei va comprendre que no en treurien res i digué:

—No s'alarmin, que no ha passat res! Era una broma... Ja ens n'anem... No ha passat res... Bona tarda a tothom!

Van caminar ràpidament i van tombar la cantonada. Abans, però, van tenir temps de sentir que la dona de la botiga deia:

—Sort que he sortit que, si no, n'haurien feta alguna... I no sé de què parlaven: d'una pilota que hi era i no hi era, i d'un vidre que havien trencat però que no havien trencat...

Algú sentencià:

—Gent jove, pa tou...

Després de sentir allò, ja no van gosar fer més el ximplet pel carrer...

Quan arribaren a casa d'en Llovet, en Miquei recordà les aventures que hi havia viscut feia tan poc. Recordà l'home que l'havia empaitat, però no vacil·là a entrar-hi perquè, si bé ell el podia reconèixer, l'home no l'havia arribat a veure.

Van trucar i en Llovet els sortí a rebre. Els presentà de seguida la seva mare, que era amable i afectuosa, però que tenia el rostre marcat per una tristor profunda. Es va desfer en atencions envers els xicots...

—Així, tu ets en Pàmpols...? Molt bé, home, molt bé... Aquest matí he parlat amb la teva mare. Us he de fer una visita. Us estic tan agraïda, a tots... Perquè us heu portat tan bé amb el meu Frederic! I ell no fa altra cosa que parlar de vosaltres...

—Mamà...

—És la veritat! Estic contenta de saber que té uns companys tan ferms... I en Jordi Mas, qui és?

—Un servidor, senyora...

—Celebro que t'hagin deixat venir! Seieu, seieu...! Frederic, ajuda'm a posar la tauleta al mig...

Però els nois s'ocuparen de fer-ho, no faltaria més! Després, entrà la minyona i posà unes estovalles blanquíssimes i, de seguida, entrà platets, tasses, culleretes i, davant l'alegria de tots, grans plates de secalls i de melindros, i una xocolatera enorme que fumejava...

La mare d'en Llovet els va fer una mica el compliment i després els deixà sols. Van començar a menjar amb discreció perquè les entrades i les sortides de la

minyona els cohibia una mica, però de mica en mica la cosa s'engrescà.

Comentaren amb rialles el que els havia passat amb la bona dona d'aquella botiga.

En Pàmpols, però, no deia res: s'atipava. Sempre deia que ell havia de menjar més que els altres perquè com que era més llarg, si no menjava molt, no li arribava la teca als peus i llavors corria el perill que li quedessin petits...

Es van passar una consigna a cau d'orella. I, de sobte, van callar tots, mirant en Pàmpols fixament. Ell no se n'adonà i seguí menjant a tota velocitat. Després, el silenci el sobtà i aixecà el cap. Tots van cridar a la vegada:

—Gana! Ets un gana!

Ell no es va molestar. Arronsà les espatlles i continuà com si res.

Quan ja començaven a estar tips, la minyona entrà amb uns gelats monumentals. La van aplaudir amb molt de soroll. Quin tiberi!

Sobrava xocolata. En Pàmpols no acabava de decidir-se fins que en Ri-ri va tenir un acudit:

—Podríem fer com a les fe...festes majors. Tapem els ulls d'en Pàmpols i d'en Nàpia —què ta...també endrapa de valent—... Caldrà que l'un entafori els melindros sucats a la boca de l'altre... Què us en se...sembla?

Van pensar que podia ser divertit i els dos protagonistes van acceptar. En Miquei rondinava i deia que no ho fessin perquè embrutarien els tovallons, el terra, les estovalles... Però els altres estaven engrescats i en Llovet, que era l'amo, deia que endavant...

Van lligar dos tovallons al voltant dels ulls dels dos nois i hi va haver uns segons d'expectació. Van comptar fins a tres i van dir.

—Ara!

Però aquell parell la sabien molt llarga... En lloc de deixar-se una cara com un mapa, van dedicar-se a xarrupar la tassa que tenien a la mà, sense preocupar-se per res l'un de l'altre. Tots van protestar; però quan anaven a intervenir, ja no hi havia res a fer. En Pàmpols comentà:

—Qui vulgui veure circ, que passi primer per taquilla...

Després van anar a l'habitació d'en Frederic. Hi havia de tot. Un tocadiscos portàtil, un transistor, una taula de treball formidable... El llit era com un sofà i s'hi van asseure uns quants. Hi cabien tots, a la cambra, una mica justos, però... A les parets, a més d'una pila de banderins, hi havia fotografies de paisatges nevats i d'escenes de mar, en les quals en Llovet era en un primer pla... En una prestatgeria hi havia una pila de llibres, novel·les de viatges, de divulgació... En Nàpia se'ls mirava amb delectació...

En Pebret va dir:

—Així que et vam veure ja vam saber que eres un home de diners llargs...

Era el que pensaven tots en aquell moment. L'únic que no hi estava d'acord era el mateix Llovet...

—No pas ara! No sé com acabarà, tot... La mamà busca feina perquè d'aquesta manera no podrem pas passar massa temps...

Els altres se'n feien creus. I aquells mobles tan bonics? I la minyona? I aquell berenar...? I el velomotor? I els esquís? I la raqueta de tenis? I l'equip de pesca submarina...?

El noi somreia una mica amargament:

—No cal dir que tot anava de primera, abans. Jo no me n'adonava, és clar... Ho trobava tan natural! Després, però, tot va ser com un malson... La mamà i jo encara creiem que hi ha un malentès, que no pot durar... Ja fa més de mig any i tot segueix igual. El papà ha estat condemnat a quinze anys...

No va poder continuar perquè li queien un parell de llàgrimes galtes avall. No sabien què fer per animar-lo, però ell acabà, ja una mica refet:

—Ell no és culpable, ho sé... Però ara hem d'espavilar-nos. La mamà vol que jo estudiï, per això busca feina... A més, tard o d'hora també hauria de treballar perquè els diners s'acaben. Mireu...!

Els va fer entrar en una altra habitació. Hi havia una caixa metàl·lica encastada a la paret. Va fer girar uns botons i l'obrí: a dins hi havia una pila de bitllets de banc... En Ri-ri va fer un xiulet...

—No n'havia vi... vistos mai tants de ju... junts...!

Però en Llovet comentà:

—Són part dels diners que el papà tenia per a comprar una caseta a la muntanya. Allargaran una temporada, però tard o d'hora s'acabaran... I no hi ha res més...

En Llovet, de sobte, canvià de cara i preguntà:

—Que voleu fumar?

S'aixecà i agafà un paquet de tabac ros d'un prestatge... Tots van fer que no amb el cap, passat l'astorament. Llavors, en Llovet va quedar una mica indecís... En Miquei va dir:

—Fuma, tu, si en tens costum, però nosaltres no crec que ho hàgim fet mai...

—Podríeu provar-ho... Us agradarà... Què?

En veure que no es decidien, ell encengué un cigarret. Hi tenia traça. En Ri-ri preguntà:

—Co...com és que t'hi has aco...costumat?

—Tenim un parent que de vegades, des que va passar allò del papà, ens ve a visitar... Me'n donava d'amagat de la mamà... Ara figura que ella no ho sap, però fa la vista grossa...

En Miquei preguntà:

—És un home alt, amb un nas d'aligot, prim, amb la veu trencada?

—Com ho saps?

—El conec, jo... I aquest pis també el conec, ja ho saps...

—Ah, sí! Ja m'ho havies dit...

I, tot intrigat, preguntà:

—Com t'ho vas fer perquè ell no t'atrapés...? Estava enfurismat.

En Miquei tornà a explicar la seva aventura i després va fer una pregunta:

—És un parent teu, oi?

—Sí, ja us ho he dit abans... Però el conec poc... Ens va vendre el cotxe que teníem, perquè es dedica a aquests negocis... Començà a visitar-nos d'ençà de la venda del cotxe... Després, amb allò del papà, ha estat l'únic que ens ha vingut a veure alguna vegada...

En Miquei adoptà un aire confidencial:

—Et seré franc: no m'agrada gens... Ara us diré una cosa que m'havia reservat... Quan el vaig veure, dalt al terrat, que em perseguia, portava un revòlver a la mà...

Tots es van quedar d'una peça... Ell va insistir:

—Nosaltres us fèiem la guitza per telèfon, ja ho sé, però no era suficient perquè m'empaités amb una arma...

Enfosquí la veu, en Miquei:

—...estic segur que tenia por que nosaltres poguéssim descobrir alguna cosa... Ara no sabria dir quina, és clar...

I en Llovet:

—És estrany. Ell sap que nosaltres no volem que s'escampi on és el papà. Per això vam canviar de pis i de col·legi, però això que em dius del revòlver, em deixa parat...

L'escoltaven amb atenció. Que n'era d'estrany, allò!

En Miquei, després d'haver-se tret el pes de sobre explicant allò de l'arma, que era un secret que havia conservat aquells dies, s'apressà a preguntar:

—On viu aquest parent teu? Explica'ns coses d'ell... No m'agrada, ja t'ho he dit... L'hauríem de vigilar, em penso...

En Pàmpols va protestar immediatament:

—Amb mi, no hi compteu! Vull viure tranquil, jo...

I en Llovet:

—Gràcies, Miquei, però em sembla que no tens raó... A més, ahir se'n va anar de viatge. Tardarà molt de temps a tornar, ens va dir... Se n'ha anat a l'estranger...

Els més prudents van respirar. Els plans d'en Miquei se n'havien anat en orri. Ja no caldria exposar-se... Però ell, més tossut que una mula, comentà:

–Potser ha tingut por en adonar-se que el vigilàvem... És una llàstima! Haurem de buscar una altra pista...

En Llovet se'l mirava amb admiració...

–Gràcies, Miquei, però em sembla que no hi ha res a fer, ja ho veus...

ANEM A COMPRAR LLIBRES

Era la tarda del dissabte. En Miquei es dirigia al lloc on havien quedat que es trobaria la colla. Tot caminant, pensava en el nou company, en Llovet, el qual, si bé s'havia adaptat als costums de la colla, hi havia portat un aire nou i d'altres iniciatives... Tot just aquell matí els havia dit que allò de córrer amb els patins podia tenir una altra projecció. Ell, en Miquei, estava satisfet d'allò perquè també feia temps que covava una idea. Ara que eren deu, podien formar dos equips. Havien de parlar-ne!

Quan arribà al lloc indicat, ja n'hi havia uns quants. Quan hi van ser tots, baixaren les escales del metro.

Cadascú comprà el seu bitllet i van passar a l'andana. En Jordi Mas estava molt content perquè l'havien deixat anar amb els seus amics.

El Cuquis gran feia broma:

—Les coses no poden forçar-se... Si el primer dia haguéssim volgut batejar en Jordi, no ens n'hauríem sortit... Ara ja m'atreviria a fer-ho amb possibilitats d'encertar...

Els altres ja l'escoltaven i en Jordi veia venir la tempesta...

—És un nom al qual ja hi està acostumat... I que li cau de primera...

Quan en Pàmpols i el Cuquis gran van anar a convèncer els pares del noi per tal que el deixessin anar al cèlebre berenar, van poder sentir una paraula molt sovint. Aquella paraula que els seus pares feien servir per cridar-lo... En Jordi Mas s'havia adonat, en aquella ocasió que els seus companys somreien en sentir-la tan sovint... Li sabia greu, a ell, que li diguessin «nen», però ja veia venir la pedregada... El Cuquis gran insistí:

—No us heu fixat quina pinta de «nen» que té?

Tots se'l miraven, amb ull crític. Després, es van manifestar:

—No li va malament...

—Potser sí...

—Trobo que li escau força bé...

—Nen, Nen, Nen... Sí! Sona molt millor que no pas Jordi Mas, no us sembla?

Ja no hi havia res a fer. La cosa estava decidida. El

Nen arronsà les espatlles i va dir que tant li feia. Però, d'una hora lluny, ja es veia que no li agradava gens...

En Llovet va preguntar:

—A mi també m'hauríeu de batejar, no us sembla?

I en Miquei somrigué:

—Del teu nom voldria ocupar-me'n jo... En tinc un de rumiat que t'anirà com l'anell al dit... Per ara me'l reservo. Ja us en faré cinc cèntims en el moment oportú...

I, per més que insistí, en Llovet no el va poder treure d'allí.

Com que no estaven acostumats a portar tants de diners al damunt, de tant en tant comprovaven si encara tenien la cartera a la butxaca.

En sortir del metro, al centre de la ciutat, es dirigiren en una llibreria especialitzada en llibres de text. Tots hi compraren els mateixos, llevat d'en Miquei, d'en Pebret i d'en Llovet. Aquest només comprà el d'història perquè ni el mateix Pebret no havia pogut reconstruir-lo després de la remullada del dia de l'accident.

Van enllestir aviat. Els dependents, que sabien bé el seu ofici, els proporcionaren de seguida els llibres que demanaren.

A partir del proper dilluns les classes havien d'anar d'una altra manera perquè ja seria obligatori de tenirho tot: llibres, exercicis, etc. En Llovet era l'únic que els havia comprats amb anterioritat, un dia, amb la seva mare. Els pares dels altres, però, no volien que els seus fills deixessin de fer l'homenet anant a fer les seves adquisicions.

En Llovet, que encara no sabia de què anava, preguntà en sortir al carrer els motius que tenien en Pebret i en Miquei per no comprar-los.

—El meu pare és enquadernador d'ofici. Els llibres, encara que siguin nous, sempre me'ls vol reforçar. Així, penso que, per haver-los d'arreglar, no cal comprar-los nous...

—D'acord, Pebret, però si no els compres nous, com t'ho fas...?

Va intervenir en Miquei:

—Amb els de casa vam fer un tracte: em donen el que valen els llibres nous de trinca i jo me'ls compro vells. Amb els diners que em sobren, en compro d'altres que m'interessin, novel·les o de divulgació...

En Llovet no estava acostumat a aquella mena d'estalvis i no sabia on es podien comprar els llibres vells...

—Ara ho veuràs! Hi ha de tot...

Després de baixar per un carrer ample, amb arbres esplèndids a banda i banda, amb parades de flors, i amb ocells que volaven de branca en branca, van arribar al mercat dels llibres vells.

Hi havia de tot, però força tronat.

Els nois es van escampar per les parades. Tots miraven amb atenció. De sobte, en Llovet cridà amb veu alta, satisfet d'haver fet una gran descoberta:

—Pebret, Miquei, aquí n'hi ha un...!

Quan els altres dos nois hi van arribar, se'l miraven somrient, divertits. Van dir-li:

—Ja es veu que sempre has tingut la cartera ben proveïda...

En Llovet no entenia per què li deien allò. En Miquei, sense deixar la rialleta, va comentar:

—Ara veuràs...

I, dirigint-se a l'home de la parada, que ja els veia venir, preguntà:

—A quant el ven, aquest llibre?

L'home, que portava una bata grisa, s'aixecà a poc a poc de la cadira, va treure el llibre de la pila, se'l mirà, com si li requés de desprendre-se'n, el va sospesar i, finalment, va dir:

—És nou, gairebé... Hi perdo diners, però te'l deixo per trenta-vuit pessetes...

En Miquei preguntà:

—És l'última paraula?

L'home va fer que sí i en Miquei, que ara el tenia a la mà, l'hi tornà i se n'anà dient que no farien fira... En Llovet no ho veia gens clar, allò. Però, llavors, arribà en Nàpia i va dir en veu baixa:

—Dues parades més avall, al segon rengle, hi ha el d'història i darrera mateix els exercicis de francès...

En Miquei digué a en Llovet:

—Ara veuràs com s'arregla, això! Mira i no diguis ni piu...

Van arribar a la parada que en Nàpia els havia indicat. En Llovet es desconcertà quan va veure que en Miquei preguntava el preu d'uns llibres que no els podien interessar i que en comprava un de lladres i serenos... Després, assenyalà el llom del llibre d'història, desmenjat, sense treure'l de la pila. L'home informà:

—Trenta...

I en Miquei:

—Vint!

—Nen, ja està bé... Te'l deixo, a tot estirar, per vint-i-set...

—Ni vostè ni jo: vint-i-cinc...

L'home rondinà, però va treure el llibre, el picà contra el palmell de la mà i anava a donar-lo ja a en Miquei, quan aquest assenyalà el d'exercicis de francès:

—I aquest, quant?

L'home hi donà una ullada: en tenia molts. Digué un preu raonable:

—Vint-i-set...

A les botigues en valia cinquanta. En Miquei s'adonà que era molt nou i s'hi conformà sense regatejar. Donà un bitllet de vint duros i s'embutxacà el canvi. En Llovet va comprendre:

—Això sí que és saber anar pel món...!

De l'altre costat sortia en Pebret. També havia comprat un parell de llibres. Després compararien els preus. En Llovet s'hi divertia. Era un món desconegut i ple d'emocions...

Al cap d'una hora ja tenien el que els feia falta. Llavors, van passejar tranquil·lament davant les parades. Sempre era fàcil de trobar-hi unes gangues. En Miquei va fer comptes i va veure que li havien sobrat unes cent vint-i-cinc pessetes. Amb aquests diners comprà un llibre d'experiments químics que havien sentit dir que era molt interessant. No va voler que l'emboliquessin perquè tots tenien ganes de donar-hi una ullada.

Abandonaren el mercat dels llibres vells i s'apropa-ren al moll. Van contemplar una estona les petites embarcacions que entraven i sortien, plenes de gent.

En Nàpia, tot somiador, els explicava:

—M'agradaria fer un viatge en un vaixell! Sol, a coberta, rodejat d'aigua pertot arreu... Ha de ser ferm de debò!

I en Pàmpols:

—Els meus pares hi van anar, a Mallorca, quan es van casar...

—No, no...! Vull dir un viatge d'aventures, com els del Kon-Tiki!

—Amb mi no hi compteu... No m'agrada menjar algues per dinar i per sopar...

—Home, Pàmpols, bé hi hauria la possibilitat de pescar algun tauró... Pensa que els xinesos fan festa major quan poden cruspir-se un bon plat d'aletes...

—Escolta, Nàpia: jo no sóc pas un xinès... O és que no te n'havies adonat, encara...?

Van deixar el port endarrera, i caminaren amunt, cap a buscar altra vegada el metro. En una altra ocasió haurien fet més estada al moll. S'hi estava bé i era divertit veure les gavines que volaven i que, de sobte, es llançaven, rapidíssimes, a l'aigua, d'on treien algun peix amb el bec.

Aquell dia, però, tenien ganes d'anar al colomar de l'Eriçó. En Llovet i el Nen encara no hi havien estat. Els altres volien saber quin efecte els faria el seu local.

Els agradà, el colomar. Se sentien bé entre aquell garbuix de coses i d'objectes inversemblants. El Nen preguntà si la gent gran no hi entrava, al local, i l'Eriçó va dir que només ho feia la seva mare, de tant en tant, per fer una mica d'endreça i treure la pols.

Al cap d'una estona, en Miquei va reprendre una conversa que havia tingut feia un parell de dies amb en Llovet...

–Com et deia l'altre dia, em sembla que ens falta especialitzar-nos en alguna cosa. I crec que l'hem trobada: el bàsquet sobre patins! A tu també t'interessa. És una cosa nostra, nova. Es pot dir, gairebé, que l'hem inventat nosaltres. I ens hi trobem bé...

En Pàmpols, que escoltava molt atent, va entrar en la conversa:

–Tens raó! Hi hem arribat obligats per les circumstàncies... El pati era asfaltat, tots teníem patins... De mica en mica, en aquests últims cursos, hem arribat a dominar el joc... M'agrada, a mi...

En Nàpia l'atacà:

–Més que els secalls amb xocolata?

No en van fer cas i en Cuquis gran, que sabia més o menys els objectius d'en Miquei, va puntualitzar:

–Així, hauríem de dedicar els moments lliures a perfeccionar-nos en el joc, a jugar-lo bé, no de qualsevol manera com hem fet fins ara?

En Miquei aprovà i afegí:

–Tinc unes idees... Els matins, quan sortim al pati, podríem fer una estona de gimnàstica amb els patins posats, per agafar-hi més confiança. Després, les tardes, ens podríem entrenar a passar-nos la pilota i a tirar a la cistella...

—Vols dir que serà gaire divertit...?

—Ja ho veurem Eriçó... Però estic segur que sí. Després, les tardes dels dissabtes podríem fer un partit...

En Llovet havia escoltat tota l'estona. Per fi, no va poder més:

—Serà fantàstic, això!

En Nàpia, però, els havia de portar la contrària...

—Bé, i què en traurem, de tot això...?

Els altres no es volien deixar refredar. Estaven embalats. L'entusiasme d'en Miquei, d'en Llovet i d'en Pàmpols se'ls havia encomanat. L'Eriçó contestà:

—Amb una cosa ja en tindrem prou i ens podrem donar per satisfets...

—Quina?

—Fer-ho bé! Si arribem a jugar bé a aquest joc, ja valdrà la pena el temps que hi haurem dedicat.

En Miquei tenia més projectes:

—Havia pensat... Havia pensat que com que els dissabtes a l'escola, a la tarda, no hi ha ningú, podríem fer els partits en secret. Seria una sorpresa per a tothom que el dia de la festa de final de trimestre féssim una exhibició. Què us sembla, la idea, en principi?

En Nàpia no ho veia clar:

—Vols dir que en podrem disposar, del pati, els dissabtes?

—Ho preguntarem... A més, també hauríem de preparar alguna sorpresa, oi? Si no fem el partit, haurem d'aprendre alguna funció o cantar alguna cançó, com l'any passat...

En Ri-ri saltà:

—Sí, que de...després va ploure, us en recordeu...?

En Miquei seguí:

—Dilluns demanarem permís al director...

I en Llovet:

—És una bona idea... Serà un estímul per a fer la gimnàstica a consciència. Si no tens un objectiu, els entrenaments es poden arribar a fer pesats...

Tots van ser de la mateixa opinió... Allò que havien fet sempre, sense prestar-hi cap atenció especial, es convertia, de sobte, en una atracció. Seria qüestió, però, de demanar al director que compartís el secret amb ells...

—Ara podríem triar els equips —va dir l'Eriçó.

—Serà difícil, això —va dir en Nàpia, ja convençut—... Hem de procurar que siguin molt igualats, que no guanyin sempre els mateixos. No agrada a ningú, això de rebre seguit...

I en Llovet afegí:

—Sempre serem a temps de fer un canvi per anivellar les forces...

En Pàmpols ja s'hi trobava:

—S'hi valdran, les trompades...?

I en Ri-ri:

—No siguis elefant, home! A mi, mentre em de-...deixeu marcar algun bàsquet, ja en tinc prou...

Van decidir que això era demanar un impossible, perquè amb la poca punteria que tenia...

Van parlar una estona més. Tot allò era teòric. Calia treballar-hi. Van quedar que hi pensarien tots i que dilluns començarien a treballar. Estaven molt engrescats.

UNA SETMANA D'ACTIVITAT

La segona setmana del curs havia començat a tot gas. Eren lluny les vacances, i només feia vuit dies que les havien acabades...

Dilluns al matí, d'acord amb el que havien decidit, no van emportar-se la pilota al pati. De moment, i mentre no estudiaven un altre sistema més adequat, repetiren els exercicis que feien cada setmana dirigits pel professor de cultura física. Però era més difícil fer-los sobre els patins.

En Pàmpols dirigia els moviments perquè era, d'un bon tros, el que ho feia més bé de tots. S'ho van prendre força seriosament. Se'l miraven i procuraven compassar els moviments respiratoris.

No era tan divertit com les corredisses que havien fet fins aquell dia, però com que ho feien amb interès, l'estona els passà de pressa.

Quan es trobaren tots al colomar aquell primer dilluns, tenien ganes d'anar per feina. Aquella tarda, en sortir al pati, després de posar-se els patins, s'havien adonat que els faltava organitzar-se. Els matins no tenien problema: en Pàmpols feia de director d'orquestra, però les tardes no sabien encara com arreglar-se. Ni havien fet encara els dos equips, ni havien decidit qui manaria en cada un d'ells...

Havien perdut la primera tarda. Allò no havia de repetir-se. Faltava temps encara per a la festa, però a la tardor plovia sovint i podien perdre'n d'altres, de tardes. A més, calia estructurar els entrenaments dels dissabtes, ja que el director els havia autoritzats a jugar al pati...

Les deliberacions van començar aviat. En Pàmpols va dir:

—Hem d'escollir els dos capitans... A mi no m'emboliqueu, perquè ja en tinc prou amb la gimnàstica... Entre tots haurem de fer una mena de reglament... Potser trobarem algun llibre que parli del bàsquet i ens ajudarà...

El Nen preguntà:

—Com els triarem, els capitans?

Van quedar un moment en silenci. Descartat en

Pàmpols perquè ell mateix ho havia dit, hi havia dos noms que flotaven en l'ambient... En Pàmpols va ser qui els precisà:

—Crec que haurien de ser en Miquei i en Llovet...

Era el que tots pensaven. Van respirar tranquils. Eren els millors... Els dos interessats anaven a protestar, però no els van deixar dir. Tothom cridava:

—De primera!

—Han de ser ells! Ja ho crec...!

—Fantàstic!

Per fi, en Miquei i en Llovet van afluixar. Mentre els altres aplaudien, ells es van donar la mà...

—Rivals...

—Però amics...

Els altres ja exigien:

—Fem els equips, ara!

S'aparellaren segons les qualitats de cadascú. De cada parella, un aniria en un equip i l'altre a l'altre...

En Pàmpols i en Pebret eren els més alts: els aparellaren, perquè haurien de ser l'eix de cada equip.

Els dos més ràpids eren l'Eriçó i el Cuquis gran: formaren una altra parella. En Nàpia i el Cuquis petit, també. L'última, la van formar, doncs, en Ri-ri —que encara no s'havia destapat—, i el Nen —que tot just començava a sortir-se'n.

Ja tenien les parelles. Ara calia distribuir-los. Van fer-se a parells o senars el dret d'escollir el primer.

Guanyà en Llovet, el qual, no s'hi pensà gens:

—En Pàmpols...

—I jo, en Pebret, és clar... —va dir en Miquei—.
I ja tornava a tocar el torn a en Miquei:
—L'Eriçó...
—Bé —va dir en Llovet—, el Cuquis gran... Ara m'a-

gradaria saber si els dos germans voleu jugar junts o separats...

Els dos Cuquis, de cop, van exclamar:

—Separats, que així ens escrostonarem...!

—Així, doncs, en Nàpia...

I en Miquei:

—El Cuquis petit... I el Nen...

En Llovet digué:

—En Ri-ri, és clar...

Aquest no es va poder estar de dir:

—Tu, Frederic! No saps el negoci que acabes de fer... Tinc més facultats que ningú. Només que m'afini una mica i seré un gran element...

—Segur...!

En Miquei, llavors, va escriure a la pissarra:

—Per un cantó, hi ha en Llovet, en Pàmpols, el Cuquis gran, en Nàpia i en Ri-ri...

I en Llovet, agafant el guix, va escriure:

—I per l'altre, en Miquei, en Pebret, l'Eriçó, el Cuquis petit i el Nen...

Sobre el paper, la cosa quedava molt anivellada... Sense deixar el guix, en Llovet mirà els membres del seu equip i va dir:

—Hem de batejar l'equip... Què us sembla el nom d'«Aguilots»...?

I en Miquei, tot mirant-se els seus, gairebé al mateix temps que l'altre, digué:

—«Esparvers» seria un nom que no quedaria malament... Què me'n dieu?

Estaven decidits a aprovar-ho tot. Cadascú es va posar a cridar:

—Aguilots! Aguilots!

—Esparvers! Esparvers!

Les classes d'història eren d'allò més interessants. Les explicacions del professor semblaven conferències. El llibre no l'havien obert, encara. Ell els parlava dels moments decisius de la història de la humanitat.

Algú es queixava, com en Pàmpols, que era rondinaire de mena:

—Ja m'agradarà saber què se'ls acudirà preguntar-nos el dia de l'examen... Ben segur que no serà res de tot això! Ens faran preguntes concretes, dates de batalles, noms de reis i de soldats...

En Miquei no era l'únic que no opinava com ell...

—Ja ho estudiarem més endavant, tot això... Però, de moment, ens ho passem de primera!

El professor, un dia els havia dit:

—No us agradaria saber què diran de la nostra època els llibres d'aquí cent anys? Penseu en els temps tan interessants que vivim. Cada dia neixen nous països de la cendra de les colònies africanes o asiàtiques. Són nacions joves que ho han d'aprendre pràcticament tot, la llengua també, perquè, no cal dir-ho, rebutgen l'anglès, el francès o el portuguès dels antics colonitzadors... Malgrat que alguns dels dirigents d'aquests països encara porten plomalls al cap o es vesteixen amb les més estrafolàries disfresses, pensen amb el cervell... Saben que no poden caminar sols i intenten agrupar-se, confederarse... Igual que la vella Europa, situada entre dos gegants: Rússia i els Estats Units, i als quals no pot plantar cara per separat... Hi ha les fogueres de l'Amèrica del Sud, unes repúbliques que han de buscar un sistema que limiti les tradicionals diferències de classes... La sorprenent aparició de Xina, les reivindicacions dels negres nord-americans... És una època que té uns límits: la bomba atòmica d'Hiroshima, el tractat de supressió parcial d'explosions, el Mercat Comú, les Encícliques de Joan XXIII... Tot això us ve de nou: feu cara de baixar de la lluna... No hi ha més remei: heu de llegir el diari! Després el comentarem aquí... Als vostres llibres d'història, al final de cada època, hi ha uns apartats dedicats a la civilització. Nosaltres haurem de reflexionar a l'entorn de la nostra època... Les arts noves com el cinema, la televisió... Haurem de parlar dels pintors d'avui: Picasso, Miró, Tàpies...

En Ri-ri no es va poder estar de fer una rialleta:

—Ha, ha...!

—Què et passa, Oliver?

—Veurà, el meu pa...pare diu que aque...quests pi-...pintors volen prendre el pèl a la gent...

Tothom va riure, però el professor estava seriós...

—És una opinió, és clar... Els pares, en principi, sempre tenen raó. Però pensa que en Picasso també és pare i que, per als seus fills, també la té, la raó... I que en té molts, de fills. I de deixebles... Deixem-ho, avui, això... En parlarem un altre dia. És qüestió de sensibilitat i, sobretot, d'informació... Estudiarem també l'esport, aquest esport que practiquen els homes dels països de nivell de vida elevat que no han de treballar tot el dia i que disposen de bones instal·lacions...

Havien fet festa major el primer dia d'entrar al laboratori! Els havien situats en dues taules llargues i amples, separades per un passadís. Hi quedaven encarats.

Cadascú tenia un tub d'assaig amb un líquid transparent a dins. Al davant, una sèrie d'ampolletes etiquetades amb els símbols que representaven els àcids o els reactius que contenien: Cl, SH_2, Nh_4OH, CNK, NaOH...

En uns altres tubs hi havia la marca: «aigua destillada». Tots tenien una mena de llumet d'esperit de vi i una capsa de llumins. Estaven una mica encongits i no sabien com posar-s'hi per a manipular aquells estris...

Havien après els símbols i els valors dels metalls i metal·loides, la formació d'anhídrics, d'òxids, de sals i de bases... Havien hagut d'aprendre els primers grups de la marxa analítica que els havia de servir per a identificar la mena de cosa que hi havia en un d'aquells tubets...

El professor de química els guiaria a fer els primers experiments. Van sentir la seva veu que preguntava:

—Vejam... Joaquim Rovira, quin és el reactiu per al primer grup de l'anàlisi?

El Cuquis petit respongué:

—L'àcid clorhídric...

—Digue'ns la fórmula...!

—ClH.

—Tots teniu davant vostre una ampolleta que diu ClH... Rovira, què s'ha de fer, ara, per a assajar si el producte que teniu en el tub d'assaig correspon als que reaccionen en aquest primer grup?

—Deixar-hi anar, gota a gota, l'àcid clorhídric...

—Abans s'ha de fer una altra cosa... Quina, Oliver?

En Ri-ri no en tenia ni idea...

—Esca...calfar l'àcid i posar-hi una mica del lí...líquid...

Va callar perquè veia que no anava pel bon camí. El professor preguntà a un altre, el qual, contestà:

—Primer cal diluir el líquid que experimentem en aigua destil·lada, després cal vessar-hi, gota a gota, l'àcid clorhídric...

—I què més?

—Si precipita...

—Rovira, què vol dir, precipitar...?

—Anar massa de pressa...

—Que som a la classe de química i no a les carreres...

—Ah! Sí, sí... És... Això, sí, precipitar vol dir que es desprèn un cos cap al fons... Pot ser com un polsim o en forma de vidrets, com sucre...

—D'acord! Feu-la tots, doncs, aquesta operació... Compte amb l'àcid, ja ho sabeu...!

Hi va haver un cert rebombori. Tots ho agafaven amb moltes precaucions per por que els caigués. Van

encaixar el tub en un suport i hi barrejaren aigua destil·lada de l'ampolleta. Després, hi deixaren caure unes gotes de l'àcid... No se sentia res... Amb els ulls molt oberts, tots miraven què passava a l'interior del tubet... De sobte, se sentí un xiscle...

—Què ha passat?

En Pebret estava més vermell que mai. L'àcid se li havia abocat de cop. Tenia por de cremar-se...

—Deixa-ho córrer... No passa res, però una altra vegada has d'anar amb més de compte... Prou, no poseu més àcid... Vejam, algú ha obtingut un precipitat?

Ningú... Els tubs d'assaig seguien igual que abans. El professor tornà a preguntar:

—Imagineu-vos que heu obtingut un precipitat... De quin color hauria de ser, Rovira?

—Blanc...

—Bé... I com sabríem quin cos és el que hi havia al tub d'assaig, Llovet?

En Frederic se'n sortí bé, de la pregunta, perquè allò s'ho sabia de primera.

Va ser una classe molt entretinguda. Quan van sortir del laboratori, estaven convençuts que la química ja no tenia secrets per a tots ells...

Quan van ser fora, el professor buidà tots els tubs a la pica. Com era natural, tots aquells sucs, malgrat el que hi hagués escrit a les etiquetes, eren plens d'aigua de l'aixeta... Fins que no tinguessin més experiència, no era convenient que toquessin àcids i reactius... Els nois estaven la mar de contents. No valia la pena de desenganyar-los...!

La missió dels dos capitans dels equips es posava de relleu a l'hora d'esbarjo.

Cada tarda assajaven una nova jugada que era practicada per cadascú, tant d'un equip com de l'altre.

Per a aconseguir que el joc dels dos equips fos molt semblant i igualat, tots els esforços es dedicaven a llimar, per un cantó, el joc més vistós d'en Llovet i, per l'altre, alegrar una mica la manera potser un xic encarcarada d'en Pàmpols i algun altre dels veterans. Quan es tractava d'adornar una mica les jugades, de fer-les més espectaculars, en Llovet dirigia l'operació. Deia:

—Com una anguila! Dribla, dribla! Com una anguila!

Si, després, veien que en Llovet en feia un gra massa, en Pàmpols i en Miquei el frenaven i hi donaven un to de sobrietat.

Al final de l'esbarjo, tornaven, suats i cansats, cap a classe.

Una tarda, en plegar, tot anant cap al colomar, en Miquei anuncià a la colla que tenia una cosa important per a comunicar-los. Feia un parell de tardes que no anava amb ells al colomar. Estava molt seriós durant el dia. I, cosa extraordinària, no s'havia sabut alguna de les lliçons.

—Què és això que ens has de dir?

—Quin secret portes entre mans?

Però no en va dir ni piu. Més que donar-se importància, semblava preocupat.

En ser al colomar, es va destapar amb una pregunta que els va sorprendre:

—Escolta, Frederic... Oi que ens vas dir que aquell parent teu havia marxat cap a l'estranger...?

En Llovet va fer que sí amb el cap, sense saber cap a on volia anar a parar. Però llavors, en Miquei es va explicar:

—Heu de saber que no se n'ha anat... Fa dos dies que el vigilo!

—No pot ser! Ens va dir adéu la setmana passada, ja us ho vaig explicar... T'has malfixat, Miquei...

—No, era ell!

—Home! Potser no se n'ha anat, encara... Però no comprenc per què hi poses tant de misteri, en això...

Els altres començaven a estar intrigats... Mentrestant, en Miquei prosseguia, implacable:

—Va ser diumenge a la tarda. Tornava amb els pares de la muntanya. Vam baixar del tren al centre. Anàvem a veure els avis que viuen a la vora del mar. En passar per un carreró, el vaig veure sortir d'un hotel...

I en Llovet:

—No devia ser ell...

—Ara creu-t'ho! I tant que ho era! El coneixeria amb els ulls tapats... Després del canguelis que em va fer passar...!

I continuà:

—Vaig fer com si em cordés les sabates i el vaig veure que entrava en un cotxe: un Simca, una mica antic...

En Llovet obrí uns ulls com unes taronges i preguntà:

—Et vas fixar en la matrícula?

—És clar...

La va dir: era el mateix número del cotxe que havia tingut el pare d'en Llovet... El noi els va explicar, llavors, que quan van tancar el seu pare aquell home els l'havia tornat a comprar ja que ells no el podien fer servir...

Van pensar uns moments. Tot allò podia ser normal i podia no ser-ho. En Llovet, però, començava a compartir les sospites d'en Miquei... Els va explicar com havien detingut el seu pare:

—Tot plegat va ser una trista casualitat... Ell, el papà, tornava de nit, per carretera. Venia d'una ciutat on anava sovint a inspeccionar una sucursal del laboratori. Aquella vegada va avançar el viatge perquè no havia de tornar fins l'endemà. Pel camí va tenir una avaria i es va aturar en un racó solitari de la carretera. Mentre intentava veure què passava al motor, se li aproparen uns guàrdies, uns motoristes... El papà els explicà què passava i ells es disposaren a ajudar-lo. Un d'ells intentà engegar el cotxe i ho aconseguí sense dificultats... Llavors van sospitar i registraren el vehicle. Hi van trobar, darrera els seients posteriors, unes capsetes plenes de drogues...

En Miquei saltà:

—Puc equivocar-me, però em sembla tot molt clar: el parent us ven el cotxe i es queda uns jocs de claus. A la ciutat on va el teu pare algú té un dels jocs, obre la porta quan el teu pare és a la feina i hi carrega el gènere... En tornar aquí, el teu parent repeteix l'operació i descarrega el gènere...

—Vols dir?

—Miquei, que ens ficaràs en un embolic...

Però en Llovet pensava que la teoria d'en Miquei podia ser encertada. Va dir:

—Llàstima que ningú no ens faria cas...

—Ja ho sé! Només són suposicions... Per això ja fa dos dies que el vigilo... Viu en aquell hotel que us deia. Surt poc. Va al cinema alguna tarda. De vegades, rep la visita d'un individu o dos, tots prou malcarats...

—Com ho saps, tot això?

—Ja us he dit que l'he vigilat... Com que ell no em coneix... I m'ha ajudat molt en Toni, és clar...

—Qui és en Toni?

—Ah! Ja no recordava que no el coneixeu... En Toni és el grum de l'hotel. Ens hem fet amics i m'ho ha explicat tot. Ens ajudarà si van maldades... De moment, dissabte a la tarda valdrà la pena que hi anem a donar una ullada... Hi ha una fira molt a la vora, amb atraccions i parades. No caldrà que ens dissimulem massa...

FIL A L'AGULLA!

Quan arribà el dissabte, van tenir un problema. Si, per un cantó, havien decidit establir una vigilància a l'entorn del parent d'en Llovet, per l'altre, havien previst fer el partit d'entrenament.

No podien arraconar la preparació del partit sorpresa, perquè el temps corria de valent i es trobarien a finals de trimestre sense adonar-se'n... Tampoc no podien deixar de banda les investigacions...

Al migdia, en sortir, van celebrar una reunió urgent al jardinet. En Pàmpols s'explicava:

—No hi podem anar tots, a investigar què fa el teu parent, Llovet... Crec que a tu val més que no et clissi, perquè aixecaríem la llebre si et descobria... Em sembla que val més que tu, jo —a mi, tot això ja sabeu que no m'agrada–, en Ri-ri, el Nen i algú més, el Cuquis gran, potser, comencem l'entrenament sols...

En Miquei ho va aprovar:

–Ja veig on vols anar a parar... Els altres anem a filustrar el tipet i si acabem d'hora venim a entrenar-nos, també, oi?

Era raonable. Se separaren fins a la tarda. De tot allò, als pares, ni piu! Tot plegat, per tan poca cosa valia més no moure gaire soroll. A més, els pares, de vegades, hi havia coses que no les entenien...

Els cinc aspirants a detectiu es van trobar al mateix lloc de la tarda que havien anat a comprar llibres. Però no estaven tan alegres com en aquella ocasió. La feina que els menava al centre de la ciutat els espantava una mica. Sabien que havien de fer-la perquè calia ajudar en Llovet, però, en realitat, no sabien com posar-s'hi. L'únic que tenia alguna idea en concret era en Miquei...

En sortir del metro, van entaforar-se per uns carrerons. Aviat van sentir la gatzara d'uns altaveus. En una placeta hi havia uns autos de xoc, uns cavallets i unes quantes parades de tirar al blanc. Van passar de llarg. Un parell de carrers enllà en Miquei afluixà la marxa. Els altres obrien els ulls, molt atents... Els va dir:

–Ja hi som...

Van passar davant l'hotel a pas de tortuga. Des del carrer es veia un vestíbul i el menjador, una sala força gran, a les fosques, i en la qual no hi havia ningú perquè l'hora de dinar feia estona que havia passat.

—M'agradaria trobar en Toni, ara...

Però del grum de l'hotel, no se'n veia ni el rastre. Tot era a la penombra. En Pebret insinuà:

—Podria entrar-hi algú i preguntar per ell...

I, de seguida, afegí:

—Jo no, eh! Que em posaria una mica vermell...

Allò els hauria fet riure si no hagués estat que estaven preocupats... En Nàpia s'avançà:

—Ho faré jo...

Però en Miquei dubtava:

—I què diràs? Si surt ell, com que no et coneix, es pensarà que l'ensarrones... Només em coneix a mi, i encara no sé si sap ni com em dic...

En aquell moment s'obrí la porta i en sortí un noiet, amb un uniforme carregat de botons molt llampants... En Miquei s'exclamà:

—Hola, Toni! Quina sort...!

Però el noiet, amb un cert aire de superioritat, els va prendre una mica el pèl...

—Se us veu d'una hora lluny que conspireu... Era al pis de dalt i només de treure el nas per la finestra que ja us he calat. Qualsevol que passi per aquí pensarà que en voleu fer alguna... Qui són, aquests? La teva colla?

En Miquel va dir que sí, i que en faltaven, que no havien vingut tots per no cridar l'atenció...

En Toni va somriure i els saludà un per un. Després, va dir:

—Avui ja no el clissareu, aquell ocell! Ha aixecat el vol...

—Què vols dir?

—Que se n'ha anat de viatge, amb el cotxe...

—De debò...?

—I tant! Jo mateix hi he carregat una maleta, al cotxe... També portava un paquet que no me l'ha deixat ni sospesar... Després de la xerrada que vam tenir tu i jo, Miquei, que no deixo de vigilar-lo... És un individu que amaga alguna cosa... Es passa el dia a l'habitació, surt cap al tard, porta ulleres fumades... De vegades, quan li truquen pel telèfon, parla en veu molt baixa que no se l'entén... L'altre dia no sé què deia, però repetia molt sovint la paraula «mercaderia»...

Els de la colla se l'escoltaven amb atenció. L'Eriçó va preguntar:

—I no tornarà més...?

—No, avui, no, segur... Sempre ho fa, això. S'està una setmana o dues fora i després torna. Té l'habitació al seu nom i quan és fora no l'ocupa ningú...

En Miquei va saltar:

—Toni, ens hi hauries de deixar entrar!

—Home! Això és demanar massa...

—T'ho demanem per favor...

—No pot ser... Si en poguéssiu treure alguna cosa, no us diria que no, però no hi trobaríeu res... Ja hi he passat revista, jo, després que ha marxat... Uns llibrots de lladres i serenos, roba bruta i pareu de comptar...

—Bé, Toni, et creiem... Ja me'n faig càrrec... Si tu dius que no val la pena...

El grum havia de tornar cap a dins...

—Tinc feina, ara, sabeu...?

En Miquei, de cop, es despenjà amb això:

—Mira, Toni, no cal que t'enganyem a tu... Ets un amic i als amics se'ls pot explicar tot... Tu ets l'únic que ens pots ajudar. Fixa-t'hi bé, en el que et dic: tu ets l'única persona del món que ens pot ajudar...

En Toni, en sentir això, es va estarrufar, és clar...:

—Home, Miquei...

—I tant! Mira, el nostre amic té el pare a la presó i nosaltres sabem que no és culpable...

Llavors, en Miquei va exagerar una mica la nota:

—Aquest noi que et dic té la mare malalta. Si el pare no surt de la presó, ella es morirà de pena i el nostre

amic es quedarà sense pare ni mare... Tot sol... Nosaltres sabem que un dels que l'han embolicat i l'han fet anar a la presó és aquest element que viu al teu hotel... Ens has d'ajudar a desenmascarar-lo...

En Toni es fregava les mans:

—Això sí que és una aventura, noi!

—És un mal subjecte... Hi has d'anar amb astúcia, que té males bromes... Tu, el que has de fer, és vigilar-lo, controlar-lo... I després ens en fas cinc cèntims, entesos? Mira, t'apunto en aquest paper un telèfon, és a casa d'aquest —i assenyalà l'Eriçó—, sempre hi ha algú, és el nostre local, al colomar...

—Un colomar?

—Sí, home! És gran, ens hi reunim cada tarda, en plegar de l'escola... T'hi poso l'adreça, també... Si una tarda hi vols passar, seràs ben rebut, oi, nois?

—Tu diràs!

—Ara, de debò, Toni, és molt important! Avisa'ns quan torni i, sobretot, estigues alerta, que la sap llarga...

En Toni, tot impressionat, ho va prometre i se'n tornà cap a dins l'hotel, decidit a posar els cinc sentits en la vigilància...

Abans que els de la colla s'haguessin fos carrer enllà, en Toni ja tornava a furgar l'habitació del misteriós parent d'en Llovet, però, igual que abans, no hi trobà res que fos sospitós.

Van tornar a agafar el metro, cap al barri, i quan van arribar a l'escola, els altres cinc vailets de la colla feia una estoneta només que anaven amunt i avall pel pati, sobre els patins. Així que els van veure arribar, s'hi van precipitar, en Llovet davant de tots...

En Miquei va haver d'explicar que no havien obtingut cap resultat. En Llovet movia el cap mentre ho sentia...:

—Hauria estat massa bonic que hagués sortir bé... Abans d'ahir, quan m'ho vas explicar, Miquei, vaig arribar a creure que ens en sortiríem, que potser sí que aquell home era sospitós, però, ara, ja ho veus: era veritat que se n'anava de viatge. Només que ha marxat uns dies més tard...

En Miquei l'animà.

—Malgrat tot, crec que fem progressos... Ara ja sabem on té el niu, l'ocell. I hi tenim un agent que el té controlat. En Toni es portarà com un home, m'hi jugaria el nas... I que l'home és sospitós, és una gran veritat, ja m'ho sabràs dir...

—Que Déu t'escolti, Miquei! I gràcies per tot, en nom meu i de la mamà... Ella no en sap res, de tot això. No sé com s'ho prendria...

En Pàmpols estava nerviós per tanta xerrameca. Feia uns moments que mirava cap al cel i exclamà:

—Hem d'espavilar-nos si no ens volem mullar... Ja sabeu que si plou no es pot patinar. Cal que aprofitem el temps...!

Els cinc que havien arribat feia tan poc van desaparèixer cap a posar-se els patins...

Al cap d'uns moments, ja tornaven a ser tots deu al pati...

Es van posar a jugar amb els cinc sentits. No els feia res, haver de repetir les jugades. Hi tornaven una i altra vegada.

Cada equip —«Aguilots» i «Esparvers»— jugaven d'acord amb la jugada que iniciava el capità: els altres ja sabien com havien de continuar-la. Per exemple: si en Miquei agafava la pilota al seu camp, i la passava a la dreta, al Cuquis petit, en Pebret i l'Eriçó es llançaven cap al camp contrari. Llavors, el Cuquis la passava ràpidament al Nen, el qual la tornava enrera a en Miquei, que venia llançat. Aquest, feia acció de tornar-la al Nen, però la deixava en una zona lliure a la qual el primer d'arribar-hi era en Pebret, ja que l'Eriçó desorientava els defensors contraris. Així, en Pebret, sol, podia intentar de marcar un bàsquet per a l'equip dels «Esparvers». Ho havien fet amb tanta naturalitat que no semblava pas que tot allò fos producte d'una preparació minuciosa.

Mentrestant, els de l'equip contrari s'ocupaven de recuperar la pilota per poder fer la seva jugada, també...

Es tractava, doncs, de fer jugades que resultessin brillants i difícils, que semblessin fruit de la improvisació.

En aquells moments se sabien gairebé de memòria com havia d'anar el partit. Coneixien les jugades que cada equip podia fer. No els calia lluitar cos a cos, a empentes. Volien que fos com ara un ballet. Quan un dels equips agafava la pilota, els de l'altre es tancaven per defensar-se, però d'una manera senzilla, sense trompades ni males arts...

Van repetir la jugada els «Aguilots», i després els «Esparvers» hi tornaren, fins que els sortí la mar de bé...

Al cap d'una estona van creure que ja podien practicar-ne una altra de les que havien estudiat. Era la d'iniciació del partit: saltaven els dos més alts i es disputaven la pilota a l'aire. Si el que tenia l'encert de tocar-la era en Pàmpols –dels «Aguilots»–, la deixava en mans d'en Nàpia. Aquest, de seguida, la passava a en Llovet, el qual, s'entretenia uns segons. Llavors, el Cuquis gran, ràpid com una fletxa, corria sota el bàsquet contrari i hi arribava amb el temps just de recollir la pilota que en Llovet havia llançat de lluny, amb precisió. Aquest, el capità dels «Aguilots», no parava d'animar els seus:

–Com una anguila! Filtra't com una anguila...!

Després, repetiren la jugada els «Esparvers» i també aconseguiren que els sortís tan rodona com la pilota amb què jugaven.

Assajaren tot el repertori, ara els uns, després els altres. En Ri-ri esperava la seva oportunitat. Ell i el Nen, un en cada equip, havien acomplert una missió poc espectacular: servir pilotes als companys més ben situats, perquè no es fiaven gaire del seu encert a tirar la pilota a la cistella...

Però llavors van intentar l'última de les jugades que havien après. En un atac feixuc en què els defensors no deixaven cap forat al descobert, el més llargarut de l'equip –com que atacaven els «Aguilots», es tractava d'en Pàmpols–, es posava d'esquena al bàsquet contrari i servia la pilota als companys que sense parar es movien davant seu i els quals, no trobant la posició adequada de tirar, tornaven a passar-la-hi. Després de repetir-ho unes quantes vegades, en Pàmpols feia acció de tombar-se i de tirar, però, amb una cabriola, la donava a en Ri-ri, que s'havia desmarcat. Aquest, amb un parell de passes en tenia prou per a situar-se sota la cistella i clavar-hi la pilota. Però la jugada, la van haver de repetir perquè ni ell ni el Nen no se'n sortien gaire bé tot i la seva bona voluntat. Però ells no se'n cansaven.

Quan, després d'unes quantes temptatives, tots dos l'encertaren, van sentir algú que els aplaudia tot dient:

–Molt bé...! Molt bé...!

Els havien descoberts...! Era el seu professor d'història. No sabien què fer, perquè sentien una mica de vergonya. No van tenir temps de pensar-s'ho, perquè, de sobte, es posà a caure un xàfec. S'aixoplugaren a la galeria coberta que hi havia al costat del pati... Com que estaven suats, es rentaren la cara a les aixetes que hi havia en aquella galeria. Van comentar:

–Caram! Sembla que el professor s'ha engrescat amb la nostra exhibició...

—És una persona que té bon gust, segurament...

Feien broma, és clar, però quan arribà l'home els demostrà que, en efecte, el joc li havia agradat...

—Us felicito! Heu d'explicar-me qui us ha ensenyat aquest joc tan ràpid i emocionant...

No feia comèdia. Era sincer. Els nois no se'n sabien avenir. Allò era un èxit... Li van explicar de mica en mica com havia anat...

—La culpa és del pati... Un dia l'un, un dia l'altre, tots vam acabar portant els patins. Després, vam aprofitar la cistella de quan l'escola havia tingut equip de bàsquet... Ara ja tenim dos equips, els «Aguilots» i els «Esparvers», i ens preparem per al dia de la festa... Ens hauria de guardar el secret, per favor...

En Miquei tenia ganes de puntualitzar:

—Són jugades estudiades, no es pensi...

Entre tots li van explicar el mecanisme del joc i l'home se'n va fer càrrec. De sobte, després de fer algunes preguntes que demostraven que ho veia clar, va dir:

—Qui serà l'àrbitre?

Aquella pregunta els va caure d'imprevist. No hi havien pensat, en allò. Cada vegada que un dels jugadors ho demanava, el joc s'aturava. Però això, en un partit amb públic i tot, no quedaria bé. No sabien què contestar. Era un detall ben important, i se'ls havia escapat!

—No hi havíem caigut...

—I per què no em deixeu que arbitri jo...?

Els dos capitans canviaren una mirada ben ràpida... En Llovet interpretà l'aprovació de tots:

—Caram! Ens fa l'efecte que anirà de primera...

Així, van quedar que en parlarien entre setmana i que, abans de la festa, els arbitraria algun dels partits d'entrenament dels dissabtes, per posar-se a to amb tots ells.

Com que no parava de ploure i ja s'havia fet tard, el professor se'n va anar per les seves.

La colla va acabar la tarda al colomar.

L'estona se'ls va fer molt curta entre parlar de temes de les classes i del partit i de l'àrbitre que els havia caigut del cel...

Després, però, va ser el misteriós i desconcertant parent d'en Llovet el que omplí una sèrie de discussions que acabaven totes de la mateixa manera: amb un gran interrogant...

UN HOTEL POC CONFORTABLE

El curs escolar seguia la seva marxa. Ja eren en aquell final de trimestre que tan llunyà els havia semblat. Acabaven de passar els exàmens i cadascú podia meditar davant la llista de les qualificacions obtingudes.

La colla dels deu, els cinc jugadors dels «Aguilots» i els altres cinc dels «Esparvers», s'havien reunit com cada tarda al colomar de L'Eriçó. Tot era a punt per a la festa de l'endemà, dissabte.

Aquells últims dies havien preparat el vestuari amb què haurien d'equipar-se per jugar el partit. Els havien deixat les samarretes i els pantalonets que normalment utilitzaven els dos equips de futbol de l'escola. Havien adquirit una pilota nova amb l'aportació de tots deu, i el professor d'història els havia comunicat que s'havia comprat un xiulet que feia fressa de debò... «Us trauré la son de les orelles, durant el partit...», els havia dit.

Aquella tarda estaven un pèl nerviosos. No sabien si se'n sortirien bé. Tot havia estat optimisme quan la data de la festa era una cosa llunyana, però saber que el partit seria l'endemà els preocupava moltíssim...

—Mira que si el que fem, és fer riure...!

En totes aquelles setmanes no havien sabut res més del parent d'en Llovet. Això els havia preocupat molt i havia omplert totalment algunes xerrades molt llargues.

Segons el que els havia explicat en Toni, aquell home tenia l'habitació reservada, però no hi havia fet acte de presència des d'aquella tarda del dissabte en què l'havia ajudat a carregar la maleta al cotxe. Hi havien tornat, a l'hotel, a veure en Toni, però sempre amb el mateix resultat: l'home encara no havia tornat. Mai no havia estat tant de temps fora...

Aquella tarda, però, no hi pensaven. Els pensaments de la colla es concentraven en el partit de l'endemà. Tenien por de fer el ridícul...

En Ri-ri deia:

—Jo no sé... Ti... tinc una mi... mica de mal de coll... Em se... sembla que demà no podré ve... venir...

En Llovet, com a capità dels «Aguilots», li etzibà:

—Pobre de tu! Te'n penediràs tota la vida si ens fas una jugada d'aquestes...

L'Eriçó va comentar:

—Estic com encarcarat... Penso tota l'estona en el mateix, ja sabeu... Ens hauríem de distreure una mica. Ens capfiquem amb una cosa que no té tanta importància. Penseu que no ens hi juguem res! Us proposo que ara anem a fer un tomb i...

En aquell moment el tallà el timbre del telèfon. El mateix Eriçó el despenjà. Els altres van seguir parlant. Però, de sobte, un crit del noi els va fer callar...

—Calleu!

S'hi van apropar. El noi obria molt els ulls. Feia que sí amb el cap, un cop, dos, tres... Finalment, va dir:

—Miquei, parla-hi tu: és en Toni... Vol parlar amb tu... Diu que ha tornat el parent d'en Frederic...

Sense dir res, en Miquei agafà l'aparell. Escoltà una estona. Finalment, va dir:

—D'acord! Demà a la tarda, a primera hora... Gràcies, Toni! Sí, faré el xiulet de sempre...

Va penjar. Mirà al seu voltant. Tots esperaven que parlés...

—Ha tornat! En Toni ha escoltat, d'amagatotis, una conversa telefònica... L'home parlava altra vegada d'una «mercaderia»... L'ha d'anar a recollir demà a la tarda... En Toni no sap on, però...

Va fer una pausa i continuà:

—Ja ho sabeu... Hi anirem a primera hora! En Toni ens espera...

En Llovet estava molt nerviós. En Ri-ri li donava copets al muscle:

—Ja el te... tenim, Llovet! Ara el farem passar per la pedra...!

—Ets molt optimista! No sé si tindrem tanta sort... Tant de bo!

En Pàmpols, però, els va preguntar, com si baixés de l'hort, en veu molt baixa:

—I el partit?

Tots hi van caure, llavors! En uns segons havien oblidat allò que els havia fet anar de bòlit aquells últims dies...

En Miquei va dir:

—Primer és el primer...! La festa, sense nosaltres, també la faran... Tot això que s'estalviarà el públic... Hem d'aprofitar l'ocasió que tenim per a aclarir si aquest individu és en realitat el que busquem...

L'únic que no ho veia clar era en Pàmpols:

—I què penses fer, Miquei? Aniràs allí i li preguntaràs, per les bones, si ell és un trapella i un criminal...?

Tots es van refredar de cop. Era veritat! Què en traurien que aquell home fos a l'hotel? Però en Miquei no volia que allò fos dit:

—Ja en parlarem! Actuarem sobre la marxa...!

Una estona més tard, sense haver-se posat d'acord en el pla que haurien de seguir l'endemà, se'n van anar, cadascú a casa seva, amb el cor encongit pel que podia passar.

Ja hi eren! Tots deu es van apropar a l'hotel... En ser a la placeta de les atraccions, van aturar-se a deliberar. Van quedar que només s'avançarien en Miquei, en Llovet i l'Eriçó. Els altres es quedarien a l'aguait, escalonats, a deu metres l'un de l'altre, a punt d'actuar si calia.

Els tres comissionats van arribar davant l'hotel. En Miquei s'aturà i va fer el xiulet. En Llovet havia passat de llarg i s'havia entaforat en un portal veí per evitar que el veiés el seu parent si encertava a passar en aquell moment. Al cap d'un parell de xiulets va arribar en Toni com una fletxa...

–Ha sortit, ara! Ja fa una estona... Deu ser a buscar allò, la «mercaderia», que diu ell...

Parlaven al costat de la porta on s'havia camuflat en Llovet. Amb en Toni encara no es coneixien, però de seguida van simpatitzar. En Llovet tenia una pensada...

–Mira, Toni, m'has de deixar entrar a l'habitació d'ell. M'has de deixar que ho escorcolli tot, ara que no hi és... Només així podré saber si hi ha alguna prova contra seu...

En Miquei anava a dir que allò era massa exposat, però va callar perquè era justament el que anava a proposar, només que amb una petita variant: que fos ell qui entrés a l'habitació... Però va pensar que en Llovet podria saber més el que calia buscar. L'obstacle per a aquell pla, però, era en Toni...

—Noi, em sap greu! Però això no pot ser... En comprometria massa. Mira que si ens enxampaven...

Però en Llovet estava decidit a tot:

—Què vols que passi? Mira, jo, en un entrar i sortir en tinc prou... A més, tu no te les pots pas carregar: et limites a obrir-me la porta i romanceges pel passadís fins que jo surti. Tornes a tancar, i tururut...

En Toni no volia afluixar... Però en Llovet atacava cada cop amb més força:

—No t'ho demanaria si fos per mi, però pensa en el meu pare, que s'haurà d'estar una pila d'anys tancat sense culpa... Has d'ajudar-me...!

El noiet de l'hotel ja no podia resistir més. Va sospirar i va dir:

—Que no ens passi res!

I afegí:

—Entra darrera meu i t'ajups, que l'home de la recepció no et vegi entrar. Aniré recte cap al fons. Quan tombem pel passadís ja podràs aixecar el cap. Entesos?

En Miquei i l'Eriçó els van veure marxar amb recança. S'haurien estimat més d'anar-hi ells, o tots junts, però comprenien que allò era impossible.

Els minuts van començar a passar, a poc a poc, més lentament que mai. En Miquei es posava nerviós. Hauria volgut entrar a l'hotel, però s'aguantava. Deixà la companyia de l'Eriçó i s'apropà a en Nàpia, que s'estava palplantat a una quinzena de metres, carrer enllà...

—Noi, si no surt de seguida, no sé què em passarà...

Mentre en Nàpia intentava tranquil·litzar-lo, en Miquei es va posar pàl·lid com la cera... Aquells dos homes que venien de la placeta! Un era el parent d'en Llovet, no es podia equivocar! L'altre portava una maleteta a la mà...

—És ell! Estem perduts! Ara enxamparan en Llovet a dins...!

Sense pensar-s'hi gens, va córrer a aturar-los...

—Per favor... Si em volguessin escoltar un moment...

Se'l van mirar de cap a peus...

—Què passa, xaval?

En Miquei començà a parlar a poc a poc. Feia pauses llargues, per guanyar temps...

—No, no es pensin... No es tracta de res important,

és clar... Però vostès tenen tot l'aspecte de ser uns veritables homes de negocis...

Va fingir una rialleta que a ell mateix li sonà tota esquerdada i seguí:

—...això ja es veu prou amb l'aspecte... Els voldria proposar un bon negoci, perquè d'oportunitats com aquesta no se'n presenten gaires a la vida...

En Miquei s'adonava que els dos homes se'l miraven estranyats i que estaven a punt d'engegar-lo. En Nàpia i l'Eriçó, vistos de reüll, gesticulaven uns metres més avall... El parent d'en Llovet començava a enfadar-se:

—Parla de pressa, que no tenim temps per perdre...!

—Oh! I tant! Ja es veu d'una hora lluny, això... No, si no té importància, només que...

Per dintre seu, en Miquei pensava: «Què fan, aturats, en Nàpia i l'Eriçó? Per què no corren a fer sortir en Llovet de dins l'habitació?». Però continuava, per guanyar temps:

—...els vull oferir una gran oportunitat... A l'escola, rifem, entre altres coses, una panera monumental i un viatge d'anar i tornar a l'estranger, per a dues persones, i...

Els dos homes devien creure que es tractava d'un guillat, perquè ja no feien cas d'ell i havien començat a caminar. Els va empaitar...

—... per favor! No saben el que es perden... Tinc uns números per una rifa...

Per treure-se'l del damunt, el parent d'en Llovet preguntà:

–Dóna-me'n un parell, doncs, i enllesteix aviat...

En Miquei, llavors va canviar de cara:

–Oh! És clar, ja comprenc que en vulguin comprar, però, en realitat, aquests números són molt cars...

–Quant val cada un...?

–Depèn, sap... De vegades, és clar, no interessen i...

–Acaba d'una vegada! Quant val cada número?

–Vint duros...

–Vint duros? Ja estàs ben bé de broma... Au, vés-te'n si no vols rebre...!

Ja no podia fer res més per evitar que entressin a l'hotel. Només els hauria pogut retenir agafant-los pel ganyot, però tampoc no hauria servit de res perquè amb una batzegada se n'haurien desprès...

El parent d'en Llovet deia a l'altre:

–No sé d'on ho trec, però la veu d'aquest marrec em sona...

Després de sentir això, en Miquei ja no podia fer altra cosa que deixar-ho córrer.

Els dos homes ja eren gairebé a l'entrada de l'hotel. Un altre noi els va barrar el pas. Era en Nàpia, que es va posar a imitar, amb exageració, en Ri-ri quan es posava nerviós...

–M'hau... m'haurien de fer el fa... favor... No em po... podrien pa... pas aco... companyar al ca... carrer... Espe... peri's, que ara no sé com es di... diu... Ah! Sí, el ca... carrer de Ta... ta... tan... ta... ranta... ta... na...

El de la maleteta es va mirar sorprès el parent d'en Llovet:

—Tu, què els passa, als xavals d'aquest carrer? Se les han emprès amb nosaltres...

En Nàpia no afluixava:

—Vo... vostès do... dos són unes bo... bones pe... perso... sones... To... tot plegat no de... demano ma... massa... El ca... rrer de...

El van apartar amb una empenta. El parent d'en Llovet va dir:

—Això no m'agrada gens... Anem!

Però abans mirà enrera. En Miquei es va clavar a la paret per passar desapercebut...

Ara era l'Eriçó qui els barrava la porta. Anava a obrir la boca sense saber què podia dir per aturar-los, però no el van deixar ni començar...

—Vés a escampar la boira o te la clavo...!

En Miquei en Nàpia i l'Eriçó, així que van deixar de veure'ls, van reunir tota la colla. No sabien què fer. En Pàmpols gemegava:

—Hem d'anar a avisar la policia! Ja ho deia jo que això de fer de detectiu era una bogeria...! Què li faran, ara, si l'arrepleguen?

En Ri-ri gallejà:

—Anem-hi! Entrem-hi to... tots i si hem d'anar a maste... tegots, hi anirem!

En Miquei no s'ho va pensar dues vegades. Va dir:

—Sí, anem-hi! Tu, Pàmpols, queda't de vigilància al carrer. Que no ens arrepleguin a tots, si de cas...

Van entrar cuita corrents a l'hotel. A la recepció hi van trobar el primer obstacle:

—On aneu vosaltres, ei?

En Miquei, tot decidit, va dir:

—Hem de parlar amb el senyor que acaba de passar, portem un encàrrec...

El conserge no estava per romanços:

—Quin senyor?

—El que ha entrat ara amb un amic, aquell de la maleteta...

—I per què el voleu saludar?

—Hem de parlar de negocis...

—Vosaltres?

—Sí, senyor!

—No, no pot ser... Sou massa colla. Em voleu prendre el pèl...

El van rodejar. Tots parlaven a l'hora. Mentrestant, en Pebret ja havia lliscat cap a dins. Va tombar el passadís i ensopegà amb l'escala. Pujà. Al primer replà trobà en Toni...

—Toni, què ha passat?

El grum contestà, nerviós, fregant-se les mans...

—Hi haurà soroll! Ja ho deia jo que no us havia de deixar entrar... Ha arribat aquell individu amb un altre... Són a dins, tots tres...

—En Frederic, també?

—És clar! No ha tingut temps de sortir...

Abans que poguessin continuar, en Miquei els va atrapar. Va dir:

—M'ha deixat passar a mi sol amb la condició que no entrés ningú més de la colla... On són? On és en Llovet?

Quan ho va saber, exclamà:

—Hem de fer alguna cosa, de pressa...!

Tant en Toni com en Pebret feien que sí però no se'ls acudia res. De sobte, en Miquei cridà:

—Ja ho tinc! Tu, Toni, segur que a la cuina hi deu haver alcohol de cremar, oi?

—Per què?

—Porta'l i ja ho veuràs... Però has d'anar de pressa...

—No sé si...

Se'n va anar. Al cap d'un parell de minuts tornà amb una ampolla mig plena. En Miquei preguntà:

—On és l'habitació?

Hi van anar, a poc a poc. S'aturaren davant la porta. En Miquei va clavar l'orella al forat del pany. Escoltà:

—No se senten crits... Parlen normalment, sembla que no hi ha soroll... Vols dir, Toni, que en Llovet no ha sortit?

En Toni feia que no, que no podia ser, que ell l'hauria vist. Se'l veia poruc i nerviós. Encara s'hi posà més quan en Miquei començà a escampar per terra l'alcohol de cremar...

—Què fas?

—Ara ho veuràs...

Parlaven en veu baixa. S'aproparen altra vegada a la porta de l'habitació. En Miquei va contreure tots els músculs i començà a fer lliscar l'alcohol que li quedava per l'espai que hi havia entre la fusta de la porta i el mosaic del sòl. Llavors, se'n separà i encengué un llumí. Va provocar tot de flames pel passadis. Portà el llumí encès a la taca humida que s'havia escampat cap a dins l'habitació i començà a cridar:

–Foc, foc...!

En Toni li deia:

–Ets boig! Ets boig!

Però en Miquei, que s'havia amagat en un racó del passadís, seguia cridant:

–Foc, foc...!

En aquella hora, a la primera meitat de la tarda, no hi havia gairebé ningú a l'hotel. Només es va obrir la porta d'una cambra i en sortí un bon home amb pijama. Es posà a xisclar en veure les flames...

Al cap d'uns segons s'obrí, també, la porta de l'habitació del parent d'en Llovet i en van sortir, sobresaltats, els dos individus. La porta quedà oberta de bat a bat. En Toni s'hi apropà. Cridava, també, perquè ja havia comprès el propòsit d'en Miquei:

–Foc, foc...!

El parent d'en Llovet va dir:

–És cert! Tu, agafa el paquet i marxem...

Però, mentre ho deia, en Llovet els va passar gairebé entre les cames, com una anguila. Tenia a la mà la maleteta de l'altre individu. Els dos homes no van reaccionar fins que en Llovet ja era al començament de l'escala. Llavors, el parent, ofegà un parell de crits i es llançà a perseguir-lo. Pel camí, ensopegà amb l'home del pijama i van rodolar tots dos per terra.

Les flames ja s'havien apagat. Tot tornava a estar normal, llevat de la fortor de l'alcohol cremat i la cridòria de tots plegats. Al vestíbul, quan en Llovet hi arribà corrent a tota màquina, trobà els altres de la colla que el van acollir amb crits de satisfacció... El conserge, atabalat pel soroll que sortia del pis de dalt, deixà la seva gàbia i enfocà l'escala. Va xocar amb el parent d'en Llovet que baixava a tota velocitat, ja refet de la primera sotragada. Darrera seu baixava l'altre individu, arrossegant en Miquei i en Pebret, que intentaven frenar-lo.

En Llovet va arribar a sortir al carrer. La porta era

estreta. Tots els de la colla van formar una barrera. L'home va intentar apartar-los amb algun mastegot que clavà sense ordre ni concert. Però no va tenir temps de repartir-ne gaires perquè van entrar un parell de policies i el van emmanillar en un tres i no res. Darrera els policies va entrar en Pàmpols, no tan calmós com de costum...

Tots plegats, els dos policies, la colla dels deu, el parent d'en Llovet i l'altre soci, en Toni i el conserge, van formar una mena de processó cap a la comissaria.

En Miquei i en Pàmpols van declarar en nom de tota la colla. Ho hauria hagut de fer, potser, en Llovet,

però estava massa excitat. Només va haver d'explicar, un cop es va asserenar, que quan havia sentit que algú obria la porta de l'habitació que ell registrava, s'havia amagat sota el llit. Que havia sentit que els dos individus parlaven de coses relacionades amb les drogues, amb aquella «mercaderia», i que tots dos havien acordat aixecar el vol de seguida perquè els preocupaven els vailets que els havien entretinguts pel carrer. I que, per fi, en sentir els crits de «foc, foc», havia reconegut la veu d'en Miquei. En veure de sota el llit estant la porta oberta i els dos individus que sortien, havia lliscat com una anguila després d'engrapar de sobre la taula la maleteta que contenia la prova del delicte.

El cap de la policia no comprenia com havien endevinat què hi havia a la maleteta, perquè, després de donar-hi un cop d'ull, n'havien identificat el contingut: era una de les drogues més perilloses i, per tant, més perseguides. En Miquei li va explicar la història d'en Llovet i l'home va poder comprendre l'interès dels nois a vigilar aquell parell de galifardeus. Llavors, però, els va llançar una dutxa d'aigua freda:

–Heu de pensar, però, que això no vol dir que el pare d'aquest noi sigui innocent... I si hagués estat un soci d'aquests dos? No us feu massa il·lusions...

En Frederic, però, va ser l'únic que no es deixà impressionar per aquelles paraules...

–Jo sabia que no havia estat ell! Ara només caldrà que vostès s'espavilin a fer-los cantar, aquests dos...!

EL PARTIT

En Miquei, en aquell moment, es va donar un cop al front amb el palmell de la mà:

–El partit, nois!

Tots el van comprendre... I tant, el partit...!

El comissari preguntà:

–Quin partit?

En Miquei, abans de contestar, mirà el rellotge. Va dir, cridant:

–Tenim temps, encara...!

Va explicar el que feia al cas i el cap de la policia els deixà marxar després de prendre nota dels noms de tots i les adreces.

Van baixar de dos taxis, gairebé junts, davant mateix de l'escola. A l'entrada hi havia el professor d'història, nerviós, que s'estirava els cabells. Anava vestit amb una granota d'entrenament i el seu cèlebre xiulet penjava lligat d'un cordill al voltant del coll.

—Ja està bé! D'on sortiu, si es pot saber...?

Es pot dir que no van ni contestar. Van pujar les escales de tres en tres i es canviaren de roba de seguida. Sense adonar-se'n, ja eren altra vegada a baix, a punt de sortir al pati.

El professor, que feia uns moments havia informat que caldria suspendre el partit, havia pogut rectificar. Algú parlava, doncs, pel micròfon i anunciava a tothom que anaven a presenciar la primera exhibició d'un joc que havien inventat uns alumnes de l'escola. Després, la mateixa veu va dir les alineacions...

—Els «Esparvers», de color blau: Pebret, Miquei, Eriçó, Cuquis II i Nen...

—Els «Aguilots», de color vermell: Pàmpols, Anguila, Cuquis I, Nàpia i Ri-ri...

En Llovet va mirar en Miquei:

—Aquest Anguila sóc jo, oi?

—T'ho mereixes, noi...!

L'altaveu prosseguia:

—...el partit es jugarà en tres parts de deu minuts cada una. El reglament d'aquest joc, com podran veure, és semblant al del bàsquet...

Mentrestant, els patinadors havien donat una volta pel camp. Els familiars que els veien desfilar picaven de mans. Els altres alumnes del col·legi xiulaven, en part per fer ambient, i en part perquè creien que allò seria força ensopit.

Els nois van fer una estona la roda, abans de començar, i, finalment, l'àrbitre va intentar que sonés el xiulet per convocar els dos capitans. L'estri, però, no funcionà: s'havia espatllat. El públic, que se n'adonà, s'ho començà a prendre de broma...

—Quina carraca...!

—Val més que pleguin...!

Mentre desapareixia l'àrbitre per arreglar el xiulet, els jugadors, una mica desconcertats, no sabien què fer. En Pàmpols es va distreure, va xocar amb en Nàpia i van caure tots dos per terra...

—Si no saben ni patinar...!

Quan es van aixecar, no s'havien fet mal, però tant els pantalons com les samarretes, per la part del darrera, els havien quedat de color de gos com fuig per culpa de la humitat que hi havia al lloc on havien caigut.

La gent reia sense reserves... Si allò era la sorpresa que els reservaven els alumnes de tercer curs, era ben galdosa, també!

L'àrbitre tardava.

En Llovet intentava, en va, trobar la seva mare entre aquella sèrie de cares desconegudes. Hauria volgut explicar-li què havia passat feia una estona...

Se sentí una veu:

—Jordi, nen, som aquí!

Era la mare d'en Jordi Mas. El Nen es tombà al precís moment que en Pebret li passava la pilota. La va rebre al mig del clatell i va caure de corcoll. Més rialles. Tothom començava a prendre-s'ho de broma...

—Que pleguin...! Que pleguin...!

Però llavors aparegué l'àrbitre i restablí l'ordre amb un cop del xiulet ja reparat. Els dos capitans avançaren. Es van saludar, es van donar la mà i van sortejar el camp. Va escollir en Miquei.

L'àrbitre posà el rellotge a punt i bufà.

De seguida, tothom s'adonà que allò era una cosa seriosa.

Llançada la pilota enlaire, saltaren en Pàmpols i en Pebret, la tocà el primer endarrera i la collí en Nàpia que la passà a l'Anguila —aquell noi que s'havia dit Frederic Llovet—, el qual va fer veure que s'entretenia, el temps suficient, només, perquè s'escapés ràpidament el Cuquis I i la recollís sota mateix de la cistella, llançada amb precisió per l'Anguila. El Cuquis I saltà i la pilota es col·locà a dins...

Algú del públic cridava:

—Sort! Ha estat una xamba...!

La gent comentava que per més que ho provessin no els sortiria una altra jugada tan rodona... Però es van quedar d'una peça perquè els «Esparvers», en posar la pilota en joc altra vegada, en feien una, de jugada, que semblava dibuixada amb tiralínies. En efecte, en Miquei la passà al Cuquis II. Mentre l'Eriçó i en Pebret es llançaven ràpids cap al camp contrari, en Cuquis la passava al Nen i aquest la tornava a en Miquei, que venia a tota màquina. Aquest, ja en camp dels «Aguilots», feia acció de tornar-la al Nen mentre l'Eriçó es movia i desorientava els defenses. En lloc de tornar-la a l'Eriçó, en Miquei la llançà en una zona buida a la qual el que hi arribà primer va ser en Pebret, que no va tenir dificultat de penjar-la a la cistella. Estaven empatats i el públic no s'ho acabava de creure. A continuació, els «Aguilots» van repetir aquesta jugada també amb èxit.

Tot era portat a un ritme frenètic. Els deu xicots s'havien deixat anar. Els nervis continguts tota la tarda, totes aquelles emocions, tot s'havia oblidat i només es concentraven en el joc, en aquelles jugades estudiades que els anaven sortint tan bé.

Els parents ho trobaven senzillament bonic. Però els que ho veien amb tota la seva dificultat, eren els que sabien què era el bàsquet i que es feien càrrec de com augmentaven les dificultats pel fet de jugar-hi sobre patins.

La jugada següent no els sortí bé, als «Esparvers», i la pilota estigué indecisa si entrava o no, passejant pel ferro de la cistella. Va caure, finalment, fora, però la recollí un del mateix equip i la passà a en Pebret, aquest es girà d'esquena i la va distribuir ara a l'un, ara a l'altre, a tots els que passaven ràpidament davant seu i que la hi tornaven a tota velocitat. Els «Aguilots», amatents, mantenien un control de les zones. De sobte,

en Pebret es girà i simulà que tirava dalt. En veure que dos dels «Aguilots» s'avançaven, els va fer passar la pilota pel damunt i la recollí el Nen qui, després de ferla botar, marcà un altre cop.

Als del públic, les mans se'ls havien escalfat de tant aplaudir. La primera part acabà amb la victòria dels «Aguilots» per un punt de diferència. Començà la segona part, portada al mateix ritme que la primera. La van guanyar els «Esparvers» també per un punt de diferència. Tot anava més anivellat del que un hom hauria pogut creure... L'àrbitre només havia d'intervenir per donar validesa als punts que tots dos equips marcaven. La tàctica que seguien no permetia que arribessin al xoc gairebé en cap ocasió.

Abans de començar la tercera part, l'àrbitre els advertí:

—Esteu empatats. Vejam qui guanya, ara!

Aquella tercera part va ser una altra cosa. Van abandonar la prudència i es llançaren al joc amb tot l'entusiasme. Iniciaven les jugades com en les parts anteriors, però ara anaven a totes. El joc no era tan rodó, tan matemàtic, però era més emocionant.

Primer, s'avançaren els «Aguilots», però després, una reacció dels «Esparvers» els situà davant el marcador amb dos punts fins al darrer moment. Llavors, en una jugada feta per les bones, sense estar estudiada, en Pàmpols es trobà en bona posició per a marcar. Va tirar en el precís moment que en Pebret, en un intent desesperat, li apartava la mà. En aquell instant, també, s'a-

87 Tonnen Allegorie:
die Bavaria an der Theresienwiese

Der Hallweg überquerte die Isar bei Oberföhring im Norden der heutigen Altstadttrasse. Er war damit ein ständig sprudelnder Einnahmequell für den Freisinger Bischof, auf dessen Gebiet die zollwegpflichtige Brücke lag. Das weckte Begehrlichkeiten bei Heinrich dem Löwen. Der war kurz zuvor (1156) von Friedrich Barbarossa mit dem Herzogtum Bayern belehnt worden und glaubte, als neuer Landesfürst eigene Ansprüche geltend machen zu können. Heinrich ließ eine eigene Brücke bauen (ungefähr auf Höhe der heutigen Ludwigsbrücke) und in frühkapitalistischer Ahnung um die Einträglichkeit von Monopolen die Brücke von Bischof Otto vorsichtshalber zerstören. Der Bischof gab eine eindrucksvolle Darbietung derjenigen Gemütsregung, die bis heute im ortsüblichen Dialekt als „angfressen sein" umschrieben wird, und wandte sich an den Kaiser. Der entschied jedoch eher weltlich: Im „Augsburger Schied" überschrieb Barbarossa am 14. Juni 1158 die Regaliennutzung (Markt-, Zoll- und Münzrechte) des neuen Markts München an seinen Vetter Heinrich und nahm Otto (aparterweise ein Onkel des Kaisers) damit weitgehend aus dem Spiel. Der Tag gilt heute als Datum der Stadtgründung, quellenkritisch erbsenzählend ist es allerdings lediglich der Tag der ersten urkundlichen Erwähnung der Stadt – wenn nicht das ganze Dokument ohnehin eine Fälschung ist, worauf nach neuesten Forschungen vieles hindeutet.

Am Portal der Ludwigsbrücke

Das Gezänk war damit freilich noch lange nicht zu Ende. Immer wieder unternahm das Bistum Vorstöße zur Wiederherstellung der alten Verhältnisse, aber spätestens 1240 gaben die geschäftstüchtigen Kleriker das Tauziehen auf und zogen sich auf ihren Domberg zurück. Eine kleine monetäre Beteiligung blieb dem Bischof übrigens bis fast in unsere Tage: Erst 1852 erlosch nach einem Vergleich die letzte Zahlungsverpflichtung der Stadt gegenüber dem Bistum (bzw. dem bayerischen Staat, der nach der Säkularisation 1802 die Rechtsnachfolge in Finanzdingen übernommen hatte).

München bis in die frühe Neuzeit

An ihrem Husarenstück hatten die Welfen unter Heinrich dem Löwen nur sehr begrenzte Zeit ihren Spaß – nach einer verweigerten Heerfolge fiel der Herzog in Reichsacht und Bayern an das Haus Wittelsbach. Erster Herrscher dieser Dynastie war Otto, der 1180 die Macht übernahm; der letzte – Ludwig III. – räumte erst geschlagene 738 Jahre später (am Ende des Ersten Weltkriegs) das Feld. Seit 1255 – es regierte mittlerweile Herzog Ludwig II. – war München Residenzstadt und damit zum Wohnsitz des Adelsgeschlechts aufgestiegen.

Als wichtigste Figur in diesen frühen Jahren der Stadtgeschichte gilt aber ein anderer Ludwig, in der frühen herzoglichen Zählung der Vierte seines Namens. Genannt wird er meist zusammen mit seinem Beinamen: Ludwig der Bayer. Formal brachte er die ganz große Reichspolitik nach Bayern: 1314 wurde er deutscher König, und 1328 wählten ihn die Kurfürsten des Reichs sogar zum deutschen Kaiser gewählt. Das Prädikat Kaiserstadt ist für München dennoch unangebracht, denn Ludwig war noch ganz dem Reisekönigtum verpflichtet: München war nur eine Station unter vielen auf seiner immerwährenden Deutschlandtournee.

Trotzdem hatte er starken Einfluss auf die Stadtentwicklung. Von ihm bekam München ein erstes kodifiziertes Stadtrecht – das „Versiegelte Buch" (1340) –, und auch der massive Ausbau der Stadtbefestigung, den schon sein Vater Ludwig II. angestoßen hatte, wird ihm gutgeschrieben. Nach seinem Tod 1349 gewann keiner seiner Nachfolger – allesamt wieder bloß schlichte Herzöge – wirklich entscheidendes Profil. Kennzeichnend für die Herrschaftssituation in München waren vielmehr die immer wieder aufflammenden Streitigkeiten zwischen Magistrat, Patriziern, Bürgern, Zünften und eben den Wittelsbachern – in stets wechselnden Koalitionen und durchaus nicht immer unblutig.

Allein bis 1330 wuchs München um das Sechsfache seiner ursprünglichen Ausdehnung, auch die Bevölkerungszahl entwickelte sich stetig nach oben. Wirtschaftlich prosperierte die Stadt zuerst vor allem als Fernhandelsplatz (einträglichste Ware blieb das Salz), später auch durch produzierendes Gewerbe. Hier waren es zum einen die Ziegelbrennereien in den Gebieten rechts der Isar, die sich einer regen Nachfrage an Baustoffen erfreuten. Wichtigster Großbau der Epoche war natürlich die Frauenkirche, aber auch die Projekte der herzoglichen Hofhaltung und des immer reicher werdenden Patriziats bescherten Steinmetzen, Holzschnitzern und Malern ein fügliches Auskommen. Maßgeblichen Anteil an der Binnenkonjunktur der Stadt hatte daneben das rasch expandierende Brauereiwesen, das Ende des 15. Jh. bereits mit 38 Unternehmen im Stadtgebiet vertreten war.

Ein frühes geistesgeschichtliches Highlight ist die Berufung des englischen Philosophen William von Ockham an den kaiserlichen Hof Ludwigs des Bayern, der im erstaunlich freigeistigen München („liberalitas bavariae") seine scharf nominalistischen Positionen im sog. Realienstreit ausarbeiten konnte.

Nur noch als Bronzetafel: der Schöne Turm

Die Gegenreformation

München war und ist katholisch. Bevor der rebellische Mönch Martin Luther aus Wittenberg seine unerhörten Thesen an das Hauptportal der dortigen Schlosskirche schlug, war das noch eine Selbstverständlichkeit. Nach 1517 wurde es zum Politikum und nicht selten auch zum Kriegsgrund. Die bayerische Herrschaft aus dem Haus Wittelsbach verstand sich in der aufkommenden scharfen Kontroverse durchaus als Frontkämpfer und machte ihre Residenzstadt zu einem bedeutenden Zentrum der Gegenreformation. Protestanten der ersten Stunde hatten nicht viel zu lachen – ein öffentliches Bekenntnis zur neuen Lehre war meist gleichbedeutend mit rabiatesten Konsequenzen von Folter bis Hinrichtung. Wer nicht von seinem reformatorischen Glauben lassen konnte oder wollte, tat nach 1522 (offizielles

Verbot der Verbreitung der lutherschen Lehren) gut daran, seinen Lebensmittelpunkt in die nächstliegenden liberaleren Reichsstädte Nürnberg, Augsburg, Regensburg und Ulm zu verlagern – eine Option, von der einige arrivierte Mitglieder der Münchner Gesellschaft auch Gebrauch machten.

Als Speer und Schild des reinen Glaubens fungierte die mönchische Elitetruppe der Jesuiten, 1559 von Herzog Wilhelm in die Stadt gerufen. Für den religiösen Pluralismus mag die Ankunft der intellektuellen Kampfeinheit des Ignatius von Loyola vielleicht ein Rückschritt gewesen sein, auf dem Bildungssektor profitierte die Stadt enorm: Die Einrichtung des ersten Gymnasiums im ihnen überlassenen Augustinerkloster war eine der frühestens Aktionen der Jesuiten im Kampf gegen die verhassten Kirchenspalter.

Die selbstbewussten Münchner – seit 1506 war man alleinige Hauptstadt Bayerns und hatte die Konkurrenten aus Landshut endgültig abgehängt – stützten die konservative Position ihres Fürsten. Auch nach dem Albertinischen Rezess von 1561, der der Stadt weitgehende autonome Befugnisse auf juristischer, politischer und ökonomischer Ebene garantierte, wurde es für Lutheraner und Wiedertäufer (eine andere stark bekämpfte protestantische Strömung) nicht leichter. Im städtischen Leben kamen sie schlicht nicht vor, erst 1801 erhielt Johann Balthasar Michel als erster Protestant das Münchner Bürgerrecht. Und sogar noch im Herbst 2007 war die Konfession des neuen Ministerpräsidenten Günther Beckstein ein tatsächlich lebhaft diskutiertes Thema – einen Evangelischen im höchsten Amt des Freistaats hatte es bis dato noch nicht gegeben.

Wittelsbacher Platz mit Wittelsbacher

Zentrum des Kurfürstentums

1597 stieg mit Maximilian I. einer der ganz Großen des bayerischen Herrscherhauses auf den Fürstenthron. Politisches Geschick, diplomatisches Gespür und städtebauliche Vision ließen München während seiner Regentschaft enorm prosperieren. Wichtigste politische Leistung Maximilians – zumindest auf formaler Ebene – war die Beförderung Bayerns in den Stand eines Kurfürstentums (1623), womit gleichzeitig München in den Rang einer kurfürstlichen Hauptstadt erhoben wurde.

Der bedeutendste Beitrag Maximilians zur Stadtentwicklung Münchens war sicherlich der Ausbau der seit 1385 in mehreren Etappen errichteten wittelsbachischen Stadtfeste zum bis heute größten innerstädtischen Schloss Deutschlands; 1618 hatte die Residenz in Dimension wie Gestaltung schon annähernd ihr heutiges Gesicht erhalten. Die Künstler und Kunsthandwerker, die zur Realisierung des immensen Bauvorhabens in großer Zahl rekrutiert werden mussten, gaben der Stadt wesentliche Impulse

Der Kaisersaal der Residenz

und trugen maßgeblich dazu bei, München zu einer der glanzvollsten Städte auf deutschem Boden zu machen. Auch die einigermaßen rigide dirigistische Haltung Maximilians in wirtschaftlichen Fragen kam der Hauptstadt Bayerns zugute. Neben der Verstaatlichung des immer noch enorm bedeutenden – und einträglichen! – Salzhandels stand die urmünchnerische Domäne des Brauwesens im kurfürstlichen Fokus. Die staatlichen Monopole auf Weiß- und Bockbier legten auch den Grundstein für den dauerhaften Erfolg des Hofbräuhauses.

Das Völkerschlachten des Dreißigjährigen Kriegs traf München zweimal mit voller Heftigkeit. 1632 wurde die Stadt erstmals von den Truppen Gustav Adolfs eingenommen und nur gegen die astronomische Kontribution von 450.000 Gulden vor der vollständigen Schleifung bewahrt (der Schwedenkönig nahm sicherheitshalber auch noch ein paar Dutzend Geiseln). Zwei Jahre später suchten die Schweden die Stadt erneut heim. Ihr vernichtendstes Mitbringsel waren diesmal aber nicht Waffen und Mordlust, sondern Bakterien: Die von den Landsern eingeschleppte Pest dezimierte die Münchner Bevölkerung um mindestens ein Viertel – 7000 Bewohner wurden dahingerafft.

Auf dem Weg in die Moderne

Vom Aderlass durch Krieg und Epidemie erholte sich die Stadt recht schnell. In den folgenden 150 Jahren wuchs die Bevölkerung – bis dahin über Jahrhunderte nur unwesentlich verändert – kräftig und nachhaltig: 1800 standen 50.000 Bürger in den Registern des Rats. Zum Teil war dieser Zuwachs das Ergebnis von Eingemeindungen, die aus allen Nähten platzende Innenstadt befand sich schon lange an ihren Kapazitätsgrenzen. Die erste Erweiterung erfolgte nach Osten: 1724 wurde das Lehel offiziell ein Teil Münchens. Die Stadt wurde aber nicht nur größer, sondern auch moderner. Seit 1733 mussten bezechte Bürger nachts nicht mehr im Dunkeln nach Hause torkeln, Öllampen sorgten in den Straßen für eine zwar fahle, aber doch wirkungsvolle Beleuchtung.

Die Sendlinger Mordweihnacht

Der österreichische Kaiser Joseph I. (1705 zum Nachfolger des milden Leopold I. gekrönt) befahl für die Besatzungstruppen in Bayern die ganz harte Linie. Es wurde geplündert, gepresst und besteuert, was das Zeug hielt. Schon bald regte sich gegen die Invasoren aus dem Nachbarland aktiver Widerstand. Unter der Parole „Lieber bayerisch sterben, als kaiserlich verderben" formierten sich in vielen Teilen des Landes, vor allem in Niederbayern und der Oberpfalz, Freischärlertruppen zum bewaffneten Kampf gegen die verhassten Österreicher. Von der einheimischen Bevölkerung leidenschaftlich unterstützt, verzeichneten die Aufständischen zunächst einige Erfolge. So wurden Mitte Dezember 1705 Braunau am Inn und Burghausen eingenommen. Zum Showdown sollte es wenige Tage später in München kommen: Am Heiligen Abend erreichten ca. 3000 Aufständische mit einem klar definierten Schlachtplan die Stadt. Diesen Plan hatte die österreichische Seite allerdings im Vorfeld zugespielt bekommen, und so waren die Kaiserlichen gut gerüstet. In ersten Gefechten am Isar- und Angertor (heute ugf. Technisches Rathaus) bezogen die schlecht ausgerüsteten Rebellen auch gleich eine Riesen-Klatsche, versprengte Überlebende schlugen sich daraufhin nach Sendling durch. Auch dort wurden sie von den Österreichern eingekesselt, sodass ihnen schließlich nur die Kapitulation blieb. Die Österreicher nahmen zum Schein an, um gleich darauf die nun völlig Entwaffneten fast bis auf den letzten Mann niederzumetzeln. Als Letzter fiel – der Legende nach – der „Schmied von Kochel", eine Art bayerischer Obelix, der schon in den Türkenkriegen unter Max Emanuel seine übermenschlichen Kräfte unter Beweis gestellt haben soll. Insgesamt über 1100 Freiheitskämpfer fanden den Tod.

Weiterhin ein gelegentlicher ungeliebter Gast der Stadt war der Krieg. Das Haus Wittelsbach befand sich auf Expansionskurs und trat damit seinen Nachbarn und Konkurrenten manchmal empfindlich auf die machtbewussten Füße. Erster Proponent des neuen Kurses war Max II. Emanuel, der sich als Feldherr im Krieg gegen das Osmanische Reich bleibenden Ruhm als der „Türkenbezwinger von Belgrad" (1688) erworben hatte und die militärische Karte auch später gerne ausspielte. Allerdings deutlich glückloser: Sein Engagement im Spanischen Erbfolgekrieg (1701–1714) wurde zum Desaster, brachte die Hauptstadt seines Reiches unter fremde Herrschaft und ihn selbst ins Exil – von 1705 bis 1714 stand München unter österreichischer Herrschaft, und Max Emanuel flüchtete sich nach Frankreich. Nach seiner Rückkehr hatte er genug vom Mächtespiel und warf sich mit Verve auf das wittelsbachische Generalhobby Bauen. Die großartigen Schlösser Nymphenburg und Schleißheim sind im Wesentlichen seiner Aktivität zuzuschreiben.

Max Emanuels Sohn Karl Albrecht war vom Misserfolg seines Vaters offensichtlich wenig beeindruckt und legte die Großmachtpläne wieder auf den Tisch. Damit brachte er es 1742 als zweiter Bayer sogar bis zum deutschen Kaiser (als Karl VII.). Im österreichischen Erbfolgekrieg nutzte ihm der Titel aber wenig: 1742 und 1744 wurden Land und Hauptstadt erneut von den Österreichern besetzt, der Kaiser selbst starb während der Rückeroberung seines Reichs. Sein Nachfolger, Kurfürst Maximilian III. Joseph, legte die Expansionsträume dann vorerst ad acta und widmete sich stattdessen den dringend nötigen inneren Reformen. Die Münchner dankten es ihm mit dem Beinamen „der Vielgeliebte".

Mit dem Tod Max' III. Joseph 1777 erlosch die altbayerische Linie des Hauses Wittelsbach. Der Nachfolger musste aus der pfälzischen Seitenline importiert werden. Karl Theodor von Pfalz-Sulzbach zog mit seinem Hofstaat zwar von Mannheim nach München, wurde dort aber nie so recht heimisch – die Bayern mochten den aufgeklärt-absolutistischen Zugereisten einfach nicht. Andauernde Zankereien mit dem Rat (vorübergehend verlegte Karl Theodor sogar den Hof zurück nach Mannheim) und erneute Verwicklungen ins europäische Mächtespiel (Bayerischer Erbfolgekrieg 1778/79) setzten seine Herrschaft in ein unglückliches Licht. Tatsächlich aber verdanken die Münchner dem ungeliebten Pfälzer eine ganze Menge: den Englischen Garten, die Neukonzeption der Stadtanlage und eine fortschrittlich reformierte Verwaltung. Bei seinem Tod 1799 erfüllten trotzdem Jubelgesänge die Stadt.

Königliche Hauptstadt

Am 1. Januar 1806 wurden in München die Zähler zurückgestellt, und die Uhr begann in einem neuen Takt zu ticken: Aus dem Kurfürsten Max IV. Joseph wurde König Max I. Joseph von Bayern, aus dem Kurfürstentum eine Monarchie und aus München eine königliche Residenzstadt. Letztere segelte fortan im Aufwind: Bis zum Ende der wittelsbachischen Herrschaft 112 Jahre später verzwölffachte sich die Bevölkerung, erhebliche Teile des Umlands wurden eingemeindet, und München erhielt in dieser Epoche sein einzigartig klassizistisches Stadtbild. Vor allen Dingen die ersten beiden Regenten, besagter Max I. und sein Sohn Ludwig I., entfesselten ein wahres Feuerwerk der Baukunst. Zugleich florierten die schönen Künste durch Mäzenatentum und Patronage auf bisher unerreichtem Niveau. München wurde zu einer der führenden Kunststädte des Kontinents.

Bayerns erster König: Max I. Joseph

Zumindest im Kern war es jedoch Glanz auf Pump, denn das Königtum verdankte sich napoleonischen Gnaden, und der Imperator aus Paris ließ sich seine großmütige Geste teuer bezahlen. Nicht in Heller und Pfennig, sondern in Blut und Eisen: 33.000 junge Männer opferte König Max auf den Schlachtfeldern des Russlandfeldzugs. Ein paar Jahre später machte er freilich eine atemberaubende Kehrtwendung, kündigte das Bündnis mit Napoleon auf und schlug sich auf die Seite derjenigen, die den Kaiser schließlich in den wohlverdienten Ruhestand verabschiedeten. Der aus Frankreich rührende Geist der Aufklärung umschmeichelte den König der Bayern aber weiterhin, und so verwandelte er sein bis dahin schwer rückständiges Reich Schritt für Schritt in einen modernen Staat, der den Bürgern ein vergleichsweise hohes Maß an Grundrechten einräumte. Geistiger Vater der dazu notwendigen umfassenden Reformen auf juristischem, administrativem und ökonomischem Gebiet war allerdings nicht der König selbst, sondern sein allmächtiger Minister Maximilian Graf von Montgelas, der schon Jahre vor seines Dienstherrn Königskür mit Vehemenz die Säkularisation in Bayern durchgeboxt hatte. Im kollektiven Gedächtnis der Münchner ist der erste bayerische König durch die nach ihm benannte Maxvorstadt (nordwestliche Stadterweiterung) verankert, in der bayerischen Geschichtsschreibung hat er sich ein komfortables Plätzchen als umgänglicher, freundlicher und volksverbundener Landesvater gesichert.

Auf nicht so gutem Fuße mit eben jenem Volk stand sein Sohn und Nachfolger Ludwig I. Der kunstsinnige König, dessen glühende Griechenverehrung den Münchnern unter anderem die Glyptothek, die Antikensammlung und die Propyläen bescherte (und den Bayern das „y" im Landesnamen), leistete sich

Montgelas in Aluminium

eine Amouröse mit der halbseidenen Tänzerin Lola Montez und provozierte so seine Untertanen im ohnehin aufgeheizten europäischen Revolutionsjahr 1848 zur offenen Revolte. Nach einigem Hin und Her sah sich Ludwig schließlich genötigt, die königlichen Brocken hinzuwerfen und zugunsten seines Sohnes Max II. abzudanken.

Ein noch gestörteres Verhältnis zu den Münchnern und ihrer Stadt hatte der nächste Ludwig in der Reihe der bayerischen Könige: Ludwig II., schwer neurotisch und in jeder Beziehung mythenumrankt, mied die Hauptstadt seines Reiches und die Öffentlichkeit, wann immer er konnte. Stattdessen schuf er sich Traumwelten in den entlegensten Winkeln des Landes, baute Märchenschlösser, widmete sich der Oper und später dann verstärkt dem Kognak. Seine wenigen Ausflüge in die Politik waren von eher mäßigem Erfolg, auch die faktische Aufgabe der bayerischen Souveränität nach der vernichtenden Niederlage an der Seite Österreichs gegen Preußen im deutschen Bruderkrieg von 1866 fällt in seine Regierungszeit. Fünf Jahre später war dann mit der Gründung des Deutschen Reiches der Käs endgültig gegessen: Bayern blieb zwar formal Königreich – die Musik im neuen deutschen Einheitsstaat spielte aber eindeutig im preußischen Berlin.

Ludwig selbst saß noch bis zum 8. Juni 1886 auf dem bayerischen Thron, dann wurde der inzwischen komplett durchgeknallte Exzentriker für unzurechnungsfähig erklärt und seines Amtes enthoben. Nur fünf Tage später fand er – unter geziemend mysteriösen Umständen – den Tod durch Ertrinken im Würmsee (heute Starnberger See). Am Ufer zurück ließ er ein knietief im Dispo stehendes Land: Die königlichen Bauaktivitäten hatten Bayern mächtig zugesetzt. Dennoch gelang es seinem Nachfolger Prinzregent Luitpold (der eigentliche Thronfolger Otto I. wurde wegen Depressionen ab 1880 in Schloss

Klassizismus at its best: die Glyptothek

Fürstenried bei München weggesperrt und ebenfalls für regierungsunfähig erklärt), den Glanz der Krone nach München zurückzuholen – zumindest oberflächlich. Denn genau genommen war der Dynast in der Residenz nur noch der gekrönte Pfingstochs, der bei Bedarf bunt geschmückt durch die Straßen geführt wurde. Die politische und gesellschaftliche Debatte wurde längst vom aufstrebenden Bürgertum dominiert. Und so blieb nach dem letzten Akt des Königsschauspiels, der Abdankung des mit den politischen Realitäten völlig überforderten Ludwig III. (1912–1918), in vielen Kreisen zwar eine gewisse wehmütige Verklärung der alten Ordnung, wirklich vermisst wurde die blaublütige Exekutive aber nicht.

Nach dem Ersten Weltkrieg

Von wegen konservativ: Die erste Republik des Deutschen Reichs wurde in München proklamiert! Der über Jahrzehnte fortgeschrittene Bedeutungsverlust der Monarchie machte es den Bayern leicht, sich als erstes Land ihrer angestammten Herrschaft zu entledigen. Über die Frage, was nachfolgen sollte, wurde dann aber äußerst turbulent und wenig später auch mit einer im Reich einmaligen Brutalität gestritten. Am 8. November 1918 wurde der kritische Journalist und Intellektuelle Kurt Eisner (USPD, eine linke Abspaltung der SPD) von einem schnell installierten Arbeiter- und Soldatenrat mit mehr als mäßiger demokratischer Legitimation zum Ministerpräsidenten des neuen „Freien Volksstaats Bayern" gewählt – der Auftakt zu einer kurzen Episode bayerischer Experimentierfreude in Sachen neuer linker Regierungsformen. Eisner erlebte nicht mehr viel davon, am 21. Januar 1919 wurde er von einem rechten Terroristen auf dem Weg ins Parlament erschossen. Das Attentat heizte die ohnehin gespannte Lage noch einmal an. Ein provisorischer Zentralrat um Ernst Niekisch (SPD) rief zum politischen Generalstreik auf und verhängte über München den Belagerungszustand.

Mit der Proklamation der „Ersten Münchner Räterepublik" am 7. April 1919 begann dann die heiße Phase der bayerischen Revolution. Die anarchopazifistischen Räte fanden zunehmend weniger Unterstützung bei der Bevölkerung und sahen sich immer offeneren Drohungen reaktionärer Kräfte ausgesetzt. Mit Billigung und offizieller Unterstützung durch die Reichswehr formierten sich Mitte April zahlreiche Freikorpsverbände zum Kampf um München, der dann schließlich am 30. April mit voller Grausamkeit entbrannte. Hunderte von vorgeblichen und tatsächlichen Revolutionären wurden von den stramm rechten Paramilitärs geradezu abgeschlachtet, die Übriggebliebenen erledigte der Justizapparat – wie üblich in diesen Jahren wurde politische Gewalt vom rechten Rand (wenn überhaupt) nur läppisch bestraft, auf Linke hingegen schossen die Gerichte volle Breitseiten.

Nach dem Gewaltexzess wurde München zur Hochburg der konservativen und radikalen Rechten: Gustav Ritter von Kahr, Ministerpräsident seit 1920, erklärte Bayern ganz offiziell zur „konservativen Ordnungszelle" in einem vorgeblich marxistisch unterwanderten Deutschland. Unter diesen Prämissen florierte der politische Radikalismus prächtig, und wenig verwunderlich war dann München auch der Nukleus für die bald wirkmächtigste ultrarechte Gruppierung im Deutschen Reich: Hier gründete und etablierte sich die NSDAP Adolf Hitlers.

Die NS-Zeit

München in der Zeit von 1933 bis 1945 wird an anderer Stelle dieses Buchs ausgiebig behandelt (Spaziergang 5 „Das ‚braune' München"), deshalb hier nur eine quantitative Bilanz der braunen Herrschaft:

Bevor München am 30. April 1945 von den Einheiten der 7. US-Armee besetzt wurde, hatten 73 Luftangriffe die Stadt zur Hälfte zerstört; in der Altstadt lagen sogar 90 % der größtenteils historischen Bausubstanz in Schutt und Asche. Etwa 6000 Menschen hatten in den Bombennächten den Tod gefunden, weitere 15.000 wurden dabei schwer verletzt. Die Bevölkerung Münchens reduzierte sich durch Flucht und Evakuierung von gut 820.000 Einwohnern auf eine knappe halbe Million – den Stand der Jahrhundertwende. München und seine Bewohner hatten für den fragwürdigen Ehrentitel „Hauptstadt der Bewegung" und „Hauptstadt der deutschen Kunst" einen immensen Preis bezahlt.

Wiederaufbau und Gegenwart

In anderen deutschen Städten wurde ganz prosaisch aufgeräumt, in München hieß es „rama dama" – diese poetische und nur schwer ins Hochdeutsche übertragbare Wendung (etwa „aufräumen tun wir") gab der erste Nachkriegsoberbürgermeister der Stadt Thomas Wimmer aus. Der immens populäre Lokalpolitiker begründete die lange Ahnenreihe von SPD-Bürgermeistern in Rathaus der Stadt, die nur einmal von einem Unionspolitiker unterbrochen wurde. München ist damit eine trutzige rote Hochburg in der ansonsten ausschließlich von Schwarzen dominierten Landschaft Oberbayerns. Möglich wurde dieses Wählerverhalten zum einen durch die hier recht konservative Grundhaltung der alten Arbeiterpartei; zum anderen waren es wohl die profilierten SPD-Persönlichkeiten auf dem Chefsessel der Stadt, die selbst so manchem prinzipiell christsozial orientierten Wähler ein Kreuz auf dem Stimmzettel abnötigten. Vom bodenständigen Thomas Wimmer (1945–60) über den intellektuellen Gestalter Hans-Jochen Vogel (1960–72), den sozial und ökologisch aufrecht engagierten Georg Kronawitter (1972–78 und 84–93) bis zum modernen Volkstribun Christian Ude (1993–2014) hat jeder OB die Stadt ganz entscheidend geprägt. Lediglich der CSU-Mann Erich Kiesl (1978–84) fällt da etwas ab: Außer mit einer legendär verhunzten Oktoberfesteröffnung – „Obazd is!" – und einer handfesten Korruptionsaffäre hat er sich nicht entscheidend im kollektiven Gedächtnis der Stadt verankern können.

Bedeutendstes Ereignis der Nachkriegsära war die Ausrichtung der Olympischen Sommerspiele 1972, bei denen sich München als freundliche, moderne und weltoffene Stadt präsentierte und so vielen international verbreiteten antideutschen Ressentiments den Boden entzog. Auch die Ereignisse vom 5. September mit der blutig endenden Geiselnahme von elf Mitgliedern der israelischen Olympiamannschaft durch palästinensische Terroristen (Näheres siehe S. 211) konnte daran letztlich nichts ändern.

Beim Wiederaufbau der Stadt wurde – anders als in anderen deutschen Großstädten – besonderer Wert auf Rekonstruktion der historischen Substanz gelegt. Auch das grundsätzliche Layout der Straßen wurde weitgehend beibehalten. München hat deshalb sein historisches Gesicht bewahren können. Das Nahverkehrskonzept, insbesondere das U- und S-Bahn-Netz, war ein wichtiges Beiprodukt der Olympischen Spiele. Damals vorbildlich und immer noch ein wesentlicher Beitrag zur hohen Lebensqualität in der Stadt, ist es aber mittlerweile auch kapazitativ in die Jahre gekommen. Und wie die notorisch klamme Stadt die Erweiterung ihres Streckennetzes (vor allem geht es um die Entlastungsröhre für die sog. S-Bahn-Stammstrecke) finanziell stemmen soll, ist gerade vor dem Hintergrund der gescheiterten Olympiabewerbung (Winterspiele 2018) einigermaßen unklar.

München in Zahlen

Geographische Lage: 48°8'23" nördlicher Breite, 11°34'28" östlicher Länge. Mittlere Höhe 519 m ü. NN.

Fläche und Bevölkerung: Auf 310,4 km² drängeln sich ca. 1,412 Mio. Einwohner (Tendenz steigend) und bescheren München damit die höchste Bevölkerungsdichte einer deutschen Großstadt. Jeder zweite Bürger hat ein Auto (insgesamt 700.000) und macht München damit auch in der Kraftfahrzeugdichte und Parkplatznot zum deutschen Spitzenreiter. Der Ausländeranteil beträgt 23,6 %, die Gruppe der Migranten wird zahlenmäßig angeführt von Türken (14 %), Kroaten (8 %) und Serben (8 %).

Sprache: Münchnerisch (aussterbend), Mittelbairisch (Verkehrssprache), Deutsch (wenn's unbedingt sein muss).

Klima: Mäßig trockenes Kontinentalklima zwischen 37,1 °C (Sommer 2003) und –30,5 °C (Winter 1942); im Sommer überdurchschnittliche Gewitterneigung; durchschnittliche Sonnenscheindauer 1707 Stunden pro Jahr; schneereichste deutsche Großstadt.

Wirtschaft: Der Großraum München ist einer der leistungsfähigsten Deutschlands; mit einem BIP von 78 Mrd. € liegt der Standort auf dem Niveau von Ländern wie Rumänien oder der Ukraine. Sechs DAX-Unternehmen haben ihren Sitz in und um München, dazu kommen etwa 170 Banken sowie viele Groß- und Rückversicherungen. In den letzten Jahren hat sich besonders der Münchner Norden zu einem Zentrum der IT-Branche entwickelt. Ebenso sind dort – aber auch im Süden – bedeutende Cluster der Medienindustrie (BR, ProSieben, Sat1, Bavaria Filmstudios) entstanden. Die größten Industriearbeitgeber sind Siemens und BMW mit jeweils mehr als 10.000 Mitarbeitern am Standort. Im Durchschnitt verdient jeder Münchner gut 28.000 €, die Arbeitslosenquote liegt bei nur 4,6 % (Stand 2013). Verschuldet ist jeder Münchner statistisch mit 945 €; ein drastisch gesunkener Wert, und das, wo die Stadt noch nicht einmal ihr Tafelsilber (Stadtwerke etc.) verscherbelt hat.

Religion: Immer noch eine klare Sache: knapp 40 % Katholiken und 14 % Protestanten, 7 % Muslime (geschätzt); der Rest andere bzw. konfessionslos.

Politik: München ist eine SPD-Hochburg, OB Christian Ude (1993–2014, danach keine Kandidatur mehr möglich) regiert mit einer stabilen Mehrheit aus SPD, Grünen und Rosa Liste.

Infos von A bis Z

Anreise mit dem Auto: München liegt auf dem Schnittpunkt der Autobahnen A 8 und A 9 und ist damit für individuell motorisierte Reisende einfachst zu erreichen. Leider nicht immer schnell: Beide Trassen sind Hauptschneisen für Millionen Deutsche auf dem Weg nach Süden und entsprechend staugeplagt, die Dauerbaustelle A 8 aus Westen noch etwas arger als die A 9 aus Norden. Wer geographisch die Wahl hat, sollte die ab Nürnberg dreispurige A 9 vorziehen.

Seit 2008 ist der gesamte Bereich innerhalb des Mittleren Rings eine **Umweltzone** und darf nur mit der entsprechenden grünen, gelben oder roten Plakette befahren werden. Die Bapperl aus anderen deutschen Großstädten mit entsprechender Regelung gelten auch hier. Wer noch keine Plakette hat, bekommt sie für 5 € bei allen Stellen, die berechtigt sind, Abgasuntersuchungen durchzuführen, also zum Beispiel beim TÜV, der DEKRA oder autorisierten Kfz-Werkstätten. Möglich ist auch eine Online-Bestellung beim Landratsamt München (www.landkreis-muenchen.de, dort dann unter „Feinstaubplaketten). Halter von nicht in Deutschland zugelassenen Fahrzeuge können sich ihr Bapperl unter www.tuev-sued.de/auto_fahrzeuge/feinstaub-plakette bestellen und zuschicken lassen (15 €).

... mit dem Zug: Der Hauptbahnhof, Zwischen- oder Endstation zahlreicher ICEs, ICs und sonstiger Fernzüge, liegt sehr zentral mitten in der Stadt und erlaubt einfaches Umsteigen auf kurzen Wegen in die Verkehrsmittel des öffentlichen Nahverkehrs. Eine weitere Haltestelle für Fernverkehrszüge ist der westliche Vorort Pasing.

... mit dem Flugzeug: Der München Flughafen/Franz Josef Strauß (IATA-Code MUC) ist der zweitgrößte Luftfahrt-Hub Deutschlands. Diese schiere Größe war nur ziemlich weitab des Stadtzentrums zu realisieren, und deshalb ist der Airport nur mit nicht unerheblichem Zeitaufwand zu erreichen. Für die 28 km bis zur Innenstadt (Luftlinie) sollte man mit dem Auto selbst bei günstigsten Verkehrsverhältnissen mindestens eine halbe Stunde Fahrtzeit kalkulieren, mit den beiden S-Bahn-Linien S 1 und S 8 sind es ca. 45 Minuten bis zu den beiden Passagierterminals. Ein Ticket von der Stadtmitte zum Flughafen kostet derzeit 10,40 €. Die Anbindung an das Schienennetz der DB ist seit der Eröffnung 1992 nicht über den Planungsstand hinausgekommen.

Fast genauso fix in der Luft ist man als Billigflieger (u. a. Ryanair) vom Flughafen München-West. Der Name ist freilich ein hübscher Witz, weiter als der euphemistisch umetikettierte Flughafen Memmingen ist nämlich kein anderer Airport in Europa von der namensgebenden Stadt entfernt: 110 km. Hin kommt man problemlos mit dem Bus vom Hauptbahnhof, bei Direktbuchung über das Internet kostet das 15 € (https://tickets.allgaeu-airport-express.de/tickets).

Ärztliche Versorgung: Bereitschaftsdienste für medizinische Notfälle befinden sich u. a. an folgenden Adressen:

Krankenhaus Schwabing, Kölner Platz 1, ✆ 33040302.

Rotkreuzkrankenhaus (Neuhausen), Nymphenburger Str. 163, ✆ 12789790.

Klinikum rechts der Isar (TU), Ismaninger Str. 22, ✆ 45758900.

Stadtklinikum der LMU, Nussbaumstr. 20, ✆ 51602611.

Bereitschaftsdienst der Münchner Ärzte, Elisenhof am Hauptbahnhof (Eingang über Elisenstr. 3), ✆ 01805-191212.

Zahnärztlicher Notdienst ✆ 7233093 sowie Zahnklinik, Goethestr. 50, ✆ 51600.

Die *Bienen-Apotheke* in der Schützenstr. 2 (Nähe Hbf.) hat auch am Samstag bis 20 Uhr geöffnet.

Fundbüro: Das Städtische Fundamt liegt etwas außerhalb in Sendling in der Ötztaler Str. 19, ✆ 23396045. Während des Oktoberfests gibt es eine temporäre Außenstelle im Servicezentrum auf der Theresienwiese.

Internet: Internet-Cafés für ganze Bataillone von Rucksacktouristen befinden sich im Bahnhofsviertel, viele Kneipen und Bars bieten kostenlosen WLAN-Access. Auch die Stadtwerke München bieten zwei kostenlose Wi-Fi-Hotspots am Marienplatz und am Stachus. Nützliche Webadressen sind neben der Internetpräsenz der Stadt München (*www.muenchen.de*, sehr umfassend) die privaten Informationsportale *www.ganz-muenchen.de* und *www.mux.de*.

Stadtführungen: Das Münchner Stadtführungsgewerbe ist erstaunlich vielfältig, von Bus-, Fahrrad- und Lauftouren zu allen denkbaren Themen bis zum geführten Saufgelage ist mehr oder weniger alles im Programm. Der qualitätsbewusste Stadtreisende bevorzugt deutsche (echte Reisebuchautoren!), englische oder spanische Guides von „Radius", seit 20 Jahren im Geschäft und mit Büro im Hauptbahnhof (Starnberger Flügelbahnhof). ✆ 55029374, www.radiusmunich.com.

Exotischer und exklusiver ist die Rundfahrt auf einem dieser die Gravitation austricksenden Segway-Roller. Leider sind die Dinger in der Anschaffung furchtbar teuer und das schlägt sich im Tourpreis natürlich nieder: ab 50 €. Mehrere Anbieter, am besten machen den Job die Guides (deutsch – echte Reisebuchautoren ... – und englisch) von Tex bei City Segway. Karlsplatz 4 (Innenstadt), ✆ 23888798, www.citysegwaytours.com/munich.

Telefon: *Alle in diesem Buch angegebenen Telefonnummern liegen – wenn nicht gesondert angegeben – im Vorwahlbereich München: 089.* Münzfernsprecher finden sich zuverlässig in jedem U-/S-Bahnhof, in den Zügen gibt es (bislang) keinen Mobilfunkempfang.

Tourist Information der Stadt München: Servicestellen mit sehr umfangreichem Dienstleistungsangebot gibt es am Marienplatz (im Erdgeschoss des Neuen Rathauses) und an der Westseite des Bahnhofsplatzes (Bahnhofsplatz 2, links vom Haupteingang zum Bahnhof). Öffnungszeiten Marienplatz: Mo–Fr 10–20, Sa 10–17, So 10–16 Uhr, feiertags geschlossen. Hauptbahnhof: Mo–Sa 9–20, So/Feiertag 10–18 Uhr. Telefonisch informiert das Tourismusamt der Stadt unter ✆ 23396500.

Zeitungen/Zeitschriften: Mit fünf Tageszeitungen ist München auf dem Printsektor reichlichst versorgt: „Süddeutsche Zeitung" (liberaler Qualitätsjournalismus), „AZ" (informativer Boulevard), „tz" (erzkonservativer Boulevard), „Münchner Merkur" (konventioneller aufgemachtes Partnerblatt der tz) und „Bild" (Bild-Niveau). Die Stadtzeitschrift „Prinz" kann man kaufen, „in-münchen" wird umsonst an über 1000 Stellen ausgelegt und ist nicht nur wegen des kürzeren Erscheinungsintervalls und des sehr vollständigen Veranstaltungskalenders wahrscheinlich besser.

Folkloristische Gaudi: Isar-Flößerei

Unterwegs in München

München ist eine recht kompakte Stadt. Was die Fläche betrifft, nimmt es nur den sechsten Platz unter den deutschen Großstädten ein, während es nach Einwohnern deutlich weiter oben rangiert: auf Platz drei. Diese starke Verdichtung ermöglicht es dem Besucher, einen großen Teil seiner Besichtigungstour zu Fuß zu absolvieren; der Rest lässt sich fast ausnahmslos in kurzer Zeit mit dem Fahrrad erreichen. Wer nicht gehen oder strampeln will, kann sich ebenso erfolgversprechend dem öffentlichen Nahverkehr anvertrauen. Das eng geknüpfte Netz von Tram-, U- und S-Bahn sowie Bussen lässt – zumindest tagsüber – kaum einen Mobilitätswunsch unbeantwortet, und auch die meisten lohnenswerten Ziele im Umland sind gut in das Nahverkehrskonzept Münchens eingebunden.

MVV und S-Bahn

Sechs U-Bahn-Linien (Betreiber ist der Münchner Verkehrs- und Tarifverbund, MVV) und acht S-Bahn-Linien (DB) sorgen für schnellen Personentransport auf der städtischen Makroebene; im Raster kleinteiligere Verbindungen ermöglichen die zehn Trambahnlinien und die Busse des MVV. Geschickt kombiniert können die beiden Letzteren eine **Stadtrundfahrt** ersetzen: Dazu besteigt man am Stachus die Linie 19 (Richtung St.-Veit-Straße), um Altstadt und Maximiliansstraße zu passieren, wechselt am Maxmonument (Fotoshooting Isar und Maximilianeum) in die Tram 17 (Richtung Effnerplatz) und bekommt so einen ersten Eindruck vom Lehel und der Prinzregentenstraße. An der Tivolistraße hält die Buslinie 154 und fährt den Express-Besichtiger quer durch den Englischen Garten, Schwabing und die Maxvorstadt bis zur Haltestelle Schellingstraße. Hier wird wieder auf die Tram gewechselt: Die 27 kehrt dann vorbei an den Pinakotheken und über den Karolinenplatz (nur echt mit Obelisk) zurück zum Stachus.

Nachts

Die Situation für den ÖPNV-gestützten Nachtschwärmer ist nicht wirklich befriedigend. Nach 1 Uhr stellen die U-Bahnen den Betrieb ein (am Wochenende ab 2), das übrige Netz wird auf ein sehr elementares Angebot an Nachtlinien zurückgestuft. Die entsprechenden Straßenbahnen fahren dann gerade einmal noch im Stunden-Takt, mit den Nachtbussen sieht es nicht viel besser aus.

Tarife

Das Preismodell des MVV, das die Benutzung der S-Bahn mit einschließt, ist relativ überschaubar. Der gesamte Innenstadtbereich bis etwa zum Mittleren Ring liegt innerhalb von zwei Tarifzonen und deckt damit den Aktionsbereich der meisten Münchenbesucher vollständig ab – von Exkursionen ins Umland natürlich abgesehen. Der Fahrpreis errechnet sich aus dem **Basisbetrag von 2,60 € pro Zone.** Eine **Kurzstreckenfahrt** (bis zu vier Stationen, davon höchstens zwei mit Ⓤ und Ⓢ) kostet 1,30 €. Rabatte gibt es bei Benutzung einer GeldKarte oder einer Streifenkarte, dabei reduziert sich der Preis auf 2,50 € pro Zone (zwei Streifen) resp. 1,25 € für die Kurzstrecke (ein Streifen).

Das ganze Gewürge mit dem Abzählen von Zonen und Haltestellen erspart man sich natürlich mit einer Tages- oder Mehrtageskarte. Die einfachste Version – die **Single-Tageskarte** – kostet 5,80 € bzw. 14,30 € (für drei Tage). Geltungsbereich ist der sog. „Innenraum“, das sind die inneren vier Tarifzonen des Gesamtnetzes. Familien und Kleingruppen greifen am besten zur **Partner-Tageskarte.** Sie gilt für bis zu fünf Erwachsene (Kinder von 6 bis 14 J. zählen als halbe Erwachsene) und kostet 10,60 € bzw. 24,60 €.

Eine nette Option für eifrige Besucher von Museen und Kultureinrichtungen ist schließlich die **CityTourCard**, die neben der Benutzung der öffentlichen Verkehrsmittel auch Eintrittsermäßigungen (u. a. Allianz-Arena, BMW-Museum) und Vergünstigungen bei diversen

Fix durch die Stadt: die U-Bahn

Partnern (z. B. Starnberger und Ammerseer Seenschifffahrt) einschließt. Für dieses Ticket sind 9,90 € bzw. 20,90 € (drei Tage, jeweils Innenraum) fällig. Auch hier gilt die Regelung: 6- bis 14-Jährige zählen als halbe Erwachsene.

Für die **Mitnahme von Fahrrädern** (nicht Mo–Fr 6–9 Uhr und 16–18 Uhr) sind prinzipiell 2,50 €/Tag zusätzlich zu berappen (egal, mit welchem Ticket man unterwegs ist, also selbst bei einer einfachen Kurzstreckenfahrkarte). Ausnahmen: Die Laufradgröße liegt unter 20 Zoll oder der Bock verfügt über eine Rahmenklappvorrichtung – dann ist die Beförderung gratis. Ebenfalls umsonst fahren Kinder bis 6 Jahre (in Begleitung) sowie Hunde (Leinenpflicht).

Fast alle Fahrscheine gibt es an den **Automaten in den U-/S-Bahnhöfen,** ebenso verkaufen die meisten **Kioske** und **Zeitschriftenläden** die gängigen Wert- und Zeitkarten. Nur für ganz komplexe Anfragen muss man sich an die MVV-Kundenzentren in den Zwischengeschossen der U-Bahnhöfe Marienplatz und Sendlinger Tor oder in der Poccistraße 1–3 wenden. Weitere Informationen unter www.mvv-muenchen.de.

Bayerische Oberlandbahn (BOB)

Für den Wochenendausflug zu den Seen im Umland reicht der Aktionsradius der S-Bahn so gerade, autolose Bergfexe indessen müssen noch ein paar Kilometer weiter. Sie verlinkt die Bayerische Oberlandbahn – kurz und gebräuchlich BOB – mit den Hausbergen um Tegernsee und Schliersee. Wenn es die Schneeverhältnisse zulassen, ist die (privat betriebene) BOB auch ein bequemer Shuttle in die nahe gelegenen Skigebiete am Spitzingsee, Sudelfeld und bei Lenggries. Die Züge der drei Linien verlaufen bis zum Bahnhof Holzkirchen in gemischter Koppelung und werden dort getrennt – also entweder gleich beim Einsteigen den richtigen Zugteil nehmen oder in Holzkirchen die Lautsprecheransage beachten. Oder flexibel sein: Statt auf den Wendelstein geht's dann halt auf die Rotwand.

Mit Blick auf die Stadt: die Tram

Tarife

Das **BOB-MVV-Ticket** für 23 € bringt bis zu 5 Personen in die oberbayerische Bergwelt und gilt auch für den gesamten MVV-Tarifverbund. Für Einzelpersonen genügt das **BOB-MVV-Single-Ticket** für 17 €. Für Skifahrer und Wanderer gibt es auch Kombitickets für BOB und Bergbahnen bzw. BOB und RVO-Busse (Regionalverkehr Oberbayern). Außerdem gelten das Bayern-Ticket und das Schöne-Wochenende-Ticket der DB. Mehr bei www.bayerische-oberlandbahn.de.

Achtung: Alle BOB-Tickets sind von Montag bis Freitag erst ab 9 Uhr gültig!

Mit dem Fahrrad

Auch wenn man von München die Berge gelegentlich toll sehen kann, ist die Stadt in ihrem topographischen Erscheinungsbild erstaunlich flach. Die einzigen nennenswerten Steigungen ziehen sich am rechten Isarufer hinauf in die Stadtteile Bogenhausen, Haidhausen oder Giesing. Zusammen mit den recht geringen Distanzen in der stark verdichteten Stadt eigentlich hervorragende Vorbedingungen für eine echte Fahrradstadt, aber ganz auf dem Niveau von Velo-Metropolen wie Erlangen oder Münster ist München dann doch noch nicht – der Slogan von „Radlhauptstadt Deutschlands“ ist mehr Propaganda als Realität. Radwege, die ziemlich unvermittelt in der Kampfzone der Straßenflächen enden, zuweilen beängstigend schmale Korridore zwischen Parkstreifen und Straßenbahnschienen und nicht zuletzt die erklärt harte Linie der Münchner Polizei gegen mountainbikende Zweiradhasardeure haben dem Radl bislang noch die ihm zustehende Rolle im Verkehrskonzept der Stadt ver wehrt – obwohl doch der OB höchstpersönlich bevorzugt pedalierend aus Schwabing zu seinem Arbeitsplatz im Rathaus pendelt!

Trotzdem: Zumindest in den warmen Monaten ist das Fahrrad die wahrscheinlich effektivste und entspannendste Art der Fortbewegung in der Stadt.

Fahrradverleih

Für den kurzen Ritt in den nächsten Biergarten ist der **Call-a-Bike-Service** der Deutschen Bahn nach wie vor eine sehr praktische Option. Eins der über 1.200 robusten – und schweren! – Leihräder findet sich fast immer. In Kurzmiete werden 8 ct/Min. berechnet, der Pauschaltarif für den ganzen Tag beträgt 15 € (BahnCard-Kunden fahren billiger). Allerdings ist vor der ersten Fahrt eine Reservierung notwendig (www.callabike-interaktiv.de). Ohne Online-Startformalitäten gibt es die leichteren Radl (Bestand derzeit ca. 400) des Konkurrenten nextbike (Voraussetzung: Kreditkarte), abgerechnet wird hier stundenweise: 1 € für die erste Stunde, ab der fünften Stunde wird der Tagestarif von 8 € fällig (www.nextbike.de).

Für richtige Radtouren haben aber weiterhin klassische Fahrradvermietungen das bessere Angebot mit der spezifischeren Auswahl. Direkt am Bahnhof verleiht Radius (✆ 596113, www.radius munich.com) alles vom Cityhopser über gute Tourenräder bis zum Pedelec (Elektrofahrrad). Ausschließlich gemütliche Beachcruiser hat der lustige Frankie in der Innenstadt, Kreuzstr. 3 b (Asamshof), ✆ 24268811, www.frankies biketours.com.

Taxi

Rund um die Uhr, keine Wartezeiten, telefonisch verfügbar – Taxis sind fraglos die komfortabelste Variante der individuellen Mobilität in München. Leider ist der Luxus ziemlich teuer (sonst wär's ja auch keiner). Nach eigenen

Erfahrungen existieren für die Fahrt in einer der Mietdroschken Münchens drei mögliche Preisszenarien: Nicht ganz so weit: ungefähr 10 €; etwas weiter: um die 20 €; zum Flughafen: ca. 60 € (vom Airport zur Neuen Messe gilt ein Festpreis von 56 €). Vorsicht während des Oktoberfests, dann versuchen auch gelegentlich sehr auswärtige Taxis ein Stück vom großen Kuchen abzubekommen; die Ortskenntnis der Fahrer ist allerdings häufig äußerst dürftig.

Funkzentrale der Taxi-Genossenschaft ✆ 21610 und 19410, Taxizentrale IsarFunk ✆ 450540. Sonderdienste (Stadtrundfahrten u. Ä.) über die Websites www.isarfunk.de und www.taxizentrale-muenchen.de.

Mit dem Auto

Wenn's denn unbedingt sein muss – aber Spaß macht der Stadtverkehr in München natürlich genauso wenig wie anderswo, die Parkplatzsuche ist in einschlägigen Vierteln (Maxvorstadt, Glockenbach) sogar der echte Horror. Stellplätze in Parkhäusern existieren allerdings ausreichend (Innenstadt ca. 2,50–3 €/Std. bzw. 15–25 €/Tag) und sind mit dem Parkleitsystem auch leicht zu finden. Tagesbesuchern von außerhalb empfiehlt sich der **Park-&-Ride-Service des MVV.** Besonders das große Parkhaus in Fröttmanning (an der Allianz-Arena, über 1200 Plätze) ist von der Autobahn hervorragend zu erreichen – und kostet am ersten Tag lediglich 1 € (Folgetage 3 €). An Bundesligaspieltagen ist die Anlage allerdings hoffnungslos überlastet.

Auch für Ausflüge ins Umland ist das Auto nicht in jedem Fall die beste Option. Zumindest an Wochenenden sind die Ausfallstraßen nach Süden sowie die Parkplätze an den Seen schnell jenseits ihrer Kapazitätsgrenzen. Der Zeitvorteil gegenüber dem öffentlichen Nahverkehr ist so schnell dahin.

Autovermietungen: Neben den einschlägigen Branchenriesen (Sixt, Europcar etc.) ist der Local Player AVM eine günstige Alternative (Augustenstr. 13, ✆ 596161, www.avm-autovermietung.de).

> Zum Fahren innerhalb der sog. **Umweltzone** siehe „Anreise mit dem Auto", S. 30.

iPod-Dockingstation?

Billig schlafen im Bahnhofsviertel

Übernachten

Jeder zehnte Besucher Münchens verbringt mindestens eine Nacht in der Stadt – was auf den ersten Blick nach einer traurigen Relation für das Hotelgewerbe klingt, bedeutet in absoluten Zahlen: über 10 Millionen Übernachtungen pro Jahr (2011). Der Markt hat sich darauf eingerichtet und stellt über 40.000 Betten in über 400 Beherbergungsbetrieben zur Verfügung – da sollte doch für jeden etwas dabei sein.

Ist es auch, außer es herrscht König Bier: Während des Oktoberfests wird auch noch der letzte Verschlag an die internationale Trinkerschar vermietet – für ein Mördergeld, die Aufschläge während der zwei Wochen Wiesn betragen bis zu 300 %! In der übrigen Zeit des Jahres hält sich das Raubrittertum an den Rezeptionen im Zaum, wirklich sehr günstige Übernachtungsangebote mit akzeptablen Bedingungen sind allerdings ausgesprochen rar. Nun ja, wer hätte in einer Stadt, in der das Immobilien- und Mietpreisniveau am Himmel kratzt, auch ernsthaft etwas anderes erwartet?

Deutlich günstiger ist es natürlich in den Außenbezirken der Stadt, aber hier muss man genau überlegen: Wer auch nur ein bisschen heftiger am Nachtleben der Stadt partizipieren möchte, ist mit einem Bett außerhalb des Mittleren Rings wahrscheinlich falsch bedient. Zum eigentlich günstigen Übernachtungstarif muss man dann nämlich die Kosten für den Taxi-Transfer zur Unterkunft mit einkalkulieren – die Verbindungen des öffentlichen Nahverkehrs sind nach 1 Uhr nachts bestenfalls noch als elementar anzusehen. Das Hotelschnäppchen im Speckgürtel entpuppt sich da leicht als Kuhhandel.

Einen Silberstreif an den Horizont zeichnet da aber das digitale Zeitalter. Mittlerweile haben sich auch in München Portale etabliert, auf denen man sich zu ziemlich günstigen Konditionen in private Zimmer bzw. Wohnungen einmieten kann (s. u.).

Online-Buchung, Reservierung und Zimmervermittlung

Fast alle der unten aufgeführten Hotels und Pensionen haben ein Buchungsmodul in ihre Website integriert, sodass Zimmer bequem online reserviert werden können. Das Tourismusamt der Stadt München spielt natürlich auch mit, online unter www.muenchen.de/hotel. Diese Institution unterhält auch eine **Reservierungs-Hotline:** ✆ 089-23396555 (Mo–Fr 9–18 Uhr). Eine **Zimmervermittlungsstelle** gibt es bei den Informationsstellen am Marienplatz und im Hauptbahnhof (Adressen/Öffnungszeiten siehe „Infos von A bis Z“, S. 31).

Eine gut belebte Internetplattform mit vielen Angeboten für **Zimmer- oder Wohnungsvermietung von privat** (auch für längerfristige Aufenthalte) ist **www.statthotel.de.** Angebote ab 40 € (Zimmer) bzw. 60 € (Wohnungen), auch hier gibt es allerdings Oktoberfestpreise! Einen Versuch wert ist darüber hinaus das Internet-Gastgeberverzeichnis **www.muenchen-pension.de** und natürlich die Web 2.0-Klassiker wie **www.couchsurfing.org** und **www.airbnb.com**.

Tel.-Vorwahl für den Großraum München: 089

Luxus

Gut situierte Reisende finden in Münchens Hotellerie eine recht üppige Auswahl. Mit zwei Neueröffnungen in den letzten Jahren ist die Stadt in diesem Segment fürs Erste einmal gut versorgt.

Hotel Vier Jahreszeiten **11** → Karte S. 129. Chronologisch das erste Haus am Platz; schon in der Konzeption der nach ihm benannten Straße sah König Maximilian II. an der heutigen Adresse ein Gästehaus für Staatsbesucher und andere feine Gäste vor. Mittlerweile ist das distinguiert-zurückhaltende Hotel erste Wahl vor allem bei Geschäftsreisenden aus der Entscheider-Ebene. Die markanteste Persönlichkeit in der Geschichte des Hauses war sicherlich die deutsche Hotelierslegende Alfred Walterspiel. 1960 verkaufte die Familie das Hotel der Kempinski-Gruppe. DZ ab ca. 280 €, Suiten bis über 15.000 € (Ludwig-Suite, teuerstes Hotelzimmer der Stadt). Innenstadt, Maximilianstr. 17, ✆ 21250, 📠 21252000, www.kempinski-vierjahreszeiten.com.

Hotel Bayerischer Hof **11** → Karte S. 113. Das etwas schillerndere Münchner Traditionshotel; Standard-Unterbringung für Stars aus Showbiz, Sport und Yellow-Press-Prominenz. Top-Feature ist das Blue Spa auf der Dachterrasse – Münchens mit weitem Abstand schönster Pool! Benutzung im Übernachtungspreis natürlich inbegriffen, Tagesgäste zahlen 30,50 €. Üppige Kapazitäten auch als Tagungs- und Veranstaltungsort. DZ ab 450 €. Innenstadt, Promenadeplatz 2–6, ✆ 21200, 📠 2120906, www.bayerischerhof.de.

Mandarin Oriental Munich **9** → Karte S. 86/87. Mit 48 Zimmern und 25 Suiten das kleinste der Münchner Spitzenhotels, allerdings auch das auffallendste: Der schneeweiße Prachtbau ragt wie ein Luxusdampfer ins Graggenauer Viertel. Höchster internationaler Standard, auch im viel gerühmten Mark's Restaurant (Küchenchef: Mario Corti). DZ ab ca. 500 €. Innenstadt, Neuturmstr. 1, ✆ 290980, 📠 222539, www.mandarinoriental.com.

Hotel Königshof **3** → Karte S. 102/103. Ehrliche Old-School-Spitzenklasse; keine Design-Allüren, sondern üppige Grand-Hotel-Gemütlichkeit. Das Flatscreen-TV kann man auch ausgeschaltet lassen und stattdessen aus dem Fenster schauen: Der Stachus ist immer großes Kino. DZ ab ca. 500 €. Innenstadt, Karlsplatz 25, ✆ 551360, 📠 55137173, www.geisel-privathotels.de.

The Charles Hotel **2** → Karte S. 113. Der letzte Streich der Rocco-Forte-Gruppe. Es ist schon alles sehr fein und edel geworden, aber Patina und Charakter haften den „Lenbachgärten“ (Kunstname für das in Rekordgeschwindigkeit hochgezogene Karree) erst einmal noch nicht an. DZ ab 320 €. Maxvorstadt, Sophienstr. 28, ✆ 5445550, 📠 89544, www.thecharleshotel.de.

Sofitel Bayerpost **4** → Karte S. 102/103. Seit 2004 ist das wilhelminische Schmuck-

Am oberen Ende: Sofitel Bayerpost

stück am Hauptbahnhof von neuem Designgeist beseelt, davor lag der prunkvolle Seitenanbau lange Jahre im ästhetischen Dornröschenschlaf. Geschmackvolles Großhotel mit durchaus annehmbaren Preisen. Historisches Ereignis: 2006 informierte Jürgen Klinsmann hier Oliver Kahn über seine Versetzung auf die Ersatzbank. DZ ab ca. 195 €. Ludwigsvorstadt, Bayerstr. 12, ✆ 21250, 📠 599481000, www.sofitel.com.

Design

Auch das Auge schläft mit: Die Zeit des Einheitsstils um die Fremdenzimmer ist vorbei. Begrüßenswerter Nebeneffekt der schlichten schönen Linie ist das oft recht gedämpfte Preisniveau der schicken Häuser.

Louis Hotel **17** → Karte S. 129. Das Kull-Imperium (Cortiina, Brenner et al.) hat wieder zugeschlagen: 72 Zimmer in allerfeinster Lage und dezent-teurer Ausstattung. Die Zimmer zum Viktualienmarkt sind zwar noch ein bisschen teurer, aber wie sagte schon der Kutscher Krenkl: Wer ko, der ko. Hervorragendes Hotelrestaurant (s. u.). DZ ab 269 €, mit Marktblick ab 349 €, Parkplatz saftige 24 €. Innenstadt, Viktualienmarkt 6, ✆ 4111908, www.louis-hotel.com.

Motel One **24** → Karte S. 228/229. Die Kette mit den jugendlich-frischen Designhotels im Budget-Segment steuert auf recht aggressivem Wachstumskurs, mittlerweile betreibt das Unternehmen sechs Häuser innerhalb des Mittleren Rings. Am zentralsten liegt das Hotel am Sendlinger Tor, DZ ab 84 €, Parken 15 €. Innenstadt, Herzog-Wilhelm-Str. 28, ✆ 51777250, www.motel-one.com.

Cortiina **10** → Karte S. 86/87. Puristisch, aber nicht streng, sachlich, aber nicht kühl – derzeit wahrscheinlich das Top-End in Sachen Style. Weitere Pluspunkte sind die sehr zentrale Lage und die tolle Bar. Das summiert sich allerdings auch zu einem Top-Preis: DZ ab 269 €. Innenstadt, Ledererstr. 8, ✆ 2422490, 📠 242249100, www.cortiina.com.

H'Otello B*01 **21** → Karte S. 86/87. Von außen sieht es aus wie ein x-beliebiges Vertreter-Hotel, aber hinter der Eingangstür überrascht eine klare und überlegte Linie. Minimalistischer Stil mit vielen kleinen liebevollen Details. Viel gerühmtes Frühstück. DZ ab 150 €. Gärtnerplatzviertel, Baaderstr. 1, ✆ 216310, 📠 2163190, www.hotel-advokat.de/b01.

Zwei weitere Häuser der gleichen Qualität in Schwabing: F'22 (Fallmerayerstr. 22) und H'09 (Hohenzollernstr. 9).

anna hotel **5** → Karte S. 102/103. Eine Luxus-Interpretation des Design-Gedankens. Wenig Schnörkel, keine Arabesken, wesentliches Stilelement sind die vornehmen Materialien. Lobenswert geräumige Zimmer (DZ um 35 m²), nicht ganz so lobenswert ist die durchgängige Klimatisierung (Fenster nicht zu öffnen). DZ ab 210 €. Innenstadt, Schützenstr. 1, ✆ 599940, 📠 994333, www.geisel-privathotels.de.

Arabella Sheraton 4 → Karte S. 158/159. Als Retro-Design noch nicht Retro war: Das Arabella am gleichnamigen Park ist der Urvater des Designhotels in München. Vom Chic der späten 70er Jahre ist leider nur die monumentale Keramikfassade übergeblieben, die Zimmer haben jetzt internationalen Großhotelstandard. Riesiges Haus (446 Zimmer), die Zimmer zur Westseite bieten einen tollen Blick auf die Stadt. DZ ab 119 €, deutlich günstigere Specials. Bogenhausen, Arabellastr. 5, ✆ 92320, http://cities.starwoodhotels.com/hotels/Muenchen-de-DE.

››› Mein Tipp: **Cocoon** 35 → Karte S. 102/103. Ball-Chairs (das sind die spacigen Vollschalensitze aus den 60ern) in jedem Zimmer, Chaiselongues mit Notebook-Konsolen (WLAN inkl.) und eine loungige Lobby mit trendigem Wasserspiel. Dazu sympathisch preiswert: DZ 89 €, allerdings saftige Messepreise. Isarvorstadt, Lindwurmstr. 35, ✆ 59993907, 📠 59993997, www.hotel-cocoon.de.

Das Konzept geht wohl auf, deshalb gibt es jetzt auch noch eine Dependance mit weiteren 69 Zimmern im selben Stil in der Adolf-Kolping-Str. 11. ‹‹‹

Klein & fein

Hotel ist eigentlich eine viel zu popelige Bezeichnung für die kleinen Juwelen des Herbergswesens: Hinter den prächtigen Fassaden alter Bürgerhäuser entfaltet sich der sehr persönliche Charme echter Stadtresidenzen. Keine kilometerlangen Flure, kein vollelektronischer Check-in-Schnickschnack. Echter Luxus ist familiär.

Opéra 13 → Karte S. 228/229. Mitten im feinbürgerlichen Lehel befindet sich so etwas wie der Prototyp des noblen Kleinhotels. Zwischen Stilmöbeln und unter Stuckdecken kann sich jeder einmal als reicher bayerischer Grundbesitzer beim Besuch in der großen Stadt fühlen. Liebevoller und annähernd perfekter Service, umwerfendes Frühstück (im Sommer unter den Arkaden des Innenhofs). DZ ab 215 €. Lehel, St.-Anna-Str. 10, ✆ 2104940, 📠 21049477, www.hotel-opera.de.

Hotel Inselmühle, vor dem Fenster plätschert die Würm, der hoteleigene Biergarten ist der schönste Münchens, und dann quakt gelegentlich noch eine Ente. Die Lage am Bach ist schon fast kitschig idyllisch, auch die Zimmer sind niedlich – in der Maisonette-Suite fühlt man sich wie der reiche Austragsbauer. Allerdings: Es liegt schon ziemlich weit draußen. DZ 189 €. Obermenzing, Von-Kahr-Str. 87, ✆ 81010, 📠 8120571, www.inselmuehle-muenchen.com.

››› Mein Tipp: **Hotel Lux** 22 → Karte S. 113. Das Auge im Orkan des bayrischen Biersturms: Kaum 100 m vom Hofbräuhaus war noch Platz für eine Handvoll individueller Zimmer, alle mit eigener Künstlerhandschrift. Der Schaum auf dem Maßkrug des Hotelgewerbes: die himmelblaue Ponyhof-Suite. Gutes Restaurant und scharfe Hotelbar. DZ ab 149 €. Innenstadt, Ledererstr. 13, ✆ 45207300, www.hotel-lux.info. ‹‹‹

Hotel Ritzi 14 → Karte S. 228/229. Eine Weltreise in 25 Räumen: Jedes Zimmer ist individuell nach einem geographischen Thema gestaltet. Schreckhafte Naturen vermeiden den Afrika-Raum – da hängen dunkle Masken an der Wand. Empfehlenswert ist auch das hübsche Bar-Restaurant im Erdgeschoss. DZ ab 179 €. Haidhausen (am Maximilianeum), Maria-Theresia-Str. 2a, ✆ 4195030, 📠 4142408950,www.hotel-ritzi.de.

Hotel Olympic 38 → Karte S. 174/175. Eine beinahe altmodische Adresse im Gärtnerplatzviertel. Sparsam und geschmackvoll eingerichtet – eine gewisse Vorliebe für Art déco und Jugendstil ist unübersehbar. Reisende loben den außergewöhnlich freundlichen Service und empfehlen ein Zimmer zum Innenhof. DZ ab 160 €, Appartements ab 580 €/Woche, Parkplatz 15 €. Glockenbachviertel, Hans-Sachs-Str. 4, ✆ 231890, 📠 23189199,www.hotel-olympic.de.

Maximilian Munich 2 → Karte S. 86/87. Exklusives Appartement-Hotel in ebensolcher Lage. Um den netten grünen Innenhof gruppieren sich die geräumigen Wohnungen (mind. 30 m2). Beliebt auch für längerfristige Aufenthalte. Frühstück nicht im Übernachtungspreis enthalten (recht happige 15 €). Studios ab ca. 200 €, Familiensuiten ab 420 €. Innenstadt, Hochbrückenstr. 18, ✆ 42580, 📠 24258199, www.maximilian-munich.com.

Gästehaus am Englischen Garten 5 → Karte S. 158/159. So ruhig kann die Großstadt sein: Die wahrscheinlichste Lärmquelle sind zwitschernde Vögel in Münchens größtem Park. Sehr familiär geführtes kleines Haus (12 Zimmer und Appartements). DZ ab 83 € (einfache Kategorie) bzw. ab 142 € (gehoben), Appartements ab 121 €, Frühstück 9,50 €. Schwabing, Liebergesellstr. 8, ✆ 3839410, 📠 38394133, www.hotelenglischergarten.de.

Hotel am Nockherberg 46 → Karte S. 228/229. Die Au, wo sie am gelassensten ist: Am Fuß des bierschweren Nockherbergs herrscht fast kleinstädtische Ruhe, und nur eine U-Bahn-Station weiter tanzt der Bär auf den Tresen um den Gärtnerplatz. Komfortable und hinreichend große Zimmer, Sauna, Gym und WLAN. DZ ab 105 € €, Garagenstellplatz 11 €. Au, Nockherstr. 38a, ✆ 6230010, 📠 62300129, www.nockherberg.de.

Mit Lokalkolorit

Wenn man schon vor dem Frühstück wissen möchte, in welcher Stadt man gerade aufgewacht ist: Hotels mit sehr ausdrücklicher bayerischer Note. Nur jodeln muss man noch selber.

Hotel Prinzregent 8 → Karte S. 228/229. Die Zirbelstubn unter den Hotels. Viel geschnitztes helles Holz, Service mit Mundart, und einen Herrgottswinkel gibt's bestimmt auch irgendwo. DZ ab 156 € (zur Straße) bzw. 176 € (zum Garten). Bogenhausen (am Friedensengel), Ismaninger Str. 42–44, ✆ 416050, 📠 41605466, www.prinzregent.de.

Platzl Hotel 5 → Karte S. 86/87. Die volle Dosis bewohnbares Brauchtum bietet natürlich die Bayerische Suite (380 €) mit Teisendorfer Bauernschrank und Holzvertäfelungen aus sehr alten bayerischen Bäumen, aber auch der Rest des Hauses lässt keinen Zweifel an der ethnischen Identität. Wenn's noch mehr sein soll: Zum Hofbräuhaus sind es nur 50 m. DZ ab 212 €. Innenstadt, Sparkassenstr. 10, ✆ 237030, 📠 23703800, www.platzl.de.

Hotel Torbräu 15 → Karte S. 86/87. Das bei weitem älteste Hotel der Stadt (über 500 Jahre Herbergstradition) garantiert schon durch Geschichte und Lage – direkt am Isartor – für authentisches Wohngefühl. DZ ab 205 €. Innenstadt, Tal 41, ✆ 242340, 📠 24234235, www.torbraeu.de.

Economy

Natürlich kann man auch in München für weit weniger als 100 € eine Nacht verbringen, in diesem Segment sind wirklich emp-

Stylish: Cocoon in der Isarvorstadt

fehlenswerte Etablissements aber ziemlich rar, die unten angegebenen Adressen dementsprechend gut gebucht. Bevor Spätanreisende, Eilige oder Gestrandete ohne Reservierung auf der Straße schlafen müssen, werden sie am ehesten in den fast zahllosen Herbergen im Bahnhofsviertel fündig.

››› Mein Tipp: Hotel Mariandl 33 → Karte S. 102/103. Schon das sympathisch knarzende Stiegenhaus zu den Zimmeretagen macht klar: Das ist ein Traditionshaus. Sehr nette Zimmer mit hübschen Möbeln und Fischgrätparkett, Knüller sind die großen Mehrbettzimmer (bis Vierer) mit den frei stehenden Badewannen. In der ebenbürtig schönen Kneipe (angeblich Münchens ältestes Konzertcafé) fast täglich Live-Jazz. DZ 70–115 €, vergleichsweise zahme 50 % Oktoberfestzuschlag (die Wiesn ist in Sichtweite!). Ludwigsvorstadt, Goethestr. 51, ✆ 5529100, 📠 55291057, www.mariandl.com. ‹‹‹

Citadines Apart Hotel 1 → Karte S. 102/103. Im brandneuen Arnulfpark (= Retortensiedlung am Hauptgleiskörper), deswegen noch ohne Patina und Charme, aber geschmackvolle und hochfunktionale, sehr gut ausgestattete Wohneinheiten. Besonders verlockend ist die Küchenzeile zur

Schlafen, Holzklasse: Jugenherberge in Neuhausen

Selbstversorgung. Gleich nebenan ist auch der Augustinerbiergarten! Günstig für Familien und Kleingruppen: 4er Appartement ab ca. 180 €. Neuhausen, Arnulfstr. 51, ✆ 9400800, www.citadines.com.

Pension am Kaiserplatz 8 → Karte S. 158/159. Kleine Familienpension (10 Zimmer) in einer ruhigen Ecke Schwabings. Das schmucke Bürgerhaus verwöhnt mit großzügigem Raumgefühl (hohe Decken!) und herausragendem Anschluss an die umgebenden Shoppingmeilen – günstig schlafen, teuer einkaufen! DZ ab 52 €. Schwabing, Kaiserplatz 12, ✆ 349190, www.amkaiserplatz.de.

Pension Gärtnerplatz 33 → Karte S. 174/175. Unaufgeregt-hübsches Gästehaus mit individuellem Charme im Auge des Kneipenorkans. Wer nicht mitfeiert, nimmt besser ein Zimmer zum Innenhof, den Partywüstlingen wird's egal sein – die kommen ohnehin erst nach der Putzstunde nach Hause. Sehr netter Service. DZ ab 120 €. Gärtnerplatzviertel, Klenzestr. 45, ✆ 2025170, 📠 20251722, www.pensiongaertnerplatz.de.

Westend Hotel 11 → Karte S. 102/103. Sehr einfaches, aber sauberes und helles Hotel im Trendviertel Schwanthalerhöhe, in manchen Details vielleicht ein bisschen sehr bunt. Weit überdurchschnittliches Frühstück (9 €). DZ ab 49 €. Schwanthalerstr. 121, ✆ 5409860, 📠 54098811, www.westend-hotel.de.

Pension Lutz 5 → Karte S. 214/215. B & B im Reihenhäuschen mitten im Wohngebiet Neuhausens (2 Min. zur U-Bahn). Das ist so familiär, dass man schon fast von Familienanschluss sprechen möchte. DZ ab 70 €. Neuhausen/Gern, Hofenfelsstr. 57, ✆ 152970, www.pension-lutz.com.

Hotel Brecherspitze 29 → Karte S. 228/229. Wenn Tabor Süden, dem melancholischen Kommissar aus den Krimis von Friedrich Ani, zu Hause die Decke auf den Kopf fällt, schläft er für ein paar Tage in der Brecherspitze – hier fühlt man sich zu Hause. Die Lage in Giesing ist ein guter räumlicher Kompromiss zwischen Innenstadt und Neuer Messe (jeweils 10 Min. U-Bahn-Fahrt). DZ ab 59 €, offenes WLAN. Giesing, St. Martin-Str. 38, ✆ 6928286, 📠 69374231, www.brecherspitze.com.

Hotel Krone 18 → Karte S. 214/215. Von den Zimmern nach Osten während des Oktoberfests einer der schönsten Blicke auf die dann gleißend bunt beleuchtete Theresienwiese, leider dann auch fürstlich teuer. Den Rest des Jahres ein gutes Mittelklassehotel in einem lebhaften und noch ziemlich unentdeckten Viertel der Stadt. DZ ab 100 € (Wochenende), Oktoberfest 210 €. Westend, Theresienhöhe 8, ✆ 5080800, 📠 50808070, www.hotel-krone-muc.de.

GHOTEL 10 → Karte S. 186/187. Unspektakuläres, aber solides Business-Hotel mit günstigen Wochenendtarifen. Prima zur Schonung des Gastro-Budgets, denn jedes Zimmer hat eine eigene Kitchenette. Im Parknotstandsgebiet Glockenbach steht das Auto umsonst in der eigenen Tiefgarage. DZ 94 € (Mo–Fr 100 €). Glockenbach, Baaderstr. 88–90, ✆ 127180, 📠 12718555, www.ghotel.de.

das Hotel 13 → Karte S. 201. Die Zimmer sind ein wenig prosaisch, aber dafür kann man schon vor dem Frühstück schnell in die Pinakotheken huschen und hat nach der abendlichen Kneipentour im Studentenviertel praktisch keinen Nachhauseweg. DZ ab 80 €, Parkplatz (bitter nötig) 6 €. Türkenstr. 35, ✆ 2881400, www.das-hotel-in-muenchen.de.

Junges Schlafen heute

Für die sehr begrenzten Budgets junger Reisender und Rucksacktouristen ist München kein ganz einfaches Pflaster. Wer auf die Zwangsintimität von Schlafsälen in Hostels oder Jugendherbergen keine Lust hat, sollte gute Freunde zum Unterschlupf in der Stadt haben. Tut mir leid – bei mir ist schon voll.

CVJM Jugendgästehaus 21 → Karte S. 102/103. Netter und sauberer als der Hostel-Durchschnitt und genau so nah an der Wiesn. Dafür etwas strengere Sitten: Nur Verheiratete kriegen ein Doppelzimmer. Bett ab 30,50 € (Jugendliche), 33,50 € Erwachsene, Oktoberfest 10 € Zuschlag. Ludwigsvorstadt, Landwehrstr. 13, ✆ 5521410, www.cvjm-muenchen.org.

Zahlreiche weitere Hostels finden sich in den Straßen um den Bahnhof.

Jugendherberge München-City 13 → Karte S. 214/215. Mitglieder des DJH (kann man auch vor Ort noch werden) finden im Stadtteil Neuhausen eine Unterkunft. Übernachtungssuchende über 27 müssen auf Glück und geringe Nachfrage hoffen. DZ ab 29,80 €. Wendl-Dietrich-Str. 20, ✆ 20244490, 📠 202444913, www.muenchen-city.jugendherberge.de.

Burg Schwaneck 34 → Karte S. 228/229. Eine sehr schöne Herberge betreibt der Kreisjugendring München am Hochufer der Isar im Südosten der Stadt. Die neogotische Burg war eine romantische Spinnerei des berühmten Bildhauers Ludwig von Schwanthaler und ist auch ohne Wohnaufenthalt eine echte Sehenswürdigkeit. Bis zur Innenstadt sind es ca. 8 km – ein Fahrrad ist sicher eine gute Idee. Bett ab 24,50 € (Zehnerschlafsaal) bis 41,50 € (EZ). Pullach, Burgweg 4–6, ✆ 74486670, 📠 74486680, www.burgschwaneck.de.

Campingplatz Thalkirchen 32 → Karte S. 228/229. Ein hübscher Platz in den Isarauen im Süden Münchens – von Anfang Oktober bis Mitte September. Während des Oktoberfests übernehmen australische Kampftrinker den Platz und feiern im „Club der 100“: Mitglied wird, wer 100 Bier an einem Abend trinkt. Ein unbeschreibliches Erlebnis. 5,50 €/Pers., Zelt 4,50 €, Auto 5 €. Thalkirchen, Zentralländstr. 49, ✆ 7231707, www.camping-muenchen.de.

The Tent 7 → Karte S. 214/215. Die ganz harte Variante: Die australo-anglo-amerikanische Stammklientel veranstaltet das ganze Jahr so etwas wie eine Dauerwiesn. Bett im Großzelt (600 m²) 10,50 €, Schlafplatz auf dem Boden 7,50 €. Im eigenen Zelt 5,50 €/Pers. plus 5,50 € für ein kleines Zelt. Nymphenburg, In den Kirschen 30, ✆ 1414300, www.the-tent.com.

Schlafen, First Class: Bayerischer Hof

Französische Hochburg in Haidhausen

Essen und Trinken

Zum Mythos des ewig Bayerischen gehört ganz bestimmt auch die ehrfurchtsvolle Rede von der Üppigkeit und Herzhaftigkeit der hiesigen Speisen. Das hat auch seine Berechtigung: Die bayerische Regionalküche ist eine eigene gehaltvolle Genusswelt, wenngleich sie an den Rändern ziemlich ausfranst und der Unterschied zu den angrenzenden Kulinartraditionen der Österreicher, Franken und Schwaben oft nicht mehr auszumachen ist.

Was die typisch münchnerische Variante der bayerischen Regionalküche angeht, sieht es mittlerweile freilich ziemlich mau aus. Auf den Speisekarten der Münchner Gastronomiebetriebe ist sie kaum mehr vertreten, und auch in den Privatküchen der Landeshauptstadt wird inzwischen nach anderen Mustern gekocht. Der Grund ist eigentlich sehr erfreulich: Reichtum. Über Jahrhunderte hatte München mit seiner relativ schlechten Nahversorgung zu kämpfen, die landwirtschaftliche Nutzbarkeit der nicht besonders fruchtbaren Landschaft des unmittelbaren Umlands zwang die Einwohner zur Zubereitung recht karger Speisen. Typisch für die Arme-Leute-Küche war beispielsweise die möglichst vollständige Verwertung von Schlachttieren, die eine große Vielfalt von Innereiengerichten auf die Speisezettel brachte, nach denen man heute auch in vorgeblich originalen Gasthäusern meist vergeblich sucht: Der Igitt-Faktor von Bries, Milz und Kutteln scheint wohl für den modernen Münchner genauso unüberwindlich groß zu sein wie für die Restdeutschen. Geblieben ist der Münchner Küche aber die Fleischlastigkeit. So etwa beim Frühstücksklassiker schlechthin, der Weißwurst, die überwiegend aus Kalbsteilen besteht.

Ansonsten glänzt München heute als Weltstadt mit beinahe unüberschaubarer gastronomischer Vielfalt. So ziemlich jeder Winkel der Welt ist mit einer kulinarischen Dependance im Gaststättenverzeichnis vertreten; es wird besternt und unbesternt auf fast jedem Niveau von exklusiv bis Burgerbratbude gekocht und gebrutzelt, was die internationalen Lebensmittelmärkte nur hergeben. Der Glanz der frühen 70er Jahre, als von München das neue deutsche Kochwunder – personifiziert durch legendäre Chefs wie Eckart Witzigmann – durch die Republik schwappte, ist vielleicht ein bisschen abgeblättert, aber von kulinarischer Rezession kann überhaupt keine Rede sein. Hervorragende Restaurants zu finden ist definitiv kein langwieriges Unterfangen. Die klassischen Münchner Wirtshäuser hat das aber keineswegs verdrängt, ganz im Gegenteil ist der Bier- und Schweinsbratengenuss an blank gescheuerten Holztischen populär wie eh und je. Ganz besonders gilt das für den münchnerischsten aller gastronomischen Sonderfälle: den Biergarten. Wenn die Welt München dafür nicht beneidet, dann war sie noch in keinem.

Biergärten

Die Basiseinheit an den Schenken der Biergärten ist der Liter – da hilft in aller Regel auch kein entschieden, schüchtern, larmoyant oder sonst wie vorgebrachter Verweis auf eine beschränkte Aufnahmekapazität für Trinkflüssigkeit, die Maß ist Pflicht. Nur gelegentlich ergibt sich die Chance auf eine „Halbe Hell“ (beim Radler gibt's aus praktischen Gründen kein Pardon). Wer sich den großen Humpen partout nicht zutraut, kann nur noch auf Weißbier zurückgreifen, das kommt immer im schlanken Halbliterglas über den Tresen.

Dem Speisenangebot merkt man den reinen Begleitcharakter von fester Nahrung im Biergartenkontext leider oft an, wirklich berauschend ist das Essen an den SB-Ständen nur selten. Abhilfe schafft hier der eigene Herd: Die schönste Passage in der Bayerischen Biergarten-

Die Biergartenrevolution

Mai 1995. Ein Volk in Aufruhr. Eine Stadt kurz vor der Explosion. Schluss mit lustig: Der Waldwirtschaft in Großhesselohe, einem der schönsten Biergärten Münchens, droht eine durch Anwohnerklagen aufgezwungene Sperrstunde bereits um 21.30, ein Flächenbrand im Freiausschank kann die Folge sein. 25.000 Münchner machen mobil und demonstrieren gegen die Beschneidung ihres Gewohnheitsrechts auf eine Maß unter Kastanien. Der Landesvater handelt schnell und ersinnt im Eilgang eine Sonderregelung für die Biergärten des Freistaats. Preußische Justizpedanten kippen jedoch den Beschluss der Staatskanzlei, aber Bayern gibt nicht auf. Im April 1999 wird die Bayerische Biergartenverordnung in Erz gegossen und garantiert seither und auf alle Zeit das Recht auf Bier bis 23 Uhr. Die Biergartenrevolution ist abgewendet.

Kein Witz, kein Märchen: Das war wirklich so. Bis ins Detail ist nun im Gesetzesrang niedergelegt, was ein Biergarten ist und wie lange man sich dort trinkend aufhalten darf. In Kürze: Ab 22 Uhr keine Musik mehr, 22.30 Uhr Schankschluss, 23 Uhr Ende des „zurechenbaren Verkehrs“. Ferner wird vorgeschrieben: Gartencharakter des Areals, möglichst mit schattenspendendem Baumbestand, sowie die vom Wirt eingeräumte Möglichkeit, selbst mitgebrachte Speisen verzehren zu dürfen.

verordnung erlaubt nämlich den Verzehr selbst mitgebrachter Speisen. Also den Picknickkorb gefüllt mit Kartoffelsalat, Obatzdem, Fleischpflanzerln und Radieschen – die rot-weiß karierte Tischdecke nicht vergessen. Diese Option gilt aber nur für „echte" Biergärten und nicht für Bereiche mit Bedienung oder Freischankflächen von Gasthäusern! Im Zweifelsfall vorher fragen – oder folgende Liste abarbeiten. Alles 100 % Biergarten:

Waldwirtschaft Großhesselohe (kurz: Wawi) 19 → Karte S. 186/187. Die Keimzelle der Biergartenrevolution – mehr muss man wohl nicht sagen. Über 2000 Plätze, täglich spielen Jazzbands. Georg-Kalb-Str. 3. Ⓢ 7 Großhesselohe-Isartalbahnhof und ca. 15 Min. Fußweg. Wenig Parkplätze.

Biergarten am Chinesischen Turm 23 → Karte S. 158/159. Der Klassiker im Englischen Garten. Ca. 7000 Plätze, zünftige Blasmusik. Tram 17 und Bus 54/154 Chinesischer Turm.

››› **Mein Tipp**: **Inselmühle**, nicht irgendein Tipp – ein veritabler Geheimtipp! Augustiner Bier am lauen Bächlein in den Würmauen vor den Toren der Stadt. 600 traumhafte Plätze und richtig gutes Essen (siehe Kapitel „Vorortschlösser, Schloss Blutenburg"). Ⓤ 1 Oly-Einkaufszentrum, dann Bus 164 bis Von-Kahr-Str., zu Fuß bis Nr. 87. ‹‹‹

Augustinerkeller 2 → Karte S. 102/103. Höher als die Mammutkastanienbäume ist nur das benachbarte Hochhaus des BR. Riesig, schon bei mäßigem Wetter knackvoll (natürlich viel Medienvolk) und trotzdem wahnsinnig gemütlich. 5000 Plätze, davon ca. 200 Stammtische. Arnulfstr. 52, 5 Min. vom Hauptbahnhof. ‹‹‹

Aumeister 2 → Karte S. 158/159. Der mutmaßliche Erfinder der Radlermaß. 2500 Plätze. Sondermeierstr. 1, Ⓤ 6 Freimann und ca. 15 Min. zu Fuß. Am besten mit dem Radl kommen.

Flaucher 16 → Karte S. 186/187. Gegen die Austrocknung nach dem Sonnenbad auf dem Isarschotter. Ca. 2000 Plätze. Isarauen 8. Ⓤ 6 Brudermühlstr. und ca. 10 Min. zu Fuß.

Menterschwaige 22 → Karte S. 186/187. Noch etwas weiter südlich am anderen Ufer der Isarauen. Sehr beliebtes Ausflugsziel im Villenviertel, recht gutes Essen, besonders netter Spielplatz. Menterschwaigstr. 4. Tram 27 Menterschwaige, knifflige Parkplatzsuche.

Königlicher Hirschgarten 14 → Karte S. 214/215. Der größte Biergarten Münchens (und angeblich der Welt). Macht nichts, trotzdem sehr nett. Gutes SB-Speisenangebot und im angrenzenden Gehege echte Hirsche (übergewichtig von der vielen Fütterei). 8000 Plätze. Tram 16/17 Steubenplatz. Ist die Nacht sehr warm und der Durst auch nach 22.30 Uhr noch nicht gelöscht, kann man im Biergarten des Backstage ein paar Hundert Meter entfernt bis um 5 Uhr früh noch weiter open-air trinken.

Taxisgarten 6 → Karte S. 214/215. Die kuschligere Alternative zum Hirschgarten. Versteckt im Wohngebiet von Neuhausen/Gern (Taxisstr. 12), deshalb fast ausschließlich Einheimische. 1500 Plätze. Ⓤ 1 Gern.

Hofbräukeller 16 → Karte S. 227/228. Der Dorfbiergarten Haidhausens. 2000 Plätze. Innere Wiener Str. 19. Tram 18 Wiener Platz.

Paulaner Keller am Nockherberg 45 → Karte S. 227/228. Nach dem Großbrand 1999 in neuer Pracht wiederauferstanden. Mit den hohen Investitionen ist leider die alte Gemütlichkeit etwas dahin. Trotzdem ein Klassiker, immer wieder einer der Top-Kandidaten bei der jährlichen Wahl zum schönsten Biergarten der Stadt. 4000 Plätze. Hochstr. 77. Tram 25/27 Ostfriedhof.

Parkcafé 23 → Karte S. 201. Trendig-szenige Adresse, trotzdem ein echter Biergarten. Wenig Schatten, aber das Partyvolk trinkt sich ohnehin erst nach Sonnenuntergang warm. 2000 Plätze, bis 1 Uhr geöffnet. Sophienstr. 7, gleich beim Stachus.

Viktualienmarkt 1 → Karte S. 174/175. Der rechte Ort, um den Rohmilchkäse und die teuren Radieserl von den Ständen ringsum gleich vor Ort herunterzuspülen. 800 Plätze. 3 Min. vom Marienplatz.

Wirtshäuser, Bierhallen und Schwemmen

Auf der Suche nach der bayerischen Gemütlichkeit (das englische Lehnwort bitte ohne „ü") landet man unweigerlich in einem der zahllosen Wirtshäuser Münchens – und ziemlich oft findet man sie hier auch. In seinen verschiedenen Physiognomien von Brauereigaststätte bis zur Boazn ist das Wirtshaus ein sehr heterogenes kulinarisches Phänomen, von billig über preiswert bis sakrisch überteuert, von Schmankerlparadies bis Touristenabfütterung ist alles dabei. Die gastronomische Identität der Stadt bestimmt das Wirtshaus allemal.

Weisses Bräuhaus **14** → Karte S. 86/87. Ein Münchner Original, auch wenn das berühmte Weißbier (Schneider) in Kehlheim/Niederbayern zu Hause ist. Innenstadt, Tal 7, ✆ 2901380. Tägl. 7–2, Sa bis 3 Uhr.

Der Pschorr **17** → Karte S. 86/87. Vielleicht ein Instant-Classic, auf jeden Fall aber der einzige wirklich empfehlenswerte (und florierende) Gastronomiebetrieb in der altneuen Schrannenhalle am Viktualienmarkt. Innenstadt, ✆ 51818500. Tägl. 10–1 Uhr.

Augustiner-Gaststätten **7** → Karten S. 102/103 bzw. S. 113. Sehr authentische Großgaststätte in der Fußgängerzone; entzückender kleiner Innenhof. Innenstadt, Neuhauser Str. 27, ✆ 23183257. Tägl. 10–24 Uhr.

Augustiner-Bräustuben **6** → Karte S. 102/103, eine lange Halle mit riesigen blanken Holztischen – so muss eine Schwemme aussehen. Auf dem Gelände der einzigen Münchner Brauerei in Münchner Hand. Schwanthalerhöhe, Landsberger Str. 19, ✆ 507047. Tägl. 10–24 Uhr. Tram 18/19 Holzapfelstr., Ⓢ Hackerbrücke.

Zum Dürnbräu **13** → Karte S. 86/87. Etwas versteckt in einer Altstadtgasse, für einen Geheimtipp aber deutlich zu arriviert und zu gut. Die echte Münchner Küche mit der ganzen Innereien-Herrlichkeit – wunderbar! Innenstadt, Dürnbräugasse 2, ✆ 222195. Tägl 10–23.30 Uhr.

Hofbräuhaus **10** → Karte S. 102/103. Wenn man schon nicht selbst hingeht, sollte man zumindest den Weg wissen – Hunderte von Japanern fragen danach! Die große Renaissance-Gewölbehalle ist auf jeden Fall sehenswert, das enthemmte Benehmen der überwiegend transatlantischen Gäste ebenfalls. Hübsch sitzt man im Sommer auch im gar nicht kleinen Innenhof. Nur essen muss man hier nicht unbedingt. Innenstadt, Am Platzl 9, ✆ 2901360. Tägl. 9–23.30 Uhr.

Wirtshaus in der Au **9** → Karte S. 186/187. Gute bayerische Küche mit riesigen Knödeln. Gemütlicher Gastraum, im Sommer

Der Biergarten am Chinesischen Turm

auch draußen – auf dem Vorplatz in der ruhigen Au kommt richtig Dorfgefühl auf. Vom freundlichen Service nicht zu einer Schnapsorgie überreden lassen – außer Sie planen einen Komplettabsturz. Au, Lilienstr. 51, ✆ 4481400. Tägl. 17–1, Sa/So 10–1 Uhr. Tram 18 Deutsches Museum.

Kaisergarten **9** → Karte S. 158/159. Die etwas feinere Spielart des Wirtshauses. Sehr gute neue bayerische Küche, viel schickes Medien- und Szenevolk aus dem Viertel. Hübscher, aber an schönen Tagen stets knallvoller Garten. Nicht billig. Schwabing, Kaiserstr. 34, ✆ 34020203. Tägl. 10–1 Uhr. Ⓤ 3/6 oder div. Buslinien Münchner Freiheit.

››› Mein Tipp: **Zum Alten Kreuz** **43** → Karte S. 228/229. Unprätentiös, unkompliziert und preiswert: das nette Gasthaus in der Nachbarschaft. Augustiner Biere und reelles Essen. Au, Falkenstr. 23, ✆ 65308091. Tägl. 18–2 Uhr. Tram 27 Mariahilfplatz. ‹‹‹

Das Weisse Bräuhaus

Isar Bräu 21 → Karte S. 186/187. Kleinstbrauerei im alten Isartalbahnhof Großhesselohe. Der Knaller sind vor allem das Weißbier „Isargold" aus eigener Produktion und das Ambiente zwischen Kupferbraukessel und stillem Bahngleis. Pullach, Kreuzeckstr. 23b, ✆ 798961. Tägl. 16–1, Sa/So 11–1 Uhr. Ⓢ 7 Großhesselohe-Isartalbahnhof.

Fraunhofer Wirtshaus 23 → Karte S. 174/175. Sehr beliebte und gemütliche Schenke mit langer Tradition (seit 1774). Viel (aber nicht nur) Fleisch und – natürlich – gutes Bier. Gärtnerplatzviertel, Fraunhoferstr. 9, ✆ 266460. Tägl. 16.30–1 Uhr, So Weißwurstfrühstück mit Blasmusik ab 10 Uhr. Ⓤ 1/2 Fraunhoferstr., Tram 17, 18, 27 Müllerstr.

Gaststätte Großmarkthalle 65 → Karte S. 174/175, fürs Weißwurstfrühstück nach durchzechter Nacht. Neben einigen verlorenen Nachtschwärmern und Sandlern professionelles Publikum aus dem Bauch Münchens. Isarvorstadt, Kochelseestr. 13, ✆ 764531. Mo–Fr 7–17, Sa bis 13 Uhr. Ⓤ 3/6 Implerstr.

Wirtshaus zur Schwalbe 15 → Karte S. 102/103. Ein richtiges Nachbarschaftswirtshaus auf der aufstrebenden Schwanthalerhöhe und das auch noch mit Kegelbahn! Natürlich mit Bier aus der Augustinerbrauerei gleich gegenüber. Stimmungsvoller kleiner Hinterhofgarten. Schwanthalerstr. 149, ✆ 52033180.

Gasthaus Isarthor 27 → Karte S. 113. Die Sauftouristen trauen sich aus der Altstadt nicht heraus und so bleibt das Isarthor gleich nebenan ein richtiges Münchner Gasthaus mit richtig guter Münchner Küche unter Münchner Preisniveau. Kanalstraße 2 (Lehel), ✆ 227753. Tägl. 10–1 Uhr. Ⓢ Isartor.

Scheidegger 12 → Karte S. 158/159. Der Urahn der vielen über die Stadt verteilten -eggers. Ambiente und Essen deftig, Bier würzig (Augustiner), Publikum zahlreich. Schwabing, Bauerstr. 16, ✆ 2714828. Tägl. 10–1 Uhr. Ⓤ 2, Tram 12/27 Hohenzollernplatz.

Rumpler 61 → Karte S. 174/175. Wirtin Karin hatte in der Au einfach zu wenig Platz für eine ordentliche Freischankfläche, deshalb ist sie mit ihrem Team zu den Hipstern am Glockenbach gezogen und siehe da: Auch die Gstopften essen gern Schweinsbraten und Pressack. Und eben massig Platz auf der Terrasse. Baumstr. 21. Bus 58 Hohenzollernplatz.

Osterwaldgarten 6 → Karte S. 158/159. Hinreißend schöner Wirtsgarten am Rand des Englischen Gartens, unverschnörkelte bayerische Küche. Den netten Gastraum kennt kaum jemand, weil alle immer draußen sitzen wollen. Schwabing, Keferstr. 12, ✆ 38504040. Tägl. 10–1 Uhr (Garten bis 23 Uhr). Bus 53/153 Osterwald.

Fußballkneipen

Wie die Public-Viewing-Großverbrüderung zur WM 2006 prima gezeigt hat: Fußball gucken macht in großer Gesellschaft einfach mehr Spaß. Wenn's also wieder einmal keine Karten für die Allianz-Arena mehr gegeben hat – auf in die Kneipe. Frisch gezapftes Bier macht auch öde Kicks erträglich.

Löwenstüberl 24 → Karte S. 186/187. Die Vereinsgaststätte des TSV 1860 ist eine Kultstätte der Fußballtradition. Unter den patinagewellten Fotos von Helden der Vereinsgeschichte kann man sich an Spieltagen besten Zweitligafußball anschauen und sich dabei mit üppigen Fleischportionen pflegen lassen. Sympathieäußerungen für den FC Bayern tunlichst unterdrücken! Giesing, Grünwalder Str. 114, ✆ 6422289. Tägl. 9–20 Uhr (an Spieltagen ggf. länger). Ⓤ 1 und Tram 15/25 Wettersteinplatz.

››› Mein Tipp: **Stadion an der Schleißheimer Straße** 4 → Karte S. 201. *Die* Fußballkneipe Münchens – ein kleines Wunder, dass man die großen Projektionsflächen vor lauter Devotionalien überhaupt noch sehen kann. Keine dezidierte Weltanschauung, aber zu Bayernspielen natürlich gestopft voll, Reservierungen möglich. Schleißheimer Str. 82 (Maxvorstadt), ✆ 529763. ‹‹‹

Bürgerheim 25 → Karte S. 102/103. Zwar gibt es Augustiner und gutes bayrisches Essen, ansonsten ein Exot: Hauptquartier der erstaunlich zahlenstarken Isar-Schalker (ebenfalls seit 53 Jahren ohne Schale). Bergmannstr. 33 (Schwanthalerhöhe), ✆ 503263. Tägl. 10–1 Uhr. Ⓤ 4/5 Schwanthalerhöhe.

Burg Pappenheim 8 → Karte S. 186/187. Sehr nettes Wirtshaus mit großem Flatscreen. Augustiner-Bier vom Holzfass und gute deftige Küche. Der Schweinsbraten tröstet auch über Debakel des Lieblingsclubs hinweg. Gärtnerplatzviertel, Baaderstr. 46, ✆ 20019030. Tägl. 16–1 Uhr. Bus 52/152 Baaderstr.

Restaurants

Der Urbayer nimmt's mit einem abschätzigen Brummen zur Kenntnis, alle anderen freuen sich: Es gibt kulinarisches Leben auch diesseits von Weißwurst und Schweinshaxe. Sogar ein sehr lebhaftes – wenn sich jetzt noch ein Eskimo-Imbiss in München niederlassen sollte, dürfte keine Länderküche mehr fehlen.

Tel.-Vorwahl für den Großraum München: 089

Die Spitze

Tantris 1 → Karte S. 158/159. Seit Jahrzehnten an der Spitze, nach dem Ende der „Aubergine" unangefochten die Nr. 1. Allein ein Blick auf die atemberaubend rote Dekoration des Sternetempels (selten war der Begriff angebrachter) ist einen Abstecher wert. Schwabing, Johann-Fichte-Str. 7, ✆ 3619590. Di–Sa 12–15 und 18.30–1 Uhr. Ⓤ 6 Dietlindenstr.

Königshof 3 → Karte S. 102/103. Spitzengastronomie alter Schule in der Loge über dem Stachus. Küchenchef Martin Fauster hat bei Meister Haas im „Tantris" gelernt und offensichtlich nichts vergessen. Innenstadt, Karlsplatz 25, ✆ 551360. Di–Sa 12–14.30 und 18.30–22.30 Uhr. Ⓤ+Ⓢ, Tram Stachus.

Atelier & Garden (im Hotel Bayerischer Hof) 11 → Karte S. 113. Lange Zeit verkaufte sich das traditionsreichste Hotel am Platz kulinarisch etwas unter Wert, das hat sich jetzt geändert: Küchenchef Steffen Mezger hat die cool-schicken Restaurants mit klassischer Spitzenküche im Handstreich auf die vorderen Ränge geschossen. Innenstadt, Promenadeplatz 2–6, ✆ 21200.

Restaurant Dallmayr 19 → Karte S. 113. Zwei Michelinsterne, wofür auch immer. Innenstadt, Dienerstr. 14, ✆ 2135100. Di–Sa 12–14 und 19–23 Uhr. Ⓤ+Ⓢ Marienplatz.

Showroom 7 → Karte S. 186/187. Der „Junge Wilde" Andreas Steiger ist wohl der letzte aus der Riege, der den Namen noch verdient. Mutige, aber keinesfalls alberne

Traditionell Spitze: das Tantris

Küche mit höchstem Anspruch und allerbesten Referenzen. Seit dem Stern ist der kleine Laden aber schwer ausgebucht, deshalb zeitig reservieren. Au, Lilienstr. 6, ✆ 44429083. Mo–Fr 18–1 Uhr, Sa Kochkurse. Tram 18 Deutsches Museum.

››› Mein Tipp: **Landersdorfer & Innerhofer** 19 → Karte S. 102/103. Unauffälliges Restaurant mit völlig unprätentiöser Speisekarte: Anzahl der Gänge, fertig. Die Küchenleistung lässt sich ebenso schlicht zusammenfassend beurteilen: umwerfend! Innenstadt, Hackenstr. 6–8, ✆ 26018637. Mo–Fr 11.30–14 und 18.30–1 Uhr. Ⓤ+Ⓢ Marienplatz. ‹‹‹

Restaurant Ederer 12 → Karte S. 113. So richtig verziehen haben wir ihm den Auszug aus dem „Glockenbach" mit den tollen Kunstwerken nie, aber meisterhaft kocht Karl Ederer auch in den Fünf Höfen. Gastraum in der Beletage eines historischen Adelspalais, schmusige Terrasse. Innenstadt, Kardinal-Faulhaber-Str. 10, ✆ 24231310. Mo–Sa 11.30–15 und 18.30–1 Uhr. Ⓤ 3/6 Odeonsplatz.

Neue deutsche Küche

Auch weit diesseits der 100-Euro-Marke für ein mehrgängiges Menü wohnt an ausgewählten Orten das fein abgeschmeckte Glück. Junge Köche vor dem Sprung ans michelinbesternte Firmament oder eben ohne Ambitionen auf die allerhöchsten Weihen (und deren Verpflichtungen) zeigen auch in München die kulinarischen Möglichkeiten des aufstrebenden Kulinarstandorts Deutschland.

Zauberberg 12 → Karte S. 214/215. Das junge Team serviert aufregend unaufregende Küchenleistungen zu recht entspannten Tarifen auch auf der Weinkarte (3-Gänge-Menü für 38 €, mit Weinbegleitung 52 €). Wenn es die Außentemperaturen erlauben, auch auf der Terrasse im gutbürgerlichen Wohnviertel Neuhausen. Hedwigstr. 14, ✆ 18999178. Di–Do 12–14 Uhr und Di–Sa 19–1 Uhr. Tram 12, Bus 53 Albrechtstr.

Tramin 35 → Karte S. 228/229. Jugendliche Frische in Konzept und Service, die Karte ist eher ein typologisches Wimmelbild als eine schnöde Speisefolge. Wäre es Musik, dann wohl Ambient – allerfeinst gemixt. Neuhausen, Lothringer Str. 7, ✆ 44054490, Do–Sa 18–21 Uhr. Ⓤ+Ⓢ Ostbahnhof.

Marais Soir 13 → Karte S. 102/103. Mit den Besserverdienern ist endlich auch auf der Schwanthalerhöhe das gute Essen zu Hause. Die Karte ist wirklich sehr überschaubar, aber das, was draufsteht, liegt in bemerkenswerter Qualität auf dem Teller. Bloß für Vegetarier wird es schwierig. Schwanthaler Str. 131, ✆ 62838662, Mo–Sa 18–21 Uhr. Tram 18/19 Holzapfelstr.

Gesellschaftsraum 21 → Karte S. 201. Die immer noch abgedrehteste Speisekarte der Stadt: Was sich hinter „SherryPflaumen-Krokodil mit Bohnenpopcorn" verbirgt? Da hilft nur ausprobieren. Experimente auch bei der Tischordnung: Für Singles gibt es eine große Gemeinschaftstafel mit anderen einsamen Schlemmern. Maxvorstadt, Augustenstr. 7, ✆ 55077793. Mo–Sa 18–0 Uhr. Tram 20/21 Karlstraße.

Französisch

Wer hat's erfunden? Ja, die Franzosen – zumindest wenn's ums Essen geht. Das lassen sie uns in München auch deutlich spüren, eine stattliche Anzahl von Restaurants hält das Küchenerbe der Grande Nation lebendig. Eine interessante Häufung von guten Franzosen verzeichnet Haidhausen – hier gibt's ja schließlich auch ein Franzosenviertel.

La Bouchon 54 → Karte S. 174/175. Ziemlich kleines Restaurant, der gekachelte Hauptraum erzeugt authentische Bistro-Atmosphäre, das Hinterzimmer ist eng und gemütlich. Konsequente Saisonküche, wenn's voll wird (fast immer), geraten die Garzeiten manchmal etwas außer Kontrolle. Glockenbachviertel, Jahnstr. 30, ✆ 265626. Tram 17, 18, 27 Müllerstr.

Les Cuisiniers 2 → Karte S. 228/229. Wenn schon das Bürgertum so fein speist, wer will da noch Gott in Frankreich sein? Top-Produkte, inspirierte Köche – und der Laden ist auch noch richtig nett. 4 Gänge um 40 €. Lehel, Reitmorstr. 21, ✆ 23709890. Mo–Fr 11.30–14.30 und 18–23, Sa nur 18–23 Uhr. Ⓤ 4/5 Lehel, Tram 17 Mariannenplatz. Ein Ableger – vergleichbare Küchenleistung, aber nicht ganz so stilvoll – ist das **Le Bouchon** in der Thierschstr. 35 (ein paar hundert Meter entfernt).

Rue des Halles 21 → Karte S. 228/229. Für über 20 Jahre Präsenz am Standort muss es wohl einen Grund geben. Wir denken, das liegt an der wunderbaren Küche und dem echt Pariser Gefühl. Oder Lyoner? Egal. Wird erst recht spät wirklich belebt, französische Esskultur eben. Hauptgänge 15–25 €. Haidhausen, Steinstr. 18, ✆ 485675. Tram 18 Wiener Platz.

Atelier Gourmet, Au Comptoir de Loïc, Le Bousquerey 38 → Karte S. 228/229. Der Markt treibt gelegentlich seltsame Blüten: Gleich drei kleine Franzosen unter der gleichen Hausnummer! Einen Favoriten ausmachen fällt schwer, sehr gute bürgerliche Regionalküche bieten sie alle, und gemütlich

Ein Lieblingsfranzose

sind sie ebenfalls alle auf ihre eigene Art: „Le Bousquerey" und „Atelier" sind *petits restaurants* und „Comptoir de Loïc" ist ein Bistro. Haidhausen, Rablstr. 37, ✆ 62232119 (Comptoir), ✆ 488455 (Bousquerey), ✆ 487220 (Atelier Gourmet). Irgendeiner hat immer offen. Ⓢ und Tram Rosenheimer Platz.

Chez Philippe 23 → Karte S. 186/187. Surprise à Giesing – richtig gute internationale Küche war bislang um die prosaische Tegernseer Landstraße eigentlich nicht unbedingt zu Hause. Bei Philippe merkt man, dass das aber auch hier exzellent funktioniert – Fisch und Lamm wie in der Bretagne, Preise wie in – na, Giesing halt: Menü ab 30 €. Zehentbauernstr. 20, ✆ 18922233. Mo und Mi–So 19–1 Uhr, Di geschl. Ⓤ 2, Tram 15/25 Silberhornstr.

››› Mein Tipp: **Le Faubourg** 15 → Karte S. 228/229. Ist es der Johannisplatz in Haidhausen oder doch eher eine Place de St. Jean irgendwo in der Bretagne? Prima Produkte auf firlefanzbefreiten Tellern, ungekünsteltes Bistro-Ambiente und der nette Service lassen da gelegentlich Zweifel aufkommen – erst recht im Sommer auf den weißen Holzstühlen auf dem Trottoir. Haidhausen, Kirchenstr. 5, ✆ 475533. Mo–Sa 18–1 Uhr. Ⓤ 4/5 Max-Weber-Platz. ‹‹‹

Crêperie Cabus 20 → Karte S. 158/159. Ein paar Galettes oder Crêpes (dazu einen der großen und guten Salate) oder eine kleine Schweinerei von der Tageskarte machen auch satt und glücklich. Seit vielen Jahren eine Institution bei den jungen Maxvorstädtern. Günstig. Isabellastr. 4, ✆ 2710330. Tägl. 18–24 Uhr. Ⓤ 2 Josephsplatz.

Italienisch

Die Italianità der Bewohner von „Monaco di Baviera" wird im übrigen Bundesgebiet gerne belächelt. Aber die bereitwillige Assimilation mit den Sitten des südlichen (Fast-) Nachbarn hat der Landeshauptstadt zumindest eine Vielzahl hervorragender Osterie und Ristoranti beschert. Nicht in allen von ihnen kochen tatsächlich Italiener, aber lustigerweise schlagen manche der Kopien die Originale um Längen.

Acquarello 3 → Karte S. 228/229. Unbestritten einer der Spitzenitaliener in Deutschland. Mario Gamba stammt aus der Tantris-Schule, seinen Feinschliff erhielt er u. a. bei der italienischen Kochlegende Gualtiero Marchesi. Die Klasse strahlt aus jeder Facette des Hauses, entsprechend führen auch die großen Guides das Acquarello mit Bestbewertungen. Lustvoll prunkige Inneneinrichtung. Ein teurer, aber sehr lohnenswerter Spaß. Bogenhausen, Mühlbaurstr. 36, ✆ 4704848. Tägl. 18.30–23, Mo–Fr auch 12–14.30 Uhr. Bus 144 Böhmerwaldplatz.

La Cucina 7 → Karte S. 228/229. Wenn sich jemand mit Italienern auskennt, dann ja wohl die Werbekreativen, die in der Mittagspause in Bataillonsstärke die Ristoranti und Osterie stürmen. Meine Werbeagenturbesitzerfreundin empfiehlt die Cucina, schon allein wegen des unbeschreiblichen Sorbetto Royal. Haidhausen, Neherstr. 9, ✆ 471983. Tägl. 11.30–0 Uhr. Ⓤ 4/5 Prinzregentenplatz.

Osteria Italiana 24 → Karte S. 158/159. Der älteste Italiener Münchens (Eröffnung 1890 unter einem Patron mit dem altitalienischen Namen Deutelmoser). Seine Tradition pflegt das Haus mit konservativer italienischer Hochküche, die in München ihresgleichen sucht. Förmlich, aber nicht steif der Service, klassisch, aber nicht rigide die Teller. Leider teuer. Schwabing, Schellingstr. 62, ✆ 2720717. Tägl. 12–14.30 und 18.30–23 Uhr. Tram 27 Schellingstr.

Cooperativa 59 → Karte S. 174/175. Ob es sich wirklich um eine alternative Unternehmensform handelt, weiß ich nicht, aber das Essen ist klasse und für Szeneviertelverhältnisse geradezu discountpreiswert. Die ansässige Kreativen- und Regenbogen-szene honoriert das und findet sich täglich zahlreich ein. Vorsicht: Nichts für Hungrige mit Distanzbedürfnis, wenn's voll wird (fast immer), fordert der Wirt zum Zusammenrücken auf. Glockenbachviertel, Jahnstr. 35, ✆ 20207620. Tägl. 17–1 Uhr. Tram 17, 18, 27 Müllerstr.

››› Mein Tipp: **Ruffini** 9 → Karte S. 214/215. Eine gastronomische Instanz! Seit 1978 hat sich das Ruffini von einer kollektiv geführten Szenekneipe zu einer konstanten Größe unter den Restaurants mit italienisch inspirierter Küche entwickelt. Das heute schon fast altlinks anmutende Modell der Kooperative hat sich dennoch gehalten. Neben dem Restaurantbetrieb auch Kaffeehaus mit guten (ach was: den besten!) Kuchen und schöner Dachterrasse. Außerdem Ladengeschäft, ein – sehr empfehlenswerter – Catering-Service und ein lebhaftes Kulturprogramm. Reelle Preise – Hauptgänge um 10 €. Neuhausen,

Rauchpause vor dem Blauen Haus

Orffstr. 22–24, ✆ 161160. Di–So 10–24 Uhr. Ⓤ 1 Rotkreuzplatz. «

Sarfati Vini Naturali 29 → Karte S. 102/103. Noch eine Weinbar? Was für eine Weinbar! Natürlich gibt es hier hervorragende Tropfen (allesamt ohne Reinzuchthefen!), und selbstverständlich kennt der Service sich mit den Kreszenzen bestens aus. Aber das Essen fanden wir dann fast noch besser. Etwas ungewöhnlich – *pasta bottarga* gibt es auf Münchner Speisekarten nur selten – und vom Risotto bis zu den *carne* immer alles genau auf den Punkt. Dazu ist der Laden nicht mal teuer. Schwanthalerhöhe, Kazmairstr. 28; ✆ 45237867. Mo–Sa 12–15 und 18–23 Uhr. Ⓤ 4/5 Schwanthalerhöhe.

Albarone 13 → Karte S. 129. Keine Szene und gar nicht cool: ein gediegenes Ristorante an Münchens Edelmeile. Kompetent zubereitete italienische Hochküche zu gehobenen, aber dennoch zivilen Preisen (6-Gänge-Menü ca. 50 €). Weinkarte mit hervorragenden Standards und gelegentlichen Schnäppchen bei den Offenen. Elegant und gediegen – das Publikum übrigens auch. Innenstadt, Stollbergstr. 22, ✆ 29168687. Mo–Sa 18–23, Mo–Fr auch 12–14 Uhr. Tram 19 Kammerspiele.

Nero 20 → Karte S. 86/87. 10 Leute, 10 Meinungen: Wo gibt's die beste Pizza? In München keine Frage, denn die herausragenden belegten Teigfladen gibt es hier und nur hier. Man kann aber auch zur lardierten Ochsenlende aus dem Pizzaofen greifen und mit dem Fleisch auf der Zunge vor Glück zergehen. Chic- und Szenefaktor: am Anschlag. Die sehr großen Pizzen kosten 8–12 €. Gärtnerplatzviertel, Rumfordstr. 34, ✆ 21019060. Tägl. 18–2, Fr/Sa bis 3 Uhr. Ⓤ+Ⓢ und Tram 17/18 Isartor.

Pizzeria Taormina 18 → Karte S. 102/103. Die bastumwickelte Chiantiflasche, Neonlicht an der Bar und vor der Tür blättern echte alte Italiener in rosafarbenen Sportzeitungen. Warum es so etwas noch gibt? Weil das Essen schmeckt. Garantiert Bussibussi-freie Zone! Pasta ab 6 €, Pizza ab 5 €. Parkstr. 12, ✆ 508891. Ⓤ 4/5 Schwanthalerhöhe.

pasta e basta 40 → Karte S. 174/175. Wenn's wirklich nur um die Grundlage für einen intensiven Zechabend geht und das Geld sehr knapp ist. Nudeln und Pizza ab 3 €, preislich konkurrenzlos. Vier Filialen: Fraunhoferstr. 19, Theresienstr. 29, Amalienstr. 87, Feilitzschstr. 23. Tägl. 11.30–23.30 Uhr.

Sehen und gesehen werden

B-Promi und schon lang kein Foto mehr in der Yellow Press gehabt? Das lässt sich ändern, die Münchner Society und – vor allem – wer sich ihr zugehörig fühlt, trifft sich an fest etablierten Spots, an denen man meist auch noch gut bis hervorragend essen und trinken kann. Irgendein Klatschblattfotograf wird bestimmt auch schon da sein.

Schumann's Bar am Hofgarten 3 → Karte S. 129. Seit einer gefühlten Ewigkeit Teil oder Mittelpunkt des Abendprogramms für Wichtige, Schöne, Schlaue, Geldadlige, Neureiche, Berühmte und Graue Eminenzen. Die Gästeliste ist verdienter Lorbeer, Schumann's ist und bleibt eine der besten Bars der Stadt – auch wenn der Style mit dem Umzug an den Hofgarten etwas auf der Strecke geblieben ist. Distinguiert-lässiger Service, solides Barfood. Innenstadt, Odeonsplatz 6–7, ✆ 229060. Tägl. 17–3, Sa/So erst ab 18 Uhr. Ⓤ 3–6 Odeonsplatz.

Zum Goldenen Kalb 18 → Karte S. 129. Der Schicki von heute isst wieder Fleisch, aber natürlich nur vom Besten. Die Blitzlichter der Paparazzi beleuchten die Brandspuren der bistecca fiorentina vom High-Tech-Grill, in den Gläsern schwappt der neueste Modedrink. Innenstadt, Utzschneiderstr. 1, ✆ 23542290. Mo–Sa 12–1 Uhr. Ⓤ+Ⓢ Marienplatz.

Schubeck 8 → Karte S. 86/87. Genauer lässt es sich kaum sagen: Das ganze Platzl scheint mittlerweile vom Meister in Beschlag genommen. **Südtiroler Stuben** (bayerische Haute Cuisine mit Stern), **Bistro-Café Orlando** (leichte Küche in historischem Ambiente), **Eissalon** (hinreißendes Limetteneis!), Gewürz- und Schokoladenladen, eine Kochschule und im Winter auch noch Eventgastronomie im Zirkuszelt: Alfons Schubeck lässt keine Marktlücke ungefüllt. Zu sehen ist er allerdings selten, denn meist wird er von Fernsehkameras, Trauben von Promis oder Bewundererscharen vollständig verdeckt. Innenstadt, Am Platzl 2–8, ✆ 2166900 (Südtiroler Stuben). Di–Sa 12–14.30 und ab 18 Uhr, Mo nur abends. Tram 19 Nationaltheater.

Hugo's 16 → Karte S. 113. Die Pizzen sind groß und gut und gar nicht mal so teuer, aber deswegen kommt keiner her: Einmal neben Bastian Schweinsteiger am Teigfladen mümmeln! Wenn kein Bayernprofi da ist, haben sie ein Auswärtsspiel. Innenstadt, Promenadeplatz 1–3 (Aufhäuser Passage), ✆ 221270. Tägl. ab 10 Uhr. Tram 19 Theatinerstr.

Seehaus im Englischen Garten 7 → Karte S. 158/159. Als Biergarten getarnter Catwalk am Kleinhesseloher See. Ein bisschen zu teuer. Schwabing, Kleinhesselohe 3. Tägl. 10–1 Uhr. Tram 17 und Bus 54/154 Chinesischer Turm.

Hippodrom und **Käfer's Wiesn-Schänke**, wer nach einem Abend in den beiden Promi-Zelten auf dem Oktoberfest nicht am nächsten Tag auf den Gesellschaftsseiten der Zeitung erscheint, ist einfach nicht pro-

Isargrillen am Flaucherstrand

minent. Schädelweh hat man trotzdem. Weiter Informationen siehe „Oktoberfest“, S. 77ff.

Fernöstlich

Sushi ist der neue Döner, Italien heißt jetzt Thailand, und Tom Yam hat sich zum schärfsten Konkurrenten der Leberknödelsuppe entwickelt: Die vormaligen Exoten in der gastronomischen Landschaft sind zu Alltagserscheinungen geworden. Die Auswahl unter den Restaurants fernöstlichen Zuschnitts ist erheblich, in manchen Fällen sogar ein bisschen beängstigend – wo kommt nur der ganze frische Thunfisch für die in Rudeln eröffnenden Sushi-Bars her?

Haguruma 46 → Karte S. 174/175. Lange bevor selbst Vorschulkinder den Unterschied zwischen Sushi und Sashimi erklären konnten, hat man hier mit Kennerschaft rohen Fisch auf Reissockeln drapiert. Das Restaurant hat zwar einmal den Namen (vielleicht auch den Besitzer?) gewechselt, ist aber immer noch eine der besten Adressen für japanisches Fingerfood – und das hat weit mehr zu bieten als nur Sushi! Durchaus schonende Preise, kleine Sushiplatte 20 €. Gärtnerplatzviertel, Baaderstr. 62, ✆ 2016911. Mo–Sa 12–15 und 18–23.30 Uhr. Ⓤ 1/2 Fraunhoferstr.

Yum 31 → Karte S. 102/103. Wie auch der Fast-Food-Ableger **Yum2take** 3 → Karte S. 174/175) auf der anderen Seite der Schrannenhalle (Viktualienmarkt) ein Muster der Möglichkeiten thailändischer Küche. Eingehüllt in Zitronengras-Ingwer-Wolken, weiß man auf einmal wieder, warum die Küche aus Bhumibols Reich ihren Siegeszug durch Europa angetreten hat. Ganz frisch ist freilich nicht ganz billig. Publikum: jung, urban, erwerbstätig. Innenstadt, Utzschneiderstr. 6, ✆ 20230660. Tägl. 18–1 Uhr. Ⓤ+Ⓢ Marienplatz.

››› Mein Tipp: **Mitani** 39 → Karte S. 228/229. Ein Ort der Bekehrung: Hier konnte selbst eine radikalökologische Ostküstenamerikanerin zum Fleischverzehr konvertiert werden. Zauberformel *shabu-shabu:* Japanisches Fondue mit einem feinst marmoriertem Rindvieh in völlig unasiatisch unbescheidener Riesenmenge. Rablstr. 45, ✆ 4489526. Mi–Sa 12–14.30, Di–So 18–23.30 Uhr. Ⓢ Rosenheimer Platz. ‹‹‹

››› Mein Tipp: **Kirschgarten** 58 → Karte S. 174/175. Sehr schlichte und sehr kleine Kneipe mit ungekünstelter vietnamesischer Küche. Gerade richtig gewürzt, gerade richtig große Portionen, gerade richtig netter Service – mehr Restaurant braucht eigentlich kein Mensch. Hauptgänge um 10 €. Gärtnerplatzviertel, Ickstattstr. 26, ✆ 20207650. Mo–Fr 10–15 und 18–20 Uhr. Ⓤ 1/2 Fraunhoferstr. ‹‹‹

Emiko (im Louis Hotel) 17 → Karte S. 129. Japanisches Essen ist mehr als roher Fisch auf Reissockeln. Euphorisch-glückliche Rinder gibt es da nämlich auch und deren marmoriertes Wagyu-Beef steht hier auf der Karte. An einem Fensterplatz sieht man auch noch auf den Viktualienmarkt. Natürlich teuer, Japan-Kuh ist eine der exklusivsten Zutaten überhaupt. Innenstadt, Viktualienmarkt 6, ✆ 4111908. Tägl. 18.30–1 Uhr. Ⓤ+Ⓢ Marienplatz.

NoMiYa 25 → Karte S. 228/229. Der Exot unter den Exoten: ein gastronomischer Zwitter aus bayerischem Wirtshaus und Sushi-Bar. Zum kleinen Menü (26 €) mit Miso-Suppe, Satés und California Roll ein süffiges Unertl-Weißbier? Ja, genauso funktioniert's! Haidhausen, Wörthstr. 7, ✆ 4484095. Tägl. 18–1 Uhr. Tram 15, 19, 25 Wörthstr.

Rüen Thai 26 → Karte S. 102/103. Seit über 20 Jahren immer ganz vorne in den Gastroführern und das nicht nur bei den Asiaten. Anuchit Chetah hat den Münchnern das (süd-)thailändische Essen überhaupt erst beigebracht. Erfrischend konservative Einrichtung, der Wirt investiert lieber in den Weinkeller als in Designersessel. Schwanthalerhöhe, Kazmairstr. 58, ✆ 503239. Tägl. 18–24 Uhr. Ⓤ 4/5 Heimeranplatz.

Champor 6 → Karte S. 228/229. Ein wild gezackter Lebenslauf und ganz viel Heimweh haben München ein malaiisches Restaurant beschert. Kiren Alt schmiss ihren langweiligen Job bei Siemens, hospitierte bei Otto Koch und hat jetzt ihren eigenen, bunten Laden. Authentisch? Wahrscheinlich, aber auf jeden Fall fantastisch und die etwas weite Anfahrt nach Daglfing unbedingt wert. Warthestr. 5, ✆ 99317764. Mo–Sa 18–23.30 Uhr. Bus 188 Daglfing Bahnhof West.

Toshi 1 → Karte S. 86/87. Sushi an Münchens Nobelmeile, vielleicht die besten, sicher aber die optisch tollsten Rohfischkreationen der Stadt. Gutes japanisches Essen kann nicht wirklich billig sein – so teuer wie hier ist es allerdings auch nicht oft. Innenstadt, Wurzerstr.8, Mo–Fr 12–14 und 18–24 Uhr, Sa nur abends. Tram 19 Kammerspiele.

DuDu 24 → Karte S. 174/175. Noch ein „Franzose des Ostens" (= Vietnamese). Völlig unspektakuläre, vielleicht sogar langweilige Kneipe, aber wunderbares Essen. Beinahe zwingender Tipp: „goi cuon", Reispapierrollen zum Selberbasteln (ca. 20 €). Isarvorstadt, Thalkirchener Str. 20, ✆ 24292576. Mo–Fr 11.30–14.30 u. 18–23 Uhr, Sa/So nur abends. Ⓤ+Ⓢ, Tram Sendlinger Tor.

Und sonst noch

Vegan **Ignaz** 17 → Karte S. 158/159. Vegetarismus avant la lettre: Als der Ignaz vor fast 30 Jahren öffnete, glotzte so mancher Schwabinger perplex durch die Scheibe: „Die ham no ned amoi an Schweinsbratn!" Haben sie immer noch nicht, aber jetzt ist der Laden eine Institution, die Schlange für's Take away zur Mittagszeit lang und die Tiere weiden glücklich auf grüner Aue. Schwabing, Georgenstr. 67. Tägl. 8–23 Uhr, Di Ruhetag. Ⓤ 1 Josephsplatz.

Max Pett 26 → Karte S. 113. Mitten im Klinikviertel isst man natürlich gesund und schont die Fauna. Max Pettenkofer, Begründer der klinischen Hygienelehre, hätte sicher seine Freude daran. Ludwigsvorstadt, Pettenkoferstr. 8, ✆ 55869119. Mo–Sa 10–23 Uhr. . Ⓤ+Ⓢ Sendlinger Tor. ■

Yam Vegan Deli 22 → Karte Spaziergang 9, S. 201. Fröhlich, frisch und ganz erfreulich unfad! Zeit, den ganzen Vorurteilsballast endlich abzuwerfen und sich eine tierfreie Wampe anzufressen – bislang aber leider nur tagsüber. Augustenstr. 5, kein Telefon: yamvegandeli.blogspot.de. Mo–Fr 10–8, Sa 10–17 Uhr. Tram 20, 21, 22 Karlstr. ■

Griechisch **Taverna Molos** 56 → Karte S. 174/175. ... und griechisches Essen kann doch toll sein. Kein Ölfilm, kein dringend benötigter Zwangs-Anisschnaps, sondern moderne mediterrane Küche. Hauptgänge 10–15 €. Isarvorstadt, Maistr. 26, ✆ 54880756. Tägl. 17–1 Uhr. Bus 152 Waltherstr.

Kalypso 18 → Karte S. 158/159. Ein Gyros-Konto eröffnen? Ist hier nicht Ouzo – die philhellenische Kreativenschar (gerne noch mit Alt-68er-Mitkämpfer-Narben) der Maxvorstadt speist hier mit Vorliebe ganz frischen Fisch in lobenswert puristischer Zubereitung und steckt die nicht kleinen Preise locker weg (ganze Fische um 15 € zzgl. Garnituren). Agnesstr. 8, ✆ 2710900. Tägl. 11–1 Uhr. Ⓤ 2 Josephsplatz.

Österreichisch **Broeding** 15 → Karte S. 214/215. Auch Regional-, vor allem aber Spitzenküche – schlicht eins der besten Restaurants der Stadt. Mit den wunderbaren, gelegentlich sogar gekonnt ironischen Speisenfolgen und zahlreichen Exponenten des österreichischen Weinwunders der letzten Jahrzehnte (viele davon auch im glasweisen Ausschank) eine kulinarische Leistungsschau des kleinen Alpennachbarn. Großes Menü (6 Gänge) ca. 60 €. Neuhausen, Schulstr. 9, ✆ 164238. Di–Sa 19–1 Uhr. Ⓤ 1 Rotkreuzplatz.

Österia 44 → Karte S. 228/229. Die Österreicher, ungeliebte Nachbarn – aber besser kochen als wir tun sie allemal, vom Wein mal ganz zu schweigen. Der stolze einheimische Gourmand stellt hier schon nach der Vorspeise den eigenen Herd ins zweite Glied. Ein bisschen mutiger würzen könnten sie dennoch. Untergiesing, Taubenstr. 2, ✆ 62489924. Mo–Sa 18–24 Uhr. Ⓤ 1/2 Kolumbusplatz.

Pakistanisch **Deeba** 10 → Karte S. 201. Auf dem Subkontinent werden das die meisten wohl nicht gern hören, aber Pakistan ist das bessere Indien. Zumindest in der Küche und zumindest hier – scharf und mild und knackig und sämig und fruchtig und erdig. Den austauschbaren Kitsch des Gastraums nimmt man da gar nicht mehr wahr. Hinreißend netter Service, und das auf sehr gemäßigtem Preisniveau. Maxvorstadt, Barer Str. 42, ✆ 283407. Mo–Fr 12–15 und 18–24 Uhr, Sa nur abends. Tram 27 Pinakotheken.

Israelisch/Jüdisch **Schmock** 18 → Karte S. 201. Eine erstaunlich seltene Facette der Mittelmeer-Esskultur. Warum eigentlich? Die kleine und edle Karte ohne Rätsel, die interessante Weinauswahl mit vielen (koscheren) Weinen aus Israel, das sehr solide Küchenhandwerk und das gediegene Ambiente schreien unisono: „Nachahmen!" Hauptgänge ca. 20 €. Maxvorstadt, Augustenstr. 52, ✆ 52350535. Tägl. 17–1 Uhr. Ⓤ 2 Königsplatz.

Tex-Mex/Amerikanisch **Julep's** 28 → Karte S. 228/229. Auch wenn es den Laden erst seit gestern gäbe, wäre er heute schon ein Klassiker – es gibt ihn aber schon über 20 Jahre. Allerbeste Cheeseburger, scharfe Daiquiris und beständig nachwachsendes Szenepublikum. Haidhausen, Breisacher Str. 18, ✆ 4480044, tägl. 17–1 Uhr. Ⓤ+Ⓢ, Tram, Bus Ostbahnhof.

Portugiesisch **Lisboa Bar** **31** → Karte S. 228/229. Die beste Party zum Essen – das spricht aber für die Party und nicht gegen den wunderbaren Bacalhau! Und schon gar nicht gegen den vinho verde und erst recht nicht gegen die hier endlich einmal angebrachten Caipirinhas. Das etwas erstarrte Haidhausen hat endlich wieder einen Trendsetter. Breisacher Str. 22, ✆ 4482274. Tägl. 18–1 Uhr. Ⓤ+Ⓢ Ostbahnhof.

Türkisch **Deerya** **28** → Karte S. 102/103. Die türkischen Küchentraditionen schlagen qualitativ im Balkanraum alles, nach Deutschland haben es flächendeckend bloß Döner und Lahmaçun geschafft. Wie falsch das ist, merkt man hier schon – und gerade – bei der Vorspeisenplatte. Natürlich ist alles halal, d. h. auch: kein Alkohol. Ludwigsvorstadt, Schillerstr. 34, ✆ 54541822. Tägl. 11–23 Uhr. Ⓤ+Ⓢ Hauptbahnhof.

Indisch **Shiva** **19** → Karte S. 228/229. Die riesige Karte sollte nicht darüber hinwegtäuschen, dass hier stets frisch, sorgfältig und günstig gekocht wird. Haidhausen, Steinstr. 9, ✆ 61468781. Mo–Sa 11.30–14.30 und 17.30–24, So 11.30–24 Uhr.

Kaffee und Kuchen **Das neue Kubitschek** **24** → Karte S. 102/103. „Fuck the Backmischung" steht am Fenster und fürwahr, in den Orkus mit dem Convenience-Gebrösel. Skandalöse Torten, Kuchen zum Niederknien, Biskuit zum Drin-Einrollen. Die Apotheose des Oma-Cafés! Schwanthalerhöhe, Gollierstr. 14. Mo–Fr 9–22, Sa/So 10–22 Uhr. Ⓤ 4/5 Schwanthalerhöhe.

Ladencafé Marais **14** → Karte S. 102/103. Ob die Schwanthalerhöhe nun Szeneviertel wird oder nicht, Kuchenhochburg ist sie schon: Ins Marais kommt man aber nicht nur wegen des Backwerks, sondern auch wegen der vielen schönen Dinge in den Regalen der alten Ladeneinrichtung. Sogar die Stühle kann man kaufen. Parkstr. 2, ✆ 50094552. Di–Sa 8–20, So 10–18 Uhr. Tram 18/19 Holzapfelstr.

Weinbar **»› Mein Tipp:** **Walter & Benjamin** **32** → Karte S. 102/103. Lange haben wir uns nur durch die verlockende Auswahl an hervorragenden offenen Weinen gepichelt, bis wir herausgefunden haben: Hier kann man auch ganz wunderbar essen, und zwar nicht nur Kleinigkeiten zur Weinbegleitung. Weine von preiswert bis exklusiv, Hauptgerichte um 15 €. Gärtnerplatzviertel, Rumfordstr. 1, ✆ 26024174. Mo 10–20, Di–Sa 10–23 Uhr. Tram 17/18 Reichenbachplatz. ‹‹‹

Die Fleischpflanzerlsemmel

In manchen Vierteln Münchens ist es mittlerweile einfacher, eine Currywurst als ein Stück Leberwurst auf die Kralle zu bekommen. Vorreiter war der immer noch gut frequentierte **Bergwolf** **37** (Fraunhoferstr. 17 → Karte S. 174/175, Wurst bis 4 Uhr nachts!), dann waren auf einmal ganze Straßenzüge rot-weiß zugekleckert. Jetzt steht ein anderes Gericht mit scharfem Proll-Hautgout vor der Nobilitierung: Die gestylten Burgerbuden vermehren sich wie die Bakterien in der Mayonnaise im Sonnenschein. Natürlich stopft jeder – ob nun der gehypte **Hans im Glück** (z. B. Türkenstr. 79), der Frühstarter **M. C. Müller** (Fraunhoferstr. 2), die relaxte **Frida** (Steinheilstr. 10), der schickmickige **Cosmo-Grill** (Maximilianstr. 10) oder eine der anderen Dutzend Adressen das beste Fleischpflanzerl – mitunter sogar sündteures Wagyu-Beef – in die Knautschsemmel. Ob man das unbedingt mitmachen muss? Nun ja, die Bulettenbrötchen in **Kuffler's California Kitchen** **8** (→ Karte S. 129) auf der Wahnsinnsterrasse gegenüber dem Nationaltheater (Hofgraben 9) sind wenigstens richtig dekadent (19 €). Als nächstes dann wohl der Ritterschlag für das Sol-Ei.

Nachtleben

Die gute Nachricht: Es gibt eines, sogar ein ziemlich lebhaftes und diversifiziertes: stylish, abgestürzt, herrlich verranzt, launig-intellektuell oder nett-gepflegt. Die nicht ganz so gute Nachricht: Nicht immer ist es einfach, zwischen „overstyled" und seinem brutalen Gegenteil ein passendes Plätzchen zu finden – die Juwelen der Abendunterhaltung sind manchmal doch etwas sehr versteckt.

Leistungsfähige Cluster des Nachtlebens gibt es mehrere: Zum Clubben geht es derzeit bevorzugt in die „Neue Mitte" von Sonnenstraße bis Maximiliansplatz. Die Kollekte an Kneipen und Bars ist im Gärtnerplatz-/Glockenbachviertel überreichlich gefüllt, auch die Maxvorstadt und Schwabing bieten hier üppiges Potenzial. Und das, was früher einmal „Disco" hieß, hat sich in dichter Fülle hinter dem Ostbahnhof etabliert.

Kneipen und Szene-Bars

Holy Home 34 → Karte S. 102/103. Das ausgelagerte Wohnzimmer – ein bisschen schummrig, nicht zu sauber und immer viele fremde Freunde da. Drink: Augustiner. Gärtnerplatzviertel, Reichenbachstr. 21. Tägl. 19–1, Do–Sa bis 3 Uhr.

Ksar 31 → Karte S. 174/175. Seit über 10 Jahren dreht sich die einsame Discokugel über dem schönen Partyvolk. Rasend arrogante Barkeeper, zu Stoßzeiten verstärkte Auslese an der Tür. Drink: Ökopils. Glockenbachviertel, Müllerstr. 31. Tägl. 19–3 Uhr.

››› Mein Tipp: **Josefa** 9 → Karte S. 102/103. Josefa ist die Wirtin vom „Weißen Rössl am Wolfgangsee" und genauso sind die Barmädels hier auch: rotzfrech und voller Liebreiz. Kochen können sie natürlich auch und manchmal gibt es sogar Live-Musik. Garantiert keine Operette. Drink: Grit mixt was Schönes. Schwanthalerhöhe, Westendstr. 29. Mo–Fr 9–23, So 10–17 Uhr. ‹‹‹

Josef Bar 60 → Karte S. 174/175. Sehr nette Barkneipe mit elementarem Tresen und schicker Sitzecke. Barfood wie bei Mama: Fischstäbchen und Linseneintopf. Drink: Tegernseer Hell. Glockenbachviertel, Klenzestr. 99. Di–Sa 19–1 Uhr, Fr/Sa deutlich länger.

Kilians und **Ned Kelly's** 17 → Karte S. 113. Anglophone Gastlichkeit mit hartem Akzent. Die Doppelkneipe am Dom offeriert Iren (Kilians) und Australiern (Ned Kelly's) ein

Stück Heimat, andere Nationalitäten machen einen Kurzausflug auf die beiden Inseln des Commonwealth. In dieser Lage natürlich sehr viel Touristen, aber die tun der geradezu höllischen Stimmung überhaupt keinen Abbruch. Drink: Guinness, Foster's. Innenstadt, Frauenplatz 11. Mo–Do 16–1, Fr/Sa 11–2, So 12–1 Uhr.

Schwarzer Hahn 41 → Karte S. 228/229. Unaufgeräumt, lauter Tätowierte und dunkel ist es auch noch ... Drink: Astra. Au, Ohlmüllerstr. 8. Mo–Sa 20 Uhr bis ...

Zum Jennerwein 3 → Karte S. 158/159. Underground seit 1961. Ein paar Gäste aus dieser Zeit sind wahrscheinlich auch noch da. Oder nie gegangen. Wunderbar verranzt – so wuild woa Schwabing amoi. Drink: Augustiner. Belgradstr. 27. Tägl. 20–1 Uhr.

Substanz 52 → Karte S. 174/175, auch schon seit 1990. Gute, gelegentlich auch ziemlich namhafte Live-Acts, DJs, Tischkicker, bei Bedarf auch Fußballübertragungen. Getanzt wird auch. Drink: Vielleicht was Scharfes? Isarvorstadt, Ruppertstr. 28. Tägl. 20–2, Fr/Sa bis 3 Uhr.

VIVO! 37 → Karte S. 228/229. Die Fußstapfen einer Legende sind schwer zu füllen, aber die Richtung stimmt: Das „VIVO!" war einmal das „Größenwahn", der Fluchtpunkt für Punks und genussfreudige Ökos. Von denen gibt es heute nicht mehr so viele, deshalb hat es die Nachbarschaft zu einem beliebten Abendtreff im Viertel gemacht. Drink: wie immer. Haidhausen, Lothringer Str. 11. Tägl. 18–3 Uhr.

Kilombo 23 → Karte S. 102/103. Immer noch dominieren auf der Schwanthaler Höhe die Boazn und balkanischen Trinkertreffs, aber auch die Generation Praktikum hat ihren Absturzort. Wunderbar widerlich ungeputzte Fenster. Drink: Tegernseer. Gollierstr. 14a, tägl. 19–2 Uhr (mindestens).

Flaschenöffner 50 → Karte S. 174/175. Ungestylter kann eine Kneipe unmöglich sein. Drink: Zur Schüssel Chips auf den Tischen schmeckt einfach alles! Gärtnerplatzviertel, Fraunhoferstr. 37. Tägl. ab 11 Uhr bis ...

››› **Mein Tipp: X-Cess** 23 → Karte S. 113. Ein Kneipenmythos ist zurück! Nachdem Isi im Glockenbach wegen fortwährenden Anwohnergemotzes rausgeflogen war, hat er jetzt an der Sonnenstraße neu eröffnet. Alles wie immer, und das eben exzessiv. Drink: Tequila, meistens zu viele davon. Sonnenstr. 8. Tägl. 21–5 Uhr. ‹‹‹

Zum Wolf 27 → Karte S. 174/175. Nach sehr unmaßgeblicher Meinung partyfeindlicher Reisebuchautoren ja auch bloß eine Kneipe wie ein Dutzend andere, aber da gehen im Moment einfach ALLE hin. Drink: Das Gleiche wie der da drüben. Glockenbach, Pestalozzistr. 22, Mo–Do 18–1, Fr/Sa 18–2 Uhr.

Favorit Bar 17 → Karte S. 102/103. Auf die coole Mucke könnte man auch prima tanzen, aber dafür ist es einfach immer zu voll. Rot, diffus und ungewaschen: ein Traum. Drink: Irgendwas – ist so heiß hier. Innenstadt, Damenstiftstr. 12. Tägl. 20.30–2 Uhr.

Sonne im Westend? Die Josefa!

Spaß nach der Sperrstunde

München ist keine Hafenstadt, und auch auf die Relikte des Vier-Mächte-Status wie Berlin kann die Stadt nicht zurückgreifen – das macht die Lust auf einen weiteren Drink zu später Stunde manchmal ganz schön trickreich. Nachdem die eherne Bastion der Sperrstunde endlich geschleift ist, gibt es – gerade im Glockenbachviertel – mittlerweile einige Kneipen mit offenen Zapfhähnen auch nach 1 Uhr morgens, spätestens ab 3 Uhr wird es dann aber wirklich schwierig, zumal jetzt auch noch einige der Traditionsabsturzstellen (Lamm's und unter Tränensturzbächen der Münchner Nachteulen auch noch die Gertis Fraunhofer Schoppenstube) wegsaniert worden sind. Dafür ist aber eine Kneipenlegende zurück: Nachdem Anwohnerspaßbremsen Isi aus dem Glockenbach vertrieben hatten, gibt es jetzt **X-Cess 2.0** an der Sonnenstraße. Nur die Haltegriffe auf dem Klo sind noch nicht wieder dran, aber anwohnerbefreit geht die Party täglich bis um 5 Uhr. In die Bresche springen könnte auch das **Unterdeck** mit seiner absurden Seemannsheimausstattung (Altstadt, Oberanger 26, bis 3 Uhr) und die Schwabinger können auch mal wieder aufhören, über den Abriss der Schwabinger 7 zu flennen, mindestens genauso herrlich verranzt ist nämlich die **X-Bar** (Clemensstr. 71, bis Fr/Sa bis 3 Uhr; gelegentlich harte Tür!). Von sämtlichem Stilwillen befreit ist der **Flaschenöffner** (Fraunhoferstr. 37, bis 5 Uhr), und genau das braucht man am Ende der langen Nacht im geleckten Gärtnerplatzviertel. Tänzer mit den notorischen Stecknadelaugen treffen sich im **Palais** **3** (→ Karte S. 113, Arnulfstr. 16–18) zur after hour, gern ab 6 Uhr früh. Finaler Tipp für laue Sommernächte ist der **Kiosk an der Reichenbachbrücke**, der tatsächlich die ganze Nacht über Getränke (zwei Sorten Champagner!), Schokolade und sonstige Notversorgung zum Abhängen am Isarstrand offeriert. Das Büdchen ist eben doch kein Privileg Nordrhein-Westfalens.

Klassische Bars

Schumann's Bar am Hofgarten 3 → Karte S. 129. Innenstadt, Odeonsplatz 6–7, ✆ 229060. Tägl. 17–3, Sa/So erst ab 18 Uhr. Siehe auch „Restaurants/Sehen und gesehen werden".

Goldene Bar 1 → Karte S. 129. Wahrscheinlich ein *instant classic*, was soll hier auch schiefgehen? Die Location im pompösen Kunsttempel der Nazis (Haus der Kunst, vgl. S. 142f.) ist umwerfend, die Drinks noch mehr: Caroline Anais Rex ist Trägerin des renommierten Mixology-Awards 2010 (Kategorie Newcomer). Lehel, Prinzregentenstr. 1, Di–Sa 10–2 Uhr.

Negroni 27 → Karte S. 228/229. Benannt nach einem italienischen Cocktail-Klassiker – und so sieht's auch aus. Drinks vom Mixer Laureatus, tolle Spritauswahl. Nur der Tresen könnte ein bisschen länger sein. Haidhausen, Sedanstr. 9. Tägl. 18–1 Uhr.

Isarbar im Dorint Sofitel 4 → Karte S. 102/103. Ausnehmend ruhige und auffällig geschmackvoll gestaltete Hotelbar in reizvollem Kontrast zum Scherbenviertel um den Bahnhof. Ludwigsvorstadt, Bayerstr. 12. Tägl. 8–1 Uhr.

››› **Mein Tipp: Tobacco** 15 → Karte S. 113. Wenn Phileas Fogg bei seiner Reise um die Welt in München einen Drink bräuchte, dann nähme er ihn vermutlich hier. Stilsicher geführt von Eleven des großen Charles Schumann. Innenstadt, Hartmannstr. 8. Mo–Do 17–1, Fr/Sa bis 3 Uhr. ‹‹‹

Barysphär 64 → Karte S. 174/175. Die Bezeichnung „Food Club" klingt etwas unentschlossen, letztlich ist es aber doch eine Bar – und zwar eine ganz besonders schicke. Die Gäste sind es übrigens auch. Isarvorstadt, Tumblingerstr. 36. Tägl 18–1 Uhr (Restaurant), Di/Mi 19–2, Do–Sa 21–5 Uhr (Club).

Bar im Hotel Lux 22 → Karte S. 113. In den Tourikiez ums Hofbräuhaus verirren sich jetzt doch tatsächlich auch Münchner – genau wegen dieser schmusigen Bar. Gut gemixt sowohl die Drinks wie das Publikum, nur grölende Hofbräuhausüberlebende schmeißt der resolute Barkeeper recht resolut raus. Innenstadt, Ledererstr. 13, ✆ 45207300. Tägl. ab 18 Uhr.

Lenbach 4 → Karte S. 113. Der bis zum Anschlag von Terence Conran designte Gastro-Tempel verfügt auch über eine ästhetisch höchstwertige Bar. Maxvorstadt, Ottostr. 6. Mo–Sa 11–14.30 und 18 Uhr bis zum Schluss.

Garibaldibar 25 → Karte S. 158/159. Eyecatcher der Weinbar ist der handwerklich bestechende Edelstahltresen. Maxvorstadt, Schellingstr. 60. Tägl. 12–23.30 Uhr.

Falk's Bar 11 (im Bayerischen Hof) → Karte S. 113. Atemberaubend schöne Bar im denkmalgeschützten Spiegelsaal des Luxushotels. Ein Traum in Stuck und Spiegel und blauem Neonlicht. Innenstadt, Promenadeplatz 2–6. Tägl. 11–2 Uhr.

Cortiina Bar 10 → Karte S. 86/87. In ein Design-Hotel gehört auch eine hippe Design-Bar. Im Winter gar mit offenem Kaminfeuer – der perfekte Bildbruch im kühlen Styling. Innenstadt, Ledererstr. 8. Tägl. 18–1, Fr/Sa bis 3 Uhr.

Tanzen/Clubs

STRØM 36 → Karte S. 102/103. Party- und Konzertlocation an ehrwürdigem Ort. Kein Schnickschnack (außer der Discokugel), nur Musik. Ludwigsvorstadt, Lindwurmstr. 88. Programm unter www.strom-muenchen.com.

Rote Sonne 5 → Karte S. 113. Es läuft: abseitiger Electro, Independent. Innenstadt, Maximiliansplatz 5. Do–Sa 22–5 Uhr.

Optimolwerke/Kultfabrik 42 (auch KPO für Kunstpark Ost) → Karte S. 228/229. Im Umkreis weniger Hundert Meter groovt, hämmert, hiphopt und schreit es hier aus den Lautsprechern von über 25 Clubs und Discos. Wer hier nichts Passendes zum Tanzen findet, der will überhaupt nicht tanzen. Durchweg ziemlich junge Klientel. Die Halbwertszeit vieler Läden ist recht kurz. Haidhausen, Friedensstr. 10 (Optimolwerke) und Grafinger Str. 6 (Kultfabrik).

P1 2 (→ Karte S. 129) und **Pacha** 6 (→ Karte S. 113) wetteifern um den Ruhm der „härtesten Tür" in der Stadt – wer reinkommen will, muss schon was vorweisen können. Und wenn die jeunesse dorée mal Abwechslung (und bessere Musik) braucht, geht sie ins **Bob Beaman** 1 (→ Karte S. 113). P1 in der Prinzregentenstr. 1 (tägl. geöffnet), Baby und Pacha Maximiliansplatz 5 (Baby tägl. geöffnet, Eingang Max-Joseph-Str.; Pacha Do–Sa), Bob Beaman Gabelsberger. Str. 4 (Maxvorstadt), Fr/Sa ab 23 Uhr.

Harry Klein 20 → Karte S. 113. Da schielen alle nach Berlin und nennen die Clublandschaft an der Sonnenstraße „Neue Mitte", wie albern. Das Harry Klein hält mit den Schuppen der Bundeshauptstadt locker mit. Münchens bester Electro-Club, jetzt in der Innenstadt mit Premium-Sound. Sonnenstr. 8. Do–Sa ab 23 Uhr.

Crash 16 → Karte S. 158/159. Ein Club? Eine Disco? Ach was, eine Zeitmaschine! So sahen Tanzlokale vor 20 Jahren aus. Es läuft der gute, alte, ehrliche Rock sowie 70ies- und 80ies-Monster-Hits. Schwabing, Ainmillerstr. 10. Do 20–1, Fr/Sa 21–4 Uhr.

Milchbar 24 → Karte S. 113. Erstaunlich schlichter Laden, aber die jungen Tanzmäuse sind ja schon mit so wenig zufrieden. Electro, Party und viel Wodka Bull. Jenseits der 25 wird man für eine Begleitperson gehalten. Innenstadt, Sonnenstr. 27. Tägl. (außer So) ab 22 Uhr.

Gay/Lesbian

Das Glockenbachviertel haben die Schwulen und Lesben überhaupt erst zum In-Viertel gemacht. Mittlerweile sind die Heteros nachgezogen, und alle leben in friedlicher Koexistenz mit gelegentlichen neckischen Übergriffen. Gleichgeschlechtliche Paare werden in keiner Kneipe des Viertels schräg angesehen, ausdrücklich für die schwule und lesbische Freizeitgestaltung vorgesehene Bars und Clubs gibt es außerdem in großer Auswahl.

Pimpernel 17 → Karte S. 174/175. Der Ruf zehrt noch von den wilden Tagen Freddie Mercurys, mittlerweile ein durchaus angesagter Club mit guter Musik. Die rotschwüle Düsternis ist mehr Dekoration. Heterotoleranz: sehr hoch. Müllerstr. 56. Tägl. 22–6 Uhr.

Bau 28 → Karte S. 174/175. Gay-Club für die etwas härteren Jungs. Schnurrbart ist gut, dicke Muckis besser. Kellerbar für die scharfe Gangart. Heterotoleranz: Männern gegenüber vielleicht. Müllerstr. 41. Tägl. 20–3 Uhr.

Ochsengarten 25 → Karte S. 174/175. Mythenumrankter (Eröffnung 1967) Lack-, Leder- und Gummiclub, entsprechend taffes Männerpublikum. Heterotoleranz: hat sich noch keiner reingetraut. Müllerstr. 47. Tägl. 22–3, Fr/Sa bis 4 Uhr.

Bei Carla 16 → Karte S. 174/175. Der Laden für die etwas härteren Schwestern von der Insel. Keine eigenen Erfahrungen, Heterotoleranz: Frauen gegenüber vielleicht. Tägl. 16–1, So 18–1 Uhr.

Hotel Deutsche Eiche 11 → Karte S. 174/175. In den 30ern soll es ein Lieblingsrestaurant Hitlers gewesen sein, jetzt ist es seit fast 20 Jahren eine der größten Herrensaunas Deutschlands. Das geschieht ihm recht. Auch ein recht gutes Restaurant und ein schnuckliges Hotel, im Nassbereich aber Heterotoleranz: null. Gärtnerplatzviertel, Reichenbachstr. 13.

Café Glück 63 → Karte S. 174/175. Unaufdringliche Wohlfühlkneipe für Lesben und Schwule. Heterotoleranz: schon. Palmstr. 4. Di–Sa 12–1, So ab 10 Uhr.

Massentanz am Ostbahnhof

Die Philharmonie im Gasteig

Kultur

Die Ludwigs und Maximilians der vergangenen Jahrhunderte hatten mit enormem Ehrgeiz und noch enormeren Investitionen darauf hingearbeitet, und schließlich wurde um die vorletzte Jahrhundertwende die Rendite eingefahren: Ab etwa 1900 war München eine der führenden Kunststädte Europas. Auf diesem Rang hat es sich – mit nur leichten Kursverlusten – bis heute behauptet, die klassischen Disziplinen der schönen Künste haben immer noch Hochkonjunktur. Etwas weniger ausgeprägt ist der Sektor der Off-Kultur: Auch wenn hier durchaus Leben herrscht – die ganz Jungen und ganz Wilden toben ihre Kreativität nicht unbedingt in München aus.

Karten für so ziemlich jede kulturelle Veranstaltung – außer Kino – gibt es außer über den jeweiligen Veranstalter an jeder der zahlreichen Verkaufsstellen von **München Ticket**, u. a. in den Tourist-Infos am Hauptbahnhof, im Neuen Rathaus oder im Zwischengeschoss des S-Bahnhofs Marienplatz.

Oper/Ballet

Leuchtturm des Musik- und Tanztheaters ist natürlich die Bayerische Staatsoper mit ihrer Hauptbühne im Nationaltheater, zweifellos ein Haus der Champions League. Gutes Bundesliganiveau hat das Staatstheater am Gärtnerplatz, dessen Spielplan sich mehr den etwas leichteren Disziplinen Operette und Musical widmet.

Unterhalb des Top-Levels tut man sich mit den hohen Anforderungen der Oper an Personal und Material naturgemäß schwerer. Immer wieder sehr hübsche freie Produktionen zeigt aber die Pasinger Fabrik. Besondere Knüller sind die Impro-Opern – ja, das funktioniert tatsächlich!

Bayerische Staatsoper, Max-Joseph-Platz 2, ✆ 218501. Die Kapazität des Nationaltheaters ist gewaltig, die Nachfrage allerdings auch. Reguläre Tickets, vor allem für die Aufführungen während der Opernfestspiele, sind äußerst knapp und – wenn überhaupt erhältlich – ganz schön teuer: Das Gros der Plätze kostet deutlich über 100 €, nur wenige Plätze mit z. T. deutlicher Sichtbehinderung gehen für weniger als 20 € weg. Die Bayerische Staatsoper kann es sich leisten: Mit einer Auslastung von 91 % und einem Qualitätsruf von internationalem Donnerhall gehört das Nationaltheater eindeutig in die Spitzengruppe Europas. Online-Bestellung unter www.bayerische.staatsoper.de/karten. Ⓤ 3–6 Odeonsplatz, Tram 19 Nationaltheater.

Staatstheater am Gärtnerplatz, Gärtnerplatz 3, ✆ 21851960. Programm und Vorbestellungen unter www.staatstheater-am-gaertnerplatz.de. Tickets von 3 € (Hörplätze) bis 115 €. Ⓤ 1/2 Fraunhoferstr., Tram 17/18 Reichenbachplatz und Bus 52/152 Gärtnerplatz.

Pasinger Fabrik, August-Exter-Str. 1, ✆ 82929079, www.pasinger-fabrik.com (nur Programm, keine Karten). Tickets 25–35 € (Theaterveranstaltungen günstiger). Direkt am S-Bahnhof Pasing.

Konzerte/Musik

Die Grundversorgung der Münchner Bevölkerung mit großen Symphonieorchestern ist mehrfach gesichert. Gleich vier große Ensembles von Rang bespielen die Münchner Konzertsäle – von Letzteren gibt es allerdings viel zu wenige, weswegen man für die Landeshauptstadt das ziemlich einmalige Symptom der „symphonischen Obdachlosigkeit" feststellen kann. Außer dem großen Konzertsaal im Gasteig (umstrittene Akustik) und dem Herkulessaal der Residenz (schön, aber auch nicht am akustischen Optimum) gibt es praktisch keine exklusiven Spielstätten für klassische Musik. Die schon recht konkreten Pläne, den Marstall (hinter der Oper) aus seinem Dornröschenschlaf als Rumpelkammer des Nationaltheaters zu erlösen und in ein Konzertgebäude umzugestalten, klingen vielversprechend – die Realisierung wäre aber auch sehr teuer.

Münchner Philharmoniker, Leitung: Lorin Maazel. Internationales Spitzenorchester mit großer Abonnentenzahl, in Trägerschaft der Stadt München. Programm und Informationen unter www.mphil.de.

Bayerisches Staatsorchester, Leitung: Kirill Petrenko. Ältestes Orchester Deutschlands (seit 1523); besorgt neben konzertanten Darbietungen auch die Beschallung der Staatsoper auf allerhöchstem Niveau. www.staatsorchester.de.

Symphonieorchester des Bayerischen Rundfunks, Leitung: Mariss Jansons. Neben Einspielungen für den BR auch weltweite Konzertaktivität; qualitativ auf Augenhöhe mit den Vorgenannten, manchmal sogar darüber. www.br-online.de/br-klassik/br-symphonieorchester/index.xml.

Münchner Rundfunkorchester, Leitung: Ulf Schirmer. Der BR leistet sich noch den Luxus eines zweiten Klangkörpers, der sich mehr den leichteren Genres widmet. Nach Rationalisierungsüberlegungen personell etwas zusammengestrichen, aber immer noch hervorragend. www.br-online.de/br-klassik/muenchner-rundfunkorchester/.

Neben den großen Orchestern tummelt sich noch eine Vielzahl oft hochklassiger **kleinerer Ensembles und Chöre** (häufig in kirchlicher Trägerschaft) in der Münchner Musikszene.

Selbstverständlich wird in München nicht ausschließlich die Musik vergangener Jahrhunderte gespielt, es wird schon auch gerockt, gejammt und gemixt. Allerdings alles in überschaubarem Maß, die Musikszene der Stadt brummt nicht wirklich. Das gilt in der Breite wie in der Spitze: Das Angebot an Konzertstätten für die harten Gitarrenjungs hinkt – wie auch schon für die Kollegen der klassischen Zunft – dem Bedarf doch deutlich hinterher, von Probenräumen einmal ganz zu schweigen. Etwas besser haben es die Elektronikjünger. Mit der recht lebhaften Clubszene (siehe Nachtleben) hat sich mittlerweile ein üppiges Auftrittspotenzial entwickelt.

Olympiahalle, Spiridon-Louis-Ring 21. Die größte überdachte Konzertstätte Münchens, akustisch aber limitiert. Große Events mit der internationalen Musikprominenz. Ⓤ 3 Olympiazentrum.

Muffathalle, Zellstr. 4 (neben dem Müllerschen Volksbad), ✆ 45875010, www.muffathalle.de. Die alte Kraftwerkshalle hat Stil und Atmosphäre – und leider ebenfalls akustische Handicaps. Ambitioniertes Konzertprogramm mit vielen Indie-, Elektronik- und Ethnocracks. Kleinere Acts nebenan im Ampere. Ⓢ Isartor, Tram Deutsches Museum.

Zenith, Lilienthalallee 29 (am BMW-Gelände in Nordschwabing), www.zenith-diekulturhalle.de. Ziemlich große Halle für ziemlich große Namen; keine bestimmte Präferenz im Programm. Ⓤ 6 Freimann.

Tonhalle, Grafinger Str. 6, ✆ 6720880, www.tonhalle-muenchen.de. Mittelgroße Halle am Kunstpark Ost. Gemischtes Mainstream-Programm. Ⓤ 5, Ⓢ, Tram 19 und Bus 54/55 Ostbahnhof.

Backstage, Friedenheimer Brücke 7, ✆ 1266100, www.backstage089.de. Im Niemandsland um die DB-Hauptgleise gibt's eher kräftig auf die Ohren: Das Backstage bedient vorwiegend die Hard-and-heavy-Fraktion. Tram 16, 17, N 16 Steubenplatz und 18, 19, N 19 Lautensackstr.

Milla 48 → Karte S. 174/175, Holzstr. 22 (Glockenbach). www.milla-club.de. Recht kleiner Kellerclub mit ambitioniertem Konzertprogramm, auch Lesungen und natürlich hin und wieder mal eine Party.

Rote Sonne, Maximiliansplatz 5, ✆ 5526333, www.rote-sonne.com. Das ungezogene Kellerkind der Schicki-Clubs rundum. Wunderbar rotziger Liveclub und Dancefloor! Ⓤ+Ⓢ, Tram, Bus Stachus.

Jazzclub Unterfahrt, Einsteinstr. 44 (Haidhausen). ✆ 4482794, www.unterfahrt.de. Die Traditionsadresse in Sachen Jazz. Einer der Top 10 Jazzclubs in Europa. Ⓤ 4/5 Max-Weber-Platz.

Theater

Die Mutterschiffe der Münchner Theaterflotte sind zweifellos die Münchner Kammerspiele und das Residenztheater, deren künstlerischer Wettbewerb als

Bühnentechnik im Prinzregententheater

wahres Nachbarschaftsduell ausgetragen wird. In ihrem Kielwasser und oft auch auf ganz anderen Kursen segelt aber noch eine ganze Reihe von größeren und kleineren Bühnen. Eine kleine Auswahl:

Münchner Kammerspiele, Falckenbergstr. 2, ✆ 2330368, www.muenchner-kammerspiele.de. Ein fantastisches Ensemble, neue Spielstätten (Generalsanierung und Erweiterung 2003), Dauergast beim Theatertreffen: Die Kammerspiele sind das Zugpferd vor dem Thespiskarren. Johan Simons, Chef seit 2010 übernahm ein großes Erbe und bislang macht er das ganz gut. Luft nach oben ist aber dennoch.

Residenztheater, Max-Joseph-Platz 1, ✆ 218501, www.bayerischesstaatsschauspiel.de. Gegen Ende der langen Intendanz des Urgesteins Dieter Dorn wirkte das Haus künstlerisch etwas erstarrt, wenngleich auf hohem Niveau. Der neue Mann von der Burg, Martin Kušej, hat das Resi aber sehr schnell zu neuer Klasse geführt, auch dank des mitgebrachten Spitzenpersonals. Tram 19 Nationaltheater.

Münchner Volkstheater, Briennerstr. 50, ✆ 523550, www.muenchner-volkstheater.de. Nach einer langen Krise hat sich das Volkstheater unter Christoph Stückl wieder als feste Größe etabliert; interessante Interpretationen von regionalen und internationalen Klassikern. Ⓤ 1 Stiglmaierplatz.

Schauburg – Theater der Jugend, Franz-Joseph-Str. 47, ✆ 23337155, www.schauburg.net. Die Kinder- und Jugendbühne der Stadt München, engagiertes und liebevolles Programm, gerade auch für die Allerkleinsten (szenische Märchen- und Bilderbuchlesungen). Tram 27 Elisabethplatz.

Metropol, Floriansmühlstr. 5, ✆ 32195533, www.metropoltheater.com. Derzeit wahrscheinlich die Nr. 1 unter den freien Bühnen Münchens. In einem ehemaligen Vorstadtkino zeigt das Team um Mentor und Intendant Jochen Schölch sehr eigenständige Stückentwicklungen, Neuinszenierungen und auch neues Musiktheater. Ⓤ 6 Freimann.

TamS – Theater am Sozialamt, Haimhauser Str. 13a, ✆ 345890, www.tamstheater.de. Älteste Privatbühne Münchens mit guten, manchmal sogar herausragenden Inszenierungen. Kleine Bühne (71 Plätze) – große Kunst. Ⓤ 3/6 und div. Busse Münchner Freiheit.

PATHOS transport theater, Dachauer Str. 110d, ✆ 12111075, www.pathostransporttheater.de. Ob eigene oder Gastspielproduktionen, das dynamische Konzept der freien Bühne geht ästhetisch einen sehr eigenen Weg. Immer noch ziemlich lebhafte Inszenierungsaktivität, wahrscheinlich ist aber bald Schluss – die Stadt verkauft Grund und Boden an Privatinvestoren. Tram 20/21 Leonrodplatz (auf dem großen Gelände zwischen Dachauer und Schwere-Reiter-Straße, etwas knifflig zu finden).

i-camp, Entenbachstr. 37, ✆ 650000, www.i-camp.de. Postdramatisches Theater, moderner Tanz und neue Texte – im i-camp ist viel Platz für neue Theaterformen. Oft interessant, meistens gut, manchmal sehr anstrengend. Ⓤ 1, 2, 7, 8 Kolumbusplatz.

theater und so fort, Kurfürstenstr. 8, ✆ 23219877, www.undsofort.de. Junges, manchmal schräges Theater in der Maxvorstadt. Tram 27 Nordendstr.

Kleinkunst

Die Münchner Comedians und Kabarettisten waten in großen Fußspuren. Karl Valentin, Abgott und Urvater der kleinen Form, hat mit seinen Sketchen und komischen Miniaturen die Latte hoch gelegt – aber auch eine Tradition geschaffen, die heute in vielen kleinen Bühnen der Stadt ziemlich lebhaft gepflegt wird. Hier ein paar Adressen, wenn's zwar Kultur, aber eben nicht Goethe, Gershwin oder Gluck sein soll:

Lach- und Schießgesellschaft, Ursulastr. 9, ✆ 391997, www.lachundschiess.de. Mit 52 Jahren eine geradezu ehrwürdige Institution mitten in Schwabing. Gegründet vom legendären Sammy Drechsel und Talentschmiede für Kabarett-Urgestein wie Dieter Hildebrandt, Jochen Busse und Bruno Jonas. Vor ein paar Jahren behutsam entstaubt. Ⓤ 3/6 und div. Busse Münchner Freiheit.

Lustspielhaus München, Occamstr. 8, ✆ 344974 (Kartenvorverkauf bei der Lach- und Schießgesellschaft gleich um die Ecke), www.lustspielhaus.de. Neben schon fast legendären Eigenproduktionen („Siegfried – ein Germanical") auch eine beliebte Gastspielbühne für Cracks der Szene aus dem gesamten deutschsprachigen Raum. Neben klassischem politischem Kabarett stehen auch Musik, Lesungen und Kinderveranstaltungen auf dem Programm. Ⓤ 3/6 und div. Busse Münchner Freiheit.

Vereinsheim → Karte S. 158/159, ebenfalls Occamstr. 8, ✆ 33088655, www.vereinsheim.net. Unter der gleichen Hausnummer nur eine Tür weiter ist das Publikum jünger und sind die Acts schneller und schriller. Ursprünglich als Fußballkneipe gegründet – weiterhin Live-Übertragungen von wichtigen, d. h. Bayern-Spielen –, mittlerweile auch eine Kleinkunstbühne mit eigenem Format. Ⓤ 3/6 und div. Busse Münchner Freiheit.

Theater im Fraunhofer, Fraunhoferstr. 9, ✆ 267850, www.fraunhofertheater.de. Politisches und intellektuelles Kabarett, befeuert vom immer noch lebendigen 68er-Spirit. Fraglos eine weitere Institution. Das gilt auch für so manche Veranstaltung: Der Poetenstammtisch (jeden letzten Montag im Monat) gehört zu den Pflichtveranstaltungen der Münchner Off-Kultur. Ⓤ 1/2 Fraunhoferstr., Tram 17, 18, 27 Müllerstr.

Wirtshaus im Schlachthof, Zenettistr. 9, ✆ 72625620, www.kultur-im-schlachthof.de. Wenn das angstvolle Muhen der todgeweihten Rinder abends verstummt, erhebt sich im Saal des alten Backsteingemäuers im Bauch von München regelmäßig das Gelächter. Spätestens seit „Live aus dem Schlachthof" in den 80ern ein Ort der witzigen Subversion. Vom süddeutschen Mundart-Kabarett nur das Beste: Pelzig, Astor, Fischer. Bus 58 Kapuzinerplatz und Bus 152 Zenettistr.

Freiheiz, Rainer-Werner-Fassbinder-Platz 1, ✆ 51242949, www.freiheiz.com. Nach all den Institutionen noch ein Newcomer. Die neue Bühne in der alten Ziegelhalle hat erstaunlich schnell eigenes Profil und Akzeptanz entwickelt. Dank überlegter Programmplanung und erstklassiger Gäste (z. B. Josef Hader und Gerhart Polt) vom kulturellen Feigenblatt des neuen Arnulfparks (früher: Niemandsland an der Donnersberger Brücke) zum heißen Eisen in der Kleinkunstszene! Ⓢ Donnersberger Brücke.

Kino

Der Multiplex-Boom der 1990er Jahre hat München weitgehend verschont. Nur ein einziges Kino erfüllt die Kriterien für moderne Massenabspielstationen, großzügiger gerechnet sind es zwei. Trotzdem sind die kleinen Häuser nicht ungerupft aus der Marktumschichtung hervorgegangen, Traditionskinos wie der „Türkendolch" in Schwabing haben den stärkeren Wettbewerbsdruck nicht überlebt. Das vollständige Kinoprogramm für alle Häuser der Stadt findet man auf der Website www.muenchen.de/verticals/Veranstaltungen/Kino/79684/index.html.

Filmmuseum, Lordsiegelbewahrer des cineastischen Welterbes. Jakobsplatz 1, ✆ 23324150.

Cinema, die erste Adresse für Filme in der Originalversion. Sound und Projektion auf technisch höchstem Niveau. Nymphenburger Str. 31, ✆ 555255.

Atelier, City, gute Programmkinos Tür an Tür mit aktuellen Arthouse- und Off-Produktionen. Sonnenstr. 12, ✆ 591918 (Atelier) und ✆ 591983 (City).

Museum Lichtspiele, charmant angestaubtes Schachtelkino an der Museumsinsel. Gut überlegtes, weit gestreutes Programm; kultiges Highlight ist die „Rocky Horror Picture Show" im 34. (!) Jahr. Nicht mit dem Filmmuseum verwechseln! Lilienstr. 2, ✆ 0180-5867077767.

Filmtheater Sendlinger Tor, das ziemlich unumstritten schönste und unumstritten älteste Kino Münchens – Spielbetrieb seit

München ist die Filmstadt Nr. 1 in Deutschland – auch wenn die Berliner sich in dieser Statistik mit fadenscheinigen Tricks nach vorn rechnen wollen. Davon kann man sich fast das ganze Jahr über im Stadtbild überzeugen: In jedem zweiten Straßenzug Münchens wuselt Filmvolk an den Sets für Außenaufnahmen und brummt ein Generatorwagen.

Weniger zufällig und gezielter informiert man sich über die kreative Phase der Filmherstellung in den **Studios der Bavaria in Grünwald**. Hier wird seit 1919 gedreht, erst fürs Kino und später auch fürs Fernsehen. Viele große Namen der Filmgeschichte haben in den Studios unter exzellenten Bedingungen gearbeitet, und auch so mancher Klassiker (z. B. „Das Boot") ist bei der Bavaria entstanden. Die rund eineinhalbstündige Führung führt buchstäblich hinter die Kulissen.

Bavaria Filmstadt, Bavariafilmplatz 1, ✆ 64992000. Tägl. 9–18 Uhr geöffnet (5. 11. bis Anfang März 10–17 Uhr), Führungen mehrmals stündlich (letzter Einlass jew. 1½ Std. vor Schließung). Eintritt 12,50 €, erm. 11,50 €, Kinder (6–17 J.) 10,50 €, mit Bullyversum und 4-D-Kino 27,50/26,50/23,50 €. Weitere Infos unter www.filmstadt.de.

1913! Behutsam gepflegte Originalsubstanz, Technik up to date. Sendlinger-Tor-Platz 11, ✆ 554636.

Werkstattkino, Underground, Klassiker und Experimentalfilme in einer Off-Kultur-Institution. Der praktizierende Filmkunstliebhaber sollte aber etwas Toleranz gegenüber Technik und Ausstattung mitbringen. Fraunhoferstr. 9, ✆ 2607250.

Open-Air-Kino am Königsplatz, Freiluftveranstaltung in höchstmöglich historischer Umgebung. Sehr großer Event mit Mainstream-Filmen. Natürlich nur, wenn's warm ist. Infos unter www.kinoopenair.de.

Kino, Mond & Sterne, nettes, kuschliges Kino-Open-Air auf der Seebühne im Westpark. Ebenfalls nur im Sommer und witterungsabhängig. Infos unter www.kino-mond-sterne.de.

Mathäser, einziges echtes Multiplex in München (14 Säle, 4300 Plätze). Die üblichen Blockbuster in sehr nüchterner Flughafenatmosphäre. Bayerstr. 3–5 (Stachus), ✆ 515651, www.mathaeser.de.

Literatur

Für so ziemlich alle Berufsgruppen – ausgenommen vielleicht einmal Tankerkapitäne und SPD-Generalsekretäre – ist München ein rasend attraktiver Wohnort. Da machen auch Schriftsteller und Autoren keine Ausnahme. Und da die ihre Stoffe gerne aus ihrer Lebenswelt beziehen, herrscht in der deutschen Literatur an der fiktionalen wie dokumentarischen Behandlung des Stoffes „München" wirklich kein Mangel. Vielleicht auch ein bisschen, weil die Verwertungskette so schön kurz ist: München ist mit über 250 Verlagen die kommerziell bedeutendste Literaturstadt der Bundesrepublik. Im Folgenden eine kurze Auswahl von München-Büchern:

Sachbuch **Bauer, Richard: Geschichte Münchens**, ein recht schmales Bändchen mit einer trotzdem erschöpfenden Darstellung der Geschichte der Bürgerstadt München.

Bauer, Reinhard: München – Die Geschichte einer Stadt, der Namensvetter bevorzugt eine eher kulturwissenschaftliche Annäherung. Mit Erfolg: ein prima geschriebenes Buch mit trotzdem hohem Anspruch. Mit 476 Seiten für den Wochenendtrip aber ganz schön lang.

Biller/Rasp: München Kunst & Kultur, das Kompendium der Architektur- und Kunstgeschichte der Stadt. Für den Interessierten unverzichtbar, aber wüstenstaubtrocken.

Belletristik **Ani, Friedrich: Die Kommissar-Süden-Reihe**, der Regionalkrimi hat Konjunktur in Deutschland. Sein Meister kommt aus München – dichter und näher dran an der verzweifelten Paradoxie dieser Stadt ist keiner als Anis lakonisch-depressiver Tabor Süden aus der Vermisstenstelle.

Feuchtwanger, Lion: Erfolg, die Münchner haben ihn weggeekelt, und aus dem Riesenschatten Thomas Manns ist er nie herausgekommen. Trotzdem hat Feuchtwanger mit diesem grandiosen Zeitroman aus den Zwischenkriegsjahren das großartigste München-Buch überhaupt geschrieben. 800 Seiten zum Niederknieen.

Hültner, Robert: Die Kajetan-Romane, noch ein Krimi, dieser aus der Weimarer Zeit. Atmosphärisch dicht, spannend und 100 % München.

Krausser, Helmut: Die Hagen-Trinker-Trilogie, Hagen Trinker und seine Ansicht Münchens von unten gehören zu den ganz hellen Sternen in Kraussers ohnehin strahlendem Gesamtwerk.

Mann, Thomas: München leuchtete, eine Sammlung von Texten des Nobelpreisträgers über die Stadt, die 30 Jahre seine Heimat war.

Reventlow, Fanny von: Herrn Dames Aufzeichnungen oder Begebenheiten aus einem merkwürdigen Stadtteil, die hinreißende Schwabing-Parodie ist derzeit leider nur antiquarisch erhältlich.

Rosendorfer, Herbert: Briefe aus der chinesischen Vergangenheit, die kulturelle Grenzflächenreaktion des zeitreisenden chinesischen Mandarins Kao-Tai mit dem München der Gegenwart gehört schon zu den Klassikern der deutschen Nachkriegsliteratur.

Swobodnik, Swobo: Oktoberfest, eine schräge Kriminalsauferei in München während des Wiesn-Ausnahmezustands. Witzig und mit echten München-Geheimtipps.

Blick vom Olympiaberg

Sport

Kernig ist er, der Münchner, gestählt und fit. Mögen andernorts die übernächtigte Blässe und der zarte Körperbau als Unterscheidungsmerkmal gepflegt werden – der bayerische Landeshauptstädter hält sich im Training oder tut zumindest mit allen Mitteln so.

Kernaktivität ist sommers wie winters der Bergsport, aber das Leibesübungsprogramm erschöpft sich natürlich nicht nur in der Vertikale außerhalb der Stadtgrenzen. Mit sicherem Riecher für Trend und Zeitgeist hat sich München mit der Blade Night eine neue breitensportliche Muttersau hochgepäppelt, die Parks und Isarauen sind zu bestimmten Tageszeiten fest in der Hand von Läufern und Nordic-Walkern (unfriedliche Koexistenz) sowie Mountainbikern (gelegentlich offener Krieg). Fitness-, Yoga-, Kampfsport- und Esoterikgymnastikstudios sind vermutlich eine der zahlenstärksten Mietergruppen der Stadt. Bleiben schließlich noch die Münchner Schwimmbäder (M-Bäder), die dafür sorgen, dass die Erfahrung ganzkörperlichen Nasswerdens nicht nur auf die heimische Badewanne, den zeitintensiven Ausflug zu den Umlandseen (Näheres ab S. 256) und gelegentliche Gewitterschauer beschränkt bleibt.

Die große Fraktion der Sportcracks hingegen, die Schweißverbrauch und eigene körperliche Leistung in keinen direkten Zusammenhang bringen können (oder wollen), wird natürlich ebenfalls bedient. Größte Goldstücke im jährlich ausgeschütteten Füllhorn der bedeutenden Sportereignisse sind natürlich die Kicks der Löwen und des anderen Großvereins in der neu gebauten Allianz-Arena, das Sechs-Tage-Rennen in der Olympiahalle und die „BMW International" der Golfer in Eichenried. Außerdem ködert die hervorragende sportliche Infrastruktur Münchens – ein geschätztes Erbe der Olympischen Spiele 1972 – immer wieder erfolgreich Sportverbände zur Ausrichtung nationaler und internationaler Meisterschaften. An der Schnittstelle zwischen aktivem und passivem Event schließlich: der „München Marathon". Manche laufen auch mit.

Sport aktiv

Skaten **Blade Night**: Von Mai bis Anfang September gehören an ausgewählten Montagen (20 Termine 2013) die Straßen Münchens den Einspurrollschuhfahrern. Auf 5 verschiedenen Routen skaten bis zu 9.000 Teilnehmer durch die lauen Sommernächte (bei Regen ist der Spaß wohl keiner und fällt daher aus). Startpunkt ist immer am Bavariapark auf der Theresienhöhe. Helm und Protektoren sind Pflicht (können – wie auch Skates – beim Veranstalter geliehen werden, dazu braucht man ein Starterband für 2 €). Die Teilnahme ist kostenlos. Informationen unter www.aok-bladenight.de.

Laufen Der **Münchner Stadtlauf** bietet einsamen Joggern seit 30 Jahren die Möglichkeit zur ausnahmsweise geselligen Ausübung ihres Freizeitsports. Bis zu 18.000 Teilnehmer (Limit) legen Distanzen zwischen 5 km (Walking) und einer Halbmarathonstrecke zurück. Termin ist Ende Juni/Anfang Juli, Anmeldung über den Hauptsponsor Sport Scheck (www.sportscheck.com). Teilnahmegebühr 29 €, erm. 11 €.

Der echte **München Marathon** geht dann eine Woche nach dem Oktoberfest natürlich über die Volldistanz, nicht ganz so Ambitionierte begnügen sich mit dem parallel ausgetragenen 10-km-Lauf. Anmeldung am besten online unter www.muenchenmarathon.de. Gebühr zwischen 58 und 72 € (je nach Anmeldezeitpunkt).

Fitness Von den vielen Mucki-Buden offerieren leider nur wenige Tagesmitgliedschaften, z. B. der ausgesprochen schicke **Leo's Sports Club** in der Leopoldstraße. Billig ist das Workout für Ortsfremde aber nicht: 25 €/Tag muss einem die Einhaltung des Trainingsplans schon wert sein. Schwabing, Leopoldstr. 11, ✆ 3838390. Mo–Fr 6.30–23, Sa/So 9–22 Uhr.

Klettern Zwei Indoor-Kletteranlagen ersparen den Weg ins Gebirge. Routen von bis zu 60 m Länge sind in den ehemaligen Getreidesilos von **Heaven's Gate** (Grafinger Str. 6, am Ostbahnhof) möglich, etwas kleiner ist die **Halle des DAV** in Thalkirchen (Thalkirchener Str. 207, Nähe Tiergarten). Beide Anlagen sind auch für Nichtmitglieder zugänglich. Die Preise variieren erheblich nach Uhrzeit, Ausrüstungsleihbedarf und Betreuungsaufwand. Näheres unter www.kletternmachtspass.de (Heaven's Gate) und www.kbmuenchen.de.

Schwimmen Der aufrichtige Zeitenjäger mit rot gechlorten Augen hetzt natürlich auf den Bahnen des **Olympiabads** nach Bestleistungen (siehe Spaziergang 10, S. 220). Ebenfalls olympische Weihen hat der Pool des **Dantebads** (Dantestr. 6, ✆ 23617994, Tram 20/21 Westfriedhof), der – ordentlich geheizt – auch im Winter 50-Meter-Bahnen unter freiem Himmel möglich macht. Für den gemütlichen Abkühlungs-Braunröstungs-Zyklus im Sommer ist es aber in den Freibädern doch netter. Ein skurriler Mix aus Flussbadeanstalt und Freibad ist das **Maria-Einsiedel-Bad** in Thalkirchen. Knüller ist der ca. 400 m lange Isarkanal, der mit erheblicher Flussgeschwindigkeit durchs Gelände rauscht – das stimmungsvollste und schönste Münchner Freibad. Zentralländstr. 28. Ⓤ 3 Thalkirchen. Eintritt wie in allen anderen städtischen Freibädern auch: 3,80 €, erm. 2,80 €.

Golf Die schönsten Plätze befinden sich sicher an den Münchner Seen und im Alpenvorland, eine Ausnahme ist der GC Eichenried (siehe „Sport nicht ganz so aktiv"). Das Greenfee ist allerdings überall bombastisch.

Sport nicht ganz so aktiv

Fußball Tickets für die Spiele in der **Allianz-Arena** gibt es bei den Geschäftsstellen der Münchner Vereine und auf deren jeweiligen Websites – wenn es denn welche gibt. Die Heimauftritte der **Bayern** sind nämlich in allerkürzester Zeit ausverkauft, die Stadionauslastung bei Ligapflichtspielen beträgt sagenhafte 100 %. Lediglich für manche Pokalspiele lässt sich eine reguläre Karte erwerben. Für glühende Rote bleibt nur der – exorbitant teure – Schwarzmarkt oder das Kiebitzen beim Training an der Säbener Straße (auch mächtig Betrieb). Tolerantere Fußballfreunde pfeifen auf das Starensemble und besuchen – bis zum unausweichlichen Wiederaufstieg zu alter Größe recht problemlos – ein Heimspiel der **Löwen**. Geschäftsstelle FC Bayern: Säbener Str. 51, ✆ 69931333, www.fcbayern.t-home.de; TSV 1860 München, Grünwalder Str. 114, ✆ 01805-601860, www.tsv1860.de.

Golf Im europäischen Tourkalender der Frauen hat sich die **German Open in Gut Häusern** südlich von München fest etabliert, Austragungstermin war (bislang) Mitte Mai. Die **BMW International Open** der Männer findet seit vielen Jahren auf dem Platz des GC Eichenried statt.

Funsport Der Olympiasee für eine 120 m lange Rampe trockengelegt, der Schuttberg eine Downhillstrecke, im Stadion Motorengebrüll: Der Aufwand für die im Juni 2013 erstmals ausgetragenen **X-Games** war beinahe bizarr. Das Spektakel allerdings auch, und so werden die Skater, MXer und Biker wohl Stammgast im Olympiapark werden. www.xgames-munich.com.

Ski alpin Nach landläufiger Meinung haben uns die Garmischer die Olympiakandidatur verhagelt, deshalb rasen und springen die Skiläufer und Snowboarder jetzt eben im Olympiapark: Beim Air'n Style im Stadion und beim FIS-Parallel-Slalom an der schwindelerregenden Nordflanke des Olympiabergs.

Tennis Hauptsponsor der **Internationalen Tennismeisterschaften von Bayern** ist ebenfalls die ortsansässige Autofirma mit dem Propellerlogo. Austragungsort der BMW Open ist der so noble wie traditionsreiche (gegr. 1892) MTTC Iphitos in Nordschwabing, Austragungszeit die Woche um den 1. Mai. Karten zwischen 15 und 365 €. Weitere Infos unter www.bmwopen.de.

Karten für alle großen Sportereignisse gibt es auch bei den Vorverkaufsstellen von München Ticket, siehe S. 31.

Allianz-Arena im Löwen-Licht

Feste und Veranstaltungen

München ist katholisch, d. h., es darf gefeiert werden! Die Einladung zu karnevalistischen Riten, bei denen Standesunterschiede und ein bisschen auch die guten Sitten keine Rolle mehr spielen, wird von der örtlichen Bevölkerung und ganz besonders von den Gästen der Stadt gerne angenommen. Phänomenaler und orgiastischer Höhepunkt des Münchner Festkalenders ist unbestreitbar das Oktoberfest, die Weltleistungsschau des Bieres.

Die Wiesn versetzt die Stadt alljährlich in einen zweieinhalbwöchigen Ausnahmezustand und macht als Magnet für Millionen von Touristen auch das ökonomische Herzstück des München-Tourismus aus. Ebenfalls mächtig tief in den Krug geschaut wird während der Starkbierzeit im Frühjahr, wenn die alte mönchische Listigkeit zur Umgehung des Fastengebots in einem großen Gelage mündet.

Es wird aber nicht ausschließlich gesoffen in München. Auch zahlreiche Veranstaltungen aus der Sparte Kultur bereichern den Jahreslauf der Stadt. Lange Nächte der Musik und der Museen, Opernfestspiele, Biennale, Filmfest, Tollwood und die Dulten auf dem Mariahilfplatz sind feste Bestandteile im Jahreszyklus der Landeshauptstadt. Dazu kommen noch zahllose singuläre Großspäße wie Sportereignisse, Konzerte und Jubiläen.

Silvester

Traditionelle Hotspots (darf man wörtlich nehmen – es wird geballert, was das Zeug hält!) des kollektiv erlebten Jahreswechsels sind der Olympiaberg, der Königsplatz, die Reichenbachbrücke, Theresienwiese und der Friedensengel.

Fasching

... und eben nicht Karneval. Närrisches Treiben ist außerhalb der Staatskanzlei nicht unbedingt eine spezifisch münchnerische Vorliebe, aber Bälle und Redouten gibt es schon auch. So richtig aus sich heraus geht der Münchner aber erst, wenn im Rheinland schon das Konfetti zusammengekehrt wird: Am Faschingsdienstag treffen sich Zehntausende auf dem Viktualienmarkt zum „Tanz der Marktweiber" mit anschließendem Kehraus ebendort oder in den umliegenden Kneipen. Legendär (und entsprechend gut besucht) ist die Faschingsparty im sonst so nüchternen Stadtcafé am Jakobsplatz.

Starkbierzeit

Nach Fasching beginnt der gläubige Christ mit dem Entschlacken von Körper und Seele durch gezielten Entzug von Speise. Damit der traurige Katholik aber nicht vom Fleisch fällt und weil so viel Askese ja eh keiner aushält, beginnt vier Wochen vor Ostern die Starkbierzeit mit dem Anstich eines ersten Fasses des alkohol- (7,5 %) und nährwertreichen (700 cal/l) Biers. Zur Eröff-nungsveranstaltung auf dem Nockherberg – dem Anstich mit dem berüchtigten „Derblecken" (einer satirischen Beleidigungsorgie) – sind nur Politprominenz und geladene Gäste zugelassen, ab dem Folgetag füllt sich dann gemeines Volk den ausgezehrten Wanst. Vorsicht: Mehr als drei Maß des süßen Biers vertragen auch Geübte kaum!

Während der Starkbierzeit täglich von 14 bis 22.30 Uhr in der Festhalle des Paulaner am Nockherberg, Hochstr. 77 (Giesing). Ⓤ 1/2 Kolumbusplatz, Tram 15/25 Ostfriedhof und 27 Mariahilfplatz. Reservierungen (ab 10 Personen) unter ✆ 45991365.

Frühlingsfest auf der Theresienwiese

Nach Ostern darf dann auch wieder ohne Fastentarnung gefeiert werden. Dazu trifft man sich dann auf der Theresienwiese zu einer Bonsai-Variante des ungleich bekannteren Oktoberfests. Als Einstiegsdroge in Ordnung.

Maidult

In der Woche um den 1. Mai findet auf dem Mariahilfplatz die erste der drei Auer Dulten statt (gefolgt von der Jakobidult Ende Juli, Anfang August und der Kirchweihdult Mitte Oktober). Eine Dult war ursprünglich ein Jahrmarkt, auf dem Händler und Handwerker aus dem Umland der notorisch unterversorgten Stadtbevölkerung wichtige Waren des täglichen Bedarfs verkauften. Obwohl das heute natürlich nicht mehr notwendig ist, sind die Auer Dulten anders als andere Veranstaltungen dieser Art bis heute im Wesentlichen ein großer Markt geblieben. Und so schlendern die Münchner immer noch gerne durch die große Budenstadt um die Mariahilfkirche und kaufen Textilien, Kochtöpfe und Hausrat, während die Kinder ein paar Runden auf dem kleinen Karussell drehen. Ein spezifisch münchnerisches Konsum-Highlight und vor allem ein netter historischer Kontrast zu den geleckten Markenwarenwelten der Innenstadt.

Tanz der Marktweiber

Kettenkarusell auf der Auer Dult

Die Lange Nacht der Musik

Die erste der langen Kulturnächte Münchens im Jahreszyklus (irgendwann im Mai, Informationen und Programm unter www.muenchner.de/musiknacht). Für schlappe 15 € gibt es ein Universalticket für viele, viele Musik-Acts von Ambient bis Barockoper an ebenso vielen Orten in der ganzen Stadt (2011 waren es über 115!). Alle abzuklappern ist wahrscheinlich unmöglich, zur logistischen Unterstützung gibt's aber einen extra Shuttleservice mit Sondertrams und -bussen.

Ende der Bundesligasaison

Auf dem Balkon des Neuen Rathauses präsentiert die Mannschaft des FC Bayern ihren Fans die frisch gewonnene Meisterschale. Löwenfans verkriechen sich derweil in Giesinger Kneipen und weinen. Die Veranstaltung fällt nur alle paar Jahre einmal aus.

Stadtgeburtstag

Am 14. Juni jährt sich die erste urkundliche Erwähnung Münchens im Jahr 1158. Grund genug für eine Party. Auf der Feiermeile zwischen Marien- und Odeonsplatz gibt es jede Menge Kultur, Folklore, kulinarische Stop-overs und Kinderprogramm.

Tollwood

Der Öko-Rummel im Olympiapark öffnet in der zweiten Junihälfte für vier Wochen seine Zelte, Tipis und Jurten (Näheres siehe Spaziergang 10, S. 213).

Münchner Filmfest

Klar, die Berlinale, Cannes und die Biennale in Venedig sind größer und prahlen mit den funkelnderen Celebrities – dafür hat beim Münchner Filmfest auch der Cineast ohne Beziehungen zum Jetset eine Chance auf eine Eintrittskarte. Ein Großteil der Karten wird über den freien Verkauf abgesetzt. Qualitativ muss sich München hinter den oben genannten Festivals nicht verstecken, das vorgebliche Manko an Glamour wird durch intelligente Arbeit der Programmmacher mehr als ausgeglichen. So mancher Independent-Geheimtipp hat von hier seinen Erfolgsweg ans Box-Office gefunden. Die Veranstaltungen des Rahmenprogramms ermöglichen zudem auch persönlichen Kontakt mit den Filmschaffenden.

In der letzten Juniwoche. Hauptspielorte sind das MaxX-Multiplex und der Gasteig. Informationen unter www.filmfest-muenchen.de.

Kocherlball

Die Münchner Hausangestellten des 19. Jh. hatten ein hartes Leben. Die einzige Zeit, die ihnen die anstrengende Herrschaft zum Feiern ließ, war der ganz frühe Sonntagmorgen. Und so traf sich die Dienstbotenschar im Sommer um 6 Uhr morgens am Chinesischen

Folkloresaufen früh um fünf:
der Kocherlball im Englischen Garten

Turm zum Tanz. 1904 verbot die Obrigkeit die Belustigung wegen des vorgeblichen „Mangels an Sittlichkeit". 1989 grub ein findiger Mitarbeiter des Tourismusreferats die Sache wieder aus, und seitdem wird an einem Sonntag Mitte Juli im Englischen Garten wieder getanzt. Wer stilecht mittanzen möchte, besorgt sich ein Dienstbotenkostüm, Tracht geht aber auch.

Winter-Tollwood auf der Theresienwiese

Münchner Opernfestspiele

Die Saison der Bayerischen Staatsoper rockt sich zum Finale an den Höhepunkt. Zwei Premieren von Neuinszenierungen und ein umfangreiches Festspielprogramm lassen die Augen von Musiktheater-Enthusiasten feucht werden. Leider ist es furchtbar schwer, an die (teuren) Karten zu kommen. Den Frust mildert da zum einen die Eröffnungsveranstaltung in den Fünf Höfen und zum andern das große Open-Air-Konzert „Oper für alle" auf dem Marstallplatz – beide sind mit freiem Eintritt echte Jedermann-Spektakel.

Mehr Informationen über das jeweilige Programm unter www.bayerische.staatsoper.de.

Die Lange Nacht der Münchner Museen

Die Urmutter aller langen Nächte – wie ihr musikalisches Pendant ein Angebot, das sich in seiner Opulenz und Vielseitigkeit gar nicht erschöpfend ausnutzen lässt. 90 Museen, Ausstellungen und Galerien erwarten in dieser Nacht den Ansturm Tausender Besucher. Von ägyptischer Kunst über das Kartoffelmuseum bis zum MaximiliansForum ist so ziemlich jedes Feld abgedeckt. Shuttlebusse karren die bildungshungrigen Nachtschwärmer auf fünf Linien durch die Münchner Museumslandschaft.

Am dritten oder vierten Oktoberwochenende. Das Ticket für den Eintritt in alle teilnehmenden Institutionen und für den Shuttle-Transport kostete bislang 15 €. Weitere Informationen unter www.muenchner.de/museumsnacht/.

Tollwood-Winterfestival

Wie ihr (älteres) Pendant im Sommer entspringt auch die Zeltstadt auf der Theresienwiese einem alternativen Festimpetus. Für die Winterveranstaltung heißt das: Glühwein aus ökologischem Landbau, fair gehandelte und nett gegrillte Maiskolben sowie jede Menge Musik-, Kabarett-, Comedy- und Theaterveranstaltungen.

Termin: Ende November bis zum 31. 12.

Christkindlmarkt

Je nach Zählweise kommt man in München auf beinahe 100 Märkte. Der größte ist der auf dem Marienplatz und den anliegenden Straßen der Fußgängerzone, der stimmungsvollste wohl der im Englischen Garten am Chinesischen Turm. Der schickste wird an der Münchner Freiheit in Schwabing abgehalten: Da findet schon einmal ein Brillantring für eine vierstellige Summe den Weg an den Finger der Gattin.

Oktoberfest

Frauenkirche, Residenz, Ludwigsstraße – alles schön und gut. Aber die erfolgreichste Corporate Identity der bayerischen Landeshauptstadt – national wie international – ist eindeutig das allseptemberliche Oktoberfest auf der Theresienwiese zwischen Bahnhofsviertel und Westend. Ob nun „le Oktoberfest“ oder „festa della birra“, trinkfreudige Gäste aus aller Welt drängen sich jährlich in Millionenstärke (Rekordbesuch aus dem Jahr 1985: 7,1 Mio.) auf dem 42 ha großen Gelände zu Füßen der Bavaria. Sie verzehren riesige Geschwader von gebratenen Hühnchen (750.000 Stück), ganze Rinderherden, trinken veritable Seen voller Bier (ca. 6 Mio. Liter), verbrüdern sich, prügeln sich, fallen gemeinsam von den Bierbänken und geben sich planlosen zwischengeschlechtlichen Techtelmechteln hin. Vor allem aber lassen sie unglaubliche Mengen Geld in den Zelten und Fahrgeschäften. Trotzdem können auch hartnäckigste Spaßbremsen nicht behaupten, sich auf der Wiesn nicht unglaublich amüsiert zu haben. Es ist ein merkwürdig Ding um das größte Volksfest der Welt.

Angefangen hatte es 1810 ganz harmlos. Kronprinz Ludwig (der spätere König Ludwig I.) ehelichte seine Therese, und zur Feier des Ereignisses wurde ein Pferderennen auf der damals noch im außerstädtischen Niemandsland liegenden Fläche zwischen München und Sendling abgehalten. Und zwar im Oktober – womit das Paradox vom Oktoberfest im September historisch hinreichend geklärt sein dürfte.

Das Spektakel gefiel den Münchnern, wurde in den folgenden Jahren wiederholt und schließlich institutionalisiert. Nach und nach gesellten sich Bierausschank, Karusselle, Losbuden und andere Lustbarkeiten hinzu. Um die Jahrhundertwende wurde der Termin dann vorverlegt, damit man beim abendlichen Zechen nicht mehr so frieren musste.

Nach dem Zweiten Weltkrieg explodierte die Veranstaltung im übertragenen Sinn förmlich. Am 26. September 1980 tat sie es dann das tatsächlich: Ein rechtsradikaler Spinner zündete am Haupteingang einen Sprengsatz, der 13 Menschen tötete und über 200 verletzte – der schwärzeste Tag in der Geschichte des Oktoberfests.

Der Mythos hielt die Trauer jedoch aus, die Sicherheitsvorkehrungen wurden verstärkt und die Wiesn seitdem von größeren Katastrophen verschont – angesichts der gewaltigen Menschenmengen (an guten Tagen befinden sich bis zu 700.000 Menschen auf dem Festgelände) eine erhebliche logistische und auch individuelle Leistung von Polizisten und privaten Ordnern. Falls die im Gedränge einmal etwas

härter als nötig hinlangen – der tolerante Gast übt Nachsicht: Das ist ein Knochenjob. Wie übrigens so ziemlich jede professionelle Betätigung auf der Wiesn – Bedienungen zählen noch vor dem Trinkgeld ihre blauen Flecke.

Früher freilich war alles besser und das Bier billiger (Letzteres stimmt) – die Sehnsucht nach den alten Rummelplatzwerten ist ungebrochen. Die Handvoll Traditionsgeschäfte wie der Schichtl (seit 1869), Teufelsrad (seit 1910) oder Krinoline (seit 1924) waren da zu wenig, und so wurde zum 200. Wiesn-Jubiläum eine Historische Wiesn samt Pferderennen aufgeboten. Hier war die Musik leiser und vor allem traditioneller (keine Wiesn-Hits), das Bier aus Tonkrügen und alles halt noch etwas mehr vertrachtelt. Billiger allerdings nicht: Für das abgesperrte Areal wurde ein Eintrittsentgelt (4 €) verlangt und alle, alle waren glücklich. Die allzeit wendige Festleitung hat den Trend erkannt und ihn institutionalisiert, und deshalb gibt es die Historische Wiesn jetzt jedes Jahr – bloß ohne Pferderennen.

Das hat aber die Kernfrage nicht gelöst: Welches Zelt ist das beste? Einfache Antwort: jenes, in das man noch hineinkommt, denn speziell an den Wochenenden ist das spätestens um 16 Uhr nahezu unmöglich. Es sei denn, man hat ein „Bandl" am Handgelenk – das weist einen als Gast mit Reservierung oder als allgemein wichtigen Menschen aus und ermöglicht den Zutritt über separate Eingänge. Mit den strengen Zutrittsregelungen ist auch das Idyll vom klassenlosen Besäufnis dahingegangen, mittlerweile herrscht strenge Distinktion: Hie das gemeine Volk, dort die Privilegierten in der Box, gegenseitige Durchdringung fast ausgeschlossen. Ein besonderer Fall ist die sog. RTL-2-Wiesn: Dieses mediale Konstrukt beschränkt sich im Wesentlichen auf die vorgeblichen Promizelte Hippodrom und Käfer's Wiesn-Schänke. Nach strenger Selektion am

Einlass vergnügen sich hier VIPs mit Champagner aus dem Maßkrug. Wer nicht reinkommt, hat auch nichts verpasst. Überall steht man aber spätestens um 18 Uhr auf den Bänken. Wer das nicht mitmachen will, darf sich den Rest des Abends eben Schuhe anschauen. Macht aber keiner, und außerdem grölt sich's im Stehen einfach besser. Auch schüchterne Naturen singen nach der zweiten Maß mit. Garantiert.

Termin/Dauer: Vom ersten Samstag nach dem 15.9. bis längstens zum 7. Oktober; mindestens 16, höchstens 18 Tage.

Öffnungszeiten: Täglich von 10 bis 22.30 Uhr (Ausschank), Ausnahme: Käfer's Wiesn-Schänke und Weinzelt (bis um 0.30 Uhr).

Bier: Zugelassen ist ausschließlich das Bier der sechs Münchner Brauereien. Stammwürze und damit Alkoholgehalt sind gegenüber normalem Vollbier leicht erhöht. Eine gewisse erhöhte Darmaktivität nach starkem Genuss ist möglich.

Events: Am Eröffnungstag um 12 Uhr Anstich im Schottenhamel-Zelt durch den OB. Davor Einzug der Festwirte mit dem Zug der vielspännigen Brauereikutschen durch die Stadt. Am ersten Wiesn-Sonntag paradiert der – weltberühmte! – Trachtenumzug durch die Stadt.

Sicherheit: Die Polizei ist auf der Wiesn sehr präsent – im Zweifelsfall hilft lautes Schreien schon sehr viel weiter. Medizinische Versorgungsstellen werden mit Ballons (weiß mit rotem Kreuz) weithin sichtbar angezeigt. Operationsbasis für Polizei und Sanitäter ist der Behördenhof hinter dem Schützenfestzelt (vor der Bavaria). Hier befindet sich auch ein Security Point für belästigte Frauen und Mädchen – leider braucht's den.

Preise: Ein Wiesn-Besuch ist kein billiger Spaß, die Maß Bier kostete 2013 knapp 10 €. Die teuersten Fahrgeschäfte kommen etwa auf den gleichen Preis.

Trachten: Wahrscheinlich dauert es nicht mehr lang und ohne zünftiges Gwand – oder was auch immer so die Erfordernisse des allgemeinen Landhausfaschings erfüllt – darf man gar nicht mehr drauf auf die Wiesn. Dann also zu **Angermeier** und das Dekolleté ins Dirndl gestopft, die Krachlederne über den knappen Bund gespannt und fertig ist der Urbayer. Zur Not auch mit rheinischem Zungenschlag. Filialen im Rosental 10 (am Viktualienmarkt) und an der Landsberger Str. 101–103 (Westend). Die Damen der Gesellschaft lassen sich natürlich nicht lumpen und pressen sich in ein Design-Dirndl von **Lola Paltinger** (ab ca. 2.500 €). Innenstadt, Im Tal 27.

Reservierungen: Nur direkt bei den Festzeltbetreibern (verlinkt unter www.oktoberfest.de). Belegung erfolgt in 10er-Schritten, pro Platz müssen zwei Maß Bier und 10 € Verzehrgutschein (dazu kommt noch Bediengeld) abgenommen werden. Leider ist schon Monate vorher alles ausgebucht.

Bierzelt in Standardauslastung

Prinzregentenstraße pompös: das Haus der Kunst

Stadttouren

Drei Spaziergänge innerhalb des Altstadtrings

Die Mauern der alten Stadtbefestigung waren bis ins vorletzte Jahrhundert die Grenzen Münchens, und für viele Touristen hat sich das bis heute nicht geändert. Tatsächlich präsentiert sich die Altstadt als Konzentrat – die fast hektische Abfolge von Postkartenmotiven und AAA-Sehenswürdigkeiten vermittelt auch im Schnelldurchlauf ein durchaus eingängiges Bild der Stadt.

Europe-in-two-weeks-Hektiker aus dem Fernen Osten mit ihrem extrem knappen Zeitbudget – schließlich muss man am Nachmittag noch nach Neuschwanstein! – lassen es gerne beim Sprint bewenden: Marienplatz mit Glockenspiel, Frauenkirche und anschließend noch eine schnelle Maß im Hofbräuhaus müssen als Anhaltspunkte für Reiseerinnerungen einfach reichen und geben für sich ja auch schon reichlich Gesprächsstoff her.

Besucher mit etwas mehr Zeit widmen sich auch den anderen Teilen der Altstadt: Im Uhrzeigersinn sind dies das Angerviertel, ein Tortenstück zwischen Tal und Sendlinger Straße; das Hackenviertel (weiter bis zur Neuhauser/Kaufinger Straße); das Kreuzviertel (weiter bis zur Theatinerstraße); und schließlich das Graggenauer Viertel um die Residenz. Demarkationslinie zu den angrenzenden Stadtteilen ist in jedem Fall der verkehrsreiche Altstadtring, der dem Verlauf der nur noch in Fragmenten erhaltenen mittelalterlichen Wehrmauer ziemlich genau folgt.

Die nicht totzukriegende Mär vom „großen Dorf" München, sie stimmt ein bisschen: Schließlich wohnen im be-

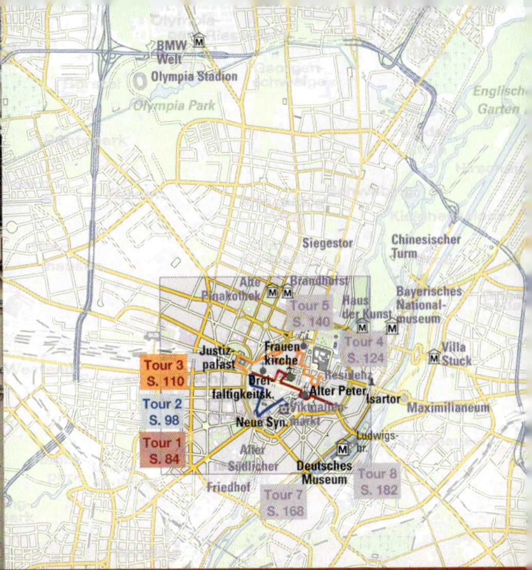

Innerhalb des Altstadtrings

schriebenen Innenstadtbereich heute nur noch ca. 7000 Menschen – da lachen sogar die Fürstenfeldbrucker. Dorf, Stadt, Metropole – egal: Das Rennen um die größte Show im Bayernland macht eindeutig die Landeshauptstadt. Und wenn München auch gelegentlich etwas geschniegelt daherkommt, ist es selbst in seinen sehr teuren Ecken – oder vielleicht sogar gerade da? – immer noch eine sehr authentische Stadt mit völlig unverwechselbarer Identität geblieben.

Das Bewahrende und die nicht erst seit den legendären Innovationsschubreden eines einstmals sehr blonden bayerischen Spitzenpolitikers himmelstürmende bajuwarische Kraft bilden hier eine eigentümliche Koalition: Teilweise jahrhundertealte Institutionen und Bauwerke harmonieren und kontrastieren mit ambitioniertem Neugestaltungswillen.

Neuester städtebaulicher Akzent ist das 2006 eröffnete Jüdische Zentrum mit Hauptsynagoge, Gemeindehaus und Jüdischem Museum auf dem zuvor seit vielen Jahren völlig brachliegenden Jakobsplatz. Die kleinen Straßen und Gassen des Hackenviertels erinnern dagegen schon mit ihren Namen – Herzogspitalstraße, Färbergraben, Sattlerstraße – an die von Klerus und Zunfthandwerk bestimmte mittelalterliche Epoche der Stadt. Um den Karlsplatz, besser bekannt als Stachus, und den Lenbachplatz bestimmt dann gründerzeitlicher Prunk das Bild, ein Reichtum, der diesen Teil Münchens bis heute nicht verlassen hat: Die raren Parkplätze um die Banken und alten Adelspalais erinnern eher an einen Automobilsalon als an schnöde Abstellstreifen für Fortbewegungsmittel.

Der Klientel angepasst, lässt sich innerhalb des Altstadtrings auch prima shoppen. Abseits der Fußgängerzonen finden sich gerade im Hacken- und Angerviertel viele Geschäfte mit hochspezialisiertem und erlesenem Sortiment – allerdings nicht für Schnäppchenjäger und Sparfüchse.

Das gilt ähnlich auch für die Gastronomie: Die vielen Geschäftsleute stehen in

Münchens große Kirche

der Mittagspause vorzugsweise beim italienischen Edelsnack an der kaffeemaschinenmonstrumgekrönten Theke oder fallen nach ihrem langen Bürotag gerne in die Fauteuils gepflegter Restaurants. Für den schnellen Hunger versorgt man sich besser mit einer Leberkässemmel auf die Hand oder in den Kneipen außerhalb des Altstadtrings.

Getrunken wird auch: Auswärtige Bierkulturbeflissene mit leicht unsicherem Tritt frequentieren bis in die Nacht die ausgetretenen Pfade zwischen den Wirtshausinstitutionen, aber auch juvenile Nachtschwärmer und Barflies jenseits aller Lederhosenaffinität finden in der Altstadt eine üppige Auswahl an Clubs, Lounges und Hotspots.

Spaziergang 1: Vom Isartor zum Bürgersaal

Isartor mit Valentin-Karlstadt-Musäum

Ausgangspunkt der Tour durch das historische und touristische Herz der Stadt ist der Isartorplatz (S-Bahn und Tram 17/18 Isartor), eine leider vom meist sehr heftigen Verkehr des Altstadtrings weitgehend um ihren Charme gebrachte Freifläche.

Dominantes Bauwerk ist das namensgebende **Isartor** an der Westseite des

Platzes, nicht nur eines der ältesten Bauwerke Münchens überhaupt, sondern auch das einzige in weitgehend ursprünglicher Gestalt erhaltene Stadttor der ehemals geschlossenen Befestigungsanlage.

Der Hauptturm wurde bereits 1337 fertiggestellt, ein knappes Jahrhundert später kamen zwei achteckige Wehrtürme hinzu (alle noch vollständig intakt). Signifikant modifiziert wurde die Anlage erst im 19. Jh., als das seit dem Hochmittelalter stark angestiegene Verkehrsaufkommen eine Anpassung an die neuen Realitäten erforderlich machte. Zwar hätte Kronprinz Ludwig das historische Gemäuer am liebsten mit harter Aristokratenhand abgerissen, aber die beiden großen Baumeister der Stadt, Leo von Klenze und Friedrich von Gärtner, stemmten sich gegen diesen Kahlschlag, und so wurde das Isartor unter Gärtners Ägide von 1833 bis 1835 umfassend saniert. Zur Besänftigung streichelte man das Haus Wittelsbach mit einem heroisierenden Fresko an der Stirnmauer zwischen den Wehrtürmen – dass der „Siegeseinzug Ludwigs des Bayern nach der Schlacht von Ampfing 1322“ wahrscheinlich eine historische Fiktion ist, hat die noble Herrschaft anscheinend wenig gestört.

Im Innenhof des Ensembles wird in der Adventszeit angeblich „der Welt größte Feuerzangenbowle“ ausgeschenkt. Das ist dann auch die einzige Zeit im Jahr, in der das ansonsten etwas verlassen wirkende Baudenkmal wirklich belebt ist. Im südlichen Oktogonalturm befindet sich das dem berühmten Komiker- und Kabarettistenduo Karl Valentin und Lisl Karlstadt gewidmete **Valentin-Karlstadt-Musäum** mit so hinreißenden Exponaten wie dem Telefon des „Buchbinders Wanninger“, der im gleichnamigen Sketch von der Buchhaltung der Firma Meisl & Companie in den fernmündlichen Wahnsinn getrieben wird. Niedlich auch das zugehörige, wunderbar plüschige Oma-Café im Obergeschoss.

Die Öffnungszeiten des Museums sind – natürlich – kurios: Mo/Di/Do 11.01–17.29 Uhr, Fr/Sa 11.01–17.59 Uhr, So 10.01–17.59 Uhr, Mi geschlossen. Eintritt 2,99 €, erm. 1,99 €, Kinder frei.

Im Tal

Der weitere Weg zum Marienplatz – durch das Isartor und immer geradeaus – führt ebenfalls über Münchner Urgrund: Die Straße mit dem naturverbunden-heimelnden Namen „Tal“ gibt es seit mindestens 1253, wie eine Spendenquittung des Klosters Raitenhaslach belegt. Ehedem die breiteste Straße der Münchner Innenstadt, hat das Tal wenig von der Trubeligkeit der früheren Jahre eingebüßt. Vor allem sind es Niederlassungen der Fast-Food- und Franchise-Fraktion, die das internationale Publikum auf seinem Weg zum Glockenspiel des Neuen Rathauses schnellverköstigen. Kaum zu glauben, dass sich hier einst geschichtlich Bedeutsames zugetragen hat: Im Anwesen mit der Hausnummer 38, das heute harmlose Geschäfts- und Wohnräume beherbergt, befand sich vor dem Zweiten Weltkrieg das „Leiberzimmer“ der Sterneckerbrauerei, in dem 1919 ein zugereister Österreicher erstmals einer Versammlung einer völlig unbedeutenden Splitterpartei beiwohnte. Der Österreicher wurde später Diktator, die rechte Sektierertruppe (damals noch Deutsche Arbeiterpartei, DAP) avancierte zur omnipotenten Staatspartei.

Den oberen Abschluss des Tals markiert die **Heiliggeistkirche.** Bereits 1208 stiftete Herzog Ludwig der Kehlheimer hier ein Pilgerheim und Spital, das wenig später (1250) um eine Spitalkirche ergänzt wurde. Die brannte schnell wieder ab und wurde durch die 1392 fertiggestellte älteste Hallenkirche Münchens ersetzt. Von der ursprünglich spätgotischen Substanz ist aber nichts mehr zu

 → Karte S. 86/87

sehen, die barocke Modernisierungslust unterzog den ganzen Komplex 1723–30 einem sehr weitgehenden Update im Geist des kurz vorher verstorbenen Oberhofbaumeisters Giovanni Antonio Viscardi; der Spitalbau wurde nach einem halben Jahrtausend karitativer Basisarbeit 1885 sogar vollständig abgerissen. Der Innenraum der Heiliggeistkirche besticht vor allem durch die Deckenfresken von Cosmas Damian Asam, besondere Aufmerksamkeit verdient die Darstellung des uralten Münchner Brauchs des „Brezenreiters" (siehe unten) im Mittelschiff. Die Fresken mussten (wie die Kirche selbst) nach dem Zweiten Weltkrieg von Grund auf restauriert werden – nach dem Inferno des Bombenkriegs standen vom ganzen Ensemble nur noch die Außenmauern.

Der Alte Peter

Bevor man ins Marienplatzgetümmel eintaucht, braucht es erst einmal einen richtigen Überblick, und den hat man fraglos von oben, genauer: vom erklimmbaren Turm der Peterskirche. Um Münchens Vintage-Aussichtspunkt zu erreichen, biegt man an der Heiliggeistkirche links in Richtung Viktualienmarkt ab (siehe Spaziergang 7, S. 170), passiert die sog. „Metzgerzeile", hält sich nach knapp 100 m rechts und steigt schließlich einige Schritte das **Petersbergerl** hinauf.

Die Pfarrkirche St. Peter ist Urpunkt der Münchner Baugeschichte. Schon lang bevor Heinrich der Löwe sein Schurkenstück mit dem Freisinger Bischof trieb, das schließlich zur Stadtgründung führte (siehe „Stadtgeschichte", S. 20), stand auf der damals noch namenlosen Anhöhe unweit der Isar ein bescheidenes romanisches Kirchlein, das knapp 250 Jahre später durch einen 1294 geweihten gotischen Neubau ersetzt wurde. Die lang gehegte Vermutung eines Vorgängerbaus aus dem Jahr 800 gilt heute als widerlegt.

Nach erheblichen Schäden durch eine Brandkatastrophe musste schon 1327 der Ostchor komplett neu gebaut werden. Auch die ursprüngliche Doppelturmanlage wurde später durch einen 91 m hohen massiven Hauptturm ersetzt. Der bekam im 1621 ein fesches Renaissance-Hütchen und bietet den wahrscheinlich schönsten Ausblick über die Altstadt – unverbaute 360 Grad! 306 Stufen (kein Aufzug) führen auf die 56 m hoch gelegene Aussichtsgalerie.

Der Innenraum wurde anfangs stärker von den wechselnden Moden bestimmt, bis dann im frühen 18. Jh. mit der Rokoko-Gestaltung (u. a. durch Johann Baptist Zimmermann) ein gewisser Endpunkt erreicht war; die weitere kunsthistorische Entwicklung schlug sich

nicht mehr so stark nieder. Dominantestes Ausstattungselement ist wohl der gewaltige barocke Hochaltar von Egid Quirin Asam (1734).

St. Peter ist eines der Wahrzeichen Münchens – nicht nur wegen seines beinahe biblischen Alters und seines formidablen Aussichtsturms. In den Jahren nach 1945 wurde die Kirche zum Symbol des Wiederaufbaus der zerstörten Stadt: Nach zwei Volltreffern und unzähligen Detonationen im nahen Umfeld schien sie unwiederbringlich verloren, doch der Einsatz von Gemeindepfarrer Max Zistl und Erzbischof Michael Faulhaber animierte die Münchner zu großem Engagement beim Wiederaufbau. Bereits 1951 war der zerbombte Haufen wieder in seine Ausgangsform gebracht; die endgültige Fertigstellung auch der letzten Deckenfresken zog sich aber noch bis ins neue Jahrtausend hin.

Die Ochsentour über die Treppen kostet 1,50 € (erm. 1 €) und ist von 9 Uhr (Sa/So 10 Uhr) bis 18.30 Uhr möglich. Tage mit Föhnwetterlagen sind zu bevorzugen! Die Alpen!!

Marienplatz

Zentraler geht's nicht: Seit Jahrhunderten ist der Marienplatz Mittelpunkt Münchens – auch wenn er noch nicht allzu lange so heißt. Bis 1854 wurde er entsprechend seiner Funktion Schrannenplatz (süddt. *Schranne* = Getreidemarkt) genannt, erst danach erhielt er zum Dank an die Gottesmutter nach

No. 1 der ewigen München-Charts

Das Lied vom „Alten Peter" ist die inoffizielle Hymne der Stadt – obwohl es eigentlich nur ein Cover ist (dieses Schicksal teilt sie sich freilich mit anderen Nationalgesängen, z. B. dem Deutschlandlied). 1909 dichtete und komponierte der Volkssänger Carl Lorens ein „Wienerlied", das die Münchner flugs umdichteten und zu ihrer gar nicht so heimlichen Hymne machten. Besonders anrührend wurde das deutlich, als am 21. Oktober 1951 das Kreuz wieder auf die charakteristische Kuppel der alten Stadtpfarrkirche gesetzt wurde und viele tausend Bürgerkehlen beim Festakt auf dem Viktualienmarkt eben jenes Münchner Volkslied anstimmten. Bereits vorher hatte der Bayerische Rundfunk die ersten Takte zu seiner Erkennungsmelodie gemacht – mit Hinweis auf die Versehrtheit des Bauwerks aber den letzten Ton weggelassen. Der kam erst nach der Fertigstellung hinzu. Zum Nach-, Mit- und Vorsingen hier der Text:

Solang der alte Peter
Am Petersbergerl steht,
Solang die grüne Isar
Durchs Münchner Stadterl geht
Solang da drunt am Platzl
Noch steht das Hofbräuhaus,
Solang stirbt die Gemütlichkeit
bei de Münchner niemals aus,
So lang stirbt die Gemütlichkeit
bei de Münchener niemals aus.

überstandener Choleraepidemie seinen heutigen Namen. Seine Qualität als Freifläche verdankt der Marienplatz einem kaiserlichen Dekret von 1315, nach dem das damals jungfräuliche Areal auch weiterhin unbebaut bleiben sollte. Bis in die späte Neuzeit wurden hier Getreide und Salz und bald auch andere Güter gehandelt, dann verlagerte sich das Marktgeschehen auf den etwas nördlich gelegenen Viktualienmarkt (wenige Schritte das Petersbergl hinunter, siehe Spaziergang 7).

Fischbrunnen

Der Marienplatz liegt am Schnittpunkt dreier Fußgängerzonen, sodass ihn Shopper und Flaneure beinahe unweigerlich passieren, entsprechend belebt ist er auch den ganzen Tag über. Nach wie vor der wahrscheinlich beliebteste Treffpunkt der Stadt ist der Fischbrunnen in der Nordostecke des Platzes, wo sich einst wohl die Fischstände des Marktes befanden. Gespeist wird der Brunnen von Wasserstrahlen aus den Eimern von vier bronzenen Metzgerburschen. Das erinnert an den Metzgersprung, mit dem die Fleischergesellen einst von ihren Meistern freigesprochen wurden, indem man sie mehrmals in das Brunnenwasser tunkte (auch freiwillig nicht unbedingt nachahmenswert, sehr sauber ist das Wasser nicht). Bis 1862 war der Brunnen eine schlichte Wasserentnahmestelle, erstmals künstlerisch gestaltet wurde er 1865 von Konrad Knoll. Kriegszerstörungen erforderten einen kompletten Neuentwurf (Josef Henselmann, 1954), lediglich die erhalten gebliebenen Figuren der Metzgerburschen konnten eingearbeitet werden.

Ein immer noch praktizierter Brauch am Fischbrunnen (seit 1426) ist das rituelle Geldbeutelwaschen am Aschermittwoch, auf dass das Geld nicht ausgehe. Traditionell erster Ausführender dieses finanziellen Hygienekults ist das Stadtoberhaupt. Beim Zustand des Münchner Stadthaushalts bekommt man allerdings Zweifel, ob das Ritual wirkt.

Mariensäule

In zentraler Position akzentuiert die Mariensäule unübersehbar den Platz. Errichtet und geweiht wurde sie während des Dreißigjährigen Kriegs aus Dank dafür, dass die Truppen Gustaf Adolfs die Stadt während ihrer Besatzung weder gebrandschatzt noch geplündert hatten. In ihrer Ikonographie gibt sie sich indes eher als Pestsäule zu erkennen: Unter der in lichter Höhe von 11 m gütig auf einem schlanken Marmorzylinder wachenden Gottesmutter in blattgoldenem Kleid sind auf dem ebenfalls marmornen Sockel vier fröhliche Heldenputti emsig damit beschäftigt, die vier Grundübel der damaligen Welt niederzumetzeln. Allegorien von Hunger (ein Drachen), Krieg (ein Löwe), Pest (ein Basilisk) und Ketzerei (eine Natter) werden hier lustvoll gepfählt, geköpft, zertreten und abgestochen. Die Bronze der Maria mit dem segnenden Christuskind ist übrigens ein bisschen älter als die Säule selbst: Vermutlich wurde sie als Schmuck für das Stiftergrab Herzog Wilhelms und Renatas von Lothringen (jawohl – die mit der Prunkhochzeit aus dem Glockenspiel!) in der Michaelskirche gegossen, aber dort nie aufgestellt. Von 1606 bis 1620 zierte sie aber auf jeden Fall schon den Altar der Frauenkirche.

Neues Rathaus

Optisch bestimmt wird der Marienplatz vom monumentalen Neuen Rathaus, das sich über die gesamte Südseite des Platzes erstreckt. Für den kunsthistorischen Laien sieht der Komplex zunächst einmal sehr viel älter aus, als er tatsächlich ist: Die zahllosen Spitzbögen, Erker, Gesimse und Balkone sind manifester Ausweis des zur Bauzeit 1867–1909 gerade in München ziemlich populären neugotischen Stils. Gebaut wurde in mehreren Abschnitten, angefangen von

 → Karte S. 86/87

Und schon wieder Glockenspiel!

der östlichen Fassade im Gegenuhrzeigersinn bis zur linken Gebäudehälfte mit dem 85 m hohen Rathausturm. Ob der verspielte Historismus unbedingt einem repräsentativen Bau der wichtigsten Behörde der Stadt – dem Rats- und Bürgermeistersitz – angemessen ist, war seinerzeit höchst umstritten; heute haben sich die Münchner daran gewöhnt, und die Touristen freuen sich über ein echtes Stück „good old Germany". Die Fassade ist überaus opulent mit Ornamenten und Plastiken verziert, unter anderem findet der sezierende Blick sämtliche Herrscher aus welfischem und wittelsbachischem Geschlecht.

Im ziemlich verwinkelten Treppenhaus des Neuen Rathauses sind vor allem die Glasgemälde sehenswert, auch wenn es sich dabei durchweg um Repliken handelt – die Originale von 1905 aus der Werkstatt von Carl de Bouché zerbarsten während der Bombenangriffe im Zweiten Weltkrieg. Die Motive der Glasarbeiten sind eigentümlich heterogen: Städte, Zünfte und Heilige im bunten Mix.

Seinem Namen keine besondere Ehre macht der zwischen Vorder- und Rückgebäude eingeklemmte Prunkhof – immerhin ist es hier im Sommer aber schön schattig und kühl.

Das Glockenspiel

Mit dem bemerkenswerten Slogan „one of the by far mostly overrated shows on earth" („eine der überschätztesten Veranstaltungen der Welt") bewirbt ein Veranstalter von englischsprachigen Stadtführungen das täglich mehrmals wiederkehrende Spektakel von 43 Glocken und 32 mechanisch animierten Figuren an der Vorderfront des 85 m hohen Turms des Neuen Rathauses. Alteingesessene Münchner neigen zur Zustimmung und meiden, besonders in den Sommermonaten, den Marienplatz um 11, 12 und 17 Uhr, wenn Tausende verzückte Besucher der Stadt aus aller Welt in freudiger Genickstarre beinahe eine Viertelstunde ihren Blick auf den Uhrwerksreigen nageln. Was gibt es da eigentlich zu sehen?

Zunächst einmal: das größte Glockenspiel Deutschlands und das fünftgrößte Europas! Die Figuren thematisieren zwei Ereignisse aus der Münchner Stadtgeschichte: Zu Beginn des Geläuts verweist eine bacchantische Szene in der oberen Hälfte des Figurenerkers auf die Hochzeit Wilhelms V. mit Renata von Lothringen im Jahr 1568, als der Marienplatz Schauplatz einer mächtigen Party mit 521 gegrillten Ochsen und zahllosen im Turnier mächtig eingedellten Rittern wurde. Das untere Tableau, ungleich bekannter, zeigt den Tanz der Münchner Schäffler (= Fassmacher), die mit ihrer Choreographie 1517 als erste Berufsgruppe den Mut fanden, wieder die Straßen der von der Pest schwer heimgesuchten Stadt zu betreten – zumindest der Legende nach, verbürgt ist der Schäfflertanz erst seit dem 17. Jh. Teil der Stadtfolklore ist er aber allemal, denn alle sieben Jahre gibt es den pittoresken Tanzkreisel auch realiter. Das nächste Mal werden die Mitglieder eines Trachtenvereins im Jahr 2019 auf dem Marienplatz die historische Schrittfolge präsentieren.

Die durch Umweltgifte arg ramponierten Glocken wurden für das Stadtjubiläum 2008 aufwendig renoviert und klingen immer noch grauenhaft. Insider kommen übrigens zum Spätläuten um 21 Uhr: Da wird das Münchner Kindl sanft in den Schlaf gewiegt.

Funktional wichtigstes Bauelement ist ohne jeden Zweifel der Balkon im zweiten Stock des Rathausturms mit den vier bayerischen Königen des 19. Jh. an der Brüstung. Nicht so sehr wegen des dahinterliegenden OB-Büros, sondern: Hier feiern Münchner Fußballmannschaften ihre Triumphe mit der Präsentation des entsprechenden Pokals für die dann in großer Anzahl auf dem Platz angetretenen Fans. Ein fast jährlich stattfindendes Spektakel – leider nur für die Roten.

Altes Rathaus

Fast etwas unauffällig an der Ostseite des Marienplatzes steht das Alte Rathaus. Dabei ist es baugeschichtlich sehr viel bedeutender als der verschwurbelte Prunkbau an der Schokoladenseite. Bereits im ausgehenden 12. Jh. befand sich hier ein damals noch in den ersten Stadtmauerring integrierter Turmbau. Im Lauf der Jahrhunderte wurde fleißig im jeweiligen Stil der Epoche weiter- und umgebaut, der heutige Alte Rathausturm ist ein ziemlich originaler Rückbau des Erscheinungsbildes von 1462. Der zweite Bestandteil des Komplexes, der Saalbau links neben dem Turm, datiert ursprünglich aus dem Jahr 1310. Er diente als Versammlungsstätte der Münchner Stände und wurde 1470–75 von Jörg von Halsbach, dem Baumeister der Frauenkirche, völlig neu gestaltet. Der Festsaal im ersten Stock gilt als einer der vollkommensten gotischen Säle Deutschlands und ist nach mehreren Rekonstruktionen seit 1972 wieder in seiner ganzen Pracht zu bewundern. Das kunstvoll mit Holzkassetten ausgekleidete Tonnengewölbe ist reich mit heraldischen Symbolen geschmückt, besondere Pretiosen sind die anatomisch hochpräzisen Moriskentänzer aus der Hand des Bildhauers Erasmus Grasser. Die noch erhaltenen zehn Originale bewahrt heute das Stadtmuseum auf (siehe S. 99), im Saalbau stehen lediglich Kopien.

Spätgotische Schmuckstücke: Turm und Saalbau des Alten Rathauses

Bedeutende administrative Funktion erhielt das Alte Rathaus 1392, als hier (bis 1669) der bayerische Landtag tagte. Heute wird der Saalbau von der Stadt unter anderem für Empfänge genutzt, der Rathausturm beherbergt ein **Spielzeugmuseum** mit allerlei hölzernen, blechernen und plüschigen Exponaten aus den finsteren Zeiten vor der Erfindung des Gameboys.

Besichtigung des **Alten Rathauses** nur im Rahmen offizieller Führungen (Tourist-Info am Marienplatz). Das **Spielzeugmuseum** im Rathausturm hat tägl. von 10 bis 17.30 Uhr geöffnet. Eintritt 3 €, Kinder 1 €, Familienkarte 6 €.

Augustinerkirche (Deutsches Jagd- und Fischereimuseum)

Westlich des Marienplatzes sinkt die Sehenswürdigkeitenquote der Münchner Altstadt rapide, die Kaufinger Straße ist eine Einkaufsmeile mit Niederlassungen der großen Filialisten und zahlreichen Shows diverser (meist talentfreier) Straßenkünstler wie Dutzende andere in der Republik auch. Allenfalls an der relativ neuen und weitgehend gesichtslosen Vorderfront der Kaufinger-Tor-Passage lohnt ein kurzes Verweilen und ein Blick nach oben: Auf einem dünnen Steg balanciert hier ein hölzerner Mann über das kommerzielle Nichts der Fußgängerzone – eines der faszinierenden Werke des deutschen Künstlers Stefan Balkenhol hat hier den Etat für Kunst am Bau verbraucht. Schräg gegenüber ist vor dem Kaufhaus Hirmer auf dem Boden noch der Umriss des Schönen Turms zu sehen, der in all seiner Pracht und Würde – er war schon Teil der ältesten, der sog. leonischen Stadtanlage – im Jahr 1807 abgerissen wurde.

Das Jagd- und Fischereimuseum

Spätestens am Ende der Kaufinger Straße (die dann unmerklich in die Neuhauser Straße übergeht) ist es dann genug der eintönigen Shoppingpracht, und wir wenden uns bei der markanten Bronze-Wildsau nach rechts in die Augustinerstraße.

Der Keiler verweist auf das Deutsche Jagd- und Fischereimuseum, eine etwas verstaubte, aber ziemlich üppige Sammlung all der Dinge, die mit dem sportlichen Töten von Tieren zu tun haben. Die meisten Opfer der fleißigen Hubertusjünger werden dabei nicht als stolze Trophäen präsentiert (für Traditionalisten gibt es trotzdem eine große Geweihsammlung), sondern in liebevollen Dioramen in ihrer simulierten Lebenswelt gezeigt. Bayerische Skurrilität am Rande: die sicher einzigartige Kollektion von Wolpertingern – fabelhafte Mischwesen (gehörnte Hasenuhus und Ähnliches) aus humorbegabter Präparatorenhand.

Kunsthistorisch mindestens genauso interessant ist das beherbergende Gebäude: Die nach der Säkularisation 1802 profanierte ehemalige Augustinerkirche und die umgebenden Sakralbauten gelten als eines der schönsten Ensembles der Kirchenarchitektur nördlich der Alpen. Besonders die Stuckierung des Langhauses, heute noch im dritten Stock des Museums zu sehen, ist in Erhaltungszustand wie Virtuosität einzigartig.

Das Deutsche Jagd- und Fischereimuseum hat tägl. 9.30–17 Uhr (Do bis 21 Uhr) geöffnet. Eintritt 3,50 €, erm. 2,50 €, Familienkarte 7 €.

Frauenkirche

Folgt man nun dem geschwungenen Straßenzug wenige Meter weiter, erheben sich auf dem kleinen Frauenplatz (ein weiteres Kapitel im Trauerspiel „Ungastliche Freiflächen der Innenstadt") die mächtigen Türme der „Domkirche zu Unserer Lieben Frau" – den ungelenken Namen benutzt freilich niemand, jeder Münchner spricht nur kurz von der Frauenkirche. Die beiden 98,44 m und 98,57 m hohen Türme markieren fraglos den wichtigsten Orientierungspunkt der Stadt – sie stehen am Ende fast aller Sichtachsen der großen Einfallstraßen. Außerdem sind sie nach einem in seiner konservativen Bizarrerie schon wieder lustigen Volksbegehren von 2004 die absolute Höchstgrenze für Neubauten in München.

Die Kirche selbst steht wie so viele Gotteshäuser auf dem Fundament eines deutlich älteren Sakralbaus, bereits für die Mitte des 12. Jh. ist eine romanische Kapelle durch Grabungen nachgewiesen. Der Neubau in seiner heutigen Gestalt wurde 1458 projektiert und 1468 begonnen, Baumeister war der bereits erwähnte Jörg von Halsbach; geweiht wurde der Dom 1494. Letztes äußeres Gestaltungselement waren die beiden so signifikanten wie welschen Turmhauben, die erst 1525 aufgesetzt wurden.

Trotz ihrer unbestreitbaren Monumentalität – das Hauptschiff kommt auf 108 m Länge – ist die Frauenkirche doch klar und zurückhaltend strukturiert. Wesentlich zu diesem Eindruck tragen die verwendeten Baumaterialien bei: Der Sockel aus grauem Nagelfluh stammt von Brüchen an der Isar, die Backsteine des aufgehenden Mauerwerks wurden sämtlich in umliegenden Ziegelbrennereien hergestellt und verleihen der Kirche damit eine sympathische heimatliche Erdung.

Die Türme der Frauenkirche

Die Innenausstattung ist vor allem durch die Einbauten der frühbarocken Phase (1601–22) unter Kurfürst Maximilian I. geprägt. Bedeutendstes Element ist das Prunkgrab für Kaiser Ludwig den Bayern im rechten Seitenschiff – ohne Verweis auf das Haus Wittelsbach wäre eine Münchner Großkirche ja irgendwie unvollständig. Die vielen Seitenkapellen, Epitaphe und Portale aus verschiedenen Epochen können hier nicht ausreichend gewürdigt werden, allerdings ist der Dom als eine der wichtigsten Sehenswürdigkeiten der Stadt ausreichend mit Tafeln und Infomaterial bestückt.

Legenden um die Frauenkirche

Die Anzahl der Anekdoten, Märchen und Geschichtchen um die größte Kirche Münchens wird wahrscheinlich nur noch durch die Zahl der verbauten Ziegelsteine getoppt. Hier eine Auswahl:

Der Teufelstritt: Wahrscheinlich ist bloß ein besoffener Mitarbeiter der Dombauhütte in einen noch nicht ausgehärteten Estrich getreten, trotzdem ist der ominöse Fußabdruck im Vorraum das absolute Lieblingssujet der Fremdenführer. Mal waren es angeblich fehlende Fenster, die den rasenden Beelzebub zum erfreuten Aufstampfen veranlasst haben sollen, mal war es ein listenreich umgangener Teufelspakt des Baumeisters, und auch eine Variante mit dem kräftigen aristokratischen Fuß Herzog Christophs von Bayern ist im Umlauf. Einfach zehn Minuten stehen bleiben und den vielsprachig vorgetragenen Varianten der Guides lauschen.

Die kunstreiche Uhr: Im Nordturm befindet sich ein altes Uhrwerk, das der Überlieferung zufolge fantastische mechanische Dinge vermochte: Gott hob ein Schwert, Jesus die Hände, ein Hahn krähte ob der Verleugnung des Heilands und, und, und. Leider kann bis zum heutigen Tag kein Feinwerktechniker das Getüm in Gang setzen, lediglich ein feinmotorisch begabter Schuster soll einmal dem Hahn ein Krähen entlockt haben.

Die zersprungene Glocke: Angeblich handelt es sich um eine Tributleistung, die Herzog Albrecht von den Regensburgern eingefordert hatte. Schon auf dem Transportweg ereigneten sich zahlreiche mysteriöse Unfälle, dann bewegte sich der mächtige Guss im Zwischenlager von selbst in Richtung Heimat. Schließlich zersprang die Glocke am Weihnachtsfest unter heftigem Selbstgebimmel, nachdem ihr kurz vorher zur Christmette kein Ton zu entlocken gewesen war.

Außerdem noch im Angebot: der ominöse Dachbalken des Zimmermanns Heimeran von Straubing, das Hungerbrünndl, die zwölf Apostel und ein wundertätiges Steinrelief am Hauptportal. Ja mei, des is magic.

St. Michael

Werfen wir uns nun in die Löwengrube! Diese recht schmucklose Seitenstraße mit dem schillernden Namen führt uns im Gegenuhrzeigersinn um das einigermaßen schmucklose grüne Gebäude gegenüber dem Hauptportal der Frauenkirche. Es beherbergt zwar keine wilden Tiere, doch zur Bissigkeit neigen die Herren des Hauses auf dem Grund des ehemaligen Augustinerklosters schon: Hier residiert heute die Kriminalpolizei. Schuldbewusste Naturen wenden ihren Blick schamhaft zu Boden und erheben ihn erst wieder in der Ettstraße (gleich links am Ende des Gebäudekomplexes) vor dem Seiteneingang der Michaelskirche. Die unscheinbare Ostfassade kann man getrost ignorieren, aber gleich beim Betreten offenbart sich die volle Pracht der größten Renaissancekirche des Nordens mit dem zweitgrößten Tonnengewölbe der Welt (nur der Pontifex Maximus in Rom hat ein noch größeres vorzuweisen).

Die Michaelskirche ist prominentester Ausweis der nach den Religionskriegen machtvoll von München ausgehenden

Gegenreformation, betont wird das durch die ursprüngliche Vergabe an den dafür gegründeten Jesuitenorden. Baubeginn war vermutlich 1581, neun Jahre später war die Kirche fertig – allerdings nur ganz kurz. Dann nämlich stürzte der Kirchturm ein, Baumeister Wendel Dietrich musste in den Knast, und der Bauherr hielt das Malheur für einen göttlichen Wink: Erzengel Michael war die Kirche zu klein. In grandioser Überschätzung seiner Staatsfinanzen legte Wilhelm V. noch eine ordentliche Schippe drauf: Friedrich Sustris realisierte eine schöne Vierungskuppel, und der Herzog war schließlich pleite. Die Kirche aber stand und hielt ein paar Jahrhunderte bis zum Weltkriegsbombardement von 1944.

Der Wiederaufbau erfolgte in mehreren Phasen in nüchterner und schmuckloser Form. Von der ursprünglichen Inneneinrichtung sind nur einige Skulpturen, einzelne Gemälde und Glasgemälde der Chorfenster erhalten geblieben. Neben der wirklich eindrucksvollen Überwölbung des Hauptschiffs (20 m Spannweite) ist die Südfassade zur Neuhauser Straße die Premiumansicht des Gebäudes. Unter der Figur von Christus Salvator im Giebel gruppieren sich 15 Wittelsbacher und Agilolfinger Fürsten (Letzteres ist das Ahnengeschlecht der Wittelsbacher), zu fast ebener Erde schützt der Hausengel Michael zwischen den Eingangstüren vor protestantischer Häresie. Bauherr Wilhelm (erster Stock links von der Mitte) ist mit einem vorzeitig fertiggestellten Modell seines Lieblingsprojekts dargestellt – deswegen ist auch der eingestürzte Turm noch dran.

Die Michaelskirche ist die bedeutendste Grablege des Münchner Herrschergeschlechts, in der Gruft fanden 41 Wittelsbacher ihre letzte Ruhestätte, unter ihnen auch der ins Mythische überhöhte Ludwig II.

Die Schaufront der Michaelskirche

Bürgersaal

Und noch eine letzte Kirche: Auf halbem Weg von der Freifläche vor dem grandiosen Portal zum Stachus ließen die in München so mächtigen Jesuiten in den Jahren 1709/10 nach den Plänen des großen Viscardi für die Marianische Männerkongregation den Bürgersaal als Gebetsstätte errichten. Das absolute Prunkstück dieser Kirche, das riesige Deckenfresko der „Himmelfahrt Mariae“, ist leider im Krieg zerstört worden, die überragende Stellung der Muttergottes im geistigen Leben der Jesuiten zeigt sich aber noch in zahlreichen Marienbildern, -medaillons und -skulpturen.

Vom Bürgersaal sind es nur noch wenige Schritte bis zum Karlsplatz (Stachus) mit Anschluss an den Nahverkehr in alle Richtungen.

Mariensäule, Frauenkirche, Rathaus:
die Münchner Postkartentrinität

Praktische Infos

→ Karte S. 86/87

Cafés & Snacks

Rund um Isartor und Tal

Kaffee in Topqualitäten aus verschiedenen Anbaugebieten in hauseigener Röstung brüht das **Vits** **19** in der Rumfordstraße 49 im Riegerblock. Auch mit Kaffee für daheim kann man sich hier eindecken. Mo–Fr 9–19, Sa 10–18 Uhr, So geschl.

Im dritten Stock des Valentin-Karlstadt-Musäums im Isartor serviert das **Turmstüberl** **16**: Kaffee, Kuchen und Weißwurst im originalen Ambiente des legendären Schwabinger Cafés Größenwahn. Mo/Di 11.01–17.29, Fr/Sa 11.01–17.59, So 10.01–17.59 Uhr, Mi/Do geschlossen.

Den schnellen Espresso im Vorübergehen nimmt man am besten im **Café Centrale** **12** in der Ledererstr. 23 (hinter der Polizeiwache/Nähe Hofbräuhaus). Immer voll, immer laut, immer gut. Tägl 8–1, So 11–1 Uhr.

Rund um den Marienplatz

Den besten Blick auf den Marienplatz hat man natürlich vom Alten Peter – da gibt's aber nichts zu trinken, das **Café Glockenspiel** **11** über der Nordseite bringt die beiden Bedürfnisse zusammen. Die Plätze am Fenster sind freilich begehrt. Eingang über die Rosenstraße, zu den Liften in den 5. Stock geht es hinter dem Vodafone-Laden. Mo–Sa 10–1, So 10–19 Uhr.

Im Bereich der Fußgängerzone gibt es kaum besonders stimmungs- oder qualitätvolle Angebote, nett sind aber ein paar Abschlussbiere im **Augustinerbräu** (**7** → Karten S. 102/103 und S. 113) schräg gegenüber dem Bürgersaal (siehe auch S. 95).

Der traditionelle Weißwurstfrühstücktreff ist seit Jahrzehnten das **Donisl** **3** direkt am Marienplatz. In der ehemaligen Kneipe von Dionysius Haertl (die bierschwere Zunge machte daraus den Donisl) verkehren vor allem auswärtige Gäste, und zwar ganz schön viele: Von dem bizarren K.-o.-Tropfen-Skandal in den 80ern hat sich das Haus mittlerweile erholt.

Gastronomisch ist die Touristenmeile ansonsten schwierig, gut & günstig ist hier eine seltene Kategorie und es dominiert die Systemgastronomie. Aber die Stadt München hält ein Bio-Fähnlein hoch: In der **Rathauskantine** **4** kann man auch als Externer speisen und das auch noch richtig gut, fast alles kommt von regionalen Erzeugern. Prunkhof, Mo–Fr 11–18.30, Sa 12–16 Uhr.

Einkaufen

Eine textile Spezialitätentheke ist das kleine Ladengeschäft **deeply felt** **6** an der hinteren Ecke des Neuen Rathauses (Ecke Dienerstraße/Landschaftsstraße). Ausschließliches Handelsgut ist der Trendstoff Filz in ungeahnter Sortimentstiefe.

Das **Kaufhaus Beck** **7** gegenüber bietet dagegen das andere Extrem – breiter aufgestellt ist wohl kein anderes Münchner Traditionsgeschäft. Legendären Ruf genießt auch die Tonträgerabteilung im 5. Stock (Klassik, Ethno und Hörspiele auch in exotischsten Pressungen, hervorragende Fachberatung).

Das neueste Gadget im Apfel-Design hat natürlich der **apple-Store** **11** in der Rosenstraße. Online-Junkies ohne Flatrate benutzen den geleckten Laden hingegen eher als Gratis-Internet-Café – die iPadPhoneMac-Aussteller haben alle Netzzugang.

Alles, was man irgendwann draußen einmal brauchen könnte, hat **Globetrotter** **18**. Wirklich alles. Das Outdoor-Großkaufhaus im Riegerblock verfügt sogar über Kälte- und Windkammern sowie eine Gegenstromanlage. Beeindruckend, was so aufgeboten wird, um Regenklamotten zu verkaufen, mindestens den gleichen Zirkus betreibt auch bald **Sport Scheck** im neuen Megastore vis-à-vis der Michaelskirche.

Ganz neues und sehr altes Highlight: Synagoge und Turm des Alten Peter

Spaziergang 2: Vom Jakobsplatz zum Stachus

Jüdisches Zentrum München

Der Jakobsplatz (Ⓤ/Ⓢ Marienplatz; Bus 52, 131, 152 Viktualienmarkt), jahrzehntelang eine unansehnliche Brache neben Stadtmuseum und Viktualienmarkt mit lieblosem Zwischennutz als Busparkplatz und Baumateriallager, hat jüngst ein völlig anderes Gesicht bekommen. Seit November 2006 gliedern die Kuben des Jüdischen Zentrums München die urbane Fläche eindrucksvoll neu und haben den Platz in sehr kurzer Zeit zu einem der beliebtesten und stimmungsvollsten der Stadt gemacht. Verantwortlich für die Gestaltung war das Architektenteam Wandel, Hoefer, Lorch und Hirsch, das bereits mit der Dresdner Synagoge einen ästhetischen Meilenstein setzen konnte.

Natürlich stieß die moderne Architektur bei der zahlenmäßig traditionell starken ultrakonservativen Beton-Fraktion erst einmal auf kräftige Ressentiments, aber auch der letzte Stiesel schmolz dahin, als er erstmals das Lichtspiel des Sonnenuntergangs in den metallenen Strukturen des Synagogenaufbaus zu sehen bekam.

Das Jüdische Zentrum besteht aus drei diskreten Einheiten, die sich stilistisch aus fast allen Perspektiven zu einem Gesamtkunstwerk ergänzen. Das auffälligste Element ist sicher die **Synagoge Ohel Jakob** („Das Zelt Jakobs"). Auf einem Sockel aus rauem Travertin erhebt sich ein feines, fast etwas fragil wirkendes Gespinst aus kupferfarbenen Metalltraversen, die tagsüber im Sonnenlicht funkeln und nachts beinahe mystisch von innen heraus illuminiert werden. Der etwas zerklüftete Stein erinnert viele Betrachter an die Klagemauer, und beinahe jeder meint in den Strukturen des Aufbaus Davidssterne entdecken zu können – tatsächlich sind es nur recht simple Dreiecke, die diesen Eindruck hervorrufen.

Schräg versetzt zur Synagoge hat in einem verglasten Kubus das im März 2007 eröffnete **Jüdische Museum** seinen Standort gefunden. Erste Pläne für die Errichtung eines solchen Museums hatte es schon 1928 gegeben. Nach dem Krieg wurden sie wieder aufgegriffen, führten aber lediglich zu zwei Interimslösungen in den 1980er und 1990er Jahren. So dauerte es am Ende 78 Jahre, bis verschiedene Privatsammlungen von Judaika hier in einem museumspädagogischen Gesamtkonzept zusammengefasst werden konnten.

Mit ca. 900 m² Grundfläche nimmt sich die Schau zwar gegen das voluminöse jüdische Museum in Berlin eher bescheiden aus, anders als in der Bundeshauptstadt fahren die Ausstellungsmacher aber eine deutlich transparentere und klarere Linie. So zeichnen die gezielt sparsam gesetzten Exponate in ihrer nüchternen Alltäglichkeit ein stimmigeres Bild vom jüdischen Leben als die unübersichtliche, wenngleich prominent besetzte Kruschkiste im Berliner Libeskind-Bau.

Etwas unauffälliger, aber stilistisch dem Ensemble zweifelsfrei zuzuordnen ist das sich anschließende **Gemeindehaus.** Hier sind unter anderem ein großer Veranstaltungssaal, ein Kindergarten sowie eine öffentliche Ganztagesschule untergebracht, und auch eine der interessanteren gastronomischen Adressen der Stadt (koschere Küche!) hat sich in den Räumlichkeiten niedergelassen.

Die Besichtigung der **Synagoge** ist nur im Rahmen von Führungen möglich. Um dabei sein zu können, muss man sich vorher namentlich anmelden: ✆ 202400100, 📠 202400170, anmeldung@ikg-m.de. Da die Nachfrage groß ist, sollte man sich auf lange Wartezeiten einstellen.

Das **Museum** ist tägl. außer Mo 10–18 Uhr geöffnet. Eintritt 6 €, erm. 3 €. ✆ 23396096, www.juedisches-museum-muenchen.de.

Stadtmuseum/ Filmmuseum

Die Nordostseite des Jakobsplatzes wird vom großen Gebäudekomplex des 1888 eröffneten **Münchner Stadtmuseums** geprägt. Die Gebäude selbst sind allerdings weit älter, im Kern geht der Komplex auf das 1410 errichtete Stadthaus zurück, das unwesentlich später durch Marstall und Zeughaus ergänzt wurde. Zwar wurde das gesamte Ensemble in den Bombennächten des Kriegs schwer getroffen, doch die Rekonstruktion aus den Jahren 1976/77 vermittelt einen guten Eindruck von seiner originalen Substanz (wie auch der benachbarte Sebastiansplatz ein wunderbares Ensemble Alt-Münchner Baukunst darstellt). Ein besonders schönes Detail sind die am östlichen Gebäudeteil schön ausgeprägten zweiteiligZwerchgiebel – in der Münchner Mundart hat sich dafür der Begriff „Ohrwaschl“ (= „Ohr“) etabliert.

Film- und Stadtmuseum am Jakobsplatz

Synagoge Ohel Jakob und Jüdisches Museum

Synagogen in München

Fast so alt wie die Stadt selber ist die Geschichte des jüdischen Lebens in München, bereits 1229 findet sich ein erster urkundlicher Nachweis über in der Stadt ansässige Juden. Nett behandelt wurden sie allerdings nicht – immer wieder kam es wegen gestreuter Gerüchte um „Ritualmorde" und „Hostienschändungen" zu Pogromen, und auch die Herrschaft hielt sich mit Sondersteuern und Spezialabgaben, Enteignungsdekreten und Berufsverboten gegenüber der mosaischen Minderheit keinesfalls zurück. Immerhin gab es seit 1380 eine Synagoge in der Gruftgasse (heute etwa die Perusastraße).

1442 erfuhr die jüdische Gemeinde in München dann ihren radikalen Exodus: Herzog Albert III. vertrieb alle Juden aus München und Oberbayern. Bis Ende des 17. Jh. blieb die Stadt Diaspora, und auch danach siedelten sich nur sehr vereinzelt jüdische Familien an. Erst mit dem Judenedikt von 1813 (nach preußischem Vorbild) gab es so etwas wie Rechtssicherheit, und die jüdische Gemeinde konnte sich in München reetablieren. Sichtbarer Ausweis war neben der 1826 in der heutigen Westenriederstraße errichteten Synagoge vor allem die 1887 in der Herzog-Max-Straße geweihte Neue Synagoge, das immerhin drittgrößte jüdische Gotteshaus des Deutschen Reichs. Ein großer Gebetsraum von Juden osteuropäischer Herkunft befand sich in der Reichenbachstraße.

Die Synagogen Münchens wurden 1938 sämtlich demoliert oder vollständig aus dem Stadtbild eliminiert, die große Neue Synagoge sogar schon einige Monate vor der Reichspogromnacht am 9. November. Nur die Räumlichkeiten in der Reichenbachstraße blieben so weit intakt, dass dort nach dem Krieg wieder ein Anlaufpunkt für die verbliebenen Münchner Juden geschaffen werden konnte. Es waren wenige: Von 9005 Menschen (Stand 1933) überlebten den Nazi-Terror … 84.

Prominentestes Ausstellungsstück des Münchner Stadtmuseums sind wahrscheinlich die zehn Moriskentänzer von Erasmus Grasser, die ursprünglich den Saal des Alten Rathauses schmückten und dort noch als Repliken zu sehen sind. Herausragende Bestandteile der Dauerausstellung sind außerdem die Waffensammlung (nach dem Heeresgeschichtlichen Museum in Wien die bedeutendste im deutschen Sprachraum), die umfangreiche numismatische Abteilung und – gerade bei Amerikanerinnen besonders beliebt – die Sammlung volkskundlicher Trachten und Textilien. Vor allem aber die Wechselausstellungen zur Stadtgeschichte und Alltagskultur machen das Münchner Stadtmuseum zu einem auch von Einheimischen gut frequentierten Ort.

Ausschließlich wechselnde Exponate zeigt das in den Gebäudekomplex integrierte **Münchner Filmmuseum**– für ein Kino, und um ein solches handelt es sich bei diesem Ableger des Stadtmuseums, auch nicht so sehr ungewöhnlich. Der museale Gedanke offenbart sich hier ausschließlich unter cineastischen Aspekten: Das hübsche (und technisch hervorragend ausgestattete) Kino zeigt fast täglich Filme, die – sei es als Highlight oder als Randnotiz – in der Filmgeschichte eine bemerkenswerte Rolle gespielt haben. Ob Einzelretrospektiven, ganze Werkschauen oder thematische Reihen, das Filmmuseum bietet ein für München ganz gewiss einzigartiges Programm, und auch im Rest der Republik dürfte es nur wenige Lichtspielhäuser geben, die ähnlich profiliert und engagiert mit dem Medium umgehen.

Den hervorragenden Ruf dieser Institution maßgeblich begründet hat der langjährige Leiter Enno Patalas, dessen Name unter Filmkennern und -freaks auch international schon einen legendären Ruf genießt. Neben dem Projektionsbetrieb arbeiten die Mitarbeiter des Filmmuseums auch in der filmwissenschaftlichen Forschung und befassen sich mit der Restaurierung und Archivierung von altem belichtetem Material.

Das **Stadtmuseum** hat tägl. außer Mo 10–18 Uhr geöffnet. Eintritt 6 €, erm. 3 €, Sonderausstellungen kosten extra.

Das aktuelle Programm des **Filmmuseums** entnimmt man der Tages- oder Wochenpresse, der Eintritt beträgt – je nach Filmlänge bzw. -anzahl – zwischen 4 und 6 €.

Der Rindermarkt

Muhendes und blökendes Handelsgut wird auf dem vom Jakobsplatz aus hinter dem Stadtmuseum (im Gegenuhrzeigersinn umrunden, ca. 200 m über den Oberanger) gelegenen Rindermarkt schon lange nicht mehr feilgeboten. Bereits 1369 wechselte der Viehhandel seinen Standort an den nicht weit entfernten Anger. Der Name blieb und wurde im Lauf der Jahrhunderte zu einer bevorzugten Adresse für Familien aus Adel und Stadtpatriziat. Auch davon ist heute nicht mehr viel zu sehen. Dafür hat sich der Rindermarkt in den vergangenen Jahren zu einem der beliebtesten Treffs in der Münchner Innenstadt entwickelt. Um den Rindermarktbrunnen

Der Brunnen am Rindermarkt

Innerhalb des Altstadtrings
Tour 2: Vom Jakobsplatz zum Stachus → Karte S. 102/103

herum scharen sich an den immer zahlreicher werdenden klimawandelnden Sommerabenden Shopper und Jungmünchner vor der Kneipentour. Überschaubar ist dagegen überraschenderweise die Zahl der Touristen, anscheinend ziehen sie den Marienplatz vor. Grund für die Beliebtheit des Platzes ist wohl weniger das ästhetisch mäßig überzeugende Wasserspiel (die Figur des sitzenden Hirten wurde übrigens nach Gilbert Prousch, heute Teil des Künstlerduos Gilbert & George, modelliert) als vielmehr die schlichte Tatsache, dass hier noch die letzten Sonnenstrahlen zu genießen sind, wenn die anderen Freiflächen Münchens schon längst im Schatten liegen.

Löwenturm

Auffälligstes Bauwerk ist der Löwenturm an der Südostseite des Rindermarkts – wenn er denn irgendwann wieder aus seiner Gerüsthülle entlassen sein wird. Das aufregend alt anmutende Gemäuer aus Rohbacksteinen wird von Stadtführern gerne als Wehrturm der ersten Stadtmaueranlage vorgestellt, tatsächlich ist er aber noch gar nicht so betagt. Vielmehr handelt es sich bei dem von neugotischen Zinnen bekränzten Quader wahrscheinlich um einen Wasser- oder Geschlechterturm aus dem 15. oder 16. Jh. Bei der Generalsanierung 2006 wurden historisch bedeutende Wandmalereien freigelegt, die aber kaum jemand je zu Gesicht bekommt: Der Löwenturm hat nämlich keine Türen.

Ruffinihäuser

Zweiter Blickfang des Rindermarktes ist das überaus bunte Ensemble der Ruffinihäuser gegenüber dem Löwenturm. Es handelt sich um eines der relativ raren Beispiele der Heimatstilarchitektur, eines in München um die vorletzte Jahrhundertwende durchaus populären Ablegers des Historismus.

Die drei Häuser mit den äußerst reich ornamentierten Fassaden sind die Umsetzung eines erfolgreichen Architekturwettbewerbsbeitrags von Gabriel von Seidl und entstanden in den Jahren 1903–05. Die Formensprache mit den auffälligen Walmdächern und vieleckigen Erkern zitiert Elemente lokaler Bautraditionen – wo auch immer in der Münchner Umgebung von Seidl diese gefunden haben mag.

Ein Ruffinihaus

Egal, schön bunt ist es, und im Haus zur Pettenbeckstraße befindet sich ein in seiner Farbenpracht und Exotik wunderbar ins Gesamtbild passendes Münchner Traditionsgeschäft: Das *Spanische Fruchthaus* mit einer fantastischen Fülle von Dörr- und Trockenobst.

Sendlinger Straße

Am Rindermarkt links um die Ruffinihäuser herum öffnet sich mit der Sendlinger Straße die südwestliche Hauptachse vom Altstadtzentrum hinaus zur ehemaligen Umfriedung der Innenstadt. Die Bausubstanz in dieser Einkaufsstraße ist deutlich einladender als die vorwiegend amorphen Fassaden der großen Kaufhäuser in der Fußgängerzone von Kaufinger und Neuhauser Straße, und tatsächlich gibt es in der Sendlinger Straße eine immer noch bemerkenswert hohe Zahl an alteingesessenen Familien- und Traditionsgeschäften.

Der ehemals bekannteste Anlieger des Straßenzugs hat die Altstadt verlassen: Die „Süddeutsche Zeitung", die auflagenstärkste überregionale Qualitätszeitung der Bundesrepublik ist in das neue Verlagshochhaus im Münchner Osten ausgewandert und manch kritischer Zeitungsleser fragt sich, ob das die Edelfedern des traditionell linksliberalen Blatts nicht doch dem Alltagsleben entrückt hat. Das Grundstück wurde verkauft und wird münchentypisch neu bebaut: Luxuswohnungen, Arztpraxen und teure Geschäfte.

Hundskugel

Wenige Meter abseits in der Hackenstraße öffnet seit über 550 Jahren das Wirtshaus zur Hundskugel seine geschichtsschweren Gasträume – seit 1638 allerdings in einem „Neubau"-Eckhaus mit Pultdach und Halbgiebel. Der obskure Name für das älteste Gasthaus Münchens ist nicht mehr zweifelsfrei herzuleiten. Vermutlich etablierte er sich durch das alte Hauszeichen (wahrscheinlich ein Fresko über dem Eingang), auf dem sich einige Hunde schlemmend und trinkend dem bacchantischen Leben hingaben; wiederaufgegriffen wurde das Motiv 1980 mit einem Terrakottarelief. Eigentümer der legendären Bierschwemme war bis zu seinem gewaltsamen Tod das Münchner Modeunikum Rudolph Moshammer. Seit Frühjahr 2011 ruht auch der Restaurationsbetrieb – das älteste Wirtshaus der Stadt findet keinen neuen Pächter.

Radspielerhaus

Gegenüber der Hundskugel steht das schöne Klassizismus-Ensemble des Radspielerhauses (ehemals Palais Rechberg). Der Innenhof des ursprünglich 1678 durch bauliche Fusionierung zweier Häuser entstandenen Gebäudes ist eines der letzten erhaltenen Beispiele der ehedem für München typischen Hausgärten. In dem hübschen Ladengeschäft im Erdgeschoss kaufen finanziell besser situierte Münchner seit vielen Jahrzehnten Heimtextilien und Einrichtungsgegenstände. Darunter auch Gartenmöbel: Der besagte Innenhof dient ihnen als pittoresker Präsentationsort.

Asamhaus und Asamkirche

Ungefähr auf halber Höhe der Sendlinger Straße beherbergen die Hausnummern 32 und 34 zwei echte Kleinodien des Hochbarocks, ach was, des Allerhöchstbarocks: Hier errichteten die Gebrüder Cosmas Damian und Egid Quirin Asam (schon allein die Namen fließen wie gülden Geschmeide!) ab 1729 ihr üppiges Wohndomizil und gleich daneben auf engstem Raum eine Privatkapelle. Mit Asamhaus und Asamkirche (eigentlich St.-Johann-Nepomuk-Kirche) zeigten der Baumeister Cosmas und der Stuckateur und Bildhauer Egid eine Hochleistungsschau ihrer Kunst auf eigene Rechnung – mehr Gold, Putti, Säulen und Giebel dürften schwerlich an und in einem so kleinen Kirchlein zu realisieren sein.

Barock brutal in der Asamkirche

Die Fassade des danebenliegenden Wohngebäudes entzückt mit kaum zurückhaltenderer Opulenz. Die Geschäfte der Asam-Brüder, mit vielen weiteren Zeugnissen in der Münchner und bayerischen Kunstgeschichte präsent, müssen blendend gegangen sein. Denn neben der sehr offensichtlich zur Schau gestellten Gottesfurcht zeugen die beiden Gebäude vor allem von Reichtum und Prosperität des Brüderpaars, das sich hier in seiner Heimatstadt den Traum eines komplett eigenverantwortlichen Projekts ohne die Einflussnahme eines externen Auftraggebers erfüllen konnte. Hervorzuhebende Einzelkunstwerke sind der Hochaltar und die Beichtstühle im Eingangsbereich, Letztere durch die Vita des Namenspatrons der Kirche, Johannes Nepomuk, von besonderer kirchenhistorischer Bedeutung (der Legende

Ein Haupteingang Alt-Münchens: das Sendlinger Tor

nach wurde er auf Betreiben Wenzels IV. von der Prager Karlsbrücke in die Moldau geworfen, weil er sich standhaft geweigert hatte, dem König ein Beichtgeheimnis preiszugeben). Die Brüder Asam selbst kann man auf Porträts über den Türen zur Sakristei links und rechts hinter dem Altarbereich in typisch idealisierter Barockmanier bewundern.

Führungen Di 16 Uhr, Gottesdienste Mo, Di und Do 17 Uhr.

Sendlinger Tor

Das Sendlinger Tor am Ende der Straße verweist wieder zurück in die Gründungsepoche der Stadt. Wesentliche Teile seiner heutigen Gestalt sind bereits im ursprünglichen Stadttor von 1310 angelegt: Mittelturm, Zwinger und die beiden äußeren Flanken schirmten die Stadt zur wichtigen Handelsstraße ins südliche Innsbruck ab. Von der ehemaligen Brückenkonstruktion über den Stadtgraben ist hingegen nichts mehr zu sehen – mit der Umgestaltung des Platzes um 1810 wurde der Graben zugeschüttet und die mittelalterliche Wehrfunktion des Sendlinger Tors preisgegeben. Dieser Entfortifizierung fiel dann auch der große Mittelturm der Anlage zum Opfer, und der Sendlinger-Tor-Platz erhielt seine heutige urbane Funktion als Freifläche vor dem Innenstadtbereich. Die Junkies und Kleindealer sind seit der Installation diverser CCTV-Anlagen unbekannt verzogen.

An Jahren wesentlich jünger und doch mit einer Seniorenstellung in München geadelt ist die Institution an der Nordseite des Platzes: Die **Sendlinger-Tor-Lichtspiele** sind das älteste noch bespielte Kino der Stadt (Programm seit 1913), und noch heute finden in dem prima plüschigen Saal große Produktionen ihren feierlichen Premierenort.

Durchs Hackenviertel zum Stachus

Auf dem weiteren Weg durch das Hackenviertel wird es deutlich ruhiger. Biegt man am Sendlinger-Tor-Platz scharf rechts in die Kreuzstraße (im späteren Verlauf Damenstiftstraße) ein, nimmt die Dichte an Geschäften deutlich ab. Touristen sieht man hier eher selten.

Der kleine Umweg – kürzer wäre die Verbindung über die formlose Herzog-Wilhelm-Straße mit ihrer etwas trostlosen Grünanlage oder entlang der verkehrsinfarktgefährdeten Sonnenstraße – lohnt dennoch. Kirchen, ehemalige Stiftsgebäude und großbürgerliche Wohnhäuser vermitteln einen guten Eindruck vom vorindustriellen München, als die Stadt noch vom Klerus und Handelspatriziat geprägt war.

Allerheiligenkirche am Kreuz

Zuerst passiert man die Allerheiligenkirche am Kreuz, deren kunsthistorischer Rang vor allem durch die Persönlichkeit des Baumeisters bestimmt wird: Kein Geringerer als Jörg von Halsbach, der sich mit den Plänen für die Frauenkirche und dem Saalbau des Alten Rathauses in den Annalen der Stadt unsterblich machte, ließ hier nebenbei von 1480 bis 1485 eine einschiffige Langhauskirche errichten. Nach diversen Barockisierungen und anderen Modifikationen nach den wechselnden Zeitgeisten ist aber von der Hand des Meisters heute nicht mehr allzu viel zu sehen. Ein Blick ins Innere lohnt aber schon: Das Bronze-Epitaph für den Münchner Bankier Philipp Goetz von Hans Krumper ist eines der feinsten Zeugnisse der ehedem in höchster Blüte stehenden Münchner Bronzegussschule.

Die Allerheiligenkirche ist nur selten zugänglich. Als Nebenkirche des Alten Peter finden hier aber gelegentlich Gottesdienste statt.

Damenstift St. Anna

Einige Meter weiter auf der rechten Straßenseite erinnern die Gebäude des ehemaligen Damenstifts St. Anna an die großen monastischen Traditionen der Stadt. Bis zur Säkularisation 1803 betrieben die verschiedenen Orden bis zu 20 Klöster in der Stadt, sodass die Glaubensbrüder und -schwestern einen durchaus messbaren Anteil an der Münchner Gesamtbevölkerung ausmachten. Die recht kleine Stiftskirche ist vor allem mit bedeutenden Gemälden und Fresken ausgestattet (Rekonstruktionen nach starken Kriegsschäden), während das imposantere Stiftsgebäude selber eines der ersten Stilbeispiele des Frühklassizismus in München abgibt. Im 19. Jh. Heimstatt der Technischen Hochschule, hat heute hinter seinen streng regelmäßigen Mauern die Salvator-Realschule für Mädchen ihr Domizil gefunden.

Klassizistisches auch schräg gegenüber in der Hausnummer 8: Das Wohnhaus mit den Rundbogenportalen und Stuckornamenten im Empire-Stil wurde um 1800 errichtet und repräsentiert eine andere Variante dieser Epoche. Zwei Häuser weiter vorne sieht man mit dem ebenfalls reich stuckierten **Palais Lerchenfeld** ein schönes Beispiel für teures

Die Allerheiligenkirche am Kreuz

Innerhalb des Altstadtrings
Tour 2: Vom Jakobsplatz zum Stachus → Karte S. 102/103

Der Arkadenhof des Augustinerbräu

Wohnen aus dem frühen 18. Jh. Heute ist es – die Zeiten ändern sich – Sitz des Städtischen Bestattungsamtes.

Augustinerbräu

Um sich die lärmige Fußgängerzone zu ersparen, biegt man nun vor dem Durchgang zur Neuhauser Straße rechts ab in die Herzogspitalstraße, wirft noch einen Blick auf eine der wenigen original und vollständig erhaltenen Empire-Fassaden Münchens am ehemaligen Gregorianischen Seminar (Hausnummer 12), ist aber schon in Gedanken bei der nächsten Pflichteinkehr im Stammhaus der ältesten Münchner Brauerei: Im Augustinerbräu (Eingang von der Neuhauser wie von der Herzogspitalstraße möglich) erholt man sich vom Overkill der ganzen Kirchen und Klöster bei Hopfen, Malz und Wasser, die von den Braumeistern im Zeichen des Augustinermönches seit 1328 zu Bier fusioniert werden. Das Kloster in der Neuhauser Straße 53 gibt es seit der Säkularisation nicht mehr, aber auch das einstige Brauereistammhaus (von 1803 bis 1885, Hauptsitz heute in der Landsberger Straße) bietet authentisches Flair mit kunsthistorischem Mehrwert – Architekt des Neubaus war 1896/97 Emanuel von Seidl, der Bruder des Neugestalters des einen Steinwurf entfernten Stachus. Besonders augenfällig ist das im Muschelsaal (ja, da sind tatsächlich Tausende von Muscheln an der Wand) und im Arkadengarten der Großgaststätte, wo man über der Blume des frisch gezapften Kaltgetränks vor allem den Geist des Jugendstils einatmet. Gemütlicher und uriger ist aber die Schenke an der Stirnseite zur Neuhauser Straße (linker Eingang).

Auch dieser Spaziergang endet am Stachus mit seinen formidablen Anschlussmöglichkeiten des öffentlichen Nahverkehrs – wer sich aber mit den Sehenswürdigkeiten nur im Vorbeigehen befasst hat, kann jetzt auch bequem noch den nächsten Spaziergang dranhängen und den Kreis am Marienplatz wieder fast schließen.

Praktische Infos

→ Karte S. 102/103

Cafés & Snacks

Kein Museum ohne Kaffeetanke: Das **Café Makomm** im jüdischen Museum ist sogar Teil des Ausstellungskonzepts. Halbwegs-koschere Snacks, vollständig koschere Weine und vor der Tür gibt es sogar einen kleinen (koscheren?) Spielplatz. Di–So 10–18 Uhr.

››› **Mein Tipp:** Das **Stadtcafé** 30, am Jakobsplatz (mit großer Auswahl auch an internationalen Zeitungen und Zeitschriften) ist zum echten Kaffeehaus Wiener Prägung geworden. Unwiderstehlich: die Heidelbeertorte (ganzjährig!) und die Holunderschorle. ‹‹‹

Bon Valeur 16, hält mit gutem Kaffee und netten essbaren Kleinigkeiten auf niedrigem Preisniveau, was sein Name verspricht: „guten Gegenwert". Viele Zeitungen und Zeitschriften. Tägl. außer So 10–23, Fr/Sa bis 1 Uhr. Josephspitalstraße (zwischen Agip-Tanke und Sonnenstraße).

Einkaufen

Nach langem und mitunter unsäglichem Gezänk unter den Eigentümerfamilien ist das Verlagsgebäude des Süddeutschen Verlags jetzt ratzekahl weggerissen und – endlich! – noch eine weitere arg sterile Shopping-Mall in der Altstadt installiert. Mit stylebewussten Jugendlichen kommt man an der **Hofstatt** aber kaum vorbei, denn hier sind die Flagshipstores der verschwisterten Hipsterlabel **Hollister** 20 und **Abercrombie & Fitch** eingezogen, letztere nur echt mit dem halbnackerten Six-Pack-Model vor der Tür.

Der traditionsbewusste Städtereisende kann München natürlich nicht verlassen, ohne einen Prunkbierkrug, eine echt bayerische Kuckucksuhr oder den Defiliermarsch in der Musikdose erworben zu haben. Die großartigste Auswahl dieser Devotionalien führt unbestritten **Max Krug** 8 in der Neuhauser Str. 2 (Fußgängerzone zw. Frauen- und Michelskirche, Mo–Sa 9.30–20 Uhr) – auch für vorgeblich kitschresistente Skeptiker lohnt Anschauen auf jeden Fall.

››› **Mein Tipp:** Unkonventionellere Reiseandenken mit eindeutigem München-Bezug gibt es bei **servus.heimat** 22 (Brunnstr. 3, Mo–Sa 10–20 Uhr) und im **Museumsshop im Stadtmuseum** 27 (auch So geöffnet). Mein persönlicher Favorit sind die Papierservietten mit Münchner Stadtplan. ‹‹‹

Halbtausendjährige Schankkultur

Verlorengegangene Traumberufe

Spaziergang 3: Das Kreuzviertel

Der Karlsplatz (Stachus)

Bis vor gar nicht langer Zeit galt der Stachus (diverse Ⓤ, Ⓢ und Tramlinien, Haltestelle Karlsplatz) als der verkehrsreichste Platz des gesamten alten Kontinents, dann kamen die Olympischen Spiele von 1972 und mit ihnen die umfangreiche Restrukturierung der Stadt. Augenfälligstes Ergebnis war die Schaffung der Fußgängerzone zwischen Karlstor und Marienplatz, womit die alte Salzstraße, die vormals wichtigste Lebensader Münchens, völlig trockengelegt und dem Stachus seine ursprünglich überragende urbane Bedeutung genommen wurde.

Aber auch wenn der Marienplatz heute dem Stachus den Rang als Nukleus der Altstadt abgelaufen hat, ist hier immer noch ordentlich etwas los. Besonders an heißen Sommertagen lassen sich vor allem jugendliche Besucher der Stadt von der Gischt der – unter künstlerischen Gesichtspunkten ziemlich banalen – Fontänen des großen Wasserspiels kühlen. Im Winter belebt eine geradezu disneyesk bunt beleuchtete Eislauffläche den Platz, der mindestens älteren Münchnern (so ungefähr bis Jahrgang 1950) immer noch als *der* zentrale Punkt der Stadt gilt.

So richtig Augen für die Architektur am Stachus hat zwischen Schnellbratbulettenduft und Abgasschwaden kaum jemand, dabei ist die Grundanlage der städtebaulichen Idee Karl Theodors durchaus recht gelungen.

Karlstor

Das Karlstor ist in seiner Substanz eines der wenigen Relikte der alten Stadtbefestigung und neben Isar- und Sendlinger Tor das letzte erhaltene Stadttor Münchens. Seine mittelalterliche Herkunft ist nach diversen gewollten und erzwungenen Umgestaltungen allerdings ziemlich stark überschminkt.

Der optisch bestimmende Hauptturm von 1302 – mittig hinter den erhaltenen Vortürmen – ging 1857 bei einer vermutlich effektvollen Pulverexplosion in Flammen auf, die vorgelagerte Geschützfestung und die Brücke über den Stadtgraben fielen bereits 1791 der Umgestaltung im Geist der Aufklärung zum Opfer (siehe auch Kasten unten).

Heute präsentiert sich das Karlstor im Wesentlichen in der nach dem Krieg rekonstruierten neugotischen Fassung, die Arnold von Zenetti 1861 realisiert hatte. Ebenfalls wiederaufgebaut wurden die beiden angrenzenden Rondellbauten (Claudius von Seidl, 1899–1902), die mit ihrem Schwung die Physiognomie des Platzes erst herstellen.

Hübsche Aparts des Torbaus sind die vier Münchner Originale an den Ecken im Hauptdurchgang: Franz Xaver Krenkel (erntete unsterblichen Ruhm mit einer Vorfahrtverletzung im Englischen Garten – bremsen musste nämlich die Fuhre Ludwigs I.), der letzte Hofnarr Prangerl, Baron Sulzbeck (Bassgeiger im Hofbräuhaus) und der Postillon d'Amour Finessensepperl.

Justizpalast

Auf der anderen Seite des Stachus, jenseits des infernalischen Altstadtrings, erhebt sich mit dem Steingebirge des Justizpalasts „einer der prachtvollsten

Karlsplatz oder Stachus?

Im täglichen Leben benutzen nur Straßenbahnfahrer die Ortsbezeichnung „Karlsplatz", allerdings nicht, ohne dann noch hastig ein (notorisch vernuscheltes) „Stachus" nachfolgen zu lassen. Auch weniger bis gar nicht in die Münchner Stadtgeschichte Eingeweihte wissen um die doppelte Benamung des Platzes – woher sie rührt, ist den meisten aber ein Rätsel. Dabei ist es doch so einfach: Ein Wirt mit dem so klingenden wie komplizierten Namen Eustachius Föderl betrieb hier (ungefähr an der Stelle des heutigen Kaufhof-Warenhauses) seit 1755 eine Kneipe, deren Wirtshausschild die Kurzform seines Vornamens zierte: „Zum Stachus" war hinfort eine beliebte Adresse für den geselligen Umtrunk.

Erst einige Jahre später kam der „Karlsplatz" auf den Stadtplan. Er war gewissermaßen ein Nebenprodukt der Aufräumarbeiten des aus der Pfälzer Linie der Wittelsbacher stammenden Regenten Karl Theodor, der seit 1791 die Stadtmauern Stück für Stück schleifen, die große Anlage des Neuhauser Tors auf ein symbolisches Maß zusammenstutzen und den Stadtgraben aufschütten ließ. Dadurch entstand einigermaßen plötzlich eine große Freifläche, die der Kurfürst standesgemäß nach sich selbst benannte. Wäre der aufgeklärte, zugewanderte (zwei in München seit jeher nur wenig geschätzte Eigenschaften) Herrscher nur etwas beliebter gewesen, dächte heute wohl niemand mehr an die Trinkhalle des seligen Eustachius, aber die renitenten, von Karl Theodor gepiesackten Einheimischen wollten den Namen ihres neuen Landesherrn partout nicht im Mund führen und blieben bei Stachus. A Ruah is!

Bauten, die in Deutschland je für die dritte Gewalt geschaffen wurden", wie eine Jubelpublikation des Bayerischen Justizministeriums zum hundertjährigen Geburtstag lobpreisend verlautbarte. Flapsiger könnte man freilich auch sagen: Es brummt der Historismus. Friedrich Thiersch, zur Einweihung 1897 mit dem bayerischen Ritterkreuz ausgezeichnet und damit zum „von" ge-adelt, fühlte sich vor allem der Formensprache des Barock verpflichtet, und die hat er unübersehbar in der Opulenz der Risalite, Giebel, Kapitelle und Balkone hervorragend getroffen. Und auch ein Hauch von Hightech – zumindest aus der Perspektive der wilhelminischen Ära – ist dabei: Die Eisen-Glas-Konstruktion der Kuppel ist Bauingenieurs State of the Art, mit ihren 66 m Höhe (Laterne, die goldene Kugel auf der Spitze liegt noch ein bisschen höher) überragt sie fast alle Bauten der Münchner Altstadt bei weitem und ist schon aus großer Entfernung auszumachen.

Tolle Treppe und klasse Kuppel: Justizpalast

Auch im Inneren dominiert die Pracht. Der prunkvollste Raum der 20 Gerichtssäle ist zweifellos der Schwurgerichtssaal, dessen Fresken (z. T. eigenhändig von Thiersch) leider nicht erhalten geblieben sind. Auch das Treppenhaus im großen Lichthof unter der voluminösen Glaskuppel misst sich an großen barocken Vorbildern – bei allerdings durchaus funktionaler Gestaltung. Aber das Recht ist eine Hure (alte Juristenweisheit), und auch die bayerische Justiz in ihrem feschen Hauptsitz blieb in kritischen Zeiten hinter ihren auf formaler Ebene formulierten Ansprüchen weit zurück: Hier wurde die Gerichtsfarce um Graf Arco von Valley (den Mörder Kurt Eisners, des ersten Ministerpräsidenten der nach der Novemberrevolution von 1918 ausgerufenen Republik Bayern) aufgeführt, und auch der Schauprozess gegen die Mitglieder der „Weißen Rose" wurde hier inszeniert. Da mag Justitia auf dem Giebel der Südfassade noch so unschuldig blind mit Schwert und Waage hantieren.

Der Justizpalast kann ohne weiteres betreten werden (Sicherheitskontrolle!), im Saal 253 befindet sich eine Gedenkstätte für die Verurteilten der „Weißen Rose".

Lenbachplatz

Nur wenige Schritte weiter im Uhrzeigersinn um den Altstadtring herum feiern am Lenbachplatz Großbürgertum und Historismus weiter fröhliche Urständ. Zu den Eigentümlichkeiten des Lenbachplatzes zählt, dass er als geplante Freifläche eigentlich gar nicht auffällt, sondern wie eine schlichte Straßenaufweitung wirkt. Außer einer Tram-

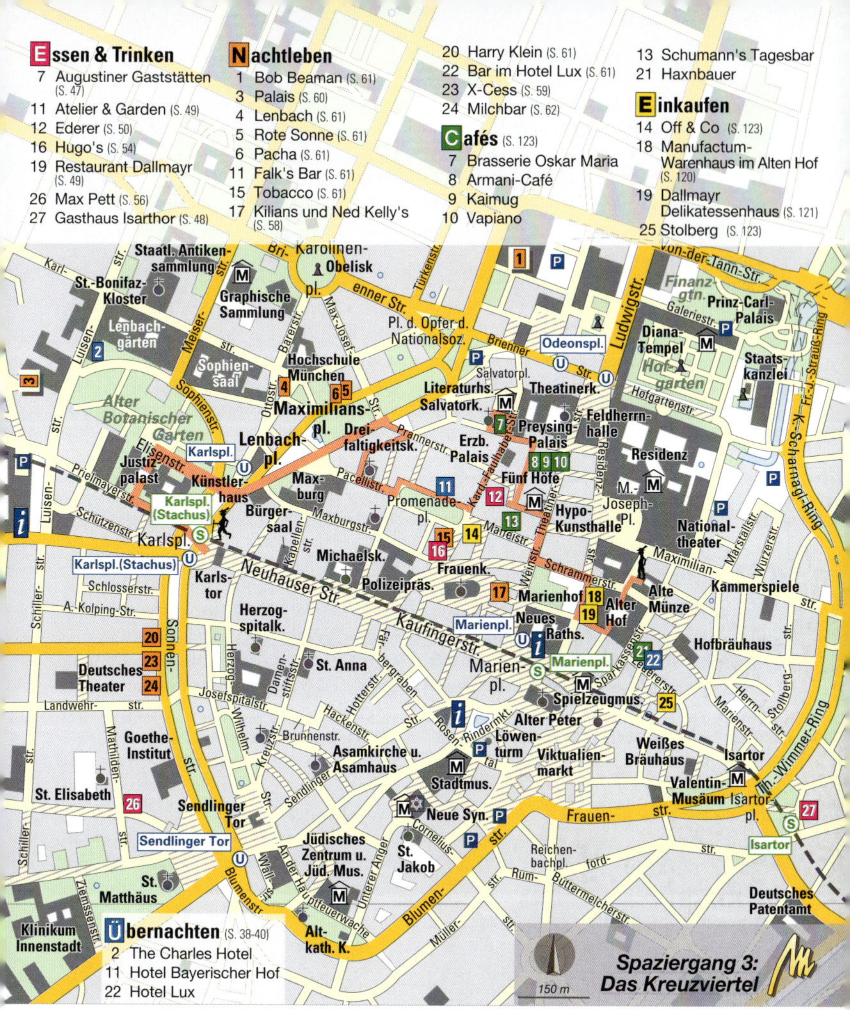

bahnhaltestelle findet städtisches Leben auf ihm auch nicht statt – gäbe es nicht den hinreißenden Wittelsbacher Brunnen an der Nordseite.

Wittelsbacher Brunnen

Mit voluminösen Zitaten aus Hochbarock und Antike zeigt das 1893–95 erbaute Wasserspiel die verschwenderische Lust der Prinzregentenzeit völlig unverhüllt. Das muss man stilistisch nicht schätzen, eindrucksvoll ist es aber allemal. Besonders in den späten Abendstunden heißer Sommertage ist die dann hell von innen illuminierte Fontäne einer der schmusigsten Orte der ganzen Stadt. Auch der (dann eh schon abgeflaute) Verkehr mit seinen unvermeidlichen Ausdünstungen kann dem wenig anhaben.

Nach dem Bad im Brunnen – streng verboten und trotzdem wunderbares Pflichtprogramm für verliebte Paare – kann man sich dann auf dem breiten

Rand niederhocken, die Kleidung trocknen lassen und die Schaufassaden der großen Palais an der Westseite des Platzes bewundern. Bestimmend sind vor allem die Gebäude der **Deutschen Bank und Bayerischen Börse** (Nr. 2) und das daneben liegende **Bernheimer Haus** (heute nach einer Erbstreitigkeit **Lenbach-Palais**), die der Pracht der Ringstraßenarchitektur Wiens in nichts nachstehen. Während die Börse noch ganz auf die Kraft des Monumentalen setzt, ist das Bernheimer Haus mit seiner offensiv sichtbaren Stahlkonstruktion der unteren Geschäftsgeschosse schon dem Geist der Avantgarde verpflichtet.

Künstlerhaus

Auf der anderen Seite des Lehnbachplatzes bot die Münchner Künstlergenossenschaft mit dem Künstlerhaus (Nr. 8) ab 1900 der um die Jahrhundertwende äußerst aktiven Kreativszene der Stadt einen luxuriösen Sammlungspunkt. Auch die Maleraristokraten Franz von Stuck und Franz von Lenbach dürften sich in den von der italienischen Renaissance inspirierten Sälen durchaus wohlgefühlt haben. Nach diversen Grundrenovierungen und Neueröffnungen ist der ganz große Glanz etwas dahin, völlig im Originalzustand präsentieren sich nur noch das Vestibül und das Venezianische Zimmer. Letzteres ist besonders einfach zugänglich: Das Weinhaus „Lutter und Wegner" zählt diesen Saal zu seinen Gasträumen.

Eingang des Künstlerhauses

Maximiliansplatz

Der Park hinter dem Wittelsbacher Brunnen markiert eine weitere städtebauliche Verlegenheitslösung: Der Maximiliansplatz liegt als grüner Fremdkörper ziemlich verlassen zwischen Altstadt und Maxvorstadt, von Ersterer ohne rechte Straßenanbindung verschmäht und von Letzterer durch den Riegel der abweisenden Büro- und Verwaltungsbauten abgetrennt. Das hat Tradition, schon um 1800 hatte die damals gesandete Freifläche den wenig schmeichelhaften Spottnamen „Sahara", und auch die Pläne namhafter Architekten (u. a. Klenze) zur Integration des Platzes hatten wenig Erfolg. Die Begrünung erfolgte dann in der Gründerzeit nach den Maßgaben Carl von Effners, immerhin Oberhofgärtner des bauwütigen Königs Ludwig II. In dem mittlerweile ziemlich dichten Baumbestand des Platzes verstecken sich einige Skulpturen und Brunnen, aber nur ganz wenige Menschen – Flaneure und Abhänger meiden die eigentlich hübsche Anlage weitgehend.

Das kleine, merkwürdig schief stehende **Maxtor** (erbaut 1804) an der schmalen Öffnung zur Prannerstraße ist eher ein lustiges Zitat der alten Stadtbefestigung, einen kunsthistorisch interessierten Blick verdient allerdings der **Nornenbrunnen** (1907) an seiner Nordseite.

Seiteneingang ins Kreuzviertel: das Maxtor

Germanenkult des Wilhelminismus (die Mädels heißen Urd, Werdandi und Skuld) und Jugendstil geben sich hier formal gelungen die Hand.

Das Adelsquartier des Kreuzviertels

Auf halber Höhe des Maximiliansplatzes gelangt man durch das Maxtor in die Prannerstraße und damit ins Auge des Sturms der Münchner Stadtaristokratie. In diesem Straßenzug sowie in der an dessen Ende quer verlaufenden Kardinal-Faulhaber-Straße konzentrieren sich die Stadthäuser, nein, die Stadtpaläste des ehemaligen bayerischen Hochadels und Geldpatriziats.

Dreifaltigkeitskirche

Bevor man sich flanierend dem reichen Spiel der Barock-, Rokoko- und Gründerzeitfassaden hingibt, sollte unbedingt ein Abstecher rechts durch die unscheinbare Rochusstraße drin sein: An der Einmündung auf die Pacellistraße steht nämlich mit der Dreifaltigkeitskirche einer der architekturgeschichtlich bedeutendsten Sakralbauten der Stadt. 1716 vollendet, markieren sowohl äußere wie auch innere Gestaltung der Kirche bedeutende Zäsuren. Erstmals realisierte hier ein Baumeister auf bayerischem Boden eine konvex hervortretende Fassade – nicht zuletzt deshalb gilt die Kirche als Meisterwerk Giovanni Viscardis. Im wohl erst nach dem Tod Viscardis gestalteten Innenraum deutet sich dann die Wachablösung der italienischen Barockschule durch deutsche Rokokokünstler an. Bestimmend sind das Deckenfresko Cosmas Damian Asams (sein erstes Münchner Großwerk) und der Altar von Johann Andreas Wolff und Johann Degler.

Verlassen sollte man die Dreifaltigkeitskirche am besten im Krebsgang, so vermeidet man den Blick auf die 50er-Jahre-Kiste des Amtsgerichts, die schon den fiktiven zeitreisenden Chinesen aus Herbert Rosendorfers „Briefen in die chinesische Vergangenheit“ zu ätzenden Abfälligkeiten über den Stand der Baukultur und Rechtspflege Münchens inspirierte. Von der dort ehemals stehenden Maxburg blieben nach dem Krieg nur unrestaurierbare Trümmer, einzig der Renaissanceturm konnte vom renommierten Architektengespann Ruf und Pabst noch in den Neubau integriert werden.

Die Dreifaltigkeitskirche

Promenadeplatz

Zurück in die Prannerstraße geht es entweder auf gleichem Weg durch die Rochusstraße oder über den vom Hotel Bayerischer Hof dominierten Promenadeplatz. So manch eine(r) wirft hier sicher gerne zunächst einen Blick durch die Fenster des Frisörsalons „Le Covp“, um Starhaarschneider Gerhard Meir an bekannten Köpfen werkeln zu sehen.

Die echte Prominenz wohnte allerdings eins weiter: Das Gebäude mit der Hausnummer 2 wurde 1813 als Stadtresidenz des wirkmächtigen Innenministers Graf Montgelas errichtet und zeugt schon allein in seinen Dimensionen vom politischen Impact dieses Mannes. Seit kurzem ist er auch monumental auf dem Promenadeplatz vertreten, der große Silberling am Eingang zur Maffeistraße ist nach seinem Vorbild geformt. Das **Palais Montgelas** ist mittlerweile in den Bayerischen Hof integriert, und dem heute ziemlich vornehm wirkenden Promenadeplatz ist seine Funktion als ehemaliger Salzmarkt (bis 1778) und damit wirtschaftlicher Nukleus des alten München heute überhaupt nicht mehr anzusehen.

Sehr augenfällig hingegen ist das Denkmal für Orlando di Lasso, auch wenn den Barocktonsetzer heute kaum noch einer kennt – die vielen Kerzen, Blumen und säkularen Votivzettelchen „We miss you so much!“) gelten **Michael Jackson**, dem dahingeschiedenen Drogenabhängigen, Pädophilen und Poptitanen.

Kardinal-Faulhaber- und Prannerstraße

Am östlichen Ende des Promenadeplatzes geht es links in die Kardinal-Faulhaber-Straße (die Benamung ist wegen der ambivalenten Rolle Faulhabers während des Nationalsozialismus derzeit ziemlich umstritten) und damit ins Edelghetto der frühen Münchner Schickeria.

Noch ganz dem Stil italienischer Palazzi verpflichtet ist das **Palais Portia** gleich am Eck, das mit den Rokoko-Gestaltelementen der Baumeister Enrico Zuccalli und vor allem François Cuvilliés (Letzterer v. a. auch Innenausbau) stilbildend für das ganze Karree wirkte. Bezahlt wurde die teure *italianitá* mit schnödem schwäbischem Geld – die Gräfin Portia war eine angeheiratete Fugger. Das Nachbargebäude, die **Bayerische**

Hypotheken- und Wechselbank (heute Hypovereinsbank), entstand zwar deutlich später (1898), nimmt aber die Formensprache geschickt auf.

Wenige Häuser weiter steht das **Erzbischöfliche Palais** (Nr. 7) auf quasi exterritorialem Grund: Der Wohnsitz des obersten Klerikers der Erzdiözese München und Freising dient dem Vatikan als diplomatische Vertretung in München und genießt damit entsprechende Sonderrechte, sodass Papst Benedikt XVI. das schmucke Palais bei seinem umjubelten Münchenbesuch 2006 als Herberge nutzte. Gebaut wurde der heute schweinchenrosa verputzte Bau 1733 als Palais Holnstein, seine überragende kunsthistorische Bedeutung verdankt es seinem Architekten François Cuvilliés, dessen Werk hier als Einziges fast unversehrt die zerstörerischen Zeitläufe überstanden hat.

Nun wieder über Eck an der Einmündung der Prannerstraße angelangt, bieten sich weitere schöne Variationen über das Thema „exklusive Stadtresidenz“: **Palais Neuhaus-Preysing** (Nr. 2), **Palais Seinsheim** (Nr. 7) und **Palais Gise** (Nr. 9) zeigen eine dem Geist Cuvilliés' deutlich verwandte Formensprache – kein Wunder, waren doch die Baumeister allesamt Schüler des großen Rokoko-Meisters.

Eine andere Interpretation effektvoller Palastarchitektur zeigen Fassade und Innenraum des Gebäudes der **Bayerischen Vereinsbank** in der Kardinal-Faulhaber-Straße 1. Hier regiert der selbstbewusste und großzügige Stil der wilhelminischen Gründerzeit.

Innerhalb des Altstadtrings
Tour 3: Das Kreuzviertel → Karte S. 113

Der verjagte Koch

Gastrosophen mit ein wenig Gedächtnis packt auf dem Maximiliansplatz die Wehmut: Hier betrieb von 1979 bis 1993 Eckhart Witzigmann seine legendäre „Aubergine“, Deutschlands erstes vom Guide Michelin mit der Maximalbenotung von drei Sternen geadeltes Restaurant. Witzigmann, der fraglos beste Koch des deutschsprachigen Raums, war damit Motor einer Bewegung, die in den 80er Jahren München zur unbestrittenen Gourmethauptstadt des Landes machte. Mit ihm als Galionsfigur erkochten sich auch seine Schüler Harald Wohlfahrt, Johann Lafer, Hans Haas und viele andere Top-Stars des Gewerbes allerhöchste Weihen. 1993 war aber schlagartig Schluss mit dem Kulinarzauber in der „Aubergine“, Witzigmann verlor wegen eines vergleichsweise läppischen Verstoßes gegen das Betäubungsmittelgesetz seine Schanklizenz – als ob der Koch des Jahrhunderts (außer ihm tragen nur drei weitere Chefs dieses Prädikat) seinen Gästen etwas in den edlen Wein geträufelt hätte.

Nach einem kurzen Intermezzo mit Alfons Schubeck, natürlich auch ein Witzigmann-Schüler, als Pro-forma-Geschäftsführer verlor das als schwierig bekannte Kochgenie dann die Lust und München seine führende Rolle auf der deutschen Feinschmeckerlandkarte. Noch immer kann man in München exzellent essen (verdächtig oft tragen dabei die Küchenchefs der einschlägigen Restaurants den Stallgeruch des Meisters aus Österreich), die kulinarische Spitze Deutschlands behaupten jetzt aber Orte mit so weltläufigen Namen wie Baiersbronn und Grevenbroich. Eckhart Witzigmann verkauft sich derweil mit diversen Medienaktivitäten und Dinnershows deutlich unter Wert. Ein klassisches Eigentor des Münchner Verwaltungsreferats, und so denken wir wehmütig auf einer verlassenen Parkbank des Maximiliansplatzes an Rote-Bete-Gelee, sekundengenau gedämpften Steinbutt und Kartoffelbaumkuchen.

Salvatorkirche

Geld und Macht der Bewohner des Adelsquartiers brauchten natürlich auch ihr Korrektiv, und so traf es sich gut, dass mit der Salvatorkirche (neben der Vereinsbank) bereits seit 1494 ein Ort zur Besinnung, Beichte und Buße zur Verfügung stand. Bis zur Auflassung der Nekropolen innerhalb des Altstadtrings (1788) war die Salvatorkirche vor allem eine Friedhofskirche. An der nördlichen Außenmauer erinnert noch eine Gedenkplatte an die bedeutendsten hier Beigesetzten – oder auch nicht: Cuvilliés ist hier sehr wohl vermerkt, nicht jedoch Maximilian Robespierre, der Vater des Radikaljakobiners der Französischen Revolution. Seit jeher neigt das politische München zu selektiver Wahrnehmung.

Nach dem Reichsdeputationshauptschluss verloren die katholischen Herren dann die Lust an dem schmucken Gotteshaus im Schatten der Frauenkirche und vermachten es den Münchner Protestanten. Die wiederum hatten für den Unterhalt zu wenig Geld und reichten die Salvatorkirche 1829 weiter an die griechisch-orthodoxe Gemeinde, die bis heute dort Gottesdienste nach ihrem Ritus abhält. Sehenswert sind besonders die spätgotischen Fresken an der Mauer neben der oben genannten Gedenkplatte.

Edelshoppingghetto Fünf Höfe

Literaturhaus

Das traditionell reiche und geschäftige Kreuzviertel hat auch ein künstlerisches Gesicht. Von Münchens erstem Opernhaus am Salvatorplatz, 1651 von Franz Schinnagl in einen Kornspeicher eingebaut und kurz darauf von Francesco Santi mit den Insignien der Renaissance aufgehübscht, sind Überreste heute allerdings nicht einmal mehr zu erahnen, das Singspielhaus wurde 1802 wegen Baufälligkeit komplett abgetragen.

In vitaler Aktivität befindet sich seit 1997 hingegen das Literaturhaus neben der Salvatorkirche, in dem die Buch- und Intellektuellenstadt – auch das ist München – einen neuen Brennpunkt gefunden hat. Ein sehr umfangreiches Programm mit Lesungen, Podiumsdiskussionen und Publikumsgesprächen von und mit literarischen Hochkarätern und klugen Köpfen schärft das ästhetische Profil der Stadt.

Das jeweils aktuelle Programm ist unter www.literaturhaus-muenchen.de/programm abrufbar.

Theatinerstraße/ Fünf Höfe

Von der Salvatorkirche sind es nur ein paar Schritte in östlicher Richtung auf der Salvatorstraße bis zur Theatinerstraße. Diese wenigen Meter verbringen Abhängige des vorbildlichen bayerischen Bildungswesens mit demütigem Fluchen: Der Komplex linker Hand beherbergt das Kultusministerium, Erfinder so herr-

Als Götter noch über Hypotheken wachten

licher wie geliebter Errungenschaften wie der des achtjährigen Gymnasiums, Kennern auch als G-8 geläufig. Gegen die Versuchungen heftigen Luxuskonsums nicht immune Stadtbummler sammeln sich hingegen in letzter Askese vor der großen Herausforderung – jetzt wird es richtig teuer. Auf der Theatinerstraße drängen sich die Geschäfte der Edellabels an kleine, vornehme Boutiquen, Traditionsgeschäfte des obersten Preissegments empfangen ihre Kunden der Hautevolee, und das kleine Stück (zugegeben umwerfender) Quarkstrudel kostet 4,20 €. Und ist es einmal bitterkalt und lähmen Regen oder Schnee den lässig-schnellen Griff zum hoffentlich prall gefüllten Portemonnaie – bitteschön, es geht auch drinnen: Seit 2003 bietet das nun komplette Ensemble der **Fünf Höfe** die schöne bunte Welt des edlen Einkaufs auch mit Witterungsschutz. Geschaffen haben die Mall mit den schlingpflanzenbegrünten Glaskatarakten („hängende Gärten") die Stars des modernen Zweckbaus, die Basler Architekten Herzog & de Meuron. Die Gewerbeflächen um Viscardi-, Amira-, Perusa-, Portia- und Maffeihof sind hochfrequentiert oder zumindest umlagert – manche der Flagship-Stores erzeugen mit ihrer kühlen Noblesse (und den kaufrauschhemmenden Preisschildchen) wohl doch etwas Schwellenangst. Dabei muss gar nicht unbedingt eine Erbschaft für ein erfolgreiches Einkaufserlebnis in den Fünf Höfen verjubelt werden: Bei **Muji** am Portiahof gibt es Schickes, Lustiges und Patentes aus der japanischen Designküche für vergleichsweise kleines Geld. Außerdem findet man im Untergeschoss (Eingang am Viscardihof mit der irisierenden Kugelskulptur von Olafur Eliasson) einen gut sortierten Supermarkt – den einzigen weit und breit.

Nach, zwischen oder gar anstelle von Einkäufen kann man München auch in den Fünf Höfen als Kulturstadt erleben. Die **Kunsthalle der Hypo-Kulturstiftung** (erstes Obergeschoss, Eingang an der Theatinerstraße) gehört fraglos zu den wichtigsten und sehenswertesten Museen Münchens. Der potente Sponsor ermöglicht Wechselausstellungen mit wirklich erlesenen Leihgaben. Die

Ausstellungsräume sind eher schlicht, die Konzepte der Kuratoren überzeugen aber oft mit cleveren Layouts.

Aber die Fünf Höfe bieten nicht nur bildende Kunst, zumindest einmal im Jahr präsentieren sie sich auch als Bühne. Zur Eröffnung der Münchner Opernfestspiele Ende Juni werden an verschiedenen Orten des Einkaufskarrees Events in verschiedenen Sparten inszeniert. Die Aufführungen decken mit konventionellen bis avantgardistischen Konzepten die ganze Bandbreite von Konzert, Lied, Literatur, Tanz und eben auch Oper ab. Das Beste ist: Die zum Teil hochkarätig besetzten Darbietungen kosten keinen Eintritt! Entsprechend ist natürlich auch der Zulauf. Bisher platzten die Höfe und Passagen jeweils bereits kurz nach Eröffnung schier aus allen Nähten.

Die **Hypo-Kunsthalle** (www.hypo-kunsthalle.de) ist tägl. von 10 bis 20 Uhr geöffnet. Eintritt je nach Ausstellung ca. 10 €, erm. ca. 5 €.

Marienhof, Alter Hof und Alte Münze

Ein Dauerbrenner, auf dem Stadtplan (von der Hypo-Kunsthalle ca. 100 m auf der Theatinerstraße) wie im Vorabendprogramm. Während sich aber die Daily Soap **Marienhof** seit vielen Tausend Folgen einer treuen Fangemeinde erfreut, mochte den Platz hinter dem Neuen Rathaus (siehe Spaziergang 1, S. 89) eigentlich niemand, und dafür gab es einen durchaus existentiellen Grund: Eigentlich existierte der Marienhof gar nicht – seit Kriegsende war das durchaus stattliche Areal städtisches Ödland. Ab und zu wurde ein (letztlich folgenloser) Architekturwettbewerb ausgeschrieben, hin und wieder ein Monumentalkunstwerk darauf abgestellt, und immer wieder stand großes Baugerät dort herum. Im Frühjahr 2007 wurde der Platz begrünt und auf einmal auch eine beliebte Liegewiese. Aber das blieb ein baumbestandenes Intermezzo, zwischenzeitlich wurde für archäologische Untersuchungen gegraben, wieder zwischenbegrünt, ab 2015 wird aber wohl auf unabsehbare Zeit für die S-Bahn-Entlastungsstrecke gebuddelt.

Zwei der meistbesuchten Ladengeschäfte Münchens haben sich hier angesiedelt: Seit dem Auszug aus den Fünf Höfen erfreut sich die Niederlassung des Edelversenders **Manufactum** (18 → Karte S. 113) äußerst regen Zuspruchs – man will sie ja doch vor dem Kauf einmal anfassen, die schönen Dinge.

Die Laubengänge der Alten Münze

Der Affenturm im Alten Hof

Nicht minder groß ist die Anziehungskraft des Traditionsfeinkosthändlers **Dallmayr** (19 → Karte S. 113), einschlägig bekannt aus unzähligen TV-Werbespots. Das Posieren vor den Schaufenstern der „Spezereien-Handlung" gehört zu den Pflichtfotomotiven vor allem deutscher Touristen; mancher traut sich auch hinein und genießt in den sehr stimmungsvollen Verkaufsräumen den eigentümlichen Mix aus Dekadenz (die Flusskrebse im Granitbecken sind echt und zwicken auch kleine Kinder!) und sozialistischem Service (an jeder Theke neu anstellen, der Edeleinkauf kann dauern).

Überwunden hat die Zeit der stadtplanerischen Stiefmütterlichkeit der angrenzende **Alte Hof.** Nach langer Zeit des prosaischen Zwischennutzes durch die Münchner Finanzbehörden ist der geschichtsschwere Hof nach umfassender Renovierung endlich wieder voll zugänglich. Als letztes Relikt der ersten Stadtresidenz der Wittelsbacher markiert er den Ausgangspunkt der 800-jährigen Erfolgsgeschichte dieses Adelsgeschlechts, bereits ab 1253 hatten die Fürsten hier ihr innerstädtisches Domizil. In durchaus realistischer Einschätzung der wechselhaften Beliebtheit beim Volk wählte man bewusst ein Quartier am Rand der damaligen Stadt, um sich im Krisenfall auch vor der eigenen Bevölkerung in Sicherheit bringen zu können. Von 1325 bis 1347 war der Alte Hof gar das Zentrum des römisch-deutschen Kaiserreichs: Als erster Kaiser installierte Ludwig der Bayer hier einen festen Herrschaftssitz, vorher war das politische Gravitationszentrum des Reichs noch mit dem Regenten von Ort zu Ort gewandert. Die Bausubstanz des beinahe komplett erhaltenen mittelalterlichen Ensembles stammt im Kern aus der Zeit vom Beginn des 13. bis zur Mitte des 15. Jh.

Eines der jüngsten baulichen Elemente des Alten Hofs ist der auch als **„Affenturm"** bezeichnete spätgotische Erker rechts oberhalb der Durchfahrtsöffnung des Torturms. Seinen Namen verdankt er einer Anekdote aus dem höfischen Leben: Angeblich kletterte ein Affe, ansonsten unauffälliges Mitglied des Hofstaats, mit einem Kind auf den langen Armen die schmale Spitze empor und konnte erst nach langem Zureden zur Rückkehr bewegt werden. Bei dem Kind soll es sich um den kleinen Ludwig, den späteren „Bayern", gehandelt haben – die Diskrepanz von Lebenszeit des Kaisers (1282–1347) und Bauzeit des Affenturms (ca. 1470) entlarvt diese Geschichte als bloße Fiktion.

Der Schönste zuletzt: Die Tour durch die Trias der Höfe hinter den Rathäusern findet ihren krönenden Abschluss im Innenhof der **Alten Münze** am Hofgraben (Zugang über die Pfisterstraße schräg rechts gegenüber dem nördlichen Ausgang des Alten Hofs). Die 1567 von Hofbaumeister Wilhelm Egkl geschaffenen dreigeschossigen Laubengänge um

Die erste Pflasterstraße: Burgstraße

die leicht trapezförmige Innenfläche markieren ein echtes Highlight der Renaissancebaukunst in München. Seiner überragenden architekturhistorischen Bedeutung zum Trotz ist der Münzhof (mitunter auch fälschlich als „Turnierhof" bezeichnet) immer noch fast ein Geheimtipp, nur wenige Touristen würdigen den wunderschönen Ort mit einem Besuch. Vor allem mit der westlichen Abendsonne ist der Münzhof zudem ein hervorragendes Fotomotiv.

Ein ebenfalls bemerkenswerter Bestandteil des Ensembles ist der frühklassizistische Bau an der Westseite. Johann Andreas Gärtner (der Vater des Klassizismus-Heroen Friedrich von Gärtner) setze hier dem schnöden Geld ein vornehmes Denkmal: „Moneta regia" („Königliche Münze" oder eben auch „Königin Geld") steht in großen Kupferbuchstaben unter dem Relief Ludwig Schwanthalers mit weiblichen Allegorien der wichtigsten Münzmetalle Kupfer, Silber und Gold. Seit 1809 wurde hier – bis 1982, also weit in die bundesrepublikanische Zeit hinein – das Hartgeld geprägt. In einem Vorgängerbau hatte Herzog Albrecht V. seine Bibliothek und „Kunstkammer" untergebracht. Letztere Sammlung galt als eines der ersten Museen nördlich der Alpen und ist damit, wenn auch längst verlagert, ein maßgeblicher Bestandteil des Mythos der Kulturstadt München.

Die Alte Münze beherbergt heute das Landesamt für Denkmalpflege, und damit ist auch der Innenhof den einigermaßen rigiden behördlichen Öffnungszeiten unterworfen: Mo–Do 8–16.15, Fr 8–14 Uhr, Sa/So und Feiertage geschlossen.

Praktische Infos

→ Karte S. 113

Cafés & Snacks

Oskar Maria 7, Brasserie im Literaturhaus. Funktioniert nicht nur als Weißweintanke für den schöngeistigen Schwatz nach den Veranstaltungen in den oberen Stockwerken, man kann hier auch ganz ausgezeichnet essen. Und fast noch schöner sitzen: Eyecatcher der Innenraumgestaltung sind die Textlaufbänder von Jenny Holzer mit Satzfetzen aus dem Werk des bayerischen Literatur-Urviechs Oskar Maria Graf. Salvatorplatz 1.

Auf halber Höhe der Sparkassenstraße treffen sich die Extreme: In der Traditionsadresse **Haxnbauer 21** beißen kleine Japaner in riesige Schweinsfüße von deutschen Turbosauen.

Gastronomie in den Fünf Höfen: Natürlich gibt es in den Fünf Höfen zahlreiche gastronomische Angebote. Am schicksten ist es wahrscheinlich im **Armani-Café 8**, auf jeden Fall sind die Mineralwasserflaschen die stylishsten der Stadt. Das Essen ist in Ordnung, aber sehr teuer.

Zur Mittagszeit drängen sich die Angestellten der umliegenden Büros in Divisionsstärke bei Systemgastronomie im **Vapiano 10**. Warum, weiß eigentlich keiner, aber es sind halt alle da.

Richtig gutes Thai-Food bei authentisch asiatischer Enge gibt es bei **Kaimug 9**. Das hat gelegentlich erhebliche Wartezeiten zur Folge (Platz und Mahlzeit) – es lohnt sich aber.

An der Außenfront zur Maffeistraße sitzen in **Schumann's Tagesbar 13** all die schön reichen Reichen und Schönen, die abends auch die Bar der Tresenlegende in der Luitpoldstraße bevölkern.

Einkaufen

Der Ritterkreuzträger unter den Edelschokoladendealern ist **Stolberg 25** in der Ledererstr. 10. Alle Sorten, alle Provenienzen und alle Kalorien: schöner war Übergewicht selten.

››› **Mein Tipp:** (bzw. der Tipp einer Radikalästhetin mit Staatsexamen) – darauf schwört der Eremit unter den Zweirad-Mönchen: Singlespeed und Fixies. Keine Züge, keine Hebel – nur nackertes Radl. Die schicksten Elementarbikes hat **stilrad** in der Neuen Maxburg (Pacellistr. 5). ‹‹‹

Stammgast in den Einkaufstipps der großen Modezeitschriften ist **Off & Co 14** (Promenadeplatz 1). Große und kleine Labels, unter anderem führt man hier die Stücke des spektakulären Jersey-Newcomers Odeeh.

Maximilianstraße und Residenz

Die Maximilianstraße ist die zwiespältigste unter den Münchner Prachtstraßen. In der Wahrnehmung vieler Stadtbesucher – und auch der Münchner selbst – besteht sie ausschließlich aus höchstpreisigen Konsumtempeln. Und tatsächlich: Die gibt es hier en masse. Dass unter dieser Adresse auch Institutionen großer Kunst, ruhmreicher Vergangenheit, politischer Relevanz und aktivsten Kulturlebens firmieren, wird dabei glatt unterschlagen.

„Veni, vidi, Gucci!" – so lautet, könnte man meinen, der Schlachtruf des typischen Maximilianstraßenflaneurs. Tatsächlich ist zwischen Max-Joseph-Platz und Altstadtring fast jedes international renommierte Modelabel mit einer marmor- oder edelholzgetäfelten Dependance präsent. Das macht diesen Straßenzug einerseits vornehm, andererseits auch etwas austauschbar, denn die Kollektionen der großen Couturiers gleichen denen in Paris, Tokio und Hongkong natürlich bis in die letzte Kaschmirfaser, und auch Patek, Tiffany & Co. halten keine bayernexklusiven Zeitmesser und Geschmeide vor. Einen Lebensmittelmarkt oder gar eine Drogerie sucht man vergeblich, und so ist die Maximilianstraße kein Wohnort (obwohl auch hier noch Menschen – auch mit niedrigen Steuersätzen – wirklich leben), sondern Ort für Repräsentation, Glanz und Show. Der um keine Boshaftigkeit verlegene Lokalanarchist Herbert Achternbusch meinte gar, die Straße gehöre „den vom Geld Erfrorenen".

Wie so manch andere Topadresse der Stadt auch ist die Maximilianstraße nicht gewachsen, sondern Ergebnis rationaler und kalkulierender Planung. Maximilian II., Sohn des im heftigen Unfrieden 1848 von seinem Volk geschiedenen Ludwig I., erkannte in der bis dahin

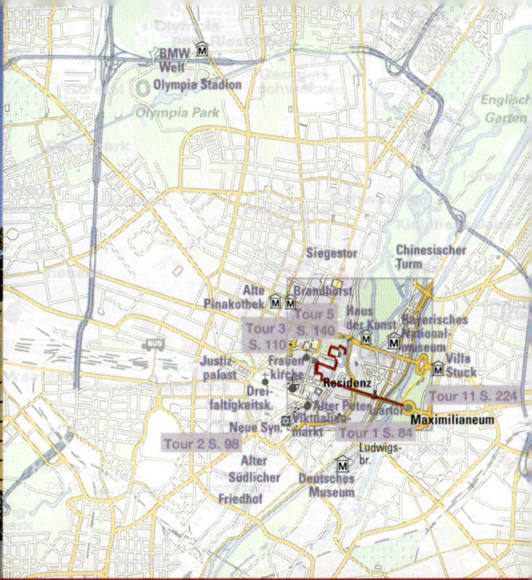

zufälligen Bebauung zwischen Graggenauer Viertel und Residenz eine Chance für seine städtebauliche Profilierung. Bereits als Kronprinz ließ er recht intensiv über eine Verbindung zwischen der Altstadt und den rasch wachsenden Vororten rechts der Isar nachdenken. Kaum das Zepter in der H and, schrieb er einen Wettbewerb aus, den 1852 die Architekten Bürklein (in Folge federführend), Gottgetreu, Riedel, Voit und Ziebland mit einem einheitlichen Fassadenentwurf gewannen und damit die Vorgaben des „Maximilianstils" festlegten. Der König lächelte zufrieden. Andere konnten sich den Spott nicht verkneifen: „Jetzt wachsen die Bäume so weit heran, dass man die Gebäude nicht mehr überall zu sehen braucht", gab etwa der Schweizer Kunsthistoriker Jakob Burckhart hämisch zu Protokoll.

Der optische Fluchtpunkt des Straßenzugs ist das Maximilianeum hoch über dem rechten Isarufer, heute – fast 20 Jahre nach Franz Josef Strauß – jeglicher monarchischen Würde beraubt und als Sitz des Bayerischen Landtags völlig demokratisiert.

Im oberen Teil – von der Maximiliansbrücke bis zu den Gebäuden der Regierung von Oberbayern und dem Museum für Völkerkunde – ist der Geist des Ursprungsentwurfs ziemlich unversehrt bewahrt. Hinter der Kreuzung mit dem Ring bis zum Max-Joseph-Platz löst sich die Geschlossenheit im Boutiquengewimmel dann etwas auf.

Ein echter klassischer Sightseeing-Knaller liegt aber nur einen Steinwurf entfernt: Zwischen Maximilianstraße und dem recht kleinen, aber idyllischen Hofgarten erstreckt sich die riesige Anlage der Münchner Residenz, in ihrer Ausdehnung fast ein eigener Stadtteil. In etwas mehr als 300 Jahren schufen sich hier die Wittelsbacher Herrscher einen der großartigsten Wohn- und Regierungssitze Europas. Mit 130 (!) Schauräumen, zehn Innenhöfen und drei Theatern aus allen Kunstepochen von Renaissance bis Klassizismus ist die Residenz gleichzeitig ein Kunstdenkmal und ein Museum von ganz eigener, gewaltiger Dimension und steht im Startfeld der an Sehenswürdigkeiten gewiss nicht armen Stadt ganz unbestritten auf der Poleposition.

Die vielbeschworene südliche Gemütlichkeit Münchens, sie findet zwischen monarchischem Bombast, ehrfurchtgebietender Administration und der saturierten Coolness der Edelgeschäfte im nordöstlichen Teil der Innenstadt nur wenige Refugien. Residenz und Maximilianstraße markieren im kulturellen wie sozialen Gefüge des Stadtbilds die oberen Endpunkte. Schnäppchen, im Positiven wie im Negativen, sucht man hier vergeblich, das Preisniveau ist durchgängig hoch, der Gegenwert aber meist entsprechend – ob man jetzt einkauft, chillt (schicke Clubs), ins Theater geht (Oper und zwei herausragende Sprechbühnen) oder einfach nur parkt (1 € für 12 Minuten – ein deutscher Spitzenwert!).

Spaziergang 4

Maximilianeum

Die Maximilianstraße ist eine kurze Prachtstraße. Von der Max-Planck-Straße (der Ring um das Maximilianeum) bis zum Max-Joseph-Platz misst sie knapp 1,2 km, kann also bequem in einem Zug abflaniert werden. Für einen ersten Überblick ist der Startpunkt am hohen Isarufer ideal, deshalb beginnt diese Tour am Maximilianeum (Tram 19 Maximilianeum oder Ⓤ 4/5 Max-Weber-Platz, wenige Schritte oberhalb).

Bis auf den heutigen Tag ist der Kulissenbau mit seinen großartigen Arkaden seiner Bestimmung nach eine Bildungseinrichtung, mittlerweile dominiert allerdings ein erst recht spät zugezogener Mieter die öffentliche Wahrnehmung des Komplexes: Seit 1949 ist der Bayerische Landtag in den Sälen und Loggien des Maximilianeums zuhause. Der immer weiter steigende administrative Aufwand des Landesparlaments hat seitdem erhebliche Erweiterungen notwendig gemacht. In einem Akt unge-

Maximilianeum: Edelinternat und Parlament

Talentvolle bayerische Jünglinge – die Stiftung Maximilianeum

Knappes Wohnungsangebot? Teure Kneipen? Fragen, um die sich jährlich sechs bis acht Studienanfänger der Münchner Universitäten keine Sorgen machen müssen, wohnen sie doch bei freier Kost und Logis auf der Regierungsanhöhe. Lediglich ein Notendurchschnitt von 1,0 im Abitur und ein Wohnsitz in Bayern oder der linksrheinischen Pfalz (zwischen 1816 und 1945 Teil Bayerns) sind nötig, um in der feinen und sorgenfreien Adresse residieren zu dürfen. Zusätzlich muss nur noch ein rigides internes Auswahlverfahren nach den Stiftungsrichtlinien (Maximsprüfung mit dem legendären „Wiesenblumentest" – die Probanden müssen Pflanzen der heimatlichen Flora identifizieren) erfolgreich durchlaufen werden. Dann aber kann man sich einreihen in den Kreis der Besten der Besten – „Franz Josef Strauß", „Werner Heisenberg", „Carl Amery" wispern die geschichtsschwangeren Korridore der Anstalt. Rechtliche Grundlage für die hingebungsvolle Fürsorge um den akademischen Nachwuchs ist die von Ludwig II. unterzeichnete Stiftungsurkunde vom 20. August 1876, als geistiger Vater kommt jedoch nur Max II. in Betracht, der den Neubau schon ganz am Anfang seiner Konzeption der Maximilianstraße diesem hehren Zweck designierte. Allerdings nur für Jungs – erst 1980 erlag der Stiftungsvorstand dem neumodischen koedukativen Zeitgeist und ließ auch (mit der rechtlichen Konstruktion einer Zustiftung) schlaue Mädchen für die Studienbetreuung de luxe in der WG mit dem Landtag zu.

ahnter Weisheit wurden die zusätzlichen Flügel allesamt hinter der Schokoladenseite zur Isar angefügt – die Rolle als krönender Abschluss des Maximilianstils am Ende der gleichnamigen Straße blieb dem Maximilianeum damit uneingeschränkt erhalten.

Die Planungen für den Bau nahmen schon in den ursprünglichen Überlegungen Maximilians II. zur „Stadtverschönerung" (1832) eine zentrale Stellung ein und waren auch ein Kernaspekt des 1850 schließlich ausgeschriebenen Wettbewerbs. Friedrich Bürklein, der Spiritus Rector des Maximilianstils, wurde folgerichtig mit Planung und Realisierung eines „großen Nationalbaus auf der Isarhöhe bei [!] München" zur „Hebung des monarchischen nationalen Volksgeistes" (beide Zitate von Maximilian II.) betraut. Weil das Gebäude nicht nur schön sein, sondern auch einem Zweck dienen sollte, kam bald der Gedanke an ein Spitzeninternat für die besten Schüler des Landes auf, und als solches wurde das Maximilianeum dann auch errichtet. Freilich: Nur für die Ausbildung einer zukünftigen Verwaltungselite hätte es gar so aufwendig nicht werden müssen, aber die Wittelsbacher waren der Show ja selten abgeneigt, und so prahlt die Westfassade mit 22 Büsten von Großen der Geschichte und großflächigen Mosaiken mit Spitzenleistungen der Diplomatie, Gottesfurcht und Kulturförderung des Herrscherhauses. Das Innere beherbergte neben den Räumen der Studienstiftung auch eine Gemäldegalerie (heute weitgehend ausgelagert) und einige Großfresken mit historisierenden Motiven. Das Café in den Arkaden mit seinem prächtigen Rundblick fiel nach dem Krieg leider den Sicherheitsbedürfnissen der neu eingezogenen Parlamentarier zum Opfer.

Als transparentes demokratisches Parlament kann das Maximilianeum natürlich auch betreten werden – allerdings nur zur passiven Teilhabe an Plenarsitzungen. Das Sitzungsprogramm findet man aktuell im

Maximilianstraße und Residenz → Karte S. 129

Netz unter www.bayern.landtag.de/tagesuebersicht.index.jsp. Eine umfangreiche Begehung des Kulturdenkmals Maximilianeum mit seinen historischen Sälen und Loggien ist leider nur am Tag der offenen Tür (alle zwei Jahre!) möglich.

Das Forum: Zwischen Isar und Altstadtring

Auf der **Maximiliansbrücke** von Oberstadtbaurat Arnold Zenetti (erbaut 1857–1861) wacht seit 1906 Pallas Athene (Skulptur von Franz Drexler) in der typischen Trutzhaftigkeit des Wilhelminismus über die Elitezöglinge Bayerns. Freunde des floralen Jugendstils werden indes eher einen Kennerblick auf die schnörkeligen Steingeländer von Friedrich Thiersch (Neugestaltung der Brücke 1905) werfen – alle anderen freuen sich am Ensemble von Isaranlagen, dem auch bei mittlerem Wasserstand dramatisch brausenden Wasserfall und an der Stadtsilhouette. Wenige Meter weiter eröffnet dann das **Maxmonument,** ein Denkmal des gestaltungsfreudigen Königs, den großzügigsten Abschnitt der Maximilianstraße, das sog. Forum. Die antikisierende Bezeichnung ist etwas irreführend, denn die halbkreisförmigen Abschlüsse des hier sehr breiten Straßenzugs wurden nur am östlichen Ende realisiert. Durch die Altstadtringkreuzung sind sie heute unkenntlich, geblieben ist jedoch die boulevardeske Anmutung durch die weit zurückgesetzten Fassaden und die begrünten Vorflächen. Mit dem **Gebäude der Regierung von Oberbayern** zur Rechten und dem **Museum für Völkerkunde** ist hier der Maximilianstil in ziemlicher Reinform erhalten geblieben. Die 170 m lange Terrakottafront des Regierungsgebäudes (Friedrich Bürklein 1856–64) ist der in München auch andernorts recht beliebten Neugotik verpflichtet, und tatsächlich ist die kathedralenhafte Anmutung des Baus nicht zu leugnen.

Das **Staatliche Museum für Völkerkunde** gegenüber hat eine recht wechselhafte Nutzungsgeschichte. Im ursprünglichen Gesamtentwurf waren hier von Friedrich Bürklein drei Blöcke mit verschiedenen Bildungseinrichtungen (Maximiliansgym-

Die Regierung von Oberbayern

nasium, Taubstummeninstitut, Künstlerhaus, Polytechnikum) vorgesehen, dann aber besann sich der König auf seine kulturelle Verantwortung und seine vielen wertvollen Kunstgegenstände und ließ die schon fertiggestellten Rohbauten wieder abreißen.

Ein Bayerisches Nationalmuseum musste her – auf einer Bildungsreise war Maximilian angefixt worden. Paris (Musée de l'Histoire/Versailles) und London (South Kensington Museum) hatten den König wohl neidgelb anlaufen lassen und seinen Appetit auf ein vergleichbares Objekt geweckt. Aber schon bald nach der neuerlichen Fertigstellung 1863 war der Bau für die vielen Preziosen zu klein geworden, und die Sammlung zog ein paar Hundert Meter östlich in den Neubau an der Prinzregentenstraße. In die Bresche sprang Oskar von Miller mit seinem ersten Deutschen Museum (1906), aber auch der verabschiedete sich mit seinen Dampfmaschinen und Apparaturen schon 1925 in Richtung Museumsinsel. Seit 1926 sind hier nun die 150.000 Exponate des Völkerkundemuseums in wechselnden Ausstellungen zu sehen, damit ist das um einen Erweiterungsbau von 1987 ergänzte Museum die zweitgrößte volkskundliche

Ethno-Multi-Kulti, museal veredelt

Sammlung Deutschlands. Kinder mögen vor allem den sehr lebhaft gestalteten Nordamerikasaal (Cowboys! Indianer!!), manch andere Abteilung neigt hingegen etwas zum Staubtrockenen. Nette Ethnoaccessoires gibt es übrigens im Museumsladen „Caravanserei".

Das **Museum für Völkerkunde** hat Di–So von 9.30 bis 17.30 Uhr geöffnet. Erw. 5 €, Kinder 4 €, Sonderausstellungen kosten einen Aufpreis.

Weiter bis zum Max-Joseph-Platz

Hinter dem Altstadtring entfaltet sich neben der architektonischen auch die urbane Qualität der Maximilianstraße. Kein Quadratmeter der Erdgeschossflächen ist unvermietet – trotz oder gerade wegen der absurden Mietpreise. Münchner sieht man beim internationalen Shopping auf der Luxusmeile eher weniger, der Bedarf an Hermès-Tüchern und Chanel-Kostümen ist bei der Urbevölkerung entweder schon gedeckt oder einfach nur begrenzt.

Die beiden ältesten Gebäude dieses Straßenabschnitts tragen die Hausnummern 32 (**Haus Lorenz**) und 17 (das heutige **Hotel Vier Jahreszeiten**). Beide sind in der ersten Bauphase des städtebaulichen Gesamtvorhabens zwischen 1854 und 1857 entstanden und konnten sich – wie man den umgebenden Gebäuden ansieht – als stilbildend durchsetzen.

Münchner Kammerspiele

Auch das Gebäude der Münchner Kammerspiele passt in das vorgegebene ästhetische Raster, gebaut wurde es aber deutlich später, um 1900. Das allerdings sieht man so richtig erst im Inneren: Das Schauspielhaus ist (neben dem Cottbuser) das einzige Jugendstiltheater Deutschlands und lässt den Besucher darüber auch in keinem Detail im Unklaren. Zwischenzeitlich war das auch einmal anders: 1950 konnte man die ganzen Schnörkel mit dem vorgeblich modernistischen Geist der Nachkriegszeit nicht mehr vereinbaren und gab dem Haus den Charme einer Provinzturnhalle; 1971 durfte Reinhard Riemerschmid (der Großneffe des Gestalters von 1900/01) den Originalzustand wiederherstellen. Eine weitere, äußerst umfangreiche Renovierung zwischen 2000 und 2003 wurde, zumindest die Hauptbühne betreffend, in ausschließlich restaurativem Geist gehandhabt. Zeitgleich entstand im rückwärtigen Bereich zur Falckenbergstraße mit dem Neuen Haus ein hochfunktionaler Neubau, sodass die Kammerspiele heute über insgesamt fünf Spielstätten in der Innenstadt verfügen. Das Haus zählt seit seiner Gründung 1911 zu den führenden Sprechbühnen des deutschsprachigen Raums. Die Intendanz Frank Baumbauers (2001–09) hat diese Position noch einmal befestigt, der Ägide des Niederländers Johan Simons (seit 2010) ist indes kaum Stilbildendes anzumerken.

Nationaltheater

Die Maximilianstraße hätte noch schöner sein können – hätte man nur den ursprünglichen Plan von Bürklein & Co. verwirklicht, die Häuserfassaden mit Arkaden zu versehen. Das hätte nicht nur einen Hauch Italien in die Stadt gebracht, auch der Luxuseinkauf ließe sich heute im bayerischen Landregen trockenen Fußes erledigen. Wie die Arkadenlösung ausgesehen hätte, erkennt man an der Frontseite der Alten Münze (siehe Spaziergang 3, S. 120), wo man sich auch für die Hochkulturattacke bestens

Der Mosi – ein modernes Original

Das Erdgeschoss der Maximilianstraße 14 beherbergt heute ein vergleichsweise nüchternes Juweliergeschäft. Das Sortiment, zeitlose Zeitanzeiger Schweizer Provenienz und stilsichere Nobelaccessoires, wirkt angesichts des in jeder Hinsicht schillernden Vormieters dieser Räume fast wie ein ironischer Kommentar, denn nüchtern und zeitlos war er nie, der Rudolph Moshammer, und seine Kreationen waren es auch nicht. Ob nun München in modischer Hinsicht durch das Verschwinden seines Ladengeschäfts wirklich ärmer geworden ist, sei dahingestellt, aber die Boulevardpresse nicht nur der Landeshauptstadt vermisst ihn sehr – die unglaubliche Fönfrisur (oder war es Fiberglas? Beton?) des Rudolph Moshammer war so sehr Inbegriff der Münchner Bussi-Schickeria geworden, dass ein Artikel über das Promi-Partyleben an der Isar ohne ein Foto des selbsternannten Modekönigs irgendwie unvollständig wirkte. Nach seinem gewaltsamen Tod im Januar 2005 – eine unappetitliche Geschichte um Stricher, ein Telefonkabel und wenige Hundert Euro – wurde die Schaufensterfront des Ladens in der Maximilianstraße für Wochen zur Pilgerstätte von Lesern der Yellow Press, und ein veritables Blumenmeer blockierte den Fußgängerverkehr vor der verwaisten Auslage. Bis heute vergeht kein journalistisches Sommerloch ohne einen Artikel über den (gar nicht so) mysteriösen Tod des großen „Mosi“ oder wenigstens über das einsame Schicksal Daisys, des Handtaschenersatzes des Meisters in Form eines Yorkshireterriers. Man kann das alles für Zirkus halten, sollte aber hinter dem ganzen Firlefanz und dem oft auch dummen Geschwätz Moshammers den sozial reflektierten und ungemein großzügigen Mitbürger nicht vergessen: Der im besten Wortsinn exzentrische Modemacher war ein wichtiger Sponsor der Obdachlosenzeitung BISS (siehe S. 191) und aktiver Pate des Suchtentwöhnungszentrums für Alkoholkranke. Seine – selbstredend glamourös dimensionierte – Grabstätte auf dem Ostfriedhof ist nicht zuletzt deshalb ein hochfrequentierter Ort für florale Devotionsgaben.

wappnen kann: In der Sortimentsbuchhandlung *Walther Dessauer* (10 → Karte S. 129) wird man zwar nicht freundlicher, dafür aber kompetenter als anderswo mit Literatur über Musik und Musiktheater versorgt. Primäres Anschauungsmaterial für die frisch erworbene Fachkenntnis gibt es im **Nationaltheater** gegenüber. Die mit deutlichem Abstand größte Bühne Münchens öffnet ihren gewaltigen roten Vorhang ausschließlich mit musikalischer Begleitung, der Riesenbau (über 2100 Plätze! 2500 m² Bühnenfläche!! 17 m Portalbreite!!!) fungiert seit 1818 als Opernhaus der Stadt. Als Architekt wird meistens der Hofbaumeister Ludwigs I., Leo von Klenze, genannt, aber das stimmt nur zum Teil. Der Entwurf stammt nämlich von Karl von Fischer, der aber 1823, nachdem der gerade eröffnete Kulturtempel in Flammen aufgegangen war, für den Wiederaufbau nicht mehr zur Verfügung stehen konnte: Er war schon 1820 erst 38-jährig gestorben. Erst jetzt übernahm Klenze, hielt sich dabei aber weitgehend an Fischers Original, sieht man einmal davon ab, dass er die beiden Seitenflügel kappen ließ.

Im Nationaltheater

1943 brannte das Nationaltheater ein weiteres Mal völlig ab und wurde 1958–63 wieder in den Vorkriegszustand versetzt, ein Wettbewerb für einen zeitgenössischen Bau hatte kein akzeptables Ergebnis gezeitigt. Auch beim Innenraum wurde eher rekonstruiert als neu geplant, und der fast orgiastische Akkord von Rot, Weiß und viel Gold blieb erhalten. Zentrum des in fünf Rängen steil in die Höhe wachsenden Zuschauerraums ist die große Königsloge im ersten Rang. Hier genoss Märchenkönig Ludwig II. seine legendären nächtlichen Privatvorstellungen.

Residenztheater/Hauptpost

Die Säulen-Giebel-Kaskade des Nationaltheaters dominiert die Ostseite des großzügigen Max-Joseph-Platzes. Das **Residenztheater**, ebenfalls eine große und bedeutende Bühne des Staatstheaters, verschwindet links daneben optisch weitgehend. Das war wohl auch Absicht, als das Haus 1948 als Ersatzspielstätte für das total zerstörte Cuvilliés-Theater errichtet wurde – gegen eindrucksvolle Repräsentationsbauten standen die knappen Mittel und der verschüchterte Geist der Nachkriegszeit.

Die Südseite des Platzes könnte da eher punkten: Die **Hofpost** mit ihren offenen Bogenhallen und bunten Fresken zeigt ihren klassizistischen Charme jetzt in kaum getrocknetem Lack. Der Komplex wurde völlig entkernt und einer typischen Umnutzung im Geist der Maximilianstraße zugeführt: Luxusappartements, Luxusläden, Luxusrestaurants, Luxussonstwas – das brauchte die Stadt auch grade dringend. Wechselnde Mieterschaft hat aber Tradition: Gebaut wurde es ursprünglich als Palais Toerrig-Jettenbach, Klenze machte 1838 die formidable Dienststelle des königlichen Logistikdienstleisters daraus und in

Kein Briefmarkenverkauf: die Hauptpost

bundesrepublikanischen Zeiten übernahm der Rechtsnachfolger Deutsche Bundespost. Das dritte maßgebliche Gestaltungselement des Platzes ist schließlich der nördlich abschließende Königsbau der Residenz, als Wohntrakt für Ludwig I. erbaut. Inspiriert von Renaissancepalästen in Florenz, schuf Klenze hier eine mächtige Schaufassade, die bei den Münchnern besonders an sonnigen Wintertagen sehr beliebt ist: Auch wenn es ansonsten bitterkalt um die Ecken pfeift, wärmt hier die fahle Sonne den geschützten Winkel so weit auf, dass man auch im Januar manchmal im T-Shirt von warmen Sommertagen träumen kann.

Denkmal für Max I. Joseph

Die monumentale Einfassung lässt den Max-Joseph-Platz auf den ersten Blick etwas leer erscheinen, zumal Fußgängerverkehr und Touristenstrom um die Freifläche herumgespült werden. Auch der Autoverkehr ist seit der Umwandlung der Maximilianstraße in eine faktische Sackgasse nur noch sporadisch präsent. Gelegentlich rollt ein Oberklassefabrikat in die bemerkenswert teure Tiefgarage (die Stellplatzmiete überschreitet bei älteren Modellen leicht einmal den Wagenwert), und abends werden in unpraktisches Tuch gewandete Opernbesucher am Fuß der Treppen des Nationaltheaters aus dem Limousinenfond gespuckt. Die Mitte des Platzes gehört so seinem Namensgeber: Maximilian I. Joseph von Bayern, dem ersten König des Landes. Den schnöden Kurfürsten- und Herzogstitel – angetreten war er noch als Max IV. Joseph – konnte er nach 1806 endlich entsorgen, Preis dafür war der gewaltige Blutzoll unter den männlichen Untertanen für die Heerfolge an Napoleons Seite. Seiner Beliebtheit tat dies keinen Abbruch, als „Vater Max“ genoss er bei der Bevölkerung großes Ansehen. Das von Johann Baptist Stiglmaier aus Erz gegossene Denkmal für Max I. Joseph wurde 1835 enthüllt und zeigt den König sitzend auf seinem Thron. Der wiederum ruht auf einem hohen Bronzesockel mit allegorischer Darstellung der königlichen Lebensleistung, bewacht wird das Ganze von vier bayerischen Löwen. Der König selbst hätte sich lieber dynamischer gesehen, konnte aber keinen Einfluss mehr nehmen – er war bereits 1825 gestorben.

Die Residenz: ein wittelsbachisches Gesamtkunstwerk

Der Stadtwohnsitz der Wittelsbacher ist durch und durch unbescheiden: Über zwölf Hektar der knappen Altstadtfläche (inkl. Nationaltheater und Hofgarten) werden von Gebäuden, Höfen und Funktionsflächen der Residenz belegt, deutlich über zwei Hektar davon sind überdacht. Damit ist die Residenz das größte Innenstadtschloss Deutschlands und eines der größten Raumkunstwerke weltweit.

Keimzelle der Anlage ist die **Neuveste,** eine Rückzugsburg für die von aufsässigen Münchner Bürgern geplagten wittelsbachischen Herzöge. Der Baubeginn datiert von 1385, Auftraggeber waren Stephan III., Johann II. und Friedrich der Weise, die in Co-Regentschaft amtierten. Die letzten Reste dieser gotischen Stadtfestung wurden erst im 19. Jh. geschleift.

Herzog Albrecht V. brachte zwischen 1560 und 1570 erstmals den Geist der Renaissance an den nordöstlichen Stadtgraben. Mit dem Antiquarium (s. u.), dem bedeutendsten und größten Raum der Stilepoche nördlich der Alpen, schuf er den Nukleus der heutigen Residenz. Seine Nachfolger, Wilhelm V. und vor allem Maximilian I., legten dann mit der Errichtung der Trakte um den Brunnen-, Apotheker- und Kaiserhof (s. u.) die westlichen und nördlichen Grenzen des Areals fest.

Zwischen 1651 und 1799 erlahmte die Neubautätigkeit ziemlich (die Schlösser Nymphenburg und Schleißheim banden enorme Ressourcen). Man beschränkte sich auf den Anbau des Alten Residenztheaters (heute Cuvilliés-Theater, an den Apothekenflügel verlegt) und den Innenausbau. So richtig krachen ließen es dann wieder die ersten bayerischen Könige Max I. und Ludwig I. (1799–1848). Mit dem Königsbau (zum Max-Joseph-Platz), dem Festsaalbau mit Herkulessaal (zum Hofgarten), der Allerheiligen-Hofkirche und dem Nationaltheater war das wittelsbachische Gesamtkunstwerk dann praktisch fertig. Dem 20. Jh. blieben dann die fast komplette Zerstörung und die Rekonstruktion vorbehalten. Dabei wurde leider auch der Marstallplatz durch den Magazinbau hinter dem Nationaltheater in seiner Geometrie zerstört.

Der Königsbau der Residenz

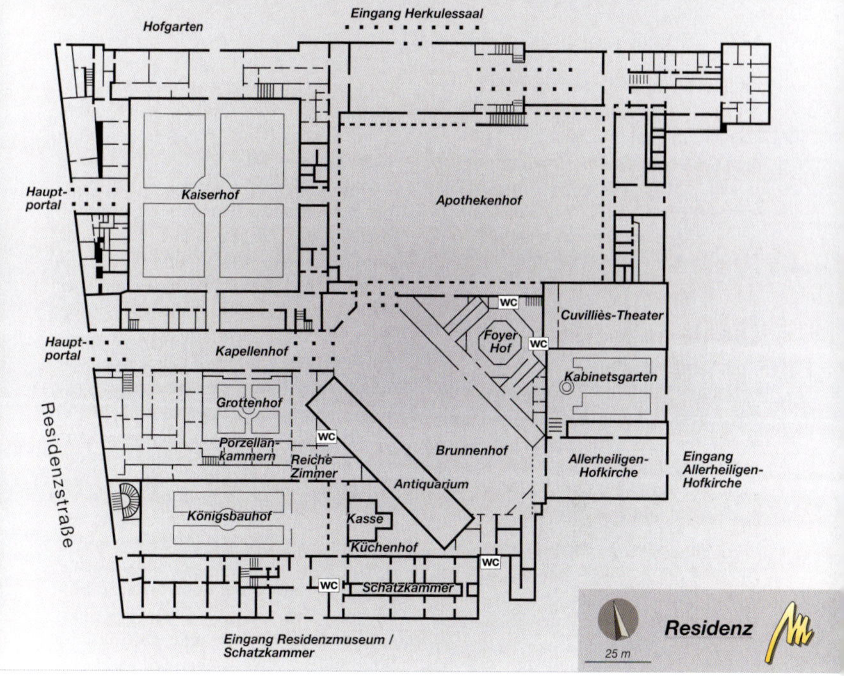

Residenzmuseum

Alle 130 Schauräume absolvieren wahrscheinlich nur die hartnäckigsten Kunstgeschichtsfreaks – für einen Erstbesuch tut es auch die folgende Rennstrecke mit den größten Knallern:

Grüne Galerie: Die prunkvolle Passage direkt hinter dem Kassenbereich gilt vor allem wegen ihrer zweigeschossigen Fassade zum Königsbauhof als architektonisches Hauptwerk des großen Ausstatters François Cuvilliés.

Ahnengalerie: 121 Porträts mit viel Gold drum herum belegen die beeindruckend langen und edlen wittelsbachischen Blutlinien; zumindest die behaupteten – der eine oder andere Bankert wird wohl auch dabei sein. Die Porzellankammer gleich anschließend auch noch mitnehmen, dann zurück und hinauf ins erste Obergeschoss zu den ...

Reichen Zimmern: Die Raumfolge vom Antichambre bis zum Chinesischen Kabinett ist eine frühe Explosion des Rokoko. Wenngleich die Epoche noch eine ganze Zeit andauerte, gilt das Werk Joseph Effners und vor allem Cuvilliés' vielen als unübertroffen. Zurück ins Erdgeschoss gelangt man über die Kurfürstenzimmer über dem Antiquarium in allerfeinstem Rokoko – alles so schön bunt hier!

Antiquarium: Der Gewölbegang war ursprünglich eine Bibliothek, deren Bestände später den Grundstock der heutigen Staatsbibliothek bildeten. Das Fehlen der Bände fällt aber nicht weiter auf, in weiser Voraussicht ließ Albrecht V. den Raum auch als Ausstellungshalle für seine (teilweise antiken) Skulpturen planen – und die stehen heute noch da. An den Wänden zu bewundern: die älteste topographische Ansicht Bayerns (u. a. Hans Donauer, Peter Candid).

Schatzkammer: Hier befinden sich die Hauskleinodien der Wittelsbacher und allerlei gülden Gerät – geerbt (bayerische Kroninsignien), gekauft (Schmuck für die Gattinnen) und natürlich auch geklaut (Beutestücke aus den Türkenkriegen). Separater Zugang.

April bis Mitte Okt. 9–18 Uhr, restl. Jahr 10–17 Uhr. Karten für Residenzmuseum und Schatzkammer kosten je 7 €, erm. 6 €, als Kombiticket deutlich günstiger für 11 € bzw. 9 €. Schüler mit Schülerausweis haben freien Eintritt zu den Sammlungen.

Die Residenzhöfe

Den **Königsbauhof** passiert unweigerlich jeder Besucher des Residenzmuseums, dessen Haupteingang und Kasse sich hinter der klassizistischen Flanke des Königsbaus befinden. Der nächste und wahrscheinlich schmusigste Innenhof ist der **Grottenhof,** der als „geheimes Lustgärtlein“ aber nur von den Räumen der Residenz her betreten werden kann. Die kleine Grünfläche stammt bereits aus der Frühzeit der Anlage unter Wilhelm V. und trägt den entsprechenden Zierrat der Renaissance. Von den beiden Bogengängen ist nach einem Umbau unter Cuvilliés leider nur noch einer erhalten, der Charme des – immer noch intimen – Grottenhofs hat darunter schon ein wenig gelitten.

Die kurze **Residenzstraße** außerhalb verbindet den Max-Joseph-Platz mit dem östlichen Odeonsplatz, dem Ausgangspunkt der Ludwigstraße, und schafft so ein Junktim zwischen dem herzoglichen Erbe der Wittelsbacher und der Neuplanung der Stadt unter der Königsherrschaft des bayerischen Adelshauses. Die Fassade der Residenz zu dieser Seite zeigt unübersehbar die Stilelemente der Renaissance aus der Ära Maximilians (ca. 1600–1650), zwei Hauptportale führen zu den Innenhöfen. Sie werden bewacht von je zwei monumentalen Löwen im Bronzeguss, die ursprünglich die Grabstätte Wilhelms V. in der Michaelskirche zieren sollten, aber nach dem finanziellen Desaster dieses Bauvorhabens dem Pleiteherzog posthum entzogen wurden. Durch den hinteren Zugang erreicht man den quadratischen **Kaiserhof** der maximilianischen Residenz, bei dessen Restauration es leider nur zu Trompe-l'œil-Fassaden gereicht hat und der deshalb immer noch etwas abweisend wirkt.

Im östlich anschließenden **Apothekerhof** kann man am Muster der roten Pflastersteine noch recht exakt die Lage der ehemaligen Neuveste erkennen, unterirdisch sind auch noch einige Keller und die Grundmauern des gotischen Kerns der Residenz erhalten.

Das Antiquarium, Nukleus der Neuen Residenz

Eine Sonderstellung im Grundriss genießt der **Brunnenhof:** Seine diagonale Lage verdankt er dem korrespondierenden Antiquarium. Um seinen Wittelsbacher Brunnen (nicht zu verwechseln mit dem am Lenbachplatz) finden im Sommer regelmäßig Konzertveranstaltungen statt.

Über den **Kapellenhof** – eher ein Verbindungsgang – verlässt man dann die üppig dimensionierte Wohnstube des langlebigen bayerischen Herrschergeschlechts zur Residenzstraße.

Marstallplatz und Marstall

Den inneren Bereich der Residenz verlässt man durch das Doppelportal im Ostflügel des Apothekerhofs und tritt hinaus auf das, was einmal der Marstallplatz war (und frecherweise immer noch so heißt). Durch den Magazinbau des Nationaltheaters aus den 1960er Jahren ist die Geometrie dieses Platzes leider völlig aus dem Gleichgewicht geraten, die hübsche **Allerheiligen-Hofkirche** ist damit in einer regelrechten Sackgasse eingemauert worden. Dieser einzige Sakralbau Klenzes in München (erbaut 1826–37) entfaltet heute mit seiner erzwungenen Kargheit im Inneren ganz besonderen Charme: Bei der Restauration (als letztes Gebäude des Residenzensembles) wurde auf die Wiederherstellung der Marmorverkleidungen und Malereien verzichtet, und so vermitteln die Ziegelwände in dieser eigentlich erzkatholischen Kirche ein geradezu protestantisches Flair. Außerdem klingt sie auch noch gut: Die Allerheiligen-Hofkirche ist akustisch wohl der beste Aufführungsort der Staatsoper für konzertante wie musikdramatische Darbietungen.

Der kleine **Lustgarten** neben der Kirche ist womöglich noch schöner als das Gotteshaus selbst. Zwar drückt ihn kein kunsthistorischer Ballast, aber das Zu-

Der Marstall

sammenspiel von kleinen Wasserflächen und bunten Pflanzen machen ihn zum Geheimtipp unter den stillen Hideaways der Stadt.

Die Fläche hinter dem Versorgungsbau der Oper wird immer noch dominiert vom imposanten Gebäude des **Marstalls und der ehemaligen Hofreitschule** (Bauzeit 1817–22) – daran kann auch der merkwürdig schepps an die Südseite des Platzes gestellte Neubau des Ticketcenters der Staatsoper mit seiner Spiegelfassade nichts ändern. Baumeister war wiederum Leo von Klenze, der ganz offensichtlich schon in jungen Jahren den Bogen raushatte: Die gelungen strukturierte Fassade findet in der reichen Portalplastik mit dem Dioskurenpaar Kastor und Pollux ein gut ausbalanciertes Gegengewicht, und so ist der Marstall, der heute als Kulissenhaus und Studienbühne des Bayerischen Staatsschauspiels (Theater im Marstall) dient, eines der überzeugendsten Baudenkmäler der Stadt.

Den nördlichen Abschluss des Platzes bildet der U-förmige Neubau der **Generalverwaltung der Max-Planck-Gesellschaft**, eines der besten Beispiele für modernes Bauen in der Münchner

Maximilianstraße und Residenz → Karte S. 129

Innenstadt. Das Flair des Platzes hat das bis heute leider nicht entscheidend befördert. Außer der gut besuchten Terrasse des „Eisbach“ ist er eine bislang vom urbanen Leben ausgesparte Fläche geblieben.

Der Hofgarten

Wenngleich die bayerischen Herzöge und Könige samt ihrer Entourage auf den langen Fluren der Residenz eigentlich genügend Bewegungsmöglichkeiten hatten, drängte sie es doch gelegentlich ins Freie – auch wenn der blasse royale Teint darunter gelitten haben mag. Bereits die mittelalterliche Neuveste verfügte seit ca. 1450 über solche Auslaufgehege für die Ritterlichkeit, den **Rosengart'.** Die kleine Grünfläche befand sich auf dem heutigen Marstallplatz, musste aber 1617 einem Neubau weichen.

Schon 1560, kurz vor dem Brand und völligen Abriss der Neuveste, ließ Albrecht V. einen weiteren Garten anlegen. Die dazugehörigen Freizeit- und Lustbauten von Hofbaumeister Egkl wurden bei Ausschachtungsarbeiten für die neue Staatskanzlei (s. u.) 1985 freigelegt. Seit 1613 trägt er zur besseren Unterscheidung die Bezeichnung **Unterer Hofgarten,** denn in diesem Jahr entstand unter Maximilian I. westlich anschließend der **Obere Hofgarten.** Das Layout dieses natürlich von den italienischen Renaissancegärten inspirierten Parkareals hat sich seitdem nicht wesentlich geändert. Auch die den Hofgarten an zwei Seiten begrenzenden Arkaden stammen im Kern aus dieser Zeit. Die westlichen (zum Odeonsplatz) wurden später von Klenze überarbeitet, der mit dem Hofgartentor hier auch seine erste Münchner Arbeit überhaupt ablieferte (1817). Die nördlichen wurden nach einer Aufstockung im Jahr 1780 zum Standort der Churfürstlichen Gemäldegalerie, deren Bestände inzwischen in anderen Sammlungen aufgegangen sind.

Optischer Fluchtpunkt des Hofgartens ist der **Hofgartentempel** (auch **Dianatempel**) von 1616 mit der üppigen Bronzeschönheit „Tellus Bavarica“ („Bayerische Erde“) auf der flachen Kuppel. Besondere Bekanntheit genießt der Pavillon nicht so sehr aus kunsthistorischen Gründen, sondern wegen der Tangotänzer, die sich hier an warmen und auch gar nicht so warmen Abenden zu den Klängen aus einem quäkigen Radiorekorder im südamerikanischen Wiegeschritt bewegen.

Höchst besichtigenswert ist das **Brunnwerk** in der nordöstlichen Ecke des Hofgartens. Die Turbinenstation ist beinahe ein technikgeschichtlicher Geheimtipp und etwas schwer zu entdecken (am Basaltdenkmal für die Widerständler im Zweiten Weltkrieg die Treppen hinunter in den Unteren Hofgarten, dann gleich links zwischen Hecken noch einmal hinab zu den Grundmauern der alten albrechtinischen Arkaden in der Verlängerung der Nordarkaden). Mit der raffinierten Anlage werden immer noch die Wasserspiele des Parks mit dem nötigen Druck versorgt.

Das Brunnwerk arbeitet von April bis Oktober täglich von 10 bis 14 Uhr. Der Eintritt ist frei.

Und da man sie hier im Unteren Hofgarten einfach nicht mehr übersehen kann, noch einige wenige Worte zur **Neuen Staatskanzlei:** Der angestammte Sitz der Staatsregierung in der Schack-Galerie (siehe S. 227) war rettungslos zu klein geworden, und der Ministerpräsident hatte mit dem Prinz-Carl-Palais gleich in der Nähe ohnehin einen neuen Repräsentationssitz bekommen. So bot es sich an, die Wege etwas kürzer zu machen. Vom Königlich Bayerischen Armeemuseum war nach den Bombennächten 1944 nur noch der Mitteltrakt mit Kuppelhalle zu retten, die heute die Symmetrieachse der Staatskanzlei bildet. Über den Neubau – noch ein Relikt aus der Strauß-Ära – wurde Ende der 80er Jahre heftig zwischen Stadt und

Land gestritten: Zu groß, zu hässlich, zu sehr Fremdkörper, sagten die Münchner und erreichten einen Kompromiss. Dessen Resultat ist ein großer, hässlicher Fremdkörper, dessen unstrukturierte Gewächshausfassade zum Hofgarten noch die schönere ist; die Ostseite (zum Franz-Josef-Strauß-Ring) ist einfach komplett misslungen. Besonders das wahrscheinlich panzerfeste riesige Haupttor verweist auf ein eigenartiges Verständnis von transparenter Demokratie. Den Touch zur Gefühlswelt des kleinen Mannes offeriert dafür eine auf Geheiß des früheren Ministerpräsidenten Max Streibl eingebaute Zirbelstube mit gedrechselter bayerischer Gemütlichkeit. Früher war alles besser? Sicher nicht, aber vom repräsentativen Bauen verstanden die Wittelsbacher sichtbar mehr als ihre demokratisch legitimierten Nachfolger.

Die nächstgelegenen Anschlüsse an den öffentlichen Nahverkehr am Ende dieses Rundgangs befinden sich – zurück durch den Hofgarten – am Odeonsplatz. Zurück in die postaristokratische Zeit der Stadt führen von hier die U-Bahn (Ⓤ 3–6) sowie die Buslinie 100.

Praktische Infos

→ Karte S. 129

Cafés & Snacks

Rund um die Maximilianstraße

Die Dichte der Gastronomiebetriebe auf der Maximilianstraße ist in den letzten Jahren gesunken, aber natürlich gibt es ausreichend Zapfstellen für Espresso und Caffè Latte. Sinkt der Koffeinspiegel schon *vor* der Kreuzung mit dem Altstadtring unter ein kritisches Niveau, schafft das **Max2** **15** im Völkerkundemuseum fachmännisch Abhilfe.

Die **Kulisse** **12** vor den Kammerspielen ist nur für eine Espressolänge geeignet, zurückgesetzt in Seitenstraßen findet man die interessanteren Adressen:

››› Mein Tipp: Das **Blaue Haus** **14** an der Ecke Falckenberg-/Hildegardstraße ist zugleich Kantine der Kammerspiele und bietet sehr gute Gerichte auf – für die Gegend – sehr preiswertem Niveau. ‹‹‹

Das **Brenner's** **9** im Maximilianshof schöpft den Rahmen dagegen voll aus. Das Open-Cuisine-Konzept in den alten Säulenhallen ist aber wirklich todschick und endangesagt.

Das **Eisbach** **5** am hinteren Ende des Marstallplatzes ist ebenfalls sehr trendy, vor allem die große Terrasse vor dem Max-Planck-Institut.

Sparfüchse mit dem Hang zum Ungehorsam belügen dreist den Cerberus am Hintereingang des Nationaltheaters und stehlen sich in die **Opernkantine** **6** mit ihrer legendären Leberknödelsuppe. Vorsicht, nicht verlaufen: Die Innereien des Opernhauses sind labyrinthisch!

Am Hofgarten

Luigi Tambosi **4**, gegründet als freiberufliches Standbein des gleichnamigen Hofkellermeisters Ludwigs I. Bediente das Münchner Schicki-Publikum, als es noch gar nicht so hieß. Seit 1810 mahlt man hier ununterbrochen Kaffeebohnen für aromatische Getränke, und mittlerweile gibt es neben der Terrasse zum Odeonsplatz auch wieder Bänke und Tische im Hofgarten. Einer der schönsten Wirtsgärten der Stadt. Schade nur, dass Service und Küchenleistung vom Schutzgeist des Ortes oft so gar nicht beseelt scheinen.

Einkaufen

Einkaufen in und um die Maximilianstraße ist teuer und irgendwie langweilig – der übliche Teure-Marken-Brei. Außerdem läuft man ständig Gefahr, unter die Stampede eines kaufwütigen Harems saudischer Prinzen zu geraten. Aber Reichtum hat auch einen Nachteil: Er langweilt schnell, und deswegen müssen die ganzen Designerstücke auch schnell wieder weg, um Platz im Schrank zu schaffen, und die ganzen Haute-Couture-Stücke landen im Second-Hand-Laden, bevorzugt bei **MD First & Second** **16** in der Hildegardstr. 9 oder bei – wie einfallsreich – **Second & First** **7** in der Wurzerstr. 9.

Das „braune" München

Auf einen seiner vielen Hauptstadttitel hätte München sicher gerne verzichtet: „Hauptstadt der Bewegung". 1935 von Hitler verliehen, sollte das braune Adelsprädikat die Vorreiterfunktion der Stadt bei der Nazifizierung Deutschlands festschreiben.

Spuren aus dieser Zeit sind geblieben, doch wenigstens hat es nicht die avisierten 1000 Jahre gebraucht, um die zum Kainsmal gewordene Auszeichnung wieder loszuwerden. Dabei war München von den Grundvoraussetzungen gar nicht so viel brauner, so viel völkischer und so viel nationalsozialistischer als andere Städte Deutschlands. Während der industriellen Revolution im Kaiserreich war die Stadt vor allem durch die rasant wachsende Industriearbeiterschaft zur Millionenmetropole herangewachsen; entsprechend stark entwickelt war die Machtposition der Parteien des linken und sogar ultralinken Spektrums in der Hauptstadt des ansonsten stockkonservativen Bayerns. Nach dem Ersten Weltkrieg kam es sogar zur Bildung einer Räterepublik nach sowjetischem Vorbild, die aber schon nach kurzer Zeit von rechtsradikalen Freikorpsverbänden äußerst blutig zerschlagen wurde. Was folgte, war die zutiefst antirepublikanische Regierung unter Gustav Ritter von Kahr, der Bayern zu einem stramm rechten, autoritär geführten Unfreistaat mit Vorbildcharakter für das gesamte Deutsche Reich umgestalten wollte – alles mit freundlicher Unterstützung entsprechend gesinnter Kreise aus Militär, Justiz, Industrie und Großbürgertum. Bayern und insbesondere die Landeshauptstadt München wurden so Anfang der 1920er Jahre zum lebhaft bevölkerten Sammelbecken rechtsextremer Aktivisten.

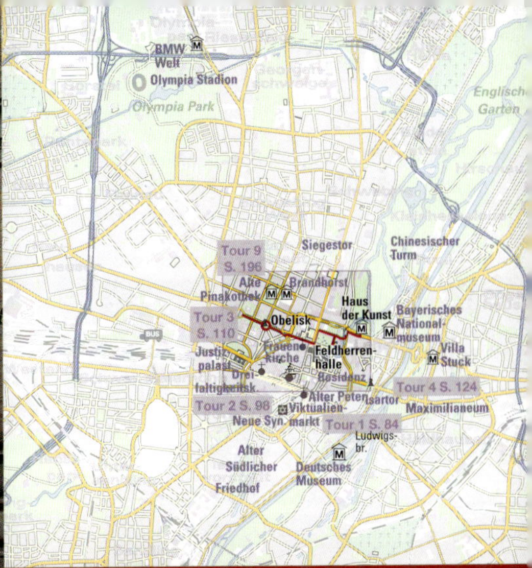

Das „braune" München

Einer davon war Adolf Hitler, und der hatte Größeres im Sinn, als sich die traurige Gestalt Ritter von Kahr in seinen kühnsten Träumen auszudenken gewagt hätte. Bereits vor dem Krieg aus Österreich zugereist und nach dem desolaten Ausgang des Waffengangs als Veteran in seine Wahlheimat München zurückgekehrt, schloss er sich einer lachhaften Splitterpartei (DAP) an, formte sie nach seinem Gusto um und machte sie in den folgenden Jahren unter neuem Namen (NSDAP) nach und nach salonfähig. Mit perfidem Gespür aktivierte Hitler die Urmünchner Ressentiments gegen alles Fremde, Neue und Aufgeklärte, vermixte sie mit Antisemitismus und völkischer Weltanschauung und garnierte das Ganze mit zeitpolitischen Milchmädchenrechnungen.

Im ersten Versuch, der dilettantischen Imitation eines Staatsstreichs 1923, ging die Rezeptur noch nicht auf (siehe unten „Die Feldherrnhalle"). Doch mit wohlwollender Duldung von Administration und Justiz und später üppig gesponsert von Magnaten aus den ersten Kreisen der deutschen Wirtschaft, durften es die Putschisten von einst 1933 noch einmal probieren – diesmal auf formal legalem Weg per Reichstagswahl. Der Erfolg war durchschlagend.

Der Schwerpunkt der Parteiaktivität war bereits vor der Machtübernahme in Berlin sukzessive in die Reichshauptstadt verlegt worden. München aber blieb der Mythos der „ersten Stunde" und wurde von Hitler und der NSDAP dafür gebührend belohnt. Die wichtigsten Parteiinstitutionen bekamen hier ihren Standort, die Schranzen der „Kampfzeit" (zwischen 1920 und 1933) wurden in höchste Ämter gehievt, und auch der Jubeltross der braunen Spinner machte jährlich hier halt, um mit dem „Gedenktag der Gefallenen der Bewegung" einen der vier wichtigsten Feiertage NS-Deutschlands zu begehen. München wurde genau wie Linz, Berlin, Hamburg und Nürnberg zur „Führerstadt" erklärt und als solche mit einem überaus ambitionierten Neugestaltungsplan beglückt. Die Realisierung der selbstbesoffenen Megaprojekte hätte das Gesicht der Stadt völlig verändert – am Ende türmten sich aber keine hakenkreuzbeflaggten Steingebirge in den bayerischen Himmel, sondern es rauchten die Trümmer des alten München, und das kulturelle und geistige Erbe von Jahrhunderten war dahin.

Der folgende Spaziergang führt zu Orten, die in der Zeit von 1918 bis 1945 für die Geschichte der NSDAP und Hitler von besonderer Bedeutung waren. Teils handelt es sich dabei um originäre NS-Bauten und teils um bereits vorhandene Architektur, deren klassizistische Formensprache sich gut für NS-ideologische Zwecke funktionalisieren ließ.

Die braune Prunkmeile bzw. das, was von ihr übrig ist, konzentriert sich auf einen ziemlich begrenzten, fußläufig gut erfassbaren Bereich. Für Opfer und Widerständler – von Ersteren gab es bedauernswert viele, von Letzteren bedauernswert wenige – lässt sich das nicht sagen. Ihr Schicksal oder Wirken wird deshalb in einem eigenen Abschnitt am Schluss dieses Kapitels dargestellt.

Spur der Erinnerung in der Viscardigasse

Ergänzend zu diesem Spaziergang sehr zu empfehlen ist der Besuch der Dauerausstellungen „Chiffren der Erinnerung – München im Nationalsozialismus" und „München wie geplant" im **Stadtmuseum München** am Jakobsplatz sowie die Audiorundgänge (MP3) des Dokumentationszentrums (http://www.ns-dokumentationszentrum-muenchen.de/bildungsangebote/tgp-ns/themengeschichtspfad-audioversion) und des Projekts Memory Loops (www.memoryloops.net).

Spaziergang 5

Haus der Kunst

Das Haus der Kunst (Haltestelle von Tram 17, Bus 100; ca. 5 Min. Fußweg von den U-Bahnhöfen Lehel oder Odeonsplatz) war der erste große Repräsentationsbau der neuen totalitären Machthaber in München. Genau genommen reicht die Entstehungsgeschichte noch weiter zurück: Seit dem Brand des Glaspalasts im Alten Botanischen Garten (siehe Spaziergang 9, S. 198) verfügte

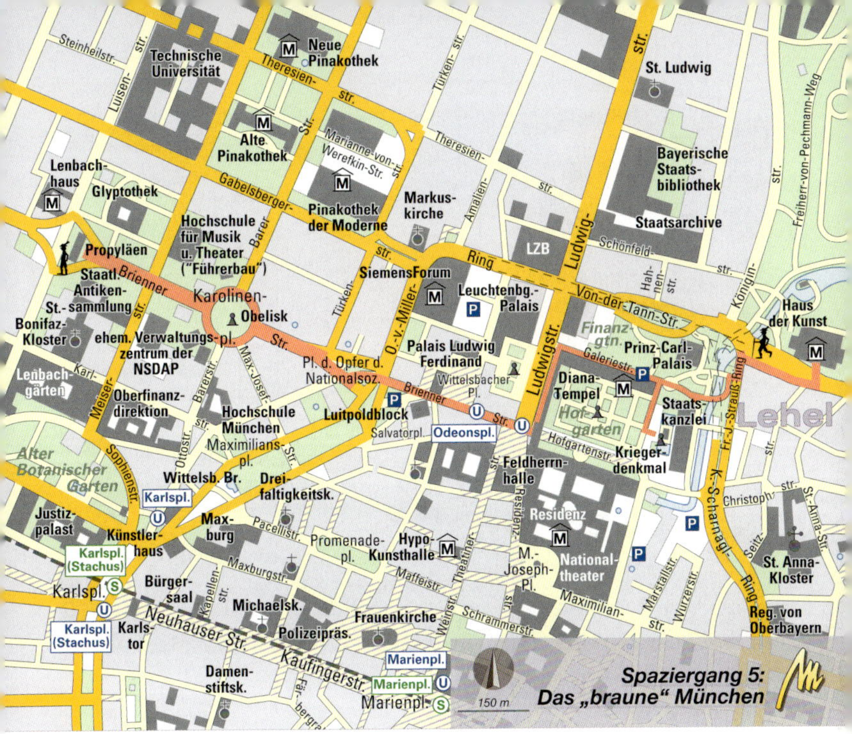

München über keine große Ausstellungshalle mehr, für eine Stadt mit so lebhaften Malertraditionen ein unhaltbarer Zustand. Die Ergebnisse des Wettbewerbs für einen Neubau an gleicher Stelle fegte Hitler nach Führerart vom Tisch und entschied sich für einen Neubau am südlichen Ende des Englischen Gartens. Architekt seiner Wahl war Paul Ludwig Troost, bis zu seinem Tod 1934 der Protegé des gescheiterten Künstlers und verhinderten Baumeisters Hitler. Troost, der sich vorher als Innenarchitekt von Kreuzfahrtdampfern einen Namen gemacht hatte, löste seine Aufgabe durchaus respektabel: Auch wer den neoklassizistischen Stil der Zeit nicht mag (damals in ganz Europa en vogue), kann nicht umhin, den Ausstellungsräumen mit den großen Oberlichtern hohe praktische Qualität zu attestieren. Nicht zuletzt deswegen gehört das Haus der Kunst auch heute noch zu den führenden Adressen der Münchner Museumslandschaft. Auch die Zeitgenossen waren einigermaßen gnädig: Die Spottnamen fielen mit „Griechischer Bahnhof" und „Weißwurstgalerie" (wegen der dicken Säulen an den Längsportalen) recht milde aus.

Zur Grundsteinlegung im Oktober 1933 erklärte Hitler München zur „Hauptstadt der Deutschen Kunst" und die neue Ausstellungshalle zu deren Tempel. Entsprechend diente das Haus der Kunst nach seiner Fertigstellung 1937 bis in die späten Kriegsjahre als Veranstaltungsort der wichtigsten Schau des Deutschen Reichs, der „Großen Deutschen Kunstausstellung". Keine von den dort präsentierten Monumentalplastiken, Kitsch-Tryptichen und Arier-Idyllen und auch nur einer (Arno Breker) von den ausstellenden Künstlern hat den Sprung in den kunsthistorischen Kanon des 20. Jh. geschafft. Das blieb den verfemten „entarteten" Künstlern

Kriegerdenkmal im Unteren Hofgarten

vorbehalten, die die Nazis mit einer speziellen Denunziationsausstellung vergeblich zu desavouieren versuchten (siehe „Hofgarten/Galeriestraße").

Nach der Auslagerung der Bestände der Staatsgalerie moderner Kunst in die Pinakothek der Moderne zeigt das Haus der Kunst heute ausschließlich Wechselausstellungen vor allem zeitgenössischer Künstler von Weltrang. Daneben gibt es eine kleine, aber sehenswerte Dauerausstellung zur Geschichte des Hauses. Tägl. 10–20, Do bis 22 Uhr. Eintritt je nach Ausstellung ab 5 € (Kombitickets für mehrere Ausstellungen und in Kombination mit dem Bayerischen Nationalmuseum günstiger), Besucher unter 18 J. 2 €. Der Zutritt zur Dauerausstellung ist kostenlos.

Hofgarten/Galeriestraße

Für den weiteren Weg überquert man den Altstadtring und passiert die sog. „Harmlos-Wiese" zur Residenz. Rechter Hand liegt das Prinz-Carl-Palais, ein in Dimension wie Gestaltung hinreißend frühklassizistisches Adelspalais (Kaufanfragen zwecklos – es ist der Amtssitz des Ministerpräsidenten). Man betritt den Hofgarten der Residenz von der Nordostseite her. Vor der Kuppelhalle der Neuen Staatskanzlei im Unteren Hofgarten befindet sich in einem abgesenkten Ehrenhof das **Kriegerdenkmal für die Münchner Gefallenen des Ersten Weltkriegs**, zu Zeiten der Weimarer Republik ein beliebter Pilgerort rechter, völkischer und paramilitärischer Gruppen des antidemokratischen Spektrums. Zur Einweihung der an ein Hünengrab in konstruktivistischer Ausführung erinnernden Gedenkstätte im Jahr 1924 waren ursprünglich die Namen aller 13.000 getöteten Soldaten in die Einfriedungsmauern gemeißelt; nach der weitgehenden Zerstörung im Zweiten Weltkrieg verzichtete man auf die individuelle Nennung der Toten und brachte dafür eine weitere Inschrift an, die an die Toten der Luftangriffe gemahnt. Für die Opfer des Naziterrors fand sich offensichtlich kein Platz.

In den Galerien über den maximilianischen Arkaden, der nördlichen Begrenzung des Oberen Hofgartens, wurde am 19. Juli 1937 eine der groteskesten Kunstausstellungen in der Geschichte der Malerei überhaupt eröffnet: die Schmähschau **„Entartete Kunst"**, kuratiert von Adolf Ziegler, dem Präsidenten der Reichskammer der bildenden Künste (im Volksspott wegen seiner Vorliebe für nackte, dralle Arierschönheiten auch „Reichsmeister des deutschen Schamhaars" genannt). Die Ausstellung umfasste 650 in deutschen Museen konfiszierte Bilder zeitgenössischer Künstler wie George Grosz, Ernst Kirchner, Paul Klee oder Ernst Barlach. Zum Teil flankiert von Zeichnungen geistig Behinderter und versehen mit Schmähkommentaren wurden die Werke auf primitiv-dumpfe Art abgewertet und die moderne Malerei so insgesamt als vorgeblich kranker Irrweg gebrandmarkt. Die Hetze hatte Erfolg: Über drei Millionen Menschen besuchten die Ausstellung, die nach der Eröffnung in München bis 1944 durch die deutschen Großstädte tourte. Unter ihnen werden freilich auch einige gewesen sein, die den Propagandaaspekt einfach ausblendeten – eine dermaßen hochkarätige Sammlung von Expressionismus, Kubismus, Fauvismus, Dadaismus und Surrealismus gab (und gibt!) es selten zu sehen.

Putsch und Kitsch: die Feldherrnhalle

Auf dem Odeonsplatz befinden wir uns im Auge des Nazi-Orkans. Hier erlebten die noch junge Partei und ihre Protagonisten ihren ersten ganz großen Auftritt auf der politischen Bühne der Weimarer Republik – allerdings wurde die stümperhafte Farce des Hitlerputsches vom 9. November 1923 zu einer ausgebuhten Pleite. Am Abend vorher hatte Hitler, als politischer Redner in den großen Bierhallen der Stadt schon eine beachtete lokale Größe, zusammen mit dem Weltkriegsheros Ludendorff und seinem dicken Paladin Göring eine Veranstaltung des Generalstaatskommissars Ritter von Kahr gesprengt und die „Nationale Revolution" ausgerufen. Nach dem Vorbild des in Italien nach ähnlichem Muster bereits erfolgreichen Faschistenführers Mussolini sollte dann am nächsten Morgen der „Marsch auf Berlin" und die Machtübernahme in ganz Deutschland beginnen.

Ausgangspunkt dafür war die Feldherrnhalle am Odeonsplatz, die Hitler offensichtlich als Ort des Aufbruchs in guter Erinnerung behalten hatte: Ein Schnappschuss vom 1. August 1914 zeigt den späteren Diktator hier in einer ekstatisch jubelnden Menschenmenge bei der öffentlichen Verlesung der Kriegserklärung. An eben jener Stelle lieferte sich nun, neun Jahre später, der braune Mob eine Schießerei mit der Polizei. Am

Das „braune" München
→ Karte S. 143

Zum Schreien: Feldherrenhalle!

Ende lagen vier Polizisten und 14 Putschisten tot auf dem Platz, die NSDAP hatte ein Debakel erlebt. Und doch: Für den Aufstieg zur Staatspartei wurde an jenem Morgen die Saat ausgebracht. Hitler, in Folge zu fünfjähriger Festungshaft verurteilt (aber sehr zeitig begnadigt), zog die richtigen Schlüsse aus der Revolutionspleite. Die Toten seiner Sturmtruppe promovierten zu „Blutzeugen der Bewegung" und wurden als Märtyrer zum Kern der NS-Märchenstunde.

Der Gedenkmarsch am Jahrestag des Aufstands, als „Tag der Gefallenen der Bewegung" von 1933 bis 1944 eines der Hochämter des NS-Feierjahrs, führte denn auch über die (zur Mitternacht von Feuerpylonen illuminierten) Ludwigstraße zur Feldherrnhalle mit dem etwas klopsigen Mahnmal des ersten Nazi-Hofarchitekten Paul Ludwig Troost in den Arkaden (1945 entfernt).

Als quasi-sakrale Stätte des Nationalsozialismus mit 24-Stunden-Ehrenwache und Ewiger Flamme waren Feldherrnhalle und Denkmal auch von zivilen Passanten mit erhobenem rechtem Arm zu grüßen – wer sich diesem Mummenschanz entziehen wollte, nahm den Weg durch die dahinterliegende Viscardigasse, die daraufhin im Volksmund als „Drückebergergasserl" firmierte. An die Grußverweigerer erinnert heute die Spur der bronzenen Pflastersteine, ein ästhetisch recht gelungenes, aber in seiner Abstraktheit nur schwer zu deutendes Bodendenkmal, das deshalb kaum zur Kenntnis genommen wird. Schräg gegenüber an der Residenzfassade findet sich noch eine kleine Gedenktafel für die vier Mitglieder der Bayerischen Landespolizei, die bei der Staatsstreichtölpelei Hitlers ihr Leben ließen. Eine späte Ehrung: Erst 1994 konnte sich die Stadt München zu dieser Erinnerungsgeste durchringen.

Platz der Opfer des Nationalsozialismus

Der westliche Ausgang des Odeonsplatzes ist die **Brienner Straße**, die erste der großen Prachtstraßen Münchens, die

Münchens zentrale Kranzabwurfstelle

im Zug der topographischen Neuorganisation der Stadt zu Beginn des 19. Jh. fertiggestellt wurde. Nach modernen Maßstäben ist die Brienner Straße mit Ausnahme des großartigen Ensembles am Königsplatz eher von bescheidenen Ausmaßen. Auch ihre königliche Noblesse hat sie sich nur im ersten Abschnitt bis zum Durchbruch mit dem Altstadtring (hier: Oskar-von-Miller-Ring) erhalten – und selbst das nur teilweise. Dem **Wittelsbacher Platz** mit dem Reiterstandbild des Kurfürsten Maximilian I., einem der schönsten klassizistischen Plätze Münchens, fehlt durch die absolute Dominanz von Büros jede großstädtische Belebtheit.

Der **Luitpoldblock**, einst glanzvoller Treff der (geld)adligen Hautevolee ist heute zu einer zwar teuren, aber dennoch vergleichsweise austauschbaren Ladenpassage geworden, und just dort, wo es am lautesten wird, hat das stille Gedenken an die **Opfer des Nationalsozialismus** seinen Ort gefunden. Eine Verlegenheitslösung, schon in der Namensgebung: „Opfer" ist reichlich beliebig, die singuläre Qualität von Holocaust und Genozid wird hier weitgehend ausgeblendet (allerdings mahnt eine – deutlich später – installierte Gedenkplatte konkret an das Schicksal von Sinti und Roma). Postalisch ist der Platz ein Unikum, er fungiert nur als Kranzabwurfstelle, Hausnummern sind ihm nicht zugeteilt. Auch über die Flammschalästhetik der 1985 aufgestellten Stele lässt sich streiten, gehörten doch lodernde Feuer schon zu den beliebtesten Accessoires an den Denkmälern der Täter.

Die Motivation für die Wahl des stillosen Orts liegt möglicherweise auf der gegenüberliegenden Straßenseite. Hier stand von 1843 bis zu seinem Abriss 1950 das Wittelsbacher Palais, der neugotische Alterssitz des nach den Querelen um seine Geliebte Lola Montez zurückgetretenen Königs Ludwig I. 1919 zog dann die bayerische Räteregierung ein, und ab 1933 – sicher auch als symbolische Siegesgeste – requirierte die Politische Polizei Bayerns unter den Schlächtern Heydrich und Himmler das Gebäude. Ab 1935 war es dann offiziell das Hauptquartier der Gestapo und als solches leidvolle Durchgangs- oder auch schon Endstation im Leben vieler Linker, Juden und Widerstandskämpfer. Heute ist das ganze Areal großflächig von der Bayerischen Landesbank bebaut, lediglich eine kleine Bronzeplatte am Haus Nr. 18 erinnert an die furchtbare Vergangenheit dieses Orts.

Parteiviertel

Die Straßenzüge um den Karolinen- und Königsplatz bargen das Herz der NS-Parteiherrschaft und waren entsprechend mit Verwaltungsgebäuden, den Zentralen verschiedener Reichsorganisationen und auch den repräsentativen Niederlassungen von Lobbyistengruppen besetzt. Hier residierten in mitunter ziemlich prachtvollen Häusern und Palais beispielsweise die Industrie- und Handelskammer und die Standesvertretung der deutschen Ärzteschaft (beide in der Brienner Straße), die oberste SA-Führung und die Reichsleitung der SS (Barer Straße/Karlstraße), der NS-Studentenbund und die NS-Frauenschaft sowie Dutzende andere Ämter und Vertretungen. Auch die Kirche suchte sich ein Plätzchen in der kuscheligen Nähe zu den braunen Machthabern: Die päpstliche Nuntiatur befand sich in Augenhöhe mit dem Braunen Haus, der Parteizentrale der NSDAP (s. Kastentext unten), und die Evangelische Landeskirche hatte ihren Sitz nur wenige Meter weiter in der Katharina-von-Bora-Straße.

Außerdem war die Gegend in der Maxvorstadt schon immer eine noble Wohnlage. Am Karolinenplatz mit Blick auf den Obelisken, den Ludwig I. schamvoll

Das „braune" München
→ Karte S. 143

für die 30.000 Söhne des Landes errichten ließ, die im Russlandfeldzug die napoleonische Zeche für das Königtum der Wittelsbacher mit dem Leben bezahlt hatten, wohnte z. B. Elfriede Bruckmann. Die reiche rechte Verlegerwitwe zählte schon in den ganz frühen Jahren zu den Finanziers und Verehrern Hitlers und seiner Partei.

Ihre Herkunft nicht verleugnen kann auch die **Oberfinanzdirektion** in der Meiserstraße: Dem großen Adler an der Nordseite zum Alten Botanischen Garten wurde nach dem Krieg nur eilig das große Hakenkreuz aus den Fängen gemeißelt, heraldisch ist er aber nur allzu leicht der Nazi-Emblematik zuzuordnen. Die Oberfinanzdirektion spielte eine führende Rolle bei der in München besonders rasch vorangetriebenen „Arisierung“ jüdischen Eigentums. Dieser Euphemismus für den staatlich organisierten Diebstahl von Immobilien und Sachvermögen hatte den Bauplatz überhaupt erst möglich gemacht: Das Gelände war im Tausch für ein enteignetes jüdisches Grundstück in den Besitz der Finanzverwaltung gekommen und demonstrierte so zynisch die Leistungskraft dieser Behörde.

Obelisk am Karolinenplatz

Die Ansammlung von Neubauten der NSDAP mag in der Blütezeit der Partei durchaus reichhaltig gewesen sein, im Vergleich zu dem, was noch kommen sollte, war das aber ein Klacks: Der noch auf Paul Ludwig Troost, den ersten Hofarchitekt Hitlers, zurückgehende Bebauungsplan sah noch weit Pompöseres für die nördliche Maxvorstadt vor. Krieg und Zusammenbruch des Regimes machten den abgedrehten Träumen von gewaltigen Steingebirgen aber ein kleinlautes Ende.

Der Königsplatz

Kein Ort in München wird so intensiv mit Selbstinszenierung, Kult und Willkürherrschaft der Nazis in Verbindung gebracht wie der Königsplatz. Seine geistigen Urheber, Ludwig I. als Baumeister und Klenze als verantwortlicher Architekt, sind daran natürlich völlig schuldlos. Zwar hatten beide Großes, aber dennoch Harmloses im Sinn, als sie die repräsentative Bebauung dieses Areals konzipierten (zur klassizistischen Bausubstanz des Königsplatzes siehe Spaziergang 9, S. 199). Die historisierende Formensprache des Ensembles passte allerdings vordergründig gut zu den neoklassizistischen Träumereien Hitlers, der den Königsplatz zur wichtigsten Aufmarschzone machte. Damit die schweren Soldatenstiefel besser

Erinnern und Vergessen – das Braune Haus

Erst seit kurzem wieder zu erahnen ist der Standort des Braunen Hauses, seit 1930 Parteizentrale der NSDAP. Bevor die Nazis hier einzogen, war die Adresse Brienner Straße 45 den Lesern der Münchner Klatschpostillen als Palais Barlow ein Begriff – die noble Villa (erbaut 1829/30 nach Plänen von Métivier) gehörte dem englischen Industriellen William Barlow. Der verkaufte das Anwesen für happige 800.000 Goldmark an die aufstrebende Partei: Sponsoren waren Friedrich Thyssen aus der deutschen Stahldynastie und Prescott Sheldon Bush, der Großvater des vormaligen US-Präsidenten. Hitler war begeistert, ließ später Troost etwas daran herumbauen und steuerte fortan von hier die Aktivitäten seines braunen Haufens. Unter anderem wurde hier die wichtigste Reliquie der Bewegung aufbewahrt, die sog. „Blutfahne", also der Wimpel, den der lasch organisierte Mob beim Putschversuch 1923 mitführte. Der Name Braunes Haus, abgeleitet von den Kampfanzügen der SA, war auch die offizielle Bezeichnung im Stadtplan. Die solcherart in Misskredit gebrachte Adresse schien den Münchnern nach dem Krieg wenig wiederaufbauwürdig (Bombentreffer hatten das Anwesen stark beschädigt), und so machte man die Überreste 1947 dem Erdboden gleich und ließ (buchstäblich) Gras über die Sache wachsen.

Der Vergessensmodus blieb auch in den folgenden Jahrzehnten der bevorzugte Umgang mit der Vergangenheit. Erst in den 1980er Jahren mehrten sich die Stimmen, die vorübergehende Nutzung durch die Nazis auch für folgende Generationen zu dokumentieren. Rasende Begeisterung ernteten diese Pläne nicht, über Grundsatzüberlegungen kam das Vorhaben viele Jahre lang nicht hinaus. Erst nachdem die Nürnberger mit dem Dokumentationszentrum am Reichsparteitagsgelände steil vorgelegt hatten, wollte die Landeshauptstadt nicht mehr zurückstehen und beschloss die Einrichtung einer vergleichbaren Informationsstätte. Jetzt, kaum 70 Jahre nach dem Ende der Naziherrschaft ist es auch schon so weit: Der Architekturwettbewerb ist abgeschlossen und das Geld ist bewilligt. 2014 soll das pädagogische Angebot zur Verfügung stehen.

Aktuelle Informationen über den Stand des Projekts gibt es auf der Website www.ns-dokumentationszentrum-muenchen.de.

Das „braune" München
→ Karte S. 143

klapperten, wurde die gesamte Grundfläche mit Granitplatten gepflastert. Der „Plattensee" (Münchner Bürgerspott) blieb bis 1986 Oberflächenrealität, erst dann wurden die Grünflächen renaturiert und der Platz erhielt wieder das von Klenze vorgesehene Layout.

Die Ostseite war das Spielfeld Hitlers, der seinen Hofarchitekten Troost dort bereits kurz nach seiner Machtübernahme zwei quadratische Klötze errichten ließ: Nördlich der Brienner Straße steht der sog. **Führerbau** (1933–35), der mit der Unterzeichnung des Münchner Abkommens 1938 (Abtretung des Sudetenlandes an Nazideutschland und faktische Preisgabe der staatlichen Integrität der Tschechoslowakei) Eingang in die Geschichtsbücher gefunden hat. Gegenüber liegt das ehemalige **NSDAP-Verwaltungsgebäude**, eine nahezu identische Kopie des Führerbaus; hier wurde unter anderem die (peinlich umfangreiche) Mitgliederkartei der Partei geführt.

Führers große Treppe im Führerbau

Beide Gebäude beherbergen heute Institutionen der Universität: Im Führerbau hat die Hochschule für Musik Quartier gefunden, das Verwaltungsgebäude wird von den Kunsthistorikern genutzt.

Spiritueller Mittelpunkt des Platzes waren die beiden **Ehrentempel**, die beidseitig die Brienner Straße stadteinwärts flankierten. In 16 Sarkophagen waren hier die toten Aufständischen des Hitlerputsches beigesetzt, als „Blutzeugen der Bewegung" genossen sie den Luxus einer 24-Stunden-Ehrenwache, Fackelbeleuchtung inklusive. Tot waren sie trotzdem. Die Ehrentempel wurden 1947 von den Amerikanern gesprengt, die Sockel kann man allerdings noch gut erkennen.

Der Widerstand

Der Einzelgänger: Georg Elser

Hitler war unberechenbar, seine Launen sprunghaft, seine Marotten garantierten überraschende Volten, aber eines war sicher: Am 8. November 1939, dem Vorabend des Jahrestags des Hitlerputsches, sprach er vor ausgewählten Repräsentanten und der Führungsclique des Reichs im Münchner Bürgerbräukeller von seinem zum Heldenepos umgedichteten stümperhaften Putschversuch von 1923. Das wusste auch Georg Elser, ein Schreiner aus dem Württembergischen. Und er wusste noch mehr: dass das Geschwätz des Führers von der Eroberung von Lebensraum im Osten und der gnadenlosen Vernichtung anderer Rassen kein leeres Gerede waren – der Zweite Weltkrieg und mit ihm die Vernichtungsmaschinerie der Nazis hatten am 1. September mit dem Überfall auf Polen eine neue Qualität bekommen. Die Offensichtlichkeit dieses monströsen Verbrechens, von den meisten seiner Landsleute ziemlich gleichgültig hingenommen, veranlasste Elser zum Handeln. In wochenlanger akribischer Vorarbeit bastelte er einen Sprengsatz, den er in den Nachtstunden in einer Säule des Bürgerbräukellers verbarg und der zu gegebener Stunde Hitler und seine Entourage unter den Trümmern der Bierhalle begraben sollte. Die Arbeit des geschickten Bastlers funktionierte präzis, der Bürgerbräukeller fiel in sich zusammen wie ein Kartenhaus, und Augenzeugen vermuteten unmittelbar nach der Explosion keinen einzigen Überlebenden in den Trümmern.

Aber Hitler war schon weg. Völlig entgegen seinen Gewohnheiten dauerte seine Tirade an diesem Abend nur 20 Minuten (das Wetter war schlecht, und deshalb musste er mit dem Zug zurück nach Berlin), und die Detonation ereignete sich in einem bereits weitgehend geleerten Saal. Acht Tote (darunter eine unbeteiligte Saalkraft) und 63 Verletzte waren die unmittelbare Folge, der Fortbestand des Regimes war damit natürlich nicht im Mindesten angetastet.

Elser floh nach Südwesten und wurde beim Versuch des Grenzübertritts in die Schweiz verhaftet. Als „Sondergefangener des Führers" wurde er in verschiedenen KZs inhaftiert, zuletzt in Dachau, wo er am 9. April 1945 auf Weisung aus der Reichskanzlei erschossen wurde – knapp einen Monat vor dem endgültigen Aus des Traums vom „Endsieg". Seine Alleintäterschaft, heute unbestritten, wurde von Himmler immer angezweifelt: Der notorisch paranoide SS-Chef vermutete ein von England gesteuertes Komplott.

Den Verrätermalus ist Elser auch posthum lange nicht losgeworden. Immer stand der charakterstarke Einzelgänger im Schatten der elitären Offiziere des 20. Juli – die immerhin erst fünf Jahre und Millionen Tote später aktiv geworden waren. Erst 1989 wurde eine Gedenkplatte an der Stelle des mittlerweile abgerissenen Bürgerbräukellers (zwischen dem Kulturzentrum am Gasteig und dem Hotel Hilton City) eingelassen, 1997 wurde ein Platz an der Schwabinger Türkenstraße nach Elser benannt und seit 2009 erinnert dort auch eine Lichtinstallation (täglich um 21.20 Uhr, dem Zeitpunkt der Detonation, in Betrieb) an den mutigen Schreiner.

Die Weiße Rose

Willi Graf, Alexander Schmorell, Christoph Probst, der Universitätsprofessor Kurt Huber, Hans Scholl und allen voran dessen Schwester Sophie gehören heute zu den Symbolfiguren des gewaltfreien politischen Widerstands. Sie bildeten den innersten Kreis der Weißen Rose, eines heimlichen Zusammenschlusses von Freunden und Studienkollegen, die seit Sommer 1942 dem Schlachten und Morden an und hinter Hitlers Fronten nicht mehr nur zusehen wollten. Ihre Waffe war das Wort. Nur sechs Flugblätter benötigte die kleine Gruppe aus dem akademischen Milieu, um die braunen Machthaber so richtig nervös zu machen. Gedruckt auf einer altersschwachen Presse und zum Teil auf mechanischen Schreibmaschinen abgetippt, erreichten

Bodendenkmal vor der Uni

Das „braune" München → Karte S. 143

sie insgesamt wohl kaum eine Auflage jenseits der 100.000; durch fleißige Versandaktivität schafften sie es aber in immerhin 16 Städte des noch großdeutschen Reichs.

Mit großer analytischer Schärfe und klarer Sprache, mit Leidenschaft und Eifer gegen Genozid und Vernichtungskrieg anschreibend, bezog die Weiße Rose unmissverständlich Position und strafte all diejenigen Lügen, die hinterher von nichts gewusst haben wollten. Dabei war die Informationslage der Studenten (die Männer hatten als einfache Soldaten Fronterfahrung in Russland gemacht) keinesfalls privilegiert; lediglich der Mut, den eigenen Verstand auch wirklich zu benutzen, war ausgeprägter als bei der erschlagenden Mehrheit der Volksgenossen.

Die Konsequenz ihrer Haltung wurde ihnen schließlich zum Verhängnis: Obwohl sie wussten, dass das Netz des Repressionsapparats von Politischer Polizei und Gestapo sich zuzog, legten sie am 18. Februar 1943 (die Wehrmacht hatte gerade ihr historisches Desaster in Stalingrad erlebt) ihr letztes Flugblatt im Treppenhaus der Universität aus und wurden prompt vom eifrigen Pedell des Hauses ertappt. Bereits vier Tage später, am 22. Februar, lebten Probst und die Geschwister Scholl nicht mehr, ein eiliges Verfahren hatte sie zum Tod durch das Fallbeil verurteilt. Vorsitzender der Gerichtsfarce war Roland Freisler, der berüchtigte Präsident des Volksgerichtshofs. Hitler hatte den ranghöchsten Kettenhund der deutschen Justiz nach München geschickt – keine Frage, die Nazis hatten mächtig Angst vor den Studenten bekommen. Die anderen Mitglieder des inneren Kerns der Gruppe wurden dann in einem zweiten Prozess im Juni ebenso final abgeurteilt.

Die Aktivitäten der Weißen Rose zielten nicht auf faktische Einflussnahme und Tyrannenmord, und wahrscheinlich war auch jugendliche Romantik eine nicht unbedeutende Triebfeder ihres Handelns: Beides wurde den jungen Widerständlern immer wieder vorgeworfen, und so dauerte es eine ganze Weile, bis die Weiße Rose gebührende Würdigung in der Kultur Münchens fand. Seit 1968 trägt das Institut für Politische Wissenschaft der LMU den Namen „Geschwister Scholl", und auch der Platz vor der Universität wurde nach ihnen (westliche Hälfte) bzw. Professor Huber (östliche Hälfte benannt). Die einfachen Gräber der Mitglieder der Weißen Rose befinden sich auf dem Perlacher Friedhof im Südosten der Stadt.

Vor dem Haupteingang des Justizpalasts in der Prielmayerstraße (siehe Spaziergang 3, S. 111) erinnert eine zierliche geschmiedete weiße Rose an die Widerstandsgruppe. Im Sitzungssaal 253 (vormals 216) des Gebäudes, in dem der zweite Prozess gegen die „Weiße Rose" geführt wurde, ist jetzt außerdem eine Dauerausstellung zur Willkürjustiz des Dritten Reichs eingerichtet.

Werktags 9–16 Uhr, nicht vom 10. 4. bis 31. 5. und vom 10. 10. bis 31. 11. Einritt frei.

Last minute heroes – die Freiheitsaktion Bayern

Ende April 1945: Ein Reich liegt in den letzten Zügen, eine Stadt pfeift aus dem letzten Loch. Aber den Nazis sind die Trümmergebirge noch immer nicht hoch genug, und einige glühende Parteigänger Hitlers machen sich buchstäblich mit Feuereifer daran, den „Nero-Befehl" ihres in Berlin unter meterdickem Beton verkrochenen Führers umzusetzen. Danach sind „alle militärischen, Verkehrs-, Nachrichten-, Industrie- und Versorgungsanlangen sowie Sachwerte [...] zu zerstören". Hauptmann Rupprecht Gerngroß, Kompaniechef einer in München stationierten Dolmetschereinheit, hat nun endgültig genug vom braunen Irrsinn und sucht innerhalb der Wehrmacht nach Mitstreitern gegen die Verbrannte-Erde-Strategie.

Realistisch geht man von einem raschen Vormarsch der amerikanischen Verbände aus und entschließt sich für den Tag X – Codename „Fasanenjagd" – zum „Widerstand auf Mittelwelle". Das Halali kommt bald: Am 28. April besetzen Gerngroß und einige Kameraden den Sender Erding im Norden Münchens und bleiben mit ihrem Aufruf gegen die Sabotage der Lebensgrundlagen Deutschlands einige Stunden auf Sendung, bis SS-Verbände die Kontrolle über die Radiostationen zurückerkämpfen und die Fasanenjäger fliehen müssen. Gerngroß überlebt die letzten Tage bis zum nahen Kriegsende auf einer Berghütte, andere (zum Teil auch völlig Unbeteiligte) haben weniger Glück: Schergen des untergehenden Reichs veranstalten eine letzte Hetzjagd auf die „Wehrkraftzersetzer" und „Drückeberger" der Freiheitsaktion Bayern. 40 Menschen fallen den Standgerichten dieser finalen Raserei noch zum Opfer.

Ihnen zu Ehren wurde der Feilitzschplatz im Herzen Schwabings 1947 in **Münchner Freiheit** umbenannt. Während der finsteren zwölf Jahre zuvor hieß er – zur zweifelhaften Ehre einer rechtsradikalen Truppe aus Ostdeutschland – „Danziger Freiheit".

Man mag der Freiheitsaktion Bayern vorwerfen, sich erst reichlich spät den Sand aus den Augen gewischt zu haben. Immerhin aber ist der Aktion unter anderem die Verschonung Augsburgs zu verdanken, denn wegen der von ihr durchgeführten Entwaffnung noch kampfbereiter Wehrmachts- und SS-Einheiten konnte die Stadt kampflos an die Alliierten übergeben werden. Außerdem: Viele andere sind diesen Schritt nie gegangen, manche pöbelten sogar noch Jahrzehnte später gegen die vorgeblichen Verräter des deutschen Widerstands von Scholl bis Stauffenberg.

Praktische Infos

→ Karte S. 143

Cafés & Snacks

So richtig Appetit dürfte die düstere Thematik wohl kaum gemacht haben, andererseits sollte man sich von einem lustfeindlichen Vegetarier wie Hitler nun auch nicht den Schweinsbraten vermiesen lassen. Gastronomisch-thematisch ein sinnvoller Abschluss dieses Spaziergangs ist daher der **Schelling-Salon** (26 → Karte S. 158/159). Hier versoff auch die junge Parteispitze der NSDAP ihre *after hour* nach den Sitzungen in der nahegelegenen Parteizentrale (Schellingstr. 50, immer noch am Nazi-Adler über dem Eingangstor erkennbar). Bis sie wegen schlechten Benehmens rausgeschmissen wurden – allein das macht den Laden schon sympathisch. Die Wirtsfamilie ist bis heute die gleiche geblieben, legendär das Kneipensportangebot von Billard (Pool & Karambolage!) bis Tischtennis. Mo–So 10–1 Uhr, Di/Mi geschlossen. Während der Sommer- und Winterferien geschlossen.

Tour 6

Ludwigstraße, Leopoldstraße und Schwabing

Schwabing – das sagenumwobene Dorf im Norden. Erst 1890 eingemeindet, galt es seitdem unter verschiedenen Vorzeichen immer wieder als Zentrum des anderen, intellektuellen München. Boheme und Literaten des Fin de Siècle, Studenten und Hippies der wilden Sechziger (die auch hier so wild gar nicht waren) schufen einen Mythos, in dem man sich noch heute sonnt – auch wenn die Physiognomie des Viertels sich mittlerweile der Reststadt angepasst hat.

Im Herzen Schwabings um die Münchner Freiheit und den Wedekindplatz geht es zumindest in den späten Abendstunden immer noch wild zu – aber doch nicht ungezügelt: Zwischen Starbucks, Dönerbuden und zahllosen Bierkneipen sucht die Jugend aus den Vorstädten den anarchischen Reiz der alten Tage in streng geregelten Bahnen mit Dresscode und Parkscheibe, gerne auch im verordneten Rahmen organisierter Großveranstaltungen. Streetlife-Festival (die Institutionalisierung des WM-Rauschs von 2006), Corso Leopold und Straßenfest sind bestens besuchte Events in heißen Sommernächten, und der obligatorische Autokorso nach Erfolgen des FC Bayern – die Löwen würden wohl auch gerne, gewinnen aber nix – findet hier seinen Höhepunkt im orgiastischen Verkehrsinfarkt. Die Kneipendichte auf der Leopoldstraße zwischen Herzog- und Franz-Joseph-Straße erreicht in der allgemein ausgehfreudigen Stadt den absoluten Höchstwert, Flaneure, Voyeure und andere Seh- und Zeigefreudige finden hier den längsten Laufsteg.

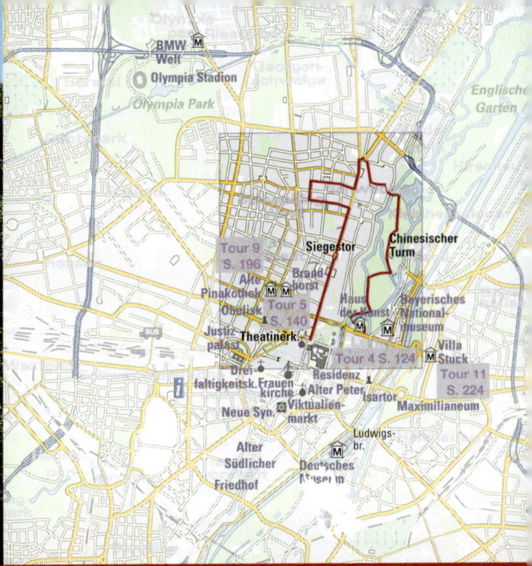

Ludwigstraße, Leopoldstraße und Schwabing

Tagsüber geht man am besten einkaufen: Was auch immer auf den Fotostrecken hipper Szenemagazine zu sehen ist – die Chance, es hier zu bekommen, ist hoch. Vor allem die die Leopoldstraße kreuzende Hohenzollernstraße ist mit einer Vielzahl von schicken, schrägen, exklusiven und gediegenen Boutiquen eine der konzentriertesten und attraktivsten Einkaufsstraßen der ganzen Stadt. Kulinarisch hängen die Trauben hier dagegen eher in Greifhöhe. Das Bar- und Kneipenpublikum verschafft sich die solide Grundlage bevorzugt bei den Filialisten der großen Fast-Food-Ketten oder begnügt sich mit gastronomisch nicht ganz so bemerkenswerten Tapas, Sushis oder Pizzen.

Der Straßenzug mit dem heute bewegten Nachtleben beginnt knapp zweieinhalb Kilometer südlich als prächtigste der Prachtstraßen Münchens. Die Ludwigstraße – der Namenspatron ändert sich recht unbemerkt hinter dem Siegestor – ist von den vier Hauptachsen der wittelsbachischen Stadtschöpfung des 19. Jh. sicher die majestätischste, gewagteste und eindrucksvollste. Italien- und Geschichtsbegeisterung der bayerischen Könige und ihrer wichtigsten Baumeister (Klenze und Gärtner) wurden hier am intensivsten ausgelebt. Kopien und Zitate florentinischer, venezianischer, römischer oder antiker Baukunst belegen ziemlich unverhohlen, wo nach Meinung der regierenden Dynasten Architekt Bartel den Most zu holen hatte. Resultat ist „eine der monumentalsten Straßen Europas“ – so meinte zumindest in ganz unhelvetischer Euphorie der Schweizer Kunsthistoriker Heinrich Wölfflin. Aber eben auch ein urbaner Fremdkörper. Die langgestreckten, hohen Fassaden der Gebäude öffnen sich dem Passanten nur allzu selten, und auch dann fühlt man sich eher vorgelassen als eingeladen: Ministerien, Archive und Universitäten müssen wohl so sein. Für Ladengeschäfte ist in der Ludwigstraße nur wenig Platz geblieben, und deshalb ist der Fußgängerverkehr auch äußerst spärlich. Wer sich nicht gerade intensive Blicke auf die fantastische Bausubstanz gönnen möchte, nimmt vom Odeonsplatz zum Siegestor wahrscheinlich eher die U-Bahn. Von dort steigert sich die städtische Aktivität bis zur Münchner Freiheit gemächlich bis zum bereits erwähnten gewaltigen Crescendo.

Spaziergang 6

Theatinerkirche und Feldherrnhalle

Konzeptioneller Ursprung der Achse Ludwig-/Leopoldstraße ist der Platz vor der Feldherrnhalle an der südwestlichen Ecke der Residenz (Ⓤ 3 + Ⓤ 6 Odeonsplatz und Buslinie 100). Bis zu Beginn des 19. Jh. war München hier zu Ende. Das Schwabinger Tor, seit 1319 Teil der Stadtbefestigung, markierte den nördlichen Eingang der Stadt.

Bald jedoch wuchsen Stadt und Umland immer weiter zusammen, und die Integration der unmittelbar umliegenden Dörfer wurde zur drängenden infrastrukturellen Herausforderung. Die nahm Ludwig I. gerne an, kramte alte Pläne von Karl Theodor (dem ungeliebten pfälzischen Aufklärer) hervor und ließ eine breite Trasse nach Norden skizzieren. Bezugspunkt war das Schloss Oberschleißheim. Dieselbe Funktion übernahm in westlicher Richtung die Brienner Straße als Verbindungsachse mit dem Schloss Nymphenburg. Nach dem Abriss des Schwabinger Tors (1815) und der Planierung des dortigen Areals wurde mit den ersten Bauvorhaben des neuen Prachtboulevards Ludwigstraße begonnen.

Ein wesentliches Gestaltungselement des durch die Schleifung des alten Stadttors entstandenen Platzes war allerdings schon lange vorhanden: Seit 1688 stand hier bereits die allerhöchstbarocke **Theatinerkirche** (offiziell St. Kajetan), eine großartige Danksagung des damals nachwuchsarmen Hauses Wittelsbach anlässlich der Geburt Max Emanuels (1662). Die italienischen Baumeister Agostino Barelli (bis 1669), Enrico Zuccalli (bis 1675) und Antonio Spinelli bedienten sich aus ihrem heimischen Reservoir: Die Frontgestaltung folgt der Theatinermutterkirche Sant'Andrea della Valle in Rom, die beiden Fronttürme mit den kecken Helmchen hatte man sich bei Santa Maria della Salute in Venedig abgeschaut. Zusammen mit der riesigen Kuppel bilden sie ein wesentliches Element der Silhouette Münchens. Die Fassade entspricht nicht so ganz dem spätbarocken Ideal – kein Wunder, sie wurde erst ca. 100 Jahre später verputzt. Verantwortlich war François Cuvilliés, und der spielte am liebsten mit dem Rokoko-Baukasten. Im Inneren wirkt die Theatinerkirche durch die fehlenden Farbakzente auf den ersten Eindruck etwas eintönig, die Eleganz der Stuckaturen und Altäre erschließt sich erst nach etwas längerer Betrachtung.

Mit der Frauenkirche und St. Michael gehört die Theatinerkirche zu den drei wichtigsten Grablegen der Wittelsbacher. In der Fürstengruft wurden u. a. Prinzregent Luitpold, Otto I. von Griechenland und Max I., erster bayerischer König, beigesetzt. Nach der Säkularisation diente die Kirche einige Jahre als (ziemlich großer) profaner Heuspeicher, die Gebäude des nebenan liegenden Konvents wurden von der kurfürstlichen Regierung übernommen, heute beherbergen sie das Bayerische Kultusministerium.

In mancherlei Hinsicht besonders typisch für die Baugeschichte der Ludwigstraße ist das Gebäude an ihrem Ausgangspunkt, die **Feldherrnhalle** (1841–44). Um die geistige Urheberschaft der Jubelhalle zu Ehren des militärischen Genies der Bayern stritten sich im Vorfeld die beiden bedeutendsten Münchner Architekten der Epoche, Leo von Klenze und Friedrich von Gärtner. Letzterer hatte am Ende die Nase vorn, und dann fiel ihm nichts Besseres ein, als eine nahezu deckungsgleiche Kopie der Loggia dei Lanzi in Florenz zu errichten und damit den eklektizistischen Neoklassizismus des gesamten Ludwigstraßenensembles auf die Spitze zu treiben. Die damals noch nicht so weit gereisten Münchner bemerkten das Plagiat nicht – oder störten sich wenigstens nicht dran. Stattdessen amüsierten sie sich über die beiden Heroen der Kriegskunst bayerischer Machart, war doch von den mit überlebensgroßen Skulpturen verewigten bayerischen Feldherren einer kein rechter Feldherr (Fürst Wrede) und der andere schon gar kein Bayer (Graf Tilly) – ein Spott, den Lion Feuchtwanger in seinem grandiosen Zeitroman „Erfolg" gerne aufgriff, um das zur Beliebigkeit neigende Geschichtsverständnis der Bayern zu illustrieren.

Odeonsplatz

Der Odeonsplatz, der sich als Adresse noch ein ganzes Stück rechts und links der Fahrbahn der Ludwigstraße hinzieht, verdankt seinen Namen dem **Odeon**, einem Ball- und Konzertsaal mit legendärer Akustik. Der ist allerdings Geschichte. 1944 wurde das Gebäude komplett eingeäschert, und bei der Rekonstruktion (1951–54) blieb von der Stätte musikalischer Lustbarkeiten nur noch der Umriss in Gestalt des offenen Innenhofs. Der Nutzer dieser Tage ist weniger für sein schöngeistiges Engagement als für scharf formulierte Positionen bekannt: Der Komplex mit der Nr. 3 beherbergt heute das Bayerische Innenministerium. Die Fassadengestaltung zeigt wenig zufällige Ähnlichkeit mit dem benachbarten **Leuchtenberg-Palais** (Nr. 4), dem Sitz des Finanzministeriums: Sie entspringen dem ursprünglichen Bebauungsplan Klenzes, der mit diesen beiden Neorenaissanceprojekten eine frühe und verbindliche Stilvorgabe (1816) für die weitere Gestaltung der Ludwigstraße

Ludwigstraße, Leopoldstraße & Schwabing
→ Karte S. 158/159

Der gekränkte Ex-König

Zwischen Odeon und Leuchtenberg-Palais thront hoch zu Ross der Spiritus Rector des ganzen Ensembles: König Ludwig I. in Bronze, flankiert von zwei Schildträgern, die das Motto des Monarchen präsentieren: „beharrlich und gerecht". Ungerecht behandelt fühlte sich Ludwig bei der Aufstellung 1862 trotzdem: Der sinnenfrohe Ex-König – er hatte im Revolutionsjahr 1848 nach der Lola-Montez-Affäre abgedankt – galt allgemein als sehr schlechter Reiter und fand sich mit der großen Schwanthaler-Skulptur veräppelt, zumal die beiden Pagen sein Pferd ursprünglich auch noch am Zügel führen sollten. Lediglich die Umgestaltung der beiden Knabengestalten zu Mottoträgern und der Hinweis auf das berühmte Vorbild des Standbilds, den Magdeburger Reiter, das Kaiser Otto den Großen zeigt, konnten Ludwig besänftigen – in historische Kontinuität mit den Großen der deutschen Geschichte gesetzt zu werden schmeichelte ihm sehr. Trotzdem handelt es sich künstlerisch um eine Zweitverwertung: Gestalterische Grundlage war ein bereits früher realisiertes Standbild Schwanthalers für Stephan von Ungarn. Der war wenigstens schon lange tot (Regierungszeit 937–1038) und deshalb nicht so pingelig mit den Ausstattungsdetails.

formulierte. Das Leuchtenberg-Palais ist die größte aller Münchner Stadtresidenzen, was problemlos mit dem ersten Bewohner in Verbindung zu bringen ist: Eugène Beauharnais, hauptberuflich Stiefsohn Napoleons und nur im Nebenjob Herzog von Leuchtenberg, importierte das Repräsentationsbedürfnis der Pariser Hautevolee in die bayerische Hauptstadt. Zwischen den beiden Gebäuden führt ein Durchgang auf den Wittelsbacher Platz und gibt den Blick frei auf das **Palais Ludwig Ferdinand,** in dem dieser Tage die oberste Management-Ebene des Siemens-Konzerns Unbillen der Konjunktur und Skandalen ritterlich trotzt.

Auf der anderen Straßenseite schließt das **Bazargebäude** den Odeonsplatz zum Hofgarten hin ab. Die noble Adresse hat so gar nichts von orientalisch-wuseliger Einkaufsatmosphäre, in den feinen Geschäften unter den Augen Ludwigs (→ Kasten S. 157) wird nicht gehökert, sondern dezent offeriert. Vergleichbares gilt auch für die Gestaltung des im Ludwigstraßenkontext eher flach gestreckten Baus selber: Klenze verzichtete hier auf effektheischende Zitate und ersann eine zwar glatte, durch Fenster und Niveauunterschiede der Gebäudeteile aber optisch interessant gegliederte Fassade.

Die obere Ludwigstraße

Hinter der Kreuzung mit dem Altstadtring wird es ziemlich einsam um den Ludwigstraßenflaneur. Das der dynastischen Show verpflichtete Baukonzept Klenzes sah Dinge wie Läden, Restaurants und Cafés schlicht nicht vor. Deshalb trifft man in diesem Abschnitt eigentlich nur noch – vorzugsweise radelnde – Studenten und Benutzer der Staatsbibliothek. Ruhig geht es deswegen aber nicht zu: Die sechsspurige Straße ist (wie schon von Ludwig und Klenze geplant) eine der Verkehrshauptachsen der Stadt und völlig baumfrei, und so

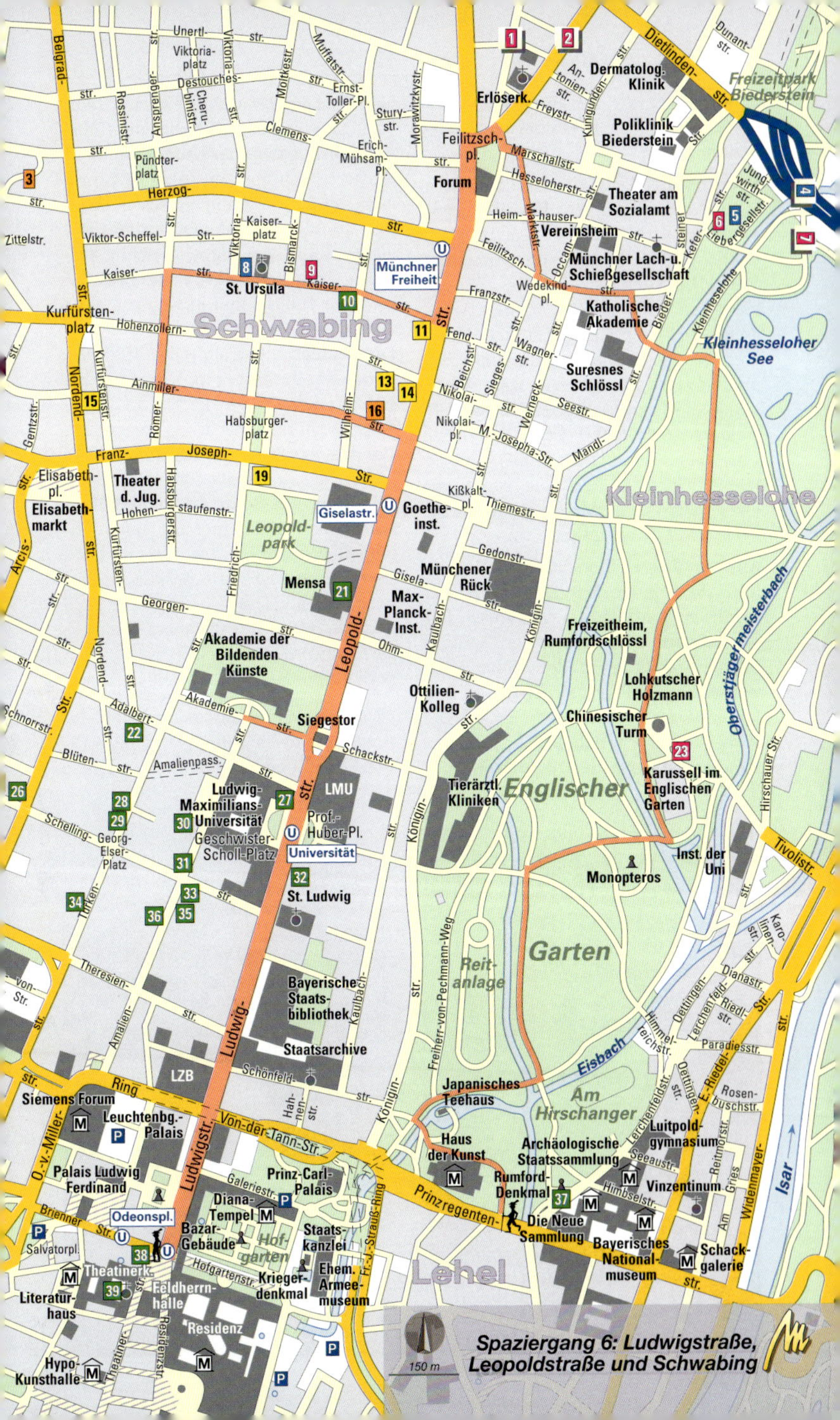

Spaziergang 6: Ludwigstraße, Leopoldstraße und Schwabing

können sich die Geräuschemissionen des lebhaften Verkehrs unreflektiert ausbreiten.

Das Ensemble ist in seiner optischen Wirkung davon unbetroffen, die großartigeren Schaustücke stehen vor allem auf der rechten (stadtauswärts gesehen) Seite. Die **Staatsarchive** (Nr. 16) machen den Anfang: Ihre offenen Arkadengänge, Trophäenreliefs und Horizontalbänder weisen sie als eines der originellsten und gelungensten Werke Leo von Klenzes aus. Der **Landeszentralbank** (Nr. 13) schräg gegenüber geht diese Eleganz weitgehend ab – woran allerdings auch die Nazis mit einer tiefgreifenden Umgestaltung erheblich Mitschuld tragen.

Mit der **Bayerischen Staatsbibliothek** (Nr. 16) beginnt der maßgeblich von Friedrich von Gärtner gestaltete Teil der Ludwigstraße. Ursprünglich war die Büchersammlung für den Königsplatz vorgesehen, der Rivale Klenzes – in den Jahren ab 1828 in der Gunst des Königs vorne liegend – konnte Ludwig aber den Bauplatz an der neuen Achse schmackhaft machen. Zwar wurde ihm die aufwendige Fassadengestaltung vom König persönlich zusammengestrichen, dafür durfte er sich aber im Inneren mit einem prächtigen Treppenhaus – inspiriert von der Scala dei Giganti des Dogenpalasts in Venedig – so richtig austoben. Die eigentlichen Bibliotheksräume, eher Hallen, sind in Neubauten an der abgewandten Ostseite untergebracht. Für deutlich mehr als sechs Millionen Bände war die Stabi (der Kurzname hat sich quasioffiziell etabliert) auch nie gedacht. Sogar mit erheblich geringeren Beständen war wohl der Bibliotheksalltag nicht einfach. Bereits Johann Andreas Schmeller, als Mundart- und Handschriftenkoryphäe einer der ersten leitenden Mitarbeiter des Hauses, kritisierte die mangelhafte praktische Eignung des Baus. Trotzdem ist aus der Stabi noch die zweitgrößte Bibliothek Deutschlands geworden. Nebenbei ist sie auch noch der größte Blankziegelbau im Land.

Den entscheidenden Akzent in der Hochachse der ansonsten mit einheitlicher Traufhöhe bebauten Ludwigstraße

Stadtgeburtstag auf dem Odeonsplatz

setzt die **Pfarr- und Universitätskirche St. Ludwig** gegenüber der Einmündung der Schellingstraße. Ihre Errichtung war notwendig geworden, weil die alte Pfarrkirche dem Neubau des Kriegsministeriums hatte weichen müssen. Doch obwohl sich König Ludwig mächtig für sein Prestigeprojekt ins Zeug legte – immerhin sollte die Kirche seinem eigenen Namenspatron geweiht werden –, gab's bei Planung und Realisierung reichlich Gezänk. Zunächst musste Ludwig mit dem Umzug von Regierungssitz und Universität drohen, bevor ihm der – ansonsten durchaus gefügige – Stadtrat den eine Million Gulden teuren Neubau überhaupt erst genehmigte. Dann zogen sich die 1829 nach Plänen von Gärtner begonnenen Bauarbeiten unverhältnismäßig lange hin, nicht zuletzt weil der mit der umfangreichen Freskenmalerei beauftragte Peter Cornelius ein eher gemächliches Tempo vorlegte. Und als die Kirche 1844 endlich fertig war, war es eben jenes Werk des säumigen Künstlers, das den finalen Stein des Anstoßes bildete. Zwar hatte Cornelius mit seinem „Jüngsten Gericht" hinter Michelangelos Endzeitvision in der Sixtinischen Kapelle das zweitgrößte Wandfresko der Welt geschaffen (18,3 m mal 11,3 m), doch Ludwig war dennoch nicht amüsiert: Es gefiel ihm nicht, und so kriegten sich König und Künstler bei der ersten Besichtigung des fertigen Werks dermaßen in die Wolle, dass Letzterer sein Tätigkeitsfeld in der Folge vorsichtshalber nach Berlin verlegte.

Universität, Siegestor und Kunstakademie

Ein Eckpfeiler der ludovizianischen Stadtplanung war es, München auch als Metropole von Wissenschaft, Kunst und Kultur zu etablieren. Odeon und Staatsbibliothek repräsentierten dieses Anliegen schon im unteren und mittleren Abschnitt der Ludwigstraße, aber

Radlparkplatz vor der Stabi

so richtig vollständig konnte das Bild natürlich erst mit einer zünftigen Universität werden – und München hatte keine. Ludwig beugte sich daraufhin über eine Karte seines Reichs und wurde fündig: Landshut! Dorthin hatte Ludwigs Vater Max die 1472 von Ludwig dem Reichen in Ingolstadt gestiftete Hochschule verlegt. Wittelsbach hatte also gegeben – und konnte folglich auch wieder nehmen. So wanderte die Uni 1826 nach München.

Die ersten Jahre mussten sich die Studenten noch im Jesuitenkolleg an der Neuhauser Straße seminieren lassen, bis dann 1840 das Gebäude an der neuen Prachtmeile fertig wurde. Der ausgeschriebene Wettbewerb war ergebnislos (oder nicht mit dem von königlicher

Seite erwünschten Ergebnis) verlaufen, deshalb durfte wieder Friedrich von Gärtner ran. Der entschied sich für eine Forumslösung: Stadtauswärts links konzipierte er eine dreiflügelige Anlage – der Stammsitz der **Ludwig-Maximilians-Universität** – mit weit zurückgesetzter Bogenvorhalle, auf der gegenüberliegenden Seite fassen die beiden Winkelbauten des **Georgianums** (Priesterseminar und Kunstsammlung) und des **Max-Joseph-Stifts** (heute juristische Fakultät) den nahezu quadratischen Platz ein. Für die beiden Brunnen in den Vorhöfen ließ sich Gärtner – einmal mehr – von römischen Vorbildern inspirieren. Diesmal zitierte er selbstbewusst die Fontänen auf dem Petersplatz des großen Bernini.

Am **Siegestor** ist Schluss mit lustig und Ludwigstraße – hier zeigte das Königreich Bayern noch einmal die Muskeln. Mit dem Prunkbogen verwiesen die Wittelsbacher auf den wichtigsten aller Machtfaktoren: Triumph auf dem Schlachtfeld. Der Straßenverlauf befindet sich damit gewissermaßen in kriegerischer Umklammerung: Sowohl die martialisch auftrumpfende Feldherrnhalle zu Beginn wie auch das dreitorige Monument für das bayerische Heer am Ende betonen Kraft, Stärke und Wehrwillen des bayerischen Volks – die Kultur wird in der Fluchtlinie wieder zum schmückenden Beiwerk.

Eine deutliche Demutsgeste war dann 1945 fällig: Nachdem das Siegestor den Traum vom Endsieg mit massiven Zerstörungen gebüßt hatte, wurde beim Wiederaufbau der triumphalen Widmung an der Nordseite („Dem Bayerischen Heere") eine fast pazifistische Mahnung an der Südseite entgegengesetzt („Dem Sieg geweiht, vom Krieg zerstört, zum Frieden mahnend"). Das Siegestor war der letzte Bau Friedrich von Gärtners in München, noch vor der Fertigstellung 1850 verstarb der Baumeister. Auch im Spätwerk blieb er seiner Linie treu und wählte ein römisches Vorbild: mit dem Konstantinsbogen diesmal ein antikes.

Jenseits der Georgenstraße

Die **Leopoldstraße** kommt viel freundlicher und einladender daher als ihre monumentale Verlängerung nach Süden, die Ludwigstraße. Geschuldet ist dies nicht nur dem Fehlen der ganz großen Repräsentationsbauten, sondern vor allem auch der hier realisierten Alleebegrünung – zumindest im Sommer hat die Straße damit einen fast gartenhaften Anstrich. Ursprünglich als „Alter Schwabinger Weg" eher ein Verbindungspfad mit dem außerhalb gelegenen Vorort, bekam der Straßenzug nach der Eingemeindung Schwabings (1890) gehobene infrastrukturelle Bedeutung und wurde auf das heutige vierspurige Maß gebracht. Namensgeber war übrigens ein nicht so sonderlich bedeutender Sohn des späteren Prinzregenten Luitpold – wohl auch, um das Werk Ludwigs I. in seiner Einzigartigkeit nicht zu beschädigen. Deshalb nimmt die Sehenswürdigkeitsdichte hinter dem Siegestor dramatisch ab, in kunsthistorischer Sicht fällt sie genauer gesagt fast auf Nullniveau. Markantestes Artefakt ist wahrscheinlich der **Walking Man,** eine 17 m hohe Stahl-Fiberglas-Skulptur des Amerikaners Jonathan Borofsky vor dem Eingang der Münchener Rückversicherungs-AG (international börsianisch: Munich Re). Neben seiner volkswirtschaftlich zweifelsohne bedeutenden Funktion als – mit Abstand – größter Rückversicherer weltweit ist das Unternehmen auch noch ein großer Kunstmäzen: In den zahlreichen Gebäuden des Assekuranzgiganten (die Münchener Rück ist eigentlich ein eigener Stadtteil, dessen Gebäude mit kilometerlangen unterirdischen Gängen verbunden sind) befinden sich Werke sehr renommierter zeitgenössischer

Endspiel an der Münchner Freiheit

Künstler wie Jenny Holzer, Gerhard Richter und James Turell. Leider ist die Münchener Rück ungefähr so transparent wie der Vatikan und kein Museum, die – enorm lohnende – Besichtigung der Bestände bleibt so Mitarbeitern vorbehalten. Kennen Sie einen?

Architekturgeschichtlich fällt die Zeit der kulturellen Blüte Schwabings mit dem Aufkommen des Jugendstils zusammen, und so finden sich im Stadtbild dieses Viertels einige sehr schöne Anschauungsobjekte aus dieser Epoche. Allerdings nicht so sehr auf der Leopoldstraße als vielmehr in den westlichen Seiten- und Parallelstraßen. Ein kurzer Abstecher in die Zeit um die vorletzte Jahrhundertwende führt links in die **Ainmillerstraße** (etwa Höhe U-Bahn Giselastraße), dort sind es vor allem die Hausnummern 20 und 22, die durchgängig nach den Gestaltungsvorgaben dieser Stilrichtung gebaut wurden. Besonders auffällig ist schon bei nur flüchtigem Passieren die lebhaft bunte Farbgebung der Fassaden – den Architekten des etablierten Historismus, der es in München ja fast zum Designstandard brachte, ein besonderer Stachel im Fleisch. Friedrich von Thiersch etwa war schlicht der Meinung „Farbe ist unfein". Sein Schüler Martin Dülfer, einer der Begründer des Jugendstils, war unübersehbar anderer Meinung.

Weitere schöne Beispiele befinden sich an verschiedenen Adressen in der Nähe der Ainmillerstraße: Römerstraße 11 (Querstraße, links einbiegen), Franz-Joseph-Straße 38 (südliche Parallelstraße) und Kaiserstraße 14 (nördliche Parallelstraße).

Fündig wird man schließlich auch um die **Münchner Freiheit.** Interessant sind hier besonders die Leopoldstraße 77, ein sehr auffälliges Werk Dülfers, und die evangelische **Erlöserkirche** in der Ungererstraße 13 (nördliches Ende der Münchner Freiheit). Letztere entstand 1901 nach Plänen Theodor Fischers, einer weiteren Schlüsselpersönlichkeit des Jugendstils in München. Von außen wirkt die Erlöserkirche wie eine einfache Dorfkirche, das Innere ist geprägt von der schwungvollen Ornamentik des Jugendstils.

Vieles wurde im Lauf der Jahrzehnte wegmodernisiert oder zerstört – besonders die Nazis konnten mit der leichten Eleganz naturgemäß wenig anfangen –, und so finden sich viele Spuren des Jugendstils nur noch in Details wie Beschlägen, Toren und Dekorationen. Auch Treppenhäuser äußerlich schlichter Bauten zeugen mit floraler Verspieltheit und geometrischem Kachelwerk oft noch vom Geist der Epoche.

Die Leopoldstraße endet nicht an der Münchner Freiheit, wird aber in ihrem weiteren Verlauf bis zum Mittleren Ring zur reinen Ausfallstraße mit Tankstellen und Großmärkten. Wer hier abbrechen will, steigt an der gigantischen iPod-Dockingstation, die aber bloß eine grotesk grün-weiße Bushaltestelle ist, in ein öffentliches Verkehrsmittel und fährt zurück in die Stadtmitte. Die Alternative ist ein Spaziergang durch den Englischen Garten.

Klenze im Grünen:
Monopteros im Englischen Garten

Der Englische Garten

Ein flächenmäßig bedeutsamer Teil Schwabings ist von der grotesken Immobilienentwicklung dieses Stadtteils gänzlich ausgeschlossen, denn der Englische Garten gehört dem Volk bzw. der Staatlichen Schlösser- und Gärtenverwaltung, was in diesem Fall ausnahmsweise dasselbe bedeutet. Dieses Besitzverhältnis gehört zum Münchner Traditionsbestand: Lust- und Wandelgärten für Adel und Geldadel gab es überall – auf die Idee, dass auch gemeine Bürger gelegentlich etwas Grün vor die Stadtnasen brauchen, kam erst Karl Theodor, der ungeliebte Wittelsbach-Import aus der Pfalz. Genau genommen war es nicht der Kurfürst selber, der die Umwandlung des ehemaligen Hirschgeheges in einen „Volksgarten" anregte, sondern sein cleverer amerikanischer Berater Benjamin Thompson (als Graf von Rumford präsent in Geschichts- und Kochbüchern, seinen Überlegungen zur Volksernährung verdanken wir das Rezept für die Rumford-Suppe).

Thompson/Rumford hatte 1785 allerdings gar nicht so sehr das Erholungsbedürfnis der Stadtbevölkerung im Sinn. Vielmehr war der Englische Garten erst einmal eine landwirtschaftliche Übungsfläche für Soldaten, eine Veharzneischule und ein Heilkräutergarten für die Feldärzte der bayerischen Armee, kurz: ein Militärgarten. Mit der sich verbreitenden Kunde von der Französischen Revolution bekam man in der Residenz aber allmählich etwas Bammel vor der Kraft des kollektiven Aufbegehrens der Massen, und so gewährte Karl Theodor 1792 den Münchnern freien Zutritt zu den Grünanlagen – die Geburtsstunde des ersten europäischen Volksparks. Undankbar, wie der Bayer so ist, konnte sich aber die Bezeichnung „Karl-Theodor-Park" nicht durchsetzen, es blieb beim ursprünglichen Namen „Englischer Garten".

Das Parklayout zumindest des südlichen Teils (in etwa bis zum Mittleren Ring) legte schon recht frühzeitig Freiherr von Werneck fest, der um 1800 die Militärgärten völlig auflöste und den Kleinhesseloher See ausheben und fluten ließ. Als oberster Gartengestalter folgte ihm Ludwig von Sckell, der mit einiger Berechtigung als der eigentliche Schöpfer des Englischen Gartens gelten kann. Er erweiterte die Anlage um die sog. Hirschau erheblich nach Norden, ersann das System der vom Isarwasser gespeisten Bäche (Eis-, Oberstjägermeister- und Schwabinger Bach) und ließ den Kleinhesseloher See auf seine heutige Größe mit den drei Inseln erweitern. Dafür bekam er am Ufer (vor den Bänken des Neuen Seehauses) auch ein Denkmal spendiert, das würdigerweise von Leo von Klenze, dem großen Meister des Münchner Klassizismus, gestaltet wurde.

Der durfte sich auch sonst hier im Grünen betätigen: Der **Monopteros**, ein kleiner Rundtempel auf einer künstlichen Anhöhe (die Aufschüttung war noch eine Idee von Sckell), stammt von ihm.

Auffälligstes Bauwerk der Parkanlage ist sicher der **Chinesische Turm**, in seiner Popularität durch den umliegenden Biergarten ins Unermessliche gesteigert. Die fünfstöckige Pagode wurde bereits 1790 errichtet und dient bis heute als Musikpavillon. Die Großchinoiserie ist ein ziemlich direktes Plagiat der Pagode in den Königlichen Botanischen Gärten in London – allerdings mit ca. 26 m nur halb so hoch.

Am südlichen Ende, gleich vor dem Haus der Kunst (siehe Spaziergang 5, S. 142), hat die Städtepartnerschaft mit Sapporo den Münchnern einen **japanischen Garten** samt authentischem **Teehaus** beschert. Wenngleich die Stadt akustisch noch präsent ist, taucht das exzessiv angewandte Feng-Shui den Besucher hier in entspannte Kontemplation (unbedingt ein Haiku schreiben!). Von April bis Oktober hat man einmal im Monat (Termine unter www.urasenke-muenchen.de) die Möglichkeit zur Teilnahme an einer japanischen Teezeremonie (5 €/erm. 2 €).

Völlig anderer Natur sind zwei weitere Sehenswürdigkeiten des Englischen Gartens: die Nackerten und die Surfer. Erstere sind ein Relikt aus vergangenen, vorgeblich wilden Schwabinger Zeiten, als die bewegten Studenten der Spätsechzigerjahre schnell spitzbekamen, dass im unbekleideten menschlichen Körper noch erhebliches Provokationspotential steckte. In den 80ern war der FKK-Spaß dann schon so weit etabliert, dass die nahtlos Gebräunten sich bis zur nächsten Trambahnhaltestelle treiben ließen, um dann mit selbiger wieder heimzufahren – das fanden dann wenigstens noch einige sittenstrenge Senioren skandalös. Heute guckt keiner mehr, was auch daran liegen mag, dass das Personal seit den frühen Jahren weitgehend dasselbe geblieben und mittlerweile in die Jahre gekommen ist ... Amerikanische Touristen finden allerdings auch das noch unglaublich sensationell, ultraliberal und aufregend.

Wirklich etwas verwegen und verboten ist das Treiben der Surfer am Austritt des unterirdisch verlaufenden Stadtbachs an der Prinzregentenbrücke (neben dem Haus der Kunst). Je nach Wasserstand bis zu einem Meter hoch wird die stehende Welle, die sich über einer Betonkante aufbaut – genug, um bei entsprechendem Geschick auf dem Board in lässiger Pose zwischen den Randmauern hin- und herzupendeln. Oder effektvoll ins Wasser zu klatschen, hundert Meter weiter hinten wieder herauszukrabbeln und sich in die (bei schönem Wetter lange) Schlange für den nächsten Turn einzureihen. Bis in den „Stormriders Guide", die Referenz der besten Surfsites der Welt, hat es die kleine Stadtwelle schon geschafft – gleich hinter Maui/Hawaii. Und auch die Stadt München hat nach 24 Jahren den spek-

Ludwigstraße, Leopoldstraße & Schwabing
→ Karte S. 158/159

takulären Wert des institutionalisierten Events erkannt: Seit 2010 gehört die Welle nach einem Grundstückstausch der Stadt, und das nicht ungefährliche Posen auf der Welle ist jetzt sogar legal.

Jenseits des Schrillen oder Extremen trifft sich fast ganz München im Englischen Garten zum Bräunen, Walken, Trommeln, Frisbeewerfen, Grillen (nur nördlicher Teil!), Kicken, Joggen, Picknicken, Rugbyspielen und natürlich zur kollektiven Einnahme der einen oder anderen Maß Bier. Die Biergärten (am Chinesischen Turm, Seehaus Biergarten, Aumeister und Hirschau) sind zwar alles andere als Geheimtipps, aber in den Freilufttrinkcharts immer noch ganz vorne dabei. Außerdem erfüllen sie eine wichtige interkulturelle Funktion: Nicht-Münchner treffen Münchner.

Praktische Infos

→ Karte S. 158/159

Cafés & Snacks

Am Odeonsplatz

Café Arzmiller 39 im Theatinerhof, ein Oma-Café, gewiss, aber wohlbeleibte Künstlerinnen schwören Stein und Bein, dass es hier den besten Quarkstrudel der westlichen Hemisphäre gibt. Stimmt wahrscheinlich.

San Francisco Coffee Company 38 auf dem Odeonsplatz, für die schnelle Koffeinzufuhr durchaus in Ordnung.

Rund um die Universität

Eine uralte Regel im Gewimmel der Universitätsbiotope: Studenten und Gastronomie leben in enger Symbiose. Deshalb gedeiht um die Institute der LMU eine beinahe unerschöpfliche Kneipen- und Caféiandschaft. Für den kurzen Überblick hier nur einige Klassiker:

Das **Café an der Uni** 32 in der Ludwigstraße 24 besticht vor allem durch seine unschlagbar zentrale Lage direkt neben dem Professor-Huber-Platz, Ähnliches gilt für die **Uni-Lounge** 27 gleich gegenüber (Geschwister-Scholl-Platz 1), die durch ihre Lage in den ehemaligen Pferdeställen des Unigebäudes auch noch für echtes Campusflair bürgt. Ungewöhnlich preisgünstig.

So richtig brummt es dann in den westlichen Parallelstraßen. Seit der Renovierung vor ein paar Jahren hat das **Konditorcafé Schneller** 31 (Amalienstr. 59) zwar seinen urigen Vorkriegscharme gegen etwas farblose Resopalästhetik eingebüßt, seiner Beliebtheit tut dies aber keinen Abbruch. Legendäre Kuchen und auch noch günstig.

Hoch im Kurs steht seit Jahren auch das **Café Puck** 34 (Türkenstr. 33) – warum, ist allerdings nicht so ganz klar. Vielleicht sind es die vielen Zeitungen oder der WLAN-Access-Point.

Im Wettbewerb der besten Eisdielen Münchens ganz vorne dabei ist die **Gelateria Adria** 28 in der Türkenstr. 59, während der **Alter Simpl** 29 nebenan vor allem vom Boheme-Ruch längst vergangener Zeiten zehrt.

Theologen mit hohen Karriereambitionen mischen sich unter das interdisziplinär gemischte Volk des **Atzinger** 33 (Schellingstr. 9) und planen den Umzug nach Rom. Hat der Megastar der katholischen Kirche nämlich auch so gemacht: Der asketische Joseph Ratzinger galt in seinen Tagen an der LMU hier als Stammgast.

Noch mehr, allerdings säkulare Tradition beansprucht der **Schelling-Salon** 26 400 m weiter westlich (Nr. 54), siehe S. 153. Die Standardlösung für den Hunger tagsüber ist natürlich die **Mensa** 21 hinter dem sog. „Schweinchenbau" in der Leopoldstr. 13a. Gäste benötigen allerdings eine Guthabenkarte für das elektronische Bezahlsystem, die für 10 € (6 € Pfand + 4 € Guthaben) in der Verwaltung erhältlich ist. Das Speisenangebot der großen Innenstadtmensa gilt als durchaus genießbar bis ziemlich gut.

Unkonventioneller und ebenfalls bezahlbar sind der sehr authentische Imbiss **Zum Koreaner** 36 (Amalienstr. 51) und die **Pommes Boutique** 35 (Nr. 46 unmittelbar gegenüber) mit ökologisch voll korrekten Hermannsdorfer Currywürsten und sehr dynamischem Kartoffelrohmaterial.

Und schließlich noch ein Biergarten: Die **Max-Emanuel-Brauerei** 22 (Adalbertstr. 33) ist ein erstaunlich lauschiger und großer

Innenhof mitten in Schwabing und seit vielen, vielen Semestern Pflichtveranstaltung in so ziemlich allen Studiengängen.

An der Leopoldstraße

Die Kollekte der Gastro-Szene an der Leopoldstraße ist von den Gläubigen des immerwährenden Amusements gut gefüllt, an Cafés und Ähnlichem besteht wahrlich kein Mangel. So richtig charmante, urige oder ganz besonders schmackhafte Tipps fallen jedoch schwer, der unvermeidliche Latte Macchiato unterscheidet sich von Cafébar zu Cafébar nur wenig.

Am Englischen Garten

25 Jahre surften die Brettlfahrer vom Eisbach kulinarisch auf dem Trockenen, jetzt kann Mutti endlich das Stullenschmieren einstellen: Das putzige **Fräulein Grüneis** 37 (knapp 50 m von der Welle entfernt) kocht und bäckt von 8 Uhr früh bis in die Nacht Kaffee, Kuchen und kleine Snacks, alles sehr regionalbiologisch. Auch Männer gehen bei „Frauen" rein: Das kleine Häuschen war einmal eine öffentliche Bedürfnisanstalt.

Einkaufen

In Schwabing stehen die Boutiquen, Schuhläden und Optiker Tür an Tür, aber die Mieten sind gewaltig und so balgen sich auf den Spielplätzen der Topadressen fast ausschließlich die großen Jungs, also Filialisten und Franchisenehmer großer Ketten. Einige individuelle oder traditionelle Einsprengsel finden sich dennoch im Einerlei der großen Marken.

„Pädagogisch wertvoll" – das Spielzeugprädikat klebt heute auf fast jedem Plastikschrott, richtig verstanden hat es schon vor 45 Jahren das **Kinderzimmer** 15 (Kurfürstenstr. 55). Viel Holz und Murmeln und Bücher, garantiert halbleiterfrei und höchster Spielwert. Gegenüber wird der Nachwuchs auch noch eingerichtet, stilvoll mit den Möbeln der deutschen Architektenlegende Egon Eiermann.

Fetzige Klamotten gibt es natürlich auch, Schuhe erst recht und überhaupt schöne Sachen: Die Latscherei mit den schweren Tüten spart man sich im **Concept-Store Falkenberg** 19 (Franz-Joseph-Str. 21) – Paul Smith, Nymphenburger Porzellan und Schokolade auf benachbarten Regalbrettern. Ganz billig ist freilich woanders: zum

Stadtstrand vor der Uni

Beispiel bei **Berufskleidung Bertrand** 13 (Nr. 19) – auch wenn der Warnjackentechnolook schon länger passé ist, findet man hier manches interessante Teil zur flippigen Ergänzung. Außerdem großes und günstiges Jeansangebot.

Sollten Sie zufällig nackt – das heißt in Schwabing: ohne Sonnenbrille, egal welche Lichtverhältnisse – aus dem Haus gegangen sein, ziehen Sie sich eine: aus dem Automaten vor **Optik Hartogs** 14 (Leopoldstr. 27). Zumindest um die Frisur zusammenzuhalten, taugen die Shades-to-go auf jeden Fall.

Nachwuchsautoren zieht es zu **Lehmkuhl** 11 (Leopoldstr. 45): Falls es ihre Titel bis zur Dekoration auf dem Flügel im Erdgeschoss geschafft haben, dürfen sie sich getrost zum Kanon der deutschen Gegenwartsliteratur zählen. Ganz normale Leser freuen sich über die sehr kompetente Beratung in der Münchner Traditionsbuchhandlung (seit 1903).

Tour 7

Vom Viktualienmarkt ins Glockenbachviertel

Kaufen! Essen! Trinken! Tanzen! Sehen! Gesehen werden! Schon vor Jahren hat die Karawane der Trendigen und Kreativen in den Straßen um den Gärtnerplatz und im Glockenbachviertel haltgemacht und ist seitdem nicht mehr weitergezogen – das Kleine-Leute-Quartier scheint sich dauerhaft als In-Viertel etabliert zu haben.

Weitgehend unabhängig von Moden decken ein Stück weiter nördlich seit ziemlich genau 200 Jahren Münchner Hausfrauen und -männer auf dem Viktualienmarkt ihren Bedarf an frischen Lebensmitteln. Über die elementare Grundversorgung mit Rohprodukten ist das Marktkarree mittlerweile freilich weit fortgeschritten, kaum eine kulinarische Spezialität des Globus, die sich an den opulent dekorierten Ständen nicht erwerben ließe. Hier kauft auch die gastronomische Crème: Wer in den frühen Morgenstunden gemeinsam mit dem Kochmythos Eckart Witzigmann vor der Fischvitrine anstand, zweifelt nicht mehr länger an der Qualität – allerdings auch nicht mehr am Preisniveau der Haute Cuisine.

Über der anderen Seite des Altstadtrings, der hier nur ein dauerverstopftes zweispuriges Sträßchen ist, wölbt sich der Regenbogen: Gärtnerplatz- und Glockenbachviertel haben eine mittlerweile internationale Reputation als Homosexuellendorado. Special-Interest-Shops der Lack- und Lederfraktion, gleichgeschlechtliche Pärchen Arm in Arm und eine starke Fraktion der Rosa Liste im zuständigen Bezirksausschuss (11 %!) untermauern diesen Ruf auf sehr

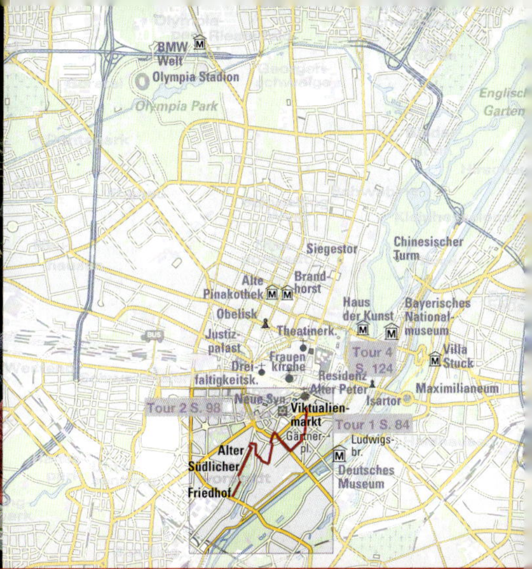

Vom Viktualienmarkt ins Glockenbachviertel

unterschiedlichen Ebenen des urbanen Lebens. Was aber nicht heißt, dass Heteros sich hier als Randgruppe verstehen müssten – ganz im Gegenteil: Völlig unabhängig von der sexuellen Präferenz hat sich hier eine ungeheuer attraktive und dichte Kneipen- und Einkaufslandschaft entwickelt. Junge Modemacher betreiben hier ihre kleinen Label-Shops, Barflies müssen zwischen den verschiedenen Tresen noch nicht einmal abheben, und mehrere Clubs wetteifern mit renommierten DJs um die Vorherrschaft auf dem Dancefloor. Die Attraktivität des Viertels bemisst sich auch in klingender Münze: Die enorme Nachfrage beschert ihm ein auch für Münchner Verhältnisse erhebliches Miet- und Immobilienpreisniveau. Trotzdem haben die vielen gut verdienenden (oder zumindest gut ausgebenden) Werber, Schreiber und freiberuflichen Kreativen den Wohnraum mittlerweile ziemlich knapp werden lassen. Und teuer: Schon weit vor der Fertigstellung ging die Rooftop-Suite des umgebauten MVG-Hochhauses (jetzt: „The 7-Tower“) über den Tisch – für 22 Mio. Euro, die teuerste Wohnung Deutschlands.

Die Aufwertung der Quartiere ist stadtgeschichtlich ein ziemlich neues Phänomen. Bis zur Jahrhundertwende galt der Süden der Kernstadt als kleinbürgerliches und auch proletarisches Wohngebiet, in der Zwischenkriegszeit etablierte sich in der Blumenstraße auch ein lebhaft frequentierter Straßenstrich. In der ersten Phase der Industrialisierung (ab 1850) siedelte sich eine namhafte Menge kleiner und mittlerer Unternehmen an, in denen viele eingesessene Handwerksbetriebe samt Belegschaft aufgingen. Entsprechend dünn ist die historische Bausubstanz des Viertels – zumindest gemessen an den geschichtsschwangeren Prachtstraßen Münchens und der Altstadt mit ihrem teilweise noch mittelalterlichen Gepräge. Lediglich der Reichtum der Industriebarone aus der Gründerzeit manifestiert sich in zeittypisch üppigen Stadthäusern, besonders auffällig ist die Konzentration dieser noblen Anwesen in der Hans-Sachs-Straße. Für ein Highlight der frühen modernen Architektur sorgte dagegen die Stadt selbst, die 1929 mit dem Technischen Rathaus das erste Münchner Hochhaus errichten ließ.

Die größte Grünanlage der Gegend (die lang gestreckten Isarauen einmal ausgenommen) entbehrt nicht der Kuriosität – es handelt sich um einen Friedhof! Und was für einen: Der Alte Südfriedhof war die zentrale Nekropole der Stadt, bis ihn die Bevölkerungsexplosion an seine Kapazitätsgrenzen stoßen ließ. Die großen Namen der Münchner Geistes- und Wissenschaftsgeschichte sind hier im Tod versammelt. Zwischen ihren teilweise großartigen Epitaphen traben heute die Jogger und Walker. Alles ist eitel. Hier sowieso.

Spaziergang 7

Der Viktualienmarkt

Der zur Präzision verpflichtete Stadtbeschreiber muss zunächst darauf hinweisen, dass „Viktualienmarkt" in München keine eindeutige Adresszuordnung möglich macht: In Pasing, einem westlichen Vorort, gibt es nämlich noch

eine Freiverkaufsfläche gleichen Namens. Aber den kennen wirklich nur Einheimische, und an Reichhaltigkeit und Raffinesse kann er mit dem Markt in der Altstadt naturgemäß nicht entfernt mithalten. Hier (Ⓤ/Ⓢ Marienplatz, Bus 131 Viktualienmarkt) zwischen Heiliggeistkirche und Altstadtring gibt es so ziemlich alles, was man in der westlichen Welt für essbar hält, und das auf zumeist erheblichem Qualitätsniveau. Der Viktualienmarkt gehört sicher zu den schönsten grünen Märkten in Deutschland.

An seinem heutigen Standort befindet er sich seit fast genau 200 Jahren. Damals war es auf seinem Vorgänger, dem Marienplatz, zu eng geworden, und so befahl König Max I. den Abriss einiger Benefizhäuser des Heiliggeiststifts und den Umzug der Stände auf das neu geschaffene Areal. Bis 1885 wurde die Fläche noch sukzessive vergrößert, seitdem hat der Viktualienmarkt seine heutige Ausdehnung.

Mit klassischen Straßenmärkten, mit fliegenden Bauten hat der Viktualienmarkt wenig gemein, fast alle Stände haben feste Aufbauten, einige sogar einen Keller. Die Nutzungsgebühren für die Händler sind entsprechend hoch, trotzdem ist der Standort überaus beliebt, und so geht es bei der Flächenzuweisung beinahe zu wie bei der Schankrechtvergabe auf dem Oktoberfest:

Faschingshochburg Viktualienmarkt

Die Epizentren des närrischen Treibens liegen nicht unbedingt in Bayern, aber mit dem höchstorganisierten Karneval im Südwesten und Westen will München auch nicht konkurrieren: Hier gibt es schließlich Fasching. Der findet seit über 20 Jahren seinen Höhepunkt mit dem **Tanz der Marktweiber** auf dem Viktualienmarkt. Stichtag ist der Faschingsdienstag, wenn in den rheinischen Metropolen schon die Pappnasen verkatert von den Bürgersteigen gekehrt werden. Bereits in den frühen Morgenstunden wird das Marktareal von Kostümierten und Schaulustigen geflutet, die um 11 Uhr die Beine der Standlfrauen fliegen sehen wollen. Die da tanzen, schlagen tatsächlich an den übrigen Tagen des Jahres Suppengrün und Äpfel in alte Zeitungen und sind keine Folklore-Imitate! Der erst seit 1986 institutionalisierte Brauch geht wahrscheinlich auf eine deutlich ältere Tradition zurück: Schon in früheren Zeiten haben die nicht eben für ihre zurückhaltende Art bekannten Marktfrauen das eine oder andere Tänzchen zwischen den Obstkisten gewagt.

Mittlerweile ist der Tanz fest im Münchner Eventkalender etabliert und entsprechend kommerzialisiert. Riesige Boxenwände beschallen die über 10.000 dicht gedrängten Besucher, die sich nach dem Ende des offiziellen Programms vorzugsweise in der 200-ccm-Klasse (Piccolo) dem freien Trinken widmen. Das Spektakel geht ungefähr bis zum frühen Abend, dann verteilt sich die Horde auf umliegende Kneipen oder schwankt nach Hause. Düsseldorf? Wo liegt eigentlich Düsseldorf?

Gibt ein Standbetreiber auf, wird aus einer langen Vormerkliste ein passender Kandidat ausgewählt, der nach den Kriterien Sortiment, wirtschaftliche Potenz und Erfahrung in das bestehende Marktkonzept passt. Über die ausgewogene Verteilung der verschiedenen Produktgruppen und die Einhaltung der allgemeinen Marktordnung (gilt auch für Besucher – nicht beim Fahrradfahren erwischen lassen!) wachen die „Markthallen München“, ein Betrieb der Stadtverwaltung.

Wenngleich die Standbetreiber in den Wintermonaten mit Heizstrahlern, Plastikplanen und Luftschleusen erheblichen Aufwand betreiben, um den Marktbesuch noch mit Restkomfort auszustatten, bleibt der Viktualienmarkt doch eine Freiluftveranstaltung mit entsprechender Witterungsabhängigkeit. Deshalb wurde weithin der Bau einer Markthalle begrüßt, umso mehr, da es sich um die authentische Rekonstruktion eines historischen Gebäudes handeln sollte. Bereits von 1853 bis 1932

Vom Viktualienmarkt ins Glockenbachviertel
→ Karte S. 174/175

stand am Rand des Viktualienmarkts die **Schrannenhalle**, der erste Stahlbau Münchens nach einem Entwurf von Karl Muffat. Stück für Stück war dieses Industriedenkmal verschwunden, bis nur noch der Kopfbau mit der Freibank (eine Art Billigmetzger) übrig blieb. Ein über 100 m langes Stück der Stahl-Glas-Konstruktion wurde eingelagert und moderte 50 Jahre lang vor sich hin, bis ein findiger Architekt den Schatz entdeckte und den Anstoß für den teilweisen Wiederaufbau gab. Das Bauvorhaben zog sich noch endlos hin, aber im September 2005 wurde die „Schranne" für den Publikumsverkehr freigegeben. Mit einem desaströsen Bewirtschaftungskonzept: Die Prosecco-Häppchen-Abfüllstationen sorgten verlässlich für eine allzeit verwaiste Halle. Deshalb wurde noch mal umgebaut: Jetzt hat der notorische Großgastronom Käfer die Strippen in den kaviarverklebten Fingern, und wieder gibt es Häppchen hier und Sektchen dort. Ein bisschen richtig (teuer) einkaufen, kann man aber tatsächlich auch. Umbau droht auch dem Viktualienmarkt selber, Brandschutz- und Hygieneverordnungen werden den festen Standln wohl verlässlich den Garaus machen und auch die fliegenden Bauten sind OB Ude („Zeltlager am Hindukusch") ein Dorn im Auge. Wie und mit welchem Ergebnis die Umgestaltung durchgeführt wird, ist momentan so heftig umstritten wie unklar. Zumindest für die Bauarbeiten gilt: Es wird wohl furchtbar werden.

Am Gärtnerplatz

Um den Gärtnerplatz

Gut gestärkt oder wenigstens gut bevorratet beginnt südlich des Viktualienmarkts der Einkaufsflash im Kreativen- und Regenbogenviertel. Ein prima Einstieg ist die Utzschneiderstraße (gegenüber der östlichen Seitenfront der Schranne). In der kurzen Passage zur Reichenbachstraße – neben der Klenze- und Corneliusstraße eine der drei geometrischen Hauptachsen des Viertels – befinden sich mindestens drei Shoppinginstitutionen. Nr. 10 beherbergt **Alexas Secondhand**. Den Überblick zwischen dem ganzen Retroschick behält – na, wer wohl? – Alexa, die sich ungeheuer liebevoll und sehr kompetent ihren Kunden widmet. Die Preise sind fair, und wenn's was ganz Schrill-Ausgefallenes sein soll, hat Alexa wenn schon nichts im Laden, dann wenigstens einen guten Tipp.

Auf der anderen Straßenseite verkauft **Schrauben-Preisinger** jedes, wirklich jedes genormte Befestigungselement – und das auch in kleinsten Mengen mit Expertenberatung! Dazu gibt es das passende Profiwerkzeug im Verkauf und im Verleih. Ehefrauen und Freundinnen stehen zwar mitunter etwas ratlos vor dem Traditionsgeschäft, aber hier werden Schrauberaugen feucht vor Rührung.

Der kleine Reichenbachplatz (kurz hinter der Einmündung der Utzschneider- in die Reichenbachstraße) wird eher als Straßenkreuzung wahrgenommen. Als urbaner Sammlungsraum ist er zu klein und zu dunkel, außerdem ist der Sog des nahe gelegenen Gärtnerplatzes einfach zu stark. Prima Einkaufsadressen gibt es trotzdem, etwa in der kreuzenden Rumfortstraße: Die Möbel und Accessoires von **ab ovo** (Rumfordstraße 8) schaffen es regelmäßig in die Wohn- und Lifestyle-Beilagen der großen Zeitungen und Magazine. Die einschlägige Spezialliteratur selbst gibt es in selten gesehener internationaler Mannigfaltigkeit bei **soda** (Rumfordstraße 3).

In der Reichenbachstraße 13 residiert ein Stück Münchner Subkultur: Das **Hotel Deutsche Eiche** gilt spätestens seit den wilden Tagen der Queen-Ikone Freddy Mercury als der In-Treff der schwul-lesbischen Szene; in der Sauna des hoteleigenen Badehauses nebenan wird denn auch nicht in erster Linie geschwitzt.

Der Gärtnerplatz ist schließlich der unumstrittene Fokus des nach ihm benannten Viertels – auch wenn man in den letzten Jahren versucht hat, ihm das auszutreiben. Die bis 2006 mit flächigem Grün bewachsene Verkehrsinsel wurde zugunsten einer „Piazetta-Lösung" mit Blumenbeeten und Parkbänken verhunzt, der Beliebtheit hat das aber zum Glück wenig Abbruch getan: An warmen Abenden quetschen sich bis zu 1000 Menschen zwischen das Sentimentalitätsgemüse vor der Großbaustelle des Gärtnerplatztheaters, ratschen, lachen, trinken und machen nach Ansicht der Anwohner zu viel Lärm. Leute, zieht halt auf's Land!

Im Inneren des Theaters geht es weit gesitteter zu, manchem vielleicht sogar ein bisschen zu sehr: Das Haus gehört zum Verbund der Bayerischen Staatstheater Münchens, ist die Bühne der leichten Muse und zeigt Ballett-, Operetten- und Musicalaufführungen auf hohem handwerklichen Niveau – so richtig aufregend oder gar kontrovers sind die Inszenierungen des Hauses nur selten.

Am Exotenstand

Auch wenn es der Name des Viertels nahelegt – aktiv hat der große Münchner Baumeister Friedrich von Gärtner hier nicht mehr Hand angelegt. Die Benennung erfolgte posthum und ehrenhalber. Gebaut wurde das Gärtnerplatzviertel ab 1861 als reines Wohnquartier mit Mietshäusern in recht einheitlichem Stil (beim Wiederaufbau nach 1945 leider nicht mehr durchgehalten) und durchgängiger Traufhöhe. Anders als die bis zur Mitte des 19. Jh. durch das Königshaus gelenkten Stadtplanungsprojekte war seine Errichtung eine rein privatwirtschaftliche, renditeorientierte Unternehmung. Auch das Theater wurde zuerst kommerziell betrieben, doch schon drei Jahre nach seiner Eröffnung (1865) war das „Münchner Actien-Volkstheater" pleite und wurde vom prall gefüllten Kulturetat Ludwigs II. aufgefangen. Fortan firmierte es als „Königliches Volkstheater", ab 1937 als „Bayerische Staatsoperette".

→ Karte S. 174/175

Am Glockenbach

Vom Gärtnerplatz geht's über die südwestlich abzweigende Klenzestraße in ein paar Minuten zur Frauenhoferstraße. Jenseits davon liegt der derzeit angesagteste Münchner Stadtteil, das Glockenbachviertel. Das merkt man nachts, wenn die Bürgersteige zwischen den vielen, vielen Kneipen zu gedrängten Catwalks werden (oder zu Wartezonen: viele Bars haben zumindest am Wochenende recht selektiv orientierte Türsteher). Das merkt man aber auch tagsüber, wenn Myriaden von Architekten, Werbern und Filmproduzenten ihre bedeutenden Meetings in den hiesigen Cafés abhalten oder zunehmend frustriert ihre Runden um den Block drehen, weil für das neue Cabrio partout kein Parkplatz zu finden ist.

Außerdem kann man auch im Glockenbachviertel wunderbar Geld ausgeben. Verschärft gilt das wiederum für die Regenbogenfraktion, die sich hier – mehr noch als im angrenzenden Gärtnerplatzviertel – konzentriert und offensichtlich sehr wohl fühlt. Einer der höchsten Feiertage des Quartiers ist dementsprechend der Christopher Street Day (Ende Juli/Anfang August; auf jeden Fall nach dem historischen Datum am 28. Juni), aber auch bei anderen Kollektivfröhlichkeiten wie dem Hans-Sachs-Straßenfest zeigt die bunte Gemeinschaft ihr erhebliches Feierpotenzial.

Klassisches Sightseeing findet im Glockenbachviertel wenig Anhaltspunkte. Ausnahme ist das zwischen 1927 und 1929 errichtete erste Hochhaus der Stadt, einer der bis heute eher zaghaft unternommenen Versuche, die Stadt mehr in die Höhe als in die Breite wachsen zu lassen. Verbindliche Obergrenze für alle Neubauten sind nämlich nach wie vor die 99 m der Frauenkirche, festgelegt in einem Stadtratsbeschluss vom 1. Februar 1921, der 2004 in einem Bürgerentscheid bestätigt wurde. Der notwendig

Einkaufen (S. 180/181)

5 Alexa
8 Sonja Kiefer
9 Clara Nissl
12 Carmen's Interieur
14 Gasoline Alley
15 Wortwahl
18 Spexter
19 Blutsgeschwister
20 Wandelbar
21 Schuh Bertl
23 Gerdismann
29 Michael Wagner
32 Glatteis
34 Optimal
35 talbot runhof
42 Galerie Nischke
43 Delicatessen
45 Comic Company
47 Pomeroy & Winterbottom
51 electum
53 Antonetty
55 Götterspeise
57 Fundgruber

Nachtleben

11 Deutsche Eiche (S. 62)
16 Bei Carla (S. 62)
17 Pimpernel (S. 62)
25 Ochsengarten (S. 62)
27 Zum Wolf (S. 59)
28 Bau (S. 62)
31 Ksar (S. 58)
48 Milla (S. 65)
50 Flaschenöffner (S. 59)
52 Substanz (S. 59)
60 Josef Bar (S. 58)
63 Café Glück (S. 62)
64 Barysphär (S. 61)

Spaziergang 7: Viktualienmarkt und Glockenbach

massive, dennoch in keiner Weise massige Bau an der Ecke Blumenstraße, An der Feuerwache (rechts in die Frauenhoferstraße hinein und ein Stück geradeaus) kommt bei weitem nicht an diese Höhe heran, das oberste, zwölfte Stockwerk endet bei 45,5 m.

Errichtet als **Technisches Rathaus**, ist das Gebäude bis heute Sitz diverser Ämter der technischen Abteilungen der Münchner Stadtverwaltung. Als volkstümliche Bezeichnung hat sich daher

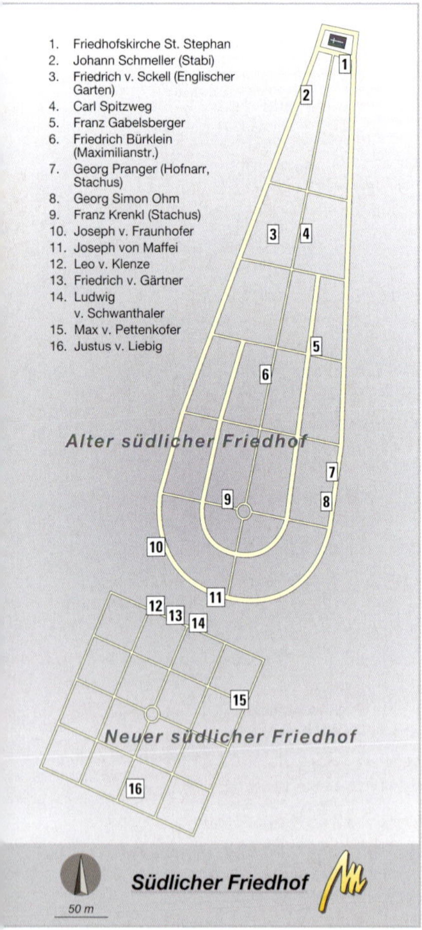

auch **Städtisches Hochhaus** etabliert. Stilistisch ist es ein besonders gelungenes Beispiel für das „Neue Bauen“ der Weimarer Zeit – in München auch so ziemlich das einzige. Die Werkstoffe der Fassade (Ziegel und Nagelfluh) zitieren die alte Münchner Bausubstanz und korrespondieren so auf selbstbewusste, aber doch nicht auftrumpfende Art mit den anderen bestimmenden Punkten der Münchner Skyline. Besonderes Schmankerl ist der im Inneren verkehrende Paternosteraufzug – einer der sieben letzten der Stadt und, zumindest inoffiziell, frei zugänglich. Nicht nur für Kinder – was passiert wohl an den Umkehrpunkten? – eine spannende Begegnung mit der Technikgeschichte.

Der Weg zur letzten Station dieses Rundgangs, dem Alten Südfriedhof, führt über die Angertorstraße, Hans-Sachs-Straße, Westermühlstraße, den Holzplatz und die Pestalozzistraße (an der Ampel links in die kurze Stephanstraße zur Friedhofskirche) durchs Bar- und Boutiquenepizentrum des Viertels. Dabei lohnt – vor allem in der Hans-Sachs-Straße – schon einmal der Blick weg von den Schaufenstern in die Vertikale auf die Fassaden der schön restaurierten Gründerzeitbauten des Viertels. Andererseits wurden in der Nachkriegszeit bei der Beseitigung der Bombenschäden auch einige neue Explosivkörper gezündet, diesmal allerdings ästhetischer Art – der Wohnhochbunker in der Ickstattstraße (von der Hans-Sachs-Straße links ab) ist da ein besonders abschreckendes Beispiel.

Alter Südfriedhof

Der Grundgedanke ist nicht ganz unumstritten: ein Friedhof, Ruhestätte der Toten und gleichzeitig Erholungsanlage für die Lebenden? Picknickdeckchen auf alten Epitaphen? Die Einwände gegen die Zusatznutzung sind wohl nicht abseitig, aber letztlich gegenstandslos, denn die Bewohner der angrenzenden

Viertel sind sehr wohl in der Lage, die Besonderheit des Ortes zu respektieren. Sie schätzen die Gräberfelder hinter den hohen efeubewachsenen Mauern an der Kapuzinerstraße als Stätte der Kontemplation, zum Grillen gehen sie lieber an den nahe gelegenen Flaucher (siehe S. 193).

Angelegt wurde der Alte Südfriedhof 1563 als Pestfriedhof; das damals noch ziemlich weit außerhalb gelegene Gelände garantierte sichere Distanz zur Kernstadt. Bis Ende des 18. Jh. blieb er der Gottesacker der Kranken, Armen und Namenlosen (auch die 682 Hingemetzelten der „Sendlinger Mordweihnacht" von 1705 wurden hier in einem Massengrab beigesetzt; siehe *Stadtgeschichte* S. 24), dann verbot die Stadt München sämtliche Beisetzungen innerhalb der Stadtmauern, ließ die Friedhöfe um die Kirchen der Altstadt einebnen und erkor das Areal 1788 zum „Centralfriedhof" der Stadt. Die in den folgenden Jahren anstehenden Erweiterungsmaßnahmen fanden ihren formalen Abschluss in der Anlage der halbkreisförmigen Arkaden im Südosten, die das Layout des Friedhofsgeländes in eine symbolisch angemessene Sarkophag-Gestalt brachten.

Zum „Alten" Südfriedhof wurde das formal geschlossene Gräberfeld im Anschluss an die große Cholera-Epidemie von 1836/37, die die Gestaltung eines unmittelbar südlich angrenzenden weiteren Friedhofsareals notwendig machte. Die Konzeption des „Neuen Südlichen Friedhofs" – ein quadratisches, von hohen Mauern umgebenes Gelände – oblag dem Starbaumeister der Epoche Friedrich von Gärtner. Für das Vorhaben suchte er sich – wie so oft – ein italienisches Vorbild und entwarf einen „Campo Santo" nach dem Muster des Monumentalfriedhofs Certosa in Bologna.

Ein Spaziergang über den Alten Südfriedhof mit der dem Pestpatron Stephan geweihten Kapelle am Nordein-

Szenemeile Hans-Sachs-Straße

gang ist auch eine Tour durch die jüngere Stadtgeschichte. Sehr viele Namen auf den Grabsteinen finden sich auf dem Münchner Stadtplan wieder (Klenze, Fraunhofer, Pettenkofer etc.), die Berufsbezeichnungen variieren vom Großindustriellen bis hin zum Hofnarren – bei Letzterem handelt es sich um das Münchner Original Prangerl, der auch im Durchgang des Karlstors aus der Ecke feixt.

Mit den Friedhofsmauern zur Kapuzinerstraße endet auch das Glockenbachviertel und der ihm jüngst zugewachsene schrille Chic (das angrenzende Dreimühlenviertel und die Isarvorstadt sind immer noch ziemlich bodenständige Münchner Wohnviertel mit hohem Lebenswert, aber ohne nennenswerte städtebauliche Höhepunkte).

Zurück in die Altstadt geht es am besten mit dem Bus (Linien 58 und 152) vom Kapuzinerplatz, die nächsten U-Bahn-Stationen Goetheplatz und Fraunhoferstraße sind doch relativ weit entfernt.

Vom Viktualienmarkt ins Glockenbachviertel
→ Karte S. 174/175

Die Münchner Stadtbäche

Der Glockenbach ist einer der letzten überirdisch verlaufenden Stadtbäche im Münchner Stadtgebiet. Vor der Entwicklung leistungsfähiger Hygienestandards dienten die Bäche – ursprünglich wilde Nebenläufe der Isar – zugleich der Trinkwasserversorgung und der Entsorgung von Abwässern und Abfällen. Bei der beständig wachsenden Bevölkerung führte das im frühen 19. Jh. nicht nur zur massenhaften Verstimmung von Geruchsnerven, sondern hatte natürlich auch epidemiologisch einschlägige Folgen. Mit der Industrialisierung wurden die Bäche folgerichtig durch ein kommunales Kanalisationsnetz ersetzt.

Am Glockenbach

Übrig geblieben sind so nur einige wenige Vertreter der Spezies, darunter der Große Stadtbach, der den Westermühlbach speist, und eben der Glockenbach, von dessen weiteren Abzweigungen nur der Westliche Stadtgrabenbach (unterirdisch) verblieb. Dieser wiederum speist den Köglmühlbach, der seit 1992 die Staatskanzlei umspült und zusammen mit anderen unterirdischen Wasserlinien in den Schwabinger Bach im Englischen Garten fließt.

Rechts der Isar ist es vor allem der Auer Mühlbach, der über den Isarkanal ins Hochwasserregulierungssystem der Isar eingebunden ist. Seit über 100 Jahren weitgehend zugedeckelt, wurde er 2002 auf seinem Weg durch Untergiesing und die Au wieder teilweise an die Oberfläche verlegt.

Praktische Infos

→ Karte S. 174/175

Cafés & Snacks

Rund um den Viktualienmarkt

Das gastronomische Angebot um den großen Lebensmittelmarkt ist überreichlich, vom Hamburger bis zu Hummer gibt es so ziemlich alles auch zum „Glei-Essn" – also auf die Hand. Der bayerische To-go-Klassiker ist natürlich die **Leberkässemmel**, stilecht im Würzdialog mit Hausmacher-, d. h. süßem Senf. Im Angebot haben ihn alle Metzgereien an der Metzgerzeile (alles über 2 € ist Nepp) und um den **Biergarten** **1**. Der wiederum ist ein Unikum unter den Münchner Freiluftbierstationen, denn hier hat keine Brauerei das Ausschankprivileg, turnusmäßig befüllt ein anderer ortsansässiger Hopfen-&-Malz-Konzern die neutralen Maßkrüge; wer grade dran ist, zeigt ein Tafelanschrieb.

Pflichtprogramm für alle, die auch nur gelegentlich eine Süßigkeit vertragen, sind die frisch ausgebackenen Krapfen und Rohrnudeln (Stück 1,80 €) des **Cafés Frischhut** 2 in der Prälat-Zistl-Str. 8. Bereits ab 7 Uhr früh schaffen sich hier gestresste Zechermägen eine neue Grundlage.

Und was machen wir in der Utzschneiderstraße 12? **Wirmachencupcakes!** 6 Münchens erster Cupcake-, Cakecup- (wo auch immer da der Unterschied ist) und Macaron-Bäcker. Trendy, süß und delikat.

››› Mein Tipp: Tolles, wenn nicht das beste Thai-Fingerfood hat **Yum2take** 3 (Prälat-Zistl-Str./Sebastiansplatz) – aber warum sind die Damen an der Theke immer so schlecht gelaunt? ‹‹‹

And now to something completely different: Afternoon tea, scones and clotted cream im **Victorian House** 4 (Frauenstr. 14). Splendid isolation!

Im Gärtnerplatzviertel

Zahlreiche bis unzählige Cafés buhlen um die Shopper und Flaneure des Viertels. Zur Einstimmung bietet sich ein Glas Weißwein bei **Walter & Benjamin** 7 (Rumfordstr. 1) an – die Preisschilder der umliegenden Boutiquen wirken nach drei Riesling dann auch nicht mehr so furchterregend. Dazu ein sehr gutes Angebot kleiner und großer Speisen.

Links neben der **Deutschen Eiche** (auch ein nettes Restaurant im EG) befindet sich mit der **Gelateria Al Teatro** 10 die traditionellste Eisdiele des Viertels.

Gleich gegenüber trotzt das **Café Wiener** 13 (Reichenbachstr. 6) jedem anglophonen Zeitgeist. Die Torten heißen noch Torten und schmecken auch so: Voll, fett und ganz bestimmt nicht to go. Zum Mitnehmen bitte!

Seit Urzeiten eine Institution ist das **Baader-Café** 49 (einmal um die Ecke in der Baaderstraße). An den Tischen unter der Weltkarte bekakelt mittlerweile die vierte Schüler- und Studentengeneration Lust und Frust des Erwachsenwerdens.

Im Glockenbachviertel

››› Mein Tipp: **Loretta Bar** 22, kompetente Baristi, exklusiver Kaffee (Danesi) und Bezzera (der Maserati unter den Kaffeemaschinen), dazu ein breit gestreutes Zeitungs- und Zeitschriftenarsenal – so und nicht anders sieht die perfekte Café-Bar aus. In den Mittagsstunden helfen qualitätsvolle Panini aus dem Unterzucker, und ab 18 Uhr vertreiben hausgemachte Tapas den ersten Hunger bei einem guten Begleitwein. Allerdings sehr beschränktes Platzangebot! Müllerstr. 50. ‹‹‹

Ähnlich, nur schmusiger ist das **Hoover & Floyd** 44 in der Ickstattstraße 2, das schon um 8 Uhr die Kaffeemaschine anwirft und Cornettos zum Tunken bereithält. Auch die Szene muss manchmal früh raus.

Die Loretta Bar

Das **Aroma** 36 in der Pestalozzistraße 24 hat sich als tendenziell weiblicher Kreativentreff (gerne auch mit Nachwuchs) etabliert; die Kernklientel verliert über den herausragenden selbstgebackenen Kuchen und das liebevoll im Körbchen arrangierte Pausebrot vorübergehend gerne ihr Figurbewusstsein.

Recht weit vorn im Wettbewerb um den albernsten Kneipennamen liegt derzeit das **Fei Scho** 39 in der Kolosseumstr. 6. Es gibt natürlich bayrisch-asiatisches Fusion-Cooking, die ansässige Klientel ist trotz gelegentlicher Schwächen am Salzfass und holprigem Service entzückt!

Jedes Diätvorhaben wird völlig zur Farce, überschreitet man die Schwelle der **Götterspeise** 55. Ein Kompendium der Chocolaterie: Pralinen, Tafeln der weltbesten Schokokünstler und prima selbstgemachtes Eis.

Einen echten Biergarten hat das Glockenbachviertel nicht, aber ein großzügiges Freisitzangebot auf Bierbänken und Strandsesseln offeriert das **SAX** 41 in der Hans-Sachs-Str. 5.

Kunst im Schuladen

Der nächste lupenreine Biergarten liegt bereits auf dem Gebiet der Isarvorstadt, wobei sich die Einkehr im **Paulaner Bräuhaus** 62 (Kapuzinerplatz 5, gegenüber dem Arbeitsamt) nicht in simplem Draußentrinken erschöpfen muss – mit Schwemme, Stüberl und Restaurant bietet die großgastronomische Institution im ehemaligen Thomasbräu (1899 Erfinder des Münchner Hellen) einen repräsentativen Querschnitt durch die bayerische Gasthauskultur.

Der Snack auf die Kralle in den Abendstunden hat sich zur Ur-Münchner Currywurst verlagert. Im Bereich Fraunhofer/Klenzestr. gibt es gleich drei Abfütterungsstellen im Zeichen von rot-weiß mit gelben Sprenkeln: **Curry** 26 (Fraunhoferstr. 11) und **Gute-Nacht-Wurst** 30 surfen den Trend bloß ab, gesetzt hat ihn der **BergWolf** 37 (Fraunhoferstr. 17). Mit Sauce Dönni!

Einkaufen

Abends testet der Szenemensch in den Bars und Clubs, was reingeht – tagsüber wird in den Boutiquen, Label Stores und Fachgeschäften gecheckt, was rausgeht: Zeit für den Kreditkartenbelastungstest!

Tragbares Getragenes vor allem für Mädels hat die kruschige **Alexa** 5 (Utzschneiderstr. 10), etwas sortierter und feiner ist das der **Fundgruber** 57 in der Klenzestr. 58. Gleich gegenüber bei **Antonetty** 53 findet sich dann bestimmt etwas schick Ledernes zum exklusiven Aufpeppen des billigen Vintage-Kaufs. Jungs werden eher glücklich bei **Gerdismann** 23 (Fraunhoferstr. 9).

Wenn's doch eher was Neues sein soll, geht man für den sportiven Lässiglook zu den **Blutsgeschwistern Sportskitchen** 19 (Gärtnerplatz 6) oder, einen Hauch konservativer, in die **Wandelbar** 20, ebenfalls gleich am Gärtnerplatz. Fashion Victims aus meinem persönlichen Umfeld sind immer wieder beglückt von der bezahlbaren Mode bei **Clara Nissl** 9 (eher Damen, Rumfordstr. 8).

Kein Limit im Budget? Dann Haute Couture, z. B. **talbot runhofs** 35 Flagship Store in der Klenzestr. 41 oder, eine Spur weniger etabliert, bei **Sonja Kiefer** 8 (Baaderstr. 28). Designerware mit schlicht-italienischer No-

Obst zu Edelmetallpreisen: die Schrannenhalle

Vom Viktualienmarkt ins Glockenbachviertel
→ Karte S. 174/175

te auch für Herren schneidert **Michael Wagner** 29 in der Fraunhoferstr. 4, gar nicht einmal so teuer.

Leder fürs Mopedfahren ohne Papageienkombi-Verirrungen gibt es in der **Gasoline Alley** 14 (Corneliusstr. 5); Leder für die ganz harte Gangart und dazu unaussprechliche Instrumente für den High-Tech-Sexualtrieb bei **Spexter** 18 (Müllerstr. 54).

Sollte der Kleiderschrank schon voll sein, aber im Bücherregal noch Platz, dann aber schnell aufs **Glatteis** 32 mit seiner erstklassigen Krimiauswahl oder in die **Wortwahl** 15 mit seinem exquisiten Kunstbuchsortiment – auch tolle Kinderbücher (Reichenbachstr. 15). Fast jede Neigung im literarischen Sub-Segment des bebilderten Erzählens befriedigt die **Comic Company** 45 (Fraunhoferstr. 21). Bloß hören geht auch: DJs, Vinyl-Nostalgiker und auch sonst alle mit tanzmusikalischem Restgeschmack landen früher oder später im legendären **Optimal** 34 (Kolosseumstr. 6).

››› **Mein Tipp:** Anglophile chatten ein wenig mit dem sympathischen Briten bei **Pomeroy & Winterbottom** 47 (Reichenbachstr. 38) und nehmen mindestens eine Tüte der wahren Salt'n Vinegar Crisps mit. ‹‹‹

Etwas Nettes auch für das provinzielle Heim findet sich immer bei **Carmen's Interieur** 12 (v. a. Jugendstil und Art Deco, Müllerstr. 31), fantastische Panoramafotos hängen verkaufsfertig an den Ziegelwänden der **Galerie Nischke** 42 (Baaderstr. 52). Beleuchtet wird die ganze neue Interieurpracht mit einem Designstück von **electum** 51 (Hans-Sachs-Str. 22). Leider ist das alles sehr teuer und deshalb kauft der Retro-Designaktive dann doch bei **Delicatessen** (43 Reichenbachstr. 24) ein Stück, das vermutlich seine Eltern vor Jahren aus der Wohnung verbannt haben.

››› **Mein Tipp:** Fast vergessen: Schuhe! Ohne einen Karton mit edelstem Rahmen- oder Zwiegenähtem ist jedes Shopping bloß ein trauriger Bummel, deshalb unbedingt zu **Schuh Bertl** 21 (Kohlstr. 3). Vom Bergstiefel über den Brogue bis zum Haferlschuh, alles unbestechliche Maßarbeit aus dem besten Schuhladen nördlich der Alpen. ‹‹‹

Tour 8

An der Isar

Wien = Donau, Köln = Rhein, Hamburg = Elbe und eben auch München = Isar: Oft wird bei der Nennung von Metropolen der Name des durchfließenden Stroms gleich mitgedacht. Wie aber schafft es die Isar, dieser „pubertierende Gebirgsbach", im Reigen der großen Stadt-Fluss-Koalitionen mitzuhalten?

An ihrer Wassermenge, ihrer Breite, ihrer Bedeutung als Handelsweg oder Demarkationslinie kann das definitiv nicht liegen, in dieser Hinsicht schmiert die Isar schon gegen deutlich weniger prominente Flüsse wie den Main oder die Oder ab. Was ist also dran am großen Bach der bayerischen Landeshauptstadt?

Zuerst einmal: Geschichtlich betrachtet ist die Isar die Raison d'être der ganzen Stadt. Als im 12. Jh. die Versorgung der Gebiete mit Salz ein immer lohnenderes Geschäft wurde, war die Isar – schmal hin, schmal her – ein beinahe unumgängliches Verkehrshemmnis: Wer den Hallweg, die wichtigste Versorgungsroute für Salz und andere Güter aus dem Süden, heraufkam, musste hier irgendwo übersetzen. Bis 1157 war die gängige Passage eine Brücke bei Oberföhring auf dem Gebiet des Erzbischofs von Freising, der für die Überquerung einen sehr einträglichen Zoll verlangte. Auf diese Pfründe war Herzog Heinrich, später als „der Löwe" geehrt, ordentlich neidisch. Und so brannte er des Klerikers Brücke im Handstreich einfach ab, um etwas weiter oben einen eigenen Übergang zu schaffen und den Zoll selber zu kassieren. An besagter Stelle befindet sich noch heute eine Brücke:

An der Isar

die Ludwigsbrücke beim Deutschen Museum, die damit ohne Übertreibung als Keimzelle des heutigen München betrachtet werden muss.

Auch war die Isar – seicht hin, seicht her – für Flöße durchaus schiffbar und band München so auch aus anderer Richtung durchaus effektiv an das Wasserverkehrsnetz an. Sogar heute noch fahren an heißen Sommertagen kleinere Flotten dieser archaischen Gefährte den Flusslauf hinunter, das schwimmende Gut hat sich aber wesentlich gewandelt: Statt mit schnödem Holz sind die Flöße nun mit Touristen und Amüsierwilligen beladen – viel Bier, deftige Schmankerln und Folklore inklusive.

Stadtplanerisch war der geringe Platzbedarf der Isar durchaus ein Vorteil. Anders als die manchmal kilometerbreiten Ströme anderer Städte teilt sie München nicht, sondern fügt sich weich ins Stadtbild ein – allerdings erst seit der Isarbefestigung gegen Ende des 19. Jh. Vorher suchte sich die Isar gelegentlich ziemlich willkürlich verschiedene Betten im nachgiebigen Terrassenschotter der Münchner Ebene und überflutete bei den zyklischen Hochwassern anliegende Stadtviertel immer wieder, vor allem zur Schneeschmelze.

Ein letzter Grund für das innige Stadt-Fluss-Verhältnis ist schwieriger auf den Punkt zu bringen. Vermutlich trifft es am besten ein inflatorisch gebrauchter Begriff: Die Isar ist einfach gemütlich. Münchner aller Schichten und Generationen treffen sich an ihren grünen Auen, grillen auf den ausgedehnten Schotterbänken und -inseln, radeln, joggen, skaten und walken entlang der für den motorisierten Verkehr gesperrten Uferstraßen. Wäre München ein Wohnzimmer, dann wäre die Isar von ihrem kreativen Schöpfer als Wasserelement ins Feng-Shui-Konzept weise eingeplant. Womit dann auch das Qi der Stadt hinreichend erklärt wäre.

Spaziergang 8

Die Erkundung der Isar lässt sich mit dem eigenen oder gemieteten Radl nahezu beliebig ausdehnen: Von Freising bis Wolfratshausen machen die mehr als 60 km Flusslandschaft eigentlich überall Spaß. Das kaum wahrnehmbare Gefälle der Isar stellt auch flussaufwärts nicht einmal ungeübte Radler vor irgendwelche Probleme, lediglich bei Grünwald muss man sich sich einmal aus dem dann schon recht tief eingeschnittenen Flusstal – fast schon eine Schlucht – hinaufstrampeln. Statt Epo tut's folglich auch eine Radlermaß.

Wem es nicht so sehr auf den Naturaspekt des in manchen Bereichen immer noch erstaunlich unzivilisiert daherkommenden Flusses ankommt, begnügt sich mit dem domestizierten Flussabschnitt innerhalb der Stadtgrenzen, der auch als Kurzspaziergang problemlos machbar ist. Als Start bieten sich zwei Punkte an: Der längere Weg (ca. 5 km) beginnt an der Max-Joseph-Brücke (auch Tivoli-Brücke), gut zu erreichen mit der Tram 17 (Haltestelle Tivolistraße), der im Folgenden beschriebene kürzere Spaziergang startet an der Luitpoldbrücke unterhalb des Friedensengels (Tram 18) und ist ca. 3 km lang. Die Touren verlaufen jeweils rechts der Isar, also am Ostufer des Flusses, Endpunkt ist in beiden Fällen die Wittelsbacherbrücke in Untergiesing mit dem nahe gelegenen U-Bahnhof Kolumbusplatz (Ⓤ 1 und Ⓤ 2) oder der Haltestelle der Buslinie 58 am Baldeplatz/Claude-Lorraine-Straße.

Die Maximiliansanlagen

Die ersten 500 m von der Luitpold- bis zur Maximiliansbrücke führt der Weg über einen von Flaneuren und Freizeitsportlern gut frequentierten Schotterweg unmittelbar am Ufer der Isar. Über dem Ganzen wacht die 1899 feierlich enthüllte geflügelte Botin vom dauernden Schweigen der Waffen (Näheres siehe Spaziergang 11). Wie schon der Namenspatron des Parks am Fluss andeutet, war die Gestaltung der Isaranlagen innerhalb des unmittelbaren Stadtgebiets Bestandteil der städtebaulichen Ambitionen Maximilians II. (siehe auch S. 120). Skizziert hatte er das Projekt bereits 1832 als Kronprinz, realisiert wurde die erste Ausbaustufe zwischen Maximiliansbrücke (unterhalb des Maximilianeums) und Luitpoldbrücke (Isarbrücke der Prinzregentenstraße) aber erst in den Jahren 1856 bis 1861; als Landschaftsarchitekt fungierte Carl von Effner junior. In den folgenden Jahren wurde der breite Parkstreifen rechts der Isar immer wieder erweitert, sodass er heute von der Museumsinsel bei der Ludwigsbrücke bis zum Tucherpark am Englischen Garten reicht.

Neben ästhetischen Zwecken diente die Parkanlage vor allem der Domestizierung der in ihrem Wasserstand erheblich schwankenden Isar. Erste Anstrengungen zur Regulierung des Flusses datieren bereits aus dem Jahr 1806, die damals in Angriff genommene Begradigung war allerdings nur zum Teil erfolgreich: Das nun deutlich fixer dahinfließende Gewässer fräste sich in den kommenden 100 Jahren bis zu 5 m tief ein – mit entsprechend erodierenden Folgen für die Uferbebauung. Erfolgreicher war die Mitte des 19. Jh. begonnene Anlage eines Mittel- und Hochwasserbetts (45 bzw. 145 m breit) mit einer steinernen Einfassung. Die Hochwassergefahr war aber erst 1904 endgültig gebannt, als die beidseitigen Mauern entlang des Isarbetts von der Cornelius- bis zur Max-Joseph-Brücke fertiggestellt waren – die Zerstörung der Ludwigsbrücke 1899 blieb denn auch der letzte Hochwassererfolg der einstmals wilden Isar.

Die Praterinsel

Das malerischste Bild der Isar im Stadtbereich vermittelt wahrscheinlich der Abschnitt zwischen Maximilians- und Ludwigsbrücke. Der Fluss teilt sich hier in mehrere Arme und umfasst so die Praterinsel, außerdem empfängt er an dieser Stelle einen Rückkehrer: Der Auer Mühlbach, einer der letzten Münchner Stadtbäche, vereint sich hier wieder mit seinem Ausgangsgewässer.

Ab der Wasserwalze unterhalb der Maximiliansbrücke wird der Hang des Hochufers so steil, dass eine Trasse darauf keinen Halt mehr fände. Weiter geht es deshalb auf einem schmalen Steg, der den Auer Mühlbach auf seinen letzten eigenständigen Metern vom Bett der Isar abtrennt. Vorschriftentreue Radler schieben ihr Gefährt, Fußgänger schimpfen über weniger vorschriftentreue Radler – aber die Passage auf den hölzernen Planken des stählernen Damms ist trotz des Zwistpotentials der schönste Ort der ganzen Stadt (eine zugegebenermaßen subjektive Wertung). Wieder auf festem Boden am Fuß des Hochufers führt dann – nach dem Spielplatz – der Kabelsteg, eine schmiedeeiserne Kleinbrücke, rechts hinüber zur Praterinsel.

Ihren Namen verdankt die Praterinsel ihrer früheren Nutzung als Vergnügungspark mit Tanzpavillon, Schaukel und Karussell. Der an das berühmte Wiener Vorbild angelehnte Münchner Prater war die Idee des geschäftstüchtigen Gastwirts Anton Gruber, der das Areal 1810 von den wegsäkularisierten Franziskanermönchen übernahm, die hier vorher einen Gemüse- und Erholungsgarten betrieben hatten. Grubers Lustpark tanzte ein knappes halbes Jahrhundert lang, dann konnten die Münchner dank der Entwicklung des öffentlichen Nahverkehrs auch Erholungsziele weiter außerhalb ansteuern, sodass der Prater seine Attraktivität verlor und 1867 seine Pforten schließen musste.

Blick vom Isarhochufer

Zwei Jahre später, 1869, wurde die Praterinsel dann industrialisiert: Die Likör- und Essigfabrik der Familie Riemerschmid fand hier bis 1984 einen Produktionsstandort für ihre Erzeugnisse (darunter der legendäre giftgrüne Kräuterlikör „Escorial"); auch der berühmte Chemiker Justus von Liebig betrieb hier Grundlagenforschung im Dienst des Unternehmens.

Nach einem kurzen Dornröschenschlaf wurde in den 1990er Jahren schließlich erneut umgenutzt: Jetzt fanden Künstler in der klassizistischen Bausubstanz der alten Fabrikhallen Platz für Ateliers und Ausstellungen. 2010 kamen dann die Eventmanager, seitdem ist die Praterinsel eine fetzige – freilich exklusive – Location für das ungebremste Feierbedürfnis der kreativen oder auch nur umsatzstarken Klassen. Ein paar Künstler gibt es aber immer noch, unter anderem hat hier auch Wolfgang Flatz, der selbstzerstörerische Berserker unter den Aktionskünstlern, ein Domizil gefunden.

Eine Ausstellung ganz anderer Art hat der Deutsche Alpenverein in einem Gebäude an der Südspitze der Praterinsel im Angebot. Das bereits 1907 eröffnete **Alpine Museum**, das bedingt durch Kriegsschäden zwischenzeitlich nahezu 50 Jahre geschlossen war, präsentiert seit 1996 wieder Exponate zur Geschichte des Alpinismus.

Das Museum ist Di–Fr 13–18 und Sa/So 11–18 Uhr geöffnet. Eintritt 4,50 €, erm. 3 €, Kinder von 7 bis 14 J. 1 €, darunter frei.

An der Ludwigsbrücke

Die nächste Insel (ehemals Kohlen-, heute **Museumsinsel**) erreicht man auf dem **Wehrsteg** zwischen dem domestizierten Isarkanal rechter und dem Schotterbett des Flusses linker Hand. Nach der je nach Wasserstand leise plätschernden bis tosend rauschenden Gefällestufe zwischen den Flussarmen passiert man zunächst den **Vater-Rhein-Brunnen** und erreicht dann das Straßenbett der nächsten Isarbrücke, die **Ludwigsbrücke**, gewissermaßen den Münchner Urknall. An dieser schwerst historischen Stelle ließ Heinrich der Löwe 1157 einen Überweg über die Isar errichten, um sich und sein Herzogtum mit den Wegezöllen auf die Warenströme aus dem Süden dick und fett zu mästen. Renditesteigernd zerstörte er gleichzeitig die Brücke des Freisinger Herzogs Otto I., der sich bis dahin exklusiv an diesen Pfründen gelabt hatte. Mit dem vermutlich ziemlich wackligen Holzsteg von einst hat die heutige Ludwigsbrücke baulich natürlich nichts mehr zu tun; in ihrer jetzigen Gestalt enstand sie 1934/35, wobei einige dekorative Elemente des Vorgängerbaus von Friedrich von Thiersch übernommen wurden. Die beiden allegorischen

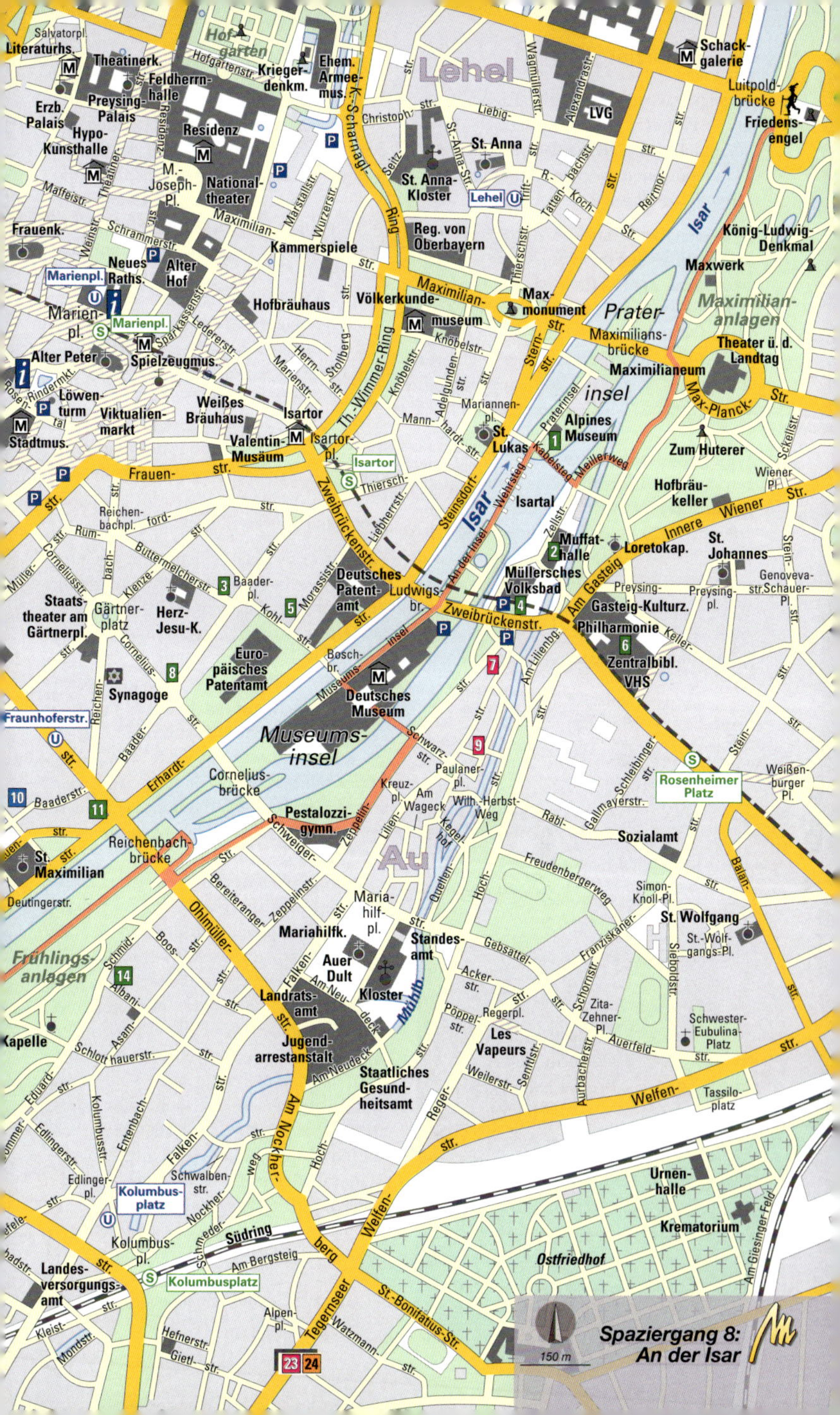

Spaziergang 8:
An der Isar
150 m
Lehel
Au
Isar
Prater-
insel
Museums-
insel
Maximilian-
anlagen
Frühlings-
anlagen
Ostfriedhof
Literaturhs.
Salvatorpl.
Theatinerk.
Feldherrn-
halle
Hofgarten
Hofgartenstr.
Krieger-
denkm.
Ehem.
Armee-
mus.
Schack-
galerie
LVG
Luitpold-
brücke
Friedens-
engel
Erzb.
Palais
Preysing-
Palais
Residenz
Hypo-
Kunsthalle
St. Anna
St. Anna-
Kloster
Lehel
M.-
Joseph-
Pl.
National-
theater
Reg. von
Oberbayern
Frauenk.
Kammerspiele
König-Ludwig-
Denkmal
Maxwerk
Neues
Raths.
Alter
Hof
Marienpl.
Marien-
pl.
Hofbräuhaus
Völkerkunde-
museum
Max-
monument
Maximilians-
brücke
Theater ü. d.
Landtag
Maximilianeum
Alter Peter
Spielzeugmus.
Löwen-
turm
Viktualien-
markt
Weißes
Bräuhaus
Isartor
Valentin-
Musäum
Isartor-
pl.
St.
Lukas
Alpines
Museum
Zum Huterer
Stadtmus.
Frauen-
str.
Thiersch-
str.
Isartal
Hofbräu-
keller
Innere Wiener Str.
Reichen-
bachpl.
Baader-
pl.
Deutsches
Patent-
amt
Ludwigs-
br.
Muffat-
halle
Loretokap.
St.
Johannes
Müllersches
Volksbad
Zweibrückenstr.
Gasteig-Kulturz.
Philharmonie
Zentralbibl.
VHS
Staats-
theater am
Gärtnerpl.
Gärtner-
platz
Herz-
Jesu-K.
Euro-
päisches
Patentamt
Deutsches
Museum
Synagoge
Fraunhoferstr.
Cornelius-
brücke
Paulaner-
pl.
Wilh.-Herbst-
Weg
Rosenheimer
Platz
Weißen-
burger
Pl.
Pestalozzi-
gymn.
Sozialamt
Reichenbach-
brücke
St.
Maximilian
Deutingerstr.
Mariahilfk.
Maria-
hilf-
pl.
Standes-
amt
St. Wolfgang
St.-Wolf-
gangs-Pl.
Auer
Dult
Kloster
Landrats-
amt
Jugend-
arrestanstalt
Les
Vapeurs
Zita-
Zehner-
Pl.
Schwester-
Eubulina-
Platz
Kapelle
Staatliches
Gesund-
heitsamt
Welfen-
str.
Tassilo-
platz
Urnen-
halle
Krematorium
Kolumbus-
platz
Edlinger-
pl.
Kolumbus-
pl.
Kolumbusplatz
Südring
Landes-
versorgungs-
amt
Alpen-
pl.
Tegernseer
St.-Bonifatius-Str.
Am Nockher-
berg
Ohlmüller-
str.
Erhardt-
str.
Am Gasteig
Steinsdorf-
str.
Zweibrücken-
str.
Th.-Wimmer-Ring
K.-Scharnagl-
Ring
Maximilian-
str.
Max-Planck-
Str.
Wiener
Pl.
Simon-
Knoll-Pl.
Freudenbergerweg
Schweiger-
str.
Zeppelin-
str.
Gebsattel-
str.
Regerpl.
Auerfeld-
str.
Am Giesinger Feld
Kleist-
Mondstr.
Hefnerstr.
Gietl-
str.
Watzmann-
str.
1
2
3
4
5
6
7
8
9
10
11
14
23
24

Sitzfiguren auf den stadtseitigen Pylonen („Flößerei" und „Industrie") überlebten auch den Krieg und verleihen der viel befahrenen Brücke ihr geschichtsschweres Gepränge.

Dominiert wird das Ludwigsbrückenensemble allerdings von den beiden Großbauten in der Mitte und am Ostufer: Sowohl der Komplex des Deutschen Museums wie auch das Müllersche Volksbad sind mustergültige Beispiele ihrer Epochen. Die großartigen Sammlungen des Deutschen Museums fanden ab 1925 in den von Gabriel von Seidl konzipierten Ausstellungshallen ihren dauerhaften Präsentationsort. Seidl, der auch andernorts in der Münchner Baugeschichte sehr präsent ist (u. a. Lenbachhaus, Bayerisches Nationalmuseum und Ruffinihäuser), zeigte in seinem Spätwerk – er starb 1913 vor Vollendung des Baus – eine deutliche Abkehr vom überladenen Historismus und fühlte sich den Vorgaben der neuen funktionalistischen Sachlichkeit verpflichtet; auch bei den später folgenden Anbauten, der Bibliothek (1932), dem Kongresssaalbau (1935, heute Forum der Technik) und der Kraftfahrzeughalle (1937), wurden die Stilvorgaben weiter eingehalten. Ganz vom historischen Zierrat konnte der Meister dennoch nicht lassen, und so verweisen antikisierende (der Turm an der Ostseite) und barockisierende Elemente (z. B. die Kuppeltürme an der Eingangsfassade) auf die künstlerische Sozialisation des Architekten. Etwas verstörend wirken in diesem Zusammenhang die plumpen Adler auf dem Kongresssaalbau an der Ludwigsbrücke, das NS-Erbe hat auch hier seine Spuren hinterlassen.

Portal der Ludwigsbrücke

Am Fuß des Gasteigbergs am rechten Isarufer ist von solcher Strenge wenig zu sehen: Das **Müllersche Volksbad** gilt als Deutschlands schönstes Jugendstilbad und schwelgt entsprechend in den verspielten Formen dieser Epoche. Trotzdem ist auch diesem Bau das funktionale Design nicht abzusprechen, nur so ist erklärlich, wie das erste öffentliche Hallenbad Münchens mit nur wenig Änderungen immer noch die Bäderlandschaft der hiesigen Stadtwerke bereichern kann. Natürlich spielt der Aspekt der Volkshygiene heute eine untergeordnete Rolle, aber mit römisch-irischem Schwitzbad, Sauna, Dampfbad und vor allem der hinreißenden großen Schwimmhalle mit den maurischen Arabesken kann es sich unter den Spaßbädern der Republik durchaus sehen lassen. Die Wurzeln sind jedoch noch präsent: Immer noch kann man sich im Volksbad auch eine Badewanne mieten, es ist damit das letzte Münchner „Tröpferlbad". Den deutschen Durchschnittsnamen trägt die Badeanstalt mit der freundlich gelben Fassade nach ihrem Stifter, dem Münchner Ingenieur und Großbürger Karl Müller.

Schwimmhallen tägl. 7.30–23 Uhr, Eintritt 2,90–4,10 €; Saunalandschaft 9–23 Uhr, ab 10,60 €; Wannen- und Brausebad Mo 17.30–20.30, Mi/Fr 8–13.30 Uhr, ab 2 €.

Deutsches Museum – Haupteingang

→ Karte S. 186/187

Ein weiteres Baudenkmal der Jugendstilära ist das nördlich ans Volksbad anschließende **Muffatwerk**. Ab 1894 wurde hier in Münchens erstem Dampfheizkraftwerk der Strom für die Straßenbeleuchtung und die Oberleitungen der Tram bereitgestellt. Seit der umfassenden Restaurierung 1992 ist die Muffathalle mit ihrem weithin sichtbaren Kamin nicht nur ein sehenswertes Industriedenkmal, sondern vor allem eine der schönsten Konzerthallen der Stadt (mit leider lausiger Akustik). Die leitende gestalterische Kompetenz für beide schmuckvollen Zweckbauten, Volksbad und Muffatwerk, lag bei Karl Hocheder.

Deutsches Museum

Mit ca. 30.000 Exponaten ist das „Deutsche Museum von Meisterwerken der Naturwissenschaft und Technik" – so der offizielle Name – die größte naturwissenschaftlich-technische Sammlung der Welt. Und ziemlich genau das sollte es nach dem Willen seines Initiators auch werden. Oskar von Miller, ein Münchner Ingenieur mit Visionen und edlem Stammbaum (sein Vater war der Erzgießer Ferdinand von Miller, berühmt geworden als Schöpfer der „Bavaria" auf der Theresienwiese), war ein Technikpionier mit pädagogischem Eros, der die Leistungen der modernen Ingenieurswissenschaft dem Volk transparent und begreifbar machen wollte. Angeregt durch die in der Gründerzeit sehr erfolgreichen Technikausstellungen und -museen vor allem in Frankreich, fasste er schon früh den Plan, eine disziplinenübergreifende Dauerausstellung auf die Beine zu stellen. Spätestens seit Juni 1903 war sein Projekt nicht mehr aufzuhalten: Auf der Hauptversammlung des Bundes Deutscher Ingenieure präsentierte von Miller seine Ideen, und kurz darauf bildete sich ein Komitee zur Realisierung des Vorhabens. Gönner und Mäzene wurden gefunden, als Schirmherr präsidierte der bayerische Prinz Ludwig, unter dessen nobler Patronage bereits 1906 eine provisorische Ausstellung im heutigen Nationalmuseum (Prinzregentenstraße) eröffnete. Im selben Jahr wurde der Grundstein für den endgültigen Standort auf der sog. Kohleninsel gelegt – standesgemäß von Kaiser Wilhelm II. eingemauert – und damit auch der Name der Sandbank in der Isar geändert. Aus dem einstmals größten Floßhafen („Floßlände") Europas wurde die **Museumsinsel**. Rund 20 Jahre später, im Mai 1925, wurde das neue Haus eröffnet, Nobelpreisträger Gerhart Hauptmann verfasste gar ein eigenes Bühnenstück zu diesem Anlass.

Maßgeblich für das museumsdidaktische Konzept war das damals revolutionäre „Mitmachprinzip", dem die lehrreiche Anstalt bis heute treu geblieben ist und das ihren Erfolg an vorderster Stelle begründet – sinnliche Erfahrung macht schlau. Auch politisch war Oskar von Miller kein typisches Kind seiner Zeit. Zum Glück: So blieb dem Deutschen Museum der lähmende Hypernationalismus der Epoche erspart, der republikanisch-aufgeklärte Miller fühlte sich ausschließlich der Sache verpflichtet, und die war nun einmal international. Technik und Innovation machten schon damals vor Ländergrenzen nicht halt. In der Weimarer Republik machte sich Miller mit dieser Haltung wenig Freunde, der Chauvinismus der alten und neuen Rechten interessierte sich mehr für das „Deutsche" als das „Museum". Doch wegen des großen Publikumserfolgs – seit der Eröffnung des Hauptbaus auf der Kohleninsel kamen jährlich 750.000 Besucher (heute 1,5 Millionen) – blieb von Miller vorerst fest im Sattel. Der rege Zuspruch rettete ihn allerdings nur bis zum Mai 1933. Dann hissten die Nazis ihre Flaggen auf den Dächern des Museums und verpassten seinem ungeliebten, mit dem zusätzlichen Malus des „Novemberverbrechers" belasteten Gründer (von Miller war Mitglied der technischen Delegation bei den Versailler Friedensverhandlungen) die Rolle des einflusslosen Frühstücksdirektors. Oskar von Miller starb am 9. April 1934 an der Stätte seiner wahr gewordenen Vision: im Deutschen Museum.

Blasmusi auf der Isar

Vor dem Besuch des Museums empfiehlt es sich dringend, einen Plan nach den persönlichen Präferenzen zu erstellen – sämtliche Abteilungen von A wie Agrartechnik bis Z wie Zeitmessung abzuklappern gelänge wahrscheinlich nur marathongestählten Ausdauerläufern und wäre sicher auch wenig erkenntnisfördernd. Einige Highlights sollten auf der Route aber unbedingt dabei sein:

Pflichtprogramm ist auf jeden Fall die Demonstration der Hochspannungsanlage um 11, 14 und 16 Uhr, wenn die blauen Blitze mit ohrenbetäubendem Knallen aus den Isolatoren zucken (wirklich sehr laut – kleinen Kindern besser die Ohren zuhalten!). Auch die Kommentare und Scherze des durchführenden Personals sind vielfach bewährt – manche haben sich seit 30 Jahren frisch gehalten.

Ganz besonders eindrucksvoll ist die Runde durch die große **Bergbauabteilung** tief im Keller des Gebäudes. In den dunklen Gängen kommt so richtig Stol-

Dem sozialen Abstieg die Zähne zeigen: BISS

Obdachlosenzeitschriften und ihre Verkäufer gehören heute zum Straßenbild beinahe jeder deutschen Großstadt. Schrittmacher war München, wo bereits seit 1993 „Bürger in sozialen Schwierigkeiten" (= BISS) an zentralen Punkten und in den Kneipen der Stadt das gleichnamige, monatlich erscheinende Magazin verkaufen. Die älteste Straßenzeitung Deutschlands hat eine Auflage von fast 40.000 Exemplaren, setzt derzeit über hundert Verkäufer, davon 35 festangestellte, in Lohn und Brot und gibt zwischenzeitlich gescheiterten Existenzen eine neue Startgrundlage. Das Konzept ist so einleuchtend wie simpel: Vom Heftpreis (derzeit 1,80 €) verbleibt die Hälfte bei den Verkäufern, die durch als Spenden eingeworbene Patenschaften gegebenenfalls darüber hinaus unterstützt werden. Einer der namhaftesten und aktivsten Förderer des Projekts war der schräge Modezar Rudolph Moshammer.

Aus dem ehrgeizigen Projekt Hotel BISS, einem Hotelbau im ehemaligen Frauengefängnis „Am Neudeck", ist leider nichts geworden. Das sozial engagierte München dankt den Landtagsfraktionen von CSU, FDP und Freien Wählern für ihre kameralistische Kurzsicht.

lenatmosphäre auf. Und auch ein bisschen Mitleid: Kumpel sein war über die Jahrhunderte ein hartes Los.

Eine recht neue Attraktion ist das **Kinderreich:** Speziell für die ganz besonders experimentierfreudige Klientel der Drei- bis Achtjährigen gibt es hier Grundlagenversuche mit ausgesucht hohem Actionfaktor. Besonders beliebt: Wasserfall, Wehr, Kanäle und Staudamm. Was sich so großspurig unter Hydrodynamik zusammenfassen lässt, ist realiter eine lustige Riesenplanscherei (vorsichtshalber Ersatzklamotten mitbringen!).

Etwas ältere Besucher können die Projektionen des **Planetariums** abends durch eigene Anschauung auf der hauseigenen **Sternwarte** ergänzen – natürlich nur bei klarem Himmel.

Technik war schon immer auch Fortschritt und der hört ja nie auf. Deshalb wird das Deutsche Museum im Rahmen der „Zukunftsinitiative" einem konsequenten Update (geschätzte Gesamtinvestition 400 Mio. €) unterzogen, folglich sind bis auf Weiteres immer wieder Abteilungen für die Neugestaltung gesperrt (Infos hierzu finden sich auf der Website des Hauses). Abteilungen mit besonders hohem Platzbedarf wurden schon früher ausgesondert: Seit 1992 ist Luftfahrtgerät aller Art von der Montgolfière bis zur MIG auf der Flugwerft Schleißheim untergebracht, und fast alles, was so rollt und fährt, ist seit 2006 in den alten Messehallen im Westend vertreten. Auf über 12.000 m² haben in der bildschön restaurierten Bausubstanz die Geniestreiche und Irrwege der Mobilität einen eigenen Standort gefunden.

Stammhaus auf der Museumsinsel tägl. 9–17 Uhr. Eintritt 8,50 €, Kinder/Jugendliche (6–15 J.) 3 €, noch kleinere Technikadepten haben freien Eintritt. Aufpreis Planetarium 2 €, Übersichtsführung 3 €. Verkehrszentrum auf der Theresienhöhe und Flugwerft Schleißheim tägl. 9–17 Uhr. Eintritt 5 €, erm. 3 €. Kombiticket für alle drei Museen (auch an getrennten Tagen nutzbar) 15 €. www.deutsches-museum.de.

Der Planetenweg

Auf dem weiteren Weg – wieder am rechten Isarufer entlang – befinden sich Stadtwanderer auf astronomischer Exkursion. Ausgangspunkt ist die

→ Karte S. 186/187

messingfarbene Kugel im Innenhof des Deutschen Museums, die den Licht- und Energiespender unseres Sonnensystems symbolisiert. In maßstabsgerechter Entfernung (gewählt wurde das zwar unübliche, doch in diesem Zusammenhang praktische Verhältnis 1:1,29 Milliarden) finden sich nun im weiteren Verlauf des Rad-Fuß-Wegs (vom Innenhof wieder auf das rechte Flussufer) in den Isarauen dreieckige Säulen, die die relative Lage der einzelnen Planeten anzeigen. Ungefähr auf halbem Weg zum Jupiter passiert man die **Corneliusbrücke**, auf deren Mittelpfeiler sich in den Sommermonaten ganz hervorragend Freiluftbelustigungen von Fußball gucken bis Beach Bar veranstalten lassen – wenn es nicht notorisch empfindlichen Anwohnern zu laut wird.

Ausgangspunkt des Planetenwegs – die Sonne

Keine Spaßveranstaltung hingegen am linken Ufer: Der rauchglasdunkle Komplex des **Deutschen und Europäischen Patentamts** hütet die wichtigsten Assets der kontinentalen Wissensgesellschaft. Millionen von Patenten, Gebrauchsmustern und Ideen werden hier in Hängeschränken, auf Festplatten und Fileservern aufbewahrt und gegen fiese Klauer geschützt. Vielleicht Münchens bedeutendste Behörde!

Die **Wittelsbacher Brücke**, vielbefahrener Übergang zwischen Isarvorstadt und Au/Untergiesing, hat es aus ganz anderen Gründen sogar bis zu medialer Prominenz gebracht. Jahrelang kampierten hier Münchner Obdachlose in selbst gezimmerten Verschlägen. Nachdem sichtbare Armut in dieser vorgeblich so reichen Stadt nicht sichtbar sein darf, sind die Sandler mittlerweile verscheucht worden. Geblieben ist der Angstseufzer von Wohnungssuchenden, wohl bald „unter der Wittelsbacher“ wohnen zu müssen, wenn der gnadenlose Mietmarkt wieder einmal gar nichts hergibt.

Oberhalb der Wittelsbacher Brücke – auf dem Planetenweg befinden wir uns schon längst in der Unendlichkeit hinter Jupiter – hört die Uferbebauung der Isar völlig auf, beidseits des Flusses zieht sich nun ein deutlich breiterer Grünstreifen bis weit über die Stadtgrenzen hinaus nach Süden. Gleich zu Beginn liegt dort, etwas versteckt, eine der unterschätztesten Parkanlagen der Stadt: Der **Rosengarten**, ursprünglich eine Versuchsfläche der Münchner Stadtgärtner, ist zur Blütezeit der Rose (bei der schier unendlichen Sortenvielfalt ist das praktisch ständig) ein wunderbar bunter und entspannter Hangout. Als botanische Lehrangebote stehen zusätzlich ein Gift- und ein Duftgarten bereit, außerdem verfügt das Areal noch über einen Tastgarten für Blinde.

Am **Flaucher** schließlich (3,5 km vom Deutschen Museum entfernt, etwa auf Höhe Neptun) zeigt die Isar noch ihr ursprüngliches Gesicht. Der vorher recht schmale Fluss weitet sich ziemlich plötzlich zu einem Kiesbankdelta von annähernd 300 m Breite aus. An warmen Sommerabenden liegt über dem Flaucher eine dicke weiße Wolke, unablässig gespeist von Hunderten kleiner und großer Grillfeuer. Die „Isar-Riviera" ist eindeutig der Fleischröstspot No. 1 Münchens, das auch im Hochsommer recht kühle Isarwasser ermöglicht sogar bei Hitzewellen adäquate Bierkühlung. Der naturschützerische Konflikt liegt da natürlich auf der Hand: Das von der EU geschützte Flora-Fauna-Habitat mit seiner erstaunlichen Biodiversität und das Erholungsbedürfnis der Münchner gehen nicht wirklich gut zusammen – auch wenn das Bewusstsein für ordnungsgemäße Abfallentsorgung sich in den letzten Jahren geradezu vorbildlich entwickelt hat.

Den Abschluss des Planetenwegs bildete früher der **Tierpark Hellabrunn**. Seit aber Pluto auf den Status eines Zwergplaneten zurückgestuft worden ist, befinden sich die Gehege gewissermaßen im extrasolaren Nichts. Die Tiere selber stört das vermutlich nicht. Sie leben komfortabel in komplexen Gemeinschaftshaltungen auf einem weitläufigen Areal, das recht genau den Vorgaben der Weltkarte folgt: Lebensraum

Die Isar – cool!

„Europa", Lebensraum „Asien" und so fort. Zum Zeitpunkt seiner Einweihung 1911 war Hellabrunn der erste Tierpark der Welt, der nach diesem Prinzip gestaltet wurde; inzwischen hat das Konzept Geo-Zoo zahlreiche Nachahmer gefunden.

Architektonische Highlights sind vor allem das Elefantenhaus im byzantinischen Stil von 1914 und die Großvoliere, eine kühne Konstruktion aus Edelstahldraht, die zum Wahrzeichen Hellabrunns geworden ist. Unbedingt sehenswert ist auch das neue Dschungelhaus mit den üppigen Affengehegen.

April–Sept. 9–18 Uhr, Okt.–März 9–17 Uhr. Erw. 12 €, erm. 8,50 €, Kinder 4–14 J. 5 €. Mit Ⓤ3 und Buslinie 52 zum Bahnhof/Haltestelle Tierpark.

→ Karte S. 186/187

Praktische Infos

→ Karte S. 186/187

Cafés & Snacks

Die Maximiliansanlagen sind gastronomiefreie Zone, nicht einmal ein Kiosk versorgt mit dem Nötigsten. Auch auf der Praterinsel – einst ein Ort der massenhaften bukolischen Verlustigung – sieht's mau aus, nur noch das **Café Isarlust** **1** im Garten des Alpinen Museums hält die Fahne hoch. Gastronomisch nicht der Rede wert, aber was für ein idyllischer Ort! Wer nett fragt, kriegt auch einen Liegestuhl und kann beim

Oiwei chillig: Isar vor dem Müllerschen

Rauschen der Isar wegdösen. Im Dezember besteht außerdem die Chance auf einen Glühwein auf dem hübschen kleinen Weihnachtsmarkt hinter dem Alpinen Museum.

Rund um die Ludwigsbrücke

Sehr jugendstilvoll, manchmal aber ganz schön eng sitzt man im **Café Stör** 4 im Müllerschen Volksbad.

Wenige Schritte weiter ist der **Biergarten der Muffathalle** 2 fast noch ein innenstädtischer Geheimtipp: Er offeriert Bioküche deutlich über dem sonst bescheidenen Biergartenniveau. ■

Im Erdgeschoss des gruseligen Gasteig-Klotzes (150 m den Berg hinauf) bietet das **gast** 6 ein ziemlich stylishes Open-Cuisine-Konzept.

Cafés und Restaurants des Deutschen Museums empfehlen sich eher für die ambulante Bekämpfung von Unterzuckerattacken während des Museumsmarathons, nach dem Besuch sollte man auf die andere Seite der Isar wechseln und ein Bistro im gastronomisch gut bestückten Gärtnerplatzviertel aufsuchen: z. B. gleich hinter dem Patentamt das **München 72** 5 mit echten Hipstern und guten Biosnacks (Morassistr. 11), das **Melcher's** 3 (Buttermelcherstr. 21) mit seinen hausgebackenen Kuchen oder die kernig bayerische **Burg Pappenheim** 8 (Baaderstr. 46) mit Augustiner vom Holzfass.

Am Planetenweg

Was die Isarauen anbelangt, findet man gastronomische Angebote (zumindest bis zur Wittelsbacher Brücke) nur in den ufernahen Bereichen der anliegenden Stadtviertel: links der Isar z. B. das Kiezcafé **Maria** 13 in der Klenzestraße 97 oder das **Zoozies** 15, eine Kneipeninstitution am Baldeplatz (postalisch: Wittelsbacherstr. 15).

Wenn die Kühlung des mitgebrachten Biers im frischen Isarwasser zu lange dauert, holt man sein Helles oder Radler eben an einem der Kioske: Zur Wahl stehen die **24h-Bude an der Reichenbachbrücke** 11, das – angeblich – **älteste Standerl Münchens an der Wittelsbacherbrücke** 17 sowie der **Kiosk unter der Braunauer Eisenbahnbrücke** 20.

Am rechten Isarufer hält das sehr sympathische **Café Höller** 14 in der Eduard-Schmid-Straße 8 (gute Kuchen und kleine Speisen) die Fahne der Kaffeehauskultur hoch, asiatisch und bei jungen Kreativlingen sehr beliebt ist **Charlie** 18 am Schyrenbad.

Am Flaucher selbst schnorrt man sich entweder durch die zahllosen Grillpartys oder bewegt sich einige Meter zurück in Richtung Stadtmitte und kehrt im **Biergarten zum Flaucher** 16 ein (siehe auch S. 46).

→ Karte S. 186/187

Das beste Eis

Über diese Frage können sich harmonische Münchner WGs in Krisengebiete afghanischen Zuschnitts verwandeln. Deshalb nur in vorsichtiger Näherung die häufigsten Nennungen ohne Wertung: Die längsten Schlangen hat **Ballabeni** 15 (→ Karte S. 201) in der Maxvorstadt, das gleiche Frostgut gibt es auch bei **Jessas** 12 (→ Karte S. 186/187) in der Klenzestraße. Traditionalisten rümpfen da die Nase und verweisen indigniert auf **Sarcletti** 16 (→ Karte S. 214/215) am Rotkreuzplatz mit seinen über 100 Sorten. Den blasiertesten Service – keine schnöden Kugelstecher, sondern modellierende Spatel – und trotzdem gutes, fettes Eis hat **Bartu** 10 (→ Karte S. 158/159) in der Wilhelmstr. 23 (Schwabing) und auch die Krake vom Platzl ist mit **Schubeck's Eis** 8 (→ Karte S. 86/87) im Spiel. Keine Geschmacksrichtung zu albern ist dem **Verrückten Eismacher** 30 (→ Karte S. 158/159), Gyroseis und Zazikieis hat die Welt unbedingt noch gebraucht; die konventionellen Sorten sind aber sehr zu empfehlen (Amlienstr. 77). Und endlich gibt es auch auf der Schwanthaler Höhe etwas anderes als konfektioniertes Stangerleis: Im **Punto Gelato** 12 (→ Karte S. 102/103) modelliert der hinreißend charmante Florian das Schoko-Ingwer-Eis in die Waffel (Schwanthaler Str. 131). Die Kugel kostet überall um 1,40 €.

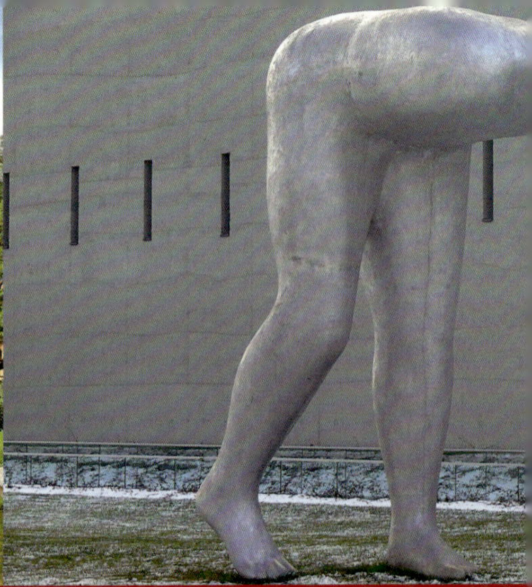

Tour 9

Die Maxvorstadt

Nichtmünchner – von denen gar nicht wenige in München wohnen – sind sich einig: Der Stadtsektor nordwestlich der Altstadt zwischen Ludwigstraße und Dachauer Straße heißt Schwabing. Urmünchner und andere Besserwisser schreien da regelmäßig auf, denn schließlich muss aus historischen, städtebaulichen und atmosphärischen Gründen klar unterschieden werden: hier die elegante Maxvorstadt, da das prollige Schwabing.

Administrativ ist die Sache völlig eindeutig: Der Stadtbezirk 3 „Maxvorstadt“ erstreckt sich von der Arnulfstraße (am Gleiskörper der Bahn) im Süden bis zur Georgenstraße im Norden und der Lothstraße im Westen bis zur Königinnenstraße am Englischen Garten im Osten. Mit der historischen Entwicklung hat diese geografische Einteilung – ein Resultat der Neuorganisation der Münchner Stadtbezirke 1992 – nicht mehr viel zu tun, die kleinteilige frühere Gliederung in Königsplatz-Marsfeld, Universität und Josephsplatz war da wesentlich anschaulicher.

Die nordwestliche Stadterweiterung war erst durch die Entfestigung der Stadt 1791 unter Kurfürst Karl Theodor überhaupt auf die stadtplanerische Agenda gekommen. Das Stadtgebiet hinter den trutzigen Mauern war zwar auch schon lange vorher dringend erweiterungsbedürftig, aber eben nicht wirklich ausbaufähig. Die Lorbeeren für diese Neuschöpfung fuhr aber – einmal mehr – nicht der ungeliebte Pfälzer Karl Theodor ein, sondern sein Nachfolger Max I., der die Ehre hatte, als Namensgeber für den neuen Stadtteil dienen zu dürfen.

Beim Blick auf den heutigen Stadtplan ist der rationalistische Gestus im Geist der Aufklärung gut zu sehen. Er zeigt ein stark geometrisches Raster, das in seinen

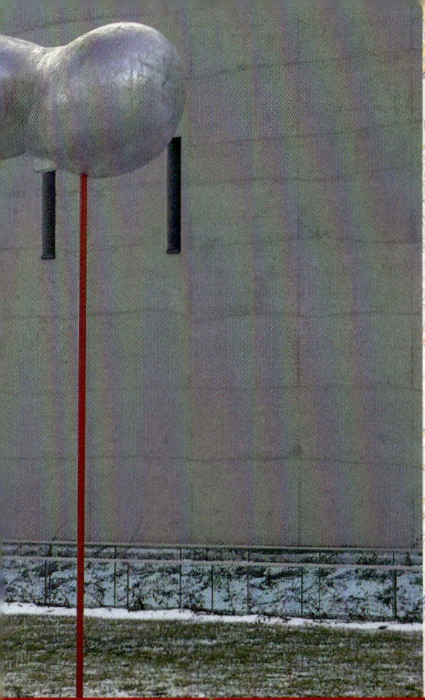

Die Maxvorstadt

Grundzügen auf die Arbeit der ersten Baukommission Münchens zurückgeht. Der von diesem edel besetzten Gremium (u. a. der Schöpfer des Englischen Gartens Ludwig Sckell, Karl Fischer und Andreas Gärtner, der Vater des später omnipräsenten Oberhofbaumeisters) erarbeitete und 1812 verabschiedete Generalplan sah ein Rechteckmuster vor, dessen Strenge durch landschaftsgärtnerische Elemente aufgelockert werden sollte. Die großen Repräsentationsbauten, die heute maßgeblich das Gesicht dieses Stadtviertels prägen, waren allerdings nicht Teil dieser Konzeption. Erst die entfesselte Bauwut Ludwigs I. und dessen großer Baumeister Klenze sorgten für die Monumentalbebauung des Königsplatzes und der unteren Brienner Straße. Nach dem Willen der Kommission sollte die Hochbauaktivität im Neubauviertel eigentlich privater Initiative vorbehalten bleiben – in den nordwestlichen Teilen der Maxvorstadt hat das dann etwas später (ca. ab 1850) auch ganz gut geklappt.

Aus (kultur)touristischer Sicht liegt der Fokus beim Besuch der Maxvorstadt sicher im Kreuzungsbereich Theresien-/Barer Straße: Mit der Alten und Neuen Pinakothek, der Pinakothek der Moderne, der Sammlung Brandhorst und dem endlich vom Baustaub befreiten und wesentlich erweiterten Lenbachhaus befinden sich hier in Rufweite fünf der herausragendsten Kunstsammlungen Deutschlands. Hinzu kommen in unmittelbarer Umgebung noch die Glyptothek, die Antikensammlung und als mineralogischer Außenseiter das Museum „Reich der Kristalle“.

Leider ist die überwältigende museale Fülle im sog. Kunstareal München auch für routinierte und konditionsstarke Museumsbesucher kaum an einem Tag sinnvoll zu bewältigen, erst recht nicht bei Sonnenschein: Dann entwickeln nämlich die Wiesen vor und hinter der Alten Pinakothek ein so bacchantisches Muße-Potenzial, dass auch die Breughels im Inneren der Prachtgalerie kaum dagegen ankommen. Und da die Maxvorstadt mit zahlreichen Instituten von Technischer und Ludwig-Maximilians-Universität der wichtigste Campus der Stadt ist, stehen auch Cafés und andere

Verlockungen der Gastlichkeit in mehr als ausreichender Fülle zur Verfügung.

Überhaupt, die Studenten: Ihre Population sorgt maßgeblich für das urbane Leben im Viertel, in dem sich zumindest tagsüber leicht viermal so viele Menschen wie Bewohner aufhalten. Zusammen mit den zahlreichen Angestellten und Selbstständigen aus verschiedensten Dienstleistungsunternehmen der Old und New Economy garantieren sie die lückenlose Besetzung aller Parkplätze (inklusive der verbotenen) und für reichlich Nachfrage auf dem Miet- und Immobilienmarkt. Die Bausubstanz ist zwar nicht ganz so gediegen wie beispielsweise im Lehel (siehe Spaziergang 11, S. 237) – das Viertel entstand nach den Zerstörungen des Weltkriegs quasi neu –, aber für den Wohnwert und das Prestige eines Domizils im Edelkiez tut's dann auch ein Neubau.

Jüngster Zugang im Kunstareal ist das Staatliche Museum Ägyptischer Kunst in dem mit der Alten Pinakothek korrespondierenden Riegel südlich der Gabelsbergerstraße. Schon beim Eintritt durch die monumentale Pforte fühlt man sich wie ein frisch verschiedener Pharao auf dem Weg zu Anubis. Die sehr große Sammlung belegt stilecht die Katakomben des Baus, die Präsentation ist museumsdidaktisch state-of-the-art. Der Hauptmieter hat sich schon eingelebt: Die Hochschule für Film und Fernsehen (HFF) durfte ihr viel zu enges Domizil in Giesing 2011 verlassen und nun in der Stadtmitte die nächsten Wenders, Eichingers und Donnersmarcks heranzüchten.

Sammlung Di–So 10–18 Uhr (Di bis 20 Uhr), Eintritt 7 €, erm. 5 € (So 1 €). Der gut gemachte Audioguide – ein Tabletcomputer – kostet 1 €. www.aegyptisches-museum-muenchen.de. Ein Museumscafé gibt es nicht, aber man kann in der HFF mit den Studenten in der Cafeteria einen Latte schlürfen.

Spaziergang 9

Alter Botanischer Garten

Startpunkt dieses Spaziergangs ist die nordwestliche Ecke des Stachus (Ⓤ, Ⓢ sowie Tram Karlsplatz/Stachus). Dem Justizpalast (siehe Spaziergang 3, S. 111) gegenüber liegt der ab 1808 nach Plänen von Ludwig von Sckell gestaltete Alte Botanische Garten, heute eine eher unauffällige Grünanlage.

Seine größte Attraktion entstand 1853/54 und hatte mit Botanik rein gar nichts zu tun: ein riesiger Glaspalast nach dem Vorbild des Londoner Crystal Palace, gebaut anlässlich der Ersten Allgemeinen Deutschen Industrieausstellung, auf der Bayern seine Qualität als Hightech-Standort dokumentierten wollte. Da der kühnen Stahl-Glas-Konstruktion ein Gutteil der Gewächshäuser zum Opfer gefallen war, verlor die Grünanlage schon bald ihre designierte Funktion, sodass sie 1912 durch den Neuen Botanischen Garten beim Schloss Nymphenburg ersetzt werden musste.

Der Glaspalast stand noch bis 1931, um dann in einem Großbrand sein schnödes Ende zu finden. 1937 nahmen sich die Nazis des inzwischen zum Park umgewidmeten Areals an, klatschten den pompösen Neptunbrunnen hinein (angeblich Michelangelos David nachempfunden – merkt aber keiner) und bauten zur bis heute währenden Freude der Münchner Jeunesse dorée das Parkcafé, jetzt eine schicke und loungige Bar. Einziges originales Relikt der ursprünglichen Substanz ist das Eingangsportal an der Südwestseite, ein frühklassizistischer Torbau von Joseph Emanuel von Herigoyen (1811).

Der westliche Teil des Parks ist in den Nachtstunden übrigens kein wirklich schmusiger Ort, das angrenzende Glasscherbenviertel um den Hauptbahnhof entsendet da so manch sinistres Personal in die Rabatten der Gartenanlage.

Noch einmal: der Königsplatz

Ein Grundgedanke des ursprünglichen Maxvorstadtkonzepts von 1812 war das stete Wechselspiel von Grünanlagen und lockerer Bebauung, und so sind es vom Alten Botanischen Garten nur wenige Hundert Meter die Meiserstraße hinauf nach Norden bis zur nächsten begrünten Freifläche, dem Königsplatz. Sieht man einmal von den Rasenflächen ab, entspricht dessen Gestaltung allerdings kaum noch den zurückhaltenden Planvorgaben Fischers und Sckells: Nachdem Ludwig I. sein Thronerbe angetreten hatte, ließ er seinen Stararchitekten Klenze von der Kette, und der entfesselte auf dem majestätischen Geviert – nomen est omen – ein wahres

Der letzte Überrest des Alten Botanischen Gartens

klassizistisches Feuerwerk. Herausgekommen ist das wahrscheinlich eindrucksvollste Ensemble der königlichen Residenzstadt, die drei bestimmenden Bauten sind ein Schnelldurchlauf durch die klassisch-griechischen Baustile: Die Propyläen, der riesige Torbau an der Westseite des Platzes, sind im dorischen Stil gehalten, die Glyptothek im Norden folgt der ionischen Ordnung, und die Antikensammlung gegenüber schließlich ist dem korinthischen Muster verpflichtet. Die Übernahme von hellenischen Baumustern war nicht allein ästhetischen Überlegungen geschuldet, sondern wurde ganz maßgeblich auch von der damals geradezu grassierenden Griechenlandbegeisterung angeschoben – schließlich saß von 1832 bis 1862 mit Otto I. ein veritabler bayerischer Prinz (Sohn Ludwigs I.) auf dem Thron von Hellas.

Der Königsplatz hatte unter den Nazis ästhetisch ziemlich gelitten (siehe Spaziergang 5, S. 148), ist aber spätestens seit Wiederansaat der Rasenflächen 1988 als meisterhaftes klassizistisches Ensemble wieder intakt und trotz seiner relativen urbanen Isoliertheit belebt und beliebt. Sonnenbäder auf dem dreistufigen Stylobat (Treppensockel) der Glyptothek tragen seinem Freizeit- und

Die Maxvorstadt → Karte S. 201

Heute wär's ein Copyrightvergehen: die Propyläen

Erholungswert ebenso bei wie die im Sommer geradezu beängstigende Dichte an kulturellen Großveranstaltungen („Klassik am Königsplatz", Kino-Open-Air und auch Popkonzerte).

Propyläen

Ein besonderer Kniff der Platzgestaltung – auch beim zweiten Hinsehen kaum zu bemerken – ist die leichte Absenkung der Innenfläche zur Mitte hin. Damit rücken die Bauwerke an den Seiten auf „Anhöhen" – ganz wie das Vorbild der griechischen Akropolis, die ja auch immer oberhalb der eigentlichen Stadt positioniert war. Besonders inspiriert wurde Klenze von der bekanntesten griechischen Oberstadt, der Akropolis in Athen. Und damit das auch niemand übersah, wählte er für seinen letzten Bau am Königsplatz eine in Stil wie Dimension fast originalgetreue Kopie: Die Propyläen (Bauzeit 1842–62) sind ein bayerisches Remake des gleichnamigen antiken Bauwerks in Athen und ansonsten von geradezu entzückender Nutzlosigkeit (als Stadttor taugte der Riesenbogen nur symbolisch, denn seit der Schleifung der Stadtbefestigung eine Generation vorher war München ohnehin eine offene Stadt). Das philhellenische Motiv kommt in den Ornamenten und Gestaltelementen am stärksten zur Geltung: In der mittleren Durchfahrt sind die Namen von Freiheitskämpfern eingemeißelt, die Giebelplastiken Schwanthalers preisen den bayerischen Griechenkönig Otto und setzen ihm ein Denkmal.

Glyptothek

Die Marmorstatuen in den Nischen der Fassaden verdeutlichen das Programm des Hauses schon bei der Außenansicht: Hier geht es um Bildhauerei.

Der Bau der Glyptothek verdankt sich der Sammlerleidenschaft Ludwigs I. Noch als Kronprinz erwarb er 1813 die Giebelfiguren des Aphaiatempels in Ägina, die als Grundstock einer Sammlung nach einem angemessenen Aus-

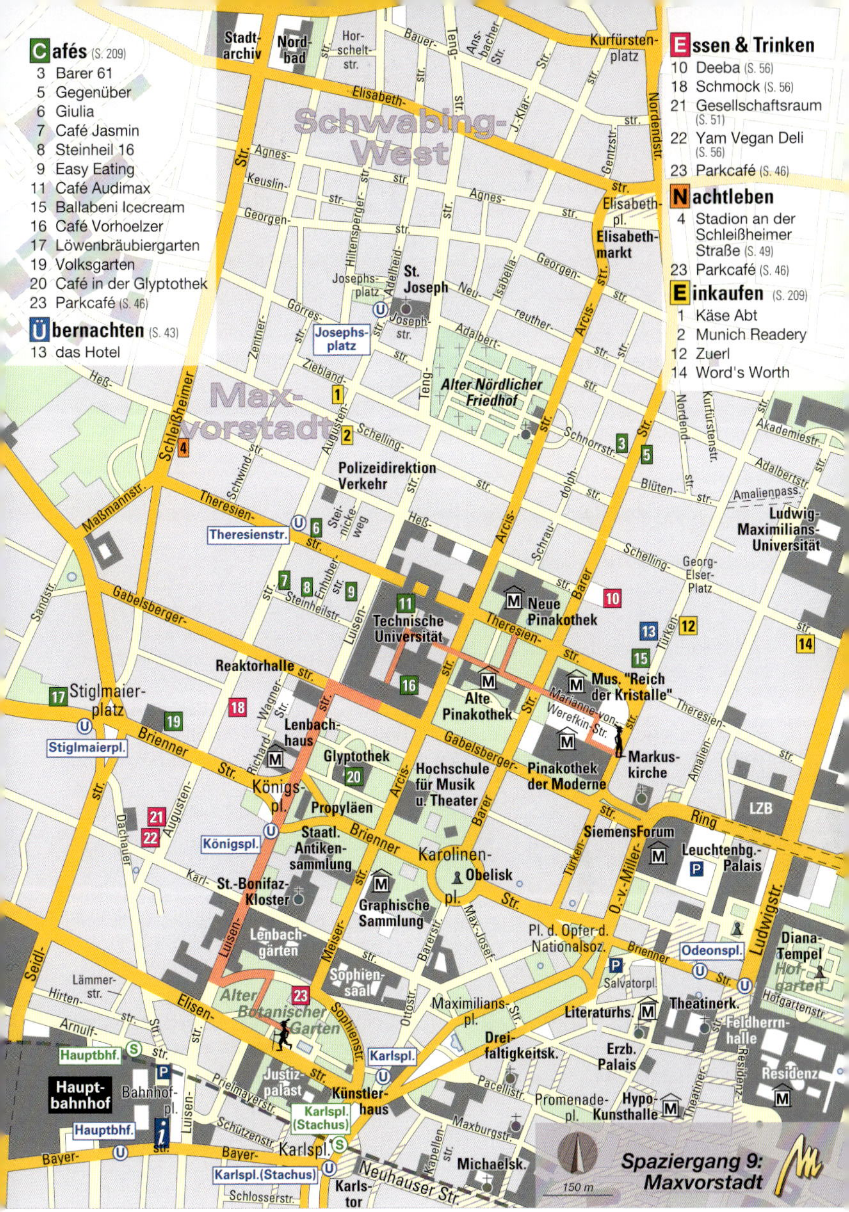

stellungsbau verlangten. Die „Ägineten" gehören auch heute noch zu den Prunkstücken der Glyptothek. Andere bedeutende Exponate dieses hinreißend stillen Museums sind z. B. der „Münchner Kouros" und der weltberühmte „Barbarinische Faun".

Di–So 10–17 Uhr, Mo geschlossen. Eintritt 3,50 €, erm. 2,50 € (sonntags 1 €). www.antike-am-koenigsplatz.mwn.de.

Staatliche Antikensammlungen

Die Staatlichen Antikensammlungen gegenüber der Glyptothek legen das Augenmerk eher auf die kunstgewerblichen Erzeugnisse sehr viel früherer Zeiten. Ausgangspunkt auch dieses Museums war der Sammeleifer des bayerischen Herrscherhauses, das seine Kunstagenten in mittlerer Kompaniestärke zu den Auktionen und Ausgräbern in ganz Europa scheuchte. Errichtet wurde der etwas massige Tempel (Bauzeit 1838–48) mit Portikus über einer prominenten hohen Freitreppe allerdings mit der eher vagen Zweckbestimmung „Ausstellungsgebäude". Architekt war Friedrich Ziebland, Klenze konnte ja schließlich nicht alles machen.

Die alten Schätzchen des Königs kamen erst 1869 ins Haus, das dann als Königliches Antiquarium firmierte. Später wurde es Sitz der Münchner Secession und danach Neue Staatsgalerie. Eine Antikensammlung von Donnerhall – insbesondere die Vasensammlung steht auf Augenhöhe mit der des Louvre und des British Museum – ist sie erst seit der Wiedereröffnung nach Beseitigung der Kriegsschäden 1962. Eines der bedeutendsten Exponate ist die Bauchamphora des Andokides, die den Halbgott Herakles bei einer sehr münchnerischen Beschäftigung zeigt: Der antike Superheld kippt sich ordentlich einen rein.

Di–So 10–17 Uhr, Mo geschlossen. Eintritt 3,50 €, erm. 2,50 € (sonntags 1 €). www.antike-am-koenigsplatz.mwn.de.

Spiegeltornado im Lenbachhaus

Lenbachhaus

An sonnigen Wintervormittagen reicht der Schattenwurf der monumentalen Propyläen bis auf das benachbarte Grundstück an der Luisenstraße 33, auf dem sich das nächste Museum von herausragender Bedeutung befindet: die **Städtische Galerie im Lenbachhaus**. Sowohl die Sammlung wie auch das Gebäude markieren interessante Gegenpole zum höchstklassizistischen Areal des Königsplatzes.

Nach dem Tod Ludwigs II., der die Bauwut seiner Vorväter bis zur Raserei gesteigert hatte, war den Wittelsbachern Lust und Geld an neuen architektonischen Highlights vergangen. Das aufstrebende Bürgertum und die kräftig prosperierende Industrie konnten das aber in der Breite mehr als auffangen. Eines der prunkvollsten Stadthäuser dieser Zeit baute sich der mit seiner Kunst steinreich gewordene Maler Franz von Lenbach – im kleinen Schrobenhausen zwischen Augsburg und München noch ohne „von" zur Welt gekommen. Zusammen mit seinen Zeitgenossen Franz Stuck und Friedrich Kaulbach stellte er das Triumvirat der Münchner Malerfürsten und definierte damit den wahren Adelsbegriff dieser Zeit – die Gloria der Wittelsbacher war nach fast 800 Jahren doch schon etwas abgenutzt.

Für den Entwurf von Atelier und Wohnstatt verpflichtete Lenbach den Stararchitekten Gabriel von Seidl, konnte es aber auch nicht lassen, eigenhändig ein wenig in den Plänen herumzumalen – wofür ist man schließlich Künstlerfürst? Nach vierjähriger Bauzeit war die noble Stadtresidenz 1891 schließlich fertig. 1924 erwarb die Stadt München das Anwesen von der Witwe Lenbachs – der Maler war bereits 1904 gestorben – und ließ es ein paar Jahre später um einen westlichen Gebäudeflügel erweitern; 1929 schließlich wurde der Komplex als „Städtische Galerie" der Öffentlichkeit zugänglich gemacht. Dem Königsplatz zugewandt ist die Schauseite mit dem wunderschönen Garten vor einer Villa im Renaissancestil (mit ein paar Barockschnörkeln). Der Münchner, er wäre halt schon immer am liebsten ein Italiener gewesen – Lenbach hat das zumindest in seiner häuslichen Umgebung ganz ausgezeichnet umgesetzt.

Seit 2013 ist das Lenbachhaus wieder zugänglich, erweitert um einen zusätzlichen Ausstellungsbau. Warum der unbedingt von Norman Foster entworfen werden musste, ist unklar, aber der quadrische Goldklops beherbergt eine der großartigsten Sammlungen der deutschen Avantgarde. Mit der Stiftung von über 1000 Werken des „Blauen Reiters" schoss Gabriele Münter, selbst eminentes Mitglied der Gruppe und auch noch Muse Kandinskys, die Städtische Galerie in den internationalen Museumsolymp. Später kamen noch Werke der Neuen Sachlichkeit und vor allem eine der namhaftesten Kollektionen des rheinischen Größtkünstlers Joseph Beuys als Schwerpunkte dazu. Wenn für den Museumsbesuch keine Zeit ist, sollte man wenigstens in die Lobby schauen, der Glaswirbel von Olafur Eliasson ist den Stopp unbedingt wert.

Di–So 10–20 Uhr (Sommer), sonst 10–18 Uhr. Eintritt 10 €, erm. 5 € inkl. Audioguide. www.lenbachhaus.de.

Der Innenhof der TU

Technische Universität (TU)

Zwischen und neben den Gravitationszentren der Hochkultur um den Königsplatz und an der Barer Straße ist der Maxvorstadt auch das zweite Standbein des ludovizianischen Ideals erhalten geblieben: die Wissenschaft. Im westlichen Teil des Viertels ist es die Technische Universität, die die Fahnen von Forschung und Lehre hochhält. Allerdings haben die Notwendigkeiten und Segnungen der Interdisziplinarität die früher ziemlich deutliche räumliche Trennung zwischen den Instituten von TU und Ludwig-Maximilians-Universität (siehe Spaziergang 6, S. 161) mittlerweile verwischen lassen. Ausgeprägte Schöngeister verirren sich in das Stammgelände der TU zwischen Arcis- und Theresienstraße dann aber doch ziemlich selten. Der alte Kernbau von 1877/78 (auch das Gründungsjahr der TU) mit dem markanten Turm zur Gabelsbergerstraße vermittelt aber noch viel von der universitären Würde der großbürgerlichen Epoche des zweiten

Die Maxvorstadt → Karte S. 201

Die Reaktorhalle

Der braun gekachelte Quader an der Kreuzung Luisen-/Gabelsbergerstraße wirkt zunächst einmal wie eine der vielen Schnellbausünden aus der Zeit des Wiederaufbaus in den 1950er Jahren. Was Bauzeit und Ausführung angeht, ist er das sicher auch. Er birgt allerdings auch ein echtes Juwel der Münchner Wissenschaftsgeschichte: Allen Ernstes wollten die Verantwortlichen aus Politik (die Bundesrepublik hielt sich einen Atomminister: Franz Josef Strauß) und Hochschulleitung hier, mitten in der Stadt, den ersten deutschen Forschungsreaktor bauen und in Betrieb setzen. Die Atombegeisterung kannte damals ganz offensichtlich noch keine echten Schamgrenzen bzw. verführte in der seligen Fortschrittsbegeisterung zum Verlust jedweder Technikfolgenabschätzung.

Der Enthusiasmus hielt allerdings nicht allzu lange vor, und der Standort des Kleinreaktors mit der vergleichsweise läppischen Leistung von 4 MW wurde ins nördliche Münchner Vorland nach Garching verlagert, wo er als „Atomei“ von 1957 bis 2000 vor sich hin spaltete – Kerne und Öffentlichkeit. Der 1952 errichtete Bau in der Maxvorstadt wurde zunächst von den Instituten für Maschinenbau der TU genutzt. Als die Bausubstanz am Ende schien, gingen die Ingenieure, und die Kunst zog ein. Seit 1999 ist die Hochschule für Musik und Theater der Hauptmieter und München um einen überaus spannenden Bühnenraum reicher: Im weitaus größten Raum (ein Kubus von über 20 m Kantenlänge!) finden nun Opern, Theaterstücke und Konzerte statt, gelegentlich auch wilde und verstörende Inszenierungen – aber insgesamt doch wesentlich beruhigender als leise vor sich hin glimmendes Uran 235 in einem Wohnviertel.

deutschen Kaiserreichs. Ein besonders interessanter Kontrast ergibt sich im Innenhof: Mit dem Neubau des **Audimax** (nach einem Sponsor aus der Elektrobranche auch „Werner-von-Siemens-Hörsaal“) hat sich die TU ein sehr gelungenes Beispiel für modernes Bauen zugelegt, das mit seinen kühlen Materialien und weichem Schwung die etwas spröde Atmosphäre des alten Campus erheblich auflockert. In den Nachkriegsjahren war man da weniger erfolgreich – die Komplexe in den angrenzenden Straßenblocks sind entweder sehr stark renovierungsbedürftig oder wurden in den letzten Jahren schon abgerissen.

Die Pinakotheken

Auch für gestählte Museumsfreaks kommt es zwischen Arcis- und Türkenstraße wirklich dicke: Hier konzentrieren sich die drei bedeutendsten Gemäldesammlungen einer Stadt, die an relevanten Kunstausstellungen wahrlich keinen Mangel leidet. Gäbe es in München einzig Alte und Neue Pinakothek sowie die Pinakothek der Moderne –

auch dann hätte sich München spielend und dauerhaft in der Königsklasse der Kunststädte der Welt etabliert. Jedes der drei Häuser kann in zumindest einer Hinsicht Superlative für sich beanspruchen; das gilt nicht allein für die Sammlungen, sondern auch in architektonischer bzw. bauhistorischer Hinsicht. Auf dem vorgeschlagenen Rundgang betritt man das Platzgeviert (erstaunlicherweise kein eigener Name auf dem Stadtplan) um die Pinakotheken durch die Eingangshalle der TU und stößt so unvermeidlich auf die Westfassade der Alten Pinakothek.

Alle vier Häuser haben Di–So von 10 bis 18 Uhr geöffnet, Mo ist Ruhetag (Ausnahme Neue Pinakothek: Ruhetag Di).

Alte und Neue Pinakothek sowie Brandhorst kosten 9 € Eintritt, erm. 6 € (inkl. der sehr gut gemachten Audioguides), die Pinakothek der Moderne 10 €, erm. 7 €, Sonderaustellungen mit variablen Aufschlägen. Billigheimertag ist der Sonntag: Alle vier Häuser verlangen dann nur 1 € (exklusive Sonderaustellungen und Audioguide), da ist es dann aber auch entsprechend knackvoll.

Zwar ist der Besuch aller vier Häuser an einem Tag bei ungetrübtem Bewusstsein kaum machbar, ein Ticket dafür gibt es trotzdem für 12 € und da ist dann auch noch die Schack-Galerie (siehe S. 227) mit dabei.

Alte Pinakothek

Über Fragen der Schönheit soll hier nicht entschieden werden, auf jeden Fall ist dieser Museumsbau aber der historisch bedeutendste. Architekt war – einmal mehr – der immens produktive Leo von Klenze, der auch bei diesem Vorhaben seines Bauherrn Ludwig I. so gar nicht sparen musste: Standesgemäß durfte er die zur Zeit der Eröffnung (1836) größte Gemäldegalerie der Welt bauen. Auf 137 m Länge erstreckt sich der Riegel zwischen großen Grünflächen, ca. 800 Gemälde kommen in den 19 Sälen und 47 Kabinetten gleichzeitig zur Ausstellung. Im frühen 19. Jh. werden es bei der seinerzeit üblichen Hängung wohl noch ein paar mehr gewesen sein, alles auf einmal konnte aber auch damals nicht gezeigt werden.

Das Haus Wittelsbach widmete sich schon lange vor dem Bau der Pinakothek intensiv dem Mäzenatentum und Ankauf. Ausgangspunkt war wohl ein Zyklus von Historienbildern, die Wilhelm IV. Mitte des 15. Jh. in Auftrag gab, darunter auch die „Alexanderschlacht“ von Altdorfer. Maximilian I. (der Herzog, nicht der König!) kaufte fleißig Dürer, Max Emanuel die großen Holländer und Flamen (u. a. Rubens, van Dyck), und spätestens als die Sammlungen der Pfälzer Linie aus Düsseldorf, Mannheim und Zweibrücken um 1800 nach München kamen, waren die alten Galerien am Hofgarten viel zu klein für die Bestände geworden und ein Neubau auch in dieser Dimension eine durchaus sinnvolle Idee.

Im Zweiten Weltkrieg wurde die Alte Pinakothek schwer getroffen, das heute – zumindest nach außen – authentisch alt wirkende Gebäude ist im Wesentlichen das Resultat restauratorischer Arbeit. Die allerdings ist hervorragend gelungen: Hans Döllgast, der den Wiederaufbau von 1952 bis 1957 leitete, verzichtete bewusst auf die Rekonstruktion der vormaligen Stuck- und Marmorpracht und realisierte im Inneren einen zwar entkleideten, durch die jetzt offen liegenden Ziegel aber keineswegs kalten Kunstbau. Gravierendste Maßnahme war die Verlegung des Treppenhauses von der schmalen Ostseite zur Barer Straße in die geometrische Mitte der Längsachse (Eingang von Norden).

Zur Sammlung selbst: Rubens, Breughel d. Ä., Botticelli, Canaletto, Tizian, van Dyck, Rembrandt, Cranach, Bosch, Raffael, Holbein, Grünewald und, und, und – angesichts der Überfülle an großen Alten Meistern lassen sich keine wirklichen Empfehlungen für den Besuch der Alten Pinakothek geben. Trotzdem ein persönlicher Tipp: Das lustig hüpfende Frühstücksei auf Breughels „Schlaraffenland“ lohnt allein den Eintritt (Erdgeschoss, Kabinett 19/20).

Die Maxvorstadt → Karte S. 201

Kirschen auf der Museumstorte: Alte und Neue Pinakothek

Neue Pinakothek

Die Neue Pinakothek gegenüber ist eigentlich auch eine ziemlich alte Pinakothek: Bereits während der Errichtung des Klenze-Baus merkte Ludwig I., dass die Kapazitäten der entstehenden Galerie der Ergiebigkeit seiner Einkaufsaktivitäten nicht gewachsen sein würden. Der bereits mit den Hufen scharrende Konkurrent Klenzes, Friedrich von Gärtner, machte sich 1843 auf die Suche nach einem Standort für ein weiteres Museum und entschied sich für die Cluster-Lösung auf der anderen Straßenseite. Von der 1853 eröffneten Neuen Pinakothek ist leider gar nichts mehr übrig, die zerbombten Reste wurden 1949 völlig abgetragen und die Bestände – ohnehin während des Kriegs ausgelagert – auf andere Sammlungen verteilt.

Das Neubauvorhaben zog sich ziemlich lange hin. Vom ersten Architekturwettbewerb 1960 dauerte es über 20 Jahre bis zur Eröffnung 1981. Obsiegt hatte ein Entwurf Alexander von Brancas, der ansonsten in der deutschen Baugeschichte eher mit Kirchen und Warenhäusern auffällt. Der postmoderne Bau zeigt deutlich die Vergänglichkeit architektonischer Moden – was vor 20 Jahren schick war, wirkt heute schon etwas wie die Zentrale einer Kleinsparerbank. Freundlicherweise versperrt aber der recht dichte Baumbestand den freien Blick auf den Gesamtkörper. Funktionalität ist indes der Neuen Pinakothek nicht abzusprechen, die vielen Oberlichter sorgen für prima Betrachtungsbedingungen.

Wie auch gegenüber ist der Bestand in Qualität und Größe eminent. Aus der ursprünglichen Sammlung Ludwigs I. mit Werken zeitgenössischer Kunst (damals ein revolutionäres Konzept!) ist eine der bedeutendsten Galerien der bildenden Kunst des 19. Jh. geworden, in Deutschland nur vergleichbar mit der Nationalgalerie in Berlin. Stets gut besucht sind die Säle mit den Impressionisten und der

Malerei des ganz frühen 20. Jh. – von Renoir und Manet über van Gogh und Klimt bis zu Picasso fehlt hier kaum ein großer Name mit bedeutenden Beiträgen. Mancher empfindet die Hängung als etwas sehr dicht, auf jeden Fall ist auch die Tour durch die Neue Pinakothek fordernd und gewinnt durch selbstbeschneidende Vorbereitung sicher erheblich.

Der Gebäudeentwurf Brancas mag kontrovers sein – richtig gut gelungen ist die Chill-out-Area an der südöstlichen Ecke. Das große Wasserspiel im afrikanischen Licht der dichten Bäume erzeugt an heißen Tagen ein angenehm kühles Mikroklima. Dazu planscht Henry Moores „Große Liegende" im Becken ...

Pinakothek der Moderne

Glück für Stephan Braunfels: Nachdem die Alte und Neue Pinakothek in Sachen Größe schon ordentlich vorgelegt hatten und ja schließlich nichts kleiner werden darf, konnte der Stararchitekt bei der Pinakothek der Moderne mal so richtig hinlangen – die 2002 eröffnete Galerie wurde denn auch pflichtgemäß das größte Kunstmuseum Deutschlands. Der Neubau wurde und wird in Fachkreisen sehr gelobt. Tatsächlich ist die Vielzahl der Perspektiven, die sich aus der raffinierten Punktsymmetrie der mittigen Rundhalle ergeben, eine wirklich außergewöhnliche Lösung. Auch die Südfassade lässt – Sonnenschein und Laubgrün an den mittlerweile gut gewachsenen Bäumen vorausgesetzt – die schiere Größe des Baus aus der Distanz beinahe vergessen. Die schlechter ausgeleuchtete und unverstellte Nordseite zeigt dann aber schon ziemlich große Fläche blanken Betons und wirkt dadurch einigermaßen abweisend. Dafür hat die Rotunde über der Eingangshalle allerdings auf jeden Fall das Zeug zum Detailklassiker und es entsprechend schon zu Postkartenruhm gebracht.

Der sündteure Bau – das Budget von 200 Mio. Euro wurde um mindestens 20 % überschritten – bekam die Finanzierung durch die Bayerische Staatsregierung erst zugesagt, als bereits 10 Mio. Euro aus Privatstiftungen und Spenden zusammengekommen waren. Die Pinakothek der Moderne ist damit auch ein

Die Maxvorstadt → Karte S. 201

Keine Kunst?

Die Kinder mopsen sich, der Gatte gähnt bei Goya? Bilder gucken fesselt nicht unbedingt jeden. Ein Ersatzprogramm für nörgeligen Anhang, der beim kontemplativen Kunstgenuss nervt, liegt im Kunstareal gleich nebenan: Das geowissenschaftliche Institut der LMU gegenüber der Pinakothek der Moderne beherbergt den öffentlich zugänglichen Teil der Mineralogischen Staatssammlung. Weil das ein bisschen spröde klingt, ersann ein findiger Museumspädagoge dafür den kraftvollen Namen **Museum „Reich der Kristalle"**. Wer glaubt, das sei nur schales Bier in neuen Fässern, irrt: Es ist erstaunlich, welche Lebhaftigkeit die kleine Ausstellung den vorgeblich totesten aller toten Exponate abringt. Ein didaktisch gut aufbereitetes Konzept macht die Ausstellung richtig interessant. Die Sammlung geht zurück auf das Mineralienkabinett Eugène de Beauharnais (Herzog von Leuchtenberg). Dass sie 1944 durch Luftangriffe und 1972 durch Diebstahl große Teile ihres Bestands und auch einige ihrer Prunkstücke verloren hat, ist zwar schade, tut der Qualität des Museums aber keinen Abbruch.

Das Museum hat tägl. außer Mo von 13 bis 17 Uhr geöffnet. Eintritt 1,50 €, erm. 1 €, Kinder 0,50 €, Sonderaustellungen kosten extra.

Baudenkmal des kunstsinnigen Bürgergeists und der kulturellen Solidarleistung. Die Realisierung des zweiten Bauabschnitts der Pinakothek der Moderne (Erweiterungen nach Süden und Osten) musste nach der Kostenexplosion jedoch bis auf unbestimmte Zeit zurückgestellt werden, auch weil erst einmal die Renovierung bezahlt werden muss: Gerade einmal 11 Jahre nach Eröffnung schloss das Haus 2013 für über ein halbes Jahr – die fugenlose Betonrotunde der formal durchaus gelungenen Lobby krümelte zu gefährlich vor sich hin.

Genau genommen sind es eigentlich vier Museen, die sich horizontal und vertikal ineinanderschieben; auf den 22.000 m^2 Grundfläche haben nämlich gleich vier Sammlungen aus den prall gefüllten Kunstarchiven des Freistaats hier einen neuen Standort gefunden: Die Staatliche Graphische Sammlung (Zeichnungen und Drucke seit 1500), die Neue Sammlung (Design und Kunstgewerbe), das Architekturmuseum der Stadt München und die Sammlung für Moderne Kunst. Bedeutend sind sie alle, Letztere hat es mit den Unterabteilungen Klassische Moderne, Gegenwartskunst und Neue Medien sogar zu Weltrang gebracht. Am Ende der institutionalisierten Münchner Finanzkrise (mehrfach verschoben) entsteht dann wohl auch noch der zweite Bauabschnitt der Pinakothek der Moderne.

Museum Brandhorst

Sammelleidenschaft ist ganz offensichtlich kein königliches Privileg, auch der deutsche Geld- und Industrieadel vertreibt sich die Zeit gern auf Auktionen.

Besonders oft waren da wohl Anette (Henkel-Erbin) und Udo Brandhorst und haben es damit zu einer hochkarätigen Sammlung gebracht. Diese haben sie der Stadt München vermacht, mit der Auflage, dass diese ein schickes Museum darumbaut – eine Stadt, ein Wort: Da steht es nun, eröffnet im Jahr 2009, das Museum Brandhorst. Schwerpunkte sind Cy Twombly, Andy Warhol und Picasso, aber auch von den ganz großen Namen der zeitgenössischen Kunst hängt und steht so einiges herum. Museumsvollverweigernde Kulturdefätisten (pfui!) bleiben bockig draußen und verpassen echt etwas, haben aber trotzdem ihren Spaß: Das Gebäude – in der Kubatur eher konservativ – ist mit seinen über 36.000 sehr bunten Keramikstäben ein Highlight im Münchner Stadtbild geworden. www.museum-brandhorst.de.

Sammlung Brandhorst in 22 Farben

Praktische Infos

→ Karte S. 201

Cafés & Snacks

Am Alten Botanischen Garten

Das **Parkcafé** **23** (Eingang von der Sophienstraße) gilt als etwas geschniegelt, das nährt sich aber vor allem vom Ruf vergangener Zeiten. Besonders nett ist auf jeden Fall der Biergarten zur Parkseite, aber auch Bar und Restaurant sind durchaus zu empfehlen. Abends gibt es Musik, zu der man sich auch bewegen kann. Programm unter www.parkcafe089.de.

Im Kunstareal

Für Heißgetränke und Gebäck im unmittelbaren bildenden Kunstkontext drängt sich natürlich auch hier das **Café in der Glyptothek** **20** auf. Szeniger ist der **Volksgarten** **19** in der Brienner Straße 50, kerniger der **Löwenbräubiergarten** **17** am nahegelegenen Stiglmaierplatz.

››› **Mein Tipp:** Etwa 200 m die Barer Straße nach Norden findet sich mit dem **Barer 61** **3** das netteste Kiezcafé der Maxvorstadt, neben den Standards aus der Kaffeemaschine und dem Sandwichtoaster kommt man auch wegen der Saftkreationen (Barry's Mix!) hierher. Der dazugehörige Laden **Gegenüber** **5** (sinnreicherweise gegenüber) hat auch noch einen leistungsfähigen Pizzaofen. Die auffallend hübschen Bedienungen tragen den Teigfladen auch gerne über die Straße. ‹‹‹

››› **Mein Tipp:** Der letzte Schrei in Sachen Location ist das **Café Vorhoelzer** **16** auf dem Dach der TU. Der Kaffee, das Speisenangebot – na ja, in Ordnung. Aber deshalb kommt man nicht her: Der Blick vom fünften Stock in die Alpen und auf die Skyline ist schlicht sagenhaft! Im Hauptgebäude der TU, Arcisstr. 27 (linker Flügel, Aufzug im hinteren Treppenhaus), Mo–Fr 9–22, Sa 10–19, So 10–22 Uhr. ‹‹‹

Um die Technische Universität

Studenten technischer und naturwissenschaftlicher Studiengänge sind allgemein auch in Nahrungsdingen rational, deshalb gibt es hier auch echte Budget-Optionen: das **Café Audimax** **11** mit Bierbänken im wunderbar ruhigen Innenhof. Hier kann man auch billigst frühstücken: Das Paar Weißwürste inkl. Weißbier für 3,40 € dürfte ansonsten im Innenstadtbereich nicht zu finden sein.

Nicht ganz so prosaisch, aber auch billig und dabei auch noch total biokorrekt ist das **Easy Eating** **9** bei Luise (nur mittags 10–15 Uhr) in der Luisenstr. 49. ■

››› **Mein Tipp:** Unendlich stilvoll ist das **Café Jasmin** **7** kaum 50 m weiter (Augustenstr. 74). Bis vor kurzem noch eins der letzten 50er-Jahre-Cafés mit Filterkaffee und Cremetortengebirgen, ist aus dem Jasmin jetzt der Retro-Knaller geworden: Die Einrichtung ist geblieben, aber statt Fanta gibt's jetzt Bionade und statt Eierlikör Prosecco-Aperol. ‹‹‹

››› **Mein Tipp:** Ein Klassiker der Studentenkneipen ist das **Steinheil 16** **8** in direkter Nachbarschaft. Die Riesenschnitzel („Elefantenohren") sind billig und gut, und nach dem vierten Augustiner Hell ist die Quantentheorie immer noch rätselhaft, aber irgendwie auch egal. ‹‹‹

Schlichtere und moderne Kaffeehauseleganz findet man im **Giulia** **6** in der Theresienstraße 114, eine Dependance der Lorettabar in der Müllerstraße mit von dort importierter Kaffeekompetenz und Freundlichkeit.

Einkaufen

Die unmittelbare Nähe zu den geisteswissenschaftlichen Fakultäten hat die Maxvorstadt zu einem Biotop für Antiquariate und Fachbibliotheken werden lassen. Zwei persönliche Favoriten sind die **Munich Readery** **2** (Augustenstr. 104, Mo–Fr 11–20, Sa 10–18 Uhr), „the largest english-language second-hand-book-shop in Germany" (Eigenwerbung, es sind aber wirklich viele Bücher), sowie **Word's Worth** **14** in der Schellingstr. 3, wo schon Generationen von Anglistikstudenten ihre Seminarlektüre gekauft haben.

Werkzeug zum stilvoll Selberschreiben handelt seit 25 Jahren **Zuerl** **12** (jetzt Türkenstr. 48), und damit sind nicht irgendwelche doofen Angeberfüller gemeint, sondern allerfeinstes Papier.

Die Grundlage für den Lesegenuss in feinem Tuch und Portwein liefert der deutsche Rohmilchpionier (*maître fromager* seit 1976!) **Käse Abt** **1** in der Schellingstr. 115.

→ Karte S. 201

Der Olympiapark

Die zweitgrößte Grünanlage Münchens ist weit mehr als ein schnöder Park: Das Gesamtkonzept des Areals, die darauf errichteten Bauwerke und die damit verknüpften Ereignisse markieren wichtige Zäsuren in der Bau- und Politikgeschichte der Landeshauptstadt. Die Stadt und mit ihr das ganze Land hatten sich mit den Olympischen Spielen von 1972 gewandelt – im Selbstverständnis ebenso wie in der internationalen Wahrnehmung.

Als Bundespräsident Gustav Heinemann am 26. August 1972 das Hochamt des Amateursports (damals stimmte das sogar noch ein bisschen) im Stadionneubau am Mittleren Ring eröffnete, hatte München bereits einen tiefgreifenden Transformationsprozess hinter sich gebracht. Seit der Vergabe der Spiele durch das IOC im April 1966 mussten nicht nur Sportstätten und Unterkünfte gebaut werden, der zu erwartende Besucheransturm verlangte auch nach einem neuen Verkehrskonzept. Die bereits 1965 begonnenen Arbeiten an einem Schnellbahnnetz (U- und S-Bahn) wurden durch den Zuschlag des Gremiums aus Lausanne erheblich beschleunigt; das bis zur Eröffnungsfeier schließlich realisierte Liniennetz bildet bis heute das Rückgrat des öffentlichen Münchner Nahverkehrs.

Dass die gründlichen und fleißigen Deutschen alle logistischen Aufgaben stemmen und die anfälligen Arbeiten pünktlich zum Abschluss bringen würden, hatte wohl niemand ernsthaft bezweifelt. Überraschend, ja geradezu sensationell war aber, wie der Aufgabenkatalog umgesetzt wurde: Die großen Kernbauten – Olympiastadion und Olympiahalle – bestachen durch geradezu grazile schwebende Architektur,

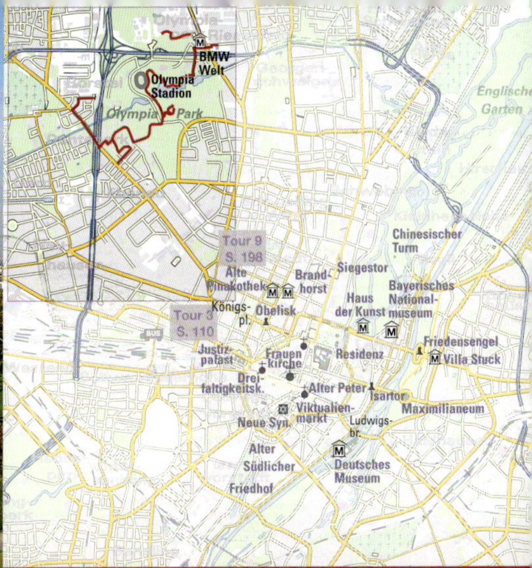

Der Olympiapark

und der grüne Campus darum herum wurde ein Musterbeispiel für grünen Landschaftsbau im großstädtischen Umfeld. Voilà: Die Rahmenbedingungen für die „heiteren Spiele“ waren hervorragend.

Nach den letzten Olympischen Spielen auf deutschem Boden und noch vielmehr wegen den neun folgenden Jahren war das auch bitter nötig: Hitlers Gigantopropagandaspiele von 1936 waren – gerade einmal 27 Jahre nach Kriegsende – vielen noch in böser Erinnerung. München, mit dem Kainsmal der „Hauptstadt der Bewegung“ schwer gezeichnet, war davon gewiss nicht ausgenommen – es galt, etwas gutzumachen.

Bis zum 5. September gelang das auch, dann setzten acht Aktivisten der palästinensischen Terrorgruppe „Schwarzer September“ dem Spaß ein Ende. Getarnt als Sportler kletterten sie in den frühen Morgenstunden des elften Wettkampftages über den Zaun des Olympischen Dorfs, drangen in das Quartier der israelischen Mannschaft ein, töteten zwei Sportler und nahmen neun als Geiseln. Nachdem die Forderungen der Geiselnehmer (Freilassung von über 200 in Israel inhaftierten Gesinnungsgenossen und der deutschen Terroristen Andreas Baader und Ulrike Meinhof) erwartungsgemäß nicht erfüllt worden waren, verlangten sie, zusammen mit den in ihrer Gewalt befindlichen Sportlern nach Kairo ausgeflogen zu werden.

Auf dem Militärflughafen Fürstenfeldbruck kam es dann zur finalen Katastrophe: Die von der Polizei dort geplante Geiselbefreiung endete in einer wilden Schießerei, bei der alle Geiseln, ein Polizist sowie fünf der acht Terroristen starben.

Die lockeren Sicherheitsbestimmungen – das olympische Dorf war lediglich von einem leicht überwindbaren Maschendrahtzaun umgeben, um Polizeistaatsassoziationen und Erinnerungen an die deutsche NS-Vergangenheit gar nicht erst aufkommen zu lassen – und ein mit terroristischen Irren völlig überforderter Apparat hatten eine breite Blutspur auf die „heiteren Spiele" gespuckt. „München 1972" wurde so nicht nur zu einer deutschen Visitenkarte neuer demokratischer Entspanntheit, sondern bis heute auch zu einem Synonym für gewalttätigen Extremismus. Immer noch ist die Katastrophe präsent, Steven Spielberg machte sie neulich gar zum Filmsujet, und Terror ist spätestens seit 9/11 leider zum Megathema unserer Dekade geworden.

Den grundsätzlichen Imageerfolg der Spiele in München konnte das alles aber nicht zunichte machen.

In der Alltagswahrnehmung der Münchner spielt die – positive wie negative – Affektbelastung des Geländes um die Sportstätten heute keine Rolle mehr, zu sehr hat sich das Areal zwischen Dachauer Straße, Landshuter Allee und Georg-Brauchle-Ring als fröhlicher Ort im Stadtleben etabliert. Man verbindet das Olympiagelände mit Konzerten, Events, Freizeitsport und bis vor kurzem natürlich mit Fußball.

Gar nicht mehr so viele Bewohner der Stadt wissen noch, dass es um Olympiaberg und Wasserwolke (s. u.) nicht immer so lustig zuging. Von 1887 bis 1945 standen hier auf dem damals noch prosaisch-ländlich Oberwiesenfeld genannten Gelände Kasernen, ab 1925 kam noch der erste Verkehrsflughafen Bayerns hinzu. Flugzeuge landeten hier aber nur bis 1939, dann brauchte Hitlers Mordmaschine mehr Kasernen und längere Landebahnen, sodass der Luftverkehr weiter in die Außenbezirke nach Riem verlagert wurde.

Nach 1945 war das Oberwiesenfeld dann erst einmal eine Bauschuttbrache und später ein Bauschuttgebirge – irgendwo mussten die ganzen Trümmer der zerbombten Stadt ja schließlich hin. Im Nachhinein eine glückliche Fügung, denn Erdbewegungen dieses Ausmaßes hätten auch die emsigen Olympiaplaner von 1972 überfordert, und die schöne Landschaftsarchitektur von Günther Grzimek und Günter Behnisch wäre so nicht möglich gewesen.

Spaziergang 10

Der Rundgang über die Anlage beginnt dort, wo noch ein Hauch der alten Geschichte des Oberwiesenfelds zu spüren ist: bei den Gebäuden der Wehrbereichsverwaltung Süd der Bundeswehr an der Dachauer Straße (Tram 20/21 Goethe-Institut; aus Schwabing kommend tut es auch die Tram 12 Leonrodplatz). Die ersten knapp 400 m wähnt man sich in einer noch unbesiedelten Retortenstadt, auf dem Weg zwischen den trutzig-modernen Gebäuden der Bundeswehrverwaltung ist außer vereinzelten Hunden und ihren Haltern schlicht niemand zu sehen. Die (möglicherweise zahlreichen) Angestellten des Militärs verschanzen sich zu allen Tageszeiten unsichtbar hinter ihren Rauchglasfensterfronten. Die beiden korrespondierenden Stahlskulpturen in der Mitte und am Ende der schmalen Asphaltstraße bilden in diesem leicht kafkaesken Ambiente eine interessante, doch rätselhafte optische Flucht.

Rechts in die Hedwig-Dransfeld-Allee abbiegend, gelangt man nach knapp 250 m auf einen kleinen Kreisverkehr. Hier verlässt man den asphaltierten Weg nach links und gelangt auf dem Hohlweg zwischen den Gebäuden der veterinärmedizinischen Stallungen auf die karge Schotterfläche der Tollwood-Wiesn.

Tollwood-Wiesn und West-Ost-Friedenskirche

Vorweg: Die Bezeichnung „Tollwood-Wiesn“ für die Fläche südlich des Olympiabergs ist eine ziemlich willkürliche Setzung, denn erstens handelt es sich nicht um eine Wiese – die karge Schotterfläche ist eher ein Überbleibsel aus der Zeit des Oberwiesenfelds als Schutthalde –, und zweitens hat es das ebendort stattfindende Tollwood-Festival noch nicht geschafft, der ansonsten ungenutzten Brachfläche einen Namen im Stadtplan zu bescheren.

Nachdem hier aber abgesehen vom Multikulti-Jahrmarkt in den ersten drei Juli-Wochen gar nichts weiter zu finden ist als eben kleine Steinchen, ist die Bezeichnung für die allermeisten Münchner

Alte Kämpfer und Neues Wohnen

Einigen Gebäuden an der **Hedwig-Dransfeld-Allee** (Hausnummern 9, 11, 17 und 21–25) sieht man das gründerzeitliche Baudatum noch an. Heute wohnen dort aber keine Soldaten mehr, vielmehr haben sich die ehemaligen Militärunterkünfte nach einer Generalsanierung zu charmanten Wohnhäusern gemausert. Gleiches geschah – in noch deutlich größerem Umfang – mit der Bausubstanz an der **Schwere-Reiter-Straße** weiter südlich. Um die kernsanierten Gebäude balgen sich heute Medien- und IT-Firmen.

Und noch zwei weitere interessante Projektsiedlungen finden sich im unmittelbaren Umfeld: Die **Borstei** nördlich des Mittleren Rings ist ein sehr gelungenes Beispiel für visionären Wohnungsbau in der Zwischenkriegszeit. Die jetzt denkmalgeschützte Anlage wurde als völlig autonomes Wohnensemble konzipiert, ihre Versorgungsstruktur umfasst sogar ein eigenes Heizkraftwerk (noch in Betrieb). Geistiger Vater der Borstei war der Bauunternehmer Bernhard Borst, der hier auch selber wohnte. Sozialer Wohnungsbau für die Unterschicht war das Projekt jedoch nicht: In die geschmackvollen Mietshäuser zogen vor allem Angestellte des mittleren Bürgertums.

Ein anderes Konzept wurde in der **Barbarasiedlung** zwischen Schwere-Reiter-Straße und Infanteriestraße realisiert. Für die Unteroffiziere des Bekleidungskorps (Textilwerke des Heeres befanden sich in der nahen Umgebung) entstand hier eine in die Breite gebaute Gartenstadt mit ziemlich putzigen Einzelhäusern, Gärten und viel Grün.

Die Geschichte der Borstei dokumentiert das Borstei-Museum in der Löffzstr. 10. Es ist Di, Do und Sa von 15 bis 18 Uhr geöffnet (in den Schulferien geschlossen). Eintritt frei.

Der Olympiapark
→ Karte S. 214/215

Cafés (S. 223)
1 Bierstube und Café CO2
2 Restaurants/Bistro in der BMW-Welt
4 Olympia-Alm
9 Ruffini
11 Großwirt
16 Eis-Sarcletti
BMW Forschung und Technik
Poliklinik für Sportverletzungen
ehem. Olympisches Dorf
Bayerische Motoren Werke AG
Riesenfeld
Olympiazentrum
Zentrale Hochschulsportanlage
Uptown-Hochhaus
Tennisanlage
Brundageplatz
BMW Welt
BMW-Museum
Georg-Brauchle-Ring
B 2R
Petuelring
Hanns-Braun-Brücke
Olympia-Eisstadion
Olympiahalle
Fernsehturm (Olympiaturm) (290 m)
Werner-von-Linde-Halle
Coubertinplatz
Olympiapark
Olympiastadion
Olympia-Schwimmhalle
Theatron
Freilichtbühne
Olympiasee
Olympiaberg (564)
Stadtwerke München (SWM-Zentrum)
Borstei
Westfriedhof
B 304
Dachauer Str.
Landshuter Allee
München-Arena
Montessorischule
Tollwood-Wiesn
Ost-West-Friedenskirche
Bundeswehrverwaltungszentrum
Kreiswehrersatzamt
Aussegnungshalle
Rollschuhbahn
Dantestadion
Dantebad
Dantepark
Ackermannstr.
Lerchenauer Str.
Hanauer Str.
Baldurstr.
Dantestr.

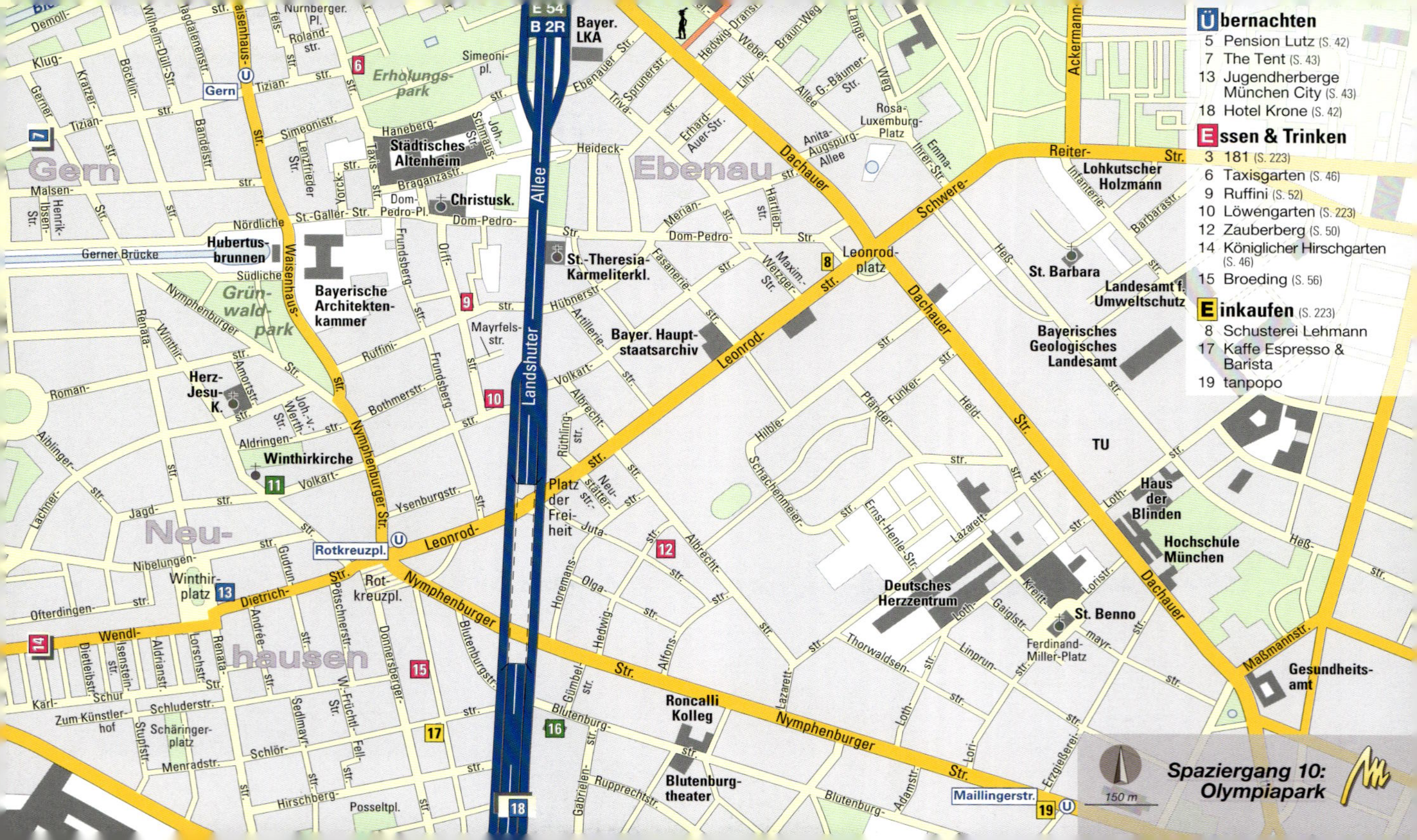
Übernachten
5 Pension Lutz (S. 42)
7 The Tent (S. 43)
13 Jugendherberge München City (S. 43)
18 Hotel Krone (S. 42)
Essen & Trinken
3 181 (S. 223)
6 Taxisgarten (S. 46)
9 Ruffini (S. 52)
10 Löwengarten (S. 223)
12 Zauberberg (S. 50)
14 Königlicher Hirschgarten (S. 46)
15 Broeding (S. 56)
Einkaufen (S. 223)
8 Schusterei Lehmann
17 Kaffe Espresso & Barista
19 tanpopo
Spaziergang 10: Olympiapark
150 m
Gern
Ebenau
Neuhausen
Landshuter Allee
Dachauer Str.
Leonrod-str.
Nymphenburger Str.
Waisenhaus-str.
Leonrodplatz
Rotkreuzpl.
Maillingerstr.
Erholungspark
Grünwaldpark
Städtisches Altenheim
Christusk.
Hubertusbrunnen
Bayerische Architektenkammer
St.-Theresia-Karmeliterkl.
Bayer. Hauptstaatsarchiv
Bayer. LKA
Herz-Jesu-K.
Winthirkirche
Platz der Freiheit
St. Barbara
Lohkutscher Holzmann
Landesamt f. Umweltschutz
Bayerisches Geologisches Landesamt
TU
Haus der Blinden
Hochschule München
St. Benno
Deutsches Herzzentrum
Gesundheitsamt
Roncalli Kolleg
Blutenburgtheater

unter 45 Jahren sicher hinreichend für eine präzise Verortung. Denn Tollwood gehört mittlerweile zum Traditionsbestand des Münchner Festkalenders. Seit 1988 schlagen hier die Esoterik-Dealer, Ethno-Folklore-Marketender und Öko-Trödler regelmäßig ihre Zelte auf, um das mittlerweile riesige Veranstaltungsprogramm in mehreren Zelten politisch korrekt zu begleiten. Die Acts reichen von Shakespeare bis Hip-Hop, Künstler von namenlos bis Superstar und das Preisniveau von umsonst (70 % der Veranstaltungen sind kostenlos) bis sehr gemäßigt. Das Konzept ist höchst erfolgreich: Knapp eine Million Besucher strömen jährlich auf das drei Hektar große Tollwood-Areal mit jetzt schon sieben Großzelten, die Stimmung ist sommerlich heiter, und der fröhliche Hippie-Charme der Veranstaltung beschert München das einzige Volksfest ohne Legionen von alkoholkomatösen Zombies. Seit 1991 gibt es Tollwood auch im Winter. Der Schlammschlacht im Olympiapark entfloh man aber durch die Verlagerung auf die Theresienwiese, statt Bier gibt's dann Glühwein.

Informationen zu Tollwood (Sommer und Winter) findet man auf der Website www.tollwood.de und in allen Tages- und Veranstaltungszeitungen.

Im Sommer durch das dichte Blattkleid der Bäume kaum zu sehen, birgt der kleine Hain inmitten der Schotterfläche eine der skurrilsten Sehenswürdigkeiten Münchens. Auf dem Fundament einer ehemaligen Flak-Stellung verwirklichte der einzig offizielle Münchner Eremit Timofej Vasiljevič Prochorow 1952 seine Vision einer **Ost-West-Friedenskirche.** Pardon – nicht seine, sondern die Vision der Muttergottes, die ihm 1943 im Orkan des deutschen Vernichtungskriegs im Osten erschien.

Timofej machte sich unverzüglich auf den Weg und probierte es zunächst in Wien, aber dort hatte man wenig Verständnis für den frommen Russen. Die Gottesmutter aber schon: Sie schickte ihn weiter nach München. Begleitet wurde er nun von Natasha, die er in

Die Tollwood-Wiesn – ohne Tollwood

In der Basilika der Ost-West-Friedenskirche

Wien kennengelernt hatte. Domizil fanden die beiden zwischen den Trümmern des Oberwiesenfelds, wo sie sich peu à peu aus Sperrmüll und Holz eine kleine russische Enklave einrichteten. Natürlich mit Gotteshaus: erst eine Kapelle und dann gar eine Basilika mit orthodoxen Zwiebeltürmchen. Die Heilige Jungfrau war offensichtlich zufrieden ob der erfolgreichen Mission, weniger waren es die Planer des Olympiageländes, denn wo sich das russische Pärchen so putzig eingerichtet hatte, sollten eigentlich die Reitwettbewerbe stattfinden. Timofej und Natasha samt „liebenswürdigstem Schwarzbau Münchens" (so Jahrzehnte später OB Christian Ude) sollten weg. Aber die Münchner lieben ihre Originale, Bürger- und Medienprotest erhob sich, und schließlich durften sie bleiben, die Reiter wurden nach Riem und Nymphenburg geschickt. Später wurde das niedliche Ensemble legalisiert und bekam sogar eine Postadresse: Spiridon-Louis-Ring 100.

Natasha bekam nur bis 1977 Post, dann starb sie. Timofej wurde derweil zum „Methusalem vom Oberwiesenfeld" und starb erst 2004, sage und schreibe 110 Jahre nach dem Ausstellungsdatum seiner Geburtsurkunde in Bohajewskaja am Don. Auch wenn die Echtheit dieses Papiers strittig war – er ist sehr, sehr alt geworden.

Die Parzelle Timofejs mit Kapelle, Wohnhaus (mit kleinem Museum), Basilika, Bienenhaus und Geräteschuppen kann auch besichtigt werden. Geöffnet ist sie ziemlich oft – genauer kann man es leider nicht sagen. Der Eintritt ist auf jeden Fall kostenlos.

Olympiaberg und Olympiasee

Das landschaftsarchitektonisch auffälligste Element des Olympiaparks wirkt wie ein von einer Laune der Natur hingewürfelter Hügel. Natürlich ist am **Olympiaberg** allerdings nichts, seine Entstehung verweist vielmehr auf ziemlich abgründig Menschliches. Der ca. 65 m über das Umgebungsniveau aufragende Kleingipfel ist eine direkte Kriegsfolge: Ganze kleingebombte Häuserzeilen wurden hier im Zuge des Wiederaufbaus der Stadt entsorgt und staubten

Der Olympiapark → Karte S. 214/215

dann zwei Jahrzehnte völlig nutzlos vor sich hin. Die gezielte Begrünung und Bepflanzung (vorwiegend Bergkiefer) erfolgte erst mit der Umsetzung des Gestaltungskonzepts von Günter Grzimek nach der Vergabe der Spiele an München. Das satte Grün seiner Hänge sorgt maßgeblich für die gelungene Illusion von „Olympia im Grünen" mitten in der Stadt. Außerdem fängt die Masse des Olympiabergs die optische Gewalt der Großbauten am gegenüberliegenden Ufer des Olympiasees auf und gibt ihnen einen menschlich fassbaren Maßstab. In praktischer Hinsicht erfüllt der grüne Hügel heute drei Funktionen: Zum Ersten ist er ein schöner (und kostenlos erreichbarer!) Aussichtspunkt über die ganze Stadt. Besonders spacig ist der Blick nach Norden, wenn die neue Allianz-Arena bei Abendspielen voll illuminiert wie ein UFO über der Fröttmaninger Heide zu schweben scheint. Zweitens trägt sein Höhenprofil wesentlich zum sportlichen Freizeitwert des Parks bei: Die oft in Bataillonsstärke über das Gelände hechelnden Walker, Jogger und Läufer können an den steilen Auffahrtswegen gezielte Trainingsspitzen setzen, und Mountainbiker merken, wofür das kleine Blatt an der Kurbelgarnitur doch gut sein kann. Drittens ist die Nordwestflanke eine prima Tribüne für Schwarzhörer bei Großkonzerten im Olympiastadion, die Akustik ist hier ziemlich gut.

Zwischen Olympiaberg und den Sportstätten wurde der Nymphenburg-Biedersteiner-Kanal zum **Olympiasee** aufgestaut. Das 8,6 Hektar große Kunstgewässer erfüllt ausschließlich dekorative Zwecke. Für jegliche wassersportliche Aktivität ist er zu dreckig (Baden verboten) und mit 1,40 m an der tiefsten Stelle zu flach. Nach lang andauernden Frostperioden kann man im Winter auf der zugefrorenen Wasserfläche immerhin Schlittschuh laufen (muss offiziell genehmigt werden und kommt ziemlich selten vor), und im Sommer stehen Tretboote zur Verfügung, mit denen man die **Wasserwolke** umrunden kann – besser in vorsichtiger Distanz, will man nicht einige der 74.000 Liter Wasser, die das Kunstwerk von Heinz Mack minütlich in die Luft pustet, in Kahn und Kragen bekommen.

Kunst auch am Nordufer, hier aber tönend oder darstellend: Die in den See hineingebaute Kreisbühne des **Theatrons** ist als Veranstaltungsort des „Pfingst-Open-Air" des Bayerischen Rundfunks (www.br-online/jugend-radio) und beim „Musik-Sommer" (www.theatron.de) im August immer bestens gefüllt – und das sicher nicht nur, weil zu beiden Veranstaltungen kostenloser Zutritt gewährt wird.

Ein Neuzugang am Olympiasee sind die Großaquarien des **Sea-Life**, in dem sich Münchner Kinder Meeresbewohner auch jenseits der Auslagen der Delikatessengeschäfte und lebendig ansehen können. Zu Stoßzeiten (Ferien) vermeidet man durch Online-Reservierung der – happig teuren – Tickets (16,50 €, erm. 11,50 €; online billiger) lange Anstehzeiten. www.visitsealife.com.

Die Sportstätten

Die ohne jeden Zweifel bekanntesten Bauten des Olympiaparks gruppieren sich um den Coubertinplatz auf der Anhöhe nördlich des Olympiasees. Die Zeltdacharchitektur von Behnisch & Partner hat sich quasi aus dem Stand in den Rang eines der Wahrzeichen Münchens katapultiert. Die unverwechselbare Silhouette des visionär gestalteten Ensembles, präsent auf Briefmarken, Postkarten und als Logo, wird gezeichnet von der 75.000 m² großen, geschwungenen Acrylglas-Stahl-Haut, die von zwölf großen Pylonen (50–80,5 m) über Olympiastadion, Olympiahalle und

Olympia-Schwimmhalle gespannt wird und die umgebende Landschaft auf einzigartige Weise reflektiert und neu choreografiert. Die auch auf den zweiten Blick wagemutige Konstruktion entstammt dem Zeichenbrett von Frei Otto, der seine theoretischen Überlegungen zu biomorpher (d. h. naturgestaltiger) Architektur damit erstmals in ganz großem Maßstab umsetzen konnte. Die gesamte Anlage steht heute unter Denkmalschutz – ein Umstand, der bei den (teilweise auf armseligem Niveau geführten) Debatten Schlimmes verhüten konnte. So wünschte sich etwa die hauptamtliche Lichtgestalt Franz Beckenbauer ein paar „Terroristen, die das Ding wegsprengen". Sensibel und kulturbewusst, der Franz.

Olympiahalle, -bad, -see und Theatron

Olympiastadion

Beckenbauers einfühlsamer Lösungsvorschlag bezog sich vor allem auf das Olympiastadion, von 1972 bis 2005 Austragungsort der Heimspiele des gemischt ruhmreichen FC Bayern und gelegentlich auch der ohne jede Einschränkung ruhmlosen Löwen. Mit einer Kapazität von über 80.000 Zuschauern (nach diversen Sicherheitsauflagen heute noch 69.250) ist es immer noch das drittgrößte Stadion Deutschlands, aber – neben dem Zentralstadion in Leipzig – auch das leerstehendste. Seit die Münchner Großvereine ihre Spiele in der Schlauchbootarena auf den Fröttmaninger Panzerwiesen austragen, bleiben für die Arena im Olympiapark nur noch Trostveranstaltungen wie Großkonzerte (sehr mäßige Akustik), Trendsportevents (Snowboard, Motocross u. Ä.) und das jährliche Leichtathletikmeeting. Diese Vielseitigkeit wurde dem Olympiastadion letztlich sogar zum Verhängnis, war es doch vor allem die Tartanbahn, die nach Meinung der Offiziellen des FC Bayern die gewünschte Hexenkesselatmosphäre verhinderte. Eine Absenkung der Rasenfläche (wie von einem naseweisen Funktionär gefordert) kam nicht in Frage, da die Ränge bereits tief unter dem Umgebungsniveau in den Untergrund gegraben sind – ein Kunstgriff Behnischs, um den Riesenbau weniger bombastisch in der Landschaft stehen zu lassen. Auch die Erweiterung der Überdachung auf alle Sitzplätze wäre mit dem ästhetischen Gesamtkonzept nicht vereinbar gewesen, und so hat sich die Schönheit des Olympiastadions zumindest funktionell leider das eigene Grab geschaufelt.

Falls nicht gerade eine Veranstaltung ansteht, steht das Olympiastadion täglich von 9 bis 20 Uhr (Herbst 9–18, Winter 11–16 Uhr) zur Besichtigung offen. Eintritt 3 €, erm. 2 €, Kinder unter 6 J. frei. Richtig spektakulär (leider auch richtig teuer) ist die Begehung

Der Olympiapark → Karte S. 214/215

des Zeltdachs: Die urban-alpinistische Erfahrung dauert ca. 2 Stunden und kostet 41 €, für Kinder (Mindestalter 10 Jahre!) 31 €. Noch zu wenig Kick? Dann buchen Sie die Abseiltour vom Zeltdach über der Haupttribüne – 40 m am Seil in die Tiefe kosten 51 bzw. 41 € oder den Flying Fox für eine Fahrt am Drahtseil über das Spielfeld (37 bzw. 32 €). Für alle Touren ist eine Voranmeldung zwingend erforderlich, mehr unter www.olympiapark.de.

Olympiahalle und Olympia-Schwimmhalle

Immer noch im vollen Saft steht die **Olympiahalle** auf der gegenüberliegenden Seite des Coubertinplatzes – mit einem Fassungsvermögen von bis zu 14.000 Zuschauern ist sie bis heute die größte Veranstaltungshalle Münchens. Genauso wie das Stadion ist die Halle weit in das Erdreich des Oberwiesenfelds hineingebaut und täuscht so über ihre erhebliche Größe hinweg. Hier findet von Opern über Springreitturniere bis zu Konzerten der wirklich harten und lauten Metal-Fraktion so ziemlich alles statt, was viele Zuschauer oder Fans anlocken kann. Für Musikveranstaltungen aller Art muss aber gesagt werden: Die Akustik ist bestenfalls medium, daran konnten auch jüngste Umbauten wenig ändern.

Die **Olympia-Schwimmhalle** dient immer noch dem Zweck, zu dem sie einst gebaut worden ist: Sie ist ein Hallenbad. Nur mit dem Unterschied, dass dort, wo einst der legendäre Mark Spitz sieben Goldmedaillen aus dem Wasser quirlte, heute jedermann seine Bahnen ziehen bzw. in effektvollen Schrauben und Salti aus bis zu 10 m Höhe ins Wasser springen kann. Und natürlich mit dem Unterschied, dass sie dort, wo andere öffentliche Anlagen als reine Zweckbecken im Chlormief langweilen, ästhetische Akzente setzen kann. Die bis auf das Nullniveau heruntergezogene Glasfront nach Süden lässt die Grenze zwischen Innen und Außen verwischen, was ganz besonders im Winter seinen vollen Charme entfaltet: Über dem verschneiten Olympiapark klirrt der Frost, während man es sich innen in der dampfigen Wärme unter dem Zeltdach gemütlich machen kann. In der Sommerzeit gibt es eine große Liegewiese, leider jedoch kein Freischwimmbecken.

Seit 2007 gehört die Olympia-Schwimmhalle zum Bäderimperium der Stadtwerke München. Drei Stunden Training (oder Planschen) kosten 4,30 €, erm. 3,30 €, Tageskarte 7,80 €, erm. 5,50 €. Die Wellnessfraktion findet außerdem eine üppige Saunalandschaft und einen Whirlpool vor. Geöffnet ist das Schwimmbad tägl. von 7 bis 23 Uhr; die Sauna von 8 bis 23, Mo erst ab 10 Uhr.

Der Olympiaturm

Die 291,28 m hohe Nadel des Olympiaturms ist – wie das Zeltdach – ein Wahrzeichen des Olympiaparks, gehört aber eigentlich gar nicht dazu. Vergleichsweise schlichte fernmeldetechnische Gründe veranlassten die Deutsche Bundespost 1965 zum Bau eines Fernmeldeturms, der bereits 1968 fertiggestellt wurde und deshalb ein vorgegebenes Element des Behnisch-Konzepts war. Merkt man aber nicht, ohne den starken vertikalen Akzent würde dem Ensemble einfach etwas fehlen. Funkanlagen und öffentlich zugänglicher Teil (Besucherplattformen und Restaurant) sind auf zwei verschiedenen Plattformen voneinander getrennt, Zwistigkeiten zwischen Post und der Stadt München auf Designebene sorgten für den doch recht dicken Knubbel auf zwei Drittel Höhe.

Die Aussicht von Münchens höchstem Bauwerk ist selbstverständlich bemerkenswert, und natürlich kann man – klassischer München-Satz – die Alpen sehen (sogar ohne Föhnwetterlage). Dem saturierten Gourmet ist aber das Herumlaufen zu anstrengend und deshalb setzt er sich ins 181 (das ist die Höhe über Grund) des Münchenrückkehrers Otto Koch und lässt das Panorama an sich vorbeigleiten – das Sternerestaurant dreht sich nämlich. Vielleicht ist übermäßiges Schlemmen aber eher nicht angezeigt: Die mofaschnellen Aufzüge lassen den Magen kräftig nach oben oder unten sacken. Die Selbstertüchtigungsvariante über das Treppenhaus steht leider nicht zur Verfügung – bei kolportierten 1230 Stufen wohl auch kein echtes Defizit.

Der Turm ist tägl. von 9 bis 24 Uhr (letzte Auffahrt 23.30 Uhr) geöffnet. Eintritt 5,50 €, erm. 3,50 €. Bereits eingeschlossen ist darin der Besuch des **Rockmuseums** auf der Besucherplattform; die eher dürftige Sammlung lohnt aber nur für wirklich enthusiastische Fans des harten Akkords.

Münchens höchstes Bauwerk

Das Olympische Dorf

Der nördliche Hauptzugang zu den Wettkampfstätten ist die **Hanns-Braun-Brücke** über den Mittleren Ring. Sie verbindet das olympische Dorf, den Wohnort der meisten Sportler, mit dem Kernbereich der Olympischen Spiele. Auch die Brücke ist in das Gesamtdesign der Anlage eingebunden; zur Hälfte wird sie noch vom Zeltdach überspannt, und an ihrem nördlichen Widerlager ist eins der gewaltigen Spannschlösser für die Verspannung der Überdachung einbetoniert. Davor streckt sich der **Klagebalken** mit den Namen der Terroropfer des Anschlags vom 5. September 1972.

Am olympischen Dorf – zweifellos architektonisch ein großer Wurf – hatten nicht nur die Sportler von 1972 ihre Freude. Wohnraum in München ist nämlich knapp und teuer, attraktiver Wohnraum noch viel mehr – gesegnet ist der Mieter, der sich diesem Problem durch die Quartiernahme im olympischen Dorf entziehen kann. Einfach ist das nicht, denn die ca. 6100 Bewohner der ehemaligen Athletenquartiere geben das eroberte Terrain nur ungern wieder Preis: 90 % aller Umzüge finden innerhalb des Dorfes statt. 1800 Wohneinheiten sind für Studenten reserviert, als ganz besonderes Schmankerl gelten die 800 Bungalows des ehemaligen Frauendorfs (heute: Studentendorf), dessen Gassengewirr sich wie eine nordafrikanische Kasbah vor den Hochhausgürteln, dem sog. Oberdorf, ausbreitet. Die zwar kleinen, aber hochfunktionalen Häuschen sind bunt bemalt, was das anarchistisch-fröhliche Lebensgefühl noch unterstreicht. Die heutige Anlage ist eine Komplettrekonstruktion, wurde doch beim Erstbau etwas arg geschlampt und die Substanz rottete schnell dahin. Jetzt sieht es aus wie vorher – bloß schöner und neuer – zusätzlich zeigen jetzt Tafeln, in welchem Bungalow welcher Athlet seinen Muskelkörper zur Ruhe bettete.

Der Olympiapark
→ Karte S. 214/215

Die schöne neue BMW-Welt

Hollywood-, Broadway- und West-End-Musicals können einpacken: So viele spektakuläre Windungen und Stufen wie die Showtreppe, die glückserfüllte Neuwagenkäufer zu ihrem Neufahrzeug hinabführt, hat auch die aufwendigste Musical-Produktion nicht. Warum auch, hier geht es ja auch um Wichtigeres als Unterhaltung, hier geht es um die großartigste Ingenieursleistung, die der Freistaat überhaupt zu bieten hat, hier geht es um Autos – ach was, Autos: Hier geht es um BMW!

In Sachen emotionale Kundenbindung war BMW zwischenzeitlich ins Hintertreffen geraten, die VW-Autostadt, die Mercedes-Benz-Welt und dann auch noch die oberbayerische Konkurrenz aus Ingolstadt mit dem Audi-Forum lagen mit ihren bereits eröffneten Palästen eindeutig auf den vorderen Startplätzen. 2007 sprang dann aber die Ampel auf Grün und die Türen öffneten sich. Die sensationelle Architektur von „coop himmelb(l)au" war schon lange kein Geheimnis mehr, zu auffällig präsentierte sich bereits während der Bauzeit der 28 m hohe Spiral-Doppelkegel auch Durchreisenden auf dem Mittleren Ring. Der mächtige Komplex (16.000 m² Dachfläche) ist nicht nur ein Dom für die Übergabefeier von Neufahrzeugen. Er präsentiert auch die gesamte Modellpalette des Hauses und bietet darüber hinaus noch didaktisch prima aufbereitete Einblicke in hoch- und höchsttechnologische Zusammenhänge sowie einen aufwendigen Junior Campus (mit der wahrscheinlich tollsten Murmelbahn der Welt).

Die historische Dimension der Fahrzeugherstellung im Zeichen des blau-weißen Propellers wird nebenan thematisiert. Nach endlos scheinender Umbauphase hat seit 2008 auch das BMW-Museum (in und unter dem salatschüsselartigen Gebäude auf der anderen Straßenseite) wieder geöffnet. Die Dauerausstellung mit vergangenen und legendären Modellen (M1! 3.0 CSi!! 507!!!) ist wieder sehr schick geworden; fast so sehr wie die klug und sparsam gesetzten Exponate beeindruckt die fetzige Lichtregie.

Fazit: Werksausstellungen neigen fast definitionsgemäß zur Selbstbeweihräucherung, und auch die BMW-Welt ist davon nicht gänzlich frei. Aber Qualität und museumsdidaktische Kompetenz stehen unzweifelhaft auf sehr, sehr hohem Niveau. Ein Besuch ist deswegen nicht nur für Marken- und Technikfreaks ein lohnendes Erlebnis.

Der Eintritt in den täglich von 10 bis 20 Uhr geöffneten Markentempel ist frei. Der Besuch des BMW-Museums kostet ziemlich happige 9 € (erm. 6 €, Familienticket 25 €, geöffnet ist Di–So von 10 bis 18 Uhr. Das Angebot an kulturellen Veranstaltungen – die BMW-Welt verfügt auch über einen Konzertsaal für 800 Personen – und Führungen (auch durch die Produktionsanlagen) ist groß. Die Nachfrage auch: BMW verzeichnet weit über eine Million Besucher pro Jahr. Interessenten sollten sich deshalb vorher online auf www.bmw-welt.com informieren und entsprechend vorbuchen. Der Einzelpreis für einen Werksrundgang beträgt 8 € (erm. 5 €, zahlreiche Gruppentarife). Unter dem großen Dach der BMW-Welt gibt es zwei **Restaurants**, ein **Bistro** und ein **Café** (**2** → Karte S. 214/215) – das Preisniveau ist allerdings erheblich.

Auch an und zwischen den terrassierten Großbauten des Oberdorfs geht es ziemlich bunt zu. Viele Bewohner haben auf ihren allesamt nach Süden ausgerichteten Balkons fast schon wuchernde Biotope angelegt, und den Weg zu den verschiedenen Komplexen weisen die „Medialinien" Hans Holleins: bunt lackierte Rohre in den olympischen Farben. Die Häuser des Oberdorfs stehen auf Stelzen, nur so konnte der motorisierte Individualverkehr komplett in den Untergrund verlagert werden. Autolärm erreicht die Anlage nur sehr gedämpft vom gut abgeschirmten Mittleren Ring.

Praktische Infos

→ Karte S. 214/215

Cafés & Snacks

Ganzjährig geöffnet ist der kleine Biergarten der **Olympia-Alm** **4** über dem Südhang, die damit den topografischen Superlativ „höchster Biergarten Münchens" beanspruchen kann. Ansonsten lässt sich das Verköstigungsangebot auf dem Olympiagelände wohlwollend als „Ausflugsgastronomie" charakterisieren. Das **181** **3** (s. o.) wiederum sitzt doch sehr weit außen auf der teuren Seite des gastronomischen Waagebalkens. Für mehr als ein schnelles Bier, Softdrink oder Eis empfiehlt sich daher vor oder nach dem Spaziergang durch den Olympiapark der angrenzende Stadtbezirk Neuhausen (am schnellsten mit Ⓤ1 und Ⓤ7 vom OEZ bis zum Rotkreuzplatz).

In unmittelbarer Nähe des U-Bahnhofs verführt **Eis-Sarcletti** **16**, eine von Münchens besten Eisdielen, mit über 80 Sorten Gelati, darunter die subjektiven Favoriten Campari-Orange und Ziegenkäse (vielleicht nichts für kindliche Geschmacksnerven).

Nach 25 Jahren zur Gastro-Legende gereift ist das **Ruffini** **9** (Orffstr. 22–24, Nähe Mittlerer Ring). Das Kochkollektiv beeindruckt mit profunder italienischer Hausmannkost auf Ökobasis und noch mehr mit den süchtig machenden Kuchen und Torten.

Der **Löwengarten** **10** könnte auch als Wirtshaus durchgehen (es gibt tatsächlich auch einen 1-a-Schweinsbraten von der Öko-Sau), küchentechnisch aber einfach einen Tick eleganter als die Beizn um die Ecke. Speisekarte mit asiatischen Exkursionen, Hauptgänge um 12 €. Schlicht-gemütlicher Gastraum und ein paar Tische draußen. Neuhausen, Volkartstr. 32, ✆ 161373. Ⓤ1/2 Rotkreuzplatz.

Der **Großwirt** **11** in Neuhausen (Volkartstr. 2) existiert seit 425 Jahren und zuletzt hat man ihm das leider deutlich angemerkt. Jetzt aber unter neuer Leitung und die hat renoviert, ein neues Team zusammengestellt und das Soßenpulver rausgeschmissen. Mit Garten und am Sonntag schauen wir Tatort!

Einige Gastronomiebetriebe gibt's auch im olympischen Dorf, die studentisch geprägte Infrastruktur garantiert ein sehr reelles Preis-Leistungs-Niveau: In der **Bierstube** **1** und im **Café CO2** **1** bekommt man für wenig Geld ordentliche Portionen.

Einkaufen

Schuhläden gibt's viele, aber nur noch wenige flicken die aus dem Leim gegangenen Latschen noch. Seit Jahren beweist die **Schusterei Lehmann** **8** (Leonrodstr. 91, Mo–Fr 9–12.30 und 14–18 Uhr) bei der Restauration unserer Bergschuhe unermüdliches Geschick. Nicht billig, aber selten.

Wenn die neue Espressomaschine nicht nur chromblitzend prunkvoll aussehen, sondern auch Spitzen-Kaffeeextrakt liefern soll, führt kaum ein Weg an **Kaffee, Espresso & Barista** **17** (Schlörstr. 11, Mo–Fr 9–18.30, Sa bis 13 Uhr) vorbei. Neben Topmodellen aktueller Bauart – vom Haustechniker mitunter noch liebevoll getunt – besticht vor allem die Sammlung von Vintage-Maschinen aus Bars des romanischen Kulturraums.

››› **Mein Tipp:** Ein bisschen abgelegen, aber für jeden Patisserie-Freak ein Pflichtschlenker: **tanpopo** **19** (Maillingerstr. 6, U-Bahn Maillingerstr.), die AAA-Törtchen und Tartelettes überstrahlen sogar das Strahlen der kleinen japanischen Konditormeisterin. Unbedingt einen Kleinvorrat in der Hotel-Minibar deponieren und vor dem Schlafengehen noch reinschieben. ‹‹‹

Tour 11

Lehel, Bogenhausen und Haidhausen

Auf der Anhöhe rechts der Isar erstrecken sich keineswegs bereits die Schneefelder des Hochalpenlands – auch wenn das viele Besucher der Stadt zu glauben scheinen, denn immer noch sind die Viertel östlich des Altstadtrings weitgehend touristenfreie Zone. So sind die wohlhabenden Bürger des Lehels und erst recht die reichen Bogenhausener rechts der Isar weitgehend unter sich. Auch die quirligen Bürgersteige Haidhausens beleben fast ausschließlich Ortsansässige.

Hauptverbindungsachse mit den Stadtvierteln rechts der Isar ist – neben der Maximilianstraße – die Prinzregentenstraße, die letzte der großen Prachtstraßen aus der Zeit der wittelsbachischen Neukonfiguration der Stadt im 18. und 19. Jh. Das 1891 umgesetzte Vorhaben verbindet das Hofgartenareal mit dem Prinzregententheater und ist durch seine unmittelbare Anbindung an die Autobahn eine der Hauptausfallachsen der Stadt – mit entsprechendem Verkehrsaufkommen. Das ursprünglich geplante Konzept einer Auffahrtsallee durch den Grüngürtel um die Altstadt hatte sich durch die dichte Bebauung mit Großvorhaben bald erledigt; im unteren Teil bis zur Luitpoldbrücke teilt die Prinzregentenstraße deshalb das Schicksal der noch aufwendigeren Leopoldstraße: Urbanes Leben findet zwischen Haus der Kunst, Ministerien und Bayerischem Nationalmuseum nicht wirklich statt.

Oberhalb des Friedensengels – optischer Fluchtpunkt der Prinzregentenstraße – weichen die Repräsentations- und

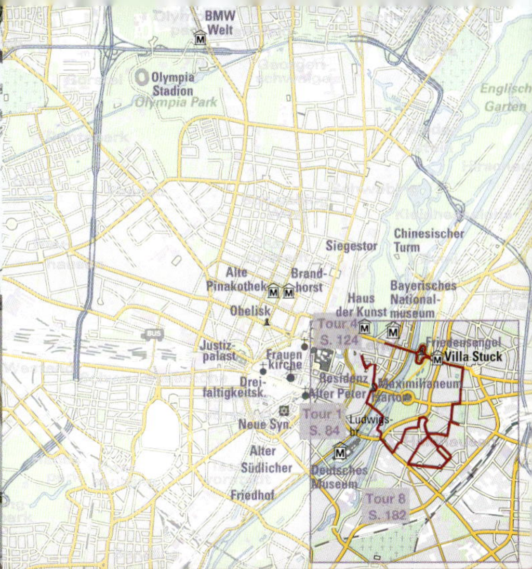

Lehel, Bogenhausen und Haidhausen

Verwaltungsgebäude normaler Wohnbebauung. Na ja, was heißt schon normal: In den großbürgerlichen Häusern **Bogenhausens** residiert eindeutig der wohlhabendere Teil der Münchner Mieter und Wohneigentumsbesitzer. Nach Norden wird die Traufhöhe der Häuser sukzessive niedriger, dafür werden die Immobilien immer exklusiver: Das Villenviertel oberhalb der Isar ist eines der vornehmsten der ganzen Stadt, der Herzogpark ziemlich sicher sogar das edelste überhaupt. Die Infrastruktur des Viertels ist entsprechend – Gault-Millau-Punkte: insgesamt 56, Imbissbuden: 0.

Das südlich der Prinzregentenstraße angrenzende **Haidhausen** hat dagegen eine ausgesprochen proletarische Geschichte. In den engen Straßen um die St.-Johann-Baptist-Kirche lebten vor allen Dingen Tagelöhner, Handwerker und Kleinhändler. Typisch für das Viertel waren die sog. Herbergshäuser, eine frühe Möglichkeit zum Erwerb von Wohneigentum für sozial minder privilegierte Klassen. Ein paar dieser niedrigen Häuser stehen heute noch und sind, entkernt und schmuck saniert, eine Zierde des Stadtbilds und begehrte Immobilien.

Das verweist schon auf die Entwicklung, die der Stadtteil durchgemacht hat: Mitte der 1980er Jahre entdeckte die Szene das ehemalige Arbeiterviertel, mit ihr kamen Kneipen, schicke Läden und steigende Mieten. Als die junge Meute zehn Jahre später in das aufstrebende Gärtnerplatz- und Glockenbachviertel weiterzog, hatten viele der damals Zugezogenen den Charme des mitunter fast ländlich wirkenden Haidhausen entdeckt und blieben. Die Lebensqualität ist hoch, die kulturelle und gastronomische Infrastruktur gut entwickelt und der Stadtteil so eines der attraktivsten Quartiere der Stadt.

Den gleichen Gentrifizierungsprozess hat auch das links der Isar gelegene **Lehel** (Urmünchner geben sich durch die Aussprache „Lächl“ zu erkennen) hinter sich, allerdings ist das schon länger her. Bis weit ins 19. Jh. hinein war es – damals noch unter dem Namen St. Anna

Vorstadt – ein Viertel der kleinen Dienstleister mit geringem Sozialprestige, spätestens seit dem Wiederaufbau der Stadt nach dem Zweiten Weltkrieg fand dann die großbürgerliche Elite hier ihre Heimstatt. Die wohnt in fein restaurierten Gründerzeithäusern, kauft in den zahlreich vorhandenen italienischen Feinkostläden ein und parkt die raren Stellplätze mit Nobelkarossen zu. Das darf sie auch, denn die Parkplätze im Lehel sind fast sämtlich Anwohnerparkplätze. Das Viertel war bundesweit das erste, in dem (Anfang der 1980er) dieses Modell zur Regelung des stehenden Verkehrs umgesetzt wurde.

Spaziergang 11

Diese Tour durch die Viertel östlich der Altstadt ist als Rundweg konzipiert – allerdings als ziemlich langer. Vom Ausgangspunkt Bayerisches Nationalmuseum bis zum Ende ebendort sind es über 5 km reiner Fußweg – die können allerdings an mehreren Stellen durch öffentliche Verkehrsmittel deutlich abgekürzt werden.

Am Anfang geht es erst einmal auf der Prinzregentenstraße stadtauswärts über die Schackgalerie, den Friedensengel und die Villa Stuck auf dem Hochufer über der Isar bis zum Prinzregententheater, eine Etappe, die man sohlenschonend auch mit der Buslinie 100 (die sog. „Museumslinie“) zurücklegen kann.

Von dort geht es über eine sightseeingtechnisch wenig ergiebige Verbindungspassage ins südlich gelegene Haidhausen (die kann man sich mit einem Transfer via Ⓤ 4 zum Max-Weber-Platz auch sparen). Natürlich kann man den Spaziergang von vorneherein gleich zweiteilen und die Tour durch Haidhausen separat vom Max-Weber-Platz aus angehen.

Von der Kulturtrutzburg am Gasteig gönnt man sich entweder eine kurze Grünphase durch die Maximiliansanlagen bis ins Lehel auf dem linken Ufer oder kombiniert die Tram 18 mit Ⓤ 4/5 (Umsteigen am Max-Weber-Platz) zur konditionsschonenden Rückkehr an den Ausgangspunkt. In jedem Fall: Eine Leberkässemmel mehr sollte danach locker drin sein.

Das Bayerische Nationalmuseum

Sammlungsgegenstand des Bayerischen Nationalmuseums (Bus 100 Reitmorstraße; Ⓤ 4/5 Lehel, etwa 5 Min Fußweg), dessen Kernbestand sich einmal mehr der wittelsbachischen Kauf- und Requirierungslust verdankt, ist die Kunst und Kultur des bayerischen Raums – von prähistorischen Funden über kunstgewerbliche Artefakte wie Möbel und Trachten bis hin zur bildenden und liturgischen Kunst also ein rechter musealer Gemischtwarenladen. Gemischt ist auch die Architektur des beherbergenden Gebäudes, das nach Plänen Gustav von Seidls errichtet und 1900 seiner Bestimmung übergeben wurde (vorher waren die Bestände im heutigen Völkerkundemuseum an der Maximilianstraße untergebracht). Dem barocken Mittelbau mit dem schmuckvollen, aber funktionslosen Turmaufsatz stehen der romanisierende Ostflügel und die Renaissance- und Rokokofassaden des Westflügels zur Seite. Der durch den Stilmix notwendig aufkommende Eindruck von Verspieltheit wird im Straßenbild durch die recht strenge Front des **Wirtschaftsministeriums** gegenüber aufgefangen. Der Bau aus der Nazizeit ist zwar einer der gelungeneren der finsteren Ära, ist aber maßgeblich für den monumental-unbelebten Eindruck der Prinzregentenstraße verantwortlich.

Wegen der recht knapp bemessenen Ausstellungsfläche wirkt das Bayerische Nationalmuseum mitunter etwas vollgestellt und behindert die einzelnen, zum Teil hochkarätigen Stücke ein wenig an der Entfaltung. Mein persönlicher Favorit: die eher ethnografisch ausgerichteten Ausstellungsräume zu bäuerlicher Kunst und Lebenswelt im Untergeschoss.

Di–So 10–17 Uhr (Do bis 20 Uhr), Mo geschlossen. Eintritt 5 €, erm. 4 €, Besucher unter 18 Jahren haben freien Eintritt. Die Sammlung Bollert (bedeutendste private Skulpturensammlung des 14./15. Jh. in Deutschland) ist im Eintrittspreis mit inbegriffen; Sonderausstellungen kosten extra. www.bayerisches-nationalmuseum.de.

Seit 2011 kann man hier auch essen, nein, prinzregentlich tafeln! Das Restaurant Bayerisches Nationalmuseum ist von einer Cafeteria so weit entfernt wie das Museum von einem Flohmarkt; mittags serviert man im schnuckligen Gewölbekeller oder im noch süßeren Innenhof gehobene Snacks, abends haut das Team mit virtuos geschwungenen Kochlöffeln auf die Feinschmeckerpauke. Di–Sa 12–14.30 und ab 18 Uhr.

Das Bayerische Nationalmuseum

Die Schack-Galerie

Etwas eingequetscht steht an der nächsten Kreuzungsecke die wahrscheinlich bemerkenswerteste Privatgalerie Münchens. Graf Adolf von Schack sammelte mit sicherer Hand Meisterwerke der Romantik. Die in ihrem Umfang bis heute unangetastete Sammlung vereint bedeutende Werke von Spitzweg, Feuerbach, Böcklin (allein 16 Bilder!), Lenbach und anderen großen und auch nicht ganz so großen Meistern der Malerei des 19. Jh. Ursprünglich im Palais des Grafen an der Brienner Straße untergebracht, wanderte der komplette Bestand 1907 in den Neubau der Preußischen Gesandtschaft – Graf von Schack hatte seine Galerie Kaiser Wilhelm II. vermacht, und der Hohenzoller verfügte in einer seltenen bajuwarophilen Anwandlung, die freundliche Gabe in München zu belassen. Hitler scherte sich um die Stiftungsbedingungen wenig und verleibte 1939 alles der Bayerischen Staatsgemäldesammlung ein, unter deren Kuratel die Schackgalerie bis heute offiziell auch steht.

Der private Charakter der Sammlung wurde indes nach dem Krieg wiederhergestellt und die Werke wieder zusammengeführt. Allerdings musste sich die Kunst bis 1993 die Räumlichkeiten teilen: Bis zur Fertigstellung der Neuen Staatskanzlei residierte hier die bayerische Ministerpräsident.

Die recht spärliche Besucherschar (die Schack-Galerie ist eher etwas für Museumsspezialisten) kommt Mi–So 10–18 Uhr. Eintritt 4 €, erm. 3 €, sonntags gilt der Billigtarif von 1 €. www.sammlungschack.de.

Der Friedensengel

Das wilhelminische Deutschland neigte zu Euphemismen und Paradoxien: Der Friedensengel ist eigentlich ein Kriegsengel. Der Grundstein für die weithin sichtbar über die Bäume der Maximiliansanlage hinausragende Goldfigur auf korinthischer Säule wurde 1896 gelegt – anlässlich des 25. Jahrestages des militärischen Siegs über Frankreich im Krieg von 1870/71, des Gründungsmythos des letzten deutschen Kaiserreichs. Die militärische Kodierung des Denkmals wird unmissverständlich klar, betrachtet man die Namen jener, die mit Porträts an den Pfeilern des Sockels geehrt werden: Neben dem obligatorischen Herrscherlob (die Hohenzollern Wilhelm I. und II., Friedrich III.) findet man die Konterfeis der wichtigsten Kommandeure der Feldzüge des Deutsch-Französischen Kriegs (Moltke, von der Tann, Roon etc.) und natürlich Reichskanzler Bismarck, der seinen Kampfnamen „der Eiserne" ja auch nicht durch exzessive Friedensliebe abbekommen hatte.

Der namensgebende Engel krönte das Denkmal erst zur offiziellen Einweihung 1899, sein Vorbild fand er in der Nike des Paionos am Zeustempel von Olympia. Nicht zuletzt wegen dieses klassischen Vorbilds gilt der Friedensengel als Vorzeigemonument des Historismus – für die ganze Anlage stimmt das aber nur begrenzt, die Mosaiken der Korenhalle beispielsweise sind ganz dem Stil und Geist der Secession verpflichtet.

Die Villa Stuck

Von wegen brotlose Kunst – selbst bonusverwöhnte Investmentbanker erstarren vor Ehrfurcht angesichts der luxuriösen Privat- und Arbeitsräume Franz von Stucks. Als einer der drei Münchner Malerfürsten (neben Kaulbach und Lenbach, Letzterer auch mit großzügigem Wohneigentum in München, siehe

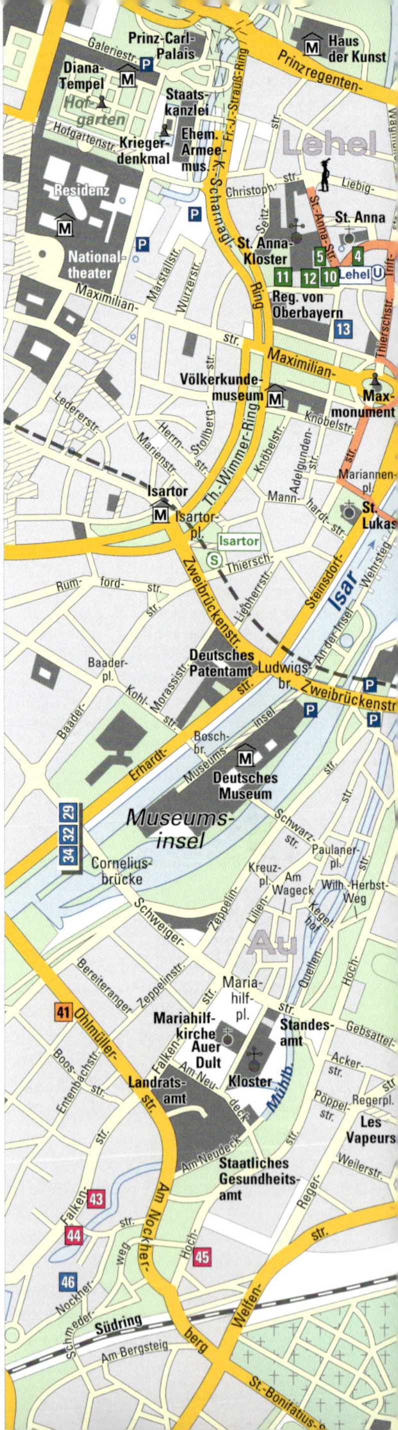

Cafés (S. 238/239)

4 Maria Gandl
5 La Stanza
9 Aquamarin
10 Salotto
11 Dukatz i. Lehel
12 Vinoteca di Sarli
16 Hofbräukeller
17 Café Wiener Platz
18 Johanniscafé
20 Crêperie Bernard & Bernard
22 Preysinggarten
23 Kloster
26 gast
30 Manam
33 Ideal Espresso
36 Café Haidhausen
40 White Rabbit

Nachtleben

27 Negroni (S. 61)
37 VIVO! (S. 59)
41 Schwarzer Hahn (S. 59)
42 Optimolwerke Kultfabrik (S. 61)

Übernachten

8 Hotel Prinzregent (S. 41)
13 Hotel Opéra (S. 40)
14 Hotel Ritzi (S. 40)
24 Motel One (S. 39)
29 Hotel Brecherspitze (S. 42)
32 Campingplatz Thalkirchen (S. 43)
34 Jugendherberge Burg Schwaneck (S. 43)
46 Hotel am Nockherberg (S. 41)

Essen & Trinken

1 Käfer (S. 232)
2 Les Cuisiniers (S. 51)
3 Acquarello (S. 52)
6 Champor (S. 55)
7 La Cucina (S. 53)
15 Le Faubourg (S. 52)
16 Hofbräukeller (S. 46)
19 Shiva (S. 57)
21 Rue des Halles (S. 51)
25 NoMiYa (S. 55)
28 Julep's (S. 56)
31 Lisboa Bar (S. 57)
35 Tramin (S. 50)
38 Atelier Goumet, Au Comptoir de Loïc und Le Bousquerey (S. 51)
39 Mitani (S. 55)
43 Zum Alten Kreuz (S. 47)
44 Österia (S. 56)
45 Paulaner Keller am Nockherberg (S. 46)

Spaziergang 11: Bogenhausen und Haidhausen

Spaziergang 9, S. 202) wurde er mit derart üppigen Honoraren bedacht, dass er sich beim Bau seines Hauses auf dem Isarhochufer so richtig austoben konnte. Nach seinen eigenen Plänen entstand 1897/98 die üppige und edle Residenz mit dem Blick auf den Friedensengel. Der Baustil ist mit einem Begriff kaum zu erfassen, klassizistische und antikisierende Elemente sind ebenso auszumachen wie zeittypische Jugendstilornamentik und, am deutlichsten vielleicht, der Einfluss der Münchner Secession. Zusammengestückelt wirkt dennoch nichts, sowohl der Kernbau (rechts) wie auch der 1913/14 hinzugekommene Atelierbau (links, mit größeren Fenstern) sind ein Gesamtkunstwerk aus einem Guss.

1992 wurde das Ensemble einer Generalrenovierung unterzogen, die Villa Stuck ist seitdem – neben Stadtmuseum und Lenbachhaus – das dritte Museum unter Regie der Landeshauptstadt. Der etwas abgesenkte Mitteltrakt zwischen Atelier- und Kernbau fungiert nun als gemeinsamer Eingang: Im linken Kubus werden Wechselausstellungen (meist sehr renommierter Künstler) veranstaltet, im Obergeschoss befindet sich außerdem eine Dauerausstellung mit Kunst und Kunsthandwerk aus den verschiedenen Phasen des Jugendstils. Der rechte Trakt wurde museal konserviert, hier erlebt man das originale Wohnumfeld des Malerfürsten. Die dunklen Farben und der intensive Goldschimmer der Wände erzeugen eine unendlich noble, aber auch etwas drückende Atmosphäre – je nach Temperament die richtige Stimmung für einen Champagner- oder Absinth-Vollrausch. An den Wänden

Wittelsbach zum Vorletzten

Prinzregententorte, Prinzregentenstraße, Prinzregententheater – der Exekutivchef des Hauses Wittelsbach in den Jahren 1886–1912 ist in München ziemlich präsent. Aber wer war das eigentlich, und warum hieß er nicht schlicht König wie seine Amtsvorgänger? Letztere Frage ist einfach zu beantworten: Weil er es nicht war. Prinzregent Luitpold, der jüngste Sohn Ludwigs I., führte die Amtsgeschäfte für seinen geisteskranken Neffen Otto I. Und das ganz schön lange – 25 Jahre war er der oberste Bevollmächtigte im Königreich. Allerdings mehr und mehr pro forma, der Zeitgeist riss auch Bayern immer mehr fort vom alten monarchisch-ständischen Modell und verlagerte die Macht auf ernannte Amtsträger und demokratisch legitimierte Volksvertreter. Der Prinzregent wurde zum königlichen Grüßaugust, und darin lag wohl letztlich auch der Grund für seine Beliebtheit. Luitpold – bei Übernahme der Regierungsverantwortung schon 65 Jahre alt – liebte die Pose des volkstümlichen Landesvaters, verschenkte Zigarren und spendierte Freibier. Außerdem war er – Familienehre – in erheblichem Maß den schönen Künsten zugetan, sein Mäzenatentum (durchaus von Kennerschaft getragen) bescherte der Malerei in München ihre wahrscheinlich höchste Blüte. Kurz gesagt, der Prinzregent tat niemandem weh, und das hat noch jeden Politiker populär gemacht. In der langen Linie seiner zum Teil enorm wirkmächtigen Vorgänger war er, mehr der Zeit als seiner Person geschuldet, nur noch ein Epigone einer verlöschenden Dynastie, ein kräftiges Abendrot am Himmel des monarchischen Europa. Sein Nachfolger hingegen, Ludwig III. (Prinzregent 1912/13, König von 1913 bis 1918), brachte es vor lauter Farb- und Machtlosigkeit nicht einmal mehr auf den Stadtplan und die Speisekarten.

Beim Stuck Franzl auf der Veranda

hängen die schwül-lasziven Bilder des Meisters, die die moralischen Zeigefinger seiner sittenstrengen Zeitgenossen recht hochfrequent wedeln ließen. Auf die Leinwand gebracht hat er sie bis zur Fertigstellung des Anbaus im Atelier im Stockwerk darüber. Wer meint, hier sei es doch zum Malen recht finster, sollte einen scharfen Blick auf Stucks Bilder werfen: Die Düsternis und der starke Schattenwurf auf seinen Porträts reflektieren exakt die kargen Lichtverhältnisse in Stucks altem Arbeitszimmer.

Tägl. außer Mo 11–18 Uhr. Der Eintritt für die Wechselausstellungen beträgt 6 €, für die historischen Räume 4 €, für das gesamte Haus werden 9 € fällig (50 % Ermäßigung auf alle Preise für Anspruchsberechtigte). www.villastuck.de.

Die Monacensia

Das Wissen der Welt steht in Büchern – auch das über München. Die mit Abstand meisten auf diesem Gebiet hat die Monacensia, das Literaturarchiv der Stadt München, untergebracht im schicken Stadtschlösschen des Bildhauers Adolf von Hildebrand (ca. 200 m nördlich der Siegessäule in der Maria-Theresia-Straße 23). In der Außenstelle der Stadtbibliothek speichern rund 130.000 Einzelbände das literarische Gedächtnis der Stadt. Gespeist wurden die Bestände ganz wesentlich aus den Nachlässen in und um München ansässiger Schriftsteller und Künstler, unter ihnen so bedeutende wie einige Mitglieder des Thomas-Mann-Clans (auch der Titan selbst ist mit Konvoluten präsent), das Starnberger-See-Original Oskar Maria Graf, die Schwabinger Ikone Franziska von Reventlow und die SZ-Legende Herbert Riehl-Heyse. Außerdem findet sich reichlich Literatur zur Stadt- und Wirtschaftsgeografie Münchens.

Die Monacensia wird grundrenoviert, von 2013 bis 2015 ist geschlossen, die Bestände werden ausgelagert.

Das Prinzregententheater

Wäre es nach den Wünschen Ludwigs II. gegangen, stünde hier am rechten Isarhochufer heute ein ganz anderes

Lehel, Bogenhausen und Haidhausen
→ Karte S. 228/229

Kidnapping und Kaviar

Der Banküberfall mit Geiselnahme – heute fast schon krimineller Breitensport – hatte seine Premiere in München: Die Filiale der Deutschen Bank in der Prinzregentenstraße 70 wurde am 4. August 1971 von zwei Maskierten gestürmt, die sich gar nicht erst die Mühe mit Safeknacken und Geldeinsacken machen wollten. Stattdessen erklärten sie, die beginnende Terrorismus-Hysterie der Zeit ausnutzend, alle Anwesenden zu Gefangenen der RAF und verlangten 2 Mio. DM Lösegeld sowie ein Fluchtauto für ihren Abzug. Der Coup ging gründlich schief: Hans Georg Rammelmayr und Dimitri Todorov, zwei stinknormale Berufsverbrecher ohne jede politische Motivation, wurden beim Verlassen der Bank unter heftiges Feuer genommen und niedergeschossen. Todorov wurde schwer verletzt (und wanderte 22 Jahre in den Knast), Rammelmayr starb – und mit ihm die Bankangestellte Ingrid Reppel, mutmaßlich von der Hand des Geiselnehmers.

Wie bei späteren Verbrechen dieser Kategorie spielten schon damals die Medien eine unrühmliche Rolle: Das Drama in der Prinzregentenstraße war vermutlich das erste Online-Crime in Deutschland, denn als die Kidnapper auf dem Höhepunkt der Krise die Bank mit ihrem lebendigen Schutzschild verließen und die Polizeischarfschützen den Feuerbefehl in einen Kugelhagel ummünzten, liefen die Kameras mit. Pressevertreter hatten zwischenzeitlich im gegenüberliegenden Restaurant Käfer Stellung bezogen und goutierten ihre Augenzeugenschaft bei gepflegter Küche. Wie übrigens auch Franz Josef Strauß, der zufällig in den Gasträumen weilte und sich mit dem Pistolero-Spruch „Ich geh heim und hol mir meinen Revolver und die knall ich nieder!" vernehmen ließ. Darauf ein Gläschen edlen Brandes aus dem reichhaltigen Sortiment des Hauses Käfer.

Die Bankfiliale und das Restaurant Käfer (**1** → Karte S. 228/229) existieren immer noch, in Letzterem kann man sich auch immer noch auf gastronomisch hohem Niveau für noch höhere Preise verköstigen lassen – Bankraub exklusive, steht zu hoffen. Im Erdgeschoss betreibt das edle Haus einen höchstexklusiven Lebensmittelmarkt, gerüchtehalber gibt es sogar Kaviar-Fachverkäufer. Für den ganz kleinen Hunger zwischendurch gibt's die Fischeier auch offen aus dem Glas: 8,80 €. Für jedes Gramm, versteht sich.

Theater: das Richard-Wagner-Festspielhaus. Allein, es fehlte am Geld: Der „Kini" hatte den famosen Plan, sich seine Freundschaftsgabe an den Maestro aus dem Münchner Stadthaushalt finanzieren zu lassen – ohne durchschlagenden Erfolg. So nahmen nach einigem Hin und Her die Festspielhauspläne Kurs auf die oberfränkische Provinzstadt Bayreuth, und München musste bis 1900 auf einen weiteren großen Bühnenbau warten. Der wurde dann allerdings – feine Ironie – eine Kopie des Bayreuther Originals. Zumindest im Inneren: 1081 Zuschauer finden fast sämtlich auf den demokratisch-gleichmäßigen Sitzreihen des Zuschauerraums Platz, lediglich 54 Plätze entfallen auf die sechs Logen. Resultat sind ausgezeichnete Hör- und Sichtverhältnisse auch auf den billigen Rängen. Von 1944 bis 1963 war das Prinzregententheater Hauptspielstätte von Oper und Ballet des Bayerischen Staatstheaters (das Nationaltheater am Max-Joseph-Platz war in Stücke gebombt), dann fiel es für 25 Jahre in den Dornröschenschlaf der Baufälligkeit. Wachgeküsst wurde es durch den großen Impressario des Münchner Musiktheaters, August Everding. In einer langwierigen und schwierigen Instandsetzung wurde das Haus schrittweise wieder bespielbar gemacht. 1988 konnte die Vorbühne wieder genutzt werden, und 1996 wurde endlich auch wieder ganz große Oper inszeniert: Mit „Tristan und Isolde", natürlich unter der Spielleitung des Prinzipals Everding, meldete sich das „Prinze" zurück im Kreis der Premium-Class-Opernhäuser.

Außerhalb des Bühnenbereichs ist das Prinzregententheater ein typischer stilistischer Bastard im Geist seiner Epoche: Der recht strenge Neoklassizismus der Fassade findet im Inneren keine Fortsetzung, Wandelhalle, Foyer und besonders der sehr stimmungsvolle Gartensaal mit seiner floralen Ornamentik atmen den sehr viel gemütlicheren Geist von Renaissance und Jugendstil. Empfänge im Gartensaal gehören besonders im Sommer zu den Spitzenevents der Münchner Hautevolee – für nicht unerhebliches Entgelt kann man sich nämlich dort auch einmieten.

Einen weiteren Traum erfüllte sich Everding mit der Bayerischen Theaterakademie, die in den hinteren Gebäudeteilen ihre Heimat gefunden hat. Alle kreativen Bühnenberufe von Schauspiel bis Maskenbild sind hier in einer Ausbildungsinstitution zusammengefasst. Zum Üben gibt es das Akademietheater, einen modern-funktionalen Theaterraum im ehemaligen Malersaal. Jüngeres professionelles Theater wird in München nicht geboten – auch wenn manche Inszenierung im wilden Überschwang der Eleven auch einmal steckenbleibt.

Innenraum des Prinzregententheaters

Althaidhausen

Vom Prinzregentenplatz gelangt man über die Nigerstraße (zwischen Theater und Richard-Wagner-Denkmal) und den Walter-Heerde-Weg zur Einsteinstraße. Jenseits davon beginnt mit den Friedhofsmauern der alte Kern Haidhausens. Wer sich diesen Stadtteil als eigenständigen Rundgang vorgenommen hat (oder mit der U-Bahn abgekürzt hat), startet am besten am Max-Weber-Platz (Ⓤ 4/5) und geht von dort die Kirchenstraße stadtauswärts.

Erste Station ist die alte **St.-Johann-Baptist-Kirche** (auch **Alte Haidhauser Kirche**), die bis zum Bau der neuen Kirche mit dem gleichen Namenspatron als Pfarrkirche und damit auch als Ortszentrum Althaidhausens fungierte. Ein exaktes Baujahr für das kleine Gotteshaus ist schwer zu benennen, bereits 808 – lange vor der Gründung Münchens – ist ein urkundlicher Nachweis für eine Kirchenschenkung belegt, der jetzige Bau steht auf den Grundmauern einer spätgotischen Kirche von 1493. Nach diversen Umbauten und Bränden ist davon nichts mehr zu sehen, von innen wie von außen ist St.-Johann-Baptist heute eine nicht sonderlich aufsehenerregende Barockkirche. Zusammen mit dem Friedhof und dessen altem Baumbestand vermittelt sie aber immer noch den ganz spezifisch dörflichen Charme, der auch die Straßen und Gassen des alten Haidhausen bis zum Beginn des Franzosenviertels beseelt.

Die schillerndere Auswahl an letzten Ruhestätten liegt etwa 1,5 km nördlich: Der sehr viel kleinere **Bogenhausener Friedhof** ist der Promi-Showbiz-Gottesacker, beigesetzt wird hier – außer den Viertelbewohnern – nur, wer sich um die Stadt München verdient gemacht hat. Das galt z. B. für Liesl Karlstadt (die kongeniale Partnerin Karl Valentins), Helmut Fischer (Monaco Franze), Rainer Werner Fassbinder und Oskar Maria Graf.

Eine städtebauliche Besonderheit dieses Vorstadtviertels waren die **Herbergshäuser,** insgesamt (vermutlich) 491 kleine Häuschen mit weit über 1000 Herbergen (= Wohneinheiten) für das vorindustrielle Proletariat der Stadt. Wanderarbeiter, kleine Handwerker und Tagelöhner fanden in den Satteldachhäusern eine einfache Wohnstatt, oft mit ihrer ganzen Familie. Von außen wirken die geduckten Bauten putzig und gemütlich, die engen Verhältnisse in den „Gemachen" (Wohnstuben), fehlende Kanalisation und Feuchtigkeit machten diese Quartiere tatsächlich aber zur hygienischen Hölle. Allerdings boten die Herbergshäuser eine vergleichsweise hohe Rechtssicherheit: Mit ihnen gab es nämlich erstmals die Möglichkeit zum Erwerb von Wohneigentum ohne Grundbesitz. Sie waren also erste Vorläufer der heutigen Eigentumswohnung und verschonten ihre vielen Parteien – bis zu zehn Familien unter einem Dach waren keine Seltenheit – wenigstens vor den Auswüchsen von Vermieterwillkür.

Im Stadtbild haben sich nur sehr wenige dieser Herbergshäuser erhalten, die größte zusammenhängende Gruppe dieses Bautyps findet sich am Ende der Preysingstraße (Kreuzung Wolfgangstraße; gerade Nummern 56–70). Die mittlerweile aufwendig restaurierten Gebäude sind jetzt wirklich begehrenswerte Wohnobjekte, an die bronchitischen Zustände von früher erinnert nur noch die Ausstellung in den Räumen des **Üblacker-Häusls** (Mi/Do 17–19, Fr/So 10–12 Uhr).

Das auffälligste Haus des Ensembles ist wahrscheinlich der **Kriechbaumhof** (Nr. 71), ein Holzhaus mit kleinen Laubengängen. Was aussieht wie ein schnuckeliges Bauernhaus aus dem Voralpenland, repräsentiert die geläufige Bauform der Herbergshäuser bis ca. 1700. Danach wurden die Holzhäuser völlig von Steinbauten verdrängt.

Das Franzosenviertel

Als Haidhausen aufhörte, ein Dorf zu sein – zumindest in administrativer Hinsicht datierbar auf den 01.08.1854, den Stichtag der Eingemeindung –, war auch die Zeit des zufälligen Städtebaus vorbei. In der Maxvorstadt hatte Klenze schon das Reißbrettverfahren erfolgreich vorexerziert, nun folgte Stadtbaurat Arnold von Zenetti mit einem großen Wurf für das Areal südlich des alten Dorfkerns. Ausgangspunkt war der 1871 eröffnete Ostbahnhof, der zweite wichtige Eisenbahnknotenpunkt der Stadt für die neuen Linien nach Simbach und Rosenheim. Von hier gehen

Blick vom Wiener Platz auf die Johanniskirche

die Weißenburger, Wörth- und Belfortstraße in regelmäßigen 45-Grad-Strahlen ab, die Wörthstraße fungiert als Mittelachse und ist deutlich breiter angelegt als die übrigen Straßenzüge im Viertel. Prachtvoller Hauptplatz sollte der lang gestreckte Bordeauxplatz werden, allerdings ist der für die Größenverhältnisse des Viertels einfach überdimensioniert und wirkt deshalb niemals so richtig belebt. Sehr viel lebhafter sind die beiden Kreuzungspunkte der Weißenburger Straße, der Pariser Platz und das Rondell des Weißenburger Platzes mit dem Glaspalast-Brunnen (das einzige Relikt des 1931 abgebrannten Glaspalasts im Alten Botanischen Garten).

Der Name Franzosenviertel hat wilhelminisch-aggressive Wurzeln: Der Beginn der ersten Bauphase des Viertels (1871–76) fiel mit dem siegreichen Ende des Deutsch-Französischen Kriegs zusammen, und deshalb wurden die Straßen mit Namen der großen deutschen Siege im Land des vorgeblichen Erbfeinds bedacht. Heute könnte man angesichts der erstaunlichen Dichte französischer Restaurants eher auf eine kulinarische Motivation schließen ...

Wirtschaftlich war das Franzosenviertel kein Erfolg: Der Bau- und Immobilientycoon von Eichmann, der sich bei der Umgestaltung des Gärtnerplatzviertels noch eine goldene Nase verdient hatte, kam hier nicht auf seinen Schnitt. Der langsame Baufortschritt und die mäßige bis lausige Qualität der Häuser hielten das bürgerliche Zielpublikum fern und der entstehende Wohnraum musste parzelliert an Arbeiter und Handwerker verramscht werden. Die erwünschte soziale Aufwertung ließ noch über 100 Jahre auf sich warten.

Wiener Platz und Johannisplatz

Am Ende des kurzen Fußgängerzonenbereichs der Weißenburger Straße liegt der recht uncharmant von Büroneubauten zugepflasterte Rosenheimer Platz an der gleichnamigen vielbefahrenen Straße. Von dort flüchtet man rechts in die

Lehel, Bogenhausen und Haidhausen → Karte S. 228/229

Steinstraße, die – mehrfach abknickend – nach ca. 700 m auf den **Wiener Platz** mündet. Dort zeigen sich um den kleinsten ständigen Markt Münchens – gepflegt und teuer wie seine größeren Pendants – die sehr unterschiedlichen baugeschichtlichen Phasen Haidhausens auf engem Raum: Die massige Gründerzeitfassade des Hofbräukellers an der Westseite kontrastiert deutlich mit den kleinen Herbergshäusern (Nr. 4 und 6) östlich. Weitere Herbergshäuser finden sich in der schon historisch alten Adresse „An der Kreppe" in dem engen Fußgängerdurchgang zur Inneren Wiener Straße (links vorbei am Weinhäusl).

Die gleich gegenüberliegende Kirchenstraße führt nach wenigen Metern auf den ziemlich großzügig in die recht engen Straßen der Umgebung geschnittenen **Johannisplatz.** Seine Existenz verdankt er ausschließlich der für die Größenverhältnisse des Viertels reichlich überdimensionierten **Johanniskirche** (mit vollem Namen St.-Johann-Baptist-Kirche), die das kleine Gotteshaus weiter östlich 1879 als Pfarrkirche ablöste. Der Standort war nur eine Notlösung. Eigentlich sollte der Neubau anstelle des Maximilianeums den optischen Abschluss der Maximilianstraße bilden, aber auf königliches Geheiß (Max II.) wurde die religiöse Andacht der Bildung geopfert und musste daher mit dem wesentlich unauffälligeren Bauplatz am ehemaligen Metzgeranger vorliebnehmen.

Neoromanik am Isarufer: St. Lukas

Zur nächsten Station, dem Gasteig, gelangt man vom Johannisplatz am schnellsten durch die ruhige Preysingstraße (rechts ab hinter der Metzgerstraße).

Gasteig

Geliebt wird sie immer noch nicht, die monumental aufragende „Kulturvollzugsanstalt" hinter dem Müllerschen Volksbad. Zumindest nicht von außen, zu wenig fügen sich die fensterlosen (zumindest von der Isar gesehen) Backsteinwälle ins Weichbild des ansonsten mit Großbauten ja nur spärlich bestückten Münchens. Aber man hat sich arrangiert, schließlich brauchen die Münchner ihn ja, den Gasteig. Die erste Initiative zum Bau eines Kulturzentrums am „gachen" (steilen) Steig, auf dem im Mittelalter die Salzhandelsstraße den Hang rechts der Isar hinaufführte, ging von den Münchner Philharmonikern aus: Das Orchester von Weltrang stand seit Kriegsende ohne eigenen Konzertsaal da. Mit der Philharmonie, dem 2402 Plätze bietenden größten Saal des Komplexes, haben sie ihn 1984 bekommen. Nachbarn der nach einigen baulichen Modifikationen mittlerweile auch mit der Akustik des Saales sehr zufriedenen Spielmannschar

Die Kulturvollzugsanstalt: der Gasteig

sind die Volkshochschule und die Stadtbibliothek, die unter dem riesigen Dach des Gasteig ihre Zentraleinrichtungen untergebracht haben. Außerdem stehen neben der Philharmonie vier weitere Säle mit insgesamt über 1000 Plätzen für verschiedene Zwecke zur Verfügung, sodass sich die Frage nach der Existenzberechtigung für den großen Klops nicht mehr ernsthaft stellt – das Münchner Kulturleben von Filmfest bis Volksbildung wäre raumtechnisch in dieser Stadt einfach nicht zu stemmen. Und zumindest im gnädigen Licht des Sonnenuntergangs strahlt der rote Klinker auch fast versöhnlich ...

Im Lehel

Orientierungsmarken für das lockere Auslaufen am Ende dieses Rundgangs sind die beiden großen Kirchen des Lehel, die eine evangelisch, die andere katholisch. Erstere, die **St.-Lukas-Kirche**, findet man vom Gasteig nach kurzem Weg durch die Isarböschung zwischen Müllerschem Volksbad und Muffathalle und der Überquerung der Flussarme über Kabelsteg und Mariannenbrücke direkt am linken Ufer der Isar. Gebaut wurde die überaus prominent gelegene dreitürmige Kirche von 1893 bis 1896 im neoromanisch-neugotischen Stilmix. Nur eingeschränkt praxistauglich – zumindest unter den Vorgaben der protestantischen Liturgie (zentralisierter Predigtraum) – nimmt sich das Kircheninnere aus, denn von relativ vielen Plätzen der Querhausarme sind Altar und Priester nur zu ahnen. Dafür ist die Akustik schlicht umwerfend, Konzerte in der Lukaskirche sind schon allein deswegen eine heiße Empfehlung.

Optischer und sozialer Mittelpunkt der nördlichen Hälfte des Viertels ist die 1892 geweihte **St.-Anna-Kirche** (zu erreichen über die Thierschstraße, vorbei am Maxmonument, am Thierschplatz rechts einbiegen; ca. 650 m). Wie die Lukaskirche ist auch dieser Bau dem Historismus verpflichtet, allerdings trieb es der Architekt (von Seidl) hier nicht ganz so eklektisch-bunt. Die Kirche ist eine recht konventionelle dreischiffige Basilika mit neoromanischen Elementen, gilt aber in ihrer Klarheit als einer der wichtigsten Vertreter des Baustils der Zeit.

Lehel, Bogenhausen und Haidhausen
→ Karte S. 228/229

Ein zugereistes Münchner Kindl

Das Lehel hat eine ganze Reihe bekannter und berühmter Bewohner gesehen, in Kinderkreisen ist der Populärste aber wohl einer, den es gar nicht gibt. Verzeihung: den man nicht sehen kann – außer man ist Schreinermeister und lässt den Leimtopf offen stehen. Dann kann es sein, dass sich dort unverhofft eine kleine rothaarige Gestalt verfängt, die das ehedem gemütliche Junggesellen-Handwerkerleben ziemlich turbulent gestaltet. Passiert ist das dem Meister Eder, der in seiner Werkstatt im Hinterhof der Widenmayerstraße 2 einen Kobold aus seiner Leimfalle befreien musste und sich damit den Hausgenossen Pumuckl einhandelte. Ob der nun Pudding kocht (fachgerecht im Wasserkessel), in Upperclass-Haushalten marodiert oder den Schulalltag der Nachbarskinder auflockert (Tegernsee = Meister-Eder-See), im Viertel geht es seither deutlich bunter zu. Auch wenn der alte Schreinermeister mittlerweile verstorben ist und das Gebäude mit der kuscheligen Werkstatt nicht mehr steht – der Pumuckl ist aus der deutschen Kindermärchenwelt nicht mehr wegzudenken. Mit fröhlicher Anarchie und schräger Wortkreativität („Spazieren geht's, Hurrets. Hurrets ist ein Hurra das sich reimt.") erwachte er als Buchfigur zum Leben, gewann eine große Fangemeinde in den Hörspielen des BR und wurde in über 60 Folgen seiner Fernsehserie sowie drei Kinofilmen schließlich zum Megastar der Kinderzimmer. Bei so viel Prominenz fehlen natürlich auch Skandale nicht: Mehr als zehn Jahre tobte ein einigermaßen bizarr anmutender Rechtsstreit zwischen seiner (literarischen) Schöpferin Ellis Kaut und der Illustratorin Barbara von Johnson um Tantiemen und die nervenzerfetzende Frage nach der Geschlechtszugehörigkeit des Klabautermanns.

Bauhistorisch noch interessanter ist die **Klosterkirche St. Anna** gegenüber, die erste Rokokokirche Münchens und Altbayerns sowie das erste Werk J. M. Fischers in der damaligen Residenzstadt. Der Verzicht auf rechte Winkel im Innenraum verleiht der Kirche des Franziskanerklosters eine fast schwebende Leichtigkeit, ob der notorischen Strenge des Ordens ein etwas überraschender Befund. 1944 wurde St. Anna bis auf die Grundmauern zerstört, die prachtvolle Innenausstattung, maßgeblich ein Werk der Münchner Asam-Brüder, ist deshalb nur noch in Rekonstruktion zu sehen.

Praktische Infos

→ Karte S. 228/229

Cafés & Snacks

Beim Prinzregententheater

Sehr gute und auch gar nicht teure Gerichte mit mediterranem Einschlag für mehr oder weniger Hunger gibt es im hübsch schlichten **Aquamarin** **9**, dem Gastronomiebetrieb des Prinzregentenbads. Im Winter kann man sich zusätzlich noch an den Tölpeleien der Eisläufer auf der Schlittschuhbahn vor dem Fenster erfreuen. Schnell noch die E-Mail checken – die Internet-Terminals sind umsonst und frei zugänglich.

In Althaidhausen und Franzosenviertel

Der **Preysinggarten** **22** hält was er verspricht: Ein niedlicher kleiner Garten gegenüber dem Kriechbaumhof, aber auch drin ist der Kaffee gut.

››› **Mein Tipp:** Das **Kloster** 23 gleich gegenüber dem Herbergshausensemble in der Preysingstraße ist eine mittlerweile alteingesessene Haidhauser Institution mit guter bodenständiger Küche auf – dem Ambiente entsprechend – annähernd dörflichem Preisniveau. ‹‹‹

Rund um Johannisplatz und Wiener Platz

Das **Johanniscafé** 18 ist schon so oft als Geheimtipp gehandelt worden, dass es schon lange keiner mehr ist. Nett ist's trotzdem: Bei Augustiner und Würstchen mit Senf sinniert hier der Werbeprofi mit dem Kfz-Mechaniker über den Sinn des Lebens.

Das **Café Wiener Platz** 17 ist die Keimzelle des Gastro-Kleinimperiums, das Schauspielerin Iris Berben mit ihrem ehemaligen Lebenspartner Gabriel Levy an den neuralgischen Szene-Spots der Stadt betreibt. Wie in den anderen Etablissements kommt man weniger wegen des Kaffees als vielmehr, um bemerkt zu werden.

Der **Biergarten des Hofbräukellers** 16 liegt gerade einmal 150 m vom Maximilianeum entfernt (Innere Wiener Str. 19). Man kann ordentlich über die bayerische Landespolitik schimpfen, ein paar Abgeordnete sind fast immer da. Auch die Innenräume sind authentisch-gemütlich mit riesigem Sitzplatzangebot – aber nun ja, Hofbräu-Bier ist nicht für jeden erste Wahl und das Gewölbe ist auch sehr laut.

Ein Gastro-Klassiker ist die **Crêperie Bernard & Bernard** 20 in der Inneren Wiener Straße 32. Seit gefühlt ewigen Zeiten (mindestens 20 Jahre!) die besten Crêpes und Galettes östlich der Grenzen der Grande Nation.

Am Gasteig

Die Kochinseln des trendigen **gast** 26 im Erdgeschoss des Gasteigs treffen den Zeitgeist punktgenau. Qualitativ gut, aber auch nicht wirklich billig. Tipp: die Pizza. Rosenheimer Str. 5, 11–1, Fr/Sa bis 2 Uhr.

Gegenüber dem Gasteig hat sich eine ganze Reihe von Asia-Shops niedergelassen und natürlich gibt es auch was auf die Kralle: Vor dem winzigen Thai-Imbiss **Manam**

Säkulare Gaumenfreuden

30 stehen die kochfaulen Viertelbewohner in langen Schlangen. So gut könnten sie's eh nicht. Mo–Sa 11–21 Uhr.

Ein bisschen sehr wie Glockenbach-Klone wirken das **White Rabbit** 40 in der Franziskanerstr. 19 und die **Ideal Espresso Bar** 33 (Weißenburger Str. 8), allerdings haben Erstere ganz vorzüglichen Kuchen (den Tand im Verkaufsbereich kann man belächeln oder kaufen) und Letztere das nach dem langen Marsch dringend nötige Panino mit feinem Belag.

Gänzlich unprätentiös ist dagegen das **Café Haidhausen** 36 beim Rosenheimer Platz. Auch preiswertes und brauchbares Speisenangebot. Tägl. 9–1, Sa/So ab 10 Uhr. Franziskaner Str. 4.

Im Lehel

Die reichen Gattinen und Rentiers des noblen Lehel verdaddeln kleine Teile ihres Wohlstands ganz offensichtlich gerne in italienisch angehauchten Kaffeehäusern. Um den St.-Anna-Platz ballt es sich deswegen: In der **Vinoteca di Sarli** 12 gibt's zum (guten) Espresso gleich noch ein Glas Wein, **Salotto** 10 und **La Stanza** 5 sind klassische Kaffeebars. **Maria Gandl** 4 gegenüber steht für die längere Mittagspause vom Dividendeneinstreichen, interpretiert das aber auch eher transalpin. Schließlich hat sich noch das **Dukatz** 11 mit einer Dependance und vor allem seinen himmlischen Tartes niedergelassen.

Lehel, Bogenhausen und Haidhausen → Karte S. 228/229

Prunk im Randbezirk: Schloss Nymphenburg

Vorortschlösser

Das Häuschen im Grünen – nicht nur ein bürgerliches Idyll, auch den Hochadel zieht es bisweilen in die Natur. Und so ist das Münchner Umland geradezu gespickt mit Sommersitzen der Wittelsbacher. Nur sind das halt keine Häuschen, sondern formidable Schlösser.

Das Prunkstück unter den Sommerresidenzen ist zweifellos **Schloss Nymphenburg.** Die Gesamtanlage von Schloss und Garten – jeweils schon für sich Perlen barocker Gestaltungskunst – gilt nicht nur den Münchnern als eines der großartigsten Schlossensembles weltweit. Ihre Bedeutung ist bereits im Straßenlayout des inneren Stadtbereichs zu spüren: Eine der Prachtstraßen Münchens, die Brienner Straße (mit ihrer Verlängerung Nymphenburger Straße), wurde als direkte Verbindungslinie zur herzoglich-königlichen Außenstelle konzipiert. Heute liegt das Schloss freilich nicht mehr vor den Toren der Stadt, sondern ist seit der Eingemeindung des gleichnamigen Stadtteils mitsamt seinem riesigen Park gänzlich ins Münchner Stadtgebiet integriert.

Das gilt auch für **Schloss Blutenburg** im 1938 eingemeindeten Ortsteil Obermenzing. Damit dürften sich die Parallelen allerdings erschöpft haben: In Größe und Gestaltung verweist Blutenburg auf deutlich frühere und bescheidenere Zeiten der wittelsbachischen Herrschaft und zeigt noch keine Spur von barockem Bombast und repräsentativem Überschwang. Überschaubarkeit und Geschlossenheit des Ensembles sowie seine bezaubernde Lage machen es zu meinem persönlichen Favoriten unter den Vorortschlössern.

Auch heute noch im administrativen Sinn Vorortschloss ist **Schloss Schleißheim**. Es liegt ein paar Kilometer nördlich der Münchner Stadtgrenze im 12.000-Einwohner-Ort Oberschleißheim und war einst genau wie Nymphenburg der gedachte Endpunkt einer Münchner Prachtstraße, der Ludwigstraße. Auch unter ästhetischen Gesichtspunkten braucht man sich hier hinter dem (allerdings größer dimensionierten und wesentlich bekannteren) Pendant im westlichen Teil der Stadt nicht zu verstecken: Während der ältere Teil der Anlage (heute Altes Schloss) noch als überaus üppige Ausgabe eines königlichen Gutshofs mit Herrenhaus durchgehen kann, wurden beim Neuen Schloss alle Register barocker Baukunst gezogen. Auch der langgezogene Garten folgt strikt und gekonnt den Vorgaben der Epoche – bis heute, denn anders als in Nymphenburg ist die modische Metamorphose zum Landschaftsgarten in Schleißheim ausgeblieben. Wegen des geringeren Bekanntheitsgrads des Schlosses geht es hier zudem vergleichsweise beschaulich zu.

Beschaulichkeit könnte man auch **Schloss Dachau**, einem Juwel der Renaissance, bescheinigen. Doch das Prädikat will nicht so recht passen, denn über Namen und Standort des Schlosses liegt wohl für ewige Zeiten ein düsterer Schatten: Am östlichen Rand Dachaus bauten die Nazis ihr erstes Konzentrationslager. Um beidem gerecht zu werden, der kleinen Kreisstadt nordöstlich von München und der deutschen Geschichte, sollte man sich am besten Schloss und KZ-Gedenkstätte anschauen.

Schloss Nymphenburg

Nymphenburg liegt nicht einfach so da, nein, Nymphenburg hat einen großen Auftritt! Schon weit vor dem eigentlichen Schlossbauwerk wird der Besucher auf das Architekturereignis eingestimmt:

Entlang eines für diesen Zweck angelegten **Kanals** (gespeist aus der Würm bei Pasing) ziehen sich **Nördliche** und **Südliche Auffahrtsallee** 1,5 km schnurgerade bis auf den riesigen Halbkreis des **Schlossrondells** vor der östlichen Fassade des Schlosses. Auf der Halbinsel im Mittelpunkt hat man einen prima Rundblick auf die zahlreichen Haupt-, Neben- und Anbauten des Ensembles.

Blickfang ist zunächst der **Mittelpavillon**, der 1664–75 entstandene älteste Teil des Komplexes (Baumeister waren Agostino Barelli und ab 1674 Enrico Zuccalli). Errichtet wurde er als moderates Landhaus im italienischen Stil für Kurfürstin Henriette Adelaide, die ihrem Gatten Ferdinand Maria 1662 den heiß begehrten Thronfolger geboren hatte und damit zur Landesmutter aufgestiegen war.

Bald schon warf der Infant – seit 1679 als Max II. Emanuel selbst auf dem Thron – seinerseits ein begieriges Auge auf Mamas Häuschen und befand es offenbar für zu mickrig. Wiederum Zuccalli und später dessen Adlatus Giovanni Viscardi erweiterten Nymphenburg um die beiden **Galerien** und **Seitenpavillons**. Danach erlahmte die Bautätigkeit für eine Weile, denn Max Emanuel hatte im Spanischen Erbfolgekrieg auf die falsche Karte Frankreich gesetzt und musste nach der verlustreichen Schlacht bei Höchstädt für ein paar Jahre mit dem Pariser Exil vorliebnehmen.

Der nächste gewaltige Bauschub erfolgte dann ab 1715, als unter der Regie Joseph Effners sukzessive **Verbindungsflügel**, **Marstall** und **Orangerie**, der schon erwähnte **Kanal** und die auf der Kreislinie angeordneten **Rondellbauten** hinzukamen. Der damit entstandene gewaltige Hof sollte Nukleus einer neuen Stadt werden, der mittlerweile inthronisierte Kurfürst Karl Albrecht dachte ganz unbescheiden an eine „Carlstadt". Seine Untertanen zogen dabei aber nicht mit, und so blieb Schloss Nymphenburg eine herrschaftliche Exklave, an der in der Folge nicht mehr groß herumgebastelt wurde.

Bis zum Ende der wittelsbachischen Herrschaft blieb Nymphenburg das wichtigste Sommerschloss des Herrscherhauses, das Kriegsende und die Abdankung Ludwigs II. machten dann den Freistaat zum Eigentümer. Bis heute genießt aber der Chef des Hauses (derzeit Franz von Bayern) im Haupttrakt des Schlosses Wohnrecht. Einfach mal klingeln ...

Wittelsbachs Häuschen im Grünen

Das Schlossinnere

Die 21 Schauräume im Inneren des Hauptschlosses zeigen die Blüte des kunsthandwerklichen und innenarchitektonischen Schaffens aus drei Epochen: Einige befinden sich noch im barocken Original, andere wurden später im Stil des Rokoko oder Klassizismus neu gestaltet. Chef-d'Œuvre ist der **Steinerne Saal** in der Hauptachse. Der über zwei Etagen reichende Festsaal ist eines der wichtigsten Werke des Rokoko-Virtuosen François de Cuvilliés und zeigt dessen typisch opulente Handschrift. Die ebenfalls meisterhaften Deckenfresken stammen von Johann Zimmermann, der auch in der Münchner Residenz sowie in Dutzenden anderen bedeutenden Kirchen seinem kreativen Stuckateursgewerbe nachgehen durfte.

Bekanntester Raum ist indessen die **Schönheitengalerie** im südlichen Pavillon: Dort hängen die Porträts von 36 knackigen Töchtern des Landes, die Schwerenöter Ludwig I. von Hofmaler Stieler anfertigen ließ. Unter den abgebildeten Schönen ist auch Lola Montez, Tänzerin und Maitresse des Königs, die 1848 ein wesentlicher Grund für dessen erzwungene Abdankung war. Abgeschaut hatte sich Ludwig diese Vorform des Sammelbildchenhefts bei Max Emanuel, dessen **Kleine Schönheitengalerie** sich heute im Verbindungsflügel zum Nordpavillon befindet. Monarchisten mit Hang zum Mythischen gedenken ihrer Lichtgestalt Ludwig II. im **Geburtszimmer** des Märchenkönigs.

Der Schlosspark

Der Schlosspark – heute untrennbarer Bestandteil des Gesamtkunstwerks Nymphenburg – wuchs nach bescheidenen Anfängen erst unter Effner zu barocker Pracht heran. Diese Strenge verlor sich ein wenig, als Friedrich von Sckell (Schöpfer auch des Englischen Gartens) 1804 das Ursprungskonzept zu einem englischen Landschaftsgarten modifizierte. Die Parkanlage gewann dadurch erheblich an Natürlichkeit, die ganz scharfe Geometrie ist seitdem aber passé. Geblieben sind die drei Hauptlinien des Effner'schen Entwurfs: der **Kanal** als Symmetrieachse und die beiden **Sichtschneisen** zu Badenburg und Pagodenburg (s. u.). Ebenfalls in barocker Urform erhalten sind das **Große Parterre** mit Fontäne und zwölf Marmorstatuen vor der Westfassade des Schlosses sowie die drei Lustschlösschen, die Effner zwischen 1717 und 1725 über den Park verstreut hatte: Die **Badenburg** mit dem ersten beheizbaren Hallenbad Europas seit den römischen Thermen; die **Magdalenenklause**, eine künstliche Ruine; und die **Pagodenburg**, eine Mixtur aus exotisch-indischen (oder was man dafür hielt) und barocken Elementen mit einer Innendekoration aus holländischen Fayence-Kacheln. 1739 kam noch die **Amalienburg**, ein Jagdschlösschen für die Kurfürstin gleichen Vornamens hinzu; verantwortlich waren mit Cuvilliés (Architekt), Dietrich (Schnitzereien) und Zimmermann (Stuck) die gleichen Künstler wie bei den Reichen Zimmern der Residenz in der Innenstadt. Sckell schließlich verzierte

Die Hauptachse des Schlossgartens

den von ihm angelegten Badenburger See mit einem hölzernen **Monopteros** (Rundtempel), der 1865 durch eine Steinkonstruktion nach Plänen von Klenze ersetzt wurde.

Technikgeschichtlich sehenswert sind die mächtigen **Pumpwerke** für die große Fontäne im Brunnhaus: Die Maschinen von Joseph von Baader sind die ältesten Vollmetallmaschinen des 19. Jh. überhaupt. Drei weitere Modelle gleichen Typs erzeugen in der Orangerie des Hauptschlosses den hydrodynamischen Druck für die Fontäne auf dem Rondellplatz.

Museen und Botanischer Garten

Die unter der Ägide Effners entstandenen großen kubischen Anbauten an den Flügelspitzen des Hauptschlosses beherbergen heute Museen. Im südlichen Trakt, den ehemaligen königlichen Stallungen, befindet sich das **Marstallmuseum** mit seiner bedeutenden Sammlung von Kutschen, Schlitten und Prunkwägen aus dem wittelsbachischen Fuhrpark. Sahnestücke sind die selbstredend außerordentlich fantasievollen Gefährte Ludwigs II. sowie der Krönungswagen Maximilians I.

Im Stockwerk darüber dokumentiert die **Nymphenburger Porzellan-Sammlung Bäuml** den kunsthandwerklichen Output der berühmten Manufaktur, deren Produkte seit 1761 innerhalb des Schlosskomplexes gefertigt werden. Trotz erheblicher Kriegsverluste ist die 1200 Exponate umfassende Sammlung Bäuml (nach Albert Bäuml, dem ersten Leiter nach der Privatisierung der Manufaktur 1888) noch vor den Porzellankammern der Residenz die bedeutendste.

Wem der Blick auf die musealen Stücke nicht genügt, kann sich bei einer **Führung durch die Werkstätten** auch gleich in die Geheimnisse der auch heute noch rein manuellen Fertigungsprozesse einweisen lassen (individuell vereinbart 28 €/Person, öffentliche Führung – jeden Mittwoch – 25 €/Person; Voranmeldung jeweils unter ✆ 1791970 oder www.nymphenburg.com). Und wem auch das nicht langt: Kreditkarte raus und einfach kaufen, die schönen Sachen; die Verkaufsräume am Nördlichen Schlossrondell 8 sind Mo–Fr von 10 bis 17 Uhr geöffnet.

Im Zwillingsgebäude des nördlichen Flügels befindet sich seit 1990 das **Museum Mensch und Natur**, das Naturkundemuseum Münchens. Sein Vorgänger, die „Alte Akademie“, befand sich von 1809 bis 1944 in der Innenstadt (Neuhauser Straße), nach der Zerstörung im Krieg stand das Naturalienkabinett lange Zeit ohne Räumlichkeit da. Bei der Konzeption des neuen Projekts wurde vor allem an kleine Besucher gedacht. Resultat ist ein museumspädagogisches Glanzlicht für Kinder im Grundschulalter. Als prominenter Neuzugang unter den Exponaten ist seit 2008 ein ausgestopfter Medienliebling zu sehen: JJ 1, besser bekannt als „Bär Bruno“, ist nach langen Zankereien italienischer und deutscher Behörden jetzt dem Freistaat zugeschlagen worden und hat in Nymphenburg seine neue – und letzte Heimat – gefunden.

Noch mehr Naturkunde zum Anfassen gibt es gleich nebenan im **Botanischen Garten** (direkter Zugang vom nördlichen Schlosspark), der auf über 22 ha Grundfläche ca. 14.000 Pflanzenarten versammelt, darunter auch viele aus tropischen oder anderweitig exotischen Weltgegenden. Die wachsen natürlich nicht unter freiem weiß-blauem Himmel, sondern in Jugendstil-Glashäusern (1910–14, 1977 renoviert) mit immerwährend feucht-warmem Sommerklima. Fast ein bisschen unheimlich ist es im Winter im Wasserpflanzen- und Mangrovenhaus, wenn die Sonderausstellung „Tropische Schmetterlinge“ gastiert und einem suppentellergroße Buntflügler um die Ohren flattern.

Anfahrt: Vom Hauptbahnhof/Stachus erreicht man Schloss Nymphenburg am besten mit der Straßenbahnlinie 17 (ca.15 Min.). Nächste S-Bahn-Haltestelle ist Laim, von dort entweder mit der Buslinie 51 oder ca. 15 Min. zu Fuß.

Geöffnet ist das **Schloss** im Sommer (April bis 15. Oktober) tägl. von 9 bis 18 Uhr, die restliche Zeit von 10 bis 16 Uhr. Für die Besichtigung sind 6 € (erm. 5 €) fällig, die Gesamtkarte (Schloss, Marstallmuseum, Parkburgen) kostet 11,50 € (erm. 9 €), im Winter 2 € weniger. Regelmäßige **Führungen** werden nicht angeboten, können aber auf der Website der Schlösser- und Seenverwaltung gebucht werden (ab 85 €): www.schloesser.bayern.de. Im Schloss stehen außerdem Audioguides zur Verfügung.

Der **Park** ist frei zugänglich und zwischen 6 Uhr (Winter 6.30 Uhr) und 21.30 Uhr (Winter 17.30 Uhr) geöffnet.

Museum Mensch und Natur: Alle unter 18 Jahren haben freien Eintritt, Erw. berappen 3 €, erm. 2 €. Geöffnet ist Di, Mi, Fr 9–17, Do 9–20, an Wochenenden/Feiertagen 10–18 Uhr. Umfangreiches Führungs- und Vortragsprogramm (Teilnahme kostenlos), www.musmn.de.

Botanischer Garten: Der Zugang zu Garten und Gewächshäusern kostet 4 €, erm. 2,50 €, geöffnet ist jahreszeitenabhängig: Nov. bis Jan. tägl. 9–16 Uhr; Feb., März, Okt. bis 16.30 Uhr; April, Sept. bis 17.30 Uhr; Mai bis Aug. bis 18.30 Uhr. Über Sonderausstellungen wie z. B. die Schmetterlingsschau informiert die Website http://atgard.botanik.biologie.uni-muenchen.de/botgart.

Cafés & Snacks

Die Restaurationsbetriebe auf dem Gelände von Schloss Nymphenburg bestechen natürlich durch ihr traumhaftes bauhistorisches Umfeld – ob im **Wirtshaus zur Schwaige** (am Schlossrondell) oder im **Palmenhaus** im vorderen Schlosspark. Kulinarisch und im Preis-Leistungs-Verhältnis markieren sie jedoch nicht die Spitze der Münchner Gastronomie.

Wer nach dem Kulturschock sagenhaften Kuchen essen will, geht nach Neuhausen ins **Ruffini** (Orffstr. 22–24, Mo geschlossen, Ⓤ 1 Rotkreuzplatz), wer sich eher für eine Mega-Auswahl an Eis interessiert, schaut ins **Sarcletti** (ebenfalls Neuhausen, Nymphenburger Straße 155, Ⓤ 1 Rotkreuzplatz.). Auch nicht sehr weit ist es in den **Hirschgarten** in der Nähe der Friedenheimer Brücke (Hirschgarten 1, Tram 16/17 Steubenplatz), mit ca. 8000 Plätzen angeblich Europas und ganz bestimmt Münchens größter Biergarten. Überdurchschnittliche Qualität des Speisenangebots.

Kleiner und kuschliger ist der **Taxisgarten** knapp 500 m nordwestlich des Hubertusbrunnens am Ende des Kanals (Taxisstr. 12, Ⓤ 1 Gern); hier sitzt und trinkt die bürgerlich-gemischte Bevölkerung Neuhausens.

Ein blaues Kirchenwunder

Auch der Stadtbezirk Neuhausen-Nymphenburg hat sein Vorzeigegotteshaus. Aber ein etwas anderes: Sind es in den Kirchen der Innenstadt die Würde der Jahrhunderte und der Glanz der großen Baumeister, der die christlichen Sammlungsstätten zu Sehenswürdigkeiten adelt, so strahlt in der Herz-Jesu-Kirche die Größe Gottes aus dem Design. Opalisch blau schimmert hier seit 2000 eine Kostbarkeit der modernen Architektur, nachdem der Vorgängerbau aus der Nachkriegszeit 1994 einem Brand zum Opfer gefallen war. Im Nachhinein fast ein Glücksfall: Ohne die ineinander verschachtelten Glas- und Holzkuben, das über die gesamte Fassadenfläche zu öffnende Tor (nur zu katholischen Hochfesten) und den streng-schlanken Campanile würde dem Architektur-Kaleidoskop Münchens eine wichtige Facette fehlen. Der Entwurf des Architekturbüros „Allmann Sattler Wappner“ ist seit seiner Weihe fester Bestandteil von Designguides und hat – völlig verdient – auch diverse Auszeichnungen für modernes Bauen eingeheimst. Hobby-Kryptografen können sich gleich auf eine längere Besichtigungsdauer einstellen: Die Anordnung der Kreuzesnägel auf den Glaselementen der Frontpartie ist nicht etwa zufällig, sondern zitiert in einem vom englischen Glaskünstler Alexander Beleschenko eigens entwickelten Code die Passionsgeschichte nach Johannes. Passivere Kulturgenießer kommen zu einem Orgelkonzert: Auch die Raumakustik ist vorzüglich.

Herz-Jesu-Kirche in Neuhausen

Schloss Blutenburg

Weibergeschichten, herzogliche Weibergeschichten! Möglicherweise verdanken wir Schloss Blutenburg dem hormonellen Überschwang des Erbprinzen Albrecht III., der für seine wenig standesgemäße Angetraute Agnes Bernauer schlicht ein neues Lustnest brauchte. Da traf es sich exzellent, dass sich in der Einöde des westlichen Münchner Vorlands ein Fleckchen fand, auf dem sich das junge Glück recht ungestört zurückziehen konnte.

Lang jedoch währte die Liebe nicht. Schon drei Jahre nach der Hochzeit nutzte Albrechts Vater Ernst einen Jagdausflug seines ungehörigen Sohns, um die missliebige Schöne in Regensburg in der Donau ertränken zu lassen. Nach kurzem, aber heftigem Gezänk fügte sich Albrecht dann in sein Schicksal, heiratete die vom Vater vorgesehene Anna von Braunschweig und widmete sich fortan der Förderung des Klosterlebens im Land. Diesen Ereignissen verdankt die sinnenfrohe Nachwelt zum einen das Kloster Andechs sowie diverse Schau- und Singspiele um das Los der Bauersbraut.

Wohl nicht ganz zufällig findet die Blutenburg ihre erste Erwähnung in einer Urkunde aus der turbulenten Zeit um Albrecht & Agnes (1432). Die Anlage ist jedoch weit älter: Schon um 1200 befand sich hier ein Wasserschloss, der Besitzer dieser Jahre ist allerdings nicht bekannt. Ebenso wenig klar ist die Herkunft des Schlossnamens. Favorisiert wird derzeit der Bezug auf „bluten", allerdings nicht im wörtlichen, sondern im übertragenen Sinne von „wirtschaftlich bzw. finanziell (aus)bluten". Denn Geld, viel Geld haben sie hier tatsächlich gelassen, die Wittelsbacher Herzöge: Bis 1663 (als Nymphenburg als neues Spielzeug hinzukam) bauten sie sich ein schmuckes Schlösschen zurecht, das heute als geschlossenes spätgotisches Ensemble besondere Wertschätzung genießt und einfach hinreißend putzig aussieht.

Kern der Anlage ist das **Herrenhaus** hinter der südwestlichen Spitze der Umfriedung, in seiner Substanz 1440 fertiggestellt (Mitte 15. Jh. aufgestockt und erweitert); aus der gleichen Zeit stammen die vier Wehrtürme und die südlichen Außenmauern. Noch etwas älter (1430/31) ist der nördliche Torturm, über den man auch heute noch den Innenhof betritt. Albrecht und später Sohn Sigismund, der im Nachfolgeklüngel unterlag und sich 1467 hierher zurückzog, erweiterten die Blutenburg rasch um Ökonomiegebäude (1456; heute neuer Saalbau) und die großartige **Schlosskapelle**. Die Pläne dafür stammten wahrscheinlich von Jörg von Halsbachs, dem Baumeister der Frauenkirche; ausgeführt wurden die Arbeiten von der Bauhütte der großen Kirche in der Innenstadt.

Schloss Blutenburg und seine Schlosskapelle

Sowohl in äußerer Gestaltung wie auch mit ihrer Ausstattung glänzt die kleine Schlosskirche mehr noch als die Gesamtanlage mit spätgotischer Stilreinheit in meisterhafter Ausführung. Prunkstücke sind der Flügelaltar von Jan Polack mit Gnadenstuhl und der Darstellung der vier Evangelisten auf der Predella (zwischen Altarbild und Tischfläche) und die Blutenburger Madonna, eine Holzskulptur eines unbekannten Meisters.

Bis 1676 blieb die Blutenburg wittelsbachische Residenz, dann übernahm Nymphenburg die Rolle als wichtigster Sommersitz. Aufsehenerregendes spielte sich danach hier nicht mehr ab, sieht man einmal davon ab, dass Lola Montez, die Mätresse Ludwigs I., im Februar 1848 die letzte Nacht vor ihrer

Abschiebung aus Bayern auf der Blutenburg verbrachte.

Mitte der 1970er Jahre – die Blutenburg war zwischenzeitlich lange Jahre vom Institut der Englischen Fräulein und dann als Ordensaltersheim genutzt worden – war die Substanz des Schlosses dann so marode, dass eine Generalrestaurierung unumgänglich war. Entscheidend angestoßen wurden die dringend notwendigen Sanierungsmaßnahmen durch die rührige Aktivität des „Vereins der Freunde Schloss Blutenburg".

1983 zog die **Internationale Jugendbibliothek** mit über einer halben Million Kinder- und Jugendbücher (heutiger Bestand) in das Schloss ein. Einige Gebäude haben seither neue Beinamen bekommen: Der Pulverturm wurde zum James-Krüss-Turm, und das alte Pförtnerhaus birgt jetzt das Erich-Kästner-Zimmer; außerdem gibt es das Michael-Ende-Museum, ein Binette-Schroeder-Kabinett, Studien- und Lesesäle sowie eine Ausleihbibliothek mit 25.000 Kinderbüchern im Freihandbestand (kostenloser Benutzerausweis).

Die Internationale Jugendbibliothek ist das Lebenswerk von Jella Lepman, einer der ganz wenigen jüdischen Remigranten in Deutschland nach dem Zweiten Weltkrieg. Als Beauftragte der amerikanischen Militärregierung entwickelte die Journalistin und Autorin aus einer Kinderbuchausstellung 1946 das Konzept einer ständigen Bibliothek, um nach der moralischen Apokalypse der Naziherrschaft den ganz jungen Deutschen über die Literatur neue Wertebegriffe und kulturelle Toleranz zu vermitteln. Aus der Keimzelle ihrer kleinen Bücherei in der Schwabinger Kaulbachstraße wurde schließlich die nun weltweit größte Bibliothek für Kinder- und Jugendliteratur.

Anfahrt: Schloss Blutenburg befindet sich im äußersten Münchner Westen in unmittelbarer Nähe des Beginns der A 8 (Richtung Stuttgart), ausreichend Parkplätze. Nächste S-Bahn-Station ist der Bahnhof Pasing, von dort entweder mit den Bussen 56 u. 160 (Haltestelle Blutenburg) oder in ca. 20 Min. zu Fuß.

Der **Innenhof der Schlossanlage** kann durchgehend und entgeltfrei besichtigt werden, der Eintritt zur Schlosskirche ist ebenfalls kostenlos (April–Sept. 9–17, sonst 10–16 Uhr). Die Einrichtungen der Internationalen Jugendbibliothek stehen zu folgenden Zeiten zur Verfügung: **Kinderbuchausleihe** Mo–Fr 14–18 Uhr; **Michael-Ende-Museum** Mi–So 14–17 Uhr; **James-Krüss-Turm** Mo–Do 10–16, Fr 10–14 Uhr; **Binette-Schroeder-Kabinett** Mo–Fr 10–16, Sa/So 14–17 Uhr; **Erich-Kästner-Zimmer** n. V. Eintritt für alle Lesemuseen 2,50 €, erm. 1 €, Familien 5 €.

Cafés & Snacks

››› **Mein Tipp:** Die Gastronomiedichte hier am Stadtrand ist naturgemäß nicht so hoch, nett ist die **Schlossgaststätte** in der östlichen Umfriedung der Blutenburg, die Seeterrasse birgt im Sommer geradezu oasenhaften Naherholungswert. Prima Kuchen! ‹‹‹

Etwa 500 m entfernt hat das Traditionswirtshaus **Alter Wirt** (kann man wörtlich nehmen: Gasthaus seit 1477) sich nach einer Schicki-Phase wieder auf alte Werte besonnen und erfreut die gutbürgerliche Klientel des Viertels mit ebensolcher Küche – stilecht in den Zirblstubn und im Sommer unter den Kastanien des Wirtsgartens.

Zeit für einen Superlativ: Der **Biergarten am Hotel Inselmühle** ist, jawohl, der schönste Biergarten der Welt. Umplätschert von der putzigen Würm, gibt es Augustiner Bier, ein rühmliches Speisenangebot und auch noch genug Parkplätze. Schade, dass er so weit draußen liegt. Von-Kahr-Str. 87 (ca. 1,5 km nördlich der Blutenburg).

Schloss Schleißheim

Die Schlossanlage in Oberschleißheim ist in vielerlei Hinsicht Nymphenburgs kleiner Bruder im Schlossgeiste: Sie liegt ebenfalls am gedachten Ende einer Münchner Prachtstraße (der Ludwigstraße), wurde ebenfalls federführend von Zuccalli und Effner gestaltet, hat mit Max Emanuel denselben Bauherrn

Renaissanceschloss Schleißheim

und ist wie das Pendant von einer aufwendigen (allerdings nicht zum englischen Landschaftsgarten umgestalteten) Gartenanlage umgeben.

Altes und Neues Schloss

Einen gravierenden Unterschied gibt es dennoch: Das Schloss im nördlichen Vorort ist deutlich älter. Bereits 1598 erwarb Herzog Wilhelm V. auf dem heutigen Schlossgelände einen Gutshof, auf dem er ein – noch schlichtes – Herrenhaus bauen ließ. Unter Sohn Maximilian I. sollte das väterliche Anwesen zunächst in eine schwelgerische Villa im Stil des großen Italieners Palladio umgestaltet werden. Am Ende entschied sich der neue Herzog jedoch für eine etwas zurückhaltendere Lösung und beauftragte seinen Baumeister Heinrich Schön mit der Errichtung eines zumindest von außen eher bescheidenen Renaissanceschlosses, des heutigen Alten Schlosses. Die 44 Räume des Herrenhauses von Wilhelm V. wurden dabei komplett überbaut, aus dieser Zeit blieb nur der Uhren- und Torturm (samt Glocke) im mittleren Gebäuderiegel erhalten. Zusammen mit den flankierenden Wirtschaftsgebäuden wuchs das Alte Schloss bis 1623 zu einer langgestreckten geschlossenen Anlage um zwei große Innenhöfe heran.

Jedwede Trutzigkeit geht dem Neuen Schloss vis-à-vis völlig ab, hier ist in den Grundzügen und im Detail alles barock. Auf 330 m Breite entfaltet sich die gravitätische Eleganz Zuccallis, disziplinierend eingehegt von der französisch inspirierten Objektstrenge Effners. Ursprünglich sollte die ganze Anlage, obwohl schon so ganz und gar nicht bescheiden, noch viel größer und großartiger werden. Die ersten Entwürfe sahen noch eine vierflügelige Anlage vor, die auch die Gebäude des Alten Schlosses völlig integriert hätte. Aber das Debakel des Spanischen Erbfolgekriegs, das den Bauherren Max Emanuel schon in Nymphenburg deutlich hinter die ambitionierten Planvorgaben zurückwarf, machte die Realisierung eines weiteren Riesenprojekts finanziell unmöglich. Der Rohbau, schon 1704 fertiggestellt, konnte deshalb erst elf Jahre später – nach der Rückkehr des Kurfürsten aus dem französischen Exil – fortgesetzt werden und musste sich im Endzustand (1726) mit einer Breite von auch nicht eben spartanischen 330 m bescheiden.

Die ganz großen Erwartungen konnte der Bau damit nicht befriedigen. Max Emanuel hielt sich Schleißheim fortan als Geheimschloss und zog, wie auch seine Nachfolger, das voluminösere Nymphenburg als Sommerresidenz vor.

Das Schlossinnere

Die Innenausstattung des Schlosses lässt nichts von der prekären Finanzlage des Herrscherhauses ahnen. Die zeremonielle Raumfolge der Prunksäle, Fürsten- und Prinzenappartements sind eine Leistungsschau sowohl der Möbelschreinerei, Tapisserie, Deckenmalerei und Stuckateurskunst der Epoche, und nur die renommiertesten Kunsthandwerker der Zeit schienen Max Emanuel qualifiziert genug. Cosmas Damian Asam, Amigoni (Deckenfresken), Robert de Crotte (Große Galerie), Zimmermann, Dubut (Stuckaturen), Pichler (Möbel), Volpini (Bildhauerei), Motté (Kunstschlosserei) – die Liste ist lang und prominent besetzt.

Vom beweglichen Inventar ist nicht mehr alles an Ort und Stelle, aus konservatorischen Gründen befinden sich viele Stücke heute im Residenzmuseum.

Die Flugwerft Oberschleißheim

Wären die Wittelsbacher schon echte Jetsetter gewesen, Oberschleißheim wäre sicher ihr Lieblingsrefugium geworden, grenzt doch unmittelbar südlich ein Flugplatz an das Schlossareal. Das Ende des bayerischen Herrscherhauses kam aber bekanntlich schon vor Beginn der zivilen Luftfahrt, und so blieb der kleine Airport den tollkühnen Männern von der Königlich Bayerischen Fliegertruppe vorbehalten – die noch sehr wackligen Kisten dieser Einheit hätten königlichen Komfortansprüchen sicher auch kaum genügt. Fast das ganze 20. Jahrhundert hindurch blieb das Flugfeld unter wechselnden Systemen dem Militär erhalten, bis 1981 die letzten Maschinen der Bundeswehr von der zu kurz gewordenen Startbahn abhoben. Nun lag das Terminal verlassen da, und die historischen Gebäude – immerhin das älteste Flughafengebäude Deutschlands – verfielen. Der nächste Nutzer der Anlage war dann prädestiniert für die Bewahrung von Industriedenkmälern: 1992 zog das Deutsche Museum mit seinem **Museum für Luft- und Raumfahrt** ein und fand hier endlich den Ausstellungsplatz, den das proppenvolle Stammhaus auf der Museumsinsel den teilweise riesigen Exponaten nicht mehr bieten konnte. In der bewährten Manier – anschauen, anfassen, draufdrücken – wird hier seither alles Wissenswerte über Beförderung in der dritten Dimension vermittelt. Segel-, Propeller- und Düsenflugzeugen, Helikoptern und Raketen stehen spannende interaktive Möglichkeiten wie z. B. ein Flugsimulator oder Modellbaukurse zur Seite.

Wer sich trotz aller Technik lieber an Kunstgeschichte ergötzt, der tätschelt liebevoll die Außenmauern des Hauptgebäudes: Die hat nämlich (zumindest teilweise) ein gewisser Paul Klee während seines Militärdienstes 1916/17 angestrichen – und wo darf man einen echten Klee schon mal anfassen?

Tägl. 9–17 Uhr, an Feiertagen geschlossen. Eintritt 6 €, Kinder von 6 bis 15 Jahren 3 €.

Das Neue Schloss

Auch die **Große Galerie** wurde zugunsten der Sammlung der Alten etwas gerupft, mit Werken von Rubens, van Dyck und anderen sehr renommierten Künstlern ist sie jedoch immer noch herausragend bestückt und führt die Museumstradition des Schlosses würdig fort: Das vergleichsweise Desinteresse der Wittelsbacher an ihrer nördlichen Sommerfrische führte dazu, dass die Schlossgalerie schon gegen Ende des 18 Jh. zunehmend für öffentlichen Zugang freigegeben wurde.

Hofgarten und Schloss Lustheim

Der Hofgarten, neben Herrenhausen (bei Hannover) der einzige substantiell erhaltene Barockgarten überhaupt in Deutschland, ist in seiner Konzeption älter als das Neue Schloss selber. Zuccalli ließ bereits 1685 umfangreiche Erdarbeiten für das Kanalsystem vornehmen, welches später Layout für Park und Schloss gleichermaßen festlegte. Markanteste Linie ist der 650 m lange Mittelkanal, der als Symmetrieachse die Geometrie der Anlage eindeutig bestimmt und das Neue Schloss räumlich wie sinnlich mit Schloss Lustheim (s. u.) am westlichen Ende verbindet. Die Boskette (Lustwäldchen) links und rechts davon dienten – mit Wasserspielen u. Ä. – als Spielplatz für den müßigen Hofstaat. Maßgeblich verantwortlich für die Gestaltung des Hofgartens war Dominique Girard, ein Schüler des großen Le Nôtre (Gartenbaumeister Ludwigs XIV. in Paris).

Schloss Lustheim ist wie der Park konzeptionell älter als das Neue Schloss selbst. Bereits 1685 beauftragte Max Emanuel anlässlich seiner Verlobung mit der blutjungen Habsburgerin Maria Antonia seinen Hofbaumeister Zuccalli mit dem Bau eines Jagd- und Gartenschlösschens 1300 m östlich des Alten Schlosses. Schon anhand der Planungsskizzen ist indes zu erkennen, dass das nicht das Ende der kurfürstlichen Bauambitionen an diesem Ort war: Die unübersehbare Funktion als Blickfang und Abschluss einer großartigen Schlossanlage, wie sie dann ja auch realisiert

Schloss Lustheim

wurde, ist bereits in dieser frühen Phase unübersehbar. Die zum Komplex gehörenden und auch ausgeführten Zirkelbauten (halbkreisförmig um den Rundkanal) sind leider heute nicht mehr erhalten, sie wurden nach dem Tod Max Emanuels und Zuccallis 1741 wieder abgerissen; Lustheim ist so ein – wenngleich in seiner relativen Isolierung sehr reizvoller – Torso. Im Inneren des Schlosses besticht vor allem die seit 1971 dort untergebrachte Porzellansammlung Ernst Schneider: Nach der Kollektion in Dresden handelt es sich um den weltweit bedeutendsten Bestand an Meißener Porzellan.

Anfahrt: Vom S-Bahnhof Oberschleißheim sind es knapp 15 Min. zu Fuß bis zur Schlossanlage, gelegentlich fährt auch ein Bus (Linie 292). Mit dem Auto kommt man über die A 9 (Abfahrt Garching Süd) und die B 471 nach Westen recht fix zum Schloss – außer es staut sich auf der Autobahn stadtauswärts. Dann ist die B 13 (Verlängerung der Ingolstädter Landstraße, die ihrerseits die Verlängerung von Ludwig- bzw. Leopoldstraße ist) die bessere Alternative: An der Kreuzung mit der A 99 geradeaus nach Oberschleißheim.

Geöffnet sind alle **drei Schlösser** im Sommer von 9 bis 18 Uhr (April bis Sept.), im Winter von 10 bis 16 Uhr, Montag ist Ruhe über den bayerischen Schlössern und Seen. Die Gesamtkarte kostet 8 € (erm. 6 €); Einzelkarten: Altes Schloss 3 € (erm. 2 €), Neues Schloss 4,50 € (erm. 3,50 €), Schloss Lustheim 3 € (erm. 2 €).

Cafés & Snacks

Die **Schlosswirtschaft Oberschleißheim** lockt vor allem mit ihrem stilechten Biergarten (ab 11 Uhr), also Brotzeit eingepackt und nach der Kunstgeschichte Bier und Radi unter Kastanien. Natürlich auch Restaurationsbetrieb.

Schloss Dachau

Über dem oberbayerischen Postkartenidyll der Dachauer Altstadt erhebt sich der Schlossberg. Dessen strategischer Mehrwert war den Wittelsbachern schon früh aufgefallen, bereits im 12. Jh. stellten sich die Dachauer Grafen (ein später in der Hauptlinie aufgegangener Zweig des Hauses) auf das erhabene Plateau eine Burg, von der aus sie das Münchner Umland bis in die Alpen unter Sichtkontrolle hielten. Von der alten Wehranlage ist nichts als der Blick übrig geblieben, der allerdings zählt bis heute zu den Hauptattraktionen des Nachfolgebaus.

Nicht, dass **Schloss Dachau** sonst nichts zu bieten hätte: Wilhelm IV. und Albrecht V. ließen sich von ihren Hofbaumeistern Egkl und Schöttl 1546–77 das alte Gemäuer zu einer mächtigen vierflügeligen Anlage aufmotzen. Aus dieser Zeit stammt auch die fantastische Holzdecke von Wisreuther im Renaissancesaal, eine im süddeutschen Raum fast einzigartig qualitätvolle Arbeit – nur die Fugger in ihrem Schloss in Kirchheim (Schwaben) hatten eine vergleichbare kunsthandwerkliche Delikatesse über ihren reichen Köpfen.

150 Jahre später machte die Investitionsfreude Max Emanuels dann auch vor Dachau nicht halt. Er beauftragte den getreuen Effner (übrigens ein Sohn der Stadt) mit dem Ausbau à la mode. Leider zeigten sich Napoleons Soldaten Anfang des 19. Jh. als nicht übermäßig kunstsinnig. Nach deren Einquartierung war die Anlage dermaßen ramponiert, dass dem bayerischen König nur noch der Abriss großer Gebäudeteile übrig blieb – von den vier Flügeln steht seitdem nur noch einer (Westflügel). Gegenüber Schleißheim und erst recht Nymphenburg schmiert Dachau in den Dimensionen deshalb etwas ab.

Geblieben ist jedoch das tolle Panorama, vor allem aus dem Hofgarten an der südwestlichen Rückseite. Durch die barocken Laubengänge bauen sich bei Föhn die bayerischen Alpen von Wendelstein bis Zugspitze in vermeintlicher Griffnähe auf.

Kunststadt Dachau

Dachau ist nicht nur eine Schlossstadt, sondern in ganz erheblichem Umfang auch eine Kunststadt: Spätestens seit der Hochphase der Dachauer Künstlerkolonie in der zweiten Hälfte des 18. Jh. hat die kleine Kreisstadt auch ein sicheres Entry in den Malereilexika gefunden. Mit Worpswede (Niedersachsen) gilt dieser Künstlerverbund als die wirkmächtigste Künstlerkolonie des Kaiserreichs.

Namen wie Spitzweg, Corinth und Max Liebermann bürgen als Aushängeschilder für den künstlerischen Rang. Eine ständige Werkschau der Epoche ist in der **Gemäldegalerie Dachau** ausgestellt. 1992 kam dann auch die Moderne in die Umlandkreisstadt: Mit der **Neuen Galerie** gibt es jetzt auch einen Ausstellungsraum exklusiv für zeitgenössische Kunst.

Vielleicht der netteste Anlass für eine Besichtigung des Schlosses ist eine Veranstaltung der **Dachauer Schlosskonzerte**. Das Programm umfasst ein weites Spektrum, aufgespielt wird im Renaissancesaal und im Schlossgarten – natürlich im Sommer. Informationen auf www.dachau.de/schlosskonzerte.

Anfahrt: Von der Münchner Stadtmitte sind es ca. 16 km bis nach Dachau, die S 2 bringt einen in gut 20 Min. vom Hauptbahnhof zum Dachauer Bahnhof. Mit dem Auto einfach die Dachauer Straße stadtauswärts fahren, bis sie Münchner Straße heißt – dann ist man in Dachau. Parkplätze am Schloss und an der KZ-Gedenkstätte kostenpflichtig, im Altstadtbereich 90 Min. mit Parkscheibe.

Schloss Dachau ist täglich außer Mo von 9 bis 18 Uhr (April–Sept.) bzw. 10 bis 16 Uhr (Okt.–März) zu besichtigen. Einritt 2 €, erm. 1 €.

Die **Gemäldegalerie** öffnet Di–Fr von 11 bis 17 Uhr, Sa/So und an Feiertagen von 13 bis 17 Uhr, die **Neue Galerie** ist Mi–So von 13 bis 17 Uhr zugänglich (nur während der Ausstellungen; Informationen auf www.dachauer-galerien-museen.de).

Cafés & Snacks

Das Café-Restaurant **Schloss Dachau** punktet vor allem mit seinen Räumlichkeiten und der tollen Terrasse am Schlossgarten.

KZ-Gedenkstätte

Kunden der Sparkasse Dachau, die im Ausland mit einer Kreditkarte ihrer Bank bezahlen wollen, werden schon einmal für Neonazis mit fies-zynischem Witz gehalten. Kaum jemand außerhalb eines 50-km-Radius um die schmucke Kreisstadt denkt bei der Nennung des Ortsnamens an Schlösser, Konzerte und Alpenpanorama. Seit über zwei Generationen verbindet der auch nur randständig geschichtlich gebildete Weltbürger Dachau mit dem NS-Terrorsystem. Tatsächlich wurde hier, nicht weit vor den Toren Münchens, am 21. März 1933 das erste Konzentrationslager der Nazis überhaupt eröffnet. Damit wächst dem Ort besonders finstere paradigmatische Bedeutung zu: Grundriss, Lagerordnung und Ausbildung der SS-Schergen waren Vorbild für alle anderen Lager, die in der Folgezeit im deutschen Machtbereich entstanden. Die Richtlinienkompetenz für das geordnete Folterwesen im Reich lag bei Theodor Eicke, der sich als Lagerkommandant fast der ersten Stunde (Juni 1933 bis 1934) zur schwarzen Eminenz des KZ-Systems emporschwang und nach seiner Dachauer Zeit zum Inspekteur aller Konzentrationslager (IKL) wurde.

Das „Schutzhaftlager Dachau“ (ein Euphemismus der ersten Stunde) war ausgelegt für 5000 Gefangene. Anfangs handelte es sich bei ihnen vorwiegend um politische Gegner, doch schon bald wurden hier auch Sinti, Roma, Juden und andere rassistisch Verfolgte inhaftiert. Gegen Ende des Krieges drängten sich dann über 30.000 Gefangene auf dem Gelände. In den über zwölf Jahren seiner Existenz wurden in Dachau ca. 41.500 Menschen erschlagen, erschossen oder sonst wie auf sadistische Art ermordet. Ein Vielfaches dieser für sich schon obszönen Opferzahl errechnet sich aus dem Schicksal derer, für die Dachau nur eine Durchgangsstation auf dem Weg in die Todesfabriken außerhalb des alten Reichsgebiets war.

Von den 30 Baracken für die Häftlinge hat keine die Zeit bis heute überstanden. Bei den beiden heute noch zu sehenden Massenunterkünften handelt es sich um originalgetreue Rekonstruktionen zur Veranschaulichung des Lagerirrsinns. In der Substanz erhalten blieben das Jourhaus (Eingangstor), Teile der Sicherungsanlagen, das Lagergefängnis („Bunker") und das zweiflügelige Wirtschaftsgebäude, in Letzterem ist heute die umfangreiche und sehr sehenswerte Ausstellung zu Lagergeschichte und NS-Zeit untergebracht. Ein Versuch zur spirituellen Erinnerung an das Unfassbare sind die drei konfessionellen Mahnmale im nördlichen Teil des Häftlingsbereichs. Außerhalb des eigentlichen Lagers liegen die SS-Kasernen (westlich), das Karmelitinnen-Kloster Heilig Blut (nördlich) und die sog. Baracke X, in dem die vier Verbrennungsöfen des Krematoriums und die Gaskammern – wahrscheinlich nicht für Massentötungen benutzt – untergebracht waren (nordwestlich).

Schon die Zeitgenossen wussten um die besondere Qualität des Lagers, die Drohung „Ab nach Dachau!" war eine ziemlich alltägliche Redewendung im braunen München. Hinterher wollte man natürlich trotzdem von nichts gewusst haben, und die Dachauer Bürger, von amerikanischen Truppen nach dem ausgefallenen Endsieg zur Zwangsbesichtigung vorgeladen, waren – wahrscheinlich ehrlich – konsterniert über das Ausmaß des Grauens in ihrer Nachbarschaft. Da war es aber zu spät: Zehntausende waren gestorben und Dachau (wie sonst nur noch Auschwitz) zum Inbegriff des Versagens der Humanität geworden.

Anfahrt: Die KZ-Gedenkstätte liegt nordöstlich von Dachau. Vom S-Bahnhof fährt die Buslinie 726 (Richtung Saubachsiedlung). Individuell motorisierte Besucher biegen am Ortsausgang (von Dachau kommend) links in die Alte Römerstraße ein, nach ca. 1,5 km der Beschilderung zum Parkplatz (3 €) folgen.

Eintritt/Öffnungszeiten: Der Besuch der Gedenkstätte und der Ausstellungen ist kostenlos, Audioguides kann man für 3,50 € (erm. 2,50 €) im Besucherzentrum am Weg von der Bushaltestelle zum Lagereingang ausleihen. Geführte Rundgänge (3 €, ca. 2:30 Std.) gibt es tägl. um 12 Uhr; Tickets ebenfalls im Besucherzentrum. Ausstellungen und Gelände sind ganzjährig von 9 bis 17 Uhr geöffnet.

Segeln auf dem Starnberger See

Das Münchner Umland

Fragte man die Münchner, was sie denn für das Schönste an ihrer zweifelsfrei schönen Stadt halten, man bekäme erstaunlich oft die Antwort: „Das Umland!". Angesichts der landwirtschaftlichen Intensivnutzungswüste, die der in der Regel von Norden kommende Reisende zunächst als eben jenes Umland wahrzunehmen glaubt, ein eher überraschendes Urteil.

Außer der uralten Bischofs- und Bierstadt Freising und dem im Sommer ungeheuren Feringasee gibt es im unmittelbaren nördlichen Umfeld der Stadt tatsächlich nichts, was die verbreitete Neigung zur zeitweisen Stadtflucht rechtfertigen könnte. Ganz anders der Süden: Unmittelbar hinter den noch auf dem Stadgebiet liegenden großen Waldgebieten des Perlacher Forsts und des Forstenrieder Parks (wegen des z. T. glatten Asphalts auch für Skater geeignet) beginnt das sanft gewellte bayerische Voralpenland, das ein gnädiges geografisches Schicksal auch noch mit einer veritablen Seenplatte beschenkt hat. Den größten Auftritt haben der Starnberger See und der Ammersee im sog. Fünfseenland (tatsächlich sind es weit mehr), die beide in etwa einer halben Stunde von München aus zu erreichen sind. Gerade einmal doppelt so lange braucht man (selbst mit öffentlichen Verkehrsmitteln), um die Startpunkte einiger durchaus anspruchsvoller Alpentouren (z. B. Benediktenwand, Wendelstein) zu erreichen. Das gilt auch für die Talstationen mancher Bergbahnen, die Gleitschirm- und Drachenflieger zum Take-off schaukeln. Darüber hinaus finden sich auf dem Wegenetz vieler Gemeinden Trails für Freerider und Cross-Country-Piloten, und schließlich bieten die Münchner Hausberge auch noch reichlich Gelegenheiten für die alpinen Disziplinen – schneereiche Winter vorausgesetzt.

Selbst die Skigebiete Österreichs sind nicht allzu weit entfernt, und so hat sich ein lebhaftes Angebot von Tagesfahrten in München etablieren können. Die kombinierte Städte-Ski-Reise ist also durchaus kein unmögliches Vorhaben.

Die Seen

Doch, ja: schon schön, ein Nachmittag im Freibad. Aber der richtige Overkick in Sachen Natur und Naherholung ist das kurze Relaxen um die betonierten Becken dann eben doch nicht – auch wenn die Freiluftanlagen der Münchner Bäder gewiss eine schöne Option für einen verbummelten Nachmittag sind. Gegen die großen Wasserflächen vor allem im Süden der Stadt können sie natürlich nicht wirklich konkurrieren. Gegen Alpenpanorama und Schweinsbraten im Biergarten am Seeufer bleiben 10-m-Turm und Riesenrutsche letztlich schale Ersatzbefriedigungen. Auch die Bayerische Verfassung ist mit den Badewilligen und Sonnenhungrigen und garantiert in Art. 141, Abs. 3 allen Bürgern „freien Zugang zu den landschaftlichen Schönheiten" des Freistaats. An manchen Uferabschnitten ist die kapitalistische Realität diesen hehren Vorgaben mittlerweile allerdings etwas davongaloppiert, denn an den Seen des Alpenvorlands lässt sich's nicht nur trefflich erholen, sondern auch ganz prima wohnen, und selbstverständlich hat die wirtschaftliche Elite dieses Landes wenig Interesse daran, dem bewundernden Fußvolk ihre privaten Bootsstege zum Sonnenbad zu Verfügung zu stellen. Vor allem das Ostufer des Starnberger Sees und das Westufer des Ammersees sind für den gemeinen Lohnsteuerpflichtigen nicht mehr so ohne Weiteres zugänglich. Bis aber auch der letzte Quadratmeter an der Wasserlinie für viel neureiches Geld aus fernen slawischen Ländern verkauft sein wird, dauert es hoffentlich noch einige Zeit, und bis dahin planschen wir fröhlich in

Das Münchner Umland → Karte S. 259

demokratisch-freien Gewässern mit allerbester Trinkwasserqualität – die nämlich haben (bis auf die sehr flachen Osterseen südlich von Seeshaupt) alle der beliebten Badeseen im Münchner Umland.

Starnberger See

Der Starnberger See ist mit 56 km² Oberfläche der zweitgrößte See Bayerns und dank seiner erheblichen Tiefe – bis zu 127 m – sogar der wasserreichste Deutschlands (der Bodensee als Dreiländersee muss hier ausgeklammert werden). Seinen jetzigen Namen trägt er offiziell erst seit 1962, bis dahin hieß er nach seinem einzigen Abfluss Würmsee.

Größter Ort am See ist **Starnberg** an der Nordspitze, neben seiner Eigenschaft als Namenspatron für das große bayerische Gewässer ist der – nicht eben besonders stimmungsvolle – Ort im gesamtdeutschen Kontext vor allem für seine wohlhabenden Einwohner bekannt: In keiner anderen Gemeinde des Bundesgebiets verdient der durchschnittliche Bürger mehr, nirgendwo pressen sich mehr Millionäre auf eine Gemarkung als hier. Die lange Uferpromenade ist dennoch hübsch, und da sie unmittelbar am Bahnhof beginnt, an Sonnentagen auch dicht von Flaneuren aus der nahen Großstadt frequentiert.

Das deutlich kleinere **Tutzing,** das ziemlich genau die geografische Mitte des Westufers besetzt, hat – obwohl kaum weniger wohlhabend – vollen politisch-theoretischen Impact in der bundesdeutschen Geschichte hinterlassen. Unter Geisteswissenschaftlern ist Tutzing der sicherlich bedeutendste Ort am Starnberger See: Die Evangelische Akademie Tutzing ist als Epizentrum wichtiger politischer Strategien möglicherweise der Braintrust der Republik. Egon Bahr präsentierte hier sein Konzept „Wandel durch Annäherung" und initiierte damit die neue Ostpolitik der Willy-Brandt-Ära. Bis heute beteiligen sich hier jährlich 12.000 Teilnehmer an der intellektuellen Debatte. Jenseits der Mauern der Akademie im ehemaligen Schloss (16. Jh.) ist Tutzing ein vergleichsweise ruhiger Ort mit langer Besiedlungsgeschichte (erste urkundliche Erwähnung 742) und ein netter Ausgangs-/Endpunkt (S-Bahnhof!) für Wanderungen um den See und auf die umgebenden Höhenzüge.

Feldafing, etwas oberhalb am Westufer, rühmt sich als Ort mit dem schönsten Blick auf den See. Kann schon stimmen, aber bestimmte Berufs- und Interessengruppen verorten in Feldafing andere Highlights: Bis vor Kurzem firmierte der Ort im Bundeswehrspott unter „Fernmeldafing", denn südlich des Ortskerns befand sich auf dem Gelände einer ehemaligen NS-Reichsschule die Fernmeldeschule der Bundeswehr. 2006 wurde dieser Standort zugunsten einer neuen Kaderschmiede des deutschen Militärs mit dem klingenden Namen FüUstgSBW/FSBwIT (irgendwas mit Führung und Information) geschlossen. Golfer hingegen verbinden mit Feldafing einen der ältesten und schönsten Plätze in Deutschland (weitgehend unverändert seit der Gründung 1926), archäologisch interessierte Kreise wiederum kennen die vorgelagerte Roseninsel als Fundort der frühesten Besiedlungszeugnisse der Gegend um den See.

Für verträumte Romantiker mit monarchischer Grundhaltung gibt es gleich zwei Wallfahrtsstätten. Zwischen **Leoni** und **Berg** am Ostufer endete das schillernde und rätselhafte Leben des schillernden und rätselhaften Märchenkönigs **Ludwig II.** am 12. 6. 1886 auf die einzig angemessene Weise: schillernd und rätselhaft. Bis heute sind die genauen Umstände seines Todes unbekannt. Feststeht nur: Die Leiche des kurz vorher entmündigten Monarchen mit dem Bautick wurde zusammen mit der seines Psychiaters aus dem Wasser gefischt. Die Stelle ist leicht zu finden: Ein großes Holzkreuz markiert den Fundort, und einige Meter oberhalb wacht eine

München und Umgebung
MÜNCHEN
ÖSTERREICH
Flughafen MUC2
Laimering
Altomünster
Weichs
Kammerberg
Giggenhausen
Markt Indersdorf
Adelzhausen
Großhöhenbach
Schwaig
Schönbrunn
Erdweg
Neufahrn
Oberding
Pfaffenhofen
Oberroth
Sulzemoos
Herbertshausen
Eching
Eichenried
Glonn
Dachau
KZ-Gedenkstätte
Schloss Schleißheim
Unterschweinbach
Schloss Dachau
Isar
Speichersee
Hattenhofen
Karlsfeld
Ismaning
Luttenwang
Olching
Markt Schwaben
Fürstenfeldbruck
Gröbenzell
Feringasee
Schloss Blutenburg
Schloss Nymphenburg
Germering
Amper
Gilching
Vaterstetten
Zorneding
Inning
Stegen
Wörthsee
Gauting
Schondorf
Buch
Ammersee
Würm
Unterhaching
Moosach
Pilsensee
Breitbrunn
Leutstetten
Oberpframmern
Utting
Starnberg
Steinsee
Holzhausen
Herrsching
Schäftlam
Egmating
Glonn
Maisinger See
Kastensee
Kloster Andechs
Riederau
Berg
Deininger Weiher
St. Alban
Pöcking
Possenhofen
Aufkirchen
Aying
Feldafing
Leoni
Deining
Dießen
Starnberger See
Buchsee
Fischen
Raisting
Wolfratshausen
Mangfall
Feldkirchen
Erdfunkstelle
Tutzing
Münsing
Museum der Phantasie
Ammerland
Holzkirchen
Ammer
Bernried
Ambach
Hackensee
Loisach
Weyarn
Weilheim
Kloster Reutberg
Seehamer See
Peißenberg
Seeshaupt
Königsdorf
Isar
Haarsee
Ostersee
Kirchsee
Rothsee
Sachsenkam
Ostersee
Miesbach
Iffeldorf
Penzberg
Bad Tölz
Gmund
Schliersee
Uffing
St. Quirin
Bad Wiessee
Schliersee
Bichl
Staffelsee
Riegsee
Tegernsee
Fischhsn.
Riegsee
Benediktbeuern
Tegernsee
Seehausen
Froschhausen
Kloster Benediktbeuern
Neuhaus
Rottach-Egern
Großweil
Lenggries
Murnau
Spitzingsee
Schlehdorf
Wallberg 1722
Freilichtmuseum Glentleiten
Kochel am See
Spitzingsee
Kochelsee
Benediktenwand 1801
Kreuth
Herzogstand 1731
Urfeld
858
Wildbad Kreuth
Walchensee
Walchensee
Jachen
Sylvenstein-Stausee
Isar
Fall
Barmsee
Krün
Grubsee
Wendelstein, Bayrischzell
5 km

Votivkapelle über das geistige Seelenheil des unglücklichen Ludwig. Seine tragische Schwester im Geiste, Kaiserin Elisabeth von Österreich-Ungarn, begann ihr trauerumflortes Leben in Sichtweite auf dem gegenüberliegenden Ufer; als Prinzessin Elisabeth in Bayern verbrachte sie ihre Kindheit in Schloss **Possenhofen**, mit dem depressiven König aus der Verwandtschaft traf sie sich während ihres Sommerurlaubs oft auf der etwas südlich gelegenen **Roseninsel.**

Anfahrt Eine direkte Bahnverbindung von München besteht bereits seit dem Ende des 19. Jh., heute braucht man vom Hauptbahnhof mit der S-Bahn (Linie 6) gerade einmal 30 Minuten bis Starnberg am westlichen Seeufer. Die S-Bahn fährt von dort allerdings nur noch weiter bis Tutzing (ungefähr Seemitte), die südlicher gelegenen Orte und das gesamte Ostufer haben keine Anbindung ans Netz des MVV. Autofahrer erreichen Starnberg direkt über die Autobahn – A 95 Richtung Garmisch, dann A 952 –, sollten es aber an Sommerwochenenden besser gar nicht erst versuchen, Parkplätze sind rar und teuer.

Kunst gibt's auch: Beim putzigen **Bernried**, ebenfalls am Westufer, hängt im **Museum der Phantasie** (nach dem knorrigen Stifter und Initiator des Projekts vielen besser bekannt als **Buchheim-Museum**) die weltweit bedeutendste Privatsammlung des Expressionismus. Nicht nur die Bilder sind sehenswert, auch die Wände, an denen sie hängen: Der hochdifferenzierte Gebäudekomplex vom Reißbrett des Granden der bundesrepublikanischen Architektur Günther Behnisch (u. a. Olympiagelände München, Neuer Bundestag in Bonn) zählt zu den gelungensten Beispielen der Zweckarchitektur nach 1945.

Highlights am See

Bayerische Seenschifffahrt

Für die Expresserkundung des Starnberger Sees. Mit einem Minimum an Aktivität ermöglichen sechs Personenschiffe die Perspektive von der Wasserfläche auf das Ufer, die komplette Umrundung des Gewässers kostet 16,50 € (Kinder 8,25 €, Fahrräder 2,50 €). www.seenschifffahrt.de.

Baden

Das schönste – und auch größte – Strandbad am Ufer des Starnberger Sees sind die 150 ha großen Wiesen des **Possenhofener Paradieses**. Auch an Wochenenden und bei allerschönstem Wetter bleibt auf dem ausgedehnten Gelände viel Platz zwischen den Handtüchern. Praktisch: Eintritt frei, S-Bahn-Anschluss in fußläufiger Entfernung (Bhf. Possenhofen); weniger praktisch: bei Hochbetrieb sehr knappe Parkplatzsituation (3 € pauschal).

Museum der Phantasie: Der Eintritt für das Buchheim-Museum kostet 8,50 €, erm. 4 €, Kinder unter 6 J. sind frei (Preisnachlass bei Vorlage eines MVV-Fahrausweises; Kombiticket mit der Bayerischen Seenschifffahrt 19,80 €). Geöffnet ist von April bis Okt. 10–18, sonst 10–17 Uhr, Mo Ruhetag. www.buchheimmuseum.de.

Essen & Trinken

Bei Starnberg **Schlossgaststätte Leutstetten**, nachdem der S-Bahnhof Mühltal leider wegrationalisiert worden ist, braucht man in den königlichen Biergarten (auf dem Gutshof der Wittelsbacher) am Anfang des Würmtals leider ein Auto oder Fahrrad (ausgeschilderter Abzweig an der Straße von Starnberg nach Gauting). Lohnt sich aber: drinnen ziemlich gepflegte Zirbelstubengemütlichkeit, entzückende Freischankflächen. Mai–Sept. kein Ruhetag (sonst Mo), 10 (Wallners Weißwürste!) bis 1 Uhr geöffnet.

Bei Pöcking Teure Gegend hier, aber es gibt auch Normalverdiener mit Geschmack und die biegen ab nach Maising und essen im **Gasthaus Georg Ludwig** einen unverschnörkelten Schweinsbraten für 9,30 €. Baden kann man auch: Eben im Maisinger See. Auf der B 2 hinter Starnberg am Maxhof rechts ab, ca. 2 km. Tägl. 11–23 Uhr, Di/Mi Ruhetag.

Tutzing **Wirtschaft zum Häring**, die Liste der eingekehrten Berühmtheiten und Halbberühmtheiten ist länger als die Weinkarte in manchem Drei-Sterne-Restaurant. Essen gibt's auch, allerdings für sehr viel Geld – gut ist es trotzdem. Noble Villa direkt am Wasser mit entsprechend toller Terrasse. Jan.–März geschlossen, sonst Mo Ruhetag. Midgardstr. 3–5.

Das **Forsthaus Ilkahöhe** knapp 200 m über der Wasserfläche des Sees prunkt mit dem AAA-Panoramablick über die Landschaft. Der Ausblick ist umsonst, die gute Küche nicht (Hauptspeisen 19–25 €). Der Biergarten ist günstiger (Brotzeiten 5–9 €), die Aussicht dort genauso schön. Jan./Feb. geschlossen, Mo/Di Ruhetag.

Ambach Die Boheme-Zeiten beim **Fischmeister** in Ambach sind schon lange vorbei: Was in den 1980er Jahren aus einer (vermutlich Bier-)Laune in der Künstler-WG Herbert Achternbusch/Sepp Bierbichler (Letzterer ein Kind des Orts) als frühes Ökogastronomieprojekt geboren wurde, hat den Geheimtippstatus schon lange hinter sich. Die Münchner Medienkamarilla macht sich wochenends gern in Rudelstärke auf den Weg in das schlicht-hübsche Restaurant am See und genießt dessen geradlinig-kompetente Küchenleistung (allerdings etwas schwankendes Niveau). Reservierung (gerade am Wochenende ratsam) unter ✆ 08177-533; Mo/Di Ruhetag.

Münsing **»» Mein Tipp:** Wem es eher um Kulinarik als um Prominenz und Seeblick geht, ist möglicherweise im **Gasthaus Limm** im 2,5 km östlich gelegenen Münsing besser aufgehoben. Mit Sebastian Limm steht hier ein veritabler Witzigmann-Schüler am Herd, und das schmeckt man auch. Das sehr gedämpfte Preisniveau (Fleisch 10–15 €, Fisch 15–18 €) lässt eines der letzten gastronomischen Wunder dieser Hemisphäre vermuten. Das ist nicht unentdeckt geblieben: Besser reservieren. Hauptstr. 29, ✆ 08177-411. ««

Ammersee

Von Inning an der Nordspitze des Ammersees sind es nur etwas mehr als 30 km bis in die Münchner Innenstadt, und doch ist ein Ausflug an den drittgrößten bayerischen See auch eine Fahrt ins urtümlich-ländliche Bayern.

Die Starnberger Uferpromenade

Während die Villensiedlungen des Starnberger Sees oft noch wie Bogenhausen am Wasser wirken, sind die – nicht minder noblen und auch nicht billigeren – Domizile am Ammersee schon echte Landsitze ohne das halbmondäne Gepräge des größeren Teiches nebenan. Über mangelnde Attraktivität können die Gemeinden am Ammersee trotzdem nicht klagen, eher im Gegenteil: Die Parkplatzsituation rund um die Strandbäder ist an warmen Sommerwochenenden äußerst prekär.

Über allem thront – auch im topografischen Sinn – das **Kloster Andechs**, ein Premium-Touristenmagnet für Besucher aus aller Welt, die sich mit dem berühmten Klosterbier auf dem „Heiligen Berg" (711 m ü. NN) einmal die Kante geben müssen, um ihren Deutschlandbesuch als vollständig betrachten zu können. Durch diesen regen Zuspruch ist heute aus dem „Bete und arbeite", der Regel des Hl. Benedikt von Nursia in Andechs, ein rechtes Imperium gewachsen. Nicht nur, dass jährlich 1,5 Mio. Besucher die steilen Treppen zum Kloster hinaufstapfen und sich dort zumeist gastlich niederlassen, auch

Das Münchner Umland → Karte S. 259

in den profanen Niederungen hat das Wirtschaftsunternehmen Kloster Andechs ein festes Standbein gefunden. Der Ausstoß der Brauerei übersteigt den Durst der Bierpilger deutlich, des Weiteren verdienen die emsigen Mönche mit dem Verkauf von Naturarzneien und Schnäpsen, der Organisation von Seminaren, Konzertveranstaltungen und sonst so allerlei Gottgefälligem. Eine weitere Expansion mit Franchise-Gasthäusern in ganz Deutschland und einem Golfplatz auf den Besitzungen des Klosters ging jedoch schief, der verantwortliche Pater Anselm Bilgri schlüpfte verärgert aus der Kutte und veranstaltet seitdem Managertrainings in München.

Kloster Andechs: Wallfahrtskirche

Anfahrt Der Ammersee liegt ca. 35 km westlich von München. Mit dem Auto geht es am schnellsten über die A 69 (Richtung Lindau, Ausfahrt Inning), hübscher sind die Landstraßen durch das Würmtal über Starnberg nach Herrsching. S-Bahn-Anschluss hat nur Herrsching, die Orte am Westufer sind nur etwas umständlich mit dem Regionalservice der DB erreichbar. Die ca. 50 km rund um den See sind auch mit dem Fahrrad gut machbar, Leihräder gibt's in fast jedem Ort.

Neben der Bereitstellung der klassischen Wassertrinität Schwimmen, Segeln und Surfen haben die Orte um den See schon frühzeitig den Trend zum Event erkannt, diverse Feste und Veranstaltungen institutionalisiert und damit den Freizeit- und Urlaubswert des Ammersees weiter gesteigert. So sind die Ritterspiele im nahen Kaltenberg (www.ritterturnier.de) in 26 Jahren zu einer Riesenveranstaltung herangewachsen und hat sich der **Dießener Töpfermarkt** zur europaweit wichtigsten Schau für Kunsthandwerk aus gebranntem Ton entwickelt. Traditionell von Christi Himmelfahrt bis zum darauffolgenden Sonntag verwandeln Verkaufsaussteller aus 150 Ländern den Ort in ein Eldorado des gebrannten Tons.

Aber auch (und für manche vor allem) ohne externe Bespaßung ist der Ammersee ein wunderschönes Stück bayerischer Natur geblieben und als solches auch pur hervorragend zu genießen. Wer Uferschilf, weiß-blauen Himmel und Alpenpanorama für einen Klischeeakkord von Kitschpostkarten hält, wird hier schnell eines Besseren belehrt: So schön ist Bayern. Sehr skeptische Naturen beeilen sich übrigens: In spätestens 20.000 Jahren wird der See wohl durch den Schutteintrag der Zuflüsse Amper und Windach völlig verlandet sein.

Schaufelraddampfer auf dem Ammersee

Highlights am See

Bayerische Seenschifffahrt

Stolz der mit vier Schiffen ausgestatteten Ammerseeflotte sind die RMS „Herrsching" und die RMS „Diessen", Erstere der jüngste, Letztere der älteste Schaufelraddamfer Deutschlands. Große Rundfahrt 16,50 €, Kinder unter 5 J. frei, bis 17 J. die Hälfte. www.seenschifffahrt.de.

Baden

Strandbad St. Alban, nach maßgeblicher Expertenmeinung das reizvollste Strandbad am See. Komplette Infrastruktur, auch gastronomisch, sowie ein angeschlossener Campingplatz, etwas nördlich der Ortsmitte. Eintritt für Badegäste 3 €, erm. 1 €.

Alleinstellungsmerkmal des **Strandbads Utting** ist der in graziler Holzbauweise vom Steg aufragende 7,50-m-Sprungturm, ansonsten nehmen sich die Strandbäder am Westufer wenig. Die städtischen Bäder in Riederau, Utting und Schondorf verlangen geringe Zutrittsgebühren, die Liegewiesen des Campingplatzes Utting (etwas nördlich vom Ort) sind kostenlos zugänglich.

Essen & Trinken

Andechs Die meisten Andechs-Besucher zechen im **Andechser Bräustüberl**, wahlweise auf der Terrasse oder in der Schwemme; das Bier ist süffig und stark (Maß ca. 6 €, Vorsicht beim Bock!), die Speisen sind deftig. Empfehlung für Geruchsnervengestählte: der Klosterkäse (100 g für 2 €; Gegrilltes nach Gewicht, ca. 1,50–2 €/100 g). Von 10 bis 20 Uhr (gnadenlos!) geöffnet.

Der **Klostergasthof** ein Stück weiter unten am Berg ist etwas gediegener und hat ebenfalls einen hinreißenden Wirtsgarten. Das Speisenangebot ist etwas ausgebauter, aber immer noch der Rustikalität verpflichtet und preislich gemäßigt (Schweinsbraten 13,50 €). Hier ist auch länger geöffnet, von 10 bis 23 Uhr wird bedient.

Dettenhofen Zugegeben nicht grade mit Blick auf den See aber das ist hier ohnehin Nebensache: Im **Fuchs und Has** ist Party-Schweinsbraten-Fusion, ohne Geranienkästen und Lederhosen. Ja, auch junge Leute

Das Münchner Umland → Karte S. 259

leben um die Milliardärstümpel. Livemusik von Electro bis Kraut, Biergarten. Von Dießen ca. 6 km auf der St 2056 Richtung Landsberg; Mi–So 18–1 Uhr. www.fuha.de.

Utting Das Prädikat „schönster Biergarten am See" trägt für viele die **Alte Villa** (beim Campingplatz) in Utting. Die Gastwirtschaft in der Jugendstilvilla verfügt über eine äußerst attraktive Freischankfläche mit prima Brotzeiten (ab 2 €), klasse Grillgerichten (ab 5,50 €) und gutem Bier (Maß König Ludwig 5,90 €). Das dazugehörige Restaurant hat sich ebenfalls eine gute Reputation erkocht (Hauptspeisen 13–20 €). Biergarten tägl. geöffnet, Samstagabend und Sonntagmittag Livemusik. Restaurant Mi–Fr ab 18, Sa/So ab 11.30 Uhr, Mo/Di Ruhetag.

››› Mein Tipp: Das Schondorfer Original Sebastian Portenlänger jun. betreibt seit über 20 Jahren die urtümliche Wirtschaft **Zum Wastl** am Ort, die wohl nicht nur wegen des Rauschebarts des Wirts in die Kult-Liga aufgestiegen ist. Die Schweinshaxe für 8,80 € sättigt wahrscheinlich einen ganzen Familienverband. Tägl. ab 17, So ab 10 Uhr, Mi/Do Ruhetag. ✆ 08192-210. «‹‹

Kleinere Seen

Um Wasser mit Natur darum herum zu finden, muss man nicht gleich zu den großen Seen fahren. Eine rasend beliebte Alternative zum gebührenpflichtigen Planschen in Münchens Freibädern gibt es sogar am ansonsten ausflugstechnisch nicht eben begünstigten nördlichen Stadtrand: den **Feringasee**, ein Relikt des Autobahnausbaus in den 1970er Jahren. Die ehemalige Kiesgrube ist an die 7 m hoch geflutet und wird an schönen Sommertagen von bis zu 30.000 Badegästen regelrecht gestürmt. Rund um die 32 ha große Wasserfläche hat sich eine ausgereifte Naherholungsinfrastruktur entwickelt: Kioske und ein Biergarten entheben den Badegast von der Tragelast zentnerschwerer Picknicktaschen, Beachvolleyballfelder und ein Spielplatz lenken den Aktivitätsdrang in geordnete Bahnen. Die kleine Landzunge am Südufer ist als FKK-Bereich ausgewiesen und wird sehr stark frequentiert.

Sehr viel urwüchsiger ist der **Deininger Weiher** jenseits der südlichen Stadtgrenze (in der Nähe der Nobelsiedlung München-Straßlach. Hier gibt es nur Liegewiesen, ein eher provisorisches Einmeterbrett und ein nettes Gasthaus. Der Beliebtheit tut das keinen Abbruch, der kleine Moorsee (das etwas trübe Wasser ist hygienisch völlig einwandfrei – wie in allen Seen des Münchner Umlands) ist wegen seiner geringen Tiefe schon im Mai wohl temperiert und entsprechend gut bis fast zu gut besucht. Prima ist der Deininger Weiher für die schnelle Abkühlung im Rahmen einer Wander- oder Radtour durch die entzückende Umgebung des Naturschutzgebiets Geißental.

Anfahrt Zum **Feringasee** die Effnerstraße (später M 3) stadtauswärts, dann links in die Stichstraße zum See. Knapp 2000 Parkplätze (gebührenpflichtig), zu Stoßzeiten rasend schnell voll! Besser also mit dem Rad: entweder die gleiche Strecke oder den Isarradweg bis Unterföhring. Mit dem MVV: S 8 bis Unterföhring, dann ca. 1,5 km zu Fuß über die Felder bzw. Buslinie 233 in die ZDF-Straße im Medienpark.

Zum **Deininger Weiher** die Staatsstraße 2072 bis Straßlach, danach links nach Großdingharting, in der Ortsmitte links die abschüssige Straße zum See. Knappes Parkplatzangebot! Mit dem Radl am schönsten durch den Perlacher Forst, Oberhaching links passieren und auf der M 5 nach Großdingharting, dann wie oben. Öffentlich geht's auch, allerdings etwas umständlich: S 7 nach Höllriegelskreuth, dann mit dem RVO-Bus 271 nach Großdingharting.

Luxusblick ins Oberland

Münchner Hausberge

Der beliebteste Sportverein der Stadt ist die Münchner Sektion des Deutschen Alpenvereins (über 100.000 Mitglieder, das schafft nicht einmal der FC Bayern!) – Wanderstiefel, brauchbarer Rucksack und funktionale Outdoor-Bekleidung gehören deshalb schon fast zur Grundausstattung eines Münchner Haushalts.

Eine ziemlich große Anzahl von Tagestouren befindet sich in recht bequemer Distanz von der Münchner Innenstadt.

Alle Wanderwege in den bayerischen Bergen sind fabelhaft markiert, eine minutiöse Routenbeschreibung oder gar elektronische Navigationshilfen sind deshalb unnötig. Hilfreich ist natürlich eine gute Wanderkarte, die man in jeder größeren Münchner Buchhandlung bekommen kann.

An den langen Sommertagen muss man noch nicht einmal allzu früh aufstehen, um den Tag mit einem Gipfelerlebnis zu krönen. Wenn's am Wochenende richtig strahlend schön ist, sollte man sich die Wahl des Verkehrsmittels gut überlegen: Die A 8 und A 95, Hauptausfallstrecken nach Süden, sind dann nämlich schnell an ihren Kapazitätsgrenzen, und aus dem vermeintlich kurzen Hopser in die Berge wird ein quälender Vormittag im Stau bei Holzkirchen oder Farchant. Öffentliche Verkehrsmittel wie die BOB (Bayerische Oberlandbahn) oder der Regionalservice der DB sind dann die deutlich bessere Wahl.

Zwei ausgewählte Touren

Benediktenwand: Fraglos einer der Hausberg-Klassiker ist die Benediktenwand (1801 m ü. NN) oberhalb von Benediktbeuern, mit 1200 m Höhenunterschied

→ Karte S. 259

und 7 bis 8 Stunden Gehzeit (je nach Ausgangspunkt) aber auch eine ziemlich anstrengende Tour. Der erste Abschnitt bis zur Tutzinger Hütte (1327 m) ist noch vergleichsweise unspektakulär, bis zur Baumgrenze bewegt man sich ausschließlich durch dicht bewaldetes Gebiet. Am Fuß der fast 500 m hohen Felsfront der Benediktenwand beginnt dann das genuin alpine Erlebnis. Für den sehr steilen Weg über die Ost- oder Westflanke (Rundweg) mit gelegentlich ausgesetzten, aber halteseilgesicherten Stellen ist dann auch eine gewisse Trittsicherheit erforderlich.

Wer zeitig aufgebrochen ist und nicht auf dem gleichen Weg wieder absteigen möchte, kann in weiteren 4 Stunden auf hochgebirgigen Gratwegen zum Brauneck hinüberwandern, von diesem Gipfel führt dann eine Bergbahn hinunter nach Lenggries (Abfahrt 9 €, erm. 4,50 €).

Anfahrt/Startpunkt Mit dem **Auto** gelangt man über die A 95 (Richtung Garmisch) nach Benediktbeuern, Start der Wanderung ist dann der Parkplatz im südöstlichen OT Gschwendt.

Mit der **Bahn** steigt man am Bahnhof Benediktbeuern aus und läuft ca. 30 Min. bis zum gleichen Punkt. Bahnfahrer haben den Vorteil, sich die Überschreitung zum Brauneck vorzubehalten und von Lenggries mit der BOB nach München zurückzufahren.

Hütten/Einkehr Die **Tutzinger Hütte** am Fuß der Wand ist von Ende April bis Anfang Nov. bewirtschaftet.

Kultur Unmittelbar hinter dem Bahnhof erstreckt sich die riesige Anlage des 739/40 gegründeten **Klosters Benediktbeuern**. Große Teile stehen tägl. von 9 bis 17.30 Uhr zur freien Besichtigung offen, Führungen (dann auch in die Prunksäle) gibt es Sa/So 11 und 14.30 Uhr, im Sommer auch tägl. um 11 Uhr. 3 €, erm. 2 €. www.kloster-benediktbeuern.de.

Wendelstein: Der 1838 m hohe Wendelstein ist der erste wirklich hohe Gipfel hinter dem sich lieblich dahinwellenden bayerischen Voralpenland. Die Aussicht ist entsprechend spektakulär, auf kaum einem anderen Berg liegt einem Bayern buchstäblich so zu Füßen. Entsprechend beliebt ist der Wendelstein bei Ausflüglern – kontemplative alpine Stille sucht man dort oben vergebens. Der erhebliche Rummel verdankt sich nicht zuletzt der guten Erschließung mit Aufstiegshilfen: Von Osterhofen transportiert eine Drahtseilbahn und von Brannenburg eine Zahnradbahn (die älteste Deutschlands) auch den trägsten Panoramabeschauer schweißfrei fast ganz nach oben.

Erstaunlich hoch (und Landschaftsschützern ein Dorn im Auge) ist die Bebauungsdichte am Wendelstein: Um die Bergstationen der Bahnen finden sich ein großes Restaurant, das Wendelsteinkircherl (seit 1890 die höchstgelegene geweihte Kirche Deutschlands) und die Wendelsteinkapelle; den privilegierten Platz auf dem Gipfel teilen sich eine Sternwarte, Sendemasten und eine Wetterstation. Es gibt aber auch eine Natursensation: Etwas oberhalb der Wendelsteinkapelle hält sich an den Tropfsteinen der Wendelsteinhöhle bis weit in den Sommer das Eis.

Für den ehrlichen Weg zu Fuß stehen mehrere Routen zur Wahl. Am empfehlenswertesten (gleich zwei Gipfel, deutlich weniger Betrieb und drei Hütten) ist die Tour mit dem Startpunkt Birkenstein. Von hier gelangt man in ca. 2½ Std. auf den Breitenstein (1622 m), quert von dort zur Aiblinger Hütte am Fuß der Felswand des Wendelsteins (1 Std.) und beginnt dann mit dem ca. zweieinhalbstündigen Aufstieg zum Wendelstein. Wanderer mit etwas weniger Vertrauen in ihre Kondition verzichten auf den Abstecher zum Breitenstein und erwägen für den Weg ins Tal die Seilbahn. Wer noch fit ist, lässt sich in knapp 2 Stunden ins Tal nach Bayrischzell oder Osterhofen treiben.

Anfahrt/Startpunkt **Auto**: Über die A 8 (Ausfahrt Weyarn), die B 307 (über Schliersee bis nach Aurach) und die St 2077 gelangt man nach Birkenstein; vom Endpunkt der Tour zurück zum Auto muss man sich mit der BOB oder dem Regionalbus behelfen.

Bahn: Die BOB (blauer Zweig Richtung Bayrischzell) bringt den Wanderer bis zum Bahnhof Geitau, von dort sind es ca. 2 km nach Norden (auf diesem Weg auch ein direkter Abzweig zum Wendelstein) bis nach Birkenstein. Rückfahrt je nach Endpunkt von den Bahnhöfen Bayrischzell oder Osterhofen.

Hütten/Einkehr Auf dem Weg liegen drei im Sommer bewirtschaftete Hütten, zunächst die **Kesselalm** (1278 m, hübsche Terrasse), unterhalb des Breitensteins die **Hubertushütte** (guter Kuchen!) und schließlich die **Aiblinger Hütte** (nur Getränkeverkauf). Der Wendelstein bietet touristische Vollstruktur mit Gipfelrestaurant und SB-Terrasse.

Das Münchner Umland → Karte S. 259

Abruzzen • Ägypten • Algarve • Allgäu • Allgäuer Alpen • Altmühltal & Fränk. Seenland • Amsterdam • Andalusien • Andalusien • Apulien • Athen & Attika • Australien – der Osten • Azoren • Bali & Lombok • Baltische Länder • Bamberg • Barcelona • Bayerischer Wald • Bayerischer Wald • Berlin • Berlin & Umgebung • Bodensee • Bretagne • Brüssel • Budapest • Bulgarien – Schwarzmeerküste • Chalkidiki • Chiemgauer Alpen • Cilento • Cornwall & Devon • Dresden • Dublin • Comer See • Costa Brava • Costa de la Luz • Côte d'Azur • Cuba • Dolomiten – Südtirol Ost • Dominikanische Republik • Ecuador • Eifel • Elba • Elsass • Elsass • England • Fehmarn • Franken • Fränkische Schweiz • Fränkische Schweiz • Friaul-Julisch Venetien • Gardasee • Gardasee • Genferseeregion • Golf von Neapel • Gomera • Gomera • Gran Canaria • Graubünden • Griechenland • Griechische Inseln • Hamburg • Harz • Haute-Provence • Havanna • Ibiza • Irland • Island • Istanbul • Istrien • Italien • Italienische Adriaküste • Kalabrien & Basilikata • Kanada – Atlantische Provinzen • Kanada – der Westen • Karpathos • Kärnten • Katalonien • Kefalonia & Ithaka • Köln • Kopenhagen • Korfu • Korsika • Korsika Fernwanderwege • Korsika • Kos • Krakau • Kreta • Kreta • Kroatische Inseln & Küstenstädte • Kykladen • Lago Maggiore • La Palma • La Palma • Languedoc-Roussillon • Lanzarote • Lesbos • Ligurien – Italienische Riviera, Genua, Cinque Terre • Ligurien & Cinque Terre • Liparische Inseln • Lissabon & Umgebung • Lissabon • London • Lübeck • Madeira • Madeira • Madrid • Mainfranken • Mainz • Mallorca • Mallorca • Malta, Gozo, Comino • Marken • Mecklenburgische Seenplatte • Mecklenburg-Vorpommern • Menorca • Midi-Pyrénées • Mittel- und Süddalmatien • Mittelitalien • Montenegro • Moskau • München • Münchner Ausflugsberge • Naxos • Neuseeland • New York • Niederlande • Niltal • Norddalmatien • Norderney • Nord- u. Mittelengland • Nord- u. Mittelgriechenland • Nordkroatien – Zagreb & Kvarner Bucht • Nördliche Sporaden – Skiathos, Skopelos, Alonnisos, Skyros • Nordportugal • Nordspanien • Normandie • Norwegen • Nürnberg, Fürth, Erlangen • Oberbayerische Seen • Oberitalien • Oberitalienische Seen • Odenwald • Ostfriesland & Ostfriesische Inseln • Ostseeküste – Mecklenburg-Vorpommern • Ostseeküste – von Lübeck bis Kiel • Östliche Allgäuer Alpen • Paris • Peloponnes • Pfalz • Pfälzer Wald • Piemont & Aostatal • Piemont • Polnische Ostseeküste • Portugal • Prag • Provence & Côte d'Azur • Provence • Rhodos • Rom & Latium • Rom • Rügen, Stralsund, Hiddensee • Rumänien • Rund um Meran • Sächsische Schweiz • Salzburg & Salzkammergut • Samos • Santorini • Sardinien • Sardinien • Schleswig-Holstein – Nordseeküste • Schottland • Schwarzwald Mitte/Nord • Schwarzwald Süd • Schwäbische Alb • Shanghai • Sinai & Rotes Meer • Sizilien • Sizilien • Slowakei • Slowenien • Spanien • Span. Jakobsweg • St. Petersburg • Steiermark • Südböhmen • Südengland • Südfrankreich • Südmarokko • Südnorwegen • Südschwarzwald • Südschweden • Südtirol • Südtoscana • Südwestfrankreich • Sylt • Teneriffa • Teneriffa • Tessin • Thassos & Samothraki • Toscana • Toscana • Tschechien • Tunesien • Türkei • Türkei – Lykische Küste • Türkei – Mittelmeerküste • Türkei – Südägäis • Türkische Riviera – Kappadokien • Umbrien • Usedom • Venedig • Venetien • Wachau, Wald- u. Weinviertel • Westböhmen & Bäderdreieck • Wales • Warschau • Westliche Allgäuer Alpen und Kleinwalsertal • Westungarn, Budapest, Pécs, Plattensee • Wien • Zakynthos • Zentrale Allgäuer Alpen • Zypern

Reisehandbuch MM-City MM-Wandern

Register

Die (in Klammern gesetzten) Koordinaten verweisen auf die beigefügte München-Karte.

Im Gasteig

Die in diesem Reisebuch enthaltenen Informationen wurden vom Autor nach bestem Wissen erstellt und von ihm und dem Verlag mit größtmöglicher Sorgfalt überprüft. Dennoch sind, wie wir im Sinne des Produkthaftungsrechts betonen müssen, inhaltliche Fehler nicht mit letzter Gewissheit auszuschließen. Daher erfolgen die Angaben ohne jegliche Verpflichtung oder Garantie des Autors bzw. des Verlags. Autor und Verlag übernehmen keinerlei Verantwortung bzw. Haftung für mögliche Unstimmigkeiten. Wir bitten um Verständnis und sind jederzeit für Anregungen und Verbesserungsvorschläge dankbar.

ISBN 978-3-89953-879-3

 Druck: Stürtz GmbH, Würzburg.

MYTHOS TROIA